Waldemar Lysiak

Schach dem Kaiser

Roman

Aus dem Polnischen
von Kristiane Lichtenfeld

Hoffmann und Campe

Die Originalausgabe erschien unter dem Titel *Szachista*
bei Krajowa Agencja Wydawnicza, Krakau

Die Kommentare wurden von Charlotte Eckert
aus dem Polnischen übertragen

Die Deutsche Bibliothek – CIP-Einheitsaufnahme
Lysiak, Waldemar:
Schach dem Kaiser : Roman / Waldemar Lysiak. Aus dem Poln.
von Kristiane Lichtenfeld. – 1. Aufl. – Hamburg : Hoffmann
und Campe, 1995

Lektorat: Tania Schlie
Schutzumschlag: Lo Breier/Kai Eichenauer
Satz: Utesch Satztechnik GmbH, Hamburg
Druck und Bindung: Clausen & Bosse, Leck
Printed in Germany

Meinem Bruder Henryk Lysiak gewidmet

Inhalt

Vorbemerkung 9

1. Der Plan 15
2. Die Rekrutierung 56
3. Der glückliche Dummkopf 105
4. Komödianten und ein Kommando 158
5. Julia 209
6. Der Mönch 253
7. Das Königsgambit 298
8. Ein Brief 336

Kommentare 341
Epilog 377
Ergänzende Kommentare 379
Anmerkungen 387

Vorbemerkung

Im Band I der heute schon eine Rarität darstellenden *Erinnerungen an Großpolen*[1] findet sich auf den Seiten 336 bis 343 ein im Hinblick auf ein gewisses Detail hochinteressanter Bericht des Stabsoffiziers der preußischen Armee, Otto Pirch, der in den zwanziger Jahren des vorigen Jahrhunderts von der Kuppel der berühmten Barockkirche aus eine kleine Landkarte des Gebietes um Gostyn anfertigte. Ich zitiere aus dem Bericht:

»Nur einen Steinwurf weit von der Stadt Gostyn liegt das Kloster der Philippiner, wahrscheinlich das schönste Bauwerk im Gebiet zwischen Posen und Breslau; vielerorts hatte man mir den Wohlstand der Priester und ihr freies Leben gerühmt, so daß ich sie kennenlernen wollte, und den Kopf voller Romane, in denen ich einstmals so reichlich von Intrigen katholischer Priester, von mönchischer Schläue, von Ausgelassenheiten dickwanstiger Äbte und von grausamen Strafen für die armen Klosterbrüder gelesen hatte, eilte ich dem Kloster zu, um mit eigenen Augen zu sehen, wie sehr die Schilderungen mit der Wirklichkeit übereinstimmten.«

Hier unterbrechen wir den im folgenden Abschnitt etwas langweiligen Bericht von Pirch (angemerkt sei nur, daß, wie üblich, die Romanschilderungen der Wirklichkeit nicht entsprachen) und kommen zur interessantesten Textpassage:

»Unter den höflichen Priestern in Gostyn fiel mir einer durch seine Erscheinung besonders auf. Was gäbe ich heute dafür, ihn malen zu können. Eine starke religiöse Überzeugung zeichnete sich auf den eingefallenen Zügen seines dunklen Gesichts; er war das lebende Bild eines Einsiedlers der Thebais aus der frühen Zeit des Christentums. Trotz des alltäglichen klösterlichen Umganges mit den Mönchsbrüdern suchte er sichtlich die Einsamkeit der Zelle; die Kameraden rühmten mir gegenüber einhellig seine Gelehrsamkeit und sagten, daß die Geistlichkeit der Provinz ihn einst nach Paris gesandt habe, damit er sich bei Kaiser Napoleon für die Belange der polnischen Kirche einsetze.

Ich versuchte, jenen Priester kennenzulernen, und da er des Französischen mächtig war, sprach ich ihn nach dem Essen im Refektorium an und lenkte das Gespräch auf Paris. Wie ich sah, ließ er sich ungern mit mir ein, und gleichsam gezwungenermaßen führte er einige Einzelheiten von Napoleons Krönung an. Im weiteren Verlauf der Unterhaltung fragte ich ihn, ob er in Rom gewesen sei und die einst so berühmte Stadt gesehen habe, in der heute das Haupt seiner Kirche den Thron innehat.

›Was hätte ich da sehen sollen‹, erwiderte er. ›Menschen wie überall, ungeheuer weit weg von Gott.‹

›Waren Sie denn nicht neugierig‹, fragte ich weiter, ›all das verschiedene Volk aus der Nähe zu sehen; meinen Sie nicht, daß der Glaube in fast jedem Land eine andere Gestalt annimmt?‹

›Sie sind jung‹, unterbrach mich der Priester. ›Sie leben in der Welt und denken darum so, bei mir ist das anders.‹

›Aber in Paris waren auch Sie jung‹, versetzte ich.

›Ja‹, sagte er. ›Aber das war etwas anderes. Gott hat mir seine Gnade erwiesen, ich durfte alles beiseite lassen und mich nur ihm weihen. Das erste Ziel des Menschen sollte es sein, sich zu bemühen, den Erlöser kennenzulernen.‹

Ein heftiger Krampf in der Brust, der ihn plötzlich befiel, zwang ihn, sich aus dem Refektorium zu entfernen.«

Als ich in der zweiten Hälfte der sechziger Jahre auf diesen Bericht stieß, vermutete ich nicht, daß ich noch einmal auf ihn zurückzukommen würde. Knapp zwei Jahre später wurde ich jedoch an ihn erinnert, als ich per Zufall eine kurze Nachricht fand, veröffentlicht im Jahre 1812 in einer holländischen Zeitung.[2] Es ging um die Erzählung des Sergeanten Gijsbert Berntrop, der, zu den holländischen Ulanen gehörend, am Rußlandfeldzug teilgenommen hatte und sich nach dem Rückzug über die Beresina durch Polen, Preußen und die deutschen Kleinstaaten in die Heimat durchschlug. Dieser Berntrop also, der an Lungenentzündung erkrankt und im Zweifel war, ob er sein Ziel erreichen würde, suchte im Januar 1813 dringend nach einem katholischen Beichtvater, mit dem er sich verständigen konnte. Man verwies ihn auf einen solchen »nahe der Oder, im Kloster, dessen Kirche die schöne Kuppel trägt«. Er beichtete auf französisch, was für uns natürlich keine Bedeutung hat, uns interessiert die Art Schock, die der Holländer erlitt, als er im Fenster des Beichtstuhls das Gesicht des Priesters sah, dessen Haar verdeckt war. Es war Napoleons Gesicht! Ich glaubte damals, Berntrop habe, falls er nicht überhaupt seiner durch das Fieber überreizten Phantasie erlegen war, eine dem kaiserlichen Gesicht ähnliche Physiognomie erblickt, vielleicht einen Doppelgänger, was den Umstand erklärt hätte, daß mehr als zehn Jahre danach das Gesicht des unbekannten Klosterbruders auch Otto Pirch so in den Bann zog, der sich trotz seiner Anstrengungen nicht besinnen konnte, woher er es kannte.

Beide Berichte in einen ursächlichen Zusammenhang zu stellen, erschien mir dennoch höchst willkürlich, und erst im Mai 1971 überzeugte ich mich, daß es berechtigt war. Damals klopfte ein Mann an die Tür meines möblierten Zimmers in Rom, via del Boschetto 60 (Pension »Conca d'Oro«), der sich als Garcia Tejada vorstellte, als ein Spanier, der in Italien historische Studien zur napoleonischen Zeit betreibe, und er bat mich um die Erläuterung einiger polnischer Angelegenheiten. Von mir habe er in der Redaktion der Monatsschrift *Historia* in Mailand erfahren, bei der ich einen Artikel über Murats Beziehungen zu Polen eingereicht hatte.[3] Hauptsächlich interessierten ihn Napoleons Aufenthalt 1806 in Posen (Poznán), ein gewisser »Turm der Schwarzen Prinzessin« in Szamotuły und … das Philippinerkloster in Gostyn!

Tejada wollte nicht recht mit der Sprache heraus, aber da mich die Sache interessierte (und wie!), erklärte ich ihm, er solle entweder auspacken und sagen, worum es gehe, oder woanders um Hilfe nachsuchen. Zugleich gab ich ihm zu verstehen, daß er, falls er sich für eine politische Intrige aus dem Jahre 1806 interessiere, es mit mir nicht besser hätte treffen können, und um meine Behauptung zu belegen, zeigte ich ihm Notizen von Recherchen zu der Geschichte von Robeaud-Revard und dem »Großen Joker«.[4] Die Doppelgängerproblematik frappierte ihn, und auch der Name des hervorragenden napoleonischen Spions, des Vizechefs der französischen Spionageabwehr, Schulmeister. Wir kamen überein.

Bei seinem zweiten Besuch brachte Tejada eine verschlissene Ledermappe mit (einen barocken »Diplomatenkoffer« aus dem 18. Jahrhundert), sie trug die englische Aufschrift »*Chessplayer* 1806« (Der Schachspieler 1806). Beim Durchsehen ihres Inhalts[5] fand ich, daß die Aufschrift richtiger zu übersetzen wäre mit »Operation Schachspieler 1806«. Als ich das Hauptdokument las, ein Memorial, und darin etliche Dialoge und sogar Zitate aus *Hamlet* sah, dachte ich anfangs, es mit einem literarischen Werk zu tun zu haben. Tatsächlich war es der Bericht über einen der bravourösesten politischen Diversionsakte der napoleonischen Zeit, organisiert im Jahre 1806 von einigen herausragenden Mitgliedern der Tory-Opposition unter solcher Geheimhaltung, daß selbst der Londoner Secret Service nichts davon wußte.

Die Abschrift des Memorials beanspruchte mich mehrere Tage. Ich besorgte sie in Tejadas Beisein, der sich zur selben Zeit Passagen aus meinen Büchern herausschrieb. Als ich fertig war, kopierte ich für ihn in der Bibliothek der Niederlassung der Polnischen Akademie der Wissenschaften alles, was ich zum Thema Posen, Szamotuły und Gostyn finden konnte, übersetzte es ins Italienische und ergänzte dasselbe um gewisse mir schon zuvor bekannte »napoleonische« Details. Ich händigte ihm das Ganze zusammen mit einigen Quellenangaben zu anderen Dingen aus, und wir sahen uns nicht wieder. In der spanischen Botschaft erfuhr ich später, daß man dort von einem Garcia Tejada zum erstenmal höre. Die italienischen Behörden erklärten mir, einem Mann solchen Namens kein Visum erteilt zu haben.

In Tejadas Memorial stieß ich nun zum drittenmal auf den geheimnisvollen Klosterbruder von Gostyn, der in dem Brief an d'Antraigues (vgl. S. 46) »Mönch«, im Text des Memorials »Mönch Stephen« oder »Priester« genannt wird. Er war einer der Spitzenakteure der Operation »Schachspieler«, die für einen Polen darum interessant ist, weil ihre entscheidenden Etappen sich auf polnischem Terrain abspielten, und für einen Historiker, weil – wie ich in späteren mühsamen Recherchen feststellte – sämtliche Organisatoren der Operation, mit nur einer Ausnahme, sowie alle Personen, die mit ihr in Zusammenhang standen, in den Jahren zwischen 1806 und 1822 eines gewaltsamen Todes starben und die Hintergründe nie mehr gänzlich aufzuklären waren. Das Memorial, das ich in Rom in die Hände bekam, stellt den Zyklus dieser mysteriösen plötzlichen Tode in ein äußerst interessantes Licht.

Wer der Verfasser des Memorials war und wie es in den Besitz des Spaniers gelangte, werde ich am Schluß des Buches erklären. Meine Geschichte stützt sich auf Texte aus jener Ledermappe sowie auf meine eigenen Nachforschungen, die einige Abschnitte bereichern beziehungsweise erläutern, hauptsächlich im Hinblick auf die damalige militärische und politische Lage, auf polnische Gegebenheiten, auf Details aus dem Bereich der Kriegs- und Ziviltechnik sowie auf Personen, von denen im Memorial die Rede ist.

Der nachfolgende Text ist weder eine historische Abhandlung noch ein Roman. Eher könnte man ihn einen literarisierten Dokumentarbericht aus dem Jahre 1806 nennen oder, noch besser – von dem griechischen Wort ausgehend, welches eine breitere Entwicklung des Gedankens eines Textes, eine Umschreibung, Erläuterung, Verarbeitung bezeichnet –, eine romanhafte Paraphrase des Memorials. Die Literarisierung erfolgte lediglich aus Gründen der Konstruktion. Die neben den authentischen Dialogen aus dem Memorial stehenden fiktiven Gespräche (die sich stets auf dokumentarische Voraussetzungen gründen) haben die Aufgabe, die einzelnen Etappen der Handlung jeweils dort zu verknüpfen, wo im Memorial ein Kettenglied fehlt oder wo der Verfasser mit Kürzeln operiert, die dem Leser möglicherweise unverständlich sind. Eine ähnliche Brückenfunktion erfüllen mehrere Szenen. Das Ganze erscheint also als ein Mosaik aus historischen Bausteinen und aus Bruchstücken der Phantasie. Letztere sind zum Glück in der Minderzahl, schließlich hat Bergson schon zu Recht bemerkt: »Die Menschheit liebt wahre Dramen, keine erdachten.«

Ich will daher annehmen, daß dieses Mosaik, von mir aus Gründen meiner Begeisterung für das Empire sowie für meinen Geldbeutel zusammengefügt (obwohl ich nicht beschwören würde, daß es nicht die umgekehrte Reihenfolge war), auch meinen Leser zufriedenstellt.

1. Der Plan

Das Memorial beginnt mit der Beschreibung einer geheimen Zusammenkunft am 20. Oktober 1806.

Es war ein für John Bull[1] höchst unerfreuliches Jahr. Im Januar hatte die Nachricht von der Zerschlagung der mit britischem Gold ausgestopften Anti-Napoleon-Koalition bei Austerlitz deren großen Architekten, William Pitt den Jüngeren, ins Grab gebracht. Die verwaisten Tories räumten den Whigs das Feld. Das neue Kabinett mit Lord Grenville an der Spitze leitete Friedensgespräche mit Napoleon ein. Befürworter und Regisseur der Verständigung war Außenminister Fox. Mehrmonatige Verhandlungen führten zu nichts, und als am 9. August Preußen gegen die Franzosen mobil machte und Frankreich mit dem Ultimatum vom 12. September antwortete, war klar, daß es keinen Frieden geben würde. Einen Tag später, am 13. September 1806, starb Fox. Ähnlich wie der jüngere Pitt hatte er den Zusammenbruch seiner Politik nicht überlebt. Dennoch regierten die Whigs weiter. Sie waren genauso schlecht wie die Tories, ein Regierungswechsel hätte also wenig Sinn gehabt. Beide bisherigen Konzeptionen, Krieg wie Frieden, hatten versagt, und da es eine dritte nicht gab, geriet die ganze Politik des Albions ins Driften.

Eine dritte Konzeption gab es zumindest offiziell nicht. Inoffiziell hatte der jüngere Pitt eine solche schon gesehen und in Europa bereits Vorbereitungen zu ihrer Durchführung getroffen, doch der Schock von Austerlitz hatte ihn aus dem Spiel geworfen. Sein Plan hatte auf der Lahmlegung Frankreichs durch eine Ausschaltung Napoleons selbst beruht. Nach dem Tod des jüngeren Pitt nahm sich dessen enger Mitarbeiter und Freund, Lord Castlereagh, der Sache an. Er zählte auf die Unterstützung zweier anderer Stars der Tory-Opposition, gleichfalls Freunde des jüngeren Pitt, auf die Herren Bathurst und Perceval. Beide brachte der Gedanke zur Weißglut, daß auf dem Festland der Kaiser der Franzosen alle Zügel in der Hand hielt, indessen England zum provinziellen Zaungast bei den weltbedeutenden Vorgängen herabsank, noch dazu zum äußerst bedrohten Zaungast, denn an der französischen Küste des Ärmelkanals befanden sich gefechtsbereite Angriffsbasen für den Landungssprung auf die Insel.

Diese Gereiztheit war nichts Ungewöhnliches: Die Mehrzahl der Engländer, Schotten und Waliser fühlte ähnlich. Gleichwohl übertrafen Castlereagh, Bathurst und Perceval in ihrem Haß gegen Napoleon sogar noch den heimischen rechten Flügel der Tories. Hätte man in diesem Land, das schon damals von einer Manie sportlicher und pseudosportlicher Wettkämpfe aller Art beherrscht war – vom Boxkampf (auch als Frauensport) angefangen bis hin zu Hähnen-, Affen-, Pferde- und Hundekämpfen –, hätte man hier also Meisterschaften im Haß gegen die »Apokalyptische Bestie Nr. 666« veranstaltet (mit dieser Zahl wurde Bonaparte aus unerfindlichem Grund bedacht), so hätten diese drei Männer mühelos sämtliche Plätze auf dem Siegerpodest eingenommen. Ihr Haß war ein obsessiv-biologischer.

Der französisch-preußische Krieg hielt Castlereagh einstweilen vom Handeln zurück, denn er rechnete (wie ganz England) damit, daß sich Preußens Vorhersage erfüllen und die friderizianische Armee siegen würde. Am Morgen des 20. Oktober aber, nach der Lektüre einer Depesche, verlor er alle Illusionen. Wie wir aus den Geschichtsbüchern wissen, gingen die Preußen nicht fehl mit ihrer Prahlerei: Ihr Krieg mit Frankreich wurde ein wahrer »Blitzkrieg«. Am 5. Oktober rückte die Große Armee durch den Frankenwald gen Sachsen vor, und neun Tage später, am 14. Oktober 1806, zerfiel in zwei simultan geführten Schlachten bei Jena und Auerstedt

Preußens Macht in Staub und Asche. Offiziell traf die schwarze Nachricht erst am 27. Oktober in London ein, doch Castlereagh war unter anderem eben darum Castlereagh und kein mumifizierter Provinzpotentat, weil er viele Dinge schneller in Erfahrung brachte als die Regierung. Die Depesche, die er empfing, war der sprichwörtliche Tropfen, der das Faß zum Überlaufen bringt. Sie bewirkte, daß Castlereagh noch für denselben Abend eine Geheimsitzung einberief, an der er selbst, Bathurst und Perceval teilnehmen sollten.

Viscount Robert Stewart Castlereagh, Marquis von Londonderry, geboren 1769, war ein Altersgenosse Napoleons und Wellingtons. Der reiche Anglo-Ire machte eine steile Karriere. Nachdem er als Whig begonnen hatte, ließ er bald seine Gefährten im Stich und wechselte zur konservativen Partei über. Der knapp Sechsunddreißigjährige kam als Kriegs- und Kolonialminister ins letzte Kabinett des jüngeren Pitt. Die Niederlage von Austerlitz wurde für den verbissenen »Habicht« zur persönlichen Schlappe. Er mußte seinen Stuhl an den Whig Wyndham abtreten und kostete erstmals im Leben die Bitternis politischen Außenseitertums. Die Passivität der Opposition, in der man sich mit parlamentarischen Spielchen die Zeit vertrieb, war nicht das, was den Spieler und Ehrgeizling Castlereagh reizen konnte.

Die Art und Weise, wie dieser Mann im Jahre 1794 in das irische Unterhaus gelangt war, hatte Symbolkraft für die Methode seines politischen Handelns. Der Einzug ins Parlament kostete Castlereagh und seinen Vater dreißig- bzw. sechzigtausend (je nach Quelle) zur rechten Zeit in die rechten Hände geschobene Pfund Sterling. Castlereagh machte die Bestechung zum wirksamen Instrument des politischen Spiels, und bald schon galt er auf den Britischen Inseln als einer der größten Virtuosen auf diesem Feld. Seine Glanznummer gab er im Jahre 1800, als er für eine Million Pfund Sterling die Stimmen der irischen Parlamentskollegen für eine Union mit England kaufte. Lord Cornwallis nannte dies einen »schändlichen Handel«[2], jedoch scherte sich Castlereagh nicht um solches Gefasel, für ihn zählte das Ziel. Und das wurde erreicht: Das irische Parlament, und mit ihm ganz Irland (Castlereaghs Vaterland), verlor den Rest seiner Selbständigkeit und ging in der das Vereinigte Königreich bildenden Union von 1801 auf. Sogar Kritiker bewunderten seine Virtuosität, was die Richtigkeit von Macchiavellis Thesen beweist, vor allem der, die da heißt, daß sich der Ruf eines Politikers nicht auf die Mittel gründe, sondern auf den Erfolg.

Ort der Zusammenkunft war ein gewisses, vom Äußeren her bescheidenes, im Innern aber recht elegantes Haus, gelegen an einem unregelmäßigen kleinen Platz in einem Netz schmaler Straßen zwischen High Holborn und Oxford Street. Es gehörte einer gewissen Ethel Gibson und war ihr erstes privates Haus – die beiden vorigen Häuser in Dublin waren, um die heutige Terminologie zu gebrauchen, sehr öffentlich gewesen. Castlereagh hatte Ethel Gibson mitsamt ihrer Tochter aus Irland mitgebracht und sie in dem genannten Haus angesiedelt, und er zahlte eine hohe monatliche Pension für das ausschließliche Recht auf die schöne Phyllis. Dank dessen konnte er auf die Dienste jener leichten Damen verzichten, die mit Beginn der Dämmerung in den Gegenden von Strand, Haymarket, Covent Garden und Drury Lane umherstanden, und, noch wichtiger, er konnte nach dem eigenen, von Phyllis Gibson bis zur Perfektion beherrschten Ritual Befriedigung schöpfen. Er war kein Hedonist – wäre er's gewesen, hätte er kein guter Politiker sein können. Er bekannte sich nur zu dem Grundsatz, daß Politik wie Erotik eigenen Regeln unterworfen sind, die sorgsam befolgt werden müssen, solange sie (im ersten Fall) erfolgreich bzw. (im zweiten Fall) angenehm sind. An diesem Tag hatte er den zweiten Fall hinter, den ersten vor sich. Es war Montag, der 20. Oktober 1806, neunzehn Uhr.

Fünfzehn Minuten nach neunzehn Uhr betrat Castlereagh,

erfrischt und gesättigt und eine *Times* unter dem Arm, in Erwartung der Gäste den großen Salon, einen Raum voller klassizistischer Formen im Adam Style, mit einem großen Kristalllüster, dessen Kerzen hier noch nicht von der neuesten öligen Erfindung des Genfers Argand verdrängt worden waren. An den Wänden wimmelte es von Gemälden und Spiegeln, Porzellan aus Derby, Chelsea und Worcester sowie französische Bronzegegenstände erdrückten mit ihrem Übermaß das Mobiliar. Die Hauseignerinnen besaßen sichtlich keinen Geschmack, was Castlereagh bestimmt geärgert hätte, wenn es der jüngeren zudem an Schönheit gemangelt hätte und an einigen anderen ebenso wertvollen Attributen der Weiblichkeit. Er vertrieb sich die Zeit mit der Lektüre der *»personal column«*, wo sich immer sehr amüsante Inserate fanden.

Als erster erschien, wenige Minuten vor acht, Graf Henry Bathurst, Baron von Apsley, vor dem Tode des jüngeren Pitt Verwalter der staatlichen Münze. Er war sieben Jahre älter als Castlereagh, doch genauso durchtrieben, rücksichtslos und reaktionär in Fragen der Gesellschaft, der Konfession und der Politik. Selbst ein englischer Historiker schreibt später über ihn: »Er war eines jener sonderbaren Kinder unseres politischen Systems, das die Gewohnheit hat, die höchsten Ämter mit der niedrigsten Gemeinheit zu besetzen.«[3]

Bathurst grüßte und fragte: »Was gibt's so Dringendes?«

»Geduld, Henry, ich mag mich nicht wiederholen, darum nenne ich den Grund, wenn wir vollzählig sind. Du wirst dann verstehen, daß ich euch herrufen mußte. Der Zeitpunkt ist gut.«

»Und der Ort?«

»Auch der Ort. Außer uns dreien weiß niemand, daß wir uns hier treffen, meine Wände haben wohl noch keine Ohren. Von North Cray[4] und St. James Square[5] könnte ich nicht dasselbe sagen.«

»Das meinst du wohl nicht ernst, Robert.«

Castlereagh wies mit einladender Geste auf drei Polstersessel, die nahe dem Kamin um einen Tisch standen, und erst als sie beide Platz genommen hatten, antwortete er: »Mein Lieber, du tust so verwundert – als ob du nicht wüßtest, daß London von Fouchés und Savarys[6] Agenten wimmelt, die alle so tun, als seien sie aus Frankreich vertriebene Royalisten. Das allerwitzigste ist, daß wir sie nähren und päppeln.«

»Du übertreibst, Robert. So viel kosten sie nicht, und künftig können sie uns nützen. Ich meine die Royalisten. Bestimmt sind unter ihnen solche Schweinehunde, die für den französischen Geheimdienst arbeiten, aber die Mehrheit haßt den Korsen genauso, wie sie die Jakobiner haßt. Die Guillotine hat sie gestreift, man hat ihnen den Besitz genommen, die Töchter vergewaltigt. Wenn sie nach Paris zurückkommen ...«

»Das schaffen sie nicht ohne unsere Hilfe«, unterbrach Castlereagh, »und glaub mir, wenn sie nach Paris zurückkommen, waschen sie sich zugleich mit dem Schmutz der Reise die Erinnerung an alles herunter, was wir für sie getan haben. Das sind Franzosen, Henry, durch und durch Franzosen! Sieh sie dir doch an, immer mehr von ihnen wollen nicht länger auf den Sieg warten. Sie kehren heim und treten in Bonapartes Dienste. Meinst du, unter den Rückkehrern sind nicht auch solche, denen man die Töchter vergewaltigt hat? Nur waren die Vergewaltiger die Jakobiner, und Bonaparte hat die Jakobiner wie Wanzen zerquetscht, und das wissen sie. Ich wüßte gern, wieso sie nicht längst schon alle auf dem Bauch zu ihm gekrochen sind, und wenn ich darüber nachdenke, komme ich zu dem Schluß, daß sie ihm hier bei uns nützlich sind. Und noch lieber wüßte ich, womit sie unsere Leute bestechen: mit den Einkünften, die sie aus Paris beziehen, oder mit dem Geld, das sie uns aus der Tasche locken. Neulich habe ich entdeckt, daß einer meiner Bediensteten in meinen Papieren kramt, ich weiß sogar, wer.«

»Laß ihn einsperren!«

»Warum eine solche Dummheit begehen? Man würde nur

früher oder später einen anderen kaufen, so aber kann ich das Spiel kontrollieren, ich kann ihm zuschieben, was ich für richtig halte, und seine Auftraggeber in Verlegenheit bringen. Außerdem bereitet er einen traumhaften Punsch. Ach ja, was trinkst du, Punsch oder Wein?«

In dem Augenblick, als das Dienstmädchen Portwein, Punsch und Gläser auf den Tisch stellte, führte Ethel Gibson Perceval in den Salon. Es war Punkt acht, dazu bedurfte es keines Blicks auf die Uhr, man mußte nur wissen, daß der Mann, der erschien, ein wandelndes Chronometer war. Spencer Perceval, zweiter Sohn des Grafen Egmont, wurde 1762 geboren. Er war also mit Bathurst gleichaltrig und sah doch mindestens zehn Jahre älter aus als dieser, was sicherlich die Folge pünktlicher Zeugung einer ungezählten Kinderschar war. Während der Regierungszeit der Tories hatte er den verantwortungsvollen Posten eines Generalstaatsanwalts innegehabt und war die Verkörperung protestantischer Bigotterie und blinder Grausamkeit gewesen. Zu Beginn war er ein Vertrauter des jüngeren Pitt gewesen, der in Perceval seinen Amtsnachfolger sah. Später kühlte ihr Verhältnis ab, nach dem Tode des großen Premiers verband sich Perceval jedoch fest mit dem rechten, dem »Pittschen« Flügel der Tories. Als sich gegen Ende des Jahres 1806, nach Fox' Tod, überraschend Lord Grenville an Perceval wandte und ihm die Beteiligung an der Regierung antrug, lehnte dieser, bereits tief in Castlereaghs Spiel hineingezogen, entschieden ab.

Perceval sah den hinausgehenden Frauen nach und fragte anstelle einer Begrüßung: »Mylord, trauen Sie etwa diesen Weibspersonen?«

»Ganz und gar. Sie sind mir ergeben, denn ihr Geschick liegt in meiner Hand. Das Dienstmädchen ist stumm, und die Wände dieses Raums sind doppelt isoliert und darum absolut schalldicht.«

Bathurst schmunzelte im stillen. Das stumme Dienstmädchen wußte sich gewandt der Feder zu bedienen, und für ein angemessenes Entgelt hatte sie seinem persönlichen Sekretär beschrieben, welche Geheimnisse Mrs. Gibsons Wohnsitz barg, ohne mit pikanten Details zu geizen. Die nicht ganz zehn Stunden, die seit dem Erhalt der Einladung vergangen waren, hatten Bathurst genügt, den Ort der Begegnung besser kennenzulernen. Der Graf hatte nämlich die harmlose, aber lebensverlängernde Gewohnheit, seinen Fuß nicht ins Ungewisse zu setzen, er wußte gern im voraus, noch ehe sich die Tür öffnete, wo er eintreten würde.

Als auch Perceval auf einem Sessel Platz genommen hatte, stand Castlereagh auf, um seinen Worten mehr Gewicht zu verleihen. Er sagte knapp: »Meine Herren, Preußen ist aus dem Spiel.«

Es folgten weder Entsetzen noch Aufschrei, Castlereaghs Partner waren keine Marktweiber. Nach einem Augenblick des Schweigens fragte Perceval ruhig: »Wie das?«

»Es steht übel um Preußen. Sie haben zwei Schlachten verloren, bei Jena und noch einem Ort, ich weiß nicht mehr, wie er heißt.«

»Preußen ist völlig geschlagen?«

»Völlig. Preußens Armeen gibt es nicht mehr.«

»Wann ist das passiert?«

»Vor ein paar Tagen, am 14. Oktober.«

Erst jetzt fluchte Bathurst leise: »Verdammt! Ich hab's ja gewußt, daß diese preußischen Esel nicht besser sind als die Österreicher und die Russen!«

Wieder trat Stille ein. Castlereagh ergriff die Gelegenheit, um zur Sache zu kommen. Er erklärte, nun, da Preußen geschlagen sei und keine Aussicht mehr auf einen militärischen Sieg bestehe, sei es angebracht, eine Idee des jüngeren Pitt zu verwirklichen – nämlich Napoleon zu entführen und durch einen Doppelgänger zu ersetzen.

»Wie schrecklich einfach!« spottete Bathurst, aufgewühlt durch die Nachricht von Preußens Niederlage. »Einfach wie alle Ideen dieser verrückten Amazone, die William behext hat.«[7]

»Siehst du eine andere Möglichkeit, als ihn beim Genick zu packen?« fragte Castlereagh.

»An der Gurgel, Robert, an der Gurgel. Beim Genick packt man ein Kaninchen, einen Tiger schießt man in die Stirn. Schon das wird unendlich schwer zu machen sein, ist aber noch hundertmal leichter als eine Entführung.«

»Dafür ist es auch hundertmal dümmer«, entgegnete Castlereagh, »weil völlig fruchtlos. Und wenn es doch zu etwas führt, dann allenfalls zu einer verklärten Legende und einem Heiligenschein wie bei einem Märtyrer. Der Glanz eines solchen postumen Nimbus würde das Kaisertum nur noch stärker zementieren, aber es zerfällt, wenn wir Bonaparte entführen.«

»Mylord«, meldete sich Perceval nachdenklich zu Wort. »Wir wissen doch, daß sich die ganze Macht des Imperiums ausschließlich auf Bonapartes Schlachtensiege stützt. Seine Truppen ziehen jetzt sicherlich nach Osten.«

»Richtig, sie drängen zur Oder«, bestätigte Castlereagh.

»Wenn es so ist, prallen sie spätestens in einigen Monaten auf die Russen. Habe ich recht?«

»Das ist so gut wie sicher«, bestätigte Castlereagh erneut.

»Wenn es uns gelänge, Bonaparte umzubringen, bevor es zum Zusammenstoß von Franzosen und Russen kommt, würden die Franzosen, ihres militärischen Genies beraubt, geschlagen werden, und wir hätten unser Ziel erreicht.«

»Da bin ich genau anderer Meinung!« Castlereagh hob zum erstenmal die Stimme. »Angenommen, Bonaparte wäre heute gefallen. Was würde passieren? Übermorgen säße Joseph[8] auf dem Thron, und seine Truppen ...«

»Ja, aber der ist ein Schwachkopf, versteht vom Kriegführen soviel wie vom Komponieren von Arietten«, unterbrach ihn Bathurst.

»Na und? Natürlich erhebt der sich nicht vom Sessel, um

aufs Pferd zu steigen, aber vom Sessel aus wird er die Siegesparaden abnehmen. Die meisten französischen Marschälle sind tumbe Haudegen, jedoch braucht es nur einen guten unter ihnen, und die Franzosen feiern im Feld wieder Erfolge. Sie verfügen über mehrere gute, und einer ist sogar ausgezeichnet – als Stratege steht der Bonaparte in nichts nach. Ich meine Davout.«

Bathurst dachte bei sich, daß sein Freund Unsinn fasele. Weil er seit einem Jahr Kriegsminister war, traute er allzu schnell seiner Sachkenntnis und vergaß, wie kompromittierend mehrere seiner militärischen Initiativen ausgegangen waren, besonders jener mißglückte Angriff auf die bei Boulogne konzentrierte französische Landungsflotte. Seine Gedanken faßte Bathurst allerdings in einen ebenso behutsamen wie gefahrlosen Satz: »Ich zweifle, Robert, ob die Militärexperten dein Urteil unterschreiben würden.«

Castlereagh ging zu dem herrlichen Konzertflügel hinüber, einem Erzeugnis von Zumpe höchstselbst, drückte auf die Seitenwand des Gehäuses und entnahm einer versteckten Schublade, die hervorsprang wie der Kuckuck aus der Uhr, ein Papier.

»In ein paar Tagen werden mir sämtliche Experten ohne Zögern zustimmen. Ich habe hier die Depesche eines meiner Agenten.[9] Sie enthält eine kurze Beschreibung der Preußenniederlage. Die französische Propaganda behauptet, die Entscheidung sei bei Jena gefallen. In Wahrheit hat Bonaparte bei Jena nur einen kleinen Teil der preußischen Armee geschlagen. Die eigentliche Vernichtung hat Davout an diesem zweiten Ort in der Nähe vollbracht, und zwar ausschließlich mit Hilfe von drei Divisionen aus dem eigenen Korps, bei einer fünffachen Übermacht des Feindes![10] Glaubt ihr denn, dieser Mensch wäre nicht fähig, die Russen zu schlagen, jene selben russischen Generäle, die sich bei Austerlitz blamiert haben? Wie oft müßte man morden, damit die Franzosen zu siegen aufhören? Töten wir Napoleon, bleibt Davout übrig, töten wir Davout, ist da noch Masséna, der eine Probe seines Könnens gleichfalls auf Kosten der Russen gegeben hat.[11] Töten wir Masséna, stellt sich heraus, daß Soult, Lannes oder Ney nicht schlechter sind, stammen sie doch aus derselben Schule. Vielleicht sollten wir gleich allen zusammen eine Torte mit Arsen schicken und zu gemeinsamer Verkostung auffordern!«

Castlereagh wischte sich den Schweiß von der Stirn, obwohl das vergessene Feuer im Kamin am Verlöschen war und es bereits kühl im Salon wurde. Er setzte sich, leerte sein Glas, und, ohne Bathursts und Percevals Erwiderung abzuwarten, fuhr er fort:

»Ich habe Gründe angeführt, liebe Freunde, aus denen ich die Idee der Ermordung Bonapartes für wenig sinnvoll halte. Ich möchte, daß wir uns richtig verstehen. Mein Standpunkt rührt nicht von einer idealistischen Interpretation moralischer Prinzipien, ich versichere, es ist der reine Rationalismus. Ich glaube nicht, daß die Ermordung dieses Mannes etwas Unmoralisches wäre. Jemand, der wie er zur Sonne hin strebt, sollte auf die Eventualität eingerichtet sein, Ikarus' Schicksal zu teilen, und wissen, daß er wenig Chancen hat, an Altersschwäche zu sterben. Eine Ermordung Bonapartes wäre etwas ebenso Natürliches wie der Tod eines Greises, und ich sehe keinen Anlaß, weshalb sich der Mörder vor der Nachwelt schämen sollte. Aber ich sehe auch keinen Grund, der einen solchen Schritt als zweckmäßig begründen könnte. Außerdem ... man hat schon so oft versucht, ihn zu erledigen, alles für die Katz. Bomben, Messer, Flinten, Gift, Jakobiner, Royalisten, unsere Agenten, österreichische, neapolitanische und sicher auch vom Teufel geschickte – nichts ist dabei herausgekommen, dabei haben wir säckeweise Gold investiert! Erinnert euch, 1800 haben die Chouans ein halbes Pariser Stadtviertel in die Luft gejagt, Blut floß durch die Straßen wie Wasser nach einem Wolkenbruch, aber er, obwohl er in der Nähe war, kriegte nicht mal einen Kratzer ab![12] Ich habe

Nachricht, daß der jüngste, von Jersey[13] vorbereitete Anschlag auch danebengegangen ist.[14] Derartiges ist alles von vornherein zum Scheitern verurteilt. Savary bewacht ihn Tag und Nacht, keine Fliege kommt unbemerkt an den Korsen heran. Was glaubt ihr, wie viele Gendarmen unter seinem Bett liegen, wenn er seine von Barras nachgelassene Hure anhimmelt?[15] Kurz: sogar wenn ich ihn ermorden könnte, würde ich es nicht tun, denn es wäre wider die Logik.«

»Wider die Logik scheint mir zu sein, lieber Robert«, versetzte Bathurst, »daß du auf einer Entführung beharrst und gleichzeitig behauptest, ohne die Erlaubnis der Leibwächter käme keine Fliege an den Korsen heran. Ja, ist dann eine Entführung überhaupt möglich?«

»Sie ist möglich. Jedoch nur, wenn man mit Verstand vorgeht, nicht mit stumpfer Gewalt. Gewalt gegen ihn ist unwirksam, denn er ist der Stärkere. Um meinen Plan durchzuführen, braucht man eine Gruppe tüchtiger Leute, die gut bewaffnet und ausgerüstet sind, allerdings werden sie Bonaparte nicht angreifen, sondern er wird sich selbst in ihre Hände begeben. Das beste Werkzeug der Gruppe ist mein Plan, ihre einzige Aufgabe besteht darin, die Falle zu legen. Nicht Gewalt, meine Herren, sondern der Verstand wird der Hebel sein, der den Korsen von seiner Leibwache trennt und zwar so, daß niemand den Austausch gegen den Doppelgänger bemerkt, und der wird ...«

»Mit Verlaub, Mylord«, wandte Perceval ein. »Wie lange kann solch eine Täuschung vorhalten, einmal angenommen, der Plan gelingt? Eine Stunde, einen Tag, zwei Tage? Eine Woche würde schon an ein Wunder grenzen.«

»Zwei Tage genügen, sogar ein Tag und eine Nacht. So viel Zeit etwa benötigen die Philadelphen, um den französischen Generalstab zu lähmen und die Große Armee zu verwirren.

»Die Philadelphen? Von denen habe ich schon gehört, nahm jedoch an, es handele sich um eine dieser falschen antibonapartistischen Verschwörungen, die das französische

Cabinet Secret organisiert, um uns hinters Licht zu führen. Die Affäre Mehée[16] beweist, daß denen das erstaunlich leicht fällt, und zwingt uns zu besonderer Vorsicht«, meinte Perceval.

»Richtig, und ich war besonders vorsichtig und habe nach Williams Tod seine Kontakte zu d'Antraigues übernommen.«

»Zu d'Antraigues?« rief Bathurst und sprang auf. »Der ist doch ein doppelter und dreifacher Agent! Zuletzt hat er für die Russen und für die Österreicher gearbeitet und weiß der Teufel, für wen noch! Gib dem Mann ein Darlehen von zwei Pence und zwinge ihn, in der einen Hand das Kruzifix zu halten und mit der anderen Hand den Schuldschein zu unterschreiben, und du hast noch immer keine Gewähr für die Rückgabe! Sollte dieser Mensch etwas mit deinem Plan zu tun haben, Robert, kannst du mich gleich von der Teilnehmerliste streichen!«

»Nicht so hitzig, Henry, laß uns alles in Ruhe erwägen. In diesem Fall haben wir eine unfehlbare Gewähr. D'Antraigues hat in den ersten Monaten dieses Jahres, die er in Sachsen und Umgebung verbrachte, auf meinen Befehl hin alles für die Operation vorbereitet, zu der ich euch überreden will. Er hat Dresden am 2. August verlassen, seit dem 3. September ist er in London. Er hat ein Haus in Barnes Terrace gemietet, und meine Leute lassen ihn nicht aus dem Auge. Er hält Kontakt mit dem Foreign Office[17], und das ist gut so, weil es verschleiert, das er für uns arbeitet. Ich habe ihm persönlich zweierlei garantiert: eine Menge Geld für die in Deutschland und Preußen geleistete Arbeit und die Gewißheit, daß, sollten irgendwelche Informationen, meinen Plan betreffend, über den von mir selbst eingeweihten Personenkreis hinausdringen, würde ich, ohne nach der Sickerstelle zu forschen, ihm unverzüglich die Kehle durchschneiden. Was sagst du zu der Gewähr, Henry?«

Bathurst grinste kurz und nickte, die Sache war für ihn erledigt.

»In Ordnung.« Castlereagh machte eine kleine Pause und leerte sein Glas. »Nun zu den Philadelphen. Die Organisation ist außerhalb jeden Verdachts. Nach d'Antraigues existieren mehrere Geheimbünde mit diesem Namen, einer im Burgund, ein anderer in Italien und ein dritter, obwohl nicht ausgeschlossen ist, daß er mit einem der beiden ersten in Verbindung steht, in der Großen Armee.[18] Letzterer interessiert uns, denn sein Ziel ist der Sturz Bonapartes. Wir haben es also mit einer spezifischen Freimaurerloge im Innern der französischen Armee zu tun. Das Witzige dabei ist: Wie d'Antraigues behauptet, wurde der Korse 1795, wohl am 1. September, bei einer Geheimzeremonie im Wald von Fontainebleau in den Bund der Francs-Juges aufgenommen, eine der späteren Wiegen der Philadelphen.«

»Fürwahr, eine hübsche Anekdote«, bemerkte Perceval, »mich aber interessiert mehr, wer die Philadelphen steuert, die da in der Großen Armee konspirieren.«

»Royalisten, die Bonaparte dienen, aber lieber Ludwig XVIII.[19] auf dem Thron sähen. An ihrer Spitze steht ein hochrangiger Stabsoffizier, ein Oberst oder möglicherweise gar ein General aus der nächsten Umgebung des Korsen.«

»Weißt du etwa nicht, wer es ist?«

»Das wußte nicht mal Pitt. Der Mann hat sich über d'Antraigues mit uns verständigt. Verbindungsmann war ein ziviler Emissär. Aber das ist unerheblich. Wichtiger ist, daß der Chef der Philadelphen entschlossen ist, mit Hilfe seiner Leute den Generalstab der Großen Armee sowie die Stäbe der Korps in seine Gewalt zu bringen, unter der einen Bedingung, daß Davout und Savary sowie deren Leute[20] offiziell entfernt werden. Offiziell entfernt werden, das bedeutet: durch Bonaparte entlassen. Der Witz besteht darin, daß beide genannten Herren die Gewohnheit haben, jede geringste Unbotmäßigkeit gegenüber dem Korsen mit Erschießen oder Aufhängen zu ahnden, und das ohne Gerichtsverhandlung. Schon ihre Namen lassen alle diese Haudegen von Marengo und Austerlitz eine Gänsehaut kriegen. Davout erschießt sogar die Quartiermeister, wenn das Verbandzeug für die Verwundeten nicht schnell genug herbeigeschafft wird! Würde der Kaiser die beiden Herren ihrer Posten entheben und unter irgendeinem Vorwand einsperren lassen, könnten die Philadelphen ohne Furcht zur Tat schreiten. Unsere Aufgabe ist es daher, ihnen einen solchen Napoleon zu liefern, der das tut. Sofort nach dem Personenaustausch meldet sich der Kopf der Verschwörung beim Doppelgänger und gibt das Erkennungszeichen. Wie ihr seht, brauchen wir den Namen des Mannes gar nicht zu wissen.«

»Wissen müssen wir demnach den Namen des Verbindungsmannes, der den Chef der Philadelphen benachrichtigt, daß der Austausch stattgefunden hat.« Das sagte Perceval.

»Richtig.« Castlereagh sah Perceval voll ehrlicher Bewunderung an. »Den wissen wir. Das heißt, d'Antraigues und ich. Der dritte Mann von unserer Seite, der den Namen erfahren wird, ist der Befehlshaber der Operativgruppe.«

»Wir sind dessen nicht würdig?« fragte Bathurst.

»Nun, ihr habt den Vorschlag noch nicht akzeptiert, das zum ersten. Zum zweiten, meine Herren, braucht ihr den Namen nicht zu kennen. Soviel kann ich euch sagen, daß der Mann wahrscheinlich beim Austausch zugegen sein wird, denn es handelt sich um einen Jäger aus Bonapartes Leibgarde, um einen Offizier, der, um dem Korsen näher zu sein, die Uniform eines gemeinen Soldaten angezogen hat. Daß die Philadelphen ihn dort postieren konnten, zeugt von ihren beträchtlichen Möglichkeiten.«

Bathurst fuhr auf und schüttelte unwillig den Kopf.

»Kann sein, Robert, daß sie solche Möglichkeiten haben, aber sie haben auch was hier oben«, sagte er und zeigte sich mit dem Finger an den Kopf. »Dummköpfe sind das! Zu glauben, daß sie mit Hilfe von Pistolen den Bourbonen den Thron zurückgewinnen können! Eher würden sie erreichen, daß sich die Erde andersherum dreht! Die Franzosen wollen keine Restauration der weißen Lilien, und ohne eine Intervention von außen kommt es niemals dazu. Selbst wenn uns dieser Wahnsinnsspaß gelingen sollte, ist es doch so sicher wie das Amen in der Kirche, daß nach zehn, zwölf Stunden alle diese Philadelphen« – Bathurst zog die Worte verächtlich in die Länge – »am Galgen baumeln werden!«

»Gewiß, mein Lieber, aber inzwischen werden unsere Leute den Korsen auf ein Schiff verladen haben, und spätestens einen Monat nach der Verladung werden wir hier in London ein Paket erhalten. Anders ausgedrückt: Wir werden Napoleon als Geisel haben und die Bedingungen diktieren. Und zwar als Regierung, denn die Whigs werden uns augenblicklich den Platz räumen, und das Volk wird uns mit Blumen überschütten. Unterdessen wird Paris ein Tollhaus sein, alle dort werden durchdrehen, Davout und Savary werden längst ins Gras gebissen haben, und die kaiserliche Familie, um ihr Gehirn beraubt … Nein, wir bringen ihn nicht um, aber wir geben ihn auch nicht her. Wir sperren ihn wie ein wildes Tier in einen Käfig, und das wird für ihn schlimmer sein als der Tod. Wir benutzen ihn als Handelsobjekt. Wir zwingen Frankreich zum Rückzug aus etlichen Territorien und überhaupt zu allem, was uns in den Sinn kommt. Der Kopf des Kaisers ist der Preis. Im übrigen ist es verfrüht, davon zu reden. Sind wir seiner erst habhaft geworden, verfügen wir über ein Trumpfas, das sämtliche französischen Widerstände bricht, denn es wird für die Franzosen eine Frage der Ehre sein, eine heilige nationale Pflicht, ihn frei zu bekommen! Deshalb werden sowohl sie als auch er auf alles eingehen. Wir haben also die Wahl, uns entweder zu dem zu entschließen, was du, Henry, einen Spaß genannt hast, oder uns weiterhin trügerischen Hoffnungen von einem militärischen Sieg hinzugeben und Millionen in Eunuchen-Koalitionen zu stecken, die er hinschlachtet wie ein Fuchs die Kücken. Meine Herren: Uns bleibt keine Wahl, es gibt nur die Entführung.«

»Wie schrecklich einfach!« rief Bathurst erneut aus.

»Henry!« Zum zweitenmal hob Castlereagh an diesem Abend die Stimme. »Bisher beschränkt sich deine Teilnahme an der Erörterung auf den Vorschlag zu morden und auf Spötteleien. Hast du nichts Besseres beizusteuern?«

»Vorerst nein. Aber ich begreife auch nicht, wie du die Phantastereien dieser Rotzgöre, die den kranken William irre gemacht hat, ernst nehmen kannst und dich Hirngespinsten hingibst wie ein Kind, das beim Dornröschen den Ritter spielt und in seinen Träumen Drachen zerstückelt! Das wird niemals gelingen, es ist einfach unmöglich!«

»Du irrst. Das Wort ›unmöglich‹ sollte aus dem Wörterbuch gestrichen werden. Wo wir schon beim Korsen sind, so hat er selbst vor genau zehn Jahren den allerbesten Beweis dafür geliefert. Als er sich nämlich an die Spitze einer Horde von ausgehungerten und zerlumpten Kerlen stellte, die man wohl zum Scherz als italienische Armee bezeichnete, da haben alle, sogar seine Befehlshaber, gesagt, es sei unmöglich, daß er die Österreicher aus Italien verjage, und vom gesunden Menschenverstand her hatten sie recht. Aber er schaffte es – binnen eines knappen Jahres band er Italien an den französischen Sattel, nachdem er es zuvor zum Friedhof mehrerer österreichischer Armeen gemacht hatte. Hätte Kolumbus sein Vorhaben für unmöglich gehalten, und nach ihm Cortez und die anderen ... Nein, Henry, zum Teufel mit dem ›unmöglich‹. Nur wer dieses Wort nicht duldet, siegt! Übrigens, wir sind unserer drei, und ich habe euch hergebeten, damit wir einen Entschluß fassen.«

Castlereagh und Bathurst sahen Perceval fragend an, den beide für einen Augenblick vergessen hatten. Mit unerschütterlicher Ruhe erklärte dieser: »Es ist ein Glücksspiel, aber ein Glücksspiel hat für sich, daß man verlieren oder gewinnen kann. Wer spielt, muß immer gewärtig sein, zu verlieren. Wer aber nicht spielt, wird nie gewinnen. Ich weiß nicht, wieviel man verlieren kann außer den investierten Summen, vielleicht nicht so viel, vielleicht aber doch den Ruf als Politiker, wenn sich die Schlappe herumspricht. Gewinnen läßt sich hingegen sehr viel. Um jedoch meine Meinung äußern zu können, müßte ich Einzelheiten des Plans kennenlernen. Ich weiß, daß William irgendeinen Doppelgänger in petto hatte, aber er wußte nicht, wie man den Austausch bewerkstelligen sollte. Im übrigen glaube ich nicht, daß er dem Problem viel Zeit gewidmet hat, da er auf die Koalition setzte. Aus Ihren Worten, Mylord, schließe ich, daß Sie Details erarbeitet haben. Auf welche Weise soll der Austausch Bonapartes gegen den Doppelgänger vonstatten gehen?«

»Mit Hilfe des Schachautomaten des Barons von Kempelen«, antwortete Castlereagh. »Ich denke, ihr erinnert euch an jenen genialen Automaten?«

Schweigen trat ein, verstärkt noch durch das Zischen der niederbrennenden Scheite. Beim Anblick der bestürzten Gesichter schmunzelte Castlereagh, stand auf, ging zum Kamin, legte Holz nach, und als er den Schürhaken wieder aufgehängt hatte, fragte er von neuem: »Ihr habt keine Ahnung, wovon ich rede, nicht wahr?«

Bathurst, dem es allmählich so vorkam, als ob es außer den zwei Möglichkeiten – daß nämlich der Nachfahre der Stuarts und der Camdens entweder verrückt geworden war oder aber seinen Spott mit ihnen trieb, indem er die Zusammenkunft aus nur ihm bekannten Gründen zu einer Farce machte – doch eine dritte geben könnte, brummte: »O ja! Ich zähle schon nicht mehr, zum wievielten Mal am heutigen Tage!«

Perceval, der gewöhnlich nur schwer aus dem Gleichgewicht zu bringen, jetzt aber doch verblüfft war, gewann durch den Augenblick der Stille und dank Bathursts Äußerung die Zeit, um sich wieder zu fangen. Mit seiner üblichen monotonen Stimme, die keinerlei Emotionen verriet, meldete er sich zu Wort: »Ja, ich erinnere mich an jenen Androiden. Man nannte ihn den ›Türken‹. Vor fünfzehn Jahren war er in London die große Sensation, er gewann gegen alle. Ich habe nicht gewußt, Mylord, daß er außer dem Schachspiel auch das Jonglieren mit Menschen beherrscht. Es ist wahrhaft unbegreiflich.«

»Unbegreiflich ist für uns alles das, was wir nicht genügend kennen, Sir Spencer. Dank d'Antraigues kenne ich das Geheimnis des von Kempelenschen Schachspielers, ein Geheimnis, das uns helfen wird, unser Spiel zu gewinnen. Nur Menschen jonglieren mit Menschen, Automaten niemals.«

Mit diesen Worten entnahm Castlereagh der Schublade des Konzertflügels eine Papierrolle – den Stich mit einer Ansicht, einem Längs- und einem Querschnitt des berühmtesten Androiden der Geschichte – und breitete alles auf den Tisch.

Der Schachspieler von Kempelens gehörte zu jener Gattung mechanischer Spielzeuge für Erwachsene, die »künstliche Menschen«[21] genannt wurden und bereits im Altertum bekannt waren. Bei den Griechen und Römern bereits liefen mechanische Puppen rund um den Tisch und bewegten Kopf und Arme. Der Android von Albertus Magnus, der den Eintretenden die Tür öffnete und sie mit einem freundlichen Wort begrüßte, wurde – der Überlieferung nach – vom heiligen Thomas von Aquino, den das Grauen gepackt hatte, zerstört, was Albertus Magnus den berühmten Satz sprechen ließ: *»Periit opus triginta annorum«* (Zunichte ist die Arbeit von dreißig Jahren). Descartes schreibt man zu, die automatische *»fille Francine«* konstruiert zu haben.

Zum Höhepunkt der Beliebtheit der Androiden kam es im 18. Jahrhundert dank dreier derart genialer Mechaniker, daß selbst heutige Fachleute nicht alle Geheimnisse ihrer Werke lüften konnten. Es waren dies: der Franzose Vaucanson (der Schöpfer eines Flötenspielers sowie eines Musikers, der eine Schalmei blies und eine Trommel schlug), der Schweizer Droz (Urheber des Schreibers, des Zeichners und der Clavecinspielerin) und der Österreicher von Kempelen.

Baron Wolfgang von Kempelen (1734–1804), Hofrat der Maria Theresia, gelangte wegen des von ihm gebauten sprechenden Androiden zu Ruhm (die Figur konnte mehrere Sätze sprechen, dank eines komplizierten Systems von Stangen und Ventilen, eines die Lunge ersetzenden Blasebalgs und einer Rohrpfeife, die den Kehlkopf imitierte), und noch mehr wuchs sein Ruhm mit dem Bau des Schachautomaten. Dieses letzte Werk, als wahres Wunder der Technik gepriesen, präsentierte von Kempelen erstmals im Jahre 1769 in Preßburg. Es bestand aus einem Schachtisch in der Form eines Kastens und einer daran sitzenden mannsgroßen Figur, die in türkische Gewänder gekleidet war, in der rechten Hand eine lange orientalische Pfeife hielt und mit der linken die Schachfiguren über das Brett schob.

Der »Türke«, wie er genannt wurde, gewann mit Leichtigkeit sämtliche Partien und erweckte allgemeine Bewunderung. Tausende Menschen mühten sich mit verständlichem Mißtrauen, das Geheimnis seines Funktionierens zu enträtseln, man suchte nach dem Mann, der im Kasten des Tisches oder in der Muselmannfigur versteckt sein mußte, fand aber nur Mechanik, Fäden und Walzen. Von Kempelens Schachspieler wurde von Mathematikern, Physikern, Technikern und Uhrmachern untersucht, aber jeder konnte am Ende dem Erfinder nur Beifall zollen. Der »Türke« begeisterte Monarchen: die Kaiserin Maria Theresia und den Kaiser Joseph II., der sich mit dem großartigen Android vor seinem Gast aus Rußland, Großfürst Paul, brüstete. Die Europatournee, die von Kempelen mit seinem Automaten 1783 begann und die die beiden nach Basel, Leipzig, Dresden und Paris führte, wurde zu einem einzigen, nie dagewesenen Triumph. Nicht anders war es 1784 in London. Danach landete der »Türke« in Berlin, käuflich erworben von Friedrich II. Eben bei diesem gesalbten Herrscher setzte Castlereaghs nächste Rede wieder ein:

»Der Alte Fritz wußte offenbar nicht, womit er es zu tun hatte, und benutzte den ›Türken‹ nur selten. Vielleicht verstand er auch etwas davon, egal. Für uns ist wichtig, daß ich weiß, daß es sich bei von Kempelens Schachspieler um einen genialen Schwindel handelt. Die Tatsache aber, daß er ein falscher Android ist, mindert nicht seinen Wert: er bleibt ein Meisterwerk!«

Castlereaghs Finger strichen über die Zeichnung des »Schachspielers« mit jener Art Zärtlichkeit, mit der man ein Tier krault, bevor man ihm einen Befehl erteilt.

»Ja, ja!« fuhr er fort. »Man muß wirklich ein Experte sein und die Geduld eines Juweliers haben, um eine Maschine zu konstruieren, in der ein lebendiger Mensch so verborgen ist, daß man ihn nicht sieht, wenn man ins Innere schaut. Dabei ist die Sache höchst einfach, im Grunde kann man selbst drauf kommen, ohne Informanten und ohne in den Innereien zu wühlen. Denn, verdammt noch mal, können vielleicht Metall und Holz wie ein vernunftbegabtes Wesen reagieren? Sich vor dem Gegner verbeugen, mit den Achseln zucken, wenn er einen falschen Zug macht, gleich mehrere Züge vorausdenken und Kombinationsgabe besitzen? Absoluter Unsinn! Niveauvolles Schachspiel, das ist hohe Kunst, zu der es nur die menschliche Intelligenz bringt. Einem guten Instrument lassen sich schöne Töne entlocken, aber selbst das beste Instrument fängt nicht an zu komponieren. Man kann eine Mechanik basteln, die mehrere Sätze schreibt oder spricht, die meinetwegen auch ein paar Zeichnungen oder Melodien ausführt, immer dieselben, vorgegeben durch ein entsprechendes System von Hebeln, Seilen und Zahnrädern.[22] Beim Schachspiel aber gibt es Millionen möglicher Positionen! Deren Einrichtung würde, ich weiß nicht, vielleicht tausend Jahre beanspruchen, vielleicht zehntausend, vielleicht eine Ewigkeit, und der Schachtisch, der jetzt dreieinhalb mal zweieinhalb Fuß[23] mißt, würde auf der Fläche ganz Londons keinen Platz finden. Ich habe bei Dubouchet[24] und bei einem Mechaniker aus Nottingham Rat eingeholt … Am Ende bin ich zu dem Schluß gekommen, daß man zwar bestimmte Tätigkeiten mechanisieren kann, aber beim

Schachspiel arbeiten nicht die Hände, sondern das Gehirn, und da von Kempelen kein Gott war, konnte er auch kein Gehirn konstruieren.«

Castlereagh machte erneut eine Pause und trank etwas Punsch. Er redete zuviel, aber er mußte reden, um die Phantasie seiner Zuhörer anzuregen.

»Bei diesem Gedanken setzte ich an, ein Gedanke, der allen vertraut war, die mit dem ›Türken‹ in Berührung gekommen waren. Jeder hatte gedacht: Unmöglich! Wenn dann aber von Kempelen die Klappe des Tischkastens öffnete und auch die Figur von innen zeigte, danach alles verschloß, den Mechanismus aufzog und der Muselmann zu spielen begann, verloren alle ihre Zweifel.«

»Man könnte sich leicht denken, daß ein Mann ins Innere des Kastens schlüpft, nachdem er geschlossen wurde, durch eine Öffnung im Fußboden oder in der Wand«, warf Bathurst ein.

»Wäre es so gewesen, Henry, man hätte das Rätsel längst gelöst, darauf läßt sich wirklich unschwer kommen. Nur stand der Kastentisch stets in schicklichem Abstand von der Wand und wurde auf Rollen bewegt, die ihn vom Fußboden isolierten. Ich habe mir zwei Beschreibungen vorgenommen, eine englische und eine deutsche,[25] darin stehen genügend Einzelheiten, die es einem erlauben, Schlüsse zu ziehen, ohne von Kempelens Werk gesehen zu haben. Ich glaube sogar, daß die unmittelbare Begegnung mit dem Werk betörend wirkt, daß die geblendeten Augen den Verstand beherrschen – derlei droht nicht bei der Lektüre. In den Berichten stieß ich auf Stellen, die meine Zweifel verstärkten. Warum zum Beispiel öffnete von Kempelen die zahlreichen Klappen an dem Kasten am liebsten der Reihe nach, wobei er jedesmal die zuvor geöffneten wieder schloß? Und wenn er doch sämtliche Klappen des Tisches gleichzeitig aufmachte, war die Figur verschlossen. Warum konnte man nach dem Öffnen sämtlicher Klappen nicht überall durchgucken? Weshalb durfte man nur vor dem Spiel an den Kasten heran? Während des Spiels stand der »Türke« stets hinter einer kleinen Barriere, die die Zuschauer fernhielt. Wieso öffnete von Kempelen während des Spiels hin und wieder die hintere Klappe? Um die Mechanik aufzuziehen, wie er selbst behauptete, oder um frische Luft hineinzulassen? Warum verlangte er von den Partnern seines Schachspielers, daß sie die Figuren genau in die Mitte der Felder stellten? Und noch mehr solcher Fragen drängten sich mir auf, aber ich will euch nicht langweilen, meine Herren. Jedenfalls bin ich zu dem Schluß gelangt, daß jedesmal ein vorzüglicher Schachspieler da drin gesteckt haben muß, und da sich von Kempelen mit seinem Werk fast zwei Jahrzehnte lang produzierte, müssen es mehrere Schachspieler gewesen sein, zudem hervorragende, die mit ihm zusammengearbeitet haben und die das Geheimnis der Anlage kennen.

Im März dieses Jahres empfahl ich d'Antraigues, der Fährte dieser Spieler zu folgen. Wir hatten unverschämtes Glück. Zwei Monate später fand d'Antraigues einen von ihnen in Karlsbad, mit der Hilfe von Gimel, einem Agenten der Royalisten, gegenwärtig ihr Vertreter in Altona.[26] Meine Vermutungen bestätigten sich: Im Innern des Kastens saß stets ein lebendiger Schachspieler! Während das Innenleben der Vorrichtung vorgeführt wurde, schob er sich auf einem kleinen Brett auf Rollen an eine Stelle, die gerade durch die geschlossenen Klappen verdeckt war, und wenn alle Klappen offenstanden, steckte er in der Figur.«

Bathurst, der schon seit längerem den auf dem Tisch liegenden Stich betrachtete, unterbrach Castlereagh erneut mit einer Frage: »Wie denn das? Es sieht doch so aus, als ob hier keine Katze Platz hätte, alles ist voller Walzen, Federn, Hebel.«

»Der größte Teil des Mechanismus besteht aus Pappe und ist in Teilen zusammenfaltbar. Eben hier zeigt sich von Kempelens Genie. Die Dichte der Elemente erschwert es den

Zweiflern, das Innere genau zu erforschen. Nach dem Zusammenklappen des Mechanismus aber ist das Innere fast leer und bietet dem Schachspieler Bewegungsfreiheit. Sein linker Arm greift in den linken Arm des ›Türken‹, und so spielt er. Für den Überblick über die Lage auf dem Schachbrett sorgt ein System von Magneten und Seilen. Da haben wir das ganze Geheimnis.«[27]

Alle drei schwiegen, Castlereagh erschöpft nach seinem langen Vortrag, Bathurst und Perceval unter dem Eindruck des soeben gelüfteten Geheimnisses und darüber nachsinnend, auf welche Weise Castlereagh das Geheimnis wohl nutzen wollte. Das Schweigen brach Perceval: »Mylord, bevor Sie uns nun Einzelheiten Ihres Plans erläutern, wüßte ich gern, ob die zwei Männer, Gimel und der von ihm gefundene Schachspieler, von unserer Absicht wissen, Bonaparte zu entführen?«

»Nein. Gimel weiß nur, daß wir den Automaten bei einem großen Spiel verwenden wollen. Er wird der erste sein, mit dem der Chef der Operativgruppe nach der Landung auf dem Festland in Verbindung tritt. Gimel ist über die aktuelle Lage im Bilde und wird unseren Leuten eventuell notwendige Änderungen des Planes mitteilen. Der Schachspieler, den d'Antraigues bereits nach Berlin überstellt hat und mit dem Gimel weiterhin Verbindung unterhält, hat nur eine Aufgabe: für den Korsen ein Spiel zu arrangieren.«

»Bonaparte soll gegen den Muselmann spielen?« fragte Bathurst.

»Das läßt sich nicht vermeiden. Bonaparte ist ein begeisterter Schachspieler, er hat viel gespielt, sogar in Spelunken.[28] Auch jetzt spielt er häufig mit seinen Höflingen. Von dem von Kempelenschen Automaten muß er gehört haben, und sicherlich weiß er, daß er sich im Berliner Schloß befindet.«

Perceval, der sich, dem Hausherrn eine Mühe abnehmend, zum Kamin begab und Holz nachlegte, fragte: »Sie sagten,

Mylord, Bonapartes Spiel gegen den ›Türken‹ sei nicht zu vermeiden, woraus ich entnehme, daß es besser wäre, wenn dieses Spiel nicht in Berlin stattfände. Warum?«

»Viel besser wäre es, wir könnten ihm zuvorkommen, das Spielzeug an uns nehmen, es fortschaffen und es ihm an einem von uns erwählten Ort präsentieren. Aber dafür ist es zu spät. Die Franzosen sind in wenigen Tagen in Berlin. Zum Glück konnten wir noch im Schloß, als einen Mann der Wachen getarnt, den von mir schon erwähnten Mitarbeiter von Kempelens unterbringen. Der Alte wird den Franzosen, sollte Bonaparte Lust zum Schachspiel bekommen, den ›Türken‹ in Gang setzen helfen und schön aufpassen, daß das Geheimnis nicht an den Tag kommt.«

»Und was ist mit von Kempelen?« wollte Bathurst wissen.

»Er ist seit zwei Jahren tot. Zurück zur Sache: Wenn die Franzosen den Automaten finden, nehmen sie die Hilfe des Alten ohne Zweifel in Anspruch. Er stellt sich als Mechaniker vor, der den ›Türken‹ in Gang setzen kann. Sollte Bonaparte allerdings durch ein Wunder hinter das Geheimnis des Schachspielers kommen, ist unser ganzer Plan zum Teufel.«

»Wenn der ›Türke‹ zur Ausführung des Plans unerläßlich ist, kann er auch aus anderem Grund zum Teufel gehen«, warf Bathurst ein. »Es genügt, daß sich Bonaparte in das Spielzeug verliebt und Lust kriegt, es als Teil seiner Kriegsbeute nach Paris zu schicken.«

»Das habe ich einkalkuliert«, erwiderte Castlereagh. »In dem Fall stellt sich unser Alter als Eigentümer des Automaten vor. Ein Bonaparte bestiehlt keine alten Leute.«

»Aber er kann den alten Mann zum Verkauf nötigen.«

»Auch für den Fall ist vorgesorgt. Egal, wie sich die Franzosen des Automaten bemächtigen, wird er sich, noch bevor er zum Versand eingepackt ist, eines Nachts verflüchtigen, und weg ist er. Wir müssen auf alle extremen Eventualitäten gefaßt sein, denn wir müssen einfach den Automaten in unsere Hand bekommen, müssen ihn aus Berlin wegbringen und ihn seiner kaiserlichen Hoheit (dieser spöttische Unterton in Castlereaghs Rede!) dort präsentieren, wo wir zuschlagen. Das Wesen des Plans besteht darin, daß wir und kein anderer ihm an diesem Ort das Geheimnis des Wunderwerks eröffnen. Falls er es früher erfährt, können wir einpacken.«

Zum erstenmal erschien in Percevals Mundwinkel ein Lächeln, und obwohl es verrann wie ein Wassertropfen auf heißem Blech, blieben Spuren davon in den Augen und in der Stimme, als er sagte: »Ich verstehe allmählich, Mylord. In dem Moment, da wir Bonaparte das Geheimnis enthüllen, wird er der Verlockung kaum widerstehen, von der anderen Seite aus zu spielen und in den Kasten zu kriechen – wie ein Kind, das neugierig ist, wie seine Puppe von innen aussieht. Aber wenn er nun nicht will?«

»Das wäre verwunderlich, bei seiner Neugier für alle Dinge und Erscheinungen. Er vergöttert das Schachspiel, und er geht nur zu gern allen Mechanismen auf den Grund, nicht umsonst ist er Mitglied der Sektion ›Mechanik‹ des Institut de France. Doch für alle Fälle muß man dafür sorgen, daß jemand dabei ist, der ihn notfalls dazu bringt, die Mechanik von innen zu prüfen.«

»Paßt er hinein?« fragte Perceval.

»Leichter als mancher andere. Der Kasten ist für einen Mann mittlerer Größe bemessen, denn von Kempelen wußte, daß er nicht viele Zwerge unter den besten Schachspielern finden würde. Und Bonaparte ist ja beinahe ein Zwerg. Er wird mühelos hineingehen.«

»Und dann?« fragte Bathurst.

Perceval antwortete ihm: »Dann bleibt er eine Weile drin und kommt wieder heraus. Nur nicht er, sondern der Doppelgänger. Ist es so, Mylord?«

»Exakt. Der Kasten wird an der Wand stehen. Wenn hinter dem Korsen die Klappe zugeht, öffnet sich eine andere, die zur Wand hin, welche eine Öffnung zum Nebenraum verdeckt. Und dort sind unsere Leute und der Doppelgänger.

Bonaparte wird in Sekundenbruchteilen betäubt und aus dem ›Türken‹ geholt wie ein Brot aus dem Backofen, und seinen Platz im Kasten nimmt der haargenau so gekleidete Doppelgänger ein. Der Austausch dauert höchstens eine halbe Minute. Die ganze Schwierigkeit besteht darin, den Automaten aus Berlin zu entführen, den richtigen Ort zu finden und die Falle technisch vorzubereiten. Die Operativgruppe braucht einen guten Mechaniker, der die Konstruktion des Kastens unseren Zwecken anpaßt. Ich habe einen solchen Mann.«

»Und wo?«

»In Nottingham. Ich kann ihn jederzeit nach London bringen lassen.«

»Nein, ich meine, wo der Austausch stattfinden soll.«

»Ach so. Ja, das ist eine der schwierigsten Fragen. D'Antraigues hat mehrere Vorschläge unterbreitet, denn es war nicht voraussehbar, wo Bonaparte haltmachen wird. Einige der Städte entfallen bereits – Potsdam, Dresden, Leipzig, Erfurt. Sogar wenn er sich dort aufhalten würde, woran ich zweifle, wir kämen überall zu spät. Ebenso ist es mit Berlin; unsere Leute würden ihn dort kaum noch antreffen. Im französischen Stab entwirft man zur Zeit die Pläne für den langen Marsch gen Osten, das wissen wir von einem Emissär der Philadelphen. Zur Wahl stehen also Posen, wo er ohne Zweifel Aufenthalt nehmen wird, dann Warschau, Thorn oder Danzig. Schwer zu sagen, am wahrscheinlichsten ist Warschau. Aus vielen Gründen erscheint mir Posen für uns am günstigsten, ich fürchte jedoch, daß wir es auch dorthin nicht schaffen, es liegt zu dicht hinter Berlin …«

»Zum Donnerwetter!« schrie Bathurst. »Er steht doch erstmal ein paar hundert Kilometer vor Berlin, und wenn er dort eintrifft, läßt er sich für eine Weile nieder, um seinen Triumph zu kosten, so wie vor einem Jahr in Wien! Warum sollten wir da nicht in Posen auf ihn warten können?«

Castlereagh erstrahlte bei diesen Worten und umschloß mit herzlichem Händedruck Bathursts Rechte, vorübergehend ganz unenglisch und uncastlereaghhaft in seinem fast kindlichen Freudenausbruch: »Henry! Du machst also mit?! Glaubst du endlich, daß es real und machbar ist? Ich trinke auf dein Wohl, auf euer Wohl, meine Freunde.«

»Ich glaube gar nichts«, entgegnete Bathurst und hob sein Glas. »Aber ich habe Vertrauen in unseren Freund Spencer. Ich riskiere nicht viel, und sollte durch einen höllischen Glücksfall die Sache gutgehen, schmeißen wir die Whigs über Bord und treffen uns hier in derselben Runde wieder, um die Regierungsämter zu verteilen. Ich trinke auf deine Gesundheit, Robert, du wirst sie brauchen, wenn die Operation schiefgeht. Um die Angelegenheit zu vertuschen. Ich fürchte, das würde mehr Anstrengung kosten als ihre Vorbereitung.«

»Unke nicht.«

»Ich unke nicht, ich versuche vorauszuschauen. Wir müßten es also bis nach Posen schaffen, weil du den Ort für ideal hältst?«

»Genaugenommen geht es nicht um Posen, sondern um das Städtchen Szamotuły.[29] Es liegt zwanzig Meilen nordwestlich von Posen und ist insofern geeigneter, als nur knapp anderthalbtausend Menschen dort leben. Unsere Leute werden dort wahrscheinlich auf keine Obrigkeit stoßen, denn die Kleinstadt ist erst seit zehn Jahren preußisch.[30] Die Preußen werden sich verziehen, sobald die Franzosen über die Oder setzen, und neue Behörden und eine neue Polizei entstehen nicht sofort. In solch ein Nest begibt sich der Korse nicht mit seinem ganzen Hof und dem ganzen Geleit, eher erscheint er einfach so, mit ein paar Leibwächtern, wie das seine Art ...«

»Entschuldigen Sie die Unterbrechung, Mylord, aber wer garantiert uns, daß Bonaparte sich für das Nest interessiert und sich dort hinbegibt?« fragte Perceval.

»Daß er sich dort hinbegibt, niemand, wer kann schon für irgendeine Bewegung des Korsen garantieren? Es läßt sich nur vermuten. Es könnte ja auch zu solchen politischen Konstellationen kommen, daß er von Berlin aus nach Paris zurückkehrt, aber die Wahrscheinlichkeit einer solchen Wendung der Dinge ist äußerst gering. Fast sicher ist, daß er weiter nach Osten vorrückt, und wenn er das tut, macht er bestimmt in Posen halt. Für wie lange, ist nicht vorherzusehen, das hängt davon ab, wie sich die Lage an der Front entwickelt. Die Wahrscheinlichkeit seines Besuchs in Szamotuły steht acht zu zwei, wenn wir für Posen einen dreitätigen Aufenthalt annehmen. Jeder weitere Tage erhöht die Chance bis nahe hundert Prozent. Zu solcher Kalkulation berechtigt mich die Tatsache, daß er nicht erst anfangen muß, sich für Szamotuły zu interessieren. Das Interesse liegt schon länger zurück, man muß ihn nur daran erinnern.«

Das letzte Wort sprach Castlereagh schon am Konzertflügel. Er nahm ein weiteres Dokument aus der Schublade, deren bescheidene Abmessungen im Widerspruch zum Reichtum des schon daraus geborgenen und auf dem Tisch liegenden Inhalts standen. Castlereagh las, legte dann das Papier wieder dorthin zurück, wo er es hergenommen hatte, und kehrte zum Thema zurück: »Das hängt mit der Abkunft des Korsen zusammen. Nicht mit der wahren, sondern mit der königlichen, die er sich gern wie eine Kokarde an den Hut heften wollte. Seine Speichellecker haben herumgesucht und schließlich etwas Passendes gefunden. Ich habe hier einen Brief zu dem Thema, von einem Royalisten an William Pitt geschrieben. Er kam erst nach dem Tode des Premierministers an. Ich sage euch, Gentlemen, eine so amüsante Lektüre habe ich schon lange nicht mehr gehabt. Diese Narren haben nachgewiesen, daß Bonaparte in gerader Linie ... Na, ratet, meine Freunde, was er ist, aber da könnt ihr bis ans Lebensende raten, darum sag ich's euch: Ein Bourbone ist er! Hahaha!«

Der Verfasser des Memorials schreibt: »Sie lachten sich halbtot.« Sicherlich. Bathurst und Perceval wegen der überraschenden Pointe, Castlereagh, um die Erschöpfung abzulassen und zufrieden, weil er seinen Plan durchgesetzt hatte.

»Hört zu, worum es geht. Angeblich hat man Dokumente gefunden, die nachweisen sollen, daß der in die eiserne Maske geschlagene Bruder Ludwigs XIV. ein Kind mit der Tochter seines Gefängniswärters namens Bonaparte hatte und daß dieser Verbindung der korsische Zweig der Bonapartes entspringt. Gut, nicht wahr? Aber die Dokumente waren so plumpe Fälschungen, daß selbst der Korse Angst davor bekam, sich lächerlich zu machen, und die Publikation der Sache verbot. Nur, der Gedanke erregte ihn doch, er hat ihn nicht verworfen, im Gegenteil, er hat eine geheime Untersuchungskommission berufen, die in ganz Europa nach Spuren und Dokumenten, die ›eiserne Maske‹ betreffend, forscht.«[31]

»Offenbar träumt er von stichhaltigeren Beweisen für dieses Schäferstündchen mit Mademoiselle Bonaparte.«

»Jedenfalls ist der Korse in puncto eiserne Maske besessen, und das betrifft alle eisernen Masken. Er verlangt Meldung über jedwede, die in Archiven und Legenden ausgekramt wird. Einer kam er auf die Spur, als er nach der Schlacht von Ulm[32] einen schottischen Kaufmann aus Szamotuły verhörte, der, nach Genf unterwegs, nicht beizeiten aus der Festung hatte entrinnen können.«

»Ein Schotte aus Szamotuły?« wunderte sich Bathurst.

»Ja. Daran ist nichts Seltsames, in diesem polnisch-preußischen Nest leben seit dem sechzehnten Jahrhundert Schotten. Früher mal hatten sie dort eine große Kolonie. Aber was die Legende angeht ... Es gibt in Szamotuły einen Schloßturm, in den im sechzehnten Jahrhundert ein gewisser polnischer Aristokrat seine untreue Ehehälfte eingesperrt hat.[33] Der Sage nach mit einer eisernen Maske, die ihr auch nach dem Tode nicht abgenommen wurde. Bonaparte erhielt darüber einen ausführlichen Bericht, wir zum Glück ebenfalls, dank einem der Szamotułer Schotten, der Kontakt mit einem Verwandten unterhält, mit einem Mönch aus Glasgow, Allan Robertson[34], der wiederum ist mit den Wellesleys bekannt, deren guter Bekannter ich bin. Das also ist die Kette, über die ich von einem sonderbar in die Geschichte verliebten Franzosen erfuhr, der sich vor nicht ganz einem Jahr in Szamotuły herumtrieb. Der Franzose ließ sich Schnaps einflößen, den die Polen aus Getreide brennen, und erwies sich als redselig … Und ich vermute nun, daß Bonaparte neugierig sein wird und sehen will, wo die polnische Lady mit dem eisernen Kochtopf auf der Rübe gestorben ist.«

»Und wenn er es vergessen hat?« fragte Bathurst.

»Möglich wäre es, schließlich hat er Wichtigeres im Kopf. Aber dann findet sich jemand in der Nähe, der ihn erinnert.«

»Und wenn er trotzdem nicht dorthin will?«

»Dann wird man noch eine andere Attraktion erwähnen, ein zweites Exemplar des von Kempelenschen Schachspielers, der im Turm von Szamotuły versteckt ist.«

»Was aber, wenn er in Frankfurt haltmacht und Posen auf dem Weg nach Warschau nur flüchtig streift?« wollte wieder Bathurst wissen.

»Dann bringen wir den Schachautomaten nach Warschau. D'Antraigues hat dort zwei für unsere Zwecke günstige Gebäude ausfindig gemacht. Aus mehreren Gründen aber ist Szamotuły besser. Erstens hat d'Antraigues mit jenem Robertson, der dort wohnt und unseren Leuten notfalls behilflich sein kann, bereits Kontakt aufgenommen. Zweitens ist der Turm für unser Spiel ideal geeignet, er hat nämlich einen unterirdischen Verbindungsgang zur nahegelegenen Kirche. Drittens wohnt nicht ganz fünfzig Meilen südlich von Posen, also etwa sechzig von Szamotuły entfernt, unser Doppelgänger.«

»Ist er ein guter Doppelgänger?«

»Ein vortrefflicher. Er gleicht Bonaparte wie ein Ei dem anderen; er ist fast gleichaltrig mit ihm und nur einen Zoll größer. Daß er uns gehört, ist das Verdienst von William, d'Antraigues und dessen ›Pariser Freund‹[35]. Dieser Doppelgänger ist ein Mönch aus dem Kloster von Gostyn. Vor zwei Jahren kam er mit einer Delegation polnischer Papisten nach

Paris, um dem Korsen irgendwelche Versprechungen zu entlocken. Die Leute wurden nicht eben bestens behandelt, man hat sie abgespeist, es war der nervöse Moment der Kaiserkrönung, niemand hatte für sie Zeit, weder aus Bonapartes Umgebung noch er selbst. Statt dessen fand d'Antraigues' Informator Zeit für ihn, er entdeckte die Ähnlichkeit des Mönchs mit Bonaparte, obgleich der Pole langes Haar, einen Bart und eine Kapuze trug. D'Antraigues benachrichtigte darüber Pitt, der damals, nicht ohne Hesters Zutun, auf die Idee des Austauschs kam. Es war noch keine beschlossene Sache, William wollte nur einfach eine Trumpfkarte für die Zukunft in petto haben. Den Mönch nach England zu bringen ging nicht an, es hätte Verdacht erregt. Also wurde er mit einer ansehnlichen Armenspende durch den ›Pariser Freund‹ gekauft und kehrte in sein Kloster zurück, mit dem Auftrag, seinen Bart wuchern zu lassen und auf einen Mann zu warten, der zu ihm kommen und ihn mit der vereinbarten Parole ansprechen würde. Als Parole gilt die Zahl der Tage, die die Delegation an der Seine verbracht hat: einundzwanzig. Dem Mann, der sich mit der Parole bei ihm meldet, wird der Mönch gehorchen.«

»Weiß er, was wir mit ihm vorhaben, Mylord?« fragte Perceval jetzt.

»Er weiß, daß es um eine gegen Napoleon gerichtete Intrige geht. Von einer Vertauschung hat ihm niemand etwas gesagt, er hat auch nichts erfragt, aber er müßte ungeheuer dumm sein, um nichts zu ahnen. Man wird ihn erst während der Operation informieren. Als er nach Paris fuhr, war er Bonaparte gegenüber gleichgültig gesonnen, bei der Abreise haßte er ihn, denn er erfuhr, nicht ohne unsere Beihilfe, von der Art und Weise, wie der Korse den Papst behandelt hatte und auch von den Hintergründen des Konkordats, und er hatte mit eigenen Augen gesehen, wie dieser Parvenu Pius in der Kathedrale von Notre Dame zum Gespött machte, indem er sich selbst die Krone aufs Haupt setzte. Am Ende war seine ganze Delegation zu einem niederen Beamten vorgedrungen, der Korse wollte sie nicht empfangen. Unser Freund im Habit hat den Vorzug, daß er sich nicht auf das Jüngste Gericht verlassen möchte, er tut alles gegen Bonaparte.«

»Wenn er es sich aber in der Zwischenzeit anders überlegt hat und im letzten Moment ablehnt? Zwingen wird man ihn wohl nicht können, Mylord«, gab Perceval zu bedenken.

»Es hat sich bei ihm nichts geändert. D'Antraigues hatte im Juli dieses Jahres mit ihm Kontakt. Und was den Zwang betrifft ... Zwingen kann man jeden, Spencer, man muß nur wissen, wie. D'Antraigues, dem es gelungen ist, den Wohnort der geliebten Nichte des Mönchs ausfindig zu machen, gab ihm behutsam zu verstehen, daß, falls etwas schiefginge ... Das nur für alle Fälle, man kann ja bei einem solchen Spiel wie dem unsrigen nie vorsichtig genug sein.«

Castlereagh lehnte sich im Sessel zurück, und die Augen halb geschlossen ruhte er aus und wartete ab, was seine Gäste zu sagen hätten. Er war schon arg erschöpft, dabei blieb noch so vieles zu bereden: das Datum, die Geldmittel, die Operativgruppe, die Bewaffnung, die Pässe ... Er riß sich zusammen.

»Wenn ich es schaffen soll, muß die Operativgruppe spätestens in zwei Wochen aufbrechen, in den ersten Novembertagen. Bis dahin muß sie zusammengestellt und ausgerüstet sein. Zeit haben wir sehr wenig, selbst wenn ich einrechne, daß etliche notwendige Requisiten von mir schon vorbereitet sind, darunter eine Originaluniform der Chasseure der französischen Garde samt Hut, Ehrenlegion und Ordensband, alles haargenau so, wie es Bonaparte immer trägt ...«

»Augenblick, Robert!« Bathurst hob die Hand und stoppte Castlereaghs Redefluß. »Könnte es nicht sein, daß Bonaparte ausgerechnet an dem Tag etwas anderes anzieht?«

»Ja, das könnte sein. Dann dauert der Austausch nicht dreißig, vierzig Sekunden, sondern zwei, drei Minuten. Unterdessen sitzt einer unserer Männer im Kasten und spielt

Schach, um keinen Verdacht aufkommen zu lassen, und die übrigen entkleiden seine Majestät, damit der Mönch ins kaiserliche Gewand schlüpfen kann. Aber die Wahrscheinlichkeit ist gering, der Korse zieht nur selten etwas anderes an, und wenn, dann zu den Hofzeremonien, außerhalb von Paris so gut wie nie. Das erleichtert uns die Sache sehr. Doch zurück zu den Vorbereitungen: Seit mehreren Monaten bezahle ich drei Männer und halte sie in Bereitschaft, die wir für unsere Operativgruppe dringend brauchen. Einer ist ein vorzüglicher Mechaniker, ein Uhr- und Büchsenmacher, ein Mann mit goldenen Händen, der alles kann. Er heißt Heyter und stammt aus Nottingham. In Glasgow befindet sich der Mönch Robertson, der uns den Kontakt zu den Schotten in Szamotuły verschafft, in Bristol ein in unserem Sold stehender polnischer Offizier.[36] Er ist in der Gruppe der zweite außer dem Doppelgänger, der polnisch spricht, genau das brauchen wir in den Gebieten östlich der Oder. Ich denke, die Gruppe sollte insgesamt nicht mehr als zehn Leute umfassen. Sie zu finden ist Aufgabe des Chefs der Gruppe.«

»Und wer ist das?« fragte Bathurst.

»Noch niemand. Ich habe noch keinen solchen Mann«, antwortete Castlereagh.

»Wie, du hast noch keinen?!«

»Leider nein, Henry. Zwar konnte ich mir schon ein paar Bauern in die Tasche stecken, um sie bereit zu haben, aber für einen Befehlshaber braucht es einen von der nötigen Rasse, den kauft man sich nicht für ein paar Goldstücke, und der wartet auch nicht monatelang, bis ich ihm ein Zeichen zu geben geruhe. Einem solchen Mann müßte ich auch sagen, worum es geht, aber wie hätte ich das tun können, ohne vorher zu wissen, daß wir die Aktion durchführen? Ich mußte bis zuletzt damit warten. Ich weiß, das ist jetzt das schwierigste Problem.«

»Ja, Mylord, das wird nicht einfach sein«, sagte Perceval mit seiner klanglosen Stimme. »Wir können die Führung der

Operation nicht irgend jemandem übertragen. Das verlangt nach einem besonderen Menschen, wie man ihn nicht täglich auf der Straße trifft. Er muß intelligent sein, unternehmend, verwegen, ohne Skrupel und grenzenlos berechnend, aber wenn nötig, muß er die Grenzen des Risikos bedenken, er muß ein ausgezeichneter Organisator sein mit Nerven aus Stahl, Fuchs und Panther in einem. Dazu braucht er das Charisma eines Anführers, und er muß uns absolut ergeben sein. Wo finden wir den?«

»Es gibt einen solchen Mann in London – Wilson.[37] Als er vor einem Monat aus Südamerika wiederkam, dachte ich bei mir, daß er wie kein anderer geeignet wäre. Er hat gerade nichts zu tun und hält nach einer Beschäftigung Ausschau«, schlug Castlereagh vor.

»Dieser Whig-Reformator von Gottes Gnaden?« stieß Bathurst hervor. »Hast du seine Ketzereien[38] schon vergessen, Robert? Wir haben ihn damals ziemlich unsanft behandelt, dank unser landete er in Übersee. Er ist nicht nur ein Mann der Whigs, sondern auch Cannings[39] Freund! Der soll uns ergeben sein?«

»Dir und mir nicht. Aber wir sind drei. Sir Spencer kann Wilson in seinem Namen kaufen, ohne unsere Namen zu enthüllen. Wilsons Freundschaften tun hier nichts zur Sache, er ist ein ganz und gar unabhängiger Mann.«

Castlereagh und Bathurst sahen Perceval an. Der überlegte eine Weile, bevor er sich äußerte: »Wilson ist in der Tat ein Kater, der auf eigenen Wegen schleicht. Ich weiß nicht, meine Herren, ob der sich einkaufen läßt.«

»Man kann jeden kaufen«, erwiderte Castlereagh, »wenn man nur den Preis und die Währung kennt. Wilson ist vielleicht nicht mit Geld zu kaufen, aber möglicherweise damit, daß man ihm Gelegenheit gibt, dem Korsen einen Tritt zu versetzen. Er haßt ihn, jede Seite seiner Ägyptengeschichte trieft vor giftigen Bemerkungen.[40] Ich wäre ehrlich erstaunt, wenn er ablehnte.«

»Und ich ehrlich erfreut!« versetzte Bathurst. »So einer kann alles verpfuschen.«

»Nenn uns einen Besseren, Henry.«

»Vielleicht tue ich das, ich sage dir morgen Bescheid. Jedenfalls rate ich von Wilson ab. Er ist ein guter Soldat, aber ein Tollkopf.«

»Nur ein Tollkopf kann unseren Plan ausführen.«

»Er hat mit dem Geheimdienst zu tun, und mir wäre es lieber, wenn der Geheimdienst von unserem Vorhaben keine Witterung kriegt, denn wie du selber sagst, Robert, wimmelt es dort von Doppelagenten.«

»Wilson weiß das auch, er wird kein Sterbenswörtchen verlauten lassen. Noch etwas?«

»Ja. Wilson ist zu unerfahren, zu jung, er ist noch nicht mal dreißig.«

»Na großartig, das heißt, er hat genügend Energie in sich. Zu unerfahren? Henry, daß ich nicht lache. Dieser Mensch ist zwar noch keine dreißig, aber als einer von wenigen in Europa hat er schon den Maria-Theresien-Orden!«[41]

Wenn Castlereagh glaubte, daß Bathurst schwer zu überzeugen wäre, so irrte er. Denn während Bathurst die scharfen Entgegnungen des Freundes anhörte, kam ihm jäh die Erleuchtung. Ihm dämmerte eine Idee, wie er ein größeres Bratenstück aus der geplanten Intrige ergattern könnte. Er beherrschte sich und tat ganz ruhig, als er sagte: »Gut, ich bin einverstanden, unter einer Bedingung. Ich möchte, daß Wilson jemand beigegeben wird, der ihm auf die Finger guckt. Jemand, der ganz einer der Unseren ist, uns mit Leib und Seele ergeben.«

»Hat du einen konkreten Vorschlag?«

»Ja. Ich denke an meinen Verwandten, den Sohn des Bischofs, an Benjamin.«

»Aber Henry, der hat sich doch kaum den Milchbart abgeleckt, das ist ein Kind! Besser wäre sein älterer Bruder James, der Offizier.«

»Der Offizier!« brauste Bathurst auf. »Solche Offiziere gibt's zu Tausenden, da kannst du dir auch gleich einen von der Straße holen. Die sind gut gedrillt, die schreien bestens: ›*God save the King*‹, manchmal sterben sie ganz bravourös, aber mit dem Denken hapert's. Benjamin ist anders. Ein außergewöhnlicher Bursche, glaub mir. Dieses ›Kind‹ ist dreiundzwanzig, und vor seiner Heirat hat er mehrere Duelle überstanden, bei denen er seine Gegner als erste schießen ließ. Duelliert hat er sich natürlich wegen Frauen, er hat noch ein Hemd mit mehreren Einschußlöchern. Er ist der geborene Glückspilz, und Glück werden wir sehr brauchen. Er selbst hat nie jemanden getötet, nur verwundet, obgleich er ein ausgezeichneter Schütze ist, freihändig holt er die Vögel vom Himmel! Vor einem Jahr fuhr er nach Thirtleton Gap[42] und beleidigte in einer Kneipe zwei Champions, die an dem Tag gewonnen hatten. Für die beiden mußte der Arzt gerufen werden, sein Vater hat ihn knapp vor dem Gericht gerettet. Er könnte ein Meister sein, wenn Boxkampf etwas wäre, das einem Gentleman ansteht. Außerdem spricht er französisch und ein bißchen deutsch, und er spielt Schach. Was will man mehr?«

Castlereagh erwiderte nichts. Ihn überraschte, daß Bathurst die Dezimierung seiner Verwandtschaft um ein Mitglied riskieren wollte, und auch, daß da einer griffbereit war, den er in seine Rechnungen nicht einbezogen hatte, der sich indes als sehr tauglich erweisen konnte. Mit einer Handbewegung deutete er sein Einverständnis an und kam dann auf die letzten Details zu sprechen: »Meine Ausgaben ergeben bis jetzt eine abschließende Summe von zweihundertundachttausend Pfund. Hier ist der Nachweis, ihr könnt ihn überprüfen. Jeder von euch hätte fünfzigtausend Pfund in den gemeinsamen Topf zu geben, was noch nicht ausreicht, aber den Rest der Kosten deckt Baring.[43] Er finanziert einen beträchtlichen Teil unserer Vorhaben, ohne überhaupt zu wissen, was gespielt wird; ihm genügt, daß wir gegen Bonaparte vorgehen. Ich nehme die Beförderung der Operativgruppe auf mich. In zehn Tagen erwartet unsere Leute in Great Yarmouth eine extra schnelle Brigg, die bringt sie aufs Festland. Du, Henry …«

»Wo gehen sie an Land, Mylord?« fragte Perceval.

»In Altona bei Hamburg. Ich denke, diese Stadt werden die Franzosen nicht einnehmen, wenigstens nicht so bald. Sollte sich vor Ort herausstellen, daß eine Landung dort nicht möglich ist, wird man irgendwo an der Küste an Land gehen.«

»Und wie kommen sie zurück?«

»Dasselbe Schiff wird sie in Kolberg erwarten. Unser Vertrauensmann dort ist ein Bierbrauer …« Castlereagh mußte sich noch einmal zum Flügel bemühen und seinem Gedächtnis nachhelfen. »… ein gewisser Nettelbeck.[44] Kolberg ist eine starke Festung, falls es jedoch zur Eroberung kommt oder auch nur zu einer Belagerung, wird das Schiff westlich von Kolberg warten, an einem festgelegten Punkt der Küste.«

»Und was soll ich tun?« fragte Bathurst.

»Du, Henry, du wirst dich in der Bank von Rothschild um die Auszahlungen aus Barings Kredit kümmern. Sie sollen uns den Gegenwert von sechzigtausend Pfund in Francs sowie in sächsischer und preußischer Währung auszahlen und vierzigtausend in Gold. Sir Spencer übernimmt Wilson und, mit Hilfe d'Antraigues', die Besorgung sächsischer Pässe für unsere Leute. Sie werden sich als irische Flüchtlinge ausgeben, es sei denn, Gimel kommt vor Ort eine andere Idee. Sowieso wird man des öfteren improvisieren müssen … In zwei Tagen spätestens möchte ich wissen, ob Wilson mitmacht.«

Alles war gesagt. Erst jetzt, da die Herren halb in den Sesseln lagen, jeder in sich gekehrt, begriffen sie so recht, auf welches Wagnis sie sich einließen. Die ganze Zeit über war es ihnen bewußt gewesen, doch Castlereaghs Beschwörungskraft, der Haß auf Napoleon, der wärmende Punsch und die Atmosphäre der Zusammenkunft, die wie jede Konspiration ihre magische Ausstrahlung hatte und aus erwachsenen Männern kleine Buben mit glühenden Köpfen machte – all das hatte die angeborene Skepsis und die Zweifel gedämpft. Allzu leicht waren im Gespräch alle jene Gedanken verflogen, die sich jetzt wie eine Herde aufgeschreckter Pferde drängten, den Verstand bestürmten und eine Unsicherheit weckten, die Angst nahekam. Das Feuer im Kamin war erneut heruntergebrannt, eine nach der anderen erloschen die Kerzen und ließen den Salon in kühlem Halbdunkel versinken, welches Ernüchterung brachte.

Die Minuten verstrichen, keiner der Herren regte sich, sie wußten, daß jeder dasselbe dachte, und wartete ... Worauf? Hätte einer von ihnen, Bathurst oder Perceval, jetzt geschrien: »Hört mal, das ist Wahnsinn, laßt die Finger davon!«, hätte wahrscheinlich selbst Castlereagh nicht mehr widersprochen und wie bisher versucht, vom Gegenteil zu überzeugen. Vielleicht wartete auch er auf solche Worte, denn ihm mochte klar sein, daß, wenn sie diesen Salon verließen, eine Umkehr ausgeschlossen war. Aber keiner brach das Schweigen, und in der Regungslosigkeit wurden ihre Gesichter, im Schein der letzten noch brennenden Kerzen, Gespensterfratzen ähnlich, unnatürlich in der Kraft des Ausdrucks, braungolden, aus tiefen Schatten gekerbte Reliefs.

Als erster besann sich Perceval, er zog die Uhr aus der Tasche und sagte leise, mit kaum spürbarer Betrübnis in der Stimme: »Es ist nach Mitternacht.«

Niemand antwortete ihm.

»Mein Kutscher ist bestimmt schon zu Eis erstarrt. Gute Nacht, Mylord.«

Perceval und Bathurst gingen gemeinsam. Castlereagh beschloß, an Ort und Stelle zu übernachten. Er verabschiedete die beiden mit den Worten: »Beeilung, Gentlemen. Die Zeit ist jetzt alles ...«

Auf der Straße reichte Perceval Bathurst die Hand und flüsterte, halb an ihn, halb an sich selbst gewandt: »Das Geheimnis ist jetzt alles. Wenn Canning oder einer von unseren Feinden unsere Absichten entdeckt, wird er versuchen, uns die Suppe zu versalzen, anschließend steckt er's dem König, und wir sind erledigt.«

Bathurst zuckte die Achseln und ging zu seiner Kutsche, mit einem Schlag auf die Schulter weckte er den auf dem Bock schlafenden Mann. Der König? Dieser Irrsinnige, das dankbare Objekt für die französischen Karikaturisten?[45] Bei Percevals letzten Worten hätte er fast geknurrt: »Seine Königliche Majestät kann mich mal am A ... lecken!« Aber er hatte es unterdrückt. Nicht nur, weil er damit den alten Verehrer des Throns hätte beleidigen, sondern auch weil der Kutscher oder ein verspäteter Passant ihn hätte hören können, was sicherlich übel ausgegangen wäre, zieht man die Zuneigung des Pöbels zur Majestät in Betracht. In England kann man zwar seit Jahrhunderten so denken, aber so zu reden wäre nicht nur unangebracht, sondern geradezu gefährlich. Dank seiner Beziehungen mußte Bathurst nicht den Tower[46] fürchten, ähnlich jenem russischen Aristokraten, der im Suff gesagt hatte, daß er »den Zaren im A ... habe«, und, statt nach Sibirien geschickt zu werden, zu einer Geldstrafe verurteilt wurde »wegen der Verbreitung unwahrer Nachrichten über den Aufenthaltsort des Allerdurchlauchtigsten Herrn«, aber er faßte seine Wut nicht in Worte. Nicht nur, weil er von Natur aus vorsichtig war. In dem Augenblick, da er jenes dachte, wurde ihm bewußt, daß er selber noch viel irrsinniger war und daß ihm, wenn er am nächsten Tag aufwachte, dieser ganze Abend wie ein törichter Traum vorkommen würde.

Die Kutsche ruckte und rollte los. Als die Peitsche knallte, hob Bathurst den Kopf und bemerkte am Fenster im Obergeschoß eine reglose Gestalt. Castlereagh sah ihn nicht, er schaute in den Sternenhimmel. Wonach suchte er dort? Nach dem Schicksal des Schachautomaten? Das war ungewiß, aber sie wollten es bestimmen, indem sie einen Bauern gegen einen König tauschten. Im Schachspiel hieß das wohl die

Beförderung des Bauern? Ja, nur tauschte man dabei einen Bauern in einen Springer oder in einen Läufer ein, niemals in einen König. Eine solche Spielregel gab es nicht. Demnach schickten sie sich an, dem alten Spiel eine neue Regel aufzuzwingen ... Eine neue Spielregel ... von Kempelens Schachautomat ... die Stadt mit dem Turm ... wie hieß doch der Turm? Wahnsinn ... schlafen, schlafen ... In aller Morgenfrühe würde er beginnen und Perceval zuvorkommen, unbedingt ... ach, schlafen ...

Bathurst verbrachte eine unruhige Nacht, Alpträume quälten ihn. Er wurde wach, als der Morgen dämmerte, und eine Stunde lang lag er mit offenen Augen da und überdachte den am Abend zuvor gefaßten Entschluß – den Entschluß, Castlereagh die Initiative aus der Hand zu nehmen. Wenn er schon bei diesem verrückten Spiel mitmachte, dann wollte er aufs Ganze gehen. Wenn sie verloren – Pech, dann würden sie gemeinsam mit den Zähnen knirschen. Falls sie aber gewannen, mußte er der erste Gewinner sein. Ein Bathurst, Mitglied des organisierenden Dreimännerbundes, das war zuwenig, das war nur der dritte Teil, der größte Ruhm und der Sessel des Premierministers dagegen würden an den Initiator, an Castlereagh, gehen. Aber ein Bathurst im Triumvirat und ein zweiter als Chef der Operation, das wäre schon ein nicht zu übertreffendes Zweiergespann. Wenn die Sache Erfolg hatte, wem würden dann die Öffentlichkeit und die Geschichte, wissend, daß die Bathursts Hirn und Hand gewesen waren, den Lorbeer zuerkennen? Den Bathursts! Dem Bathurst! Dem Grafen Henry Bathurst!

Er stand auf, nahm einen Bogen Briefpapier und setzte sich an den Schreibtisch, auf den die ersten Strahlen der aufgehenden Sonne fielen.

2. Die Rekrutierung

Hätte am Morgen des 22. Oktober 1806 einer der um diese frühe Stunde seltenen Passanten beobachtet, wie ein junger Mann die Adelphi Terrace[1] und den Strand entlangmarschierte, er wäre verwundert gewesen. Freilich wäre es schwierig gewesen, überhaupt etwas zu sehen, denn der dichte Nebel, der sich in der Nacht über London gesenkt hatte und sich mit Tentakeln aus milchigen Schwaden an Erde und Themse klammerte, wich nur widerwillig. Wenn er aber hartnäckig die Augen zusammengekniffen hätte, dann würden ihm alsbald zwei weitere hartnäckige Männer aufgefallen sein. Etwa ein Dutzend Meter hinter dem jungen Mann nämlich tappte ein in einen langen Mantel gehülltes Individuum, streng darauf bedacht, den Abstand zu seinem Vorgänger um keinen Zoll zu vergrößern oder zu verringern. Ein ähnliches tat eine gebückte kleine Person, die mit weichem Katzentritt ihrerseits dem Träger des langen Mantels in einer Entfernung folgte, die eben noch die Sicht auf die Gestalt garantierte. Es war, als ob eine im Nebel unsichtbare Schnur die drei Menschen miteinander verband und ihr Fortbewegungstempo abstimmte.

Ein zweiter Anlaß zur Verwunderung hätte der für die Jahreszeit höchst eigentümliche Aufzug des jungen Mannes sein können. Der Jüngling schien soeben aus dem Klub gekommen zu sein und vergessen zu haben, den Mantel überzuziehen. Trotz der durchdringenden Kälte trug er nur Frack und Hut, eine schwarze Weste, Hosen derselben Farbe sowie eine weiße Krawatte, die neben den Silberbeschlägen des Spazierstocks den zweiten hellen Akzent in dieser drapierten Flut aus Schwarz bildeten, die so gar nicht dem Brummellschen Standard[2] entsprach.

Am meisten jedoch hätte das Verhalten des Jünglings verwundern müssen, als ein Kohlenträger, ein Ungetüm von einem Kerl, seine Wege kreuzte – voll wie ein Faß und schwankend, halbblind vom Alkoholrausch und vom Nebel. Als der Trunkenbold das entgegenkommende Hindernis bemerkte, warf er sich zur Seite herum, um auszuweichen, doch so unglücklich, daß er mit einem Schuh an einem hervorstehenden Pflasterstein hängenblieb, und sein ganzer wuchtiger Körper schleuderte nun nach vorn, mit dem Gesicht in Richtung eines Ziegelsockels, ein Zusammenstoß schien unausweichlich. Da aber – das Ungetüm war schon auf halber Flugbahn, vollführte das rechte Handgelenk des Jünglings eine kaum merkbare Bewegung, und schnell wie ein attackierender Degen durchschnitt der Spazierstock die Luft, traf mit der Spitze zwischen zwei senkrechte Stäbe des aus dem Sockel aufragenden Zauns, genau oberhalb der Querstange, und auf die stützte er sich. In demselben Sekundenbruchteil schlug die Brust des Kohlenträgers gegen den Stock, und da das Holz kein bißchen nachgab, prallte die Brust zurück und fiel auch kein zweites Mal nach vorn, denn der Jüngling hielt mit seiner Linken den Trunkenbold fest und setzte ihn auf den Erdboden. Danach schenkte er ihm keinerlei Aufmerksamkeit mehr, alles, was er getan hatte, war gleichsam widerwillig geschehen, und augenblicklich ging er weiter seiner Wege.

Der Jüngling hatte eine schmale Taille und einen schlanken, mädchenhaften Körper, lange Beine und lange Arme – zarte Arme, wäre man geneigt zu sagen, hätte man nicht die beschriebene Szene gesehen, während der sich der rechte wie der linke für einen Augenblick in stählerne Hebel verwandelt hatten.

Er strebte Mrs. Gibsons Hause zu, um sich dort Castlereagh vorzustellen und mit ihm über die Befehligung eines Kommandos[3] zu sprechen, das auf dem Festland die Operation »Schachspieler« durchführen sollte. Der junge Mann war offensichtlich nicht Wilson, wie Castlereagh sich gewünscht hatte. Bathurst, der schließlich einen ganz anderen haben wollte, hatte nämlich eingegriffen. Er hatte Perceval keine Chance gelassen, Wilson zu dingen, kannte er doch besser als Castlereagh die Währung, für die man diesen Menschen kaufen konnte. Vor allem anderen – vor Spionage und Abenteuer, vor Hasard und bewaffnetem Kampf – war dies die Diplomatie. Wilsons größter Traum war es, in der Politik eine große Rolle zu spielen, Einfluß auf die Geschichte zu nehmen, nicht auf die kleine, auf der Kulissenseite, sondern auf die ganz große, die man als Minister mitbestimmt, als bevollmächtigter Gesandter, als Botschafter, Konsul, Geschäftsträger. Er eignete sich freilich dafür wie ein Tiger als Seelenhirte der Füchse, was rasch bemerkt worden war, und niemand – auch nicht diejenigen, die an ihm den kompromißlosen Kämpfer bewunderten – mochte einen Menschen zum Diplomaten machen, der nicht begriff, daß in der Diplomatie füchsische Schläue und Geduld walteten und die Strategie der Faust[4] ins Abseits drängten. Einem solchen Mann die Beteiligung an einer offiziellen diplomatischen Mission anzutragen, bedeutete, ihn mit Haut und Haar zu kaufen und ihn von allen übrigen Dingen dieser Welt abzulenken.

Die nächste derartige Mission war die geplante Entsendung Lord Hutchinsons an den preußischen Hof. Hutchinson, seit geraumer Weile Wilsons Protektor, wollte ihn mitnehmen, was jedoch im Hinblick auf Wilsons ziemlich, sanft ausgedrückt: unausgeglichene Wesensart den Widerspruch einiger anderer einflußreicher Whigs auslöste. Genau das nutzte Bathurst, und da er über ausreichende Beziehungen verfügte, konnte er binnen weniger Stunden die erwähnten Einwände des Foreign Office beseitigen. Bereits am Mittag des 21. Oktober erhielt Wilson in der Downing Street die offizielle Bestätigung seiner Teilnahme an Hutchinsons Mission, so daß er, als kurz darauf Perceval bei ihm eintraf und ihm vorschlug, einen antifranzösischen Diversionsakt auf preußischem Territorium zu lenken, erklärte, er könne die Aktion nicht übernehmen, da er im Begriff stehe, sich als Regierungsvertreter seiner königlichen Majestät ebendorthin zu begeben.[5] Er gab lediglich sein Wort, niemandem etwas von diesem Vorschlag zu sagen.

Nachmittags um halb vier Uhr hatte Castlereagh Bathurst besucht und ihn über den betrüblichen Zustand der Dinge informiert. Die Unterredung, in der der Entschluß gefaßt wurde, an die Spitze der Operativgruppe Benjamin Bathurst zu stellen, war kurz und verlief genauestens nach dem von Henry Bathurst verfaßten Drehbuch. Castlereagh, von Bathurst zur Tür geleitet, fragte: »Wann erwartest du ihn?«

»Ich habe ihm eine Depesche gesandt, mit der Bitte, mich baldigst zu besuchen. Er müßte jeden Augenblick hier sein.«

»Wenn er zusagt, schick ihn zu Mrs. Gibson. Ich habe in ihrem Haus einen Sammelpunkt für die Operativgruppe eingerichtet. Heyter und der Pole müßten bereits morgen ankommen. Bloß ... Ja, wird er zusagen? Ich habe allmählich schon ein ungutes Gefühl, unser Start war schlecht.«

»Ich bin nicht abergläubisch, Robert, und ich denke, es sieht durchaus nicht schlecht aus«, erwiderte Bathurst. »Wilson spricht kaum Deutsch, was vielleicht noch nicht so ins Gewicht fällt, aber noch schlechter beherrscht er seine Nerven. Was Benjamins Zusage angeht, die ist gewiß.«

»Sei nicht allzu sicher, Henry, damit wir nicht eine neue Enttäuschung erleben. Meinst du, er trennt sich so einfach von seiner frisch Anvermählten?«

»Ich kenne das Ehepaar hinreichend gut. Und was Benjamins Entschlußkraft betrifft ... Du hast selbst gesagt, man könne jeden kaufen, man müsse nur wissen, womit. Ich weiß, womit Benjamin zu kaufen ist. Es genügt, daß ich zwei Worte sage.«

»Was für Worte?«

»Zum Beispiel, daß es sich um eine undurchführbare, ganz unmögliche Operation handelt, etwas in dieser Art. Überlaß das mir. Heute abend oder morgen früh wird er bei dir sein. Vielmehr bei Mrs. Gibson.«

Benjamin Bathurst, geboren 1784, Verwandter des dem Leser schon bekannten Henry Bathurst und Sohn eines anderen Henry Bathurst, seit 1805 Bischof von Norwich, erschien tatsächlich noch am Nachmittag desselben Tages (des 21. Oktober 1806), und zwei Stunden lang lauschte er dem einigermaßen genauen Bericht von der im vorherigen Kapitel beschriebenen Zusammenkunft. Dann, als er das Angebot hörte, fragte er: »Warum hat Wilson nicht gewollt?«

»Ich weiß nicht, wohl darum, weil er die Sache für Wahnsinn hielt. Er hat nicht ganz unrecht, schließlich sind zwölf- oder fünfzehntausend Pfund Bezahlung und ein Beförderungsversprechen etwas wenig für die neunundneunzigprozentige Chance, das Leben einzubüßen. Darum verlange ich nicht, daß du dich sofort entscheidest. Gib mir morgen Antwort. Du hast … genau vierundzwanzig Stunden Zeit zum Überlegen.«

»Nicht nötig, ich bin einverstanden.«

»So schnell? Willst du nicht erst mit deinem Vater und mit Phyllis[6] reden? Wie denn das?«

»Lassen wir um Himmels willen seine Heiligkeit meinen Erzeuger und ihre Heiligkeit meine Ehefrau in Frieden. Die beten so verbissen, daß ihnen meine Abwesenheit gar nicht auffallen wird. Sag ihnen, daß ich verreist bin, in diplomatischer Mission, oder sag ihnen sonstwas.«

Der ältere Bathurst hatte sich nicht getäuscht, als er Castlereagh gegenüber die Sache als bereits erledigt betrachtete. Seinen Scharfsinn und seine Kenntnis von Benjamins Charakter nutzend, hatte er dem jungen Mann keine Chance eingeräumt, abzulehnen. Rasch aber sollte er sich auch davon überzeugen, daß er diesen Charakter nicht so gut kannte wie angenommen. Am Ende der gemeinsamen Mahlzeit sagte er zu Benjamin: »Du mußt noch heute zu Castlereagh.«

»Ausgeschlossen«, kam die Antwort. »Ich gehe heute ins Covent Garden.«[7]

»Herrgott, Benjamin! Meinst du nicht, du solltest jetzt solche Dummheiten wie das Theater beiseite lassen?«

»Nein. Ich gehe morgen zu Castlereagh. Und was das Theater angeht, so ist es Dummheit, dieses für Dummheit zu halten. Kennst du einen zweiten Burschen, der so viel Sinn macht wie mein Freund Hamlet?«

Henry Bathurst bedrängte seinen Cousin nicht länger und bewies damit wiederum, daß er ihn doch recht gut kannte.

Am Abend dieses Tages, nach der Theateraufführung, schlüpfte Benjamin hinter die Kulissen, um eine Stunde später das Theatergebäude mit einer niedlichen jungen Schauspielerin, einer Bekannten von ihm, zu verlassen. Der Schauspielerausgang führte auf die dunkle, von Prostituierten frequentierte Mart Street[8] hinaus.

Als Bathurst und seine Begleiterin auf die Straße traten, hörten sie aus einer etwa ein Dutzend Yard entfernten unbebauten Lücke zwischen zwei alten Gemäuern die verzweifelten Schreie einer Frau.

»Warte hier«, sagte Benjamin und rannte los.

Ihm zuvor kam ein alter Bettler, dem das eine fehlende Bein ein einfacher Stock ersetzte, auf dessen oberes Ende er die Achsel stützte. Der Bettler schrie: »Laßt sie, weg da, ihr Scheusale! Laßt sie in Frieden!«

Seine Worte galten mehreren Gestalten, die auf eine an der Erde liegende Frau eintrampelten und versuchten, sie von einer in die Hauswand eingelassenen Sprosse loszureißen, an die sie sich klammerte.

»Hau ab, Hinkebein!« brummte einer der Männer, ein großer Blonder in Matrosenhemd.

»Laßt sie los, ihr Kanaillen! Mach dich hier weg, du!«

Der Bettler sprang zu dem Blonden und wollte ihn mit der Krücke schlagen, aber ob er nun das Gleichgewicht verlor oder ob er einen Stoß erhielt (Benjamin hatte es im Dunkeln nicht sehen können), jedenfalls stürzte er jammernd zu Boden. Der Blonde beugte sich über ihn und zog ein Messer aus dem Stiefelschaft. Die Straße hallte wider vom Brüllen der Frau: »Nein, nein! Tut ihm nichts, ich gehe, ich gehe von selber! Ich flehe euch an, tut ihm nichts!«

Der Bandit holte bereits zum Schlag aus, als er in seinem Rücken die leise gestellte, höfliche Frage hörte: »Hast du nicht gehört, Freund? Die Dame bittet dich um etwas.«

Er drehte sich um und sah Benjamin. Er war an Lärm und gefletschte Zähne gewöhnt, und obwohl er ein alter Hase war und das Spiel mit dem Feuer für ihn zum alltäglichen Handwerk gehörte, spürte er nicht, daß er hier einen Mann vor sich hatte, der flüsterte, sobald er zum Tier wurde.

»Willst du auch was abhaben, du Lackaffe?«

»Erraten, Freund.«

»Da, bitte sehr!«

In diese Worte mischte sich das Pfeifen des Degens, der wie eine Peitsche auf das Handgelenk des Angreifers niederging, die Haut bis zum Knochen durchschnitt, das Messer zum Fallen brachte und der Kehle ein schmerzhaftes Wimmern entriß. Im nächsten Sekundenbruchteil blinkte der Degen über den Kopf des zusammengekrümmten Banditen hinweg, schlitzte dessen Kumpan die Backe bis zum Zahnfleisch auf und blendete einen zweiten durch einen Blutstrom, der sich aus seiner Stirn ergoß. Den schmalen Zwischenraum zwischen den Mauern erfüllte das sich zum Chor vereinende Wehgeschrei der Fliehenden, während Benjamin die Degenklinge an den Lumpen des Bettlers trockenrieb und die Waffe in seinen Spazierstock zurückschob, der zugleich Scheide war.

Die Frau, eine Straßendirne, ausstaffiert wie ein Papagei mit billigem Modekram und mit Rouge auf den Wangen von den Lidern bis zu den Lippen, stand von der Erde auf und gab dem Alten seine Krücke. Dann wandte sie sich an Bathurst: »Wie können wir Ihnen das bloß danken, Herr? Wenn Sie wollen, komm ich mit Ihnen, kostet auch nichts, einfach so, Herr, aus Dankbarkeit ...«

»Genug davon!« unterbrach Bathurst sie. »Was wollten diese Leute von dir?«

»Die wollten mich in ihr Bordell schleppen und einsperren. Die schnappen hier schon seit 'ner Woche die Mädchen weg, die müssen dann für sie arbeiten und kriegen nichts als zu fressen. Das sind die Schufte vom Doc ... das heißt vom Doktor, so nennen sie den.«

»Sei still!« schrie der Bettler. »Sei bloß still, sonst erlebst du den morgigen Tag nicht! Peggy Jones hatte auch so eine lose Zunge!«[9]

»Ich werde nicht still sein«, gab das Mädchen zurück. »Ich sage alles, und dann gehe ich nach Plymouth, da kann man auch seinen Lebensunterhalt verdienen. Nein, ich bin nicht still, ich sage ...«

»Bitte, halt den Mund«, wiederholte der Bettler flehend.

»Kennst du den Mann?« fragte Benjamin, auf den Bettler zeigend.

»Das ist mein Vater, gnädiger Herr, mein Vater ...«

»Also, Papa, misch dich hier nicht ein.« Bathurst sagte dies in einem Ton, daß sich der Bettler wie unter einem Peitschenhieb krümmte. »Und du rede. Wer ist dieser Doc?«

»Doc? Na, der Doktor. Keiner weiß, wie er heißt, noch kein Mensch hat ihn gesehen. Aber er hat hier das Sagen ... überall. In Saint Gilles, in Spital Fields, bei Fleet und Storegate[10] zittern alle, solche Angst haben sie vor ihm. Überall hat er seine Räuber, die nehmen einem das Verdiente weg, jeder Kneipenwirt, jeder *pawn-broker*[11], jeder Spitzbube muß ihm Schutzgelder zahlen, und wenn einer nicht will, den schlagen sie zusammen oder zack! und aus ist es mit ihm, vorbei.«

»Aber zwei Schritte von hier habt ihr doch die Polizei.«

Mit einer heftigen Kopfbewegung schleuderte das Mädchen die schwarze Haarflut in den Nacken und lachte krächzend los: »Die Polizei, daß ich nicht lache! Mein Herr, hier wissen ja sogar die Ratten, daß Doc mit der Polizei auf du und du ist. Die Polizei, hahaha!«

Bathurst ging durch den Sinn, daß ihm dieser geheimnisvolle Doc wie ein Stern vom Himmel fiel. Und wenn er sich ein Jahr lang den Kopf zerbrochen hätte, wäre ihm keine bessere Gelegenheit eingefallen, um die Prüfung vorzunehmen, ohne die nichts gehen würde.

»Die dich geschlagen haben, waren Docs Leute?« fragte er.

»Ja, gnädiger Herr.«

»Wo finde ich die? Na, was machst du für Augen? Ich frage, wo ich die finde!«

»In der Nähe, Herr, in der Gasse hier, die Leute nennen sie Low Lane, in der Taverne ›*The Blind Cat*‹. Aber gehen Sie da lieber nicht hin.«

»Wo wohnt ihr?«

»In den hinteren Slums.«[12]

»Macht, daß ihr nach Hause kommt.«

Erst jetzt erinnerte sich Benjamin, daß er seine Begleiterin allein gelassen hatte. Als er eben weggehen wollte, hielt ihn das Flüstern des Straßenmädchens auf: »Ich habe heute nichts eingenommen, der Kleine wird hungrig sein.«

»Du hast ein Kind?«

»Ja, gnädiger Herr, einen Sohn.«

Benjamin griff in seine Tasche und gab ihr eine Münze.

»Aber, gnädiger Herr, das ist ja Gold!«

»Ich weiß. Es wird für ein paar Tage reichen. Die paar Tage bleib zu Hause sitzen. Du brauchst London nicht zu verlassen. Bis zum Ende des Monats wird es Doc und seine Bande nicht mehr geben. Das verspreche ich dir.«

Wiederum wurde er, als er gehen wollte, aufgehalten. Der Bettler war herangekommen und sagte: »Ich weiß, Herr, wer Sie sind und warum Sie tun, was Sie tun, aber ich weiß auch, daß ich nie im Leben einen Menschen gesehen habe wie Sie. Ich weiß, daß meine Worte Ihnen nichts bedeuten, aber ich bin alt, und ich kenne diesen Teil der Stadt von Kind auf, darum hören Sie: Hier hat die Macht des Königs nie was zu sagen gehabt, auch sonst keine Macht, nur solche Leute wie Doc. Vor ihm war hier, in meinem alten Leben, der Harfenspieler, vor dem war Wild[13], und vor Wild war bestimmt ein anderer, ähnlicher. Sogar wenn der gnädige Herr eine ganze Armee herbrächte, könnte die nichts ausrichten, denn hier gibt es mehr unterirdische Verliese und Keller als Straßen. Lassen Sie sie lieber in Frieden, Herr, Sie fangen ja man gerade erst an zu leben.«

»Und du bist am Ende?« fragte Benjamin.

»Ja, Herr, aber ...«

»Schluß jetzt! Ich habe keine Zeit. In zehn Tagen, wie gesagt, ist es soweit.«

Aus der Dunkelheit tauchte die Gestalt der kleinen Schauspielerin auf.

»Benjamin! Willst du noch lange hier herumstehen? Ich bin erfroren! O Gott, dein Mantel!«

Der Pelerinenmantel, der während der tätlichen Auseinandersetzung von den Schultern gerutscht war, hatte in einer Pfütze Wasser gezogen und sah aus wie ein schmutziger Lappen. Benjamin winkte gleichgültig ab, nahm die Gefährtin seiner Nacht unter den Arm und entfernte sich mit ihr, ohne die Dirne und den Alten länger zu beachten.

Das Straßenmädchen preßte in der Hand die Goldmünze und sah den beiden nach, starrte auf das Spitzenkleid und die kunstvoll gekräuselten Goldlocken der anderen, auf ihre lackglänzenden Schuhe und das dem Gesicht des Mannes zugekehrte zarte Profil; das zwitschernde Stimmchen war immer schwächer zu hören, bis beide Gestalten hinter der Ecke des Theaterhauses verschwanden. Aus den Augen der Dirne tropften Tränen und schnitten zwei schmale Furchen in die Schicht aus Rouge.

Nachdem wir diese Ereignisse geschildert haben, die einige Stunden zurückliegen, können wir uns nun wieder jenem frühen Mittwoch morgen des 22. Oktober 1806 zuwenden, da

Benjamin Bathurst, verfolgt von einem lebenden Schatten, der seinerseits nicht ohne Schatten war, auf sein Ziel zuschritt. Als er in der Adelphi Terrace am Haus Nr. 5 vorüberkam, zog er ehrerbietig den Hut, was – da ihm niemand entgegenkam und auch niemand am Fenster stand – einen Fremden vom Kontinent wohl verwundert hätte. Nicht indessen einen Londoner, denn die Londoner wußten, daß in ebendiesem Hause der große Garrick[14] seinen letzten Hauch getan hatte. An der Adelphi Terrace Nr. 5 wurde so mancher Hut gelüpft.

Vom Strand bog Benjamin in die Southampton Street ein, danach erreichte er über Covent Garden, James Street, Long Acre und Drury Lane schließlich High Holborn. Nicht unangebracht scheint die Erwähnung, daß er unterwegs einen Abstecher vornahm, um jene Gasse ohne Namen zu suchen, die im Volksmund Low Lane hieß. Es nahm dies etwas Zeit in Anspruch, und als er an die Tür von Mrs. Gibsons Haus klopfte, schlug eine gewisse Turmuhr die letzten Töne der neunten Stunde.

Nicht zu glauben! dachte Castlereagh beim Anblick des eintretenden Bathurst.

Unglaubhaft erschien seiner Hoheit dem Lord, daß dieses blonde Jüngelchen mit dem Kindergesicht, mit dem Wangenrot einer verschämten Jungfer, mit dem kleinen Mund und den Löckchen, mit denen man die Amoretten auf französischem Porzellan schmückte, daß dieses schmächtige Etwas zehn Stunden zuvor mehrere ausgekochte Banditen massakriert haben sollte. Es bedurfte jedoch kaum eines fünfminütigen Gesprächs, und Castleraeghs Verwunderung machte Respekt Platz, danach sogar einer Art Furcht vor diesem Jüngelchen, das sich fast nur einsilbig äußerte, kein überflüssiges Wort in den Satz einflocht, das nicht lächelte und aus Augen schaute, deren Blick sich nicht zum Ausweichen drängen ließ, Augen, die so gar nicht zu der hübschen Umrahmung paßten, die kalt und tot wirkten, aber tot in einer

Weise wie die Augenhöhlen eines Skeletts, die einen schaudern machen.

Castlereagh begrüßte Bathurst mit einem Lächeln: »Sehr erfreut, Benjamin, setz dich.«

»Seien Sie gegrüßt, Mylord.«

Der Gruß klang wie: Ich wünsche keine Vertraulichkeiten, aber es war schon zu spät, und Castlereagh, der die Anredeform nicht mehr ändern konnte, begann zu erklären: »Ich erinnere mich noch an dich, als du ein Kind warst, das mag wohl acht Jahre her sein, in Oxford ... Oder war es vielleicht in Durham?«

»Ich erinnere mich nicht.«

»Das weißt du nicht mehr? Das war damals, als dein Vater noch ...«

»Ich entsinne mich nicht.«

Castlereagh verspürte Wut.

»Du machst einem das Gespräch nicht gerade leicht, Benjamin.«

»Ich bin nicht gekommen, um Kindheitserinnerungen nachzuhängen.«

»Gut, kommen wir zur Sache. Du hast dich entschieden?«

»Ja.«

»Wie du weißt, haben wir uns zuvor an Wilson gewandt, aber leider lehnte er ab. Ich will nicht verhehlen, daß mich das ehrlich bekümmert, denn Wilson ist ein As.«

»Ich bin besser als Wilson.«

»Du bist nur überheblich, und ich bezweifle allmählich, ob ...«

»Wägen Sie Ihre Zweifel selbst ab, Mylord, und wenn Sie sie heute noch zerstreuen können, geben Sie Bescheid«, sagte Bathurst und stand auf. »Morgen bin ich womöglich nicht mehr in London. Guten Tag.«

Castlereagh verspürte arge Lust, dem Frechling eins mit der Reitpeitsche überzuziehen, doch aus mehreren Gründen unterließ er es. Zum ersten hatte er keine Reitpeitsche zur

Hand, zum zweiten wußte er schon, daß derjenige, der die Hand gegen diesen Jüngling erhob, vorher sein Testament gemacht haben sollte, und zu guter Letzt brauchte er ganz dringend jemanden, der seinen Plan ausführte, eben einen solchen Frechling. Er beherrschte sich, zwang sich zu lächeln und hielt Bathurst, der bereits an der Tür war, auf. »Warte, Benjamin, bitte, komm zurück! Setz dich. Du bist doch wahrhaftig ein Hitzkopf. Ich wollte dich nicht verletzen, ich habe nur gemeint, daß du noch wenig erfahren bist, während Wilson schon einige Feldzüge und geheimdienstliche Missionen hinter sich hat. Er hätte es nicht zugelassen, so wie du, daß man ihn ungestraft viele Stunden lang beobachtet. Ich kenne jeden deiner Schritte seit gestern ...«

Castlereagh hielt inne, er erwartete Erstaunen, eine Frage, Zorn. Doch nichts dergleichen. Bathurst zuckte mit keiner Braue, er betrachtete sein Gegenüber mit einem Blick, in dem sich Gleichgültigkeit und Langeweile mischten.

»Du verstehst natürlich, Benjamin, daß das nichts mit mangelndem Vertrauen zu tun hat, eigentlich war es keine Beobachtung, sondern ein Schutz. Seit gestern bist du uns viel wert, und weil du dich an Orten umtreibst, an denen man leicht ein Messer zwischen die Rippen kriegen kann, habe ich einen meiner Leute dazu bestimmt, dich zu schützen. In der Nacht machte er mir Meldung von deiner edlen Tat in der Mart Street, und dann ging er wieder zum Haus der hübschen kleinen Komödiantin, um dich am Morgen hierherzubegleiten ... Glaub mir, er ist ein guter Fachmann, er kann dir nützen.«

»Nein.«

»Wieso nein? Allein wirst du deine Aufgabe nicht bewältigen, du brauchst ein paar gute Spezialisten.«

»Ich brauche *sehr gute*. Der hier ist nicht mal gut, er ist schlecht. Rufen Sie ihn her, Mylord.«

Castlereagh ging zum Fenster, öffnete es und sah hinunter. Im dünner werdenden Nebel erkannte er am Fuß der Treppe, am Zaun, eine stehende Menschengestalt.

»Stapleton!«

Der Kopf des Mannes zuckte und erstarrte sofort wieder.

»Stapleton, zu mir!« wiederholte Castlereagh lauter.

Ihm antworteten Schweigen von draußen und hinter seinem Rücken Bathurst: »Er wird sich nicht rühren, Mylord.«

»Warum nicht, zum Teufel?«

»Er mag nicht, denn sein Arm ist aus dem Gelenk gehüpft. Der andere, der hinter ihm steht, hat ihn ausgekugelt.«

»Der andere? Ich sehe niemanden in dem Nebel. Wer ist der andere?«

»Ein Asiate, zur Hälfte Chinese, zur Hälfte weiß Gott was. Vor Jahren hat Barrow, der Sekretär von Botschafter Macartney[15], ihn aus China mitgebracht. Als er zu altern anfing, wurde er auf die Straße gesetzt, da habe ich mich seiner angenommen. Er ist stumm, japanische Piraten haben ihm irgendwo in Korea die Zunge herausgerissen, und, wie gesagt, nicht mehr der jüngste, aber immer noch etwas tüchtiger als ein Dutzend solcher Teufelskerle zusammen, wie Ihr, Mylord, einen zu *meinem Schutz* bestimmt habt. Er beherrscht Dinge, von denen Wilson und ähnliche Leute nicht mal träumen, zum Beispiel kann er mit der Handkante zwei Ziegel durchhauen, einen Fensterrahmen oder eine Wirbelsäule. Etwas davon hat er mir beigebracht. Auf chinesisch fängt das Wort mit K ... an.«[16]

Bei diesen Worten trat Bathurst ans Fenster und rief: »Sij! Laß ihn los und komm hierher.«

Castlereagh sank in einen Sessel. Er fühlte sich gedemütigt: Der Milchbart, dem er Lehren erteilen wollte, gewann mehr und mehr die Oberhand. Einen Augenblick später kam lautlos ein braunhäutiger kleiner Mann zur Tür herein, das Gesicht einer schrumpligen Trockenpflaume ähnlich, die Haare grau, die Haltung gebückt. Hinter seinem Rücken zeigte sich das erschrockene Gesicht Mrs. Gibsons. Castlereagh schickte sie mit einer Handbewegung hinaus.

»Ruh dich aus«, sagte Bathurst zu dem Bediensteten.

Der Mischling kauerte sich neben dem Kamin auf den Boden, und mit geschlossenen Augen erstarrte er, das Gesicht zwischen den Knien und die Hände wie zum Gebet aneinandergelegt. Schaudernd gewahrte Castlereagh die unnatürlich großen Handkanten, die bläulich waren und gedunsen und deren Haut an ein verhorntes Geschwür erinnerte. Er ließ den Blick zu Benjamin gleiten, und erst jetzt fiel ihm auf, daß dessen zarte Mädchenhände an den Kanten bereits die Ansätze ähnlicher Auswüchse zeigten.

»Mylord«, sagte Bathurst, »ich rate Ihnen, mir keine weiteren Spione auf die Fersen zu hetzen, es sei denn, Ihr wollt einen davon für immer loswerden. Kann ich den ›Schachspieler‹ sehen?«

Castlereagh öffnete den Kasten am Konzertflügel und legte wortlos den Stich, der von Kempelens Automaten darstellte, auf den Tisch. Nach kurzem Schweigen, während Benjamin die Zeichnung studierte, fragte er: »Wie beurteilst du meinen Plan, Benjamin? Ich denke, ich habe alle Eventualitäten vorhergesehen und alles in Betracht gezogen, natürlich im großen und ganzen. Die Details wirst du selbst konzipieren, vor Ort, du hast völlig freie Hand.«

»Ich brauche vor allem Napoleons ›Code‹, Mylord. Ich meine damit charakteristische Reaktionen, Redensarten, Gewohnheiten, Speisen, mögliche Ticks. Das alles muß ich vor der Abreise haben. Ihre Sache ist es, das herauszufinden, Mylord, wie auch immer, denn ich bin nicht sicher, ob es mir gelingt, den polnischen Mönch am kaiserlichen Hof einzuschleusen, und er muß ja mit Anstand den Kaiser spielen, wenn auch vielleicht nur für ein oder zwei Stunden. Allein Gesicht, Gestalt und Kleidung, das ist nicht alles. Und Sie haben auch nicht alles vorhergesehen, denn der Mönch braucht nur einen größeren Pickel im Gesicht oder ein Mal an der Hand zu haben, schon kann er alles verraten!«

Castlereagh verschlug es erneut die Sprache. In der Tat, daran hatten sie nicht gedacht. Der Bursche imponierte ihm immer mehr, und immer mehr erschreckte er ihn, so wie eine unfehlbare Maschine Schrecken einflößt, deren Funktionsweise einen widernormal dünkt.

»In Ordnung, Benjamin. Hier sind fünfzehntausend Pfund für erste Ausgaben. Die sind bei mir abzurechnen. Falls das Geld nicht reicht, bekommst du weiteres. Wie lange brauchst du für die Zusammenstellung des Kommandos?«

»Die Frage muß anders heißen, Mylord: Wie viele sehr gute Leute kann man in der zur Verfügung stehenden Zeit zusammenholen, das heißt ungefähr binnen einer Woche? Die Antwort lautet: Ich weiß es nicht. Das ist Glücksache. Vorläufig sind wir zwei – ich und Sij.«

»Noch heute, spätestens morgen, werdet ihr fünf sein. Vergiß nicht, Benjamin, drei Leute habe ich schon geheuert.«

»Vergeßt nicht, Mylord, daß nicht Ihr, sondern ich meinen Kragen riskiere, darum werde ganz allein ich entscheiden, wen ich mitnehme. Mich interessiert nicht, daß der Pole polnisch spricht und daß Robertson Kontakte zu den Szamotułer Schotten unterhält. Wenn ich zehn Leute haben soll, müssen die wie meine zehn Finger sein. Lieber möchte ich drei Finger weniger haben als komplette zehn und darunter einen künstlichen, denn im entscheidenden Moment kann die Prothese versagen. Eine Woche reicht aus, um einige Leute zu finden, aber eine Woche ist viel zuwenig, um sich davon zu überzeugen, was sie wert sind. Darum werde ich vor der Abreise ein Examen veranstalten, in Storegate und Umgebung, und wer diese Prüfung besteht, soll voll vertrauenswürdig sein.«

»Was hast du dabei im Sinn, Benjamin? Wenn es ein Abenteuer ist, rate ich ab. Nach Abenteuern in Storegate kraucht man auf allen vieren, falls man überhaupt noch am Leben ist. Willst du Krüppel zur Überfahrt mitnehmen?«

»Krüppel und Leichen lasse ich hier, dafür habe ich dann die Gewißheit, daß die, die mitkommen, Glückskinder sind, solche brauche ich am meisten. Nämlich entgegen Ihrer Annahme, Mylord, ist nicht Ihre Idee – obwohl sehr geistreich, zugegeben – der Trumpf in diesem Spiel, sondern das ganz gewöhnliche Glück. Wenn es daran mangelt, können uns hundert geniale Einfälle nicht helfen, den Lauf der Geschichte zu verändern, denn wie sonst soll man die Entführung des Kaisers nennen?«

»Des Kaisers, des Kaisers!« wiederholte Castlereagh verächtlich. »Das ist ein Usurpator, ein korsischer Parvenu! Du redest von ihm, als wärst du Franzose.«

»Ich rede immer in dem Ton, in dem es mir gefällt zu reden, und wenn das jemandem nicht paßt, braucht er sich nicht mit mir zu unterhalten. Ich will offen sein und bitte darum, mich richtig zu verstehen. Ich hasse Napoleon nicht. Im Gegensatz zu Ihnen allen schätze ich ihn. Er ist ein großer Mann. Wäre er es nicht, würde er jetzt Wachposten in einer Provinzgarnison aufstellen und nicht halb Europa erschüttern. Für Sie ist er ein Mistfink, das ist Ihre Angelegenheit. Wäre er ein Mistfink, würden Sie mich nicht für eine Million Pfund kaufen, um ihn zu bekämpfen. Ihre Motive interessieren mich nicht, sondern das Spiel an sich, weil es verspricht, unterhaltsam zu werden. So, das wär's wohl für heute. Ich komme morgen vorbei, um mir Ihre Adler anzusehen, Mylord. Ja, noch eins: Wo soll ich die Leute unterbringen, die ich anwerbe?«

»In diesem Haus. Sie sollen sich mit der Parole melden: ›Schach dem König‹, das ist der Passierschein. Dir, Benjamin, habe ich ein gesondertes Zimmer herrichten lassen, und für die anderen ein Dutzend Schlafgelegenheiten hier im großen Salon. Die Leute können hier schlafen, essen, es wird ihnen an nichts fehlen. Ihre Bedienung übernimmt Stapleton.«

»Ausgezeichnet, er ist zum Lakaien geeignet. Auf Wiedersehen, Mylord. Sij, wir gehen!«

Bathurst und sein Diener erhoben sich, und auch Castlereagh stand auf.

»Ich begleite dich hinaus, Benjamin«, sagte er. »Um ehrlich zu sein, ich verstehe dich nicht ganz. Du haßt Bonaparte nicht, na gut, aber dieses Spiel hat unmittelbar mit der Politik zu tun, mit der großen Politik. Du wirst doch nicht behaupten, daß dich Politik nicht interessiert.«

»Zur Zeit absolut nicht.«

»Und England?«

»England ist für jeden etwas Grundverschiedenes. Für Sie, Mylord, ist England Ihr Ministersessel, um dessentwillen Sie sich das alles ausgedacht haben. Ohne das geht Sie England soviel an wie einen Hungerleider, der sein England in einem Stück Rindfleisch sieht. Was bleibt übrig? Eine Phrase.«

»Reizen wir uns nicht gegenseitig, Benjamin, das wird für uns beide besser sein. Wenn ich die Frage stelle, dann deshalb, weil ich deine Beweggründe nicht verstehe. Im übrigen, um ehrlich zu sein, stehen bei diesem Spiel die Chancen eins zu hundert. Was also ist der Grund? Das Geld? Oder ist es vielleicht das intellektuelle Abenteuer, liegt dir an Ruhm, träumst du von einem Denkmal? Sag mir die Wahrheit, ich möchte es wissen, bitte!«

Sie befanden sich auf halber Treppe. Bathurst blieb stehen und, den Kopf umwendend, sah er Castlereagh in die Augen. Dann sagte er in einem völlig anderen Ton, als er ihn bisher gebraucht hatte, so daß Castlereagh, wäre er nicht so schokkiert gewesen von dem Eindruck, den die Begegnung mit diesem Menschen auf ihn gemacht hatte, die leise Melodik der Melancholie darin erfaßt hätte: »Mylord, ich habe Ihnen bereits die Gründe gesagt, aber Sie haben nicht zugehört. Das Spiel, mit seiner Bewegung im freien Gelände, mit dem Beben des Herzens, der Anspannung und dem Zwang zur Unfehlbarkeit, jenseits derer der Faden abreißt – dieses Spiel selbst ist für mich das Erregende. All die schönsten Dinge, die die Natur einem geben kann, finden sich darin. Darum möchte ich diese Schachpartie mit lebenden Figuren spielen. Verstehen Sie mich, Mylord? Das ist wie eine Religion. Man kann sein Leben am Schreibtisch und im eigenen Hause verbringen, auf einem Schiff, in der Schmiede, auf einem Thron, aber das sind Gefängniszellen, wenn es die Lebensfreude darin nicht gibt, die im Menschen selber steckt, sondern nur deren äußere Erscheinungen. Auch Suppe und Beefsteak kann man ebenso ungesalzen essen. Politik, Klugheit, Ursachen, Gründe, Folgen ... Was ist das wert, Mylord? Die Flamme der Kerze, die Wärme eines Frauenkörpers, meine Hand am Revolver und der Gedanke: schaffe ich's oder schaffe ich's nicht, dazu Sijs hündische Treue – dies alles macht das Leben lebenswert. Der Intellekt und Ihre vornehmen Zwecke, das ist die Wüste, in der das Sandkorn nur ebensolche trockenen, verbrannten Sandkörner neben sich fühlt. Ich bin nicht inmitten der Sandkörner und werde da niemals sein ... Das ist schon die ganze Wahrheit, Mylord. Bitte seien Sie ohne Befürchtung. Ich kann nicht für das Gelingen bürgen, aber ich werde alles mir Mögliche tun, um zu gewinnen und ihn Ihnen zu bringen. Auf Wiedersehen.«

Die Tür schloß sich, und Castlereagh blieb allein. Durch das Fenster fielen die Strahlen der über den Nebel siegenden Sonne, die Eingangshalle erhellte sich, aber Castlereagh, blind mit offenen Augen, bemerkte es nicht. Das, was er empfand, war eine seltsame Mischung aus Haß und Freude. Er begriff, daß er den Mann gefunden hatte, der wie kein anderer auf der Welt geeignet war, seinen Plan auszuführen. Aber bei seiner Freude spürte er auch Haß und Eifersucht wie jemand, der, obwohl er nicht gottgläubig ist, den Gläubigen ihren Altar mißgönnt.

Unterdessen strebte Benjamin Bathurst jenem Hause zu, in dem Robert Wilson[17] wohnte. Er traf ihn an, und schon nach dem Austausch weniger Sätze entdeckte er die List seines Verwandten. Er dachte, daß er doch vorsichtiger sein mußte in diesem Fuchsrudel, wo jeder jeden hinterging, denn nicht ausgeschlossen war, daß sich einer dieser Füchse als Spitzel erweisen würde, als auswärtiger Spion oder als wer weiß was, jedenfalls als jemand, der auf das Scheitern der Operation aus war.

»Wissen Sie, welche Aufgabe Sir Perceval Ihnen übertragen wollte?« fragte Bathurst.

»Ich weiß nur, daß es um eine antifranzösische Aktion auf preußischem Territorium geht«, antwortete Wilson.

»Zu deren Durchführung«, fuhr Benjamin fort, »sind ein paar geschickte Leute vonnöten. Mir bleibt nur eine Woche Zeit, um sie zu finden. Ich habe einen Platz eingenommen, der Ihnen zugedacht war, Sir.«

Wilson war nicht erstaunt, daß eine so wichtige Aufgabe, bei der Spencer Perceval persönlich als Anheuerer fungierte, einem Milchbart mit dem Aussehen eines Mädchens aus gutem Hause anvertraut wurde. Wilson war schließlich kaum sechs Jahre älter als Bathurst. Im Jahre 1777 geboren, hatte er sein abenteuerliches Leben begonnen, indem er als Sechzehnjähriger in die Armee eingetreten war, und die Häufigkeit, mit der er dem Tod ins Auge geschaut hatte, hatte ihn gelehrt, in den Augen der Menschen zu lesen. In denen des vor ihm sitzenden Dandy bemerkte Wilson etwas, was den größten Draufgängern (sofern sie nur ein wenig Grips im Kopf haben) gebietet, sich mit so einem lieber nicht anzulegen, um sich die Kosten für eine langwierige Heilbehandlung zu sparen. In Sekundenschnelle war zwischen ihnen jenes magische, instinktive Fluidum entstanden, das zwei ähnliche Naturen einander annähert wie zwei Tiere derselben Rasse, die einander im Dschungel, inmitten des Pöbels gemeiner Faunavertreter, begegnen. Sie unterschieden sich eigentlich nur in zwei Dingen: Wilson war der klassische Heißsporn vom Typ *»a foolish Englishman«*[18], und er interessierte sich sehr für Politik. Darüber hinaus stimmte alles überein: die nuancierte Extravaganz, die halsbrecherische Bravour gepaart mit kalter Geistesgegenwart in größter Gefahr, aufrichtige Herzensreaktionen, Virtuosität im Umgang mit der Waffe. Beide gehörten sie zur Familie der in jedem Zeitalter auftretenden Tollköpfe vor dem Herrn, die die Gene eines Cyrano de Bergerac und eines d'Artagnan, eines Bayard und eines Duguesclin, eines Cortez und eines Cook sowie aller ihnen Ähnlicher seit der Erschaffung der Welt entweder erben oder vorwegnehmen.

»Wo konkret soll die Aktion stattfinden, und worum geht es dabei?« fragte Wilson.

»Worum es geht, hätten Sie erfahren können, Sir, wenn Sie auf das Angebot eingegangen wären. Den genauen Ort weiß ich selbst noch nicht, das hängt davon ab, wie sich die Lage an der Front entwickelt. Was glauben Sie, ob die Franzosen bis zur Weichsel kommen?«

»Mit Leichtigkeit, als wenn sie über die Champs-Elysées marschierten. Die Russen werden ihnen nicht früher als hinter der Weichsellinie Widerstand leisten. Und die Preußen? Sogar wenn sie eine neue Armee aufstellen, was ich bezweifle, dann nur, damit die Geschichte ein weiteres Jena vermerken kann.«

»Sie wissen schon von der preußischen Niederlage?« fragte Benjamin erstaunt.

»Ich weiß davon dank Sir Perceval, aber ich sage es niemandem, ich werde wie alle brav die offiziellen Nachrichten abwarten. Die Tatsache, daß ich einer anderen politischen Partei anhänge als Sie, hat mich noch nicht der Fähigkeit beraubt, mir anvertraute Geheimnisse zu wahren, Sir Bathurst.«

»Würde ich daran zweifeln, Sir Wilson, wäre ich nicht hergekommen, und ich würde nicht mit Ihnen über meine Geheimnisse sprechen. Sie behaupten also, die Preußen seien bereits aus dem Spiel, selbst wenn es ihnen gelänge, noch einmal eine Armee aufzustellen?«

»Ja. Eine Armee, in der siebzig Prozent der Offiziere, sogar in den niederen Rängen, über fünfzig Jahre alt sind, weil die Befehlshaber den Posten zusammen mit den Gutshöfen erben, in der die Soldaten zur Hälfte ausländisches Gelichter sind und zur Hälfte Bauern, die gedrillt und geschunden werden wie Vieh bei der Feldarbeit, eine solche Armee kann gegen ein Rudel hungriger Wölfe, das ein genialer Werwolf anführt, nicht siegen. Da soll man sich keine Illusionen machen, Preußen macht es nicht mehr lange.«

»Wieviel Zeit brauchen die Franzosen, um bis zur Weichsel zu kommen?«

»Wer soll das wissen? Einen Monat, vielleicht zwei oder drei, bestimmt nicht mehr. Im Augenblick nehmen sie sich etwas Zeit für die Eroberung von Festungen, um das Hinterland zu sichern, und nur das verzögert ihren Vormarsch. Sie werden sie mit ein paar Leuten nicht aufhalten, Sir Bathurst.«

»Das wird sich noch zeigen.«

»Großartig, endlich habe ich eine Antwort! Ihr wollt den kleinen ›Boney‹[19] umbringen, denn nur so kann eine Handvoll Leute seine Armee zum Stehen bringen. Ich würde das nicht auf mich nehmen.«

»Ich auch nicht, aus denselben Gründen, Sir Wilson. Ich bin kein Meuchelmörder.«

»Freut mich zu hören.«

»Wie Sie sehen, Sir Wilson, muß nicht jede Antwort, die sich auf logische Voraussetzungen gründet, die richtige sein. Lassen wir das, ich kann das Geheimnis nicht lüften. Nun aber zur Sache. Ich komme zu Ihnen, weil ich ein paar tapfere Jungs brauche. Kann ich mit Ihrer Hilfe rechnen? Eine Empfehlung, eine Adresse …«

Wilson schwieg eine Weile, er dachte nach. Schließlich sagte er: »Ich kenne da einen Matrosen. Er ist von seinem Schiff getürmt[20] und versteckt sich in Blackwall[21]. Er will nicht an Deck zurück, denn er hat den Kater[22] gekostet. Nun macht er seine Geschäftchen mit den Flußräubern[23] oder den ›lumpers‹[24], genau weiß ich's nicht, aber er träumt von anderem. Das ist ein Vogel, der fliegen will. Falls es Ihnen gelingt, ihn zu kaufen, wird es Ihr Nutzen sein.«

»Was kann er?«

»Er kann töten, solche suchen Sie doch. Er kann auch Leben retten, so wie mir in La Plata.[25] Schießen tut er miserabel, er reitet katastrophal, im Messerwerfen ist er gut, im Schwimmen sehr gut, er kann phantastisch mit dem Seil umgehen und ist ein genialer Trinker.«

»Was heißt das?«

»Das heißt, er kann aus einem Seil alles machen: eine Schlinge, die er Ihnen schneller über den Kopf wirft, als sie abdrücken können, dann eine Strickleiter, ein Netz, er kennt eine Unmenge Knoten. Und man kann ihn nicht betrunken machen, wieviel man ihm auch einflößt. Ich dachte eben an ihn, denn er spricht deutsch.«

»Wo finde ich ihn?«

»In Blackwall. Er trinkt jeden Abend in der Taverne an der Themse. Man braucht nur reinzugehen und zu rufen: ›Tom Rope!‹[26] So nennen ihn die Leute.«

»Wie heißt die Spelunke?«

»Sie hat keinen Namen. Aber Sie finden sie leicht, denn an der Vorderwand des Hauses werden immer die Anwerbungen zur Royal Navy[27] angeschlagen. Tom ist der einzige Bursche, den ich Ihnen empfehlen kann. An Ihrer Stelle würde ich ihn nehmen. Ich könnte Ihnen noch raten, mal mit einem Bullen aus der Bow Street zu sprechen, den ich kenne. Das ist ein sehr fähiger Kerl, sicher hat er ein paar Asse, nur, ob er sie verkauft, ist die Frage. Jedenfalls können Sie sich gern auf mich berufen.«

Zwei Stunden später, gegen ein Uhr mittags, kam Benjamin Bathurst schon zum drittenmal innerhalb von vierundzwanzig Stunden am Covent-Garden-Theatre vorbei. Das Theatergebäude nämlich berührte die Bow Street, in der sich die Polizeizentrale des damaligen London befand. Übrigens bezog die gesamte Londoner Polizei, die in der Mitte des achtzehnten Jahrhunderts von dem Friedensrichter Jonathan Fielding gegründet worden war, ihren Namen von dieser Straße, und ihre Beamten trugen die Ehrenbezeichnung *»Bow Street runners«*[28].

Der Polizist, den Wilson ihm empfohlen hatte, empfing

Benjamin in einem obskuren kleinen Raum mit kahlen Wänden, dessen einzigen Schmuck ein kitschiges Schlachtengemälde bildete. Der Schreibtisch, an dem er saß, ertrank in einem Meer von Papieren, von denen auch viele an der Erde herumlagen. Es gab nicht einmal einen zweiten Stuhl, so daß Benjamin stehen mußte, beobachtet von den wachsamen Augen einer an der Tür liegenden Bulldogge. Nachdem der Polizist die Bitte seines Besuchers angehört hatte, machte er eine ratlose Geste und sagte: »Mein lieber Mann! Mir fehlen selber Leute. Wenn ich die Mittel hätte, würde ich ein paar hundert dingen und schulen und anschließend Storegate, Saint Gilles und andere Drecknester von den Banditen säubern lassen. Die Zellen in Newgate[29] würden nicht ausreichen. Wir sind hier wenige, mein Herr, zu wenige, und was schlimmer ist, nur ein paar wie Towsend[30] oder Birnie[31] beherrschen ihr Handwerk. Verdammt, in ganzen Vierteln regieren Gauner, deren Namen wir nicht mal wissen, weil uns die Leute fehlen für die Aufsicht oder einfach, um ein paar Kinnhaken auszuteilen, und da kommen Sie her wie zum Basar und wollen gleich mehrere Kerle kaufen, auch noch die allerbesten! Scheren Sie sich zum Teufel, Wilson hatte schon immer einen Klaps, muß er mir jetzt noch damit kommen? Die allerbesten! Gerade habe ich meinen allerbesten Schützen verloren, einen Sergeant, auf hundert Yard hat der einen Mann getroffen, wohin Sie wollten – in den Kopf, ins Bein, ins linke oder rechte, in den A …, da gab's keinen Fehlschuß. Vor einer Woche hat er auch nicht daneben geschossen, aber es war Abend und schlechte Sicht, ich irrte mich und setzte ihn auf den Falschen an. Einen völlig unschuldigen Krämer hat er erschossen. Alle Erklärungen nützten nichts. Wir redeten alle auf ihn ein, daß es nicht seine Schuld sei, sondern meine – umsonst. Da ist was in ihn gekrochen, er verbiesterte, quittierte den Dienst, und jetzt betet er tagelang, singt Psalmen und scheuert den Fußboden vor der Kirche, der Kretin! Der wird noch unter die Pfaffen gehen, verflixt! Ich zerbreche mir den Kopf, wie ich den ersetze, und Sie wollen hier ...«

»Wo finde ich den Burschen?«

»Bei Saint Mary, am Strand. Aber glauben Sie mir, es lohnt nicht die Mühe. Ich war schon zweimal da und habe nur meine Zeit verschwendet.«

Bathurst wußte über den Scharfschützen bereits alles, was er wissen wollte, darum unterbrach er den Polizisten mit einer Frage: »Haben Sie von einem Doc gehört?«

»Ja, habe ich, und?«

»Ich weiß, daß er Ihnen Probleme macht, wenn Sie mir aber zwei gute Leute verkaufen, könnte ich ...«

»Ich sagte doch schon, ich habe keinen einzigen! Doc geht mich nichts an, das ist nicht unsere Angelegenheit, das ist Sache der Flußpolizei.[32] Doc wird von Inspektor Littleford bearbeitet. Die Flußpolizei hat ihr Büro an den Wapping New Stairs, aber Sie sollten mit ihm lieber in seinem Hause sprechen, Petticoat Lane. Die Nummer weiß ich nicht, aber das Haus liegt genau gegenüber der Einmündung einer kleinen Straße, die von der Wentworth Street herüberführt. Gehen Sie ruhig hin, aber ich wette fünf Guineen gegen eine, daß Sie nichts erreichen.«

»Und ich wette fünfhundert«, erwiderte Bathurst.

Der Klang dieser Worte ließ den Polizisten vom Stuhl auffahren.

»Wie sagten Sie: fünfhundert?!«

»Nein, ich sagte: tausend. Tausend Guineen pro Woche für jeden Burschen, der ein paar Jahre Praxis im Leben als Seiltänzer und nichts zu verlieren hat, so daß ich ihn mitnehmen könnte, sagen wir, nach Kanada.«

Jetzt standen beide da, der eine kalt wie Stein, der andere zitternd vor Erregung.

»Meinen Sie das im Ernst?« stotterte der Polizist.

»Ganz im Ernst. Aber ich zahle nur für erste Qualität, wir verstehen uns?«

»Ja, ja, ich muß nur ... Die, die ich zur Zeit habe, die eignen sich nicht. Ein paar sind nicht schlecht, aber sie haben Familie, außerdem ... Sie suchen ja Asse ... Moment! Ich habe was für Sie. Vor zwei Monaten habe ich Rufus Brown festgenommen. Haben Sie von ihm gehört?«

»Nein.«

»Das ist ein alter Soldat, zuletzt war er in Syrien, mit Smith.[33] Nicht mit der Armee, sondern mit einer speziellen Diversionsabteilung. 1804 hat er seinem Vorgesetzten den Kopf abgehauen, irgendeinem Hauptmann, der seine Tochter verführt hatte. Das Mädchen beging Selbstmord. Wir haben ihn zwei Jahre lang verfolgt, am Ende ging er uns ins Netz, zufällig. Die Postkutsche, mit der er fuhr, wurde von Räubern überfallen, die hat er abgeknallt wie die Hasen. Darauf erschienen Soldaten, dankten ihm, und fast hätte er eine Auszeichnung bekommen, aber einer erkannte ihn, ich wurde hingerufen, und so wohnt er jetzt in der Newgate Street.[34] Für zusätzliche tausend Guineen kann ich es einrichten, daß er flieht, ich weiß, mit wem das zu deichseln ist, aber dieser Jemand macht nichts umsonst. Na?«

»Nein.«

»Brown ist ein Schatz! Ihm droht der Galgen, also wird er liebend gern mit Ihnen von der Insel flattern. Achthundert Guineen, einverstanden?«

»Fünfhundert, wenn er wirklich ein Schatz ist, und keinen Farthing[35] mehr! Wann und wo hole ich ihn ab?«

»Bei mir, in zwei Wochen.«

»In fünf Tagen oder gar nicht. Ich melde mich am Montag.«

Bathurst verließ das Gebäude in der Bow Street, bestärkt in der allgemeinen Überzeugung, daß die Polizei käuflich ist, und um die Überzeugung reicher, daß ihre Käuflichkeit etwas äußerst Nützliches hat.[36]

Die Bow Street führte geradenwegs zum Strand, aber beim drittenmal versagte das Glück: Bathurst traf den Mann nicht an, den er gern sehen wollte. Die Kirche Saint Mary war nicht gänzlich leer, aber keine der sich darin befindenden Personen erinnerte durch ihr Aussehen an einen Büßer, zieht man in Betracht, daß es sich ausschließlich um Frauen handelte.

Bis zum Abend erledigte Benjamin immerhin noch etwas: Um nicht mit einer Stage Coach[37] fahren zu müssen, mietete er einen kleinen Einspännerwagen solchen Typs, wie er erst nach 1814 allgemeinere Verbreitung fand. Auf dem Hauptsitz hatten zwei Personen Platz, die dritte Person kutschierte. Erster Inhaber des Sitzes auf dem Bock wurde Sij.

Am folgenden Tag (es war Donnerstag, der 23. Oktober 1806) erschien Benjamin vormittags in Mrs. Gibsons Haus, wo er Castlereagh, den Polen und Heyter antraf. Castlereagh stellte ihn mit den Worten vor: »Dies ist euer Befehlshaber. Ihr werdet ihm blind gehorchen.«

»Eure Namen?« fragte Bathurst.

»Józef.«

»Brian Heyter.«

Bathurst trat zu dem Polen.

»Hast du deine Waffe bei dir?«

»Ja.«

»Ja, *Sir!*«

»Ja, Sir, ich habe die Waffen dabei. Zwei Pistolen.«

»Gib sie her.«

Bathurst nahm die Waffen, wog sie eine Weile in der Hand und gab sie dann Heyter.

»Du bist Mechaniker und Büchsenmacher, ja?«

»Ja, Sir.«

»Die Pistolen sind schlecht. Kannst du mir sagen, weshalb?«

Heyter wog die Waffen in den Händen und wechselte mehrmals den Griff.

»Sie sind zu schwer, Sir. Der Kolben ist zu breit. Ich würde den Schwerpunkt um einen Zoll nach vorn verlagern.«

»Gut, gib wieder her.«

Bathurst steckte sich eine der Pistolen in den Rockausschnitt, die andere legte er auf den Deckel des Konzertflügels, dann stellte er sich drei Schritt vor den Polen hin und sagte: »Wenn Brian bis drei gezählt hat, schnappst du dir deine – die, die da liegt, und ich greife mir meine. Mal sehen, wer zuerst schießt.«

Castlereagh, der die Prüfung bisher mit Zufriedenheit verfolgt hatte, konnte jetzt nicht an sich halten und rief aus: »Das ist ungerecht! Du trägst deine Pistole bei dir, und er hat sie im Rücken! Du gibst ihm keine Chance, Benjamin!«

»Im Krieg kann man sich die Chancen nicht aussuchen. Mischen Sie sich bitte nicht ein, Mylord. Brian, los geht's.«

»Eins, zwei, drei!«

Bathurst faßte an seine Brust, doch ohne die Waffe hervorzuholen, denn dazu war keine Zeit mehr. Er beugte sich jäh zur Seite, um dem Stoß in die Magengrube zu entgehen, aber er konnte nicht ganz ausweichen, und so riß die Schulter des durch die Luft segelnden Polen ihn mit und schleuderte ihn zu Boden. Beide erhoben sich gleichzeitig, keuchend, dabei hatte das Ganze nur Sekundenbruchteile gedauert.

»Gut«, sagte Bathurst. »So ist es richtig. Du bist vorerst entlassen.«

»Verzeihung, Sir, darf ich einen Vorschlag machen?« fragte der Pole.

»Ich höre.«

»Ich kenne einen Landsmann von mir, Sir. Ein einfacher Soldat, er dient im polnischen Bataillon.[38] Ich glaube, er wäre geeignet.«

»Glaubst du's oder weißt du's?«

»Ich weiß es, Sir. Ein tüchtiger Mann.«

Bathurst wandte sich an Castlereagh: »Mylord, können Sie den Mann binnen drei Tagen von der Uniform befreien?«

»Ich werde es versuchen.«

Castlereagh und der Pole gingen ins Nebenzimmer. Benjamin wartete ab, bis sich die Tür geschlossen hatte.

»Hör zu, Brian, wir brauchen gute Waffen.«

»Ich weiß, Sir, vor drei Monaten haben mir seine Durchlaucht der Lord aufgetragen, die Waffen vorzubereiten. Ich habe ein paar hübsche Spielzeuge präpariert. Ehrlich gesagt ist keins davon meine Erfindung, weil, na ja, wie soll ich das sagen, mich interessiert es nicht, in die Geschichte einzugehen, ich möchte, daß mir zu Lebzeiten etwas Geld in die Taschen fließt. Lord Castlereagh zahlt gut, also arbeite ich für ihn.«

»Von jetzt ab, Heyter, arbeitest du nur für mich, nämlich nur von mir wird abhängen, welche Bezahlung zu erhältst. Merk dir das gut, und hör auf, an Lord Castlereagh zu denken. So, dann zeig mal, was du da hast.«

»Schmuckstücke, Sir, wahre Schmuckstücke. Haben Sie vom Kolbenverschluß gehört, Sir?«

»Nein.«

»Der Kolbenverschluß, das ist das Allerneueste, Sir. Ausgedacht hat sich den ein schottischer Pfaffe, Forsyth.[39] Seit ein paar Monaten versucht der Ärmste, die Regierung davon zu überzeugen, daß die Armee die Feuersteingewehre sein läßt und sich mit Perkussionsgewehren ausrüstet, aber da hat er kein Glück, weil es in unserem geliebten alten England nicht so leicht ist, Altes durch Neues zu ersetzen.[40] Aber Sie müssen wissen, Sir, daß Forsyth …«

»Zur Sache, Brian, was ist mit den Waffen?!«

»Jawohl, Sir, gerade davon rede ich. Also, obwohl Forsyth sein Geheimnis gehütet hat, hab ich ausgeschnüffelt, daß er Quecksilber kauft, danach war alles ganz einfach. Aus dem Quecksilber nämlich wird das Explosivgemisch hergestellt,[41] das kommt in eine Kupferhülse, die neben dem Geschoß liegt, und wenn …«

»Faß dich kurz, Mann!«

»Jawohl, Sir, das tue ich die ganze Zeit. Ich habe schon immer gemeint, daß es gut ist, wenn einer bündig spricht. Mein Schwager, na der ist ja einmal so ins Reden gekommen, und als dann …«

»Heyter!«

»Ja, ja, ich mache ja schon, Sir. Also, wie ich gesagt habe, hat der Forsyth sich das ausgedacht, und ich hab so ein bißchen die Gabe, zu veredeln, was andere Leute erfinden, das geht nämlich schneller. Übrigens hat sich der Forsyth in seinen Karabiner mit Kolbenverschluß verbissen, aber ich hab' mir das Zündhütchen für die Faustfeuerwaffe ausgedacht, das gleich hinter dem Geschoß sitzt. Wir brauchen schließlich keine Karabiner, die Dinger sind viel zu groß, die fallen ins Auge, wir brauchen kleine Pistölchen, die man in den Taschen versteckt.«

»Ganz recht, aber fasle nicht davon, was wir brauchen, sondern zeig her, was du hast.«

»Jawohl, Sir, gleich ...«

Heyter öffnete den kleinsten der drei Kästen, die in der Ecke des Zimmers standen.

»Hier sind sechs Pistolen, Sir. Kleine Winzlinge, ganz leicht.«

Bathurst nahm eine Pistole in die Hand.

»Bitte vorsichtig, Sir! Die sind geladen!« schrie Heyter. »Jede hat eine Trommel mit fünf Kammern, darin sind Geschoß und Zündhütchen. Man kann fünfmal hintereinander schießen, ohne zu laden, man braucht nur zu entsichern und abzudrücken und nach jedem Schuß mit der andern Hand die Trommel ein Stück weiterzudrehen, so daß die nächste mit Munition gefüllte Kammer vor dem Lauf steht.[42] Das ist nicht meine Erfindung, ein Karabiner mit Trommel war schon vor hundert Jahren bekannt, ich habe Zeichnungen gesehen.[43] Ich habe diese Erfindung nur mit der von Forsyth kombiniert, denn wie schon gesagt ...«

In diesem Augenblick fiel ein Schuß, und es folgten weitere vier. Das Zimmer füllte sich mit Pulverdunst.

»Einundzwanzig Sekunden«, sagte Bathurst zu sich selber.

»Es geht noch schneller, wenn man eingeübt ist.«

An der Tür erschien der erschrockene Castlereagh.

»Was ist los, um Himmels willen? Wollt ihr Neugierige anlocken?«

»Ich denke, dieses Zimmer ist schalldicht, Mylord«, antwortete Benjamin ruhig. »Es ist nichts passiert, ich habe nur ein Stück Wand zersplittert, hier, über dem Fußboden. Kaum fünf Zoll breit, nicht der Rede wert. Dafür habe ich die Gewißheit, daß Sie einen guten Fachmann engagiert haben, Mylord. Die Waffen sind nicht übel.«

»Das freut mich, Benjamin, aber zum Teufel, seid bitte so nett, probiert die Waffen woanders aus und demoliert mir nicht mein Haus! Ich gehe jetzt aus dem Haus und kümmere mich um den Polen.«

Bathurst und Heyter waren wieder allein.

»Was hast du noch?« fragte Bathurst.

Heyter öffnete den größten der Kästen.

»Granaten, Sir. Hier. Geben Sie Obacht, Sir, man muß vorsichtig damit umgehen.«

»Wie lange braucht die Lunte zum Abbrennen?« fragte Benjamin, während er eingehend die Metalldose mit der herausstehenden Schnur betrachtete.

»Das ist keine Lunte, Sir, sondern eine gewöhnliche Schnur. Beim Abbrennen der Lunte gibt's immer Schwierigkeiten, aber hier ist alles ganz einfach. Man muß nur einmal kräftig dran reißen, dann wird innen eine Öffnung entblockt, durch die Wasser in das Explosivgemisch gelangt ... Aber machen Sie das bitte nicht, sonst bleibt von uns nur ein Paar Schuhe übrig, Sir!«

»Wasser?«

»Jawohl, Sir. Ich sagte ja, Sir, daß ich veredle, was andere Leute erfinden, schon in der Antike hat man ein Gemisch gekannt, das explodiert, wenn es mit Wasser in Berührung kommt, nur daß es mehr zum Brand kam als zur Explosion.[44] Ich habe die Zusammensetzung ein bißchen verändert, damit es umgekehrt ist. Ich habe ein bißchen Salpeter zugegeben, ein bißchen ...«

»Verdammt noch mal, Heyter!«

»Jawohl, Sir, ich bin schon fertig. Die Explosion erfolgt nach vier, höchstens fünf Sekunden. Ich habe davon zwei Kisten, vierzig Stück, mehr konnte ich noch nicht anfertigen.«

Bathurst legte die Granate an ihren Platz zurück und wies auf die dritte Kiste.

»Was ist da drin?«

»Ein Luftgewehr, Sir. Auch nicht meine Arbeit, ich habe es von einem Offizier gekauft, der es aus Tirol mitgebracht hat, und dann habe ich es veredelt. Es schießt leise und ist zusammenlegbar. Der Vorrat an Druckluft reicht für mehrere weite und mehrere kurze Schüsse. Wenn ich Zeit hätte, Sir, würde ich zwei hübsche Druckluftpistolen herstellen, denn manchmal kann sich ja die Notwendigkeit ergeben, einen ohne Lärm umzulegen, und das ist schwer zu machen, denn im Pistolenkolben läßt sich nicht so viel Luft speichern, um …«

»Das Problem ist schon gelöst, Brian. Paß auf. Sij!«

Mit federnder Bewegung sprang der Mischling vom Fußboden auf, wo er bis jetzt wie eine Buddhafigur gehockt hatte, empfindungslos sogar gegen die Schüsse. Mit der Rechten langte er tief in seine Tasche und holte ein Bündel silberner Klingen hervor, jede von mehreren Zoll Länge. Dann stellte er sich so an der Wand auf, daß er vor sich, an der gegenüberliegenden Wand, seinen Herrn hatte. Der hob die Hand über den Kopf und preßte sie, die Finger gespreizt, gegen die Wand. Sijs Arm vollführte sechs Schwünge mit der Gleichmäßigkeit einer Maschine, sechsmal hörte man das Sausen der die Luft durchschneidenden Klinge, sechsmal küßte die ins Fenster fallende Sonne das fliegende Metall, und sechs Klingen hieben im Abstand von Sekunden in die Leisten der Täfelung – vier zwischen den Fingern, zwei neben den Handkanten.

»Großartig, Sir, großartig!« Heyter klatschte aus aller Kraft Beifall, während Sij die Klingen aus der Wand zog und wieder seine Hockstellung einnahm.

»Das sind asiatische Messer, Brian, Sij hat mir in Korea beigebracht, wie man sie wirft. Mit der Schneide kann man sich rasieren. Die sind besser als die leiseste Pistole, Sij durchstößt damit Panzerungen auf eine Entfernung von zwanzig Yard. Die Flinte ist gut, ich habe schon jemanden dafür im Auge. Ja, richtig … die Panzerung! Brian, wir brauchen ein paar Panzerhemden.«

»Jawohl, Sir.«

»Und noch eine Aufgabe für dich, die letzte: Sieh dir diesen Stock an.«

Heyter nahm den Spazierstock in die Hand, wog ihn, hantierte am Griff und zog den Degen hervor.

»Ein hübsches Spielzeug, Sir.«

»Aber es schießt nicht. Kannst du dem abhelfen?«

»Ich weiß nicht, Sir, vielleicht … Aber ich brauchte dafür zwanzig Tage Zeit.«

»Du hast aber nur ein paar Tage.«

»Unmöglich, Sir. Wenn mir jemand helfen könnte, einer mit goldenen Händen …«

»Du selber hast goldene Hände, Brian.«

»Ich weiß, Sir, aber hier sind mindestens zwei Paar solcher Hände vonnöten.«

»Kennst du ein zweites solches Paar Hände?«

»Ja, Sir, ich kenne einen Büchsenmacher in Edinburgh, er ist schon ein alter Mann, aber …«

»Zu weit weg und zu alt. Sonst kennst du keinen?«

»In London gibt's einen Zigeuner, Sir. Der hat mal bei einem Uhrmacher gearbeitet, später trieb er sich auf Jahrmärkten herum und zeigte Zauberkunststückchen, und noch später …«

»Heyter!«

»Jawohl, Sir, ich fasse mich kurz, ich wollte bloß sagen, daß der Zigeuner unglaubliche Hände hat, ein Gottesgeschenk einfach, leider hat er damit in fremde Taschen gegriffen und wurde geschnappt.«

»Wo sitzt er?«

»Ich weiß nicht, Sir. Ich habe bloß gehört, daß er morgen mittag auf der Charing Cross in den Stock geschlossen werden soll, danach ist er dann zu nichts mehr nütze, da fehlt ihm ein Auge oder ein Finger, das hängt von den Kätzchen ab. Sie werden viele Katzen nach ihm schmeißen, denn er hat geklaut und geklaut, eine Unmenge Leute wird kommen, um es ihm heimzuzahlen. Ja, Sir, für den wärmen sie den alten Brauch wieder auf.«[45]

»Ich will darüber nachdenken, wie man ihm helfen kann. Du und Józef, ihr haltet euch für morgen bereit. Ich nehme die Flinte mit und eine der Pistolen, dir überlasse ich den Spazierstock. Laß dir was einfallen. Sij, wir gehen!«

Als Bathurst die Treppe hinunterstieg, bemerkte er Stapleton, der bereitstand, um ihm Mantel und Hut zu reichen, und ihm fiel ein, was ihm sein Cousin Henry von den »literarischen« Fähigkeiten des stummen Dienstmädchens erzählt hatte.

»Hol das Dienstmädchen her«, befahl er.

Als das Mädchen in der Eingangshalle erschien, ging Benjamin zu ihr, faßte sie um die Schulter, zeigte auf Sij und flüsterte ihr ins Ohr: »Siehst du dieses Scheusal, meine Liebe?«

Das Dienstmädchen nickte.

»Du mußt wissen, das ist ein schrecklicher Mensch. Ein Stummer, so wie du, und so wie du kann er sich ausgezeichnet der Hände bedienen. Nur, daß du gern schreibst, er aber gern junge Mädchen würgt, besonders solche, die zu viel schreiben und ihre Schreibereien an Leute verkaufen, die nicht aus diesem Hause sind. Sieh dir seine Hände an. Gräßlich, wie? Merk dir's gut, denn ein zweites Mal sage ich's dir nicht: Solltest du irgendwem mit Zeichen oder Schrift oder auf sonst eine Weise auch nur eine Information über das geben, was du hier siehst – dieser Mensch wird dich finden, und sei es am Ende der Welt, und dir dein kleines Köpfchen abdrehen wie einem Huhn! Auf meinen Befehl, meine Liebe.«

Das Dienstmädchen stieß einen unartikulierten Schrei aus, entriß sich der Umarmung, und mit vor Angst geweiteten Augen stürzte sie davon.

Den Nachmittag dieses Tages verbrachte Benjamin vor der Stadt, er übte den Umgang mit dem Luftgewehr. Dreimal schoß er auf Zweige von Bäumen, der zweite und dritte Schuß zerschnitten jeweils wie ein Messer das Ziel. Am Abend mietete er an der Charing Cross ein kleines Zimmer im zweiten Stock, mit einem Fenster, aus dem das Reiterstandbild von Charles I. zu sehen war.

Am Morgen des Freitag (des 24. Oktober 1806) traf er in Mrs. Gibsons Haus einen weiteren Bewohner an – dieser trug Mönchskleidung und erheiterte seine Gesprächspartner, den Polen und Heyter, mit Anekdoten.

»Du bist also Robertson?« fragte Benjamin.

»Genauso ist es, mein Kind. Und du bist, wenn ich mich nicht irre ...«

Das Lachen, in das Heyter und der Pole ausbrachen, erstarb ihnen unter Bathursts Blick auf den Lippen.

»Ich bin derjenige, Mönch, der aus dir einen Märtyrer macht, wenn du nicht auf der Stelle lernst, ›Ja, Sir!‹ zu sagen!«

»Mein Herr, wenn Sie fragen, ob jetzt Nacht ist oder der Wolf Gras frißt oder ob ein Sünder in den Himmel kommt, dann antworte ich, beim heiligen Patrick, akkurat: Nein, Sir!«

Benjamin hatte jetzt selbst Mühe, das Lachen zu unterdrücken, aber streng fuhr er fort: »Wenn ich *frage,* hast du das Recht, so zu antworten. Wenn ich aber *sage,* daß am Mittag Nacht ist und daß der Wolf ausschließlich dreiste Mönche frißt, dann antwortest du ...«

»Dann antworte ich ganz genau: ›Ja, Sir!‹«

»Gut, auf daß dich dein Gedächtnis nicht im Stich läßt. Noch eins. Du bist ein seltsamer Schotte, immerhin weiß ich, daß der heilige Patrick nur von den irischen Katholiken verehrt wird.«

»Meine Mutter war Irin, akkurat, und der heilige Patrick hat ihr im Leben viel beigestanden.«

»Ich verstehe. Und jetzt hört zu. In zwei Stunden führt ihr die erste Arbeit aus. Das wird der Prüfstein für euch sein. Ihr habt ein paar Leute zu verdreschen, Verwirrung zu stiften und zu verschwinden, sobald ihr dies hier hört ...«

Bathurst blies in eine kleine Pfeife, die einen so schrillen Ton von sich gab, daß sich die drei die Ohren zuhielten.

»Müssen wir schießen?« fragte Heyter.

»Nur im äußersten Fall, ich möchte lieber keine Toten.«

»Heiliger Patrick, rette mich!« stöhnte Robertson. »Sir, werde ich auch an diesem blutigen Werk teilhaben müssen?«

»Du wirst nicht müssen, wenn du dich augenblicklich zum Teufel scherst. Wenn du aber bleiben und für das Geld arbeiten willst, das dir Lord Castlereagh versprochen hat, mußt du alles tun, was ich dir befehle. Akkurat, verstanden, Mönch?«

»Verstanden, akkurat, Sir, aber der heilige Patrick ist mein Zeuge, daß ich nicht kämpfen kann.«

»Bedienst du dich keiner Waffe?«

»Das habe ich nicht gesagt, Sir. Das Wort Gottes ist akkurat die allermächtigste Waffe.«

»Ja, schon gut«, schnitt Benjamin dem Mönch das Wort ab, er erwog soeben eine Idee. »Gut, du fährst mit uns mit, aber du brauchst nicht zu kämpfen. Jetzt hört, worum es geht ...«

Um zwölf Uhr mittags geriet die kleine Volksmenge, die die Charing Cross Road füllte, ins Wogen, das Stimmengewirr schwoll an, und viele Hände langten in zappelnde Säcke, aus denen böses Fauchen und Knurren kam. Der Sheriff und zwei Constables brachten einen hochgewachsenen Mann in mittleren Jahren, bekleidet mit einem wunderlichen farbkräftigen Wams. Sie stießen ihn ein paar Stufen hinauf auf ein anderthalb Yard hohes Podest, auf dem ein Pfosten mit zwei Querbrettern am oberen Ende emporragte. Die beiden Bretter lagen übereinander und waren durch ein Scharnier verkoppelt, welches ein scherenartiges Öffnen gestattete. An der Stoßseite der Bretter befanden sich drei runde Aussparungen. Der eine Constable öffnete den Stock und zwang den Verurteilten, den Hals in die große Rundung und die Handgelenke in die kleineren Öffnungen zu legen, worauf er die Bretter zusammenlegte und mit Kette und Vorhängeschloß sicherte. Noch im selben Augenblick flog die erste Katze durch die Luft, von zielsicherer Hand geschleudert, und mit durchdringendem »Miau!« schlug sie dem Gefesselten gegen das Gesicht und schurrte mit den Krallen darüber. Die zweite Katze verfehlte ihr Ziel, und den vielen Kehlen entrang sich ein Raunen der Enttäuschung. Faules Obst und Gemüse schmetterte gegen das Holz und gegen die Hände des Unglückseligen, über dessen Wangen bereits Blut zu rinnen begann. Der Sheriff und die Constables lachten und ließen den Pöbel gewähren.

Noch eine Katze sauste durch die Luft und riß die Haut von der gefesselten Hand, aber bevor noch eine weitere geschleudert werden konnte, schnappte ein Junge von zwölf, dreizehn Jahren sich einen langen Wollsocken aus der Hand eines in das Spektakel vergafften Sockenverkäufers[46], warf blitzschnell einen Pflasterstein hinein, ergriff ihn an einem Ende und schwang ihn über dem Kopf. Der Socken rotierte in der Luft, streifte mehrere Köpfe und brachte deren Eigentümer zu Fall. Seine Mühle über dem Kopf in Gang haltend, brach sich der Junge durch die vor Wut heulende Menge Bahn. Es sah aus, als bewegte er sich in einer Luftblase durch Wassertiefen. Die Katzen stoben in alle Richtungen auseinander, Flüche und Gestöhne waren zu hören.

Alles das hatte kaum zehn Sekunden gedauert und den am Fenster stehenden und aus dem Luftgewehr zielenden Bathurst gehörig überrascht. Der mutige Junge, der ganz allein erledigt hatte, was der Pole, Sij und Heyter hätten tun sollen, verzögerte durch seine Initiative das Abdrücken des Gewehrs. Benjamin krümmte den Finger erst, als jemand dem Jungen mit einem langen Stock die eigentümliche Waffe aus der Hand schlug. Die Schüsse waren nicht zu hören, und der Lärm des Pöbels übertönte den Aufschlag der Kugeln, die die Kette des Stocks durchtrennten. Der Verurteilte stieß mit dem Nacken unverzüglich das obere Brett zurück, sprang vom Gerüst, rannte zu dem Jungen und deckte ihn gegen ein Dutzend Fäuste. Beide standen sie mit dem Rücken gegen den kleinen Zaun, der den Denkmalssockel umgab, welcher Charles I. und sein Roß trug, und erwarteten den Angriff. Der Sheriff näherte sich mit der Pistole in der Hand und schrie: »Ergib dich der Justiz, Kanaille, sonst knall ich dich ab wie einen Hund!«

In diesem Augenblick stürzte er zu Boden. Die Nächststehenden, die noch gesehen hatten, wie eine Hand dem Polizeibeamten einen Schlag auf den Hinterkopf versetzte, vermochten mehr nicht wahrzunehmen, denn Sij ließ seine beiden Hände wie Hämmer umherfahren und vermehrte die Verwüstung. Drei Soldaten stürzten in seine Richtung, aber die sich an der Erde knäuelnden Körper hinderten sie am Fortkommen. Heyter und Józef betäubten die Soldaten mit den Kolben ihrer schweren Pistolen, und ebenso wie Sij schlugen sie blindlings drein. Zwischen Denkmal und Stockgerüst begann ein Taifun zu wüten. Wenig später stob die Menge in die Flucht und verstopfte die Einmündungen der Straßen, so daß die heranrückende Militärabteilung nicht durchkommen konnte. Als Bathurst bei dem Halbwüchsigen und dem Verurteilten einen Mann in Mönchskutte auftauchen sah, gab er das Pfeifensignal. Der Ton herrschte über allen anderen Lärm in einem Umkreis von einem Dutzend Yard.

Eine Minute später konnte der Offizier, der endlich mit seiner Abteilung zum Denkmal vorgedrungen war, nur noch den Sheriff und andere Versehrte wieder zu sich bringen. Der Verurteilte sowie jene, die die Soldaten, die Polizeibeamten und die Katzenbesitzer verprügelt hatten, waren wie vom Erdboden verschluckt.

»Sie schießen schön, Sir«, sagte Heyter, während er das Gesicht des aus dem Stock Befreiten mit einer stinkenden Salbe einrieb.

»Das Luftgewehr ist nicht übel, Brian. Hier, du mußt Luft nachfüllen, ich habe fast alles verschossen. Ihr wart tüchtig. Wie heißt du?« wandte er sich an den übel zugerichteten Mann mit dem wie bei einer Frau langen schwarzen Haar, unter dem zwei runde goldene Ohrringe blitzten.

»Manuel Diaz, Señor.«

»Bist du Spanier?«

»Ich bin Zigeuner, Señor. Mein Vater wurde in Andalusien geboren.«

»Hat Robertson dir gesagt, worum es geht?«

»Robertson? Aaah, der Priester! Ja, Señor.«

»Und?«

»Ich gehe mit Ihnen bis ans Ende der Welt, Señor!«

Der neben ihm stehende Junge schrie verzweifelt etwas in einer seltsamen Sprache, die weder Spanisch noch Englisch oder Schottisch oder irgendein keltischer Dialekt war, obwohl sie an alle ein wenig erinnerte, und Diaz antwortete dem Jungen in derselben Sprache.

»Wer ist der Kleine?« fragte Bathurst. »Er sieht dir ähnlich, ist er etwa …«

»Ja, Señor, er ist mein Pal.«

»Was heißt das, zum Teufel!«

»Er ist mein jüngerer Bruder, Señor. Bei uns, in der Zigeunersprache, heißt das Pal.«[47]

»Hör zu, Diaz«, Bathurst stieß die Worte wütend hervor, »in meiner Gegenwart redest du gefälligst in einer mir verständlichen Sprache!«

»Jawohl, Señor, bitte verzeihen Sie mir.«

»Was will dein Bruder?«

»Er will auch mitkommen, Señor.«

»Ausgeschlossen, du läßt ihn zu Hause.«

»Sein Zuhause, Señor, das bin ich. Unser Lager ist jetzt weit weg im Norden.«

»Ich kann keine Kinder mitnehmen! Versteh doch, Mann – da, wo wir hingehen, erwartet uns auf Schritt und Tritt der Tod! Ich kann ihn nicht gefährden.«

»Señor, hat er sich heute nicht selber gefährdet? Ohne Sie und Ihre Leute müßten wir beide hängen.[48] Wenn Sie ihn nicht nehmen, komme ich auch nicht mit.«

Bathurst drehte sich zu dem flehentlich blickenden Jungen um, und, sich an die wirbelnde Socken-Schleuder erinnernd, fragte er: »Wie heißt du?«

»Juan, Juan Diaz, Señor.«

»Wie alt bis du, Juan?«

»Achtzehn, Señor.«

»Wie alt?«

»Fast achtzehn, Señor.«

»Lüg nicht! Also, wie alt?!«

Der Junge senkte den Kopf.

»Sechzehn, Señor. In ein paar Monaten werde ich sechzehn. Bitte nehmen sie mich mit, Señor, ich ..., ich ...«

»Fang hier bloß nicht an zu flennen! Was kannst du?«

»Kochen, Señor, und ich kann Messer reinigen und Vogelnetze aufstellen ...«

Alle lachten, mit Ausnahme der beiden Diaz' und Bathursts, der nur im stillen lachte und einen Moment später sagte: »Gut, du kommst mit. Ich esse gern gebratenes Rebhuhn.«

»Danke, danke, Señor!«

Der Junge sprang zu seiner Hand hin, doch Benjamin legte dem Kleinen die Hände auf die Schultern und sagte leise: »Küß niemals einem Mann die Hand, Juan, sogar wenn es der König selber wäre. Niemals, merk dir das!«

Und ohne auf die vor Staunen geweiteten Augen des Jungen zu achten,[49] wandte er sich an dessen Bruder: »Du wirst mit Brian zusammen an meinem Spazierstock arbeiten.«

»Ja, Señor. Ich habe sogar schon eine Idee.«

»Wunderbar. Und noch eins: Ich habe gehört, daß du gern in fremde Taschen langst. Tu das nicht. Wenn wir unseren Auftrag erfüllen, bist du ein reicher Mann. Solltest du während der Operation mich oder einen von uns bestehlen, bestiehlst du dich um dein Leben.«

»Señor! Ich bestehle nur fremde Leute!«

»Beim heiligen Patrick, solch ein Halunke!« empörte sich Robertson. »Die Niedertracht werde ich dir schon austreiben, Freundchen, und zwar akkurat!«

Am Abend desselben Tages machte Benjamin in der Petticoat Lane jenem Beamten der Flußpolizei, den ihm der *Bow Street runner* empfohlen hatte, seine Aufwartung. Littleford hatte das Aussehen eines Rassepferdes: schmaler, hoher Kopf, Adlernase, lange Zähne, dazu schöne Kleidung und würdevolle Bewegungen – alles das, was in der Verbindung mit einem edlen Gesichtsausdruck Achtung und Vertrauen erweckte und zugleich Verwunderung darüber, daß dieser Mann von der Erscheinung eines Präsidenten des Oberhauses schlicht und einfach ein »Bulle« war.

Littleford hörte sich das Anliegen an, mit dem der junge Mann zu ihm gekommen war, dann lächelte er betrübt und sagte: »Mein Herr, seit acht Jahren ringe ich mit dem Banditenhäuptling, den sie Doc nennen, und ich bin heute fast sicher, mit einem Schatten zu kämpfen. Der Mann existiert nicht, er ist ein Mythos. Ich glaube, daß diese Bande, falls es sich nur um eine einzige handelt, von einer Gruppe von Schurken beherrscht wird, die das Pseudonym Doc erfunden hat, um uns alle in die Irre zu führen. Sie wollen sich an die heranwagen? Ihre Sache, Sir. Aber Sie wollen dafür auch noch Leute von mir, zudem Asse, und dann wollen Sie die nachher für wer weiß wie lange aufs Festland mitnehmen? Ich habe solche Leute nicht, sie sind mir ausgegangen, jede Woche kommt einer ums Leben, der Dienst bei uns ist ein

Balancieren am Grabesrand. Außerdem, welcher Familienvater hat schon Lust, irgendwo in der Welt Händel zu suchen?«

Bathurst erhob sich.

»Augenblick, gehen Sie nicht weg!« hielt Littleford ihn zurück und redete weiter in seinem müden, bekümmerten Tonfall: »Sehen Sie, ich begegne nur selten solchen Leuten wie Ihnen – jungen, tatkräftigen Leuten, die nicht bloß an den eigenen Bauch denken. Ich könnte es mir nicht verzeihen, wenn ich Ihnen meine Hilfe versage. Ich gebe Ihnen meinen besten Mann. Ein Junggeselle, ein bißchen ein Faulpelz, aber ein Teufelskerl.«

»Für wieviel?«

»Gehen Sie mir damit! Ich mache das nicht für Geld. Wenn Sie den Schurken bloß ein wenig das Fell gerben, ist das für mich das beste Entgelt. Ich schicke ihn morgen zu Ihnen. Wo soll er sich melden?«

Benjamin nannte die Adresse und die Losung, Littleford notierte beides und gab Bathurst den Wunsch mit auf den Weg: »Der Herrgott stehe Ihnen bei, junger Mann, möge es Ihnen gelingen!«

Am Montag, dem 27. Oktober 1806, wußte Bathurst schon, daß ihm die Zusammenstellung des Kommandos gelungen war, zumindest in quantitativer Hinsicht, denn den wahren Wert der Leute kannte er vorerst nur ungenügend. An diesem Tage befanden sich im Hause von Mrs. Gibson, die mit ihrer Tochter in den hinteren Flügel ihres Wohnsitzes umgezogen war, bereits – Bathurst und den Zigeunerjungen nicht mitgezählt – neun Kandidaten für das Kommando, wie sie sich sein Cousin, Castlereagh, Perceval und auch er selber nur erträumten. Und doch waren sie noch nicht vollzählig, zwei weitere Männer waren in Betracht zu ziehen …

Am Morgen desselben Tages hatte Castlereagh einen zweiten Polen mitgebracht, dessen Name ein rechter Zungenbrecher war.[50] Benjamin sprach ihn mit dem Vornamen an, wie er es bei den meisten hielt. Er selbst ging an diesem Vormittag in die Bow Street und holte sich Rufus Brown ab, für den er einen Teil der versprochenen Summe entrichtete (der Rest sollte nach Browns Examinierung folgen). Der alte Haudegen mit dem finsteren Gesicht und den bösen Augen, denen ein mächtiger Haß auf die Welt innewohnte, gefiel ihm sofort. Mit keinem Wort dankte der für die Freilassung, sagte wenig, und auch das nur mit Überwindung, antwortete lediglich auf Fragen, nach Soldatenart knapp, und war mit allem einverstanden. Er hatte großen Hunger, seit langem hatte er nichts Vernünftiges zu essen bekommen.

Am Nachmittag setzten sich alle an einen großen Tisch, und Stapleton und das Dienstmädchen trugen Speisen auf. Am Tisch saßen alle außer Sij, der sich zu keinem Stuhl überreden ließ und, an der Wand hockend, dort sein Essen einnahm. Benjamin beobachtete die Leute und nahm im stillen seine Einschätzungen vor. Allan Robertson – ein Dickwanst mit Hamsterbäckchen und Perlenäuglein voller Witz und Fröhlichkeit, ein Pfiffikus. Der Pole Józef – Offizier, mittelgroß, gut gebaut, dunkelhaarig, ruhig, doch wenn nötig schnell, stark und entschlossen, blitzartige Reaktion und Verantwortungsbewußtsein. Der zweite Pole, Mateusz – blaßblondes, langes Haar, etwas trottelhaft, Hände wie Brotlaibe, mit Sehnen wie Stricke, wohl noch keine dreißig Jahre alt, mal sehen, wie der sich macht. Brian Heyter – ebenso wie Józef gut im Dreinhauen, etwas zu geschwätzig, aber was für ein Mechaniker, ein wahrer Schatz, was wußte dieser Mensch nicht aus Waffen und sonstigem Gerät zu machen! Manuel Diaz mit den goldenen Händen, der blickt vergötternd drein, ist treu bis ans Ende, gut, wenn man außer Sij noch einen zweiten solchen hat, nur sein Aufzug ist der eines Zirkusaffen, das muß man ändern. Juan Diaz, die Rotznase, auch der ist treu, ein tüchtiger Kleiner, man muß alles tun, damit er am Ende heil herauskommt. Parvis – der dritte Zigeuner, Manuel hat ihn vor zwei Tagen hergebracht, und er bürgt für ihn – ist laut und verwegen, mal sehen, ob nur hier am Tisch. Brown, ein Griesgram und sozial Geschädigter, wird töten, ohne mit der Wimper zu zucken, kann offenbar gut mit Pistolen umgehen, da er eine ganze Bande aus dem Postkutschenfenster heraus abgeschossen hat, überhaupt ist er wohl nicht übel, immerhin war er bei Smith in der Diversionsabteilung. Und schließlich Jimmy Lipton, der Rotschopf mit den Sommersprossen, Polizist von Littlefords Themse-Polizei, der sich am Sonntag abend gemeldet hat.

Als die Mahlzeit beendet war, schlug Bathurst mehrmals mit dem Messer gegen seinen Teller und brachte die Versammlung zum Verstummen.

»Ihr habt drei Stunden Zeit, um eure Dinge in der Stadt zu erledigen, falls einer dies tun muß. Um sechs Uhr abends haben alle wieder hier zu sein. Wer wissen will, wie's weitergeht, darf sich keine halbe Minute verspäten, sonst ist es sein Pech. Morgen abend treten wir in Aktion, das wird eure Prüfung sein. Wir werden in Storegate alles ein bißchen kurz- und kleinhauen. Gibt's Fragen?«

»Ja, Sir. Wann geht es aufs Schiff?« fragte Parvis.

»Das erfahrt ihr, wenn es so weit ist.«

»Sir, machen morgen alle mit?« fragte Lipton mit einem Blick auf Juan.

»Nein. Der Kleine bleibt hier, Brian und Allan ebenfalls. Brian hat hier zu tun und muß fertig werden, und Robertson hat eine andere Prüfung zu absolvieren. Ihr könnt jetzt gehen. Robertson, einen Augenblick noch.«

Als sich hinter dem letzten die Tür geschlossen hatte, wechselte Benjamin auf den Stuhl neben Robertson und erzählte ihm von dem Polizisten aus der Bow Street, der seinen Beruf aufgegeben hatte, um sich in der Kirche Saint Mary zu kasteien.

»Ich bin am Sonnabend dort gewesen und habe endlich erfahren, daß man ihn immer frühmorgens zwischen fünf und sechs Uhr antreffen kann, wenn er die Fußböden scheuert. Höre, Robertson, du mußt ihn für uns gewinnen! Verstehst du – du mußt! Bitte den heiligen Patrick um Hilfe, mach, was du willst, aber überzeuge den Kerl, und bring ihn hierher.«

»Treiben Sie keinen Scherz mit dem heiligen Patrick, Sir, denn er vermag viel, und wenn er sich in die Sache einschaltet, gelingt sie akkurat!«

»Wenn du das Kunststück vollbringst, erhältst du auf der Stelle hundert Guineen, und dein Examen ist bestanden.«

»Soeben fühle ich, Sir, daß der heilige Patrick mit uns ist. Morgen mittag bringe ich das Freundchen her, akkurat.«

Um sechs Uhr abends trafen die Männer wieder zusammen, und Bathurst erläuterte Einzelheiten des geplanten Ausflugs nach Storegate.

»Ab jetzt«, sagte er abschließend, »darf keiner von euch mehr das Haus ohne meine Erlaubnis verlassen. Keine Saufereien und Krawalle! Wer dem Befehl zuwiderhandelt, bricht sich sozusagen das Genick. Alles klar?«

»Jawohl, Sir!« erscholl die Antwort im Chor. Nur Brown und Sij machten den Mund nicht auf.

Eine Stunde später fuhr Benjamin mit Józef und Sij nach Blackwall. Es war schon dunkel, als sie am Westindien-Dock vorbeikamen und sich dem bebauten Gelände des Ostindien-Docks näherten. Über eine Entfernung von mehr als hundert Yard schollen ihnen der Lärm von Betrunkenen und wilde Gesänge aus den Tavernen entgegen. Bathurst erkannte die gesuchte Taverne an dem draußen klebenden Plakat, auf welches das Licht der Türlampe fiel. Unter der großen Überschrift »FREIWILLIGE«, unter dem Königswappen und der Losung »GOTT SCHÜTZE DEN KÖNIG« war dies ein Aufruf an alle »edlen, die Franzosen und den Papst hassenden Männer, König und Vaterland vor den Gelüsten der Republikaner und der Radikalen sowie vor dem schmutzigen Trachten unserer Erbfeinde zu schützen, die einen Überfall auf unser glückliches Vaterland, auf Old England, im Schilde führen und unseren Gnädigen Monarchen umbringen wollen, so wie sie es schon mit dem eigenen getan haben, die unsere Frauen und Töchter zu Dirnen machen wollen, uns unser Hab und Gut rauben und uns nichts anderes lehren wollen als nur die verfluchte Kunst des gegenseitigen Mordens.« Daran schloß sich der Zusatz, daß Leutnant W. J. Stephens die Freiwilligen für die Royal Navy erwarte, und es folgten Angaben zur Entlohnung für Seefahrer, einfache Matrosen und Landratten.

Benjamin amüsierte sich im stillen über diese Phrasen, deren Pathos genau das Gegenteil des Beabsichtigten bewirkte, stieg von seinem Gefährt herunter, befahl dem Polen die Aufsicht darüber und schickte Sij in die Taverne. Er selbst trat erst drei Minuten später ein.

Es war eine gräßliche Spelunke, die nichts von der eigentümlichen Eleganz der berühmten Themse-Tavernen hatte, solchen wie *»Old George Inn«* oder *»Prospect of Whitby«*, dies war ein eilig zusammengezimmerter, morscher und zugiger Schuppen. Der vielerorts abgebröckelte Putz ließ die Innereien der Wände sehen, ähnlich schamlos wie die Dirnen, die überall lümmelten – bei den Seeleuten auf dem Schoß, auf Stößen alter Säcke und auf dem Stroh, das den Fußboden bedeckte. Seeleute, Deserteure, dubiose Kaufleute, Schmuggler und alle Sorten von *»mud larks«*[51] betrieben hier Handel, Liebe und vor allem das, was die Engländer *»the battle against the bottle«*[52] nennen. In den Winkeln machten geriebene *»press masters«*[53] betrunken, wen sie nur konnten, um die Decks der Schlachtschiffe seiner Königlichen Majestät zu füllen. Der Gestank enthielt alle nur denkbaren Gerüche der Gosse, von schlechtem Öl bis zu Urin, und der Rauch von Pfeifen und den auf den Fässern stehenden Kerzen war von einer Dichte, daß die sprichwörtliche Axt nicht mehr auf die Bodenbretter, die ein Schiffsdeck imitieren sollten, niedergekommen wäre.

Nachdem Benjamin sich an den Geruch in dieser Höhle gewöhnt hatte und seine Augen das Dunkel durchdringen konnten, rief er an der Schwelle: »Tom Rope! He, ist hier ein Tom Rope?!«

Das Erscheinen des Stutzers in dieser Höhle des Unrats an sich hätte weder Erstaunen noch Verärgerung hervorgerufen, denn die Londoner Aristokratie männlichen Geschlechts bummelte mit Begeisterung hin und wieder durch die Seemannskneipen und hatte die dort residierenden Männerrunden schon an ihre Gegenwart gewöhnt. Alles wäre demnach in Ordnung gewesen, hätte Wilson Bathurst einen wichtigen Rat mit auf den Weg gegeben, nämlich den, daß man diese Seewölfe bei ihren vokalen Vorführungen nicht unterbrechen darf. Benjamin, der zwar abgewartet hatte, bis der Satz verklang: *»When the wine is in, the wit is out!«*[54], kam mit seinem Ruf dem nächsten Refrain zuvor und säte böse Stille. In dieser Stille wiederholte er: »Ist hier ein Tom Rope?«

»Was suchst du hier, Muttersöhnchen, warum störst du anständige Seeleute bei ihrer Entspannung!« brummte neben ihm mit heiserer Stimme ein Bärtiger in gestreiftem Hemd.

»Bist du Tom?« fragte Benjamin.

»Nein, aber Milchzähne haue ich genauso gut aus wie er.«

»Laß mich durch«, bat Bathurst.

Der Bärtige nahm eine leere Flasche, zwei seiner Kumpane taten es ihm nach und sprangen auf. Bathursts Augen wurden schmal.

»Laß mich durch, Freund, es könnte dir leid tun«, flüsterte er.

Die Worte wurden mit solchem Gelächter quittiert, daß der Putz von der Decke rieselte. Der Bärtige machte einen Schritt nach vorn, hob die Flasche und wollte zuschlagen, aber da hielt ihn die Stimme eines anderen Bärtigen, dessen mächtigen Rumpf ein ebensolches Matrosenhemd umspannte, zurück: »Lieber nicht, Jeff.«

»Wieso?! Warum denn?!«

»Der Junge muß gut sein, wenn ihn euer Gegröle nicht erschreckt hat. Paß lieber auf, Jeff. Und außerdem mag ich's nicht, wenn drei auf einen losgehen.«

»Wie? Was willst du mir hier … hast du nicht gehört, wie dieser Salonstänker …«

Bathursts Arm mit der gespreizten Hand schnellte federleicht nach vorn, die Finger hieben dem Händelsucher gegen die Stirn, und er fiel ohnmächtig zu Boden.

»Sitzen bleiben!« schrie der Riese den aufspringenden Kumpanen zu und ging auf Benjamin zu.

»Ich bin Tom Rope«, sagte er. »Du hast dir ganz gut zu helfen gewußt, Junge, aber deine Aufstellung ist schlecht. Zu weit weg von der Wand, da ist der Rücken ungedeckt.«

»Im Rücken habe ich meinen Mann, der zertrümmert so eine Wand mit bloßen Händen. Wenn ich zuschlage, ist das im Vergleich zu ihm ein Streicheln.«

»Oho! Ganz hübsch, du bist nicht so grün, wie ich dachte. Was willst du?«

»Wilson hat dich mir empfohlen. Du lechzt offenbar nach frischer Luft. In ein paar Tagen laufe ich zum Kontinent aus, zu einem Spielchen gegen die Franzosen. Ich würde dich mitnehmen.«

»Einfach so, für schöne Worte?«

»Nein. Du würdest so viel verdienen, daß du bis ans Ende deiner Tage was zu saufen hättest. Die erste Arbeit gibt es gleich morgen zu tun, ich möchte mit den Banditen von Storegate abrechnen.«

»Das paßt mir nicht«, brummte der Seemann. »Ich mag Storegate. Nein, da mache ich nicht mit.« Damit wandte er sich wieder seinem Bier zu.

Benjamin wollte die Spelunke schon verlassen, als er sich plötzlich der Worte des alten Bettlers entsann.

»Hast du Peggy Jones[55] gekannt?« fragte er.

»Na klar! Wer hat sie hier nicht gekannt, ein tolles Mädchen, aber was willst du …«

»Ich habe gehört, daß Doc sie erledigt hat. Falls du ihm das mit meiner Hilfe heimzahlen willst, warte morgen abend um sechs an der Ecke Mart Street und James Street. Und solltest du dich entschließen zu kommen, dann lerne vorher, mich mit ›Sir‹ anzureden. Alsdann!«

Bathurst drehte sich auf dem Absatz um und verließ die Taverne, hinter sich spürte er Sijs Atem. Die Themse trug auf ihren Wellen den Lichtschein von Mond und Sternen. Man spürte den salzigen Wind des Meeres. Im Rücken hörte Bathurst den dröhnenden Chorgesang: *»When the wine is in …«*

3. Der glückliche Dummkopf

Die Kirche Saint Mary wuchs nahezu aus der Straßenmitte empor und teilte den breiten Straßenzug des Strand in zwei ungleiche Abzweigungen. Die zweistöckige Fassade wurde vorn von einem runden Portikus geschmückt, dessen Abschluß eine Kuppel bildete, die so flach war wie der Deckel einer Suppenschüssel. Nach oben hin dominierte ein sich verengender, fünfgliedriger Glockenturm, dessen letztes, winziges Glied das Kreuz trug. Zu beiden Seiten der Kirche sah man zweigeschossige Wohnhausreihen von fast identischer Gestaltung. Nur rechter Hand durchbrach das prunkvolle Somerset House mit den korinthischen Säulen im Obergeschoß und der Musengruppe auf dem Giebel die Gleichförmigkeit der Straße. Man könnte sagen – eine geschnitzte Säule in einem Lattenzaun.

Um sich dort einzufinden, ehe die über dem Tympanon in das unterste, das Sockelglied des Kirchturms eingelassene Uhr die fünfte Stunde schlug, mußte Robertson seinen Rekord bei der Anwendung des Spruches »Morgenstund hat Gold im Mund« brechen. Es war dies nicht seine liebste Maxime, sonst pflegte er gegen neun aufzustehen, selten früher. Er erhielt aber auch nur selten Aufträge von Leuten wie dem jungen Bathurst.

Um vier Uhr dreißig war er zur Stelle, so »akkurat« zumindest gab er es später Bathurst gegenüber an. Der Kirchenvorplatz, auf dem es tagsüber laut zuging, wo sich Kutschen und Kaufmannswagen durch die Menge manövrierten, lag jetzt leer und still. Zum erstenmal sah Robertson dieses London, schlafend und grau im dünnen Nebel der Morgendämmerung, mit Lampen über den Parterreläden, die die vorgewölbten, mit kleinmaschigem Gitter versehenen Schaufenster gelb färbten, und dieses London gefiel ihm. Es hatte einen überaus reinen, belebenden Duft und eine würdige Schläfrigkeit, denn der Schlaf eines Mammuts hat stets etwas Würdiges. Seine Sprache war jetzt besser zu vernehmen als im betäubenden Ameisengewimmel des Tages.

Robertson war noch mehrere Yards von der offenen Pforte in der eisernen Einfriedung vor dem Portikus entfernt, als er bemerkte, daß er hier nicht allein war, und freute sich, denn er witterte sein Wild. An der Pforte stand geduckt und reglos ein Mann – noch nicht alt, aber auch nicht mehr jung, einer von denen, die man auf achtundzwanzig schätzt oder auch auf zwanzig Jahre mehr, ohne entscheiden zu können, welche Diagnose die richtige ist. Er war entsetzlich mager, wie ein von der Schwindsucht zerfressener junger Dichter aus dem Geschwätz von Neureichen oder aus der Erzählung eines »Positivisten«, mit wächserner, von blauen Adern gezeichneter Haut, mit abgrundtiefen Augenhöhlen und einer ein wenig höheren linken Schulter, was verriet, daß er Linkshänder war und daß diese Schulter stundenlange innigste Berührung mit dem Gewehrkolben gehabt hatte. Letzteres konnte Robertson nicht auffallen, unterschied er doch kaum den Kolben vom Lauf, dafür bemerkte er, daß im Gesicht des Mannes eine so tiefe, verzweifelte Trauer stand, als wäre es das Gesicht Azraels, des mohammedanischen Engels der Gräber.

Als Robertson dem Eingang näherkam und die Kirchentür öffnen wollte, gab diese nicht nach.

»Was denn, noch zu?« fragte er.

»Ja, Vater«, wurde ihm geantwortet, »es ist noch zu früh.«

»Zu früh, zu früh!« entrüstete sich der Mönch. »Fürs Gebet ist es nie zu früh, mein Sohn. Ich konnte nicht schlafen, und da dachte ich mir, anstatt die Zeit im Bett zu vertrödeln, wär's besser, akkurat zum heiligen Patrick zu beten, welcher der

Schutzpatron der Sünder ist, aber da haben wir's – es ist zu früh! Wann wird denn die heilige Stätte geöffnet, he?«

»Bald, Vater, in zehn, fünfzehn Minuten, doch nur für mich, ich mache hier rein, ich säubere das Kirchenschiff, schrubbe den Fußboden. Die Gläubigen können erst etwas später hinein. Aber Ihnen als einem Geistlichen wird man den Zutritt wohl nicht verwehren, bestimmt nicht ... Verzeihung, Vater, Sie sagten, daß der heilige Patrick ...«

»Daß er was, der heilige Patrick?«

»Daß er der Schutzpatron der Sünder ist.«

»Ach so. Ja, gewiß doch, mein Sohn. Aber nur solcher Sünder, die akkurat vom Wunsch nach Reinigung durchdrungen sind und die vor der Buße nicht davonlaufen wie der Fuchs vor einer Meute Hunde. Solche beschützt der heilige Patrick, und er vergibt ihnen ihre Sünden. Die Verstockten indessen haben einen anderen Schutzheiligen. Warum fragst du, mein Sohn?«

»Warum? Ja, sehen Sie, Vater, ich ... ich ...«

»Nur mit der Sprache heraus, mein Sohn, akkurat! Hast du gesündigt?«

»Ja, Vater, allerdings.«

»So du Besserung begehrst, rettet dich der heilige Patrick akkurat aus den schmutzigen und unzüchtigen Klauen des Satans. Oder bist du gar ein Verstockter?«

»Nein, nein! Vater, ich ... ich möchte ... ich büße tagtäglich, eben hier.«

»Wie tust du das?«

»Ich sagte ja schon: ich mache rein, schrubbe ...«

»Was hast du denn verbrochen, he?«

»Ich? Ich habe einen unschuldigen Menschen getötet, Vater.«

»Getötet? Einen Unschuldigen? Unseliger! Warum hast du ihm das Leben genommen?! Beim heiligen Patrick!«

»Erbarmen, Vater! Ich ... Es war ein Irrtum, ich hab's nicht gewollt! Ich habe bei der Polizei gedient, ich bekam einen Befehl, und so ...«

»Schweig still, Freundchen! Denkst du, solch eine Sünde und Missetat wäre akkurat durch Fußbodenschrubben zu tilgen?! Oh, Unseliger!«

Robertson hob die Augen zum Himmel, vielmehr zum Zifferblatt der Kirchturmuhr, der Mann aber brach in Weinen aus.

Nach einem Weilchen unterbrach der Mönch sein Schluchzen, er faßte den ausgezehrten Menschen am Arm und sagte: »Beruhige dich, mein Sohn. Deine Tränen sind der sichtbare Beweis dafür, daß du akkurat Sühne begehrst, nur wirst du mit Schrubber und Wischtuch ein solches Vergehen eben nicht auslöschen, o nein!«

»Was soll, ja, was kann ich sonst tun, Vater, was?« fragte der Mann, erneut schluchzend.

»Du mußt deinen Willen zu akkurat wahrhafter Buße bezeugen, das zum ersten. Ich überlege soeben, wie dir zu helfen ist, und mit der Hilfe des heiligen Patrick ist mir akkurat etwas eingefallen, aber ob du genügend Kraft in dir findest?«

»Ich tue alles, was Sie mir sagen, Vater, bloß helfen Sie mir, denn es würgt mich schon ein solcher Jammer, ich halt's gar nicht mehr aus mit diesem Stein auf der Seele.«

»Nun gut, mein Sohn, also höre akkurat. Eine Übeltat läßt sich durch eine Guttat auslöschen, und eine sehr üble Tat durch eine sehr gute Tat. Du hast dein Land eines Menschen beraubt, das ist ein ziemlicher Verlust in dem Augenblick, da wir an der Schwelle eines Krieges stehen und Verteidiger brauchen. Das Händepaar, welches du getötet hast, kann im Notfall akkurat das fehlende sein, denn schwere Prüfungen kommen auf Britannien zu, und das, wie du weißt, ist das Werk jenes korsischen Drachen, möge ihm der heilige Patrick die Schienbeine brechen, akkurat! Durch einen reinen Zufall habe ich erfahren, daß tapfere Leute zu einem Feldzug gegen den Räuber rüsten. Nimm daran teil, leg deinen Kopf auf die Waagschale, und deine Guttat wird deine Sünde aufwiegen und dem heiligen Patrick akkurat Grund geben, dich zu retten.«

»Ein Feldzug? Ich weiß nicht, zu wem ich gehen müßte …«

»Aber du würdest gehen?«

»Gern. Ich nehme jede Buße auf mich, auch wenn ich mit dem Leben zu zahlen hätte, denn solch ein Leben mit der Sünde, das ist mir nichts.«

»Ich werde dich hinbringen, mein Sohn, denn wie ich sehe, ist es dir ernst.«

Im selben Augenblick schlug die Kirchturmuhr über ihnen fünfmal, und sie hörten Schritte hinter der Tür. Der Schlüssel rasselte im Schloß, und der alte Kirchendiener erschien.

»Komm herein, Lawrence, es gibt viel zu tun nach der gestrigen Feier, auch der Altar muß aufgeräumt werden, weil …«

»Wir treten ein«, unterbrach Robertson den Alten, »aber zum Gebet, nicht zum Scheuern! Nicht mit dem Schrubber öffnest du das Tor zum Reich des Herrn, sondern durch Gebet und akkurate Buße.«

Eine Viertelstunde später gingen die beiden nebeneinander her durch die schlummernden, sich langsam belebenden Straßen. Plötzlich blieb der Dürre stehen und wandte sich an den Schotten: »Vater, diese Kirche gehört doch gar nicht dem heiligen Patrick! Sagen Sie, was für ein Feldzug ist das denn?«

Der Mönch, der das leise Zaudern und die Unruhe spürte, nahm den Mann um die Schulter, zog ihn mit sich und sagte: »Du wirst alles akkurat erfahren, sobald wir an Ort und Stelle sind. Und was den heiligen Patrick betrifft, so ist er kraft königlichen Erlasses zur Obhut über jede Kirche berechtigt, deren Turm mehr als hundert Fuß hoch ist. Na, na, beunruhige dich nicht, mein Sohn. Dein aufrichtiger Wunsch nach Besserung hat mich so sehr ergriffen und gerührt, daß ich, beim heiligen Patrick, möge der Wille des Herrn geschehen, wohl auch aufbrechen werde, um über den Verlauf deiner Buße akkurat zu wachen. Wir ziehen gemeinsam, das heißt, ich wollte sagen, gemeinsam mit dem heiligen Patrick.«

Es war noch nicht sechs Uhr, als sie Mrs. Gibsons Haus

erreichten. Stapleton öffnete ihnen. Im großen Schlafraum lagen, einer neben dem anderen auf Strohsäcken, Bathursts Männer und schnarchten zum Gotterbarmen. Robertson wies auf eine von zwei freien Schlafstätten und sagte zu dem Dürren: »Ruh jetzt akkurat aus, mein Sohn, denn du wirst schon lange nicht mehr ruhig geschlafen haben.«

Er selbst begab sich zu Benjamins Zimmer. Er wußte nicht, ob der Chef schlief oder nicht. Was tun? Anklopfen? Und wenn Bathurst aufwachte und in Zorn geriet, weil er im Schlaf gestört wurde? Robertson schlich auf Zehenspitzen heran und hielt das Ohr an die Tür. Totenstille. Er drückte auf die Klinke und öffnete einen Türflügel behutsam so weit, daß das Auge im Spalt Platz hatte. Er blickte geradenwegs in etwas Rundes, das die Mündung eines Pistolenlaufs war.

»Ach, du bist es, Allan. Etwa lebensmüde?«

»O heiliger Patrick, rette mich!« wisperte Robertson. »Bitte nehmen Sie das todbringende Werkzeug fort, Sir! Ich wollte nur sehen …«

»Komm niemals auf Zehenspitzen zu mir, Mann, denn wer sich anschleicht, hat selten lautere Absichten. Und nicht immer kann ich Freund von Feind unterscheiden. Tritt ein.«

»Schlafen Sie denn nicht um diese Zeit, Sir?«

»Ich habe zu tun. Setz dich. Was denn, hast du getrunken, Mönch? Ich rieche eine Fahne!«

»Ein kleines bißchen, zum Warmwerden, Sir, der Morgen ist so kühl.«

»Ich verbiete dir zu trinken, solange wir zusammenarbeiten. Kein Tropfen, verstanden? Jetzt erzähle, hast du mit ihm gesprochen?«

»Ich habe mit ihm gesprochen, akkurat, Sir.«

»Und?«

Robertson berichtete von seiner Begegnung mit dem Scharfschützen und schloß: »So bin ich denn um hundert Guineen reicher geworden und Euer Liebden um einen tüchtigen, nur nicht allzu verstandeskräftigen Burschen, doch meine ich, wenn er nicht mit dem Kopf Gutes tun soll, sondern mit der Flinte, ist er akkurat richtig.«

»Wann kommt er?«

»Er ist schon da, Sir. Ich hab ihm gesagt, daß er ein Quentchen schlafen soll.«

»Gut. Wenn er wach wird, führe ihn zu mir. Nicht später als in drei Stunden … Ich bin zufrieden mit dir, Robertson, du hast dein Examen bestanden.«

»Ich freue mich, Sir, und der heilige Patrick freut sich mit mir. Wann erhalte ich das Prüfungszeugnis, Sir?«

Zum erstenmal sah Robertson Belustigung in Bathursts Augen blitzen, als dieser in ein Schubfach langte und ihm mit den Worten: »Du solltest auch ein Quentchen schlafen, Allan« einen Beutel überreichte.

Knapp drei Stunden später kam der Mönch stürmisch in Bathursts Zimmer gerannt, fast hätte man sagen können: mit wehender Glatze.

»Sir!« stieß er hervor. »Sir, das Freundchen will weg. Nichts zu machen, er läßt sich nicht aufhalten, nicht von mir und nicht vom heiligen Patrick, den ich zu Hilfe gerufen habe. Ich hab's ihm noch mal akkurat zu erklären versucht, aber er will nichts hören, er sagt, ich hätte ihn betrogen.«

»Was ist mit ihm passiert?«

»Keine Ahnung, Sir, ich verstehe es nicht. Heyter meint, daß dieser Zigeuner, der neben ihm schlief, wie heißt er doch … Parus, Pavus … Also, daß der Dürre dem alles akkurat geflötet hat, und der schwarze Teufel hat ihn ausgelacht und gesagt, es ginge gar nicht darum, Buße zu tun … Heiliger Patrick, was soll ich machen?«

»Halt den Mund, und hör auf zu zittern wie Götterspeise. So, und jetzt bring ihn mir her.«

»Wen, Sir? Den Zigeuner?«

»Nein, den aus der Kirche.«

Es war kurz vor neun Uhr, als der Ex-Scharfschütze aus der Bow Street vor Benjamins Schreibtisch stand – auf dem Weg hierher hatte ihm der Mönch eingeschärft, wie er sich »akkurat« beim Chef zu benehmen habe.

»Name?«

»Rigby. Lawrence Rigby, Sir.«

»Du sollst bei der Polizei Dienst getan haben?«

»Ja, Sir.«

»Was hast du da gemacht?«

»Geschossen. Auf große Entfernung.«

»Ich dinge dich für ein paar Wochen für dasselbe, gegen ein Entgelt, das du sonst in zwanzig Jahren nicht verdienst.«

»Es geht mir nicht um Geld, Sir.«

»Worum dann?«

»Ich will einen Mord, den ich begangen habe, sühnen.«

»Dort, wo ich hingehe, hast du dazu die beste Gelegenheit.«

»Das stimmt nicht, Sir! Man hat mich betrogen! Ich weiß inzwischen, daß hier ein guter Schütze gebraucht wird und Vater Allan mich darum hergebracht hat. Ich will wieder in die Kirche, und zwar sofort. Ich habe mir geschworen, nie mehr im Leben eine Waffe in die Hand zu nehmen.«

»Niemand hält dich fest und zwingt dich, es ist dir überlassen. Es stimmt, du wurdest betrogen. Aber nicht von Vater Allan, denn wir ziehen gegen die Franzosen, gegen Gottlose und Jakobiner, welche Altäre umstürzen und unseren König bedrohen, wo also fändest du eine bessere Gelegenheit, Buße zu tun als bei uns? Nein, betrogen hat dich der Zigeuner, und nur darum, weil er ein echter Zigeuner ist. Hast du je von einem Zigeuner gehört, der in seinem Leben ein wahres Wort gesprochen hätte? Na, sag schon ...«

Rigby, von der Frage überrascht, überlegte.

»Nein, Sir, habe ich nicht gehört. Richtig, mein Onkel Lorimer, der hat immer gesagt, daß ein Zigeuner, wenn er nicht einmal am Tag schwindelt oder stiehlt, in der Nacht schlecht schläft, nämlich ...«

»Siehst du. Ein wahres Wort in Zigeunermund ist seltener als Magnolien in der Sahara. Der Zigeuner hat dir gesagt, daß ich einen guten Schützen brauche? Eine armselige Lüge. Wozu sollte ich mehrere Scharfschützen benötigen? Heyter ist ein vorzüglicher Schütze, Brown auch, und ich bin der allerbeste Schütze im ganzen Königreich. Wir sind also unserer drei, haben aber nur ein gutes Gewehr. Du mußt nämlich wissen, daß wir ein Gewehr haben, von dem man nur träumen kann. Hast du schon mal ein Druckluftgewehr in der Hand gehabt?«

Mit diesen Worten öffnete Bathurst ein hölzernes Futteral, entnahm ihm Heyters Tirolerbüchse, setzte mit einem Handgriff die beiden Teile zusammen und trat ans Fenster. Rigby antwortete nicht auf die Frage, aber beim Anblick des Gewehrs füllten sich seine Augen mit Entzücken, was als Antwort viel wichtiger war. Im Nu hatte die Begeisterung die Trauer aus dem Gesicht verscheucht. Mit zärtlicher Gier glitt des Dürren Blick über Kolben, Schloß und Lauf, er mußte schlucken, und der Speichel reizte die trockene Kehle zum Husten. Unterdessen hatte Benjamin das Fenster geöffnet und suchte etwas. Rigby machte zwei Schritte nach vorn, ganz automatisch.

»Sieh dort hinüber«, sagte Bathurst. »Hinter dem Haus, die Straße hinunter, steht ein Baum. Siehst du den Zweig, der hinter dem Schornstein hervorragt? Den schneide ich mittendurch.«

Fünf Sekunden später war nur noch ein Stumpf von dem Zweig übrig.

»Hast du bemerkt, wie leise es schießt? Eine gute, eine ausgezeichnete Waffe. Wie du siehst, brauche ich niemanden dafür. Übrigens ... Ich wette, du schießt nicht so gut wie ich. Ich setze zehn Guineen gegen einen Penny, daß du den Zweig nicht am Ansatz kappst, gleich oberhalb des Schornsteins. Na?«

Rigby zögerte noch, aber unter seiner Schädeldecke sah er bereits verführerische Bilder, die ihn zwangen, sich zu bewegen. Er streckte die Arme aus und ergriff das Gewehr. Eine kleine Weile betrachtete er es aus der Nähe, dann legte er es an, mit der weichen Bewegung eines Liebenden, der eine Frau in den Arm nimmt, und rückte am Lauf.

»Du mußt ein wenig korrigieren, es zieht nach rechts«, flüsterte Bathurst. »Bei dieser Entfernung einen Zoll, höchstens anderthalb.«

Man hörte ein leises Rasseln und gleich darauf Benjamins Worte: »Ein großartiger Schuß! Hier, die neun Guineen sind deine. Du schießt großartig, ja wirklich! Wenn du es nicht ablehnen würdest, mitzukommen, würde ich dir das Luftgewehr ja vielleicht zum alleinigen Gebrauch übergeben. Aber leider, was soll's. Also gib her und mach's gut.«

Rigby stand regungslos da, wie eine Statue, er starrte die Waffe an und konnte den Blick nicht abwenden. Das dauerte einige Minuten. Schließlich sagte er mit bebender Stimme: »Ich denke nach, Sir, ob Vater Allan und Sie vielleicht recht haben ...«

»Natürlich haben wir recht, der Zigeuner hat gelogen. Gleich wirst du dich überzeugen.«

Bathurst öffnete die Tür und rief in den Korridor: »Parvis, zu mir!«

Der Zigeuner war augenblicklich zur Stelle, auf seinem Gesicht malte sich Angst. Was da im Schwange war, wußte er schon von Robertson.

»Ja, Sir ... Hier bin ich.«

»Was hast du Lawrence bloß erzählt?«

»Ich? Was soll ich erzählt haben, Sir? Ach so, Sie meinen das heute früh ... Na ja, das sollte ein Scherz sein, bloß so, und er hat alles geglaubt, Sir. Weiß Gott, es war ja nur Spaß.«

»Das war unrecht getan, Parvis. Lawrence nämlich hat alles für bare Münze genommen und ist ärgerlich auf Allan. Mach solche Dummheiten nicht noch mal, und jetzt verzieh dich, Halunke.«

Benjamin sagte dies sanft, geradezu liebevoll, wie ein Vater zum geliebten Sohn, der etwas ausgefressen hat. Nachdem sich hinter dem Zigeuner die Tür geschlossen hatte, wandte er sich an Rigby: »Da siehst du's. Und jetzt geh, ich habe viel zu tun. Ich habe noch nicht mal gefrühstückt. Das Gewehr leg hierher.«

»Sir …«

»Ja?«

»Sir, ich glaube, ich komme mit Ihnen.«

»Nein, danke. So einen wie dich kann ich nicht brauchen, der alle Augenblicke die Meinung wechselt, nur weil ein Zigeuner seine Späße treibt. Wenn du schon zur Gruppe gehörtest, käme dich das teuer zu stehen. Meine Leute müssen mir blind gehorchen. Sie sind dazu da, Befehle auszuführen, entscheiden tue ich.«

»Sir!«

»Was ist?«

»Sir, ich werde gehorchen, ich führe jeden Befehl aus. Ich schwör's!«

Rigby stand da, mit hündischem Blick, die Waffe ließ er nicht los. Bathurst tat, als überlege er.

»Also gut, ich glaube dir, Rigby. Ab jetzt gehörst du zu mir, und das Gewehr zu dir. Geh zu Vater Allan, er soll dir Heyter zeigen, oder frage einfach nach dem Mechaniker, er wird dich in die Geheimnisse und in die Pflege des Gewehrs einweihen.«

»Danke, Sir!« rief der Scharfschütze im Hinausgehen, ohne denjenigen, zu dem er sprach, auch nur eines Blickes zu würdigen – seine Augen sahen einzig die wundervolle Waffe.

Jeder Verliebte wird blind und sieht nur noch *sie*, dachte Benjamin, und am glücklichsten sind die, die sich wie dieser besessene Gottesschütze in Gegenstände verlieben: Die schweigen und sind treu, die maulen nicht und zeigen keine Launen. Bei jedem Abdrücken wird ihm die Waffe Freude schenken. Solch einen brauche ich.

Wenig später rief er erneut Parvis zu sich.

»Ja, bitte, Sir.«

»Manuel und Juan sagen zu mir ›Señor‹. Du sprichst anders, mit anderem Akzent.«

»Ja, die sind aus Andalusien, Sir, und ich bin in England geboren. Meine Familie lebt schon lange hier. Manuel und ich kennen uns vom Knast, seitdem sind wir zusammen.«

»Und wie sprecht ihr untereinander?«

»Auf Romani, Sir.«

»In welcher Sprache denkst du?«

»Denken? Ich verstehe nicht, Sir.«

»Ganz einfach.« Bathurst trat auf den Zigeuner zu. »Man denkt in einer bestimmten Sprache. In der, die einem am nächsten ist. Welche ist es bei dir?«

»Tja ... Romani, Sir.«

Sie standen sich jetzt Auge in Auge gegenüber. Bathurst flüsterte, und bei jedem seiner Worte sträubten sich dem Zigeuner die wilden Haarzotteln noch stärker, und immer heftiger bebten seine Schläfen.

»Dann denk jetzt mal auf Romani dies: Sollte ich noch einmal tun, was ich heute morgen getan habe, oder etwas anderes, was dem Vorhaben irgend schaden könnte, so wird der Mann, vor dem ich hier stehe, mir sämtliche Knochen einzeln brechen und mir wie einem rasenden Köter den Schädel einschlagen. Darum werde ich mir mit Rücksicht auf mein eigenes Wohl nie wieder, solange ich unter seinem Kommando stehe, ähnliche Dummheiten erlauben ... Denke dies, und lerne es auswendig. Und jetzt geh zurück, und wenn du nicht zufällig das Englische verlernt hast, frag Sij, ob ich jemals mein Wort nicht gehalten habe. Und schick Robertson zu mir.«

Der Mönch erschien, mit vollen Backen kauend.

»Stapleton hat das Frühstück aufgetragen, Sir. Alles, was recht ist, das Essen ist hier akkurat ...«

»Gib mir erst einmal die Hälfte deines ›Prüfungszeugnisses‹ wieder, Allan!«

Vor Verblüffung hätte sich Robertson fast verschluckt. Er

erhob jedoch keinen Widerspruch, zog den Beutel hervor und zählte fünfzig Guineen ab.

»Du weißt, weshalb?« fragte Bathurst.

»Ja, Sir. Ich hab's nicht allein geschafft, den Lawrence zu gewinnen. Ich habe den Anfang besorgt, und Euer Liebden das Ende, so ist es ein gemeinsames Werk.«

»Mit andern Worten, du verstehst nichts. Du solltest ihn herbringen, das hast du getan, mehr war nicht nötig. Es war nicht nötig, vorher über die Aufgabe zu schwatzen, die du erhalten hattest! Woher wußte Parvis, wer Rigby ist? Du hast dich gebrüstet, Dummkopf, und das kostet dich Bußgeld. Die Hälfte der Summe. Beim nächstenmal könnte es die halbe Zunge sein, und selbst der heilige Patrick wird dir dann nicht helfen. Ich brauche dich, Robertson, das ist wahr, aber ich kann auch ohne dich auskommen. Laß das Plappern. Und das Trinken! Geh wieder futtern, und sag Stapleton, er soll mir das Frühstück hierherbringen. In einer halben Stunde komme ich zu euch, alle sollen sich bereithalten.«

Mitten beim Frühstücken traf Castlereagh ihn an.

»Guten Morgen, Benjamin, und guten Appetit.«

»Seien Sie gegrüßt, Mylord, essen Sie mit mir?«

»Danke, ich habe bereits gefrühstückt. Sogar wenn ich hungrig wäre – der Anblick der Bande würde mir den Appetit verderben. Was für Typen! Woher hast du die, von Newgate oder aus den Themse-Spelunken? Der eine sieht aus wie ein Schaubühnenkomödiant, diese Maskerade, knallbunt wie eine Straßendirne!«

»Ich habe sie von überall her, auch aus dem Gefängnis.«

»Und, traust du denen? Das ist doch ein Rudel Wölfe! Kommst du mit ihnen zurecht?«

»Vorerst ja.«

»Befürchtest du nicht, daß sie mitten in der Operation anfangen zu bocken?«

»Wer damit anfängt, kommt damit nicht durch. Das wissen sie. Übrigens sind es in der Mehrzahl anständige Jungs, trotzdem halte ich sie kurz an der Leine und schlage die Reißzähne dem, der sie zeigt, sofort aus. Schon bei meinem Anblick überkommt sie das Zittern, genau das war meine Absicht. Sie werden sich an denen rächen, die ich ihnen zuweise. Das ist ein biologisches Gesetz, Mylord, jeder sucht nach einem Schwächeren, um sich an ihm dafür zu rächen, daß es Stärkere gibt. Der Vater schreit das Kind an, weil ihn der Vorgesetzte heruntergeputzt hat, und das Kind wiederum mißhandelt den Plüschbären. Über wen aber wird der Plüschbär seinen Zorn entladen, was meinen Sie, Mylord? Wie ich also sagte, dafür, daß ich sie terrorisiere, kriegen andere von ihnen Dresche. Die ersten dieser anderen sind heute abend dran, während der Prüfung, die ich vorbereitet habe.«

»Ich sagte dir ja schon, Benjamin, daß ich die Idee nicht gutheiße. Und wenn du dabei ums Leben kommst?«

»Dann geht mich der ganze Spaß nichts mehr an, Mylord. Ich erfahre dann nicht einmal mehr, ob Sie mich mehr bedauert oder mehr verflucht haben. Ach, fast hätte ich's vergessen ... Was ist mit dem Code des Kaisers?«

»Einen kleinen Teil, den ich hier zusammentragen konnte, bekommst du vor der Abreise. Den Rest von Gimel, ich habe ihm bereits einen Agenten mit einem chiffrierten Brief in der Angelegenheit geschickt[1] ... Also auf Wiedersehen, bis morgen früh.«

Um halb elf Uhr begann die nächste, die vorletzte Beratung im Schlafraum der Mannschaft.

»Die Aufgabe ist euch in großen Zügen bekannt«, sagte Bathurst. »Doch hat sich seit gestern morgen einiges verändert. Erstens nehme ich eine andere Gruppenaufteilung vor. Die erste Gruppe bilden ich und Sij. Die zweite Józef, Mateusz, Jimmy, Rufus und Parvis. Anführer der zweiten Gruppe, wenn sie selbständig agiert, ist Józef. Sein Befehl ist dann dem meinen gleichwertig. Befehlsverweigerung bedeutet den Tod! Rigby wird sein Examen früher ablegen und nach

Hause zurückkehren. Jedes Mitglied der zweiten Gruppe erhält in Kürze eine Schnellfeuerpistole mit Trommel, aus der kann fünfmal hintereinander, ohne neu zu laden, geschossen werden. Das ist eure Hauptwaffe, sie ist sehr wirksam und leicht in der Bedienung. Józef weiß schon damit umzugehen, alle anderen beginnen jetzt gleich unter Brians Anleitung im Keller die Schießübungen. Ich wiederhole noch einmal das wichtigste: Aufgabe der zweiten Gruppe ist es, etwa ein Dutzend Leute in der Schänke in Schach zu halten. Keine der Personen darf ohne meine oder Józefs Erlaubnis den Saal verlassen, bevor die Aktion beendet ist. Bei Widerstand vermeidet es zu töten, nur im äußersten Fall, gebraucht lieber die Fäuste. Das ist alles. Gibt es Fragen?«

»Was sollen wir machen, Sir, wenn die in der Kneipe zu schießen anfangen?« fragte der Pole Mateusz.

»Schneller schießen, treffen und töten. Was noch?«

»Wann brechen wir auf, Sir?« fragte Lipton.

»Zwischen acht und neun Uhr abends. Ach ja, Abendbrot gibt es nicht, aber ein Mittagessen, ein sehr bescheidenes, um drei Uhr nachmittags. Das darum, weil ein Schuß in einen vollen Bauch soviel bedeutet wie ein Schläfenschuß: die Wunde wäre tödlich, denn sie würde unweigerlich eitern. Noch etwas? Also gut. Manuel und Brian nehmen an der Aktion nicht teil, sie bleiben hier, um die eilige Büchsenmacherarbeit zu beenden. Du, Manuel, kannst schon damit anfangen, und du« – Bathurst wies auf Heyter – »gibst die Pistolen aus, und ihr beginnt mit den Schießübungen. Józef, komm mal mit mir.«

Bathurst führte den Polen in sein Zimmer.

»Trinkst du etwas?«

»Ja, Sir, wenn ich darf.«

Bathurst füllte zwei Gläser mit Wein.

»Auf gutes Gelingen!«

»Auf gutes Gelingen, Sir.«

»Nun zur Sache. Sieh her.« Bathurst legte eine Zeichnung

mit dem Straßennetz auf den Tisch. »Hier ist die Fleet Street, und hier die kleine Straße …«

»Entschuldigen Sie, Sir, ich dachte, Doc hält sich in der Low Lane auf?«

»Das ist im Moment nicht wichtig. Ursprünglich wollte ich mir aus einer gewissen Kneipe von Low Lane einen von Docs Banditen schnappen und aus ihm herausholen, wo sein Chef zu finden ist. Das ist nicht mehr nötig. Ich ahne jetzt, wer Doc ist, und weiß, wo ich ihn suchen muß. Paß auf, in dieser kleinen Straße, da, wo ich das Kreuz gemacht habe, ist eine Kneipe mit Namen *›Old Wine House‹*. Darüber liegt noch ein Stockwerk, dahinter ein langgestrecktes Lagerhaus, und noch weiter hinten sind vermutlich ein Hof und ein Gebäude, das schon zur nächsten Straße gehört. Unter der Kneipe befinden sich höchstwahrscheinlich Kellerräume. Irgendwo dort hat Doc seine Höhle. Die Kneipe existiert nur für einen Kreis von Vertrauten, nicht jeder hat dort Zutritt. Deine Aufgabe ist es, die zwei Ganoven, die den Eingang bewachen, an der Kehle zu packen, blitzschnell in den Saal vorzudringen und die Leute in Schach zu halten. Ich und Sij, wir greifen uns den Barkeeper, und der zeigt uns den Weg ins Hintergelaß. Dort suchen wir nach Doc.«

»Wenn er aber gerade nicht da ist?«

»Er wird da sein. Er weiß bereits, daß wir heute zuschlagen wollen. Er glaubt, wir wüßten nicht, wo sein Stützpunkt ist, aber da irrt er. Er denkt, wir überfallen einen seiner Männer und pressen aus ihm die Adresse heraus, um dann über den Faden zum Knäuel zu gelangen. So oder so muß er gewärtig sein, daß wir seinen Stützpunkt finden, und weil er nicht will, daß wir den zerstören, mußte er die einzig mögliche Lösung wählen. Er hat uns eine Falle gestellt, um uns allesamt zu erledigen, einen Teil dort, und den Rest anschließend hier. Noch nie im Leben war er so bedroht, darum bin ich sicher, daß er persönlich die Aktion leitet. Sie ist für ihn zu wichtig, um einen anderen damit zu betrauen. Allerhöchstens setzt er eine Maske auf. Unser größter Trumpf in der ersten Phase ist seine Überzeugung, daß wir von seiner Falle nichts ahnen, daß wir nicht wissen, wer er ist, und bei der Suche gänzlich im dunkeln tappen. Ich schätze, er wird uns sogar führen, auf jeden Fall wird der Barkeeper uns ganz sicher widerstandslos den Weg zu ihm zeigen, irgendwohin in die Hinterräume der Kneipe.«

»Und was dann?«

»Das ist bereits meine Sache. Deine Aufgabe ist es, den Saal in Schach zu halten. Erst wenn ich das Zeichen gebe, zieht ihr euch zurück.«

»Und wenn Sie umkommen, Sir?«

»Ich denke, ich werde überleben, Józef. Falls du aber Schüsse hörst und merkst, daß es bei mir schlecht steht, dann wirf ohne Rücksicht die Granaten und zieh dich nach Hause zurück. Stelle ihm dann hier eine Falle. Im übrigen weiß Brian, was zu tun ist, sollten die hierherkommen. Im Falle meines Todes entscheidet Lord Castlereagh alles Weitere. Noch eins. Sollte ich wirklich umkommen, liegt mir mehr als an der Erledigung dieses Doc an der Bestrafung des Mannes, der uns verraten hat ...«

»Ich weiß, Sir. Ich geb's ihm. Sollte ich lebend aus dieser Sache herauskommen und ihn nicht dort, an Ort und Stelle, erledigen, dann suche ich ihn zusammen mit Mateusz und Brian. Sollte auch ich umkommen, werden andere ihn finden. Er kommt nicht davon! Er ahnt wohl nicht, daß wir Bescheid wissen?«

»Er ist kein Hellseher, und Sij weiß Leute so zu observieren, daß sie es, selbst wenn sie im Rücken Augen hätten, nicht merken würden. Er glaubt fest, daß die Kneipe, von der ich bei der Beratung sprach, diejenige in der Low Lane ist, in der wir nach Docs Leuten suchen sollten, um von ihnen Auskünfte zu erpressen ... Das wäre alles. Wir treffen uns hier um acht Uhr wieder, dann gebe ich dir die letzten Instruktionen. Ich rechne mit noch einem Mann, einem Seemann, bin aber nicht sicher, ob er kommt. Taucht er nicht auf, erhält einer deiner Jungs einen gesonderten Auftrag, den er mit Manuel ausführen wird.«

Um fünf Uhr nachmittags, zu der Zeit, da Heyter im Keller die Schießkünste des Kommandos einer letzten Prüfung unterzog, bestiegen Bathurst, der dürre Rigby und Manuel Diaz den kleinen Wagen (Benjamin kutschierte) und fuhren nach Newgate, um in Höhe der Blackfriars Bridge nach rechts zum Fleet Market einzubiegen. Sie hielten in einer kleinen Straße, die selbst an einem Sonnentag dunkel war. Diaz blieb beim Wagen, und Bathurst führte Rigby über mehrere Höfe zur Rückseite eines obskuren Gebäudes, das mit ein paar Flecken schmutzigen Grüns seiner ehemals farbenfrohen Jugend nachweinte. Über eine knarrende Stiege begaben sie sich ins Dachgeschoß und betraten ein Zimmer, in dem Benjamin den Kopf einziehen mußte, um nicht gegen einen Balken der schrägen Decke zu donnern.

»Sieh hin!« sagte er zu Rigby und öffnete einen Spalt breit das Fenster. »Das ist der Eingang zur Kneipe. Tritt zurück, sonst bemerkt uns noch jemand. Beobachte alles durch die Vorhänge. Von dem Moment an, wo du uns hineingehen siehst, das wird gegen neun sein, darfst du von dort keinen einzigen Menschen lebend herauslassen, bevor ich wieder draußen bin. Ich oder Józef, verstanden? Jeden anderen, der aus der Tür tritt oder aus dem Fenster springt, erschießt du. Mit der Sicht wirst du keine Probleme haben, über dem Eingang brennen Lampen.«

»Entschuldigen Sie, Sir, aber wenn ich einen erschieße, gibt es doch einen Menschenauflauf, und ...«

»Nichts dergleichen. Du hast selber gehört, daß das Gewehr fast lautlos ist, und in der Nacht liegt da sowieso alles voller Betrunkener und Erstochener. Kein Abend vergeht, an dem in der Straße nicht mindestens einer umgelegt wird. Das beeindruckt hier niemanden. Na, halte dich tapfer, und mach keinen Mist! Sobald wir drin sind, darfst du kein Auge von Tür und Fenstern lassen, und den Finger läßt du die ganze Zeit am Abzug. Aber schieß ja nicht auf mich oder auf Józef, wenn wir die Nase rausstecken. Merk dir, jeden anderen von unseren Leuten, der vor uns herauskommt, mußt du ebenso erschießen wie einen Fremden.«

Anschließend fuhren Benjamin und Manuel die kleine Parallelstraße zu jener Straße entlang, in der der Scharfschütze postiert worden war – »Hier ist es!« rief Bathurst in einem bestimmten Moment aus und wies auf ein Haus –, und lenkten dann nach Covent Garden. Es war eine Minute vor sechs, als sich der Wagen dem Theatergebäude näherte. Benjamin hielt angespannt Ausschau, er war voller Hoffnung. Erleichtert atmete er auf, als er an der Straßenecke einen bärtigen Riesen in blauer Matrosenjacke erblickte. Daneben stand, die Hände in den Hosentaschen, ein etwas jüngerer und kleinerer Mann mit ebenso von Wind und Wetter gegerbtem Gesicht und ebenso blauer Schnapsnase. Sie fuhren heran, und Bathurst sagte: »Manuel, steig aus und geh ein bißchen umher. Und ihr steigt ein, wir unterhalten uns woanders, hier erregen wir nur Aufmerksamkeit.«

Sie fuhren in die Gegend des Hyde Park. Bathurst hielt den Wagen an und drehte sich zu den beiden um. Zunächst sprach er den Bärtigen an, den er schon kannte.

»Hast du dich entschlossen?«

»Nehmen wir an, ja.«

»Hast du vergessen, wie du mich anreden sollst? Dein Gedächtnis ist miserabel. Miserable Leute kann ich nicht gebrauchen, zieh Leine.«

Der Bärtige stand auf und ballte die Fäuste. Einen Moment lang erwartete Benjamin einen Angriff, er sah dem Mann in die Augen, bereit, ihm bei der kleinsten aggressiven Regung einen Fußtritt zu versetzen. Doch der Seemann ließ sich wieder in den Sitz fallen und brummte: »Ich habe mich entschlossen, Sir.«

»Weshalb?«

»Ich habe hier und da nachgefragt. Die Jungs sagen, daß es tatsächlich Doc war, der Peggy fertiggemacht hat. Aber er verliert nie, und keiner kennt ihn.«

»Gegen mich verliert er, ich nämlich kenne ihn. Du heißt mit Vornamen Tom, und mit Nachnamen?«

»Man nennt mich ›Rope‹, Sir, mehr ist nicht nötig.«

»Und er?« Benjamin zeigte auf den zweiten Matrosen.

»Das ist Larry Brighton, Sir, oder auch ›Froschauge‹, mein Kumpel.«

Etwa eine Viertelstunde lang erläuterte Bathurst den beiden, worum es ging. Dann holte er aus dem Rockausschnitt jenen selben Plan hervor, den er dem Polen gezeigt hatte.

»Seht her, hier ist Fleet Ditch. Und hier der Eingang zur Taverne. Wir nehmen diesen Weg hinein. Sobald Doc mich in der Hand hat, bringe ich ihn dazu, daß er einen Mann zu meinem Haus schickt. Bestimmt wird es der sein, den ich euch beschrieben habe. Im übrigen kennt ihn Manuel, einer von meinen Leuten, der euch begleitet. Doc wird ihn nicht über den Vorderausgang schicken, sondern über eine versteckte Hintertür. Diesen geheimen Eingang zu finden, das ist eure Aufgabe. Saal und Vorderfront werden von meinen Leuten umstellt sein, ihr riegelt die kleine Straße hier auf der anderen Seite ab. Wenn ihr ihn geschnappt habt, müßt ihr ihn so schnell wie möglich dazu bringen, euch den Weg und die Tür oder die Luke zu dem Raum zu zeigen, in dem ich und Doc sein werden. Genau zehn Minuten, nachdem ihr den Boten abgefangen habt, schlagt ihr gegen die Tür. Keine Sekunde später oder früher!«

»Und wer zählt uns die Minuten ab, Sir?«

»Manuel. Er hat eine Uhr, vielleicht auch drei oder vier. Bisher war es sein Beruf, Uhren aufzutreiben. Ist alles klar?«

Der Bärtige kratzte sich am Kopf und sagte nach kurzem Überlegen: »Ja, Sir, aber was ist, wenn wir angegriffen werden? Zu dritt haben wir wenig Chancen.«

»Habt ihr keine Waffen?«

»Doch, Messer und ein Seil, Sir.«

»Das reicht. Manuel hat Granaten, damit schafft ihr's. Er zeigt euch die Stelle, wo ihr euch auf die Lauer legt. Wir fahren jetzt zu ihm hin, und ich lasse euch allein. Setzt euch in eine Taverne, aber trinkt nicht zuviel! Pünktlich um neun habt ihr an Ort und Stelle zu sein.«

»Aye-aye[2], Sir!« erwiderten die beiden einstimmig.

Wieder in Mrs. Gibsons Haus zurückgekehrt, legte sich Benjamin für eine Stunde zur Ruhe. Er war schon leicht erschöpft, dabei stand das Schwierigste erst bevor. Fünf Minuten vor acht weckte ihn Sij. Um acht Uhr fand die letzte Beratung statt.

»Ich breche jetzt gleich mit Sij auf, um einen Typen zu schnappen, der mir singen muß, wo Doc sein Nest hat. Ihr rückt eine Dreiviertelstunde nach uns unter Józefs Befehl aus. Treffpunkt ist Low Lane.«

Damit verließ Bathurst das Haus. Fünf Minuten vor neun trafen Sie sich alle in Storegate.

»Wir gehen zur Fleet Ditch«, befahl Bathurst.

Nach einer knappen Viertelstunde erreichten sie ihr Ziel. Die später, nach ihrer Verbreiterung, Fleet Street genannte weiträumige, stinkende und ekelerregende Straße war die Königin unter Londons Elendsstraßen. Alte Beschreibungen dieser Gegend sowie ihrer von einem dichten Netz kleiner Gassen umflochtenen Arterien wie Chick Lane und Field Lane[3] und anderen werden beim Leser Ungläubigkeit hervorrufen, lassen sie doch ein schwärzeres und schmählicheres Bild aufkommen als vom Hof der Wunder[4] im Paris des Mittelalters. Es fällt schwer zu glauben, daß es im neunzehnten Jahrhundert in London Viertel gab, in denen am hellichten (wenngleich oftmals nebligen) Tage Beutel ge- und Kehlen durchgeschnitten wurden, wo in der Nacht wilde Orgien stattfanden, bei denen Unzucht, Glücksspiel und Verbrechen miteinander wetteiferten und es am Morgen des Regens bedurfte, um die Blutbäche fortzuwaschen. Kein Constable, kein

»Charley«[5], kein »Roter«[6], keine Amtsperson wagte es, bei Anbruch der Dunkelheit in diesen Pfuhl der Gesetzlosigkeit vorzudringen. Deserteure aus Heer und Flotte, Falschspieler und von der Polizei gesuchte Mörder, Nutten und gestohlene Kinder, Hökerer, Diebe, Bettler und Betrüger, Gauner aller Schattierungen, jeden Geschlechts und Alters, jeder Rasse und Nationalität hatten sich hier ihr Kloakenloch auf und unter der Erde gepolstert, denn unter dem Fleet Ditch und Umgebung erstreckte sich eine unterirdische Stadt, eine wahre Hölle aus Kellern und Verliesen, wo man Beute versteckte, Gewalttaten verübte, Leichen verscharrte, sich zu Tode soff.

Lediglich ein Ort in diesem Reich der Schurkerei um die Fleet Street erfreute sich unumstrittenen Respekts – das *»Old Wine House«*, die Weinstube, die von Eingeweihten *»Doc's Deck«* genannt wurde. Garant dieser Wertschätzung war die Angst. Die Spelunke hatte ihre eigene Klientel und mochte keine Fremden. Es gab Leute, die von Geburt an um den Fleet Ditch herum wohnten, die tagtäglich am Eingang mit dem verblaßten Türschild vorüberkamen, ohne je einen Blick ins Innere geworfen zu haben. Die Fenster der Taverne waren von dichten Stores verhüllt, an die selbst über Mittag niemand rührte, und so gehörte auch die Sonne zu jenen Bewohnern des Viertels, denen die Ehre verwehrt blieb, in die Geheimnisse von *»Doc's Deck«* einzusehen. Bathurst war wahrlich unverfroren, indem er sich an einen Ort wagte, der selbst der Sonne verboten war.

In dem Lichtkreis der Lampen unterhalb der Ziegelfassade, die die Holzkonstruktion kaschierte, erschienen plötzlich, Gespenstern gleich, der Pole Mateusz und Rufus Brown. Sie setzten die Zerberusse außer Gefecht, indem sie ihnen die Pistole vor den Bauch hielten und sie nach drinnen schubsten, dies aber erst, nachdem Józef, Jimmy Lipton, Parvis, Sij und Bathurst in den Saal gestürmt waren. Erstere drei sprangen auf die Tische, und der Pole schrie: »Wer zur Waffe greift, ist ein toter Mann! Pfoten hoch, und marsch an die Wand!«

Im selben Moment drückte er ab, zweimal nacheinander, und Brown tat desgleichen. Denn es lief nicht so wie gewünscht. Mehrere der Überraschten versuchten dennoch, an ihre Waffe zu gelangen – sie wurden augenblicklich niedergeschossen. Einer sprang, die Hände schützend vor den Kopf haltend und die Scheibe zerschlagend, durchs Fenster, kugelte über den Erdboden, stand auf, kreiselte dann jäh in der Senkrechten und stürzte, wie mit der Sense abgemäht, in eine Pfütze. Rigby war wachsam.

Alles das hatte Bruchteile von Sekunden gedauert.[7] Als Józef die gut zwanzig Banditen entlang den Wänden aufstellte und Mateusz und Parvis sie nach Waffen absuchten, war Bathurst bereits nicht mehr im Saal. Noch bevor der erste Schuß gefallen war, hatte er dem Barkeeper den Pistolenlauf an die Schläfe gehalten und gezischt: »Sag mir, wo Doc ist, oder stirb!« Es folgten ein Wink in Richtung des langen Türvorhangs, ein Kolbenhieb über den Schädel und ein Satz, gemeinsam mit Sij, zur Tür, während in ihrem Rücken die Schüsse dröhnten.

Der Raum hinter der Tür war leer. Oben unter der Decke umlief eine Galerie die Wand, zu der eine schmale Treppe hinaufführte. In der gegenüberliegenden Wand befanden sich zwei Türen, an der rechten und an der linken Seite. Welche war die richtige? Bathurst stand unentschlossen, und schon hörte er von hinten, dicht bei sich, Liptons Worte, auf die er bereits gewartet hatte: »Die Waffe weg, Sir! Beide die Pfoten hoch. Schnell, oder ich schieße!«

Benjamin warf den Revolver zu Boden. Er und Sij hoben die Hände.

»In Ordnung, Jimmy!« schrie oben von der Galerie ein Mann mit einem nach unten gerichteten Karabiner. »Durchsuch die beiden und bring sie zum Chef.«

Lipton nahm Sij das Messer aus dem Hemd. Bei Bathurst fand er nichts weiter. Dann stieß man sie zur Tür auf der linken Seite. Hinter dieser Tür betraten sie eine nach unten führende Treppe. Sie tappten beinahe im Dunkeln. Es kamen die nächste Tür, ein langer, gewölbter Gang, noch eine Tür, und dann standen sie in einem großen Raum, der so vornehm war, als befände er sich im Buckingham Palace und nicht am Fleet Ditch. An den Wänden hingen schöne Bilder und Stiche, orientalische Teppiche, Miniaturen und Waffen, den Fußboden bedeckte ein unter den Schritten weich nachgebender Teppich. Dieser Raum im Hintergelaß des *»Old Wine House«* war wie eine Perle im Misthaufen.

An einem geschnitzten Mahagonischreibtisch, auf dem eine von bronzenen Nymphen gehaltene Lampe prangte, lümmelte breit in einem Sessel Inspektor Littleford.[8] Er spielte mit einem zierlichen Brieföffner aus Elfenbein. Zu beiden Seiten des Schreibtisches standen zwei kräftige Männer, die ihre Pistolen auf Bathurst und seinen Diener gerichtet hielten. Littleford sprach den einen an und wies dabei auf Sij: »Bring ihn raus, und sperr ihn in die Kammer.«

Eine ganze Weile betrachtete er Bathurst mit der Neugier eines Gelehrten, der ein seltenes Wurmexemplar beobachtet. Dann lächelte er und sagte: »Sei gegrüßt, Junge, da sehen wir uns wieder. Harry, gib ihm einen Stuhl.«

Bathurst setzte sich.

»Lassen Sie Sij in Ruhe, ich warne Sie!« sagte er zu Littleford.

Littleford gab mit den Augen ein kaum wahrnehmbares Zeichen, und Liptons Faust landete in Bathursts Gesicht. Benjamin kippte mitsamt dem Stuhl um. Beim Aufstehen erhielt er einen zweiten Schlag in den Bauch. Er sank in die Knie, vornübergebeugt. Er fürchtete, daß jetzt Fußtritte folgen würden, aber dem war nicht so. Er hörte Doc sagen: »Hilf ihm aufstehen, Jimmy. Bei den Verwarnungen hätten wir Gleichstand, junger Mann. Auf diese Weise habe ich dich nämlich gewarnt, ungebeten den Mund aufzumachen. In diesem Zimmer schweigt man, oder man antwortet auf Fragen, die ich stelle. Hast du ein Taschentuch dabei? Wisch dir die

Lippen ab, ich sehe nicht gerne Blut. Ja, so ist's besser. Wie alt bist du?«

»Dreiundzwanzig.«

»Du siehst jünger aus, aber geschätzt habe ich dich älter. Du bist schon früh lebensmüde. Eigentlich, mein Lieber, bist du ein Selbstmörder. Deinen Tod heute kannst du nicht mir zur Last legen, sondern nur dir selber, vielmehr deiner Dummheit. Natürlich ist eine Dummheit auch eine Art, sein Hirn zu gebrauchen, aber es ist gerade die am wenigsten glückliche Art, denn sie führt selten zu grauem Haar. Besonders, wenn es sich um eine mit Dreistigkeit gepaarte Dummheit handelt. Solltest du …«

In der geöffneten Tür erschien der Kraftprotz, der Sij herausgeführt hatte.

»Chef!« rief er. »Die halten die Jungs noch immer mit Pistolen in Schach. Was sollen wir tun? Wenn wir gewaltsam vorgehen, kommen viele der Unseren um.«

»Beruhige dich, Mike, und hör auf, mich in meiner Ehre zu kränken«, sagte Littleford. »Gewaltsam vorzugehen ist das Vorrecht von Leuten wie dir oder diesem jungen Mann hier, aber wieso verdächtigst du mich solcher Unvernunft?«

Littleford sah den Kraftprotz mit sanftem Vorwurf an und fuhr fort: »Unser junger Gast wird schon bald selbst seinen kleinen Soldaten befehlen, die Waffen zu strecken, nicht wahr? Du wunderst dich sicherlich, mein Junge, daß ich euch erlaubt habe, so viele meiner Leute zu terrorisieren, aber hätte ich sie gewarnt, hätten sie sich besser bewaffnet, und du wärst mir möglicherweise entwischt.«

Er nickte Lipton und Mike zu.

»Bringt ihn jetzt rauf, er soll ihnen befehlen, sich zu ergeben, und dann … Adieu, Junge, und sei schön brav. Dein Leben erkaufst du dir damit nicht, aber du ersparst dir Leiden. Denn wenn du nicht gehorchst, gebe ich dich Mike in die Hände, der, wie du gehört hast, nichts dagegen hat, Gewalt anzuwenden. Also sei brav, und ich verspreche dir, daß du nicht gefoltert wirst und eines schnellen Todes stirbst. Falls es eine Hölle gibt, warte dort auf mich. Ich werde ungefähr in dreißig Jahren dort auftauchen, früher nicht.«

»Du wirst dort in dreißig Stunden auftauchen, nicht später«, preßte Benjamin durch die zerschlagenen Lippen hervor.

Lipton wollte sich auf ihn stürzen, doch Littlefords Hand hielt ihn im Anlauf zurück.

»Du bist unverbesserlich, du Grünschnabel. Weshalb reizt du mich? Ich habe dir einen raschen Tod versprochen, ist das nichts? Wenn ich meine Meinung ändere, wirst du ein, zwei Stunden lang unter Qualen deine Mutter verfluchen, weil sie dich geboren hat. Aber wie meinst du das, was hast du dabei im Sinn?«

»Den Brief, den ich zu Hause liegen gelassen habe. Wenn ich bis Mitternacht nicht zurück bin, gelangt der Brief Lord Castlereagh in die Hände.«

»Darf man fragen, was in dem Brief steht?«

»Eine höchst interessante Information.«

»Was für eine Information? Daß Inspektor Littleford Doc ist?«

»Erraten, du bist in der Tat intelligent«, spottete Benjamin.

Littlefords Gesichtszüge erstarrten, sein Blick verwandelte sich. Die Augen wurden schmal und wachsam. Einen Augenblick lang herrschte Schweigen, bis Littleford mit einer gänzlich veränderten Stimme hervorstieß: »Du lügst ungeschickt. Vor einer Stunde erst hast du im ›*Blind Cat*‹ an der Low Lane erfahren, wo du nach mir suchen mußt, von einem meiner Männer. Früher konntest du gar nicht wissen, wer Doc ist!«

»Ich weiß es schon seit gestern«, erwiderte Bathurst, »und ich habe geahnt, daß du irgendwo hier deinen Schlupfwinkel hast. Ich habe nur nicht geahnt, daß ich mich so blöde schnappen lasse, ich dachte, ich würde euch abknallen ... Das ist mißlungen, Pech, ich schlage einen Vergleich vor.«

»Langsam, Junge, langsam. Kannst du beweisen, was du sagst?«

»Ja. Der erste Verdacht regte sich in mir schon bei unserem vorigen Gespräch. Es machte mich nachdenklich, wieso ein Polizist, selbst ein Inspektor, ein Haus auf so großem Fuße unterhalten kann. Das aber hätte sich vielleicht mit Schmiergeldern oder Tributzahlungen, mit einer reichen Heirat oder einer Erbschaft begründen lassen, ich hatte keine Zeit, das zu prüfen. Schwieriger wäre gewesen, die Frage zu beantworten, warum ein Mann, der bereits acht Jahre lang gegen Docs Bande kämpft – so hattest du ja gesagt –, noch lebt, besonders wenn – auch das sind deine Worte – jede Woche einer von euch ums Leben kommt. Das hättest du nicht sagen sollen, das war ein Fehler. Weil du es aber schon gesagt hast, hättest du mir mehr Leute geben und dich selbst der Aktion anschließen sollen, du hättest mich nach Einzelheiten befragen sollen, denn dann hätte ich auch geglaubt, daß dir daran liegt, Doc unschädlich zu machen. Schließlich der größte Fehler: Wenn du mir schon nur einen Mann gegeben hast, hättest du den Habgierigen spielen und Geld dafür verlangen sollen. Uneigennützigkeit kann ich nicht ausstehen, da schöpfe ich sofort Verdacht. Das nämlich habe ich schon gelernt, daß nur die, die Geld nehmen, halbwegs anständige Leute sind. Alle übrigen, die mit ihren Idealen, Versprechungen und guten Absichten, sind Falschspieler!«

Littleford nickte anerkennend.

»Bravo. Du imponierst mir, mein Junge. Ich habe dich unterschätzt, zugegeben. Du hast gestern Lipton beobachtet?«

»Einer meiner Leute hat ihn beobachtet. Zuerst ihn, dann euch beide, wie ihr vom Strand in Richtung Fleet gefahren seid. Ihr seid ihm aus den Augen entschwunden, aber ihr wart beide verkleidet, deshalb ging mir ein Licht auf.«

Littleford überlegte eine Weile und sagte dann: »Du schlägst einen Vergleich vor ... Darauf kann ich nicht eingehen, das Risiko ist zu groß. Ich bleibe bei meinem Vorschlag, ein Tod ohne Qualen ist doch schon sehr viel. Jimmy kennt den Weg zu deinem Haus, er wird hingehen und den Brief holen, vorher aber mußt du sagen, auf welches Zeichen oder welche Losung hin das Schreiben herausgegeben wird.«

»Chef!« rief Lipton. »Ich bin für die doch aufgeflogen! Die drehen mir den Hals um!«

»Keine Angst, Jimmy, das werden wir gleich haben, es wird dir nichts passieren.«

Und an Bathurst gewandt, dem er Papier, Tintenfaß und Feder hinschob, fuhr er fort: »Schreib, mein Junge, was ich dir diktiere.«

»Ich schreibe nichts.«

»Doch, doch, du wirst schreiben. Und zwar sofort, oder ich lasse dir die Glieder amputieren, die Beine zuerst. Widersetze dich nicht, du hast keine Chance, sei vernünftig. Sag mir, wer hat den Brief?«

Benjamin ließ den Kopf auf die Brust sinken und schloß die Augen. Die Verzweiflung in seinem Gesicht war so deutlich, daß sie Littleford die letzte Unsicherheit nahm.

»Na, wird's bald!« erhob einer der Banditen die Stimme. »Der Chef wartet. Willst du, daß wir dir die Zehennägel ausreißen, mit der Kaminzange? Dann wirst du schon singen!«

Bathurst nahm die Schreibfeder zur Hand und flüsterte mit zitternder Stimme: »Den Brief hat Heyter.«

»Der Vorname?«

»Brian.«

»Also schreib: ›Brian, übergib Lipton den Brief, und hab keine Bedenken. Es ist alles in Ordnung, ich habe mich mit denen geeinigt. Warte auf mich, ich bin vor Mitternacht zurück … vor Mitternacht zurück.‹ Ja, gut. Und jetzt deine Unterschrift. In Ordnung. Und das Zeichen?«

»Dies hier ist … das … Zeichen«, stieß Bathurst mühsam hervor und zog einen Goldring mit einem Saphir aus der Rocktasche.

»Jimmy«, sagte Littleford, »nimm das Schmuckstück und geh den Brief holen. Sei vorsichtig. Wenn du den Brief hast, erschieße alle, die du dort vorfindest.«

»Zu Befehl, Chef!«

Lipton ging zu einem hohen Bücherschrank, drückte gegen den Kopf einer hölzernen Amorfigur, schob den Schrank beiseite und verschwand in der Öffnung zu einem schwarzen Abgrund. Der Bandit mit dem Namen Harry rückte den Bücherschrank wieder an seinen Platz.

»Wie gefällt dir das, mein Junge?« fragte Littleford. »Du siehst, ich bin auf vielerlei Weise abgesichert, und dieser Ausgang hier garantiert mir im Fall des Falles den Rückzug. Harry, geh jetzt mit ihm nach oben, er soll seine Männer entwaffnen.«

»Augenblick!« rief Benjamin. »Ein Wort nur! Ich bitte Sie ... ich ...«

»Vergeude keine Zeit für Betteleien, Junge, du erreichst damit nichts mehr und erniedrigst dich unnütz. Dein Leben schenke ich dir nicht, alles, was ich für dich tun kann, ist, dich zu töten, ohne dich zu martern. Wenn du brav bist, ersparst du dir das. Ab!«

»Augenblick!« schrie Benjamin abermals. »Ich ... ich will ... mein Leben kaufen!«

Littleford legte den Kopf zurück auf die Sessellehne und brach in Lachen aus.

»Was zahlst du, mein Junge?«

»Mehrere Millionen in Gold!«

»Na, na, das ist ja wahrlich ein Vermögen. Wieviel genau?«

»Ich weiß es nicht. Es ist die Stabskasse der preußischen Armee. Die Franzosen wollen sie von Thüringen nach Paris überführen.«

»Ach so, das ist die Aktion, die du auf dem Kontinent vorhattest, und vor der ich als Prüfungsobjekt für deine wackeren Kerle dienen sollte. Wirklich, ein großer Coup. Ich glaube, daß ihr ihn ganz gut vorbereitet habt, aber ich denke auch, daß du mich hinters Licht führen willst. Noch hast du das Gold nicht, und, was schlimmer ist, du hast keinerlei Garantie dafür, daß es dir gelingt, es den Franzosen zu entreißen. Und selbst wenn du eine solche Garantie hättest, würde es nichts ändern. Das ganze Gold der Themse ist mir weniger wert als mein Leben, wie also sollte ich dir trauen und dich freilassen? Aber dein Plan interessiert mich. Erzähl mir davon, mit Einzelheiten. Mit allen Einzelheiten, mein Junge.«

Verlassen wir jetzt, lieber Leser, für wenige Minuten die beiden plaudernden Gentlemen und begeben wir uns in die schmale kleine Straße, an deren Rand Tom Rope, Larry »Froschauge« und Manuel Diaz auf Lipton warteten. Eine Straßenbeleuchtung gab es nicht, und wäre nicht aus mehreren Fenstern ein blasser Lichtschein gefallen, hätten die drei in der Finsternis kaum Aussicht gehabt, ihn zu schnappen. Für alle Fälle stellten sie sich in einem Abstand von etwa je einem Dutzend Schritten auf. Als erster erblickte ihn Larry.

»He, Rotschopf, wohin so eilig?«

»Aus dem Weg!« brummte Lipton und versuchte, Larry auszuweichen.

»Ganz ruhig, ich hab' was für dich!« beharrte Larry.

»Aus dem Weg, ich kenne dich nicht!«

»Mich auch nicht?« hörte er da in seinem Rücken.

Lipton schnellte blitzschnell herum, und als er Manuel sah, riß er einen Revolver aus der Tasche und drückte ab. Es machte laut: *klick!* Lipton drehte die Trommel herum, und wieder kam statt eines Schusses nur ein *»klick«*. Er zog einen anderen Revolver, den, den er Bathurst abgenommen hatte, drückte ab, und zum drittenmal hörte er: *klick!*

»Gib dir keine Mühe, die Knarre vom Chef ist auch nicht geladen«, erklärte ihm Manuel, breit grinsend. »Tom, nimm du dich seiner an!«

Ein kurzes Pfeifen schnitt durch die Luft, und um Liptons Hals fiel eine Schlinge, an der Rope zog, bis dem Rotschopf die Augen aus den Höhlen traten. Darauf lockerte er das Seil etwas und fragte: »Wie viele von euren Leuten bewachen den Eingang? Aber schwindle ja nicht, du Rotfratze, mit dem Strick um den Hals lügt man nicht!«

»Einer«, krächzte Lipton.
»Wie heißt der Herr?«
»Ben.«
»Hübscher Name«, meinte Tom erfreut. »Dann führ uns jetzt mal zu Ben. Sobald wir da sind, rufst du ihn. Falls du nicht Wort hältst, bist du ein toter Mann.«
Im Gehen bastelte Diaz an Bathursts Revolver herum, er murmelte: »Da hätten wir von dem Rotschopf gleich zwei Knarren geschenkt gekriegt.«
»Ungeladene«, bemerkte Larry.
»Kommt drauf an, für wen. Erstens sind hier Platzpatronen drin. Zweitens hat mein Kumpel Brian eine Sperre eingebaut, von der der rotschopfige Esel nichts gewußt hat. Aber auch wenn er die Sperre losgekriegt hätte – mit Platzpatronen erschießt man keine Maus. Ich habe richtige Patronen in der Tasche, gleich werden die beiden Schießeisen geladen sein!«
Manuel kicherte vergnügt vor sich hin.
Sie durchquerten die Diele einer alten Bruchbude, kamen in einen Hof und dann in ein Hinterhaus, gelangten danach über einen Gang zu einer weiteren Tür, an die Lipton in einem bestimmten Rhythmus klopfte. Die Tür öffnete sich, und es erschien darin das Gesicht eines Wächters.
»Wer da?«
»Ich bin's, Jimmy. Komm mal her, Ben, ich hab was für den Chef.«
»Moment. Aaaah!«
Manuel stach noch einmal mit dem Messer zu, diesmal in den Hals, dann wischte er die Klinge an Liptons Jacke ab und stieß ihn weiter voran.
»Wieviel Zeit ist noch?« fragte er Tom.
»Moment mal.« Der Zigeuner drehte sich zum Eingang um. »Ist das hier dunkel, verdammt! Zwei und eine halbe Minute noch. Wir gehen!«
Unterdessen erzählte Bathurst sein Märchen, den Blick auf die Barockuhr gerichtet, die auf einer Kommode in der Ecke

des Raumes stand. Es fehlten zwei Minuten an der festgesetzten Zeit, als er sagte: »Diese beiden Orte eignen sich nicht übel zum Angriff, aber am besten ist Reims. Dort wird der letzte Etappenhalt sein, und das Gold wird in der Präfektur hinterlegt. Durch unseren Mann in der französischen Militärintendanz sind wir im Besitz eines genauen Plans der Kellerräume der Präfektur sowie des mittelalterlichen Verlieses, das dorthin führt.«

»Das gefällt mir immer besser, Junge«, äußerte Littleford. »Solch ein Plan ist ein Schatz! Wo bewahrst du ihn auf, zu Hause?«

»Nein, ich habe ihn bei mir.«

»Das habe ich mir gedacht. Zeig ihn mir.«

»Bringt Sij her.«

»Wen?«

»Meinen Bediensteten, den ihr eingesperrt habt.«

»Hat er den Plan?«

»Ja, auf der Haut. Eintätowiert.«

»Großartig!« rief Littleford aus. »Ich fange an, dich zu lieben, Junge. Holt diesen Paria schon herein.«

Sie warteten. Littleford jovial-gelöst, Bathurst in schrecklicher Anspannung. Es fehlte noch eine knappe Minute, und der Kerl, der Sij holen sollte, kam und kam nicht wieder ... O Gott, wenn sie sich verspäten, allein schaffe ich es nicht, dachte er. Und wenn Manuel Lipton nicht gefaßt hat? Dann ist es dasselbe. Wie viele Sekunden noch? Die verflixte Uhr kann vor- oder nachgehen. Wieviel noch? Eine halbe Minute vielleicht ... Und wenn weniger? Aus der Traum, ich hab mich gründlich verhauen! Von Anfang an war alles Unfug, die ausgeklügelte Kombination mit mehreren vorherberechneten Zügen, deren Folgen nicht gewährleistet waren ... O Gott, er hat recht gehabt, was bin ich doch dumm! So viele Menschen habe ich wegen meiner Dummheit zum Tode verurteilt! Aus, Bathurst, das ist das Ende! Wo bleibt nur Sij?!

In diesem Moment wurde der Chinese hereingebracht.

»Entkleide dich, und zeig den Plan«, befahl Benjamin.

Sij fängt an, sein wunderliches Wams auszuziehen. Draußen herrscht Stille, sie sind noch nicht da, wie viele Sekunden? Der Zeiger steht glatt, zehn Minuten sind herum, Schluß, aus! Aber Moment mal, wir haben doch ausgemacht, zehn Minuten von da an, wo Lipton aufgegriffen wird! Vielleicht ist Lipton unterwegs stehengeblieben, und alles verschiebt sich. Um wieviel? Langsamer, Sij, langsamer! flehten Bathursts Augen. Nein, das konnte ja nicht gutgehen. So endet dein Leben, Bathurst! Wahrhaftig, ich bin ein Selbstmörder. Ein elender, dummer, verflixter Selbstmörder!

Plötzlich erschütterte eine mächtige Explosion die Wand. Glasscheiben flogen aus dem Bücherschrank, der Schrank selber schwankte, riß sich von der Wand und stürzte auf den Teppich. Littleford und seine beiden Ganoven wandten sich in die Richtung, aus der der Lärm kam, und da holte Sij zweimal aus, und zwei kleine Stahlklingen durchbohrten die Körper von Docs Gorillas. Doc selbst machte keine Bewegung, darum verharrte Sijs Hand mit dem dritten Messer in der Luft. Aber nur für Sekunden, denn in der Tür erschien ein Mann mit Karabiner. Sij warf, und die Klinge saß in seinem Schädel.

Durch die Öffnung in der Wand trat Manuel Diaz, er führte Lipton an der Schlinge.

»Übergib ihn Sij, und prüfe nach, ob vorn im Saal alles in Ordnung ist«, gab Bathurst Befehl und stand auf.

Er ging zu dem Wandloch, aus dem noch immer Rauch quoll, und rief: »Tom, wo seid ihr?«

Aus der Dunkelheit tauchte das Gesicht des Bärtigen auf.

»Warum flennst du?« fragte Bathurst.

»Larry! Larry … Er ist tot. Als wir weggelaufen sind, ist er gestolpert, und es hat ihn zerfetzt. Larry!«

Rope bebte vor Schluchzen. Auf einmal sah er Littleford und stand starr und reglos.

»Das ist Doc?! Du Schwein!«

»Laß das!« wehrte Benjamin ab. »Du und Sij, ihr bringt die Kanaille weg.« Er wies auf Lipton, dem das Gesicht vor Angst erstarb.

»Was sollen wir mit ihm machen?« fragte Tom.

»Hängt ihn an der Galerie auf.«

Als Bathurst mit Littleford allein geblieben war, hob er eine der Pistolen von der Erde auf und setzte sich auf denselben Stuhl, auf dem er bisher gesessen hatte. Littleford, die ganze Zeit über regungslos, sah ihn wieder mit jener Neugier eines Gelehrten an. Er hatte keine Angst. Eine Minute lang schwiegen beide. Erst als das von ferne, durch die Tür und über den dahinter liegenden Gang vernehmbare flehentliche Gewinsel Liptons in einem kurzen, wie mit dem Messer abgeschnittenem Todesgeröchel unterging, machte Benjamin den Mund auf:

»Verstehst du jetzt, mein Junge?«

»Ja, aber spotte nicht, einen Toten tritt man nicht mehr. Ich hatte ein Recht, dich so zu nennen, immerhin bin ich doppelt so alt wie du. Warum hast du mich als Ziel ausgesucht?«

»Reiner Zufall. Ich habe ein Mädchen befreit, das deine Leute ins Bordell verschleppen wollten, und ihr versprochen, daß ich die Stadt von dir befreie.«

Der Gelehrte besah sich seinen Wurm mit solchem Erstaunen, als wäre dieser im Spiritus wieder lebendig geworden.

»Versprochen hast du's! Eine edle Tat, nicht wahr? Verstehst du wirklich nicht, daß es sinnlos ist? Nach mir kommt ein anderer, vielleicht ein Schlimmerer, dagegen bist du machtlos. Man stürzt Könige, die Königreiche jedoch seltener, und die, die die Zepter abschaffen, ersetzen sie in der Regel durch Knüppel. So viel Blut, um Schwarz durch Schwarz zu ersetzen! Er hat es versprochen! Einer Dirne! Ich bleibe bei dem, was ich gesagt habe: Du bist ein Dummkopf. Ein glücklicher Dummkopf! Du hattest eine Chance gegen tausend. Dummköpfe haben Glück, das ist deine Trumpfkarte. Sei vorsichtiger bei deiner Jagd nach dem Goldenen Vlies und bereite dich besser vor, als du es heute getan hast. Ich bin müde, mach Schluß. Erlaubst du mir, Wein zu trinken? Gib mir die Flasche da, die breite. Danke.«

Bathurst erfüllte die Bitte. Er mußte ein Ende machen, die Situation in der Kneipe ließ keinen Aufschub zu, aber etwas hielt ihn zurück. War es Neugier auf diesen Mann, dem der in eine Niederlage verwandelte Sieg nicht die stoische Ruhe nahm und, wie sollte man das nennen, die Heiterkeit des Gemüts?

»Spürst du keine Trauer, weil du die dreißig Jahre nun nicht mehr erlebst?« fragte er Littleford.

»Nein. Ich habe mehr als vierzig Jahre gelebt, und ich habe in dieser Zeit soviel erlebt wie die meisten von euch in zweihundert Jahren nicht. Ihr alle habt irgendwen über euch, sogar der Monarch hat den Herrgott, ich aber hatte niemanden über mir, denn an Gott glaube ich nicht. Ich war mehr noch als Heinrich VIII. und Ludwig XIV. ein absoluter Herrscher. Ich hatte die ältesten Weine, die besten Pferde und die schönsten Frauen. Ich habe einfach schneller gelebt, mein Sohn. Eine Macht, wie ich sie hatte, schaltete das Warten aus, meine Befehle wurden sofort ausgeführt. Jeder von euch umwirbt die Frauen, die ihm gefallen, und nicht immer mit Erfolg, stimmt's?«

Der ganze Reiz liegt in diesem Werben, dachte Bathurst, entgegnete aber nichts.

Littleford fuhr fort: »Ich habe einfach mit dem Finger drauf gezeigt, und sie wurden mir gebracht. Die bis heute gesuchte Tochter eines gewissen italienischen Aristokraten hat drei Monate lang mit mir in diesem Zimmer gewohnt.«

»Was hast du mit ihr gemacht?« fragte Benjamin.

»Ich habe sie getötet, als sie mir langweilig wurde. Die Explosion, die ihr veranstaltet habt, wird ihre sterblichen Überreste schön erschüttert haben.«

Bathurst spürte, wie seine ganze Neugier in Grausamkeit umschlug.

»Das hätten Sie mir nicht sagen sollen!«

»Warum nicht?« flüsterte Littleford mühsam, während er tiefer in den Sessel rutschte.

»Ich wollte dich erschießen, aber jetzt wähle ich für dich einen anderen Tod. Steh auf!« brüllte Bathurst.

Littleford antwortete mit kaum hörbarer Stimme: »Nichts wählst du aus, Junge, gar nichts ... wählst du aus ... du bist doch ... ein glücklicher Dummkopf, ein glücklicher, aber eben ... ein Dummkopf. Sie hat auch ... auch den Wein getrunken ... und nicht ... nicht gelitten ... warum also ... willst duuu ...«

Der Kopf fiel auf die Brust, Littleford regte sich nicht mehr. Bathurst betrachtete ihn noch eine Weile, dann schüttete er den Wein auf den Teppich, wo er versickerte, und ging hinaus.

In der Taverne herrschte angespannte Stille. Józef, Tom, Parvis und Manuel standen auf Tischen, Revolver in den Händen, Mateusz an der Eingangstür, Brown auf der Theke, inmitten von Flaschen mit Arrak, irischem Porter, schottischem Whisky und britischem Gin, der einen schneller umwarf als der stärkste Wodka und damals so beliebt war wie der Absinth in Frankreich. Entlang den seitlichen Wänden standen Docs Männer mit erhobenen Armen.

»In Ordnung, Jungs, wir gehen!« kommandierte Benjamin. »Und ihr ...«

Er wollte ein paar Worte an die Terrorisierten richten, aber als er sich umdrehte, gewahrte er im Augenwinkel eine aufgehende Tür und Mateusz's Rücken. Er brüllte wie toll: »Zurüüück!«

Aber es war zu spät. Der Pole trat hinaus, blieb jäh stehen, als ob er gegen ein unsichtbares Hindernis geprallt wäre, und fiel mit zerschossener Stirn der Länge nach hin. Rigby hatte wieder ganze Arbeit geleistet.

»Keiner geht an die Tür!« schrie Bathurst mit flackernden Augen. »Ich habe gesagt, keiner darf vor mir oder Józef rausgehen! Verdammt, warum hat der Idiot nicht gehorcht!«

Er war wütend. Nicht nur, weil der Pole unnütz zu Tode gekommen war, sondern auch, weil er befürchten mußte, daß Rigby, wenn er erfuhr, daß er schon wieder aus Versehen einen Unschuldigen erschossen hatte, davonlaufen würde, um in der Kirche die Fußböden zu schrubben. Verdammtes Pech!

Bathurst wies zum Hinterausgang.

»Da lang, Józef! Holt Mateusz' Leichnam her, wir nehmen ihn mit und bringen ihn unter die Erde.«

Noch ehe sie die Tür hinter sich geschlossen hatten, fragte der Pole: »Was wird mit dieser Bande hier, Sir? Solche Erzhalunken kann man nicht einfach so zurücklassen! Die stürzen sich gleich auf uns oder fallen draußen über uns her.«

Bathurst blickte zurück in den Saal, und unter seinem Schädeldach blitzte ein schrecklicher Gedanke auf. Er suchte ihn abzuwehren, aber aufdringlich kehrte er immer wieder. Bathurst zögerte, unentschlossen und bestürzt ob der Scheußlichkeit dieses Gedankens, dabei lief die Zeit und verlangte nach einem Entschluß. Ja, ja, so würde er verfahren, es ging nicht anders. Seine Erinnerung, wie eine zärtliche Geliebte, suggerierte ihm im rechten Augenblick die Zeilen aus dem Monolog des dänischen Prinzen:

> Nun ist die wahre Spukezeit der Nacht,
> Wo Grüfte gähnen, und die Hölle selbst
> Pest haucht in diese Welt. Nun tränk' ich wohl heiß Blut,
> Und täte Dinge, die der bittre Tag
> Mit Schaudern säh![9]

Bathurst drehte sich zu dem Polen um, und mit der ganzen grausamen Ruhe, mit der Hamlets Worte ihn erfüllt hatten, sagte er: »Wir können nicht alle der Reihe nach abknallen. Soll das Schicksal entscheiden. Du und Rufus, ihr werft sämtliche Granaten hinein. Sollte die Vorsehung dem oder jenem gestatten, dem Blutbad als Krüppel zu entkommen, dann war es ihm nicht bestimmt zu sterben.«

Als sie das Zimmer mit dem für immer schlafenden Littleford durchquert hatten und tiefer in den unterirdischen Gang vordrangen, um auch den toten Seemann zu bergen, erreichte sie von fern der Widerhall mehrerer Explosionen. Die Wände erzitterten, und alles wurde still.

Bevor sich alle auf den Rückweg machten, schickte Bathurst Manuel zu Rigby, um ihn zu holen, und zugleich kündigte er an, falls irgend jemand ausplapperte, daß Mateusz unschuldig und durch eigene Unvorsichtigkeit zu Tode gekommen sei, dann ... Er beendete den Satz nicht, aber jeder verstand. Mehr noch, als die Leute bis dahin von Bathursts Wesen kennenlernen konnten, lehrte sie der Anblick des toten Königs der Unterwelt. Jeder von ihnen empfand neben Furcht auch Bewunderung für diesen Milchbart, der da über sie herrschte, mit dem alles glücken mußte und durch den sie reich sein würden, wenn sie zurückkehrten. Sogar Brown mit dem steinernen Gesicht blickte Bathurst mit anderen Augen an als vorher.

Zu Rigby sagte Bathurst, daß Mateusz ein Verräter gewesen sei, der versucht habe, sich aus dem Staube zu machen.

Am nächsten Tag, am 29. Oktober, einem Mittwoch, erschienen in aller Frühe in Mrs. Gibsons Haus zwei Mitglieder des organisierenden Dreimännerbundes, Castlereagh und Perceval.

»Wie ist es gelaufen, Benjamin?« fragte Castlereagh.

»Gut, Mylord. Meine Jungs haben die Prüfung bestanden.«

»Alle?«

»Alle außer denen, die umgekommen sind. Derer sind zwei.«

»Ich habe gehört, es seien viele Menschen gestorben«, bemerkte Perceval. »Mir kam zu Ohren, daß die Leute auf der Straße von einer großen Polizeiaktion in der Gegend um Fleet Ditch reden. Angeblich ist eine Gangsterbande vernichtet worden, bei der Aktion soll aber auch ein hoher Beamter der Marine Police ums Leben gekommen sein. Ich weiß nicht, warum die ganze Angelegenheit vertuscht wird und nichts davon in den Zeitungen steht ...«

»Ich weiß, warum«, sagte Bathurst. »Die Polizei möchte lieber, daß in der Sache nicht zu sehr herumgestochert wird, aber schade um die Zeit, lassen wir das Gerede darüber. Wie sieht es mit den Pässen aus?«

»Ich habe sie bei mir, bitte.«

Perceval holte aus einer Aktenmappe zwei Dokumente und reichte sie Benjamin mit den Worten: »Einer davon ist echt, d'Antraigues hat ihn aus Dresden mitgebracht, der andere ist nach seiner Vorlage gefälscht. Können Sie bestimmen, welches der echte ist?«

»Nein«, erwiderte Bathurst, und seine Ungeduld war ihm anzumerken, »ich kenne mich da nicht aus.«

»Ich auch nicht, Sir«, sagte Perceval. »Wenn ich die Pässe nicht verschiedenen Fächern der Mappe entnommen hätte, würde ich nicht ahnen, daß Sie den echten in der linken Hand halten. D'Antraigues behauptet, die falschen Pässe seien noch echter als die echten. Die meisten lauten vermutlich auf die Namen von irischen Flüchtlingen, die 1798 von Frankreich aufgenommen wurden und später nach Sachsen emigrierten.«[10]

»Sehr geschickt«, brummte Bathurst.

»Nicht wahr? Auf diese Weise werdet ihr alle absolut sauber sein. Anstatt euch zu belästigen, werden euch die Franzosen Mitgefühl entgegenbringen. Auch die Preußen werden euch nicht feindlich gesinnt sein. Die einen wie die anderen werden in euch Verbündete sehen, denn den Franzosen gegenüber spielt ihr die irischen Rebellen, und gegenüber den Preußen die Opfer des Pariser Terrors. Keiner wird euch etwas zuleide tun, außerdem lösen solche Pässe die Sprachprobleme. Ihr könnt euch ohne Scheu englisch verständigen, allerdings meine ich, daß ihr dies in der Öffentlichkeit vermeiden solltet. Sie und drei, vier von Ihren Leuten werden rein irische Namen haben. Die übrigen können ihre eigenen eintragen, das spielt keine Rolle, denn sie gelten als Ihr Dienstpersonal.«

»Nun ja«, sagte Bathurst. »Freilich, meine Zigeuner …«

Er sprach nicht zu Ende, und Castlereagh fragte interessiert: »Was ist mit den Zigeunern?«

»Nichts. Ich wollte nur sagen, daß sie nicht sehr wie Iren aussehen«, spottete Benjamin.

»Das versteht sich«, bekräftigte Perceval. »Aber erstens werden sie, wie gesagt, als Diener auftreten, und zweitens, meine Herren, tun sich Franzosen und Preußen schwer damit, Nationalitäten auseinanderzuhalten. Glauben Sie, die könnten einen Engländer von einem Irokesen oder einen Schotten von einem Iren unterscheiden? Niemals. Genausowenig, wie ich einen Neger vom anderen trennen könnte. Die Mitglieder von Macartneys Gesandtschaft nach Peking erzählten nach ihrer Rückkehr, daß sich alle Chinesen wie Zwillinge ähneln und man sie unmöglich nach dem Gesicht unterscheiden kann. Bestimmen Sie die Männer mit dem hellsten Haar zu Iren, denken Sie sich Namen für sie aus, und tragen Sie die in die Pässe ein, aber erst an Ort und Stelle, in Altona, nachdem die Daten und andere Details mit Gimel abgestimmt sind.«

»Ich soll die Pässe ausfüllen?« fragte Bathurst erstaunt.

»Ja, nur Sie dürfen das tun, auf keinen Fall Gimel! Unterwegs kann es passieren, daß Sie jemanden dazugewinnen, dann müssen Sie für ihn einen Paß präparieren, und sämtliche Pässe müssen ja von der Hand ein und desselben Beamten ausgestellt sein. Dieser Beamte sind Sie oder einer Ihrer Leute, einerlei, Hauptsache, die Handschrift ist immer dieselbe. Es sei denn … Es sei denn, daß Gimel aus triftigen Gründen anders entscheidet. Hier sind fünfzehn frische Pässe, die dürften Ihnen genügen. Das ist alles, was ich zu erledigen hatte, erlauben Sie, meine Herren, daß ich mich verabschiede. Auf Wiedersehen, Mylord, und Ihnen, Sir, wünsche ich Glück auf dem Festland.«

Nachdem Perceval gegangen war, fragte Castlereagh: »Wann werdet ihr soweit sein, Benjamin?«

»Wir sind bereit, morgen können wir auslaufen. Was ist mit dem Schiff?«

»Heute legt es in Yarmouth an, dort erwartet es euch. Es heißt *Möwe*, der Kapitän ist ein gewisser Storman, die Losung lautet ›*Great Mouth.*‹[11] Im Laderaum sind Kisten mit allem, was ich versprochen habe, darunter die Uniform eines Obersten der Chasseure der französischen Garde mit Rangabzeichen. Jetzt hör gut zu, Benjamin. In Altona suchst du das Haus eines gewissen Trautmann, merk dir den Namen: Trautmann, auf, und fragst nach einem Doktor Borg, der dir den Kontakt mit Gimel verschafft. Hier ist der Plan. Chiffriere ihn dir auf deine Weise und vernichte dann dieses Blatt. Das Geld bekommst du, wenn wir uns verabschieden. Es gibt Schwierigkeiten damit, weil Baring …«

»Das interessiert mich nicht, Mylord, das ist Ihre Sache.«

»Hast du für die laufenden Ausgaben genug?«

»Sogar zuviel.«

»Gut, heute abend komme ich, um mich zu verabschieden, dann bringe ich die ganze erforderliche Summe.«

Eine Stunde nach Castlereaghs Weggang schickte Benjamin Józef und Tom mit Granaten und einem Teil der Ausrüstung nach Great Yarmouth. Den übrigen Leuten gab er zum letztenmal Freizeit mit der Anordnung, um Mitternacht zurückzusein. Robertson trug er auf, sich Rigbys anzunehmen und ihn nicht in die Nähe der Kirche auf den Strand zu lassen. Heyter ging los, um bei einem Handwerker drei von ihm selbst entworfene Panzerhemden abzuholen. Um die Mittagszeit gaben er und der ältere Diaz Bathurst dessen Spazierstock zurück.

»Sehen Sie sich das an, Sir.« Heyter hantierte an dem silbernen Löwenkopf, der den Griff zierte, und führte den Mechanismus vor: »Jetzt ist er gesichert. Wenn man den Löwenkopf um neunzig Grad nach links dreht, ist er entsichert. Jetzt braucht man nur den Griff hier am Knauf nach unten zu drücken, und die Feder springt vor, der Bolzen stößt gegen die Zündkapsel, und der Schuß kommt genau aus dem Maul des Löwen.«

»Schöne Arbeit!« lobte Bathurst. »Ich danke euch.«

»Eine gemeinsame Arbeit, Sir, aber die Idee stammt von Manuel. Ich sagte ja, daß er …«

»Wie stark ist der Schuß?« unterbrach Benjmanin ihn mit seiner Frage.

»Ziemlich schwach, Sir, aber bei der Größe … Da muß man froh sein, wenn's überhaupt schießt. Das ist mehr ein Spielzeug als eine Waffe. Aus zwanzig Yard Entfernung macht es einen blauen Fleck auf dem Bauch.«

»Und aus drei Yard Entfernung?«

»Da tötet es oder verwundet, je nachdem, wo's hintrifft. Es gibt noch andere Mängel. Das Laden dauert lange und ist kompliziert, und sobald die Waffe scharf ist, kann man sie nicht als Stock benutzen, denn wenn man einem damit kräftig über den Schädel haut, kann die Zündkapsel platzen, der Griff wird zersprengt, und nicht genug damit, daß das Spielzeug hin ist, kann man selbst noch einen Splitter abkriegen.«

»Wann brechen wir auf, Señor?« fragte Manuel gähnend.

»Ich hoffe, morgen. Jetzt schlaft euch aus, ihr hattet ein paar Nächte ohne Schlaf und könnt euch kaum auf den Beinen halten. Für diese Arbeit kriegt ihr jeder eine dicke Belohnung. Mein Stöckchen ist nun multifunktional. Am Abend ladet ihr es mir neu, ich will nämlich gleich ein Probeschießen machen.«

Kurz nach zwei Uhr nachmittags kam Stapleton in Bathursts Arbeitszimmer gestürmt und rief außer Atem: »Sir! Sir! Ein Mann will Sie unbedingt sprechen. Er kennt die Losung nicht, und ich sehe ihn zum erstenmal. Aber er besteht drauf. Er sagt, sein Name sei Wilson, bestimmt ist das gelogen, denn in London heißt ja jeder fünfte Wilson.«

»Führ ihn sofort herein!«

Wilson erschien in Reitkleidung, ganz und gar eingestaubt.

»Seien Sie gegrüßt, Bathurst, ersparen Sie mir die Fragen, wie ich Sie gefunden habe, denn es ist keine Zeit zu verlieren. Vor einer Stunde habe ich erfahren, daß in ein paar Tagen eine Gruppe britischer Diversanten mit Sonderauftrag in Frankreich landen wird. Die Nachricht ist in einem Brief enthalten, den unsere Spionageabwehr gestern nacht abgefangen hat. Sie haben einen französischen Kurier an der Küste zwischen Ramsgate und Dover geschnappt. Die besten Fachleute vom Secret Service haben in sechs Stunden den Code geknackt. Sie haben herausbekommen, was ich schon gesagt habe, außerdem mehrere Satzfetzen, darunter den Teil einer Personenbeschreibung, und zwar der Ihren! Der Kurier hat, als er umstellt war, den Brief zerrissen und ins Meer geworfen, nur Stücke wurden aus dem Wasser gefischt. Sie sind ein geborener Glückspilz, Bathurst.«

»Dasselbe habe ich kürzlich schon einmal gehört, offenbar haben Dummköpfe immer Glück. Wieso habe ich diesmal Glück?«

»Weil«, erklärte Wilson, »der Kurier geschnappt wurde, weil ich davon erfuhr und vor allem, weil unsere Spionageabwehr zu wenige Daten ermitteln konnte, um Ihnen ins Handwerk zu pfuschen. Ihr Name ist dort nicht aufgetaucht, man hat nicht mal die Hälfte des Briefes gefunden. Nur ich, da ich Sie kenne und schon früher von Ihrem Vorhaben gewußt habe, konnte mir zusammenreimen, von wem die Rede ist. Sie sind verraten worden, Bathurst ... Wissen viele Leute von der Expedition?«

»Allzu viele. Und was das Glück angeht, so bin ich nicht überzeugt, daß das Abfangen eines Kuriers ein Beweis dafür ist, denn kann man sicher sein, daß nur ein Mann mit dieser Meldung losgeschickt wurde?«

»Leider nicht. Sie haben recht.«

»Können Sie mir sagen, Wilson, wieso die Spionageabwehr ausgerechnet Sie unterrichtet hat?«

»Weil auf einem der Brieffetzen entziffert wurde: ›von

Great aus‹, was man mit Great Yarmouth assoziiert hat, und da ich eben demnächst mit Lord Hutchinson an Bord der Fregatte *Astrea* von diesem Hafen auslaufen werde, dachte man, daß es sich vielleicht um unsere Expedition handelt, darum wurde ich hingerufen.«[12]

»Haben Sie den Kurier gesehen?«

»Ja, er war schon kalt. Man hatte ihn die ganze Zeit gefoltert, und davor war er bereits verwundet gewesen. Zwei Stunden, bevor ich eintraf, hat er sein Leben ausgehaucht. Ein französischer Emigrant, vermutlich ein Royalist.«

»Hat er gesungen?«

»Eigentlich nichts, was Sie interessieren könnte. Den Inhalt des Briefes kannte er nicht. Die Nachricht, die der Brief enthielt und die er nach Calais bringen sollte, hat er gestern oder vorgestern auf der Cheyne Walk[13] bekommen. Nur soviel hat er noch gestammelt, bevor er krepiert ist. Hätten sie ihn weniger brutal angefaßt, er hätte ihnen noch die genaue Adresse gesungen. Die Schlächter!«

»Suchen Sie nach der Adresse?«

»Bitte keine Scherze! Dazu müßten sie mehrere Dutzend Häuser durchstöbern. Einige Abteilungen Soldaten wären dafür nötig, und der Effekt wäre sicherlich gleich Null. Natürlich wird man die Cheyne Walk unter Beobachtung halten, aber das ist aussichtslos. Tut mir leid, Bathurst, ich weiß nicht, was ich Ihnen raten soll. Mir scheint nicht, daß Sie jetzt aufbrechen sollten, vielleicht wäre es besser, abzuwarten ... Tja, für mich ist es Zeit.«

»Danke, Sir Wilson. Ich vergesse Ihnen den Dienst nicht.«

Die Tür schloß sich hinter dem Besucher, und erst jetzt, als Bathurst allein geblieben war, überkam ihn ein seltsames Gefühl der Bestürzung, Wut, Ohnmacht und dergleichen, dieser seltene Zustand, der den Verstand trübt und das Gehirn nicht logisch arbeiten läßt. Er bemerkte, daß er schweißnaß war. Mit größter Mühe drängte er die Verwirrung zurück und zwang sich zur Konzentration. Was war zu tun? Sollte er das Triumvirat benachrichtigen? Dann fingen die an, darüber nachzudenken, ob man die Aktion nicht abblasen sollte, schon aus Angst, das Geld zu verschleudern. Sollte er versuchen, den Schuldigen zu finden? Unsinn. Das konnte nur einer sein, der die Glocken läuten gehört hat, ohne die Kirche zu kennen, sonst hätte er doch nicht angegeben, es werde eine Expedition nach Frankreich vorbereitet. Die Franzosen vermuteten bestimmt, es gehe um eine Diversion in Boulogne oder in einem anderen Hafen.[14] Ob einer der Männer dahintersteckte? Wohl nicht, nein, die Nachricht kam von jemandem, der genau wußte, wohin sie zu liefern war, also ein ständiger französischer Agent. Jemand, der bei Perceval, Castlereagh oder Henry Bathurst in Dienst stand? Vielleicht Littleford, der es von Lipton gewußt hatte? Zwar hatte Littleford sein Spiel gespielt und hätte es wohl nicht durch die Verbindung zu irgendeinem Geheimdienst gefährdet, aber ... Und wie war es mit dem Polizisten aus der Bow Street? Hinzu kamen Stapleton, diese Gibson-Eule, deren reizendes Töchterchen ... Zu viele der Möglichkeiten. Die Franzosen mochten übrigens ohnehin schon etwas wissen, und zwar Genaueres, von d'Antraigues, von Castlereaghs Agenten in Preußen, oder auch von Gimel ... Falls Gimel sie verraten hatte, würden sie sofort in die Falle tappen wie in eine Wolfsgrube. Sie konnten bei jedem Schritt, den sie auf dem Festland taten, in die Falle gehen. Was sollte es also? Als er sich für die Sache entschied, hatte er das alles einkalkuliert. Und jetzt sollte er einen Rückzieher machen, weil irgendwo eine undichte Stelle entstanden war? Das würde er sich bis ans Ende seines sündigen Lebens nicht verzeihen, nur einmal pro Menschenleben bietet sich ein solches Abenteuer, und auch nicht in jedem!

Um vier Uhr verließ Bathurst das Haus und begab sich zum Covent Garden, wo er dank seiner jungen Freundin, die wir schon aus dem vorangehenden Kapitel kennen, einen intimen Kontakt zu dem Wächter des kleinen Theatermagazins knüpfte. Der Grad der Intimität fand in der Höhe der Bargeldsumme Ausdruck, die Benjamin dem Lageristen spendete, sowie in der Qualität der Requisiten (Perücke, Schnurrbart etc.), mit denen sich der Lagerist revanchierte.

Zwei Stunden später, bereits verkleidet, tauchte Bathurst in Chelsea auf. Er ging sehr langsam, worauf er ein volles Recht hatte, denn er war ein alter, gebeugter Mann mit ergrautem Haar, in ähnliche Lumpen gekleidet wie das hier rundum wohnende Armenvolk.

Die Cheyne Walk schlängelte sich am Ufer entlang, an der Flußseite flankiert von einer Hecke aus hohen Bäumen und an der anderen Seite von den Mauern dreigeschossiger Häuser eingefaßt, die dennoch niedriger waren als die Bäume. Es war eine lange Straße, und Bathurst ging also lange vor sich hin und beobachtete alles aufmerksam, im Vertrauen darauf, daß er ein glücklicher Dummkopf war. Als er das Straßenende erreichte, gelangte er zugleich zu der Überzeugung, daß es mit dem Glück diesmal haperte und ihm heute nur der zweite Teil der Redewendung zukam. Es begegnete ihm kein einziger finsterer Typ, der sich immerzu umblickte, noch sonst ein verdächtiger Mensch, keines der zahlreichen Schilder trug die Aufschrift: »Französische Geheimdienstzentrale«.

Es fing an, dunkel zu werden, als er umkehrte. Die wenigen Passanten eilten nach Hause, die Straße lag leer. Die einfallende Dämmerung stahl den Bäumen den Schatten und verwandelte sie in schlafende, tote Masten, während ihre nachbarlichen Gegenüber aus Ziegel und Holz sich durch aufblitzendes Licht in den Fenstern belebten.

Bathurst trat an die hölzerne Barriere, an der die Fischer ihre Netze aushängten, stützte sich darauf und starrte auf den schwarzen Spiegel des Wassers. Es reflektierte das letzte schwindende Rot der Sonne, und, als er sich wieder besann, schon nur noch die Goldtropfen der Sterne. An seinem inneren Auge zogen Gesichter vorbei, Geschehnisse, Worte, Frauen, ein vom Onkel geschenktes Holzpferdchen, die nicht erlöschende Sehnsucht nach Helsingør[15], ein Lagerfeuer, die Berührung einer Hand, alles ... Nein, es stimmt nicht, daß man alles im Augenblick des Todes sieht, dazu ist dann gar keine Zeit. In Momenten wie diesen kehrt es wieder und tut dem Herzen wohl, wie wenn man nach einer Fahrt durch den Frost die Hände vor den Kamin hält, man wünscht sich, es möge fortdauern ... Genug!

Vom anderen Ufer scholl dumpfes Gedonner herüber, aus den Häusern und Gärten im Rücken drang der Dunst abendlichen Lebens, Küchengerüche, Kindergeschrei, das Weinen von Frauen, die der Mann oder der Liebhaber schlug, jemand pfiff eine wehmütige, herzzerreißende Melodie, jemand anders neckte seinen Hund ... Bathurst machte sich auf den Weg nach Hause.

Vor dem Eingang entledigte er sich der Verkleidung. Stapleton öffnete ihm.

»Sind schon alle zurück?« fragte Benjamin.

»Nein, Sir, sie treffen erst nach und nach ein.«

»Von jetzt an gibt es keinen Ausgang mehr, es sei denn, ich schicke noch jemanden los.«

»Jawohl, Sir.«

Am Tag des Aufbruchs (Donnerstag, der 30. Oktober 1806) war es kalt. Castlereagh, der sich tags zuvor gegen Mitternacht von Bathurst verabschiedet (und dabei das Geld mitgebracht) hatte, erschien überraschend kurz vor der Abreise, um sich ein zweites Mal zu verabschieden.

»Halte dich genau an den Plan, Benjamin«, sagte er, »und ich verspreche dir, daß du gewinnst und daß ...«

»Mylord, ich esse Luft, die mit Versprechen ausgestopft ist, davon wird ein Kapaun nicht fett«, gab Benjamin zurück.

»Ich verstehe nicht, worauf du anspielst, Benjamin«, stotterte Castlereagh verblüfft. »Was bedeuten diese Worte?«

»Das sind genau die Worte, die der König Hamlet antwortet, als der von der mit Versprechungen schweren Luft spricht.

Der König antwortete ihm: ›Ich verstehe die Antwort nicht, Hamlet, die Worte betreffen mich nicht.‹«

»Hör auf mit dem Theater, Benjamin, sei so gütig! Die Bühne, auf die du dich begibst, hat mit Theater nichts zu tun, vielmehr ...«

»Aber im Gegenteil, Mylord, sie hat, und zwar mehr als irgendeine andere. Wenn's nicht so wäre, hätten Sie mich nicht dafür gewonnen, denn was sonst liebe ich, wenn nicht das Theater, das Spiel? Dieses Stück wird erfolgreich sein, wenn Ihr Szenarium auch nur ein Hundertstel von Shakespeares Genie besitzt und wenn ich ihm Gestalt gebe.«

»Ich habe getan, was ich konnte, Benjamin, um dir die Sache zu erleichtern. Ich habe in die Vorbereitung der Aktion eine Menge Geld und viel Mühe gesteckt, denn ich gehöre nicht zu denen, die den Korb unter den Apfelbaum stellen und warten. Ich helfe, den Apfel zu pflücken! Von jetzt an liegt alles in deiner Hand. Möge der Herrgott dir beistehen!«

Benjamin hatte Lust zu erwidern, daß hier kein Apfel vom Baum, sondern glühende Kohlen aus dem Feuer zu holen seien und daß er, wenn er sicher wäre, daß sich Castlereaghs Herrgott ins Geschehen mischte, lieber zu Hause bliebe. Doch er bezwang sich, nickte nur und stieg in den Wagen, in den einen der beiden, die er für sich und für die Mannschaft gemietet hatte.

Am Nachmittag erblickten sie am Horizont den spitzen Turm einer gotischen Kirche und bald darauf das große, von zwei Wehrtürmen eingefaßte Stadttor von Great Yarmouth. Nicht ohne Mühe machte Bathurst in dem Wald aus Schiffsmasten diejenigen beiden aus, die zur *Möwe* gehörten, auf der Józef und Tom bereits warteten. Der Kapitän wies den Männern ihre Kojen unter Deck zu, danach schloß er sich mit Bathurst in seiner Kajüte ein.

»Wann laufen wir aus, und wohin?« fragte er.

»Heute, wenn möglich, und zwar gleich. Nach Altona.«

»Das Wetter ist nicht das beste, Sir. Es kommt Sturm.«

»Schlechtes Wetter ist uns ein Bundesgenosse, Kapitän. Schlimmer wäre es, in das Geschützfeuer einer französischen Fregatte zu geraten.«

Storman lachte aus vollem Halse.

»Ich hab keine Angst vor Geschützen, immerhin bin ich ein Kanonenkind, hahaha![16] Meine Mutter war Hure auf einem Schiff Ihrer Königlichen Majestät. Ich wurde bei Quiberon geboren, in einer Schlacht und bei Sturm, hahaha![17] Aber Spaß beiseite. Ich erlaube mir zu bemerken, Sir, daß es in dieser Hinsicht nichts zu befürchten gibt. Wir fahren unter holländischer Flagge, und ich habe auch andere Flaggen vorrätig. Wir werden unseren Namen ändern, wenn es nötig ist, aber nach Trafalgar stecken die Franzosen kaum mal die Nase aus den Häfen heraus, und zwischen Ärmelkanal und Ostsee sind sie sogar mit der Kerze schwer zu finden.«

Ein heftiger Wind aus Nordwest jagte die *Möwe* mit einer Geschwindigkeit von zeitweilig bis zu zehn Knoten voran. Der Kapitän fürchtete um die Masten der Brigg, aber auf Bathursts Verlangen hin ließ er die Segel nicht raffen, und so jagten sie ohne den Verlust auch nur einer Sekunde dem Ziel zu. Der Sturm ereilte sie in Höhe der Westfriesischen Inseln und trieb sie nach Norden ab, so daß sie Helgoland nicht auf der Seite der Ostfriesischen Inseln umschifften, sondern auf der der Nordfriesischen und in die Helgoländer Bucht fast senkrecht zur Küste mit Kurs nach Süden hineinstießen.

In der Nacht vom Sonnabend zum Sonntag (vom 1. zum 2. November 1806) waren fast alle, mit Ausnahme von Tom, Parvis und Sij, seekrank. Bathurst stieg in die Kapitänskajüte hinunter und fragte: »Wann sind wir endlich da? Noch ein bißchen von dieser Schaukelei, und meine Leute sind am Ende!«

»Ich kann nichts dagegen tun, Sir! Aber bei dem Wind müßten wir in nicht ganz vierundzwanzig Stunden an Ort und Stelle sein, wenn vorher nicht die Masten brechen. Nur für euch Landratten ist das ein großer Sturm. Bei wirklichem

Sturm müßte ich die Segel streichen, und Sie hätten dabei nichts mitzureden! Übrigens, nach meiner Nase läßt er schon nach. Noch ein paar Stunden, und ...«

Storman verstummte plötzlich, er lauschte in das Brausen des Sturms, und den Kopf zum Deck hebend, brüllte er: »Ja, zum Donnerwetter, wer pfeift da? Bootsmann!«

»Was ist los?« fragte Bathurst.

»Hören Sie's nicht, Sir?«

»Nein, der verflixte Sturm! Was ist denn?«

»Wissen Sie nicht, daß Pfeifen auf dem Schiff bedeutet, den Zorn des Windes auf sich zu ziehen? Nach den Gesetzen der See wirft man so einen über Bord! Bootsmann!«

Ohne eine Antwort abzuwarten, sprang er zu der an Deck führenden Treppe. Benjamin folgte nach. Aber es genügte, den Kopf aus der Luke in die Hölle von Regen und Wellen, die über das Deck fluteten, zu stecken, um zu begreifen, daß es nicht von hier kam. Die beiden rannten, krochen vielmehr zum anderen Ende des Schiffes, sich dabei an Wände, an Balken und Fußböden klammernd.

Benjamin hörte es plötzlich, da war es. Jäh überkam ihn die Erinnerung. Er holte Storman ein, packte ihn am Rock und hielt ihn an.

»Da ist der Bastard, Sir!« schrie ihm der Kapitän ins Ohr und machte eine Handbewegung.

»Leiser!« brummte Bathurst.

»Was, leiser?! Ich erlaube nicht, daß im Sturm gepfiffen wird, dies ist mein Schiff! Mein Schiff, und ich werde ...«

»Halt's Maul, oder du bist ein toter Mann!«

Der Kapitän sah Bathurst in die Augen und wurde stumm. Beide lauschten. Durch das Knarren der Balken und Planken, durch das dumpfe, von den Bordwänden isolierte Tosen der Wellen, durch das Stöhnen des Sturms und hundert andere Geräusche wand sich eine Melodie, die so gar nicht zu diesem Wahnsinn paßte, vielmehr zu Wiesenduft im Abendrot, zu stillstehenden, nicht über dem Kopf tanzenden Sternen, zu einem Lagerfeuer und zu Frauenhaar, das um die Hand geschlungen ist – eine Melodie, traurig und voller Reiz und schrecklich schön. Er wußte jetzt, wo er das schon gehört hatte. Als sich die Pforte des Gedächtnisses öffnete, hätte er beinahe aufgeheult, und eben da hatte Storman zu wüten aufgehört, denn er hatte in Bathursts Augen den Tod gesehen. Glücklicher Dummkopf! Wahrhaftig, dachte Benjamin, und wieder hast du recht, Littleford! Mag es so sein, mag es immer so sein, dann werde ich siegen!

»Kapitän, gehen Sie wieder in Ihre Kajüte, ich mache das schon«, sagte er. »Das ist einer meiner Leute. Er kennt die Seefahrerbräuche nicht, bitte verzeihen Sie ihm, es kommt nicht wieder vor.«

In einer schmalen Wandnische neben der Tür zum Lagerraum kauerte in einem Wickel von Ersatztauen eine Gestalt. In der Dunkelheit war das Gesicht nicht zu sehen.

»Wer ist da?« fragte Benjamin.

Das Pfeifen, das er auf der Cheyne Walk gehört hatte, verstummte, und der Kauernde bemühte sich recht und schlecht, auf die Beine zu kommen.

»Ich bin's, Sir.«

»Parvis? Was machst du hier?«

»Ich hab ein bequemes Plätzchen gefunden, Sir. Die Seilrolle ist wie eine Wiege, sie schaukelt mit dem Schiff, liegt aber fest, und es schleudert einen nicht von Wand zu Wand.«

»Du kannst gut pfeifen. Was ist das für eine Melodie?«

»Was weiß ich? Mein Alter hat sie mir beigebracht.«

»Magst du sie gern?«

»Ja, Sir.«

»Bestimmt pfeifst du sie öfters mal?«

»Na, weil ich sie gern mag, Sir.«

»Der Kapitän ist wütend wegen des Pfeifens, bei Sturm darf nicht gepfiffen werden.«

»Darf nicht? Warum nicht, Sir?«

»Das erkläre ich dir oben an Deck, komm mit.«

Auf dem Achterschiff blieben sie stehen, an die Bordwand gekrallt.

»Sir!« brüllte Parvis, den Sturm überschreiend. »Sir! Hier hält man's kaum aus! Warum ...«

»Du hast dich geirrt, Freund, wir fahren nicht nach Frankreich, sondern nach Preußen!« schrie Bathurst ihm als Antwort ins Ohr. »Nach Preußen, Parvis!«

»Ich verstehe nicht, Sir.«

»Du verstehst! Falls du jetzt abhauen möchtest, der Weg ist frei! Aber nur jetzt. Na? Los, Parvis, wie viele Kuriere wurden mit deiner Meldung losgeschickt? Wer ist der Chef des Netzes? Und die Adresse! Ich werde dir helfen, Freund. Cheyne Walk!«

In diesem Augenblick schnellte der Arm des Zigeuners vor. Ein Sprung zur Seite, ein Schlag in die Magengrube, ein Nachschlag gegen das Kinn, den Arm auf den Rücken gedreht, Schmerzgeheul.

»Raus mit der Sprache!« dröhnte Bathurst, mit einer Hand Parvis' ausgekugelten Arm festhaltend, mit der anderen dessen Haarschopf.

»Ein Kurier! Einer! Ich schwör's! Aauuu! Ich hatte Kontakt zu einem ›Schweizer‹, den Namen weiß ich nicht. Die Hausnummer auch nicht. Nein. Das tut weh! Loslassen! Neeiiin!«

Die Dunkelheit verschlang den Körper mit zornigem Appetit, eine verzweifelt aufgehaltene Hand huschte vorüber, vielleicht aber war es auch nur Schaum, und wieder herrschte die Stille des tosenden Sturms.

Bathurst wandte sich um und erblickte Storman.

»Was haben Sie getan!« schrie der Kapitän. »Sie sind wahnsinnig! Das mit dem Überbordwerfen, das ... das ist doch nicht mehr. Großer Gott, Sie haben ihn umgebracht, weil er gepfiffen hat!«

»Beruhigen Sie sich, Mann, es war nicht deswegen. Die Seefahrersitten gehen mich nichts an, ich spiele mein eigenes Spiel, und dabei muß man manchmal einen Bauern opfern, um zu gewinnen. Bitte keine Einmischung, Kapitän.«

Bathurst stieg wieder hinunter und rief Diaz.

»Manuel, keiner geht an Deck. Parvis wurde eben über Bord gespült.«

»O Gott!« stöhnte der Zigeuner.

»Leider ... Kanntest du ihn schon lange?«

»Ein Jahr, Señor, nicht ganz ein Jahr. Wir haben uns im Knast kennengelernt. O Gott, o Gott! Er wollte so gern mit uns mit, er hat mich selbst darum gebeten ...«

»Bring mir seine Sachen. Und denk dran, keiner darf an Deck!«

Zehn Stunden später fuhren sie in die Elbmündung ein, und bald darauf gingen sie in Altona vor Anker. Der Hafen war kaum sichtbar hinter dem dichten Regenvorhang. Sie ließen die Schaluppe hinunter. Es war der 2. November, sechs Uhr abends.

4. Komödianten und ein Kommando

Der von mir bereits erwähnte Memoirenschreiber, frühere persönliche Sekretär Napoleons und in der Zeit, die uns interessiert, sein bevollmächtigter Botschafter in Braunschweig, Mecklenburg-Schwerin und den Hansestädten, Monsieur de Bourienne[1], schreibt in der Erinnerung an seinen Aufenthalt in der Hamburger Vertretung: »Eine Achtelmeile von Hamburg entfernt liegt die vierzigtausend Seelen zählende Stadt Altona, deren Präsident und Polizeichef ganz und gar den Engländern ergeben sind.«[2] Bourienne, der in Wirklichkeit einer von Fouchés Polizeispitzeln in Norddeutschland war, hatte zu Altona keinen Zutritt, er bedauerte, daß Altona für ihn eben nicht »allzu nah«[3] liege, und fügte hinzu, daß die Stadt »Zuflucht für alle Banditen, Diebe und Betrüger, die sich der Rechtsprechung ihrer Länder entzogen«, sei. Womöglich deshalb nannte Heine Altona »eine Merkwürdigkeit von Hamburg«.

Bathurst und Storman verließen gemeinsam das Schiff, und letzterer ging zur Hafenverwaltung, um die Formalitäten zu erledigen. Benjamin bereitete es keine Mühe, Trautmanns Haus zu finden. Er trommelte lange mit Fäusten an die Tür und wollte schon wieder gehen, als hinter der Fensterscheibe Kerzenschein aufflackerte, das Fenster geöffnet wurde und sich darin der Kopf eines Greises in Nachtmütze zeigte.

»Was ist?«

Bathurst trat ans Fenster und sagte leise: »Ich suche Doktor Borg.«

Der Alte beäugte ihn eine Weile, danach schloß er das Fenster. Benjamin hörte Schritte im Hausflur, dann öffnete sich die Tür.

»Sei morgen vormittag um elf in Ottensen, bei der Kirche, am Dichtergrab.[4] Hier, diese Nummer des *Hamburger Correspondenten*[5] ist das Erkennungszeichen.«

Damit schlug er die Haustür vor Bathursts Nase zu.

Am nächsten Tag (am 3. November 1806) erreichte um halb elf Uhr der mit Bart und Perücke verkleidete Benjamin zusammen mit Sij das kleine, bei Altona gelegene Dörfchen Ottensen und wunderte sich über das hier herrschende Gedränge. Auf dem kleinen Platz an der Kirche tummelten sich Seeleute, Soldaten, Höker, kecke Weibsbilder von bestimmtem Schlage, Fischer, Bauersleute und weiß der Teufel, was noch für Volk. Benjamin lenkte seine Schritte zur Kirche, doch noch ehe er dort ankam, hörte er in seinem Rücken eine Stimme:

»Suchen Sie jemanden? Ich habe italienische Spielkarten zu verkaufen.«

Bathurst drehte sich um und sah sich einem alten Sergeanten in einem Uniformrock mit abgewetzten Revers gegenüber, der einen gepuderten Haarzopf hatte und eine Schirmmütze auf dem Kopf trug.

»Ich spiele nicht Karten«, entgegnete er.

»Sondern?«

»Ich spiele nur Schach.«

»In Ordnung«, sagte der Sergeant, erfreut, das vereinbarte Paßwort zu hören, und fragte sogleich weiter: »Wen starren Sie da so an?«

»Den Soldaten, der mit der unterm Mantel versteckten Pistole auf mich zielt.«

»Das ist mein Sicherheitsschutz«, erklärte der Sergeant. »Haben Sie keine Angst.«

»Ich habe keine Angst, aber er. Ihm im Rücken sitzt nämlich das Messer jenes Mannes, der auf mich aufpaßt.«

Der Sergeant lachte laut auf.

»Das ist ja gut, da ist er an den Rechten geraten! Alsdann, die erste Partie ist die Ihre. Beruhigen wir die beiden, und gehen wir, hier werden wir uns nicht unterhalten.«

Sie betraten eine kleine, sehr reinliche Fischerhütte. In der niedrigen Stube mit den geweißten Wänden, an denen Heiligenbilder hingen, brachte die Hausfrau, eine Riesin mit einer auf die Schultern fallenden Flut fettigen Haars, heiße Wurst und Fisch auf den Tisch, dazu eine Schüssel mit etwas, das Bathurst nicht kannte. Er schnupperte vorsichtig daran.

»Was ist das, zum Teufel?«

»Eine Köstlichkeit, sie macht Appetit und ist eine großartige Beilage für alle Arten Fleisch. Zu Fisch paßt sie vielleicht nicht so sehr, aber ich bin ein großer Liebhaber davon und bestelle sie, sooft ich nur kann. Probieren Sie. Eine deutsche Spezialität, sie heißt Sauerkraut. Ich denke, auch Sie werden das mögen, Herr ...«

»O'Leary.«

»O'Leary? Ist das ein irischer Name?«

»Natürlich, ich soll doch ein Ire sein. Falls Sie etwas Besseres im Auge haben, Herr Gimel, kann ich mich auch anders nennen.«

»Ich bin nicht Gimel«, sagte der Sergeant. »Der Herr Graf repräsentiert in Altona seine Königliche Hoheit Ludwig XVIII. und darf nichts riskieren. Auf seinen Befehl hin nehme ich mich der Sache an.«

Benjamin stand auf.

»Bitte übermitteln Sie dem Repräsentanten seiner Königlichen Hoheit, er möge entweder seine Einstellung zum Risiko ändern, oder aber ich fahre zurück nach London! Noch heute werde ich im Hause Trautmanns nachfragen. Leben Sie wohl!«

Bathurst war bereits an der Tür, als der andere ihn aufhielt.

»Herr ... O'Leary! Bitte kommen Sie zurück, ich bin Gimel.«

»Welchen Beweis habe ich dafür?«

»Herrgott, soll ich Ihnen vielleicht Beglaubigungsschreiben vorlegen? Ich bin Gimel und basta. Ich habe mich verkleidet, denn in Altona werde ich womöglich beschattet. Aus anderer Quelle ist mir bekannt, daß Bourienne, dieser Lakai Fouchés, schon von meinen Kontakten mit London weiß.«

»Was weiß er?«

»Ich spreche von diplomatischen Kontakten.[6] Übrigens ... Bourienne ist ein schlauer Fuchs. Formal vertritt er in Hamburg die Interessen Bonapartes, aber in aller Stille ... Sie werden es kaum glauben, es scheint so, als ob er den Royalisten hilft.[7] Ja, ja, er möchte gern, ähnlich wie sein Vorgesetzter Fouché, sowohl beim Herrgott als auch beim Teufel sein warmes Plätzchen sicher haben. Wenn der Korse stürzt, wird er an seine Verdienste für unsere Sache erinnern. Er selbst setzt seinen Fuß nicht nach Altona, aber seine Agenten durchschnüffeln die Stadt, so wie es auch Fouchés unmittelbare Agenten tun oder, was noch übler ist, die von Savary[8] ... Bitte verzeihen Sie die Maskerade, aber ich muß achtgeben.«

»Schließlich habe ich die Losung genannt.«

»Die Losung! Seien Sie nicht kindisch, O'Leary. Sogar in diesem Augenblick habe ich keine Gewißheit, ob Sie nicht ein Spitzel sind, und umgekehrt wissen Sie es von mir auch nicht. Spiel ist Spiel. Im Juli kam zu mir aus London ein gewisser Loizeau[9], auch er nannte die Losung, die er von de Puisaye[10] erfahren hatte. Und wissen Sie, welchen Vorschlag er mir unterbreitete? Er wollte nach Paris fahren und Bonaparte umbringen, wenn ich nur seine Auslagen begleiche! Ich habe den Kerl an die Luft gesetzt. Wenn man daran denkt, daß solche Idioten unserer Sache dienen – ganz schlecht kann einem werden! Leider. *On est souvent dans la necessité de se servir des méchants.*[11] Das ist von Fénelon ... Aber zurück zum Thema – hier ist man ziemlich sicher. Mitten im Getümmel ist man immer sicherer als am leeren Ort. Wer sich verbergen will, sollte dies im Auge der Sonne tun. Eine asiatische Weisheit. Heute ist hier Markttag, aber auch sonst treiben sich in Ottensen immer Seeleute herum, die Mädchen nachjagen. Diese Hütte ist einer meiner Unterschlüpfe, hierher ziehe ich mich zurück. Oho, und ich habe hier auch einen vorzüglichen Wein. Trinken wir den!«

Gimel stand auf und ging hinaus, um bald mit einer Flasche und Gläsern wiederzukehren.

»Rheinwein, Jahrgang achtunddreißig. *On est savant quand on boit bien. Qui ne sait boire, ne sait rien!*[12] Das ist von Boileau. Für eine solche Flasche müßten Sie in einem Wirtshaus vier Florin und mehr bezahlen.«

»Wieviel ist das in kleinerer Münze?« fragte Bathurst.

»Vier Florin? Das sind vierundsechzig Groschen. Wahrhaftig, ich muß Sie in die Einzelheiten deutschen Lebens einführen. Unentgeltlich, das war so ausgemacht, dafür zahlen Ihr Auftraggeber und d'Antraigues.«

»Kennen Sie den Auftraggeber, Herr Gimel?«

»Ich ahne, wer es ist. Ich weiß nur nicht, wer die Operation finanziert und welchen Zweck sie verfolgt. Aber auch da habe ich Vermutungen. Von Kempelens Automat ist ein vortreffliches Etui für jemanden, den man sicher aus dem feindlich besetzten Gebiet herausschaffen möchte. Das Maschinchen wurde schon einmal zu ähnlichen Zwecken verwendet.[13] Der Mann, den Sie herausbringen wollen, muß eine bedeutende Figur sein, nach den Summen zu urteilen, die Sie investieren. Bestimmt ein Kriegsgefangener oder ein Dienstmann Bonapartes, der ein Agent des Secret Service ist. Habe ich recht?«

»Sagen wir mal, ja«, antwortete Benjamin. »Um auf das Geld zurückzukommen – hierzulande sind ja wohl unterschiedliche Münzen in Gebrauch.«

»Wenn's nur das wäre, mein Herr. Die Münzen haben noch auf Schritt und Tritt einen anderen Wert. In Hamburg zahlt man für die Leistung eines Postpferdes pro Meile nur halb soviel wie in Berlin, denn wegen des Krieges sind in Preußen die Futterpreise gestiegen. Der Krieg hat alles verändert. Was ich Ihnen heute sage, kann morgen überholt sein. Aber fahren wir fort. Für das sogenannte Räderschmieren zahlen Sie in Mecklenburg eine Mark. Auch die Mark hat unterschiedlichen Wert. Hier in Holstein rechnet man sie zu neun und einem Viertel Reichstalern, in Mecklenburg aber, durch das Sie nach Berlin reisen, bereits zu zwölf Reichstalern. Besitzen Sie Goldmünzen?«

»Ein paar. Maxdors, Sovereigns und Pistolen.«

»Schade, daß Sie keine Friedrichsdors haben, die sind in Berlin und Umgebung am angesehensten. Ich kann Ihnen einen Teil eintauschen. Aber lassen wir das, ich unterrichte Sie später noch über die Einzelheiten des hiesigen Lebens. Kommen wir zur Sache. Ich habe erledigt, was ich erledigen sollte und wofür man mich bezahlt hat, und sogar mehr. Beginnen wir mit dem wichtigsten. Zuerst müssen Sie nach Hamburg gelangen. Das wird weiter keine Schwierigkeiten machen, es gibt zur Zeit zwischen Altona und Hamburg, genauer, in der umgekehrten Richtung, einen wilden, illegalen Verkehr. Den Behörden gleitet alles aus der Hand, sie zittern vor Angst, besonders nach dem letzten Mittwoch, als man den schwerverwundeten Herzog von Braunschweig[14] herbrachte. Der große Feldherr war zu Triumph ausgezogen und hatte Triumph versprochen, und jetzt ... Von zehn Leuten auf einer Bahre getragen, schmutzig, entwürdigt, hinter ihm her ein Rudel krakeelender Halbwüchsiger und Landstreicher ... In ein armseliges Gasthaus haben sie ihn gebracht und nach dem Doktor geschrien. Ein entsetzlicher Anblick, wissen Sie, wie das auf die Menschen gewirkt hat? Und noch mehr auf den Hamburger Senat. Seit Berlin in den Händen von Bonaparte ist ...«

»Wann ist das passiert?«

»Sie wissen es nicht?«

»Nein!«

»Vor einer Woche ist er in Berlin eingeritten. Davor hatten Abteilungen von Marschall Davout Berlin besetzt. Können Sie sich vorstellen, was für eine Panik das ausgelöst hat?«

»Das kann ich, aber reden wir nicht davon, verlieren wir keine Zeit.«

»Es ist aber wichtig, mein Herr, denn es beweist, daß Sie ringsum mit völliger Desorganisation rechnen können. Altona ist voller preußischer Deserteure mit und ohne Uniform. Ähnlich verhält es sich in Hamburg. Keiner kann mehr unterscheiden, wer wer ist, und die Hamburger Stadtobrigkeit, obwohl sie hofft, daß Bonaparte die Hanse schont, fürchtet, daß diese Hoffnung nicht weit reicht.[15] Alles das verschafft Ihnen Bewegungsfreiheit, trotzdem gebe ich Ihnen einen Führer mit, der Sie zum Gasthof ›Baumhaus‹ bringt ... Und dann sollte ich Ihnen ja noch sagen, wie man die Pässe ausfüllt, sollte Ihnen die beste Art des Verkehrsmittels und der Verkleidung empfehlen, das Dossier mit Bonapartes Charakterzügen aushändigen und die Anlaufstelle in Berlin nennen.«

»Sie irren, Herr Gimel. Sie sollten nicht, Sie müssen!«

»Ich weiß, was ich tun muß, mein Herr, und das sieht wie folgt aus: Pässe für die irischen Emigranten, die zur Zeit mit Tabak und Schokolade handeln. Die Waren habe ich bereits ins ›Baumhaus‹ liefern lassen. Als Verkehrsmittel empfehle ich die Diligence. Bleibt noch die Berliner Kontaktadresse des Mannes von von Kempelen. Das ist alles, was ich muß, wofür ich bezahlt worden bin. Aber was kommt dabei für Sie heraus? Zänkereien auf den Poststationen mit den Wagenmeistern, auf Schritt und Tritt die Gefahr, an die Franzosen zu geraten, und dann die Zöllner, zumindest bei der Einfahrt nach Berlin. Die wollen das Gepäck ansehen, und wenn Sie denen verdächtig erscheinen, ziehen die Sie bis aufs Hemd aus. Und vor allem: Wie wollen Sie den Automaten aus Berlin herausbringen? Soviel ich weiß, gehört das zu Ihrem Auftrag. Sie denken, der wird hübsch verpackt, und rauf auf den Wagen? Haben Sie sich das in London so vorgestellt? Ich weiß nicht, wohin er gebracht werden soll, vermutlich ja nicht in irgendeinen Berliner Vorort, sondern ein bißchen weiter weg.

Ich bin neugierig, wie Sie unterwegs mit diesem Gerät zurechtkommen wollen.«

»Man hat Sie für die beste der möglichen Lösungen bezahlt, Herr Gimel!« knurrte Benjamin, gereizt ob der Dreistigkeit dieses Menschen.

»Und die habe ich Ihnen vorgeschlagen, mein Herr. Sie können davon Gebrauch machen. So haben d'Antraigues und ich es geplant. Tja, daß unterwegs Schwierigkeiten auftreten können ... Sie glauben ja wohl nicht, daß es sich um eine Spazierfahrt handelt? Kurz, ich habe meine Aufgabe erfüllt und brauchte mich nicht weiter um die Sache zu kümmern. Dann aber bin ich durch Zufall, den reinsten Zufall, auf eine Lösung gekommen, die so hervorragend ist, daß sie zu den unmöglichen gehört! Zu denen, die man sich unmöglich ausdenken kann, Herr O'Leary, sie gehört nämlich zu der Sorte von Sternen, die einfach vom Himmel fallen und alle Probleme lösen. Wahrhaftig alle! Sie würden mit Ihrem Schachspieler von der Oder an den Rhein fahren können, sooft Sie wollen, und niemand würde Sie auch nur antasten. Aber das kostet etliches ... In Gold. Wiederum lohnt es sich für Sie, denn es ist eine Idee, die gar nicht zu bezahlen ist. Falls Sie nicht wollen, tut es mir leid, dann halten wir uns an die erste Version. Na, Herr O'Leary, Sie fragen gar nicht, worum es geht?«

Bathurst machte keine Bewegung, auf seinem Pokergesicht zeigte sich keinerlei Grimasse, er schwieg.

»Glauben Sie mir, O'Leary«, fuhr Gimel fort, »ich will Sie nicht bestehlen. Wenn Sie meinen Vorschlag erst angehört haben, werden Sie einsehen, daß ich Ihnen wirklich helfen will. Im Grunde genommen, mein Herr, was gibt es hier zu wählen? Dies ist keine Wahl zwischen einem schlechteren und einem besseren Plan, es ist die Wahl zwischen Niederlage und Sieg, zwischen Tod und Leben, Sie haben einfach gar keine Wahl.«

»Die in London werden Ihnen nicht dafür danken, Gimel, daß Sie mir zuerst einen schlechten Plan suggerieren, um mich dann mit der Hoffnung auf einen besseren zu erpressen«, entgegnete Benjamin finster.

»Aber was können die mir übelnehmen? Sie sollten mir lieber dankbar sein! Der Plan war im Umriß schon lange fertig und auch von d'Antraigues akzeptiert, ich sollte nur noch die Details durchspielen, das habe ich getan. Aber das ist ein schlechter Plan, der nicht geändert werden kann. Das ist von Publius. Ich schlage vor, den Plan gegen einen anderen auszutauschen, der hundertmal größere Chancen bietet. Sie wären der allerletzte Dummkopf, wenn Sie jetzt beleidigt nach London zurückführen, um sich zu beschweren, oder aber wenn Sie aus Sparsamkeit bei dem ersten Plan blieben. In diesem zweiten Fall sind die Aussichten meines Erachtens gering. Wenn Sie anfangen, am Geld zu sparen, *lasciate ogni speranza!*[16] Das ist Dante. In Ihnen ringen jetzt Wut und Neugier miteinander, Herr O'Leary. Ich schlage einen Kompromiß vor, überlegen Sie es sich. Der Kompromiß, mein Herr, steht bei Wichtigtuern nicht in Gunst, wer aber vernünftig ist, begegnet ihm nicht mit Haß. Wilhelm Tell hätte viel klüger daran getan, mit Geßler einen Kompromiß zu schließen, als das Leben seines Kindes aufs Spiel zu setzen. Trinken Sie doch noch etwas Wein, O'Leary. Schmeckt er Ihnen?«

»Wieviel?« fragte Bathurst. »Wieviel kostet der andere Plan?«

»Wiederum nicht so viel. Diesen Lederbeutel hier ... Nicht wahr, das ist nicht viel? Sie bringen ihn heute nachmittag her, um fünf Uhr, gefüllt mit Gold. Es können Pistolen, Maxdors oder auch Sovereigns sein, ich bin nicht wählerisch. Danach teile ich Einzelheiten mit. Fürs erste, damit Sie wissen, daß das Geld nicht zum Fenster hinausgeworfen ist, sage ich nur so viel, daß Sie mit Komödianten reisen werden, in Zirkuswagen. Und in einem der Wagen werden Sie den Automaten transportieren. Ach ja, hier habe ich noch einen leeren Beutel, einen Zwillingsbruder von dem dort. Wenn auch er mit Gold gefüllt zu mir zurückkehrt, könnte sich herausstellen, daß Sie den Schachautomaten nirgends zu entwenden, das heißt Ihr Leben und das Ihrer Leute nicht zu riskieren brauchen, sondern ihn einfach abholen wie ein Päckchen von der Post. Hatte ich nicht recht, O'Leary, als ich sagte, daß ich Ihnen wirklich helfen will?«

Um fünf Uhr desselben Nachmittags klopfte Bathurst an die Tür jener selben Fischerhütte in Ottensen. Diesmal kam er mit Sij und mit Brown. Er und Brown trugen Panzerhemden[17] unter der Kleidung. Tom und Manuel hatten außerhalb der Stadt einen Auftrag auszuführen. Die übrigen waren, mit Józef als Oberbefehlshaber, an Bord geblieben.

»Welch grobe Unvorsichtigkeit, mit Kerlen anzurücken, die eine Meile weit nach Kriminellem riechen«, sagte Gimel unwirsch.

»Eine geringere, Herr Graf, als ganz allein so viel Gold hierherzutragen«, hielt Bathurst dagegen.

Gimel erstrahlte.

»Oho, also doch! Sie sind vernünftig, O'Leary, das spricht für Sie.«

Benjamin entnahm einer Tasche die Beutel mit dem Gold und legte sie auf den Tisch. Gimel knotete beide auf, warf einen Blick hinein, steckte die Hand in jeden Beutel und wühlte eine Weile in den goldenen Innereien, unsägliches Wohlbehagen im Gesicht.

»Gleich werden Sie sich überzeugen, O'Leary, daß Sie ein großartiges Geschäft gemacht haben. Setzen wir uns. Und nun passen Sie bitte auf: Wie vereinbart, tragen Sie in die Pässe irische Namen ein, und Sie geben sich als Flüchtlinge aus, die seit einiger Zeit mit der Theater- und Zirkustruppe Mirel unterwegs sind. Dafür sind Stempel nötig, die genauso aussehen wie die, die Mirel und seine Leute in ihren Pässen haben, zumindest wie die Stempel der letzten zwei Monate. Das übernehme ich, ich habe da einen Spezialisten für solche Dinge.«

»Wer ist Mirel?« fragte Bathurst.

»Ein Italiener, vor zwei Jahren ging er aus der Toskana nach Wien. In diesen zwei Jahren ist er durch Österreich, Preußen und die deutschen Fürstentümer gereist. Nach Hamburg kam er Anfang Oktober dieses Jahres von Hannover aus. Die Kriegshandlungen haben ihn hier festgehalten, und so habe ich ihn entdeckt und kam auf die Idee. Er ist ein alter Fuchs. Die Belustigung des Pöbels, alle die Possenspiele dienen ihm nur als Aushängeschild. Ich habe den Verdacht, daß er sich mit Schmuggel befaßt, und das in großem Maßstab. Er hat vier Wagen, wir geben ihm einen fünften dazu, für Sie, Ihre Leute und für den Automaten. Den Wagen besorge ich morgen. Wie Sie sehen, habe ich hohe Aufwendungen. Mirel zahlen Sie selbst, und ich rate Ihnen, großzügig zu sein. Zwar ist es seiner Truppe in letzter Zeit nicht sonderlich gut gegangen, aber für lumpige Groschen dingen Sie ihn nicht für eine so weite und gefährliche Reise. Erwarten Sie ihn morgen auf dem Schiff, Mirel wird nicht später als um zehn Uhr dort sein.«

»Weiß er denn, welches Schiff es ist? Ach, richtig, Sie haben mich ja beobachten lassen.«

»Wie denn sonst! Seit dem Augenblick, als Sie bei Trautmann an die Tür geklopft haben. Also, falls Sie mit Mirel übereinkommen, stellen Sie sich um drei Uhr am Nachmittag in Ottensen ein. Wir bereden dann die letzten Einzelheiten, stellen die Pässe aus und verabschieden uns. Mirel bringt unterdessen Ihre Leute mit nach Altona, von wo aus mein Beauftragter sie nach Hamburg überführt und im ›Baumhaus‹ unterbringt. Der Aufbruch erfolgt von jenem Gasthof aus.«

»Ist das alles, was Sie mir zu sagen haben?« fragte Bathurst. »Wenn ja, geben Sie mir einen der Beutel wieder!«

»Ach bitte, entschuldigen Sie! Das habe ich ganz vergessen.« Gimel lächelte bezaubernd. »Wahrhaftig, man wird alt. Der alte La Rochefoucauld hatte recht – *la viellesse est un tyran.*[18] Das ist aus seinen *Maximen.* Tjaaa. Also, in Berlin ist in meinem Auftrag ›Jean-Bart‹[19] tätig. Ich weiß nicht, wie er es anstellen wird, aber er hat mir versichert, er würde den

Automaten aus dem Schloß herausholen. Sicherlich mit Hilfe des ehemaligen von Kempelenschen Mitarbeiters, soviel ist klar, aber das würde nicht ausreichen. ›Jean-Bart‹ verfügt über Kontakte und Möglichkeiten, über die wir nichts wissen, aber bitte glauben Sie mir, sie sind enorm, denn sonst würden die Franzosen nicht so versessen auf ihn Jagd machen. Seiner Ansicht nach bereitet die technische Seite keine großen Schwierigkeiten. Das Problem ist, daß man warten muß, bis Bonaparte des ›Türken‹ überdrüssig geworden ist.«

»Dafür sollte doch dieser Schachspieler sorgen, der von Kempelens Mitarbeiter gewesen ist.«

»Ganz recht, mein Herr, aber wird es ihm gelingen, und wann? Er kann dem Korsen schließlich nicht befehlen. Vielleicht ist es ihm schon gelungen, und vielleicht hat ›Jean-Bart‹ den Automaten schon aus dem Schloß herausgebracht, was ich jedoch bezweifle, denn ich hätte darüber Nachricht erhalten. Für Sie, O'Leary, ist doch wesentlich, daß Sie den Automaten in die Hände bekommen, ohne demjenigen, der ihn übergibt, etwas zu zahlen, denn Sie haben soeben an mich gezahlt, und ich davor an andere. Es soll Sie nicht wundern, daß ich das Geld vorgeschossen habe. Ich wußte, ich würde es zurückbekommen. Die Fähigkeit der Voraussicht ist die Grundlage jeden Spiels, und des Schachspiels inbesondere, nicht wahr?«

»Wie nimmt man mit diesem Jean-Bart Verbindung auf?« fragte Benjamin.

»Über das Gasthaus ›König von Portugal‹, Burgstraße 12. Inhaber ist Herr Koch. Sie fragen nach Eulenbraten. Bitte machen Sie nicht solche Augen, O'Leary, Eule vom Rost ist die Spezialität vieler Wirtshäuser in Preußen. Nebenbei gesagt, keine schlechte Sache. Der Koch müßte daraufhin bedauernd erklären, daß er das Gericht nicht vorrätig habe, und Ihnen statt dessen Schwanbraten anbieten. Danach wird er Sie an den betreffenden Ort führen. Das wäre dann wohl alles für heute?«

Es war noch nicht ganz alles. Eine halbe Stunde, nachdem Bathurst gegangen war, verließ Gimel die Fischerhütte und lenkte seine Schritte zum Elbufer. Als er an zwei Betrunkenen vorbeikam, zwei krächzend singenden Landstreichern, konnte er nicht voraussehen, daß diese das Gleichgewicht verlieren und auf ihn fallen würden. Alle drei stürzten sie zu Boden. Gimel raffte sich als erster wieder auf und fluchte vor sich hin. Jene beiden kamen nur mühsam und sich gegenseitig stützend wieder auf die Füße. Der eine von ihnen, mörderisch besudelt, mit roten Säuferaugen, bat aufrichtig um Entschuldigung: »Oh, bitte verzeihen Sie ... hick! ... Euer Hochwohlgeboren ... Herr Hauptmann ... hick! Mein Kumpel und ich ... hick! Wir haben gerade ... hick!«

Der Graf wandte sich angewidert ab und ging weiter. Erst in Altona bemerkte er, daß er nur noch einen Lederbeutel bei sich trug.

Eine Stunde nach dem beschriebenen Vorfall gelangte der andere Beutel Bathurst in die Hände.

»Hat's dich nicht verlockt?« fragte er Diaz.

»Nein, Señor, ich schwör's!« Manuel schlug sich mit der Faust an die Brust. »Den anderen habe ich ihm gelassen, wie befohlen, und von diesem habe ich kein Stück angerührt, bitte prüfen Sie's nach, Señor!«

Am nächsten Tag (am 4. November 1806), kurz nach zehn Uhr, erschien an Deck der *Möwe* ein Gigantenmensch. Ein Gigant nicht so sehr im Hinblick auf die Körpergröße als vielmehr auf den Umfang. Eine derart dicke Person, mit so vielen Kinnwülsten, mit Armen drall wie Schenkel, und mit Fingern rund wie Frauenarme, hatte noch keiner aus dem Kommando in seinem Leben gesehen. Dieser Mensch war Mirel. Herrje, der braucht ja einen Wagen für sich allein! dachte Bathurst. Und: Vorher sackt der Kahn hier auf Grund ... Aber er sackte nicht, und sie setzten sich an Deck nieder, denn daran, daß Mirel durch eine der Schiffsluken paßte, war nicht zu denken.

Mirel hatte die feine, piepsige Stimme eines Kastraten.

»Ich bin Mirel, Signore, in Wahrheit Mirelli, so nämlich hieß mein Papa, aber auf Tournee ich heiße verschieden, *per esempio Mirellus! Adesso sono Mirel* ...«[20]

»Herr Mirel«, fiel ihm Benjamin ins Wort, »bitte hören Sie auf, in Ihrer Muttersprache zu reden, die verstehe ich nämlich so gut wie die Sprache der Katzen.«

»Va bene, Herr O'Leary, *si capisco!*[21] Ich spreche eine Dutzend Sprachen so schön, daß in Deutschland mich halten für Deutsche, in Frankreich für Franzose, überall ... Jede Sprache ich spreche fließend! Sie möchten meine Truppe haben, gut? Ich einverstanden, wenn Sie viel Geld geben.«

»Wieviel?«

»Weiß ich nicht, Signore. Mirel weiß nicht, was Sie wünschen möchten.«

»Du sollst mich und neun meiner Leute nach Berlin mitnehmen. Dort holen wir ein Frachtgut ab, das muß ziemlich weit transportiert werden, doppelt so weit.«

»Wie viele Meilen ... deutsch Meilen, Signore?«

»Deutsche?« Benjamin rechnete rasch in Gedanken. »Etwa siebzig, vielleicht auch mehr, das kommt darauf an. Vielleicht sogar hundert.«

»He, *va bene!* Wagen, Pferde ich haben gute. Mirel weiß, daß Fracht geheime ist, und Sie, Signore, und Ihre *ragazzi*[22] müssen verstecken sich. Das macht für das Verstecken und für gefährliche Reise drei Florin eine Meile für ein Mann und vier Florin eine Meile für die Fracht. *Va bene?«*

»Was denn!« rief Bathurst aus. »Soviel zahle ich nicht, das ist Räuberei!«

Der Dicke zog einen Flunsch wie ein gekränktes Kind und, die Daumen drehend, fragte er: »Wie viele wollen Sie bezahlen?«

»Für die gesamte Strecke von Hamburg bis Berlin kostet die Postkutsche acht Florin, und das sind nicht ganz vierzig deutsche Meilen! Ich gebe einen halben Florin für jede Meile pro

Person und für die Fracht zusammen. Entweder soviel oder gar nichts.«

»Das ist wenig, wenig Geld ... Aber ich habe ein Herz für Sie, Signore. Ich sage zehn Florin eine Meile zusammen, alle Mann und die Fracht. *Va bene,* Signore? Acht?«

Das war schrecklicher Wucher. Allein für die Fahrt bis Berlin über dreihundert Florin, nicht gerechnet die Verpflegungskosten (die berechnete Mirel gesondert), dazu ein rundes Sümmchen in Gold dafür, daß die Truppe gehindert war, mittels ihrer Bühnenkunst Einnahmen zu erzielen. Aber die Wagen der Komödianten waren in der Tat ein Stern, der ihnen vom Himmel fiel, und Mirel riskierte sehr viel, falls die Sache schiefging. Bathurst gab sein Einverständnis.

Eine halbe Stunde später war er nur noch mit Sij und Tom allein an Deck. Die anderen hatte Mirel in die Stadt mitgenommen, von wo aus sie nach Hamburg hinübergeschmuggelt werden sollten. Als Benjamin sich von Storman verabschiedete, übergab er ihm einen chiffrierten Brief an Castlereagh, in dem er diesen darum bat, sich des »Schweizers«[23] von der Cheyne Walk anzunehmen. Er hatte in dem Brief die Straße aufgezeichnet und das zu durchsuchende Gebiet markiert (einen Umkreis von etwa einem Dutzend Yard von jener Stelle aus, wo ihm die Melodie, die Parvis gepfiffen hatte, zu Ohren gekommen war). Zum drittenmal stellte er Storman dieselbe Frage: »Ist der Kapitän, der den Brief nach London mitnimmt, vertrauenswürdig?«

»Ich habe Ihnen schon gesagt, Sir, er ist mein Freund. Sie können ihm vertrauen wie mir selbst. Sein Schiff läuft übermorgen aus. Noch heute gebe ich ihm den Brief.«

»Gut. Denk daran, Storman, spätestens in einem Monat hast du in Kolberg zu sein. Du machst dort ein bißchen unauffällig fest und wartest auf mich. Sollte es Schwierigkeiten geben, mit dem Ankern, dem Proviant oder etwas anderem, wende dich an den Bierbrauer Nettelbeck. Die Parole lautet: ›Schwarz‹, das Erkennungswort: ›Wie der Adler‹, und die Antwort auf das Erkennungswort: ›Und wie das Kreuz‹. Merkst du dir das? Sollte ich bis zum ersten Februar nicht da sein, kannst du umkehren.«

Um ein Uhr mittags erfolgte die letzte Begegnung mit Gimel. Ihn begleitete jener selbe Alte, der Bathurst in Trautmanns Haus die Zeitung gegeben hatte und der sich nun als vorzüglicher Spezialist für das Fälschen von Papieren erweisen sollte, ausgerüstet mit einem ganzen Arsenal von Stempeln, die in einem einzigen Köfferchen Platz hatten. Zu dritt arbeiteten sie mehrere Stunden lang an den Pässen, und der wortkarge alte Mann imponierte Benjamin durch die Kunstfertigkeit, mit der er den Papieren mittels einer besonderen Flüssigkeit ein älteres Aussehen verlieh und mittels einer anderen Flüssigkeit Schriftzüge tilgte.

Um sechs Uhr abends packte der Meisterfälscher seine Gerätschaften ein und entfernte sich wortlos. Er hinterließ Bathurst ein paar Stempel, Tinte und zwei Fläschchen mit den Zaubertinkturen. Gimel erteilte dem Engländer nunmehr eine Lektion in Sachen preußischer und deutscher Lebensgewohnheiten, Vorschriften, Gesetzgebung sowie zu der Art und Weise, wie viele Dinge zu erledigen seien. Seine Miene dabei war sauer, er war nicht zu Scherzen aufgelegt, bot keinen Wein an und zitierte auch keine Weisheiten.

»Ist etwas Unangenehmes passiert?« erkundigte sich Bathurst schließlich.

»Ja«, brummte Gimel. »Aber seien Sie ohne Sorge, es betrifft nicht Sie. Man hat mich gestern beraubt.«

»Einbrecher in Ihrem Hause?«

»Nein, Taschendiebe. Hier in Ottensen. Ganz Altona und Umgebung wimmeln von diesem Gelichter, das aus den preußischen Gebieten Reißaus nimmt. Ich war unachtsam, ich bin selbst an allem schuld.«

»Das ist ja unerfreulich. Hat man Ihnen viel gestohlen?«

»Ja, viel.«

»Ich bin voller Mitgefühl und würde Ihnen gern helfen. Es

fügt sich gerade so, daß ich ein paar Goldstücke bei mir habe …«

Gimels Miene belebte sich. Er blickte Bathurst aufmerksamer ins Gesicht, überrascht, doch auch wachsam.

»Was wollen Sie kaufen, O'Leary?«

»Eine ganze Kleinigkeit, ein paar Namen. Konkret – die Namen der Agenten, die in dieser Angelegenheit für Sie, d'Antraigues und meine Auftraggeber gearbeitet haben.«

»Sie sind wahnsinnig, O'Leary! Wollen Sie sich über mich lustig machen?«

»Keineswegs, wie würde ich es wagen, mich über den Botschafter seiner königlichen Majestät Ludwig XVIII. lustig zu machen. Einen Sovereign für jeden Namen, aber ich warne Sie, ich kenne mich ganz gut aus, und sollte ich bemerken, daß Sie mir hier Namen fabrizieren, gibt es keinen Pfennig.«

»Sie beleidigen mich, O'Leary! Das … das wäre unstatthaft!«

»Ganz meine Meinung, Herr Graf. Zwei Sovereigns für jeden Namen.«

Schweigen trat ein. Es war kurz wie die Röte in Gimels Gesicht, dann sagte der Graf sehr weich: »Letztlich … kann ich das tun. Immerhin ist deren Arbeit, zumeist eine völlig nebensächliche, beendet. Die meisten haben Preußen beim Einmarsch der Franzosen verlassen. Im übrigen kenne ich nicht alle, d'Antraigues war besser im Bilde, er hielt die Fäden in der Hand …«

»Zur Sache, Herr Graf, zur Sache«, mahnte Bathurst.

»Sagten Sie, O'Leary, fünf Sovereigns für jeden Namen?«

»Ich sagte: drei.«

»*Excusez-moi*, da muß ich mich verhört haben. Also … Thauvenay[24], über den d'Antraigues die Verbindung zu mir hergestellt hat, dann de Tilly[25], der als Kammerherr Friedrich Wilhelms und dessen Hof-Dichterling den Automaten entdeckte. De Tilly hat Berlin kurz vor dem Einmarsch der Franzosen verlassen. Dann … de Martanges[26], über den, sofern ich mich nicht irre, d'Antraigues mit Pitt und mit Ihrem Chef in London Kontakt aufgenommen hat, Fauche-Borel[27], dessen Berliner Buchhandlung als Kontaktbriefkasten gedient hat, außerdem dessen Cousin Vitel[28] und ein paar frühere Parteigänger der Agentur[29], Ferronays, Martigny, Pescatino[30] ...«

»Genug!« rief Bathurst. »Sonst gehe ich von hier ohne einen Groschen hinaus. Bitte, da ist das Geld. Mich interessiert noch, wer von den Genannten etwas über den Automaten wußte und über das Vorhaben, ihn zu stehlen.«

»Vom Automaten wußte de Tilly, von unserem Plan niemand. Möglicherweise hatte Fauche-Borel seine Vermutungen, aber vergessen Sie auch nicht Jean-Bart und seine Leute.«

»Es ist Zeit, sich zu verabschieden, Herr Gimel!«

»Ja, aber ich gehe als erster. Sie warten hier bis zur völligen Dunkelheit, dann bringt mein Mann Sie nach Hamburg hinüber.«

Gimel stand auf, sammelte die Sovereigns vom Tisch, und zum erstenmal an diesem Tage lächelte er.

»Et quelle affaire ne fait point ce bienheureux métal, maître du monde, la clef des cœurs?[31] ... Das ist La Fontaine, mein lieber O'Leary. Adieu, und denken Sie nicht schlecht von mir.«

»Du bist zu dreckig, als daß ich auf dich spucken würde! Das ist Shakespeare«, antwortete Benjamin, jedoch Gimel, der schon aus der Tür ging, hörte es wohl nicht.

Nach Einbruch der Dunkelheit brachte der Führer sie über die Grenze und über einen Schleichweg nach Hamburg hinein. Sie nahmen im Gasthof »Baumhaus« Quartier und vereinbarten mit Mirel, am frühen Morgen aufzubrechen.

Bathurst erwachte sehr zeitig. Aus dem Fenster seines Zimmers bot sich ihm ein schöner Blick auf den schlafenden Hafen, der so schrecklich überfüllt war, daß es schien, als hätten sich sämtliche Schiffsrümpfe, Masten und Rahen zu einer einzigen Spinnwebe verflochten, die kein Neptun mehr imstande wäre, zu entwirren. Näher heran sah man die Spitztürme einer Kirche und zu den Seiten Windmühlen, die die Stadt überragten. Es war noch im Morgengrauen, als Bathurst und seine Leute zwei von Mirels Wagen, behängt mit bunten Schildern, Emblemen, Plakaten, Schärpen und allem möglichen Küchengerät, bestiegen. Mirel selbst fuhr im ersten Wagen, zusammen mit seiner besseren Hälfte, die ihm in punkto Beleibtheit nur wenig nachstand (Verdammt, wie lieben die sich! dachte Benjamin), mit zwei Kindern und zwei Seiltänzern aus der Truppe. Die übrigen Wagen sollten in der Nähe von Lenzen, etwa siebzehn deutsche Meilen hinter Hamburg, auf sie warten.

Sie verließen die Stadt ohne Schwierigkeiten und fuhren an der Elbe entlang, die voller kleiner Inseln und Fischerboote war. Hinter sich sahen sie das Stadtbild schwinden, bis nur noch der Turm der Kirche St. Michaelis mit der Entfernung rang, aber auch den verloren sie aus den Augen. Der Fluß verengte sich mehr und mehr, immer seltener blitzte sein spiegelndes Wasser zwischen den Hügeln auf, und gegen Mittag kam er ihnen gänzlich abhanden.

An diesem Tag fuhren sie bis Escheburg und machten in einem Gasthaus am Wege halt, in dem sich erschöpfte und verwundete Soldaten aus wer weiß was für Verbänden drängten. Sie tranken und verfluchten ihr Schicksal, wie nur besiegte Soldaten und Bankrotteure zu fluchen verstehen. Es wurde laut davon geredet, daß die Preußen, die bei Jena heil davongekommen waren, Lübeck einnehmen wollten und daß ein starkes preußischen Korps nach Hamburg unterwegs sei, um sich dort einzuschließen und gegen die Franzosen, die ihnen auf den Fersen folgten, zu kämpfen. Bathurst erinnerte sich, daß man auch in Hamburg davon gesprochen und überlegt hatte, ob die Preußen die Neutralität der Stadt verletzen würden. Alles das stimmte ihn nicht optimistisch, denn obwohl das wachsende Chaos ihm theoretisch ein Bundesgenosse war, konnte es sich in seinen Folgen ebensogut als verhängnisvoll erweisen. Im Gegensatz zu den Kumpanen, vor allem zu Robertson, Mirel und seiner Weibsperson, aß Bathurst wenig und ohne Appetit, womit er das besorgte Interesse des Gastwirts wachrief.

»Ein junger Mann muß tüchtig essen und trinken, sonst wird er mager, mürrisch und kränklich!«[32]

»E vero, signore!« lispelte Mirel mit vollem Mund. *»Si deve mangiare molto!«*[33]

Die mehr als siebzehn Meilen bis zum Treffpunkt legten sie in fünf Tagen zurück. Obwohl Bathurst zur Eile trieb, schafften sie an einem Tag nicht mehr als drei bis vier Meilen. Jeder Wagen wurde von einem Paar mächtiger Boulonnais[34] gezogen, die munter trotteten, aber da sie nicht ausgewechselt wurden, benötigten sie Ruhepausen und konnten keinesfalls eine größere Strecke bewältigen, um so weniger, als die Straßen in Norddeutschland längst nicht mit denen in Bayern oder in Hamburg vergleichbar waren, und jetzt waren diese Straßen auch noch mit Massen von Soldatenvolk verstopft.

Mirel hatte mit seinen Leuten verabredet, daß sie auf einer Waldlichtung unweit von Lenzen warten sollten. Am Abend des 9. November (Sonntag) erreichten sie den Treffpunkt, und noch bevor sie das Lagerfeuer sahen, hörten sie schon lautes Geschrei und Weinen. Auf der Waldwiese lungerte ein Dutzend Soldaten herum. Sie plünderten die Wagen, spannten die Pferde aus, zwei Männer durchsuchten das Häuflein verschreckter Komödianten, einige andere schleppten eine schwarzhaarige Frau zu einem der Wagen und rissen ihr die Kleider vom Leib. Die Frau wehrte sich hartnäckig, kratzte und biß um sich. Sie bekam einen Faustschlag verpaßt, noch einen und noch einen, aber sie gab den Kampf nicht auf. Ein kleines Mädchen von vier, fünf Jahren rannte hinzu, drängte sich durch die Angreifer und schrie gellend: »Mama! Mamaaa!«

Einer der Soldaten versetzte dem Kind einen Fußtritt, es stolperte ein paar Meter weit zur Seite und verstummte.

Alles das geschah auf ein Hinsehen, als sie die Lichtung erreichten. In Bruchteilen von Sekunden. Das Erscheinen weiterer Wagen ließ alles erstarren, als hätte der Herrgott die Zeit angehalten. Die Erstarrung aber dauerte nur einen kurzen Moment. Erstaunlich behend sprang Mirel vom Wagen, und zugleich lachte ein pockennarbiger Kerl, der mitten auf der Lichtung stand, laut los.

»Haha, da kommen noch welche! Leistet uns nur Gesellschaft, haha! Was willst denn du, Dickerchen?!«

Mirel lief zu dem Kerl hin, faltete flehend die Hände und greinte: »Meine Herren! Edle, hochwohlgeborene Herren! Tun Sie kein Leid an uns, ich bitte! ... Ich geben alles an hochwohlgeborene Herren. Ich geben Bezahlung, Spende ... Nur kein Leid antun, edle Herren! Nicht!«

»Hört ihr das, ihr hochwohlgeborenen Herren?!« brüllte der Pockennarbige. »Er geben Bezahlung, Spende!«

Er sah zu seinen Kumpanen, die, inzwischen beruhigt, die Pistolen wieder in den Gürtel steckten, die Karabiner heruntemahmen und in dröhnendes Gewieher ausbrachen.

»Beim heiligen Patrick, Sir, eilen wir unseren Nächsten zu Hilfe, denn die Hurensöhne werden ihnen noch ein Leid antun, akkurat!« jammerte Robertson.

»Still!« zischte Bathurst, durch das Wagenfenster blickend, und mit einer Handbewegung zeigte er an, daß sie nicht zu früh ihre Anwesenheit verraten sollten.

Der Pockennarbige ging auf den versteinerten Mirel zu und klopfte mit gekrümmtem Finger sacht gegen den fetten Bauch, so wie man an eine Tür klopft.

»Oho, ein lebendes Talgfaß! Habt ihr schon mal so was Tolles gesehen, ihr hochwohlgeborenen Herren? Nicht mal der Franz-Lustig vom zwölften Regiment könnte da mithalten!«

»Wir sollten ihn am Spieß braten und ausschmelzen, Korporal! Das gibt Fett zum Winter für die ganze Armee!« schrie einer der Soldaten, und die anderen bogen sich vor Lachen.

Der Pockennarbige drohte dem Kumpan betont ernst mit

der Faust und sagte: »Du, Georg, hattest schon immer abscheuliche Einfälle, anscheinend bist du kein hochwohlgeborener Herr wie wir alle.«

Darauf wandte er sich erneut an Mirel: »Nimm's nicht wörtlich, Dickerchen, wir sind keine schlechten Menschen, nur die Leute machen uns schlecht, aber so sind eben die Leute, die ziehen über jeden her. Alles, was wir wollen, ist ein Wägelchen, ein paar Pferdchen und ein bißchen Pinke, damit den Soldaten der königlichen Armee die Zunge nicht völlig ausdörrt. Na, und dann noch das schwarzhaarige Schätzchen, nämlich der Winter kommt heran, und die Nächte werden kühl. Ist das etwa zuviel verlangt? Sag selber ...«

Bathurst überprüfte noch einmal die Lage. Die Frau war zusammen mit dem Kind irgendwohin verschwunden, Mirel einen Schritt zurückgewichen, die Hände über den Bauch haltend ... Verdammt! Rigby, Józef und Brown saßen im anderen Wagen, bei der letzten Rast waren sie umgestiegen! Konnten sie übersehen, was hier vorging? Die Soldaten standen verstreut, aber es waren ihrer etliche. Gut, daß wenigstens die, die die Frau vergewaltigen wollten, eine Gruppe bildeten.

»Den Korporal übernehme ich«, flüsterte er. »Fangt an, wenn ich anfange.«

Damit sprang er vom Wagen.

Sein Erscheinen auf der Wiese war effektvoll wie im Theater. Als ob im Pantomimenspiel von Marionetten eine Puppe aus dem Boden geschossen kam. Aller Augen ruhten auf ihm, die Körper der Soldaten strafften sich, die Hände griffen zum Gewehr, jedoch unentschlossen, denn Bathursts Anblick weckte keine Furcht. In der Hand hielt er nur einen Spazierstock.

Der Korporal brach die Stille, laut fragte er: »Und wer bist du?«

»Der Schutzengel, Freund.«

Der Pockennarbige blickte verwundert.

»Was sagst du? Der Schutzengel? Von wem?«

»Von diesen Komödianten. Ich passe auf, daß ihnen keiner etwas antut, daß ihnen niemand ihre Wägelchen, Pferdchen und andere Sachen wegnimmt. Ich vertreibe die bösen Geister …«

Während Bathurst redete, ging er langsam, Schritt um Schritt, auf den Korporal zu. Ein Soldat war mit einem Satz hinter ihm und folgte ihm wie ein Schatten. Bathurst kam näher und näher. Die Gestalt des Pockennarbigen zeichnete sich vor dem Hintergrund des Lagerfeuers und dessen Lichtschein deutlich ab.

»Womit vertreibst du die Geister, mit dem Stöckchen?« fragte der Korporal und maß verächtlichen Blickes Benjamins Spazierstock.

»So ist es, Freund.« Bathurst hob den Stock, als ob er ihn vorführen wollte. »Denn siehst du, dies ist ein Zauberstab, einer, der …«

Seine Bewegung war schneller, als man denken konnte. Die Stockspitze streifte nur das Kinn des Korporals, doch mit so furchtbarer Wucht, daß dieser rücklings ins Feuer fiel, und noch im selben Augenblick fuhr Bathurst, vorgebeugt, herum, drückte auf den Griff, und eine Kugel bohrte sich in die Brust des hinter ihm Stehenden. Unnötig, denn zugleich mit dem Geschoß drang Sijs Wurfmesser pfeifend in den Körper des Soldaten …

Entsetzliches Aufheulen zwischen den flammenden Holzkloben und die alles übertönende Explosion einer Granate, die Heyter in die Gruppe der Vergewaltiger geschleudert hatte, blutige Fetzen an den Zweigen, an der Kleidung und an den Wagenwänden, eine Serie von Schüssen auf die überraschten Soldaten, Brown, breitbeinig auf dem Trittbrett des Kutschbocks stehend, gestrafft wie eine Bogensehne und die Augen halb zugekniffen, das Magazin mit der unmenschlichen Präzision eines Profis leerend, ein umstürzender Körper nach dem anderen …

Und wieder herrschte Stille, unterbrochen nur dann und wann von Klagelauten und dem Hufschlag eines Pferdes. Einer der Banditen, der glücklichste von allen, hatte sich auf ein Reitpferd geschwungen und jagte über einen Waldweg davon.

»Rigby!« schrie Bathurst.

Aber Rigby, an den Kolben geschmiegt und reglos wie eine Statue, hatte nicht erst auf einen Befehl gewartet, er drückte bereits ab. Viel war nicht zu sehen, aus dem Dunkel drangen nur ein abgerissener Schrei und ein Stöhnen, als der Körper auf die Erde fiel.

»Brown! Sieh nach, ob er krepiert ist und bring das Pferd her. Juan, nimm einen Kienspan und hilf Rufus!«

Sie hatten dreizehn Menschen getötet: zwölf der Angreifer, darunter der Korporal, der an seinen grausigen Verbrennungen wenige Minuten nach dem Kampf gestorben war, und einer der Soldaten, dessen Todeskampf bereits eine Viertelstunde dauerte und der mit Sicherheit sterben würde. Außerdem hatte es einen der Komödianten erwischt, der von einem Granatsplitter getroffen worden war. Zwei weitere Mitglieder der Truppe waren leicht verwundet. Die Frauen legten Verbände an, im Wechsel weinend und Verwünschungen ausstoßend. Die schwarzhaarige Schönheit kam aus dem Wald zurück, mit dem Kind an der Hand stand sie da und starrte Benjamin an. Auch er betrachtete sie und empfand etwas Sonderbares, was er noch nie zuvor gefühlt hatte. Er zwang sich, den Blick abzuwenden, ging zu dem Soldaten, der in den letzten Zügen lag. Er kniete nieder und beugte sich über ihn.

»Woher seid ihr?«

»Von … von … Major … Ameil … Er ist … nach Hamburg … gegangen … und wir … sind hier …«

Aus dem Mund des Sterbenden schoß ein Blutrinnsal. Er verschluckte sich an dem Blut, hustete und schloß die Augen. Er atmete mühsam, wie ein Fisch schnappte er nach Luft.

»Wozu brauchtet ihr Wagen und Pferde?«

»Für ... das Gold ... ein Reitpferd ... schafft ... schafft das nicht ... ooooh! Zu ... Hilfe ... einen Priester ...«

Benjamin sah sich um.

»Robertson, nimm dich seiner an. Józef, zu mir!«

Der Pole kam hinter einem Wagen hervorgelaufen.

»Zu Befehl, Sir.«

»Nimm einen Kienspan für dich und einen für mich, wir gehen in den Wald.«

Er ging zu der Frau mit dem Kind hinüber, das Mädchen zitterte immer noch vor Angst.

»Von wo sind sie gekommen?« fragte er.

Die Frau machte den Mund nicht auf, sie wies nur mit dem Kopf in die Richtung.

Zusammen mit dem Polen durchsuchte Benjamin ein größeres Waldstück, jedoch ohne Erfolg. Als sie sich so weit vom Lagerplatz entfernt hatten, daß dessen Geräusche verstummten, hörten sie auf einmal das Quietschen einer Wagenachse. Sie rannten in die betreffende Richtung und stießen auf einen Weg. Nachdem sie zehn, zwölf Schritte gerannt waren, fiel ein Schuß. Die Kugel pfiff an ihren Ohren vorbei, und sie suchten Schutz hinter einen Baum. Vor sich am Waldrand, im blassen Schein des Mondes, sahen sie den Umriß eines Menschen, der sich anstrengte, einen ziemlich großen, zweirädrigen Karren von der Stelle zu bewegen. Als sie gegen ihn vorrückten, schoß er ein zweites Mal, konnte die beiden jetzt aber nicht mehr aufhalten. Benjamin feuerte ihm eins in die Brust und stieß mit dem Bajonett nach.

Mit zwei Kugeln (das Bajonett war zerbrochen) sprengten sie das Schloß der massiven, mit schwerem Eisen beschlagenen Kiste, die sich auf dem Karren befand. Er war vollgefüllt mit Gold, in Münzen und in Barren.

»Was tun wir damit, Sir?« fragte Jósef. »Wir können es doch nicht mitschleppen.«

»Wir nehmen ein paar Münzen, die werden vielleicht nützlich sein. Den Rest vergraben wir. Wahrscheinlich haben sie die Stabskasse gestohlen. Obwohl, nein ... Das ist so viel, daß es die Heereskasse sein könnte.«

»Vielleicht haben sie auch eine Bank ausgeraubt oder einen Palast, Sir? Schließlich sind das Deserteure.«

»Die sind jetzt alle Deserteure, nach Jena«, erwiderte Benjamin.

Das Goldene Vlies. Benjamin erinnerte sich daran, wie er Littleford das Märchen von der preußischen Stabskasse erzählt hatte, und an das, was Littleford darauf gesagt hatte. Alles war wie im Märchen, es fehlte nur der Zauberer.

Der Pole versuchte, den Karren zu bewegen.

»Jesus, ist der schwer!« stöhnte er.

»Trotzdem hat der da«, Benjamin wies auf den am Boden liegenden Toten, »den Karren mehr als hundert Yard weit gezogen. Die Kumpane hatten ihn zur Bewachung dagelassen, und Angst vervielfacht die Kräfte. Also gut, faß du an der Deichsel an, und ich schiebe. Wir rollen ihn ins Gesträuch, dann gehen wir zurück zu den anderen. Und kein Sterbenswörtchen, zu niemandem!«

»Aber, Sir!« empörte sich der Pole.

Als sie zurück auf die Lichtung kamen, stürzte Robertson ihnen entgegen.

»Euer Liebden, Manuel! Er hat dagestanden und dagestanden, und auf einmal ist er – plumps! – zu Boden gefallen! Einer von diesen Brüdern hat geschossen, akkurat, aber man hat's nicht gehört, Manuel selbst hat's nicht gemerkt, und auf einmal – plumps! Oh, heiliger Patrick!«

Bathurst hörte nicht weiter hin, er rannte in die Richtung, aus der das Weinen von Juan drang. Der ältere Diaz lag auf einer Satteldecke nahe dem Lagerfeuer. An der rechten Brustseite wuchs auf seinem Wams ein roter Fleck. Heyter und Rigby knöpften ihm das Hemd auf, und eine putzige Alte in einem Spitzenhäubchen mit Feder nahm den Verwundeten in Augenschein.

»Das kommt durch, das Jungchen, das kommt durch!« krächzte sie nach einer Weile. »Pinio, bring meinen kleinen Kessel her und die Tasche mit den Kräutern. Und einen sauberen Lappen. Und Wasser!«

Der junge Komödiant lief zum Wagen.

»Manuel, kannst du mich hören?« fragte Bathurst.

»Ja, Señor. Mit mir werden Sie's jetzt schwer haben, Señor.«

»Ohne dich wär's noch schwerer.« Benjamin zwang sich zu lächeln. »Gräm dich nicht, in einer Woche tanzt du wieder. Hungers wirst du nicht sterben, die Gedärme hat's dir ja nicht herausgerissen.«

Die Alte schob ihn barsch beiseite und machte sich daran, die Wunde zu waschen und einen Verband anzulegen.

»Muß nicht die Kugel entfernt werden?« fragte Bathurst.

»Nein. Die ist in den Wald gesaust, und unterwegs hat sie ihm die Rippen gestreichelt. Das ist weiter nichts«, brummte die Alte.

»Mutter Rosa sich kennen aus. Sie heilen *ragazzo,* Signore«, piepste Mirel, der dabeistand.

Erst jetzt fiel Bathurst der Dicke wieder ein. Er erhob sich von den Knien und fragte: »Siehst du, Mirel, wie der Krieg so spielt? Wieviel Florin zahlst du für jede Meile unter meiner Obhut?«

»Signore!« Mirel sah ihn vorwurfsvoll an. »Wenn ich hätte gewußt, was ich in meine Wagen fahre, wen und dann noch der Bombe, welche explodieren, ich hätte gemußt verlangen Goldmünze für eine Meile pro Mann. *Si, si!* Aber ich lieben Sie wie eigene Sohn, und darum ich nicht wollen nehmen auch nur ein Florin mehr, auch wenn Sie zwingen würden, mir zu geben, Signore!«

Um am nächsten Morgen keine Zeit zu verlieren, ordnete Bathurst an, die Toten sofort zu begraben.

»Habt ihr Schaufeln?« fragte er Mirel.

»In eine Haus auf Rädern, das durch die Welt zieht, alles Gerät muß vorhanden sein«, antwortete Mirel.

Am Rande der Waldwiese wurde ein Grab für den Komödianten ausgehoben, und im Wald eine große Grube für die Leichen der Soldaten. Die Arbeiten beim Licht von Kienspänen nahmen über zwei Stunden in Anspruch. Während der Zeit brachten die Frauen das Lager in Ordnung, wuschen das Blut von den Wagen und sammelten die Körperteile der von den Granaten zerfetzten Angreifer in eine große Plane.

Während die Komödianten und Bathursts Gruppe das Grab für die Preußen gruben, begaben sich Bathurst selbst und Józef, mit Schaufeln versehen, zu der Stelle, wo der Bewacher des Goldes zu Tode gekommen war. Sie brachten den Soldaten unter die Erde, und in der Nähe vergruben sie auch die Kiste. Einen kleinen Teil des Goldes füllte der Pole in ein ledernes Säckchen und brachte die Beute ins Lager. Nachdem er gegangen war, kerbte Benjamin mit dem Messer Markierungen in die Stämme der zunächst stehenden Bäume und zog anschließend den Karren tiefer in den Wald.

Für den Komödianten gab es eine kurze Begräbniszeremonie, die Robertson abhielt. Bathurst reizte das Geschluchze der Frauen, aber er mußte über die Grabrede des Schotten lächeln, der mit Eifer die »akkuraten« Verdienste und den »akkuraten« Charakter des Getöteten rühmte, den er doch akkurat überhaupt nicht gekannt hatte.

Nach Mitternacht legten sie sich schlafen. Die erste Wache hielten Tom und der junge Gehilfe von Mutter Rosa, Pinio. Alle anderthalb Stunden wurden die Wachen abgelöst. Benjamin konnte nicht einschlafen. Er saß die meiste Zeit im Wagen und versuchte sich an Browns und Robertsons Schnarchkonzert zu gewöhnen. Schließlich stand er auf, zog sich etwas Wärmeres über und ging ins Freie hinaus. Als er über die Lichtung schritt, hörte er gedämpftes Kinderweinen. Er näherte sich dem Wagen, aus dem das Weinen drang, und warf einen Blick hinein. Dort saß jene Frau, die ihm mit ihrem ohne Flehen und Jammern geführten Kampf imponiert hatte, mit ihrer Schönheit und mit noch etwas, er hätte selbst nicht sagen können, womit. Sie bemühte sich, das kleine Mädchen in den Schlaf zu wiegen, und summte leise eine Melodie. Die Kleine hielt den Kopf in ein Kissen geschmiegt und weinte, mal schluchzte sie auf, mal war nur leises Gewimmer zu hören, ihr Körperchen zitterte krampfartig, und ihre Hände auf der Bettdecke preßten sich immer wieder zusammen.

Die Frau wandte den Kopf.

»Ach, Sie sind es«, sagte sie mit einem singenden südländischen Akzent, der so gar nicht zur deutschen Sprache paßt. »Sie haben mich erschreckt.«

Einen Augenblick wartete sie auf eine Antwort, und als diese ausblieb, sagte sie: »Danke.«

»Wofür?«

»Für alles.«

Bathurst fühlte sich irgendwie idiotisch. Da er nicht wußte, was er sagen sollte, fragte er: »Ist das Ihr Kind?«

»Ja. Sagen Sie nicht ›Sie‹ und ›Ihr‹, ich bin einfach Julia.«

»Und die Kleine, wie heißt sie?«

»Ania.«

»Wo ist ihr Vater?«

»Er ist tot«, antwortete Julia, und provozierend fügte sie hinzu: »Aber vielleicht war er's auch gar nicht?«

Bathurst fühlte sich immer unbehaglicher unter dem Blick dieser Frau. Was war das für ein Blick – dankbar, ironisch, unschuldig? Oder einfach dumm? Er wäre am liebsten wieder gegangen, aber aus unerklärlichem Grund blieb er da.

»Will sie nicht schlafen?« fragte er.

»Nein, heute nacht nicht. Vielleicht schläfert es sie am Tage ein, wenn die Räder rollen. Sie hat innerhalb einer Stunde so viel Grauenvolles mitangesehen, wie sie es vielleicht im ganzen Leben nicht mehr sehen wird.«

»O doch, das wird sie, keine Angst. Sonst wäre das Leben nicht das Leben«, versetzte Bathurst leise, als er aber merkte, daß das Mädchen zu weinen aufgehört hatte und ihn angstvoll ansah, fuhr er lauter fort: »Das war doch alles nur ein Märchen! Diese Menschen, das waren böse Kobolde, in Soldaten verwandelt. Nun sind sie verschwunden, und es ist still, keine Spur ist mehr da von ihnen, du kannst selber nachsehen. Wie das eben im Märchen so ist. Magst du Märchen?«

Die Kleine antwortete nicht. Sie betrachtete Benjamin mit großen, tränenglänzenden Augen.

»Versteht sie, was ich sage?« fragte er Julia.

»Schlecht, aber bitte sprechen Sie, ich übersetze es.«

Sie wiederholte auf italienisch, was er gesagt hatte, und als das Mädchen fragte, was denn Kobolde seien, schlug Benjamin vor, ihr ein Märchen von Kobolden zu erzählen. Er setzte sich neben sie und erzählte, und die Frau übersetzte Satz für Satz: »Vor langer, langer Zeit lebte einmal ein böser Zauberer, der verwandelte Ritter, die aus dem Heiligen Land heimkehrten und durch diesen Wald kamen, in Zwerge. Und diese Zwerge nun sind die Kobolde. Jeder von ihnen ist zur Hälfte ein Gespenst und zur Hälfte ein Mensch, mal kann man ihn sehen, und ein andermal kann man ihn nur hören. Die Kobolde leben in tiefen Höhlen oder auch in Gruben unter Wurzeln. Da sie in beiden Welten leben, in der sichtbaren und in der unsichtbaren Welt, mischen sie sich häufig in die Angelegenheiten der Menschen. Einstmals taten sie nur Gutes, sie sorgten sich um Kinder, um junge Fräulein, um Alte und um Kranke. Sobald irgendwo eine Hochzeit stattfand, eine Taufe oder ein anderes Fest, wurden die Kobolde eingeladen, um mit allen zu feiern. Wenn es ein Unglück gab, fragte man sie um Rat. Manchmal, da lieh man sich von ihnen Geschirr und Gerätschaften und zahlte reichlich dafür. Später jedoch vergaßen die Menschen allmählich die Zwerge, sie hörten auf, sich um sie zu kümmern, und schließlich hatten sie sie ganz vergessen. Da wurden die Kobolde wütend, und sie verwandelten sich in böse Geister und begannen, den Menschen zum Schaden zu wirken. Sie spielten ihnen tausendfach üble Streiche, sie stahlen ihnen Säuglinge aus der Wiege, verdarben den Bäckern das Mehl, raubten die Garben von den Feldern ... Das erboste die Menschen, und sie schworen ihnen Rache. Da sie die Kobolde nicht offen angreifen konnten, lauerten sie ihnen auf den Feldern auf, in den Wäldern, in den Felsen und an den Tränken, und wo immer sie sie witterten, peitschten sie mit Ruten die Luft und hieben in alle Richtungen. Derjenige von den unsichtbaren Kobolden, der zufällig etwas mit der Rute abbekam, war entehrt und konnte kein Kobold mehr sein. Er verwandelte sich in eine Feldmaus und flüchtete unter die Erde. Alsbald waren auf diese Weise sämtliche Kobolde zu Mäusen geworden, viele von ihnen wurden eingefangen und in einen großen, eigens für sie angefertigten Käfig gesperrt. Diejenigen, die noch unter der Erde zurückblieben, wollten ihre Brüder befreien, und sie unterbreiteten darum den Menschen das Angebot, die Gefangenen freizukaufen – einen Golddukaten wollten sie für einen jeden ihrer Brüder zahlen. So wurde über einen Fluß eine hölzerne Brücke geschlagen, und darauf wurde ein großes Faß gestellt ...«

Benjamin bemerkte, daß die Frau nicht mehr übersetzte, sie sah ihn nur an und lauschte. Das Kind schlief. Aber er brach nicht ab, er fuhr fort mit derselben Stimme, der Stimme seiner Kinderfrau, an deren Gesicht er sich nicht mehr erinnerte: »Und die ganze Nacht hindurch hörte man auf der Brücke das Getrappel kleiner Füße und das Klingen von Gold, welches auf Gold schlug. Zum Morgen war alles wieder still, und man fand das Faß, vollgefüllt bis zum Rand. Die Menschen gingen daran, das Gold unter sich zu teilen, und sie gerieten darüber so sehr in Streit, daß sie einander prügelten und sogar töteten. Als sie damit endeten, war das Faß verschwunden. Die Kobolde nämlich, die hatten sich das Durcheinander zunutze gemacht und ihr Lösegeld wieder geraubt. Seit jener Zeit ziehen sie mit dem Schatz in diesem Wald umher, und die Legende besagt, daß derjenige, der den Kobolden das Gold wegnimmt, daß er ...«

Benjamin erzählte das Märchen nicht zu Ende, denn da er den Schluß abgewandelt hatte, vermochte er das Ende selber nicht vorherzusehen. Er warf einen Blick auf das Kind und auf die Frau, und ohne ein weiteres Wort sprang er vom Wagen.

Als sie am Montagmorgen (am 10. November 1806) aufbrachen, überraschte sie der Anblick der über Wege und Felder dahinziehenden Franzosen. Über die Straßen ergossen sich Ströme von Infanterie, über die Felder bewegte sich Kavallerie. Die Infanterie war in bunter Unordnung und glich eher Marodeuren als einer Truppe von Siegern, die Soldaten schleppten Bündel von Federvieh und von Käse, die an den Bajonetten baumelten. Manche winkten ihnen und schrien etwas. Die Offiziere äugten von der Höhe ihrer Sättel in die Fenster der Wagen, dabei bleckten sie die Zähne, rissen Witze und machten den Frauen unverblümt Angebote. Einer von ihnen kehrte sogar wieder um, ritt eine Zeitlang neben dem Wagen her, in dem Julia mit ihrer Tochter fuhr, außerdem Benjamin, Heyter, Robertson und der bettlägerige Manuel, und versuchte anzubändeln: *»Hé, la belle! Viens chez nous!«*[35]

Benjamin verspürte große Lust, eine Granate in das aufgesperrte Maul zu schleudern, Julia aber, die das wohl fühlte, flüsterte: »Bitte nicht reagieren. Achten Sie gar nicht darauf.«

Julia war in den Wagen der Männer umgestiegen, weil Ania von Benjamin das Ende des Märchens erzählt haben wollte. Nun saß sie neben Bathurst auf der hinteren Wagenplattform und berichtete von den Reisen der Truppe, davon, wie sie über Winter stets bemüht waren, sich in einer größeren Stadt niederzulassen, um Ausgaben zu sparen, über Sommer jedoch in den Wagen oder in Bauernscheunen hausten, sie sprach von sich, davon, daß sie zu Fiedel und Flöte tanzte und daß ihre Glanznummer ein Tanz mit verbundenen Augen auf einem Tisch war, auf dem Eier ausgelegt wurden, und sie sprach von den Kameraden. Manuel und Heyter sahen sich vielsagend an und schmunzelten einander zu, und Benjamin spürte ihre Blicke in seinem Nacken.

»Mirel ist ein redlicher Kerl«, sagte Julia, »aber auch ein Schlaufuchs, und er ist schrecklich eifersüchtig, was seine Frau Sandra angeht. Sie streiten sich fürchterlich und prügeln sich manchmal auch, und sie drischt dann wie eine Wilde auf ihn ein. Offenbar heiraten Menschen nur dazu. Er tritt als Kraftprotz auf, er zerbricht Stangen und zerreißt Ketten, aber das ist so ein spezielles Eisenzeug, in Wahrheit weiß ich nicht, ob er auch nur einen Strick zerreißen könnte. In der Tragödie spielt er den König oder den Richter. Die Blondine da, das ist Diana, die erste Naive, Schlangenfrau oder auch Gummi-Frau. Sandra ist auf sie eifersüchtig, aber ohne Grund, nämlich Mirel … Diana und Sandra kriegen sich besonders schnell in die Haare. Lucia, die Kleine mit den Löckchen, ist Seiltänzerin. Die alte Eleonora zeigt Feuerwerk und spielt Kupplerinnen und Anstandsdamen, und Mutter Rosa kocht, aber sie besorgt auch bei uns allen die Maske für die Vorstellung. Der Junge, mit dem Juan spielt, ist der Sohn von Lucia und Pinio. Pinio ist Clown, Harlekin und unglücklich Liebender, wenn wir eine Tragödie spielen.«

»Spielt ihr auch ›Hamlet‹?« fragte Benjamin.

»Wie? Was ist das?«

»Shakespeare, nicht so wichtig. Sprich weiter.«

»Ja, und dann sind da noch Ricardo und Thomas. Die beiden sind Brüder, sie tanzen auf dem Seil, sie springen und jonglieren mit Tellern, und im Theater stellen sie Ritter und Piraten dar. Simon, der mit der Brille und dem Frack, spielt Lehrer, Philosophen und Ärzte, außerdem zeigt er noch Zauberkunststücke. Er ist ein bißchen in mich verliebt. Jetzt, wo Chaco tot ist, wird er auch die Priester spielen müssen.«

»Und wen spielst du?« fragte Benjamin wiederum.

Julia lächelte und verbeugte sich wie auf der Bühne.

»Les femmes fatales, Monsieur, die Frauen in Schwarz, diejenigen, welche Unglück bringen. Aber wenn ich für Geld wahrsage, spreche ich nur vom Glück. Ich lese aus den Karten und aus der Hand, aus dem Kaffeesatz und sogar aus den

Augen. Außerdem kann ich noch Patiencen legen, ich bin darin die Pikdame, und neben mir erscheint regelmäßig der Herzbube, haha!«

»Woher stammst du?«

»Von Sardinien, ganz genau von der Insel Sant Antioco, die liegt gleich vor Sardinien. Aber ich bin Französin, denn meine Mutter war Französin. Sie hat einen Italiener geheiratet, einen Fischer von Sant Antioco, und ist zu ihm in das Dorf Calassetta gezogen. Mein Vater ist auf See umgekommen, als ich noch klein war, und meine Mutter ist in Calassetta geblieben. Zu Hause haben wir immer französisch gesprochen, ich und mein Bruder Antonio. Oh, wie gern würde ich dorthin zurückkehren!«

Sie kamen nur unter Schwierigkeiten voran. Oft mußten sie anhalten oder an die Seite fahren, um Soldatenkolonnen und Troßfahrzeuge passieren zu lassen. Das Tempo sank auf drei Meilen täglich. Am Mittag des 10. November erblickten sie den Kirchturm einer kleinen Stadt.

»Was ist das, guter Mann?« fragte Bathurst einen vorbeikommenden Bauern.

»Die Jakobikirche!« rief dieser.

»Ich meine die Stadt!«

»Perleberg. Hier ist die preußische Grenze!«

Der Leser möge sich bitte den Namen dieser Stadt merken. In der ersten Hälfte und noch etwa ein Jahrzehnt lang in der zweiten Hälfte des neunzehnten Jahrhunderts war sie eine Art Mekka für Detektive und Historiker, die begierig waren, das Geheimnis des Benjamin Bathurst zu lüften. Am Schluß des Buches kommen wir noch auf Perleberg zurück.

Im Verlauf der folgenden sechs Tage, vom elften bis zum sechzehnten November, gelangten sie über Kletzke, Kyritz und Fehrbellin in die Vororte Berlins. Sie näherten sich der Stadt am Morgen von der Spandauer Vorstadt aus, machten einen Sprung über den Dom zum Frankfurter Tor, entlang dem Bogen zwischen Spandauer Viertel und Königsstadt, und

»ankerten« (so Tom Ropes Ausdruck) nahe dem Tor, hinter der Neuen Welt. Noch vor dem Dom hatte Bathurst, zusammen mit Sij, sich von der Truppe verabschiedet, er wollte durch das Oranienburger Tor in die Stadt hinein. Sein Paß erregte Verwunderung, als er aber erklärte, er wolle die Auftrittserlaubnis eines Theaters einholen, mit dem er unterwegs sei, lachten die Soldaten vergnügt und klatschten Beifall. Schwierigkeiten mit der Einreise gab es nun nicht mehr. Über die Weidendammbrücke und danach über eine weitere kleine Spreebrücke gelangte er zum Schloßplatz und machte einen Augenblick halt, um das Bauwerk zu bewundern. Ob man den Automaten schon herausgeholt hatte? Und Napoleon? Vielleicht war er schon abgereist?

Bathurst fragte nach der Burgstraße. Wiederum mußte er die Spree überqueren. Nach der Langen Brücke war da bereits die Burgstraße, ein Boulevard entlang der Spree. Die Nummer 12, das Gasthaus »König von Portugal«, war elegant, voller herausgeputzter, aufgeblasener Typen, reicher Kaufleute, französischer Offiziere, sehr laut, die Luft geschwängert von Chorgesang, Pfeifenrauch und dem Duft von frischem Gebäck. Benjamin faßte einen vorbeieilenden Bediensteten beim Arm und fragte nach dem Wirt. Der Kellner zeigte auf jemanden.

Als Benjamin vor Koch stand, machte dieser erstaunte Augen.

»Ja bitte, Monsieur?«

Benjamin überlegte, was er sagen sollte, ringsherum waren so viele Leute. Koch wartete nicht lange ab, er nahm ihn beim Arm.

»Kommen Sie mit zu mir, hier kann man sich nicht unterhalten.«

Sie gingen in ein Zimmer im ersten Stock. Koch schloß die Tür, wies auf einen Stuhl und fragte: »Bitte, ich höre, Monsieur, worum geht es?«

»Es geht um … Ich würde gern Eulenbraten essen.«

Der Gastwirt betrachtete ihn mit den Glotzaugen eines Frosches und schwieg.

»Verstehen Sie? Eulenbraten!« wiederholte Bathurst.

»Sie belieben zu scherzen, Monsieur, ein solches Gericht gibt es bei mir nicht. Tut mir sehr leid.«

Erneutes Schweigen, ein Augenpaar starrte das andere an. Zum Teufel, würde er noch lange stumm bleiben? Aber vielleicht, ob er ...? Da er nicht antwortete, kannte er möglicherweise die Parole nicht?! Entweder war dies nicht Koch, oder Koch war ein Verräter. Das lief auf eins hinaus, sie hatten ihn! Ob die Bude hier umstellt war? Bathurst würde zum Fenster hinausspringen müssen, auf das kleine Dach im Parterre, wenn das Haus aber umstellt war, dann auch von hinten. Im übrigen ... Nein! Sij war ja unten im Saal geblieben, verdammt! Es gab nur einen Ausweg ... Na schön, mein Freundchen, egal, ob du nun Koch bist oder nicht, wir werden uns gegenseitig das Grab schaufeln. Aber du landest als erster im Jenseits! Gerade als Bathurst hochspringen wollte, machte Koch den Mund auf.

»Vielleicht bestellen Sie sich etwas anderes, Monsieur?«

»Zum Beispiel was?«

»Wir haben eine große Auswahl an Fisch, Hähnchen, Wild ...«

»Ist das alles?«

Bathurst schnellte empor und war mit einem Satz bei dem Gastwirt.

»Ich gehe hier raus, aber du kommst mit! Führ mich zum Hinterausgang. Dieses Löwenköpfchen hier« – Bathurst zeigte auf den Griff seines Spazierstocks – »feuert nur eine Kugel ab, aber eine Kugel reicht für einen Verräter! Bedenke das, falls du vorhast, jemandem ein Zeichen zu geben oder Geschrei zu machen. Wenn mich hier wer verhaften will, bist du als erster hin! Vorwärts, Koch, geh voran. Worauf wartest du?«

»Jetzt auf nichts mehr, Monsieur«, antwortete Koch ruhig.

»Ich habe nur darauf gewartet, daß Sie so reagieren, denn ich möchte nicht am Galgen hängen. Jetzt führt hier General Hulin[36] das Regiment, er hat einen enorm langen Arm, überall sind seine Provokateure und Spitzel, und er mag keine Kriegsgerichte, die sich mal ausruhen. Eben fällt mir ein, Monsieur, daß ich noch Schwanenbraten da habe. Den empfehle ich Ihnen.«

Koch überließ Bathurst ein Zimmer in der zweiten Etage, und anstatt ihm die Kontaktadresse zu geben, lud er ihn für den Abend ins Casino ein.

»Müssen wir beide dort hingehen?« fragte Benjamin.

»Ja, ohne mich kommen Sie nicht rein, Monsieur. Jeder neue Spieler muß von einem alten Stammgast eingeführt und protegiert werden.«

»Und warum muß es gerade dort sein?«

»Weil wir wissen, wer dort Hulins Spitzel ist, wir haben ihn im Auge. Er ist ein Dummkopf, ein Hasardeur, jeden Tag gewinnt er ein kleines Sümmchen und ist glücklich. Glücksspiel macht blind, das ist es.«

»Kann ich meinen Bediensteten dorthin mitnehmen?«

»Nein, das wäre nicht ratsam. Überhaupt ist Ihr Bediensteter ein Risiko, er lenkt die allgemeine Aufmerksamkeit auf sich.«

»Er ist ein Komödiant, solche Leute heben sich immer heraus«, erwiderte Benjamin. »Apropos, ich weiß nicht, was ich mit der Truppe machen soll, die Leute warten auf mich.«

»Wo?«

»An der Neuen Welt.«

»An der Neuen Welt? In Ordnung, nicht weit von da gibt es ein leerstehendes Haus. Ich schicke jemanden, der sie hinführt.«

Am Vormittag schlenderte Bathurst durch das alte Berlin, durch den Friedrichswerder und Neu-Cölln, er besichtigte die Kirchen, studierte vergilbte Theaterplakate, die den *Phèdre*, die *Heimliche Hochzeit* und *Iphigenie auf Tauris* ankündigten, beobachtete Menschen und Ereignisse. In der Menge der Berliner stehend, verfolgte er die Parade der kaiserlichen Garde, und zum erstenmal im Leben sah er Napoleon. Er wirkte unscheinbar, nicht wegen der Körpergröße, sondern vom Gesamteindruck her, aber nach längerer Weile begriff Bathurst, daß dies vom Kontrast zwischen der *redingote grise*[37] und dem pfauenbunten Aufzug der den Kaiser begleitenden Würdenträger herrührte. Bathurst stand zu weit weg, um in des Kaisers Gesicht lesen zu können. Er kam sich vor wie ein Jäger, der ein Wild zur Schonzeit beobachtet.

Nach der Parade kehrte er ins Gasthaus zurück und legte sich zu einem Schlummer nieder. Sij weckte ihn, als Koch an die Tür klopfte. Wenige Minuten nach sieben Uhr abends trafen sie im Casino in der Charlottenstraße 31 ein. Um die Spieltische schwirrten vielsprachige Bienenschwärme. Aller Augen waren hoffnungstrunken – egal ob vor oder nach einem verlorenen Spiel. Benjamin suchte nach Leuten, die ihn fixierten, sah aber niemanden. Koch ließ ihn allein, und nach kurzer Zeit kam er wieder und sagte: »Wir haben ein Spielzimmer für vier Personen. Kommen Sie.«

In jenem Zimmer trafen sie zwei Männer an. Der eine, ein kleiner Dickwanst in knappem Jäckchen, saß am Tisch. Der andere, eine breitschultrige Person mit Haaren von unbestimmter Farbe, nicht grau und nicht weiß, betrachtete eine an der Wand hängende Radierung und drehte sich um, als die Tür geschlossen wurde. Er hatte ein faszinierendes Gesicht, das gleichsam von einem Bildhauermeißel modelliert schien, der allzu kräftig den Stein bearbeitet, ein poröses, von tiefen, jedoch nicht alt machenden Falten gekerbtes Gesicht.

»Sie kommen von unserem Bekannten aus Altona?« fragte er, als er Bathurst die Hand gab, eine große, wie Eisen pressende Hand.

»Ja. Und Sie sollten dafür sorgen ...«

»Augenblick«, unterbrach ihn der Mann auf englisch. »Wir wollen in Ihrer Muttersprache sprechen. Keiner der anderen versteht sie. Ja, ich habe versprochen, den Automaten aus dem Schloß herauszuholen. In der Regel halte ich meine Versprechen, immer dann, wenn man mich dafür gut bezahlt.«

»Gimel hat Sie bereits bezahlt!«

»Ich sprach von guter Bezahlung. Gimel hat nicht gut bezahlt. Sagen wir, er hat eine Anzahlung gegeben. Und Sie begleichen den Rest.«

»Das fällt mir nicht im Traum ein!« schrie Bathurst. »Das ist Erpressung!«

»Nein, nur ein Rat. Damit alles klar ist – ich muß Ihnen bekennen, daß der ›Türke‹ bereits in meiner Hand ist. Anders gesagt, er ist mein Eigentum, und man kann ihn mir abkaufen oder auch nicht, ganz nach Wunsch. Vielmehr ganz nach Preis.«

Bathursts Hände unter dem Tisch ballten sich zu Fäusten, daß die Gelenke knackten, sein Gesicht blieb ohne eine Regung.

»Also?« fragte der Mann, ungeduldig wegen des sich hinziehenden Schweigens.

»Ich denke nach ...« antwortete Benjamin.

»Was gibt es da nachzudenken?«

»Ich denke darüber nach, warum ich seit dem Beginn dieses Spiels immerfort auf solche Schweinehunde stoße, die mir helfen sollen, aber nicht wollen, obwohl sie dafür schon Geld genommen haben.«

»Offenbar handelt es sich um ein schmutziges Spiel, *dear gentleman«*, preßte der Grauhaarige spöttisch durch die Zähne. »Ich kenne es nicht, aber ich habe meine Vermutungen. Und vielleicht auch deshalb, weil auf dieser schönen Welt nur Schweinehunde um große Einsätze spielen. Der Rest frißt morgens, mittags, abends Kartoffelpuffer und trinkt dazu Wasser. Wenn du das nicht weißt, ist das deine Angelegenheit, junger Mann, aber du solltest wissen, daß du machtlos bist. Du kannst mir nicht die Pistole auf die Brust setzen und mich zwingen, und nicht nur darum, weil ich es dir nicht erlauben würde. In der augenblicklichen Situation bin ich deine Vorsehung, und die Vorsehung erschießt man nicht. Wie du weißt, ist die Vorsehung gütig, sie gibt auch mehr hin, wenn sie das will. Ich also würde, wenn du den von mir geforderten Preis zahlst, zu dem ›Türken‹ noch etwas dazutun, etwas, das noch wertvoller ist als der ›Türke‹ an sich. Nämlich die Lösung des schwierigsten Problems – ihn aus den Mauern der Stadt herauszubringen. Umsonst, aus reiner Sympathie für dein Spiel, junger Mann.«

Benjamin sah den Grauhaarigen aufmerksam an und überlegte, warum er diesen Menschen mochte, der ihn ganz genauso behandelte wie Gimel. Er wußte es nicht. Er sagte: »Wären da nicht die Gesichtszüge, würde ich denken, Sie sind ein Sohn Gimels.«

»Ach, ja?« Der Grauhaarige schmunzelte vor sich hin. »Ich ahne, daß auch Gimel an Ihnen verdient hat.«

»Haargenau auf dieselbe Weise. Auch er hat mir zusätzlich etwas verkauft.«

»Das war richtig von ihm. Ihr Engländer habt viel Gold, mit dessen Hilfe ihr euch als sogenannte ›Bundesgenossen im gemeinsamen Kampf gegen Bonaparte‹ in unsere Angelegenheiten mischt. Wenn Sie mich überzeugen können, daß Sie das uneigennützig tun, gebe ich den ›Türken‹ kostenlos her.«

Auch bei diesen Worten schwang Spott mit, nun bereits ein deutlicherer. Bathurst antwortete mit einem Satz, nach welchem der Grauhaarige seinen Blick änderte und auch seinen bisherigen Ton nicht mehr verwendete: »Solche Spiele wie das meine, Franzose, beginnt man nicht wegen Geld und auch nicht wegen einer Idee, denn man weiß im voraus, daß man gemeinhin nicht lebend daraus hervorgeht.«

Eine Erwiderung blieb diesmal aus, und Bathurst fragte nach kurzer Pause: »Wann kann ich den Automaten in Empfang nehmen, und wo?«

»Interessiert Sie nicht, für wieviel?«

»Ich zahle soviel, wie du verlangst, Franzose. Wann und wo? Ich habe wenig Zeit.«

»Wann immer du willst. Das Spielzeug ist schon außerhalb der Stadt, vor dem Schlesischen Tor, in einer Mühle unweit des Vorwerks der Witwe Salomon. Dieser Mann hier« – der Franzose zeigte auf den am Tisch sitzenden Gefährten – »bringt dich hin und händigt es aus, sobald die Gebühr entrichtet ist.«

»Auf welchem Ufer ist das?«

»Auf dem linken.«

»Ich muß ihn auf dem rechten haben.«

»Das ist schlechter. Dort gibt es die Oberbaumbrücke, aber sie liegt zwischen zwei bewachten Stadttoren, dem Schlesischen und dem Mühlentor. Den Übergang zu riskieren hat keinen Sinn. Da muß ein anderer Ausweg gefunden werden.«

Er wandte sich an den Dicken: »Das gute Stück muß auf die andere Flußseite gebracht werden. Kannst du das bewerkstelligen?«

»Warum nicht?« Der Dicke sprach mit der Stimme eines schläfrigen Menschen, langsam und träge, als ob er an völlig andere Dinge dachte.

»Wieviel Zeit brauchst du dafür?«

»Zwei, drei Tage.«

»Zwei oder drei?«

»Drei. In der Nacht von Mittwoch zu Donnerstag wird ein großer Kahn da sein. Aber er soll Leute stellen.«

»Haben Sie gehört?« Der Franzose wandte sich wieder an Bathurst. »Das wird Sie nicht viel kosten, und Sie haben ein weiteres Problem gelöst.«

In den folgenden Minuten besprachen sie die finanziellen Bedingungen und die Einzelheiten für das Übersetzen des »guten Stücks« über die Spree. Fast schon im Aufbruch, fiel Benjamin noch etwas ein, und er fragte den Franzosen: »Wo ist von Kempelens Mitarbeiter, dieser Schachmeister?«

»Er arbeitet im Schloß. Wir benötigen ihn nicht mehr.«

»Ich brauche ihn, und zwar sehr. Zumindest muß er meine Mechaniker mit der Konstruktion des Automaten vertraut machen. Ich möchte schnellstens mit ihm zusammentreffen.«

»Gut, seien Sie bitte übermorgen um zehn Uhr in der Marienkirche am Neumarkt. Der Mann hinkt auf dem linken Bein. Wir beide werden uns sicherlich nicht mehr sehen, leben Sie wohl.«

Als Benjamin bereits an der Tür war, sagte der Franzose laut: »Eine Frage, wenn es erlaubt ist.«

»Bitte.«

»Wie alt bist du?«

»Dreiundzwanzig.«

Die Verwunderung und noch etwas anderes in den Augen des Franzosen, das war das letzte von »Jean-Bart«, das Bathurst sah.

Die Marienkirche stand auf einem Hof, dessen »Einfriedung« ein von vier Kirchgassen durchschnittenes Trapez von Wohnhäusern war. Der gotische Turm beherrschte die Umgebung – die höchsten Häuser, die um die Kirche herum standen, reichten trotz ihrer vier Geschosse nicht einmal bis zum Austritt des Turms aus dem Kirchendach.

Benjamin hatte es nicht weit bis zur Kirche und war in wenigen Minuten dort, früher als nötig. In dem leeren, majestätisch wirkenden Kirchenschiff, das von schräg durch die schmalen Mosaikfenster einfallenden bunten Sonnennadeln durchstochen wurde, hallte jeder Schritt nach. Allzu massive, die reine Gotik verhöhnende Säulen trugen hoch oben Reihen von Kreuzgewölben, die vom Wind geblähten, schrägstehenden Segeln glichen. Die Kanzel, von goldener Flora umrankt und feist wie die Backe eines Schenkenwirts, erregte Anstoß mit ihrem unpassenden, dem Stil des Interieurs fremden Barock.

Benjamin wartete fast eine halbe Stunde, er saß in einer

Bank und betrachtete die Gemälde von Rode, die an den Wänden umlaufenden Halbsäulen, Details. Er wartete, ohne sich umzuwenden, allein mit dem Gehör. Von Zeit zu Zeit betrat jemand die Kirche, allein oder zu zweit, aber er erkannte, daß dies nicht der Schachspieler war.

Pünktlich um zehn Uhr hörte er den Alten. Er ließ ihn durch das ganze Schiff bis hin zum Hauptaltar humpeln, zur Wand drehen und umkehren, und er beobachtete aufmerksam, ob nicht noch jemand anderes hinter dem Alten in die Kirche geschlüpft war. Einen solchen konnte er nicht entdekken, die wenigen betenden Frauen zählten nicht. Als der Alte an ihm vorüberkam, gab Benjamin ihm mit der Hand ein Zeichen. Sie sprachen flüsternd.

»Da sind zwei Dinge, die du tun mußt und für die man dich bezahlt hat«, sagte Benjamin. »Du bringst meinen Leuten bei, wie sie mit dem ›Türken‹ umzugehen haben, weist sie in die Montage und die Betriebsweise ein und so weiter.«

»Ja, mein Herr, aber wann?«

»Am Donnerstag, außerhalb der Stadt, in einem leerstehenden Haus an der Neuen Welt.«

»Aber da habe ich Dienst!«

»Das geht mich nichts an, du mußt dich am Vormittag frei machen. Am besten wird es sein, wenn du mit uns in der Nacht vom Mittwoch zum Donnerstag hinausfährst und am Tage nach Berlin zurückkehrst. Sag, du seist krank, oder mach, was du willst. Morgen gegen Abend melde dich im Gasthaus ›König von Portugal‹ an der Burgstraße und sag dem Wirt, daß ein Komödiant auf dich wartet. Aber das ist nicht alles. Siehst du diesen Ring hier? Den gibst du einem Chasseur aus Napoleons Geleitschutz mit Namen N…«[38]

»Bei Gott, Herr, das ist unmöglich! Ich habe keinen Zutritt zu den Chasseuren des Geleitschutzes, ich arbeite im Antichambre, an der Tür!«

»Aber doch im Schloß, also kannst du jemanden nach dem Mann fragen.«

»Wen soll ich fragen?«

»Irgendwen, den ersten besten Offizier, jener Soldat kann doch ein Bekannter von dir sein. Du erregst damit keinen Verdacht, sei unbesorgt. Du kannst auch sagen, du hättest ihm etwas von einer hübschen Berlinerin auszurichten, eine Menge Gründe lassen sich ausdenken. Der mit dem Mädchen wäre der beste Grund, denn wenn du bis zu ihm vordringst, mußt du ihm sagen, daß *Gretchen* ihn sehen möchte. Merk es dir gut – *Gretchen!* Du kannst ihm das in Gegenwart von Zeugen sagen, aber mache dazu eine schlüpfrige Grimasse und lache. Wenn du ihn mir herbringst, bekommst du dafür einen Beutel.«

»Wohin soll ich ihn bringen, Herr?«

»Hierher. Ich bin morgen ab sieben Uhr zu jeder vollen Stunde hier. Sollte er nicht kommen können, erscheinst du und berichtest mir, was vorgefallen ist und wann er sich mit mir treffen kann.«

Dieser Morgen, der 19. November 1806 (ein Mittwoch), war für Bathurst ein höllisch anstrengender Tag. Sicherheitshalber begab er sich alle Stunde über eine andere Gasse zum Kirchplatz. Beim sechsten Mal, um zwölf Uhr, erschien in der Kirche der Schachmeister und benachrichtigte ihn, daß der Chasseur bei einer Feierlichkeit anwesend sein müsse und daher erst zwischen fünf und sechs Uhr nachmittags mit ihm zusammentreffen könne. So geschah es denn auch. Der Chasseur betrat die Kirche und kniete im Seitenschiff unter einem kleinen Fenster nieder. Bathurst wartete einige Minuten ab, ging dann zu ihm, und seinen Arm berührend, sagte er: »Ich bin der, den Sie erwarten. Ist Ihnen auch niemand gefolgt?«

»Wenn es so wäre, wäre ich nicht hier hereingekommen«, erwiderte der Soldat.

Sie nahmen auf einer Bank Platz.

»Wird der Kaiser in Posen haltmachen?« fragte Bathurst.

»Ja, in Bälde werden wir das Hauptquartier dorthin verlegen.«

»Wann?«

»Ich weiß es nicht. Bald, aber wohl nicht früher als in zehn Tagen.«

»Ist das sicher?«

»Daß er nach Posen fährt? Ganz sicher. Sonderbar, daß Sie das nicht wissen, denn es wissen wohl schon alle. Anfang November hat Bonaparte polnische Würdenträger empfangen[39] und ihnen empfohlen, einen Aufruf zum Einmarsch in die polnischen Lande zu verfassen. Der wurde sogar gedruckt.[40] Davout ist vor zwei Wochen in Posen einmarschiert, und seit ein paar Tagen trifft die Stadt Vorbereitungen für Bonapartes Ankunft. Heute gab es eine Audienz für die polnische Abordnung[41], ich war dabei.«

»Das heißt, alles fügt sich bestens. Sind Sie bereit?« fragte Benjamin.

»Wir sind bereit.«

»Gut. Damit die Sache glückt, wird mir Ihre Hilfe unerläßlich sein. Ich weiß jedoch nicht, was ich in Posen vorfinde, und weiß auch nicht, was mir zu organisieren gelingt. Darum kann ich Ihnen noch nicht sagen, welches Ihre Rolle bei dem Spiel sein wird. Wir benötigen in Posen eine Kontaktmöglichkeit, aber welcher Art könnte sie sein?« Bathurst überlegte. »Ja, ich weiß schon. Ich schicke ein Mädchen zu Ihnen. Mit schwarzem Haar, und sie heißt Julia. Wenn Sie in Posen ankommen, verdrücken Sie sich bitte vom Dienst weg in die Stadt, gleich von Anfang an und so oft wie nur irgend möglich, und brüsten Sie sich vor den Kameraden mit dem Erfolg bei dem Mädchen. Wenn sie dann nach Ihnen fragt, wird das niemanden verwundern.«

Am späten Abend desselben Tages fanden sich Tom Rope, Brian Heyter und Rufus Brown, durch Kochs Boten benachrichtigt, am rechten Spreeufer ein, mitsamt einem Wagen, der von Kempelens Erfindung in die Ferne entführen sollte. Die ganze Operation dauerte eine knappe Stunde. Im Schutze der Dunkelheit wurden sie mit dem Kahn zum linken Ufer übergesetzt, dort luden sie den Automaten auf das Schiff, und bald landete er am rechten Ufer an, um im Schlund des Wagens zu verschwinden. Die Muselmann-Figur, der Tisch und ein Teil der Innereien waren gesondert in Leinwand verpackt worden. Mit von der Partie war der alte Schachmeister.

Mirel äußerte beim Anblick Bathursts, den er mehrere Tage nicht gesehen hatte, echte Freude.

»Oooh! Wie freut sich Mirel! Gut wäre, müßten schon aufbrechen, Signore, weil hier ist schlechter Ort, Soldaten sind gekommen, machten Geschrei, wollten Zirkus! Aber nichts haben gezahlt Soldaten, *niente*, Signore, *niente! Sono i veri malandrini! I cornuti! I bastardi!*«[42]

Benjamin unterbrach den Schwall von Beschimpfungen und brachte Mirel zu dem Wagen mit dem »Türken«.

»Sieh her, Mirel.« Benjamin schlug die Leinwand zurück. »Das ist der neue Teil der Theaterausstattung. Verstehst du? Sag es deinen Leuten weiter.«

»Ist der da Bombe?« keuchte Mirel, den Blick auf den Muselmann gerichtet.

»Der da ist nicht Bombe«, äffte Bathurst ihn nach, »aber er wird unter dir explodieren, wenn ihr, du und deine Leute, euch allzusehr für ihn interessiert, oder wenn einer von euch vergißt, daß das euer altes Requisit ist, mit dem ihr schon mehrere Jahre umherreist.«

Von Józef erfuhr Bathurst, daß in den Straßen unaufhörlich Militärabteilungen durchzogen und daß am Tag zuvor eine Gruppe Soldaten auf sie zugekommen war und den Komödianten befohlen hatte, ihre Talente zu präsentieren.

»Ich dachte schon, nun sieht es böse aus, Sir. Brian und ich, wir legten Granaten bereit ... Aber dann wäre ich vor Lachen fast gestorben. Der Zauberer von denen, Maestro Siromini, zeigte gerade Kunststückchen, wo immer eine Tabaksdose verschwindet, und da kam Manuel aus seinem Bett gekrochen, ging auf ihn zu und ... hahaha! ... stellen Sie sich vor, Sir, da ist die Tabaksdose wirklich verschwunden! Das Gesicht dieses dummen Kerls hätten Sie sehen sollen, Sir! Manuel hat ihm eine solche Lehre erteilt, daß mich der Teufel hole! Dieser Simon hat eine schöne Wut auf ihn.«

»Haben sie mit den Frauen angebändelt?« fragte Bathurst.

»Ein bißchen. Diana, die Blondine, hat mit ihnen schöngetan.«

»Und ...«

»Nein, Sir, Fräulein Julia hat sich vor den Soldaten verborgen gehalten. Eigentlich unnötig, denn ein Offizier hat sie alle an die Kandare genommen, und dann hat er höflich für die Vorstellung gedankt. Fräulein Julia ist ein sehr anständiges Mädchen, Sir, und ...«

»Danach habe ich dich nicht gefragt!« brummte Bathurst und ging weg.

Als sich alle schlafen gelegt hatten, stattete er dem Wagen der Frauen einen Besuch ab.

»Schläft sie?« fragte er, obgleich er genau wußte, daß die Kleine schlief, doch etwas Klügeres zur Begrüßung fiel ihm nicht ein.

»Sie schläft. Sie hatte Sehnsucht nach Ihnen.«

Er wollte fragen, ob nur Ania Sehnsucht gehabt hatte, unterließ es aber.

»Morgen früh fahren wir weiter«, sagte er.

»Wohin?«

»Über die Oder, nach Posen.«

»Ich war noch nie so weit im Osten. Ist es dort genauso häßlich und kalt wie hier?«

»Vermutlich.«

»O Gott, wie gerne würde ich wieder nach Calassetta zurückgehen!«

»Warum tust du es nicht?«

»Es geht noch nicht. Wenn ich etwas Geld gespart habe, gehe ich zurück. Ein Jahr noch, vielleicht zwei ... Ich habe Sorge, daß Ania krank werden könnte, hier ist es so kalt ... Mirel sagt, Ihre Leute hätten ein neues Theaterrequisit herbeigeschafft. Setzen Sie dafür Ihr Leben aufs Spiel?«

»Ja.«

»Für diese Puppe? Ist sie das wert?«

»Offenbar ja, sonst wäre ich nicht hier. Aber ich bereue nicht, hierhergekommen zu sein.«

Er legte seine Hand auf die ihre. Nur ein paar Sekunden lang erlaubte sie ihm, sie so zu halten. Dann zog sie sie zurück, und als er sich ihr plötzlich näherte, sagte sie: »Nein!«

Beide schwiegen verschämt. Benjamin konnte nicht begreifen, was mit ihm los war und warum er all das fühlte, was er in ähnlichen Situationen noch nie gefühlt hatte. Wieso benahm er sich bei dieser Tänzerin, die sicherlich schon durch viele Hände getanzt war, wie ein romantischer Trottel und ließ es zu, daß sie ihm überlegen war? Es erboste ihn, aber er wußte auch nicht, was er tun sollte, damit es anders wurde.

»Warum fahren wir nach diesem Posen?« fragte sie. »Wozu brauchen Sie uns? Was haben Sie vor?«

Benjamin antwortete nicht.

»Haben Sie kein Vertrauen zu mir?«

»Ich vertraue niemandem. Das habe ich gelernt, noch bevor ich lesen lernte. Später habe ich gelernt, daß man vor allem zu Frauen kein Vertrauen haben darf.«

Julia lachte laut los.

»Wie ist das dumm! Alle Männer sagen das, dabei gibt es die meisten Verräter unter den Männern.«

Wieder hatte sie recht. Benjamin verabschiedete sich und ging.

Er wurde durch ein Gespräch geweckt. Es war ein nebliger Tagesanbruch. Der alte Schachmeister saß im Kasten des Automaten und erläuterte Heyter und Manuel, die sich beide darüberbeugten: »... und Schach erklärt man dadurch, daß der ›Türke‹ dreimal den Kopf neigt.«

»Und woher weiß man, wenn man eingesperrt in diesem Kasten hockt, welche Züge der Gegner macht? Schließlich kann man das Schachbrett nicht sehen«, erkundigte sich Heyter.

»Doch, man sieht das Brett, meine Herren, nur eben von unten, und …«

»Ja, aber die Bewegungen!«

»Ich sagte schon, daß dazu die Schnüre dienen. Von jedem Feld hängt eine Schnur mit einem Metallknopf am Ende nach unten. Ein paar davon fehlen, die müssen Sie ergänzen. Die Schachfiguren haben einen Sockel mit einem starken Magneten. In der Ausgangsposition ziehen diese Magneten zweiunddreißig Metallknöpfe an, die übrigen Knöpfe hängen lose herunter. Bei jedem Zug wird einer der Knöpfe frei, zugleich wird ein anderer angezogen, und so geben die Knöpfe Auskunft über den Spielstand.«

»Aber man sieht doch nur die angezogenen und die herunterhängenden Knöpfe! Wie findet man heraus, wo auf dem Schachbrett welche Figuren stehen? Da müßte man sich ja jeden Zug vom Beginn der Partie an merken, wer hat schon solch ein Gedächtnis!« wandte Manuel ein.

»Dazu dient dieses kleine Schachbrett, das man neben sich hat und auf dem man jeden Zug, den die Knöpfe melden, nachvollzieht … Ach ja, der Gegner ist anzuweisen, daß er die Figuren genau in die Mitte der Felder stellt, denn sonst kann es passieren, daß der Magnet nicht greift.«

»Das kann ich ihm doch nicht sagen!« brummte Heyter.

»Natürlich nicht. Man sagt ihm, es sei deswegen, damit der aufgezogene ›Türke‹ keine Figur umstößt. Ja, und denkt daran, daß ihm vor dem Spiel die Pfeife aus der rechten Hand genommen und unter die linke Hand ein Kissen geschoben werden muß. Na, und während des Spiels muß derjenige, der draußen steht, von Zeit zu Zeit die Klappen öffnen und dem im Kasten Eingesperrten ein bißchen Luft zukommen lassen, dabei muß er so tun, als ob er die Mechanik aufzieht. Nur macht das nicht zu oft.«

»Nicht zu oft?! Mann, da drin kann man ersticken, in dieser Enge, noch dazu mit einer Kerze!« schrie Diaz.

Heyter hielt ihm die Hand vor den Mund und zischte: »Leise!«

Alle drei sahen sich um und stellten fest, daß der Chef bereits aufgewacht war. Der alte Schachmeister, mühsam aus dem Kasten herauskletternd, flüsterte: »Ich hocke schon so viele Jahre da drin und lebe irgendwie immer noch.«

Aber wie lebst du, dachte Benjamin, armes Luder ...

Der Alte reckte die Knochen gerade und sagte: »Dann gehe ich wohl, Herr. Ich habe Ihren Leuten alles Nötige erklärt, gleich jetzt, denn noch am Morgen muß ich im Schloß sein. Ich bitte um meinen Beutel.«

Am frühen Vormittag des 20. November 1806 (Donnerstag) brachen sie gen Osten auf. Anfangs fuhren die Wagen durch milchweißen Nebel, die Achsen knarrten, und das Geräusch machte die Stille ringsum noch gespenstischer. Dann ging die Sonne auf, und die Landstraße belebten Uniformen, Munitionswagen, Standarten sowie der fröhliche Krakeel von Soldaten. Sie zogen über ein mit Dörfern und Städtchen besprenkeltes Flachland und durch Wälder, deren Bäume voll Trauer über ihre Nacktheit hin und her schwankten.

»Soll ich dir wahrsagen, Herr?« fragte Julia. »Gib deine Hand.«

Benjamin gab ihr die Hand, böse, weil hinter seinem Rükken Heyter und die anderen verständnisinnige Blicke tauschten. Julia umfaßte seine Hand mit den Fingern ihrer beiden Hände, und eine Weile betrachtete sie sie stumm.

»Zwei Frauen denken an dich, Herr.«

»Nur?« fragte er herausfordernd.

»Die eine liebst du nicht, die andere willst du nicht lieben. Oooh!«

»Was ist?«

»Die Lebenslinie teilt sich bei dir, Herr, wie ich das bisher noch bei keinem gesehen habe. Was bedeutet das? Wirst du zwei Leben haben?«

»Natürlich, ja. Mindestens zwei. Ich bin ein Zauberkünstler!«

»Nimm jetzt eine Karte, Herr.«

Benjamin mußte eine von den Wahrsagekarten, die nur eine Zahl trugen, ziehen.

»Eine Dreizehn! Und jetzt lege ich dir eine Patience.«

Julia nahm ein anderes Kartenspiel, eins mit Bildern, und legte es zu einem komplizierten Mosaik aus.

»Du bist der Karobube, Herr.«

»Und warum nicht der hier oben?«

»Der hier oben ist der rote Herzbube. Er ist dein Feind. Du bist Karo, Herr, zähl es ab, der Dreizehnte von oben. Du selber hast die Dreizehn gezogen.«

»Zu meinem Glück oder meinem Unglück, Julia? Wie es heißt, ist die Dreizehn eine Unglückszahl.«

»Für die einen ist sie es, für die anderen nicht.«

»Glaubst du an den Blödsinn, den du erzählst?«

»Nein. Aber manchmal glaubt er an uns. Und darum kann man ihm nicht immer entrinnen.«

5. Julia

Sie fuhren auf einer recht guten Straße nach Müncheberg, über Biersdorf, Mahlsdorf, Dahlwitz, Vogelsdorf, Herzfelde und Lichtenow, und von dort aus nach Süden, auf Frankfurt zu (Bathurst hatte zunächst erwogen, die Oder in Küstrin zu überqueren, sich dann aber für Frankfurt entschieden), über Heinersdorf, Petershagen, Treplin, Boossen und Cliestow.[1] Eine gute Straße, das war eine, die man damals als »Chaussee« bezeichnete, wo die Wagenräder nicht bis zur Achse im Morast versanken, nicht in Löchern zu Bruch gingen und wo man ein bestimmtes Tempo einhalten konnte.

Am Abend des 23. November (Sonntag) fuhren sie durch das Lebuser Thor in Frankfurt ein und beschlossen daselbst, im Gasthaus »Zur goldenen Sonne« zu übernachten. Zunächst füllten sie den gesamten kleineren Speisesaal, der neben dem großen lag, und taten sich an Fleisch und Wein gütlich, scherzten und sangen. Tom Rope erregte allgemeine Heiterkeit mit seinen echt seemännischen Liebeswerbungen für die goldhaarige Diana, die »erste Naive« oder auch »Schlangenfrau«, und wenn diese freilich mehr von jenem edlen Reptil an sich hatte als von einer Naiven, so mangelte es ihr doch nicht an grellem Liebreiz. Diana allerdings hatte mehr für den Polen Józef übrig und gab ihm das mit aggressiver Koketterie zu verstehen. Mirel, der Bathurst unterwegs darum gebeten hatte, in Frankfurt einige Vorstellungen geben zu dürfen (was Benjamin entschieden ablehnte), zankte sich, wütend wie ein getretener Brummer, mit seiner Frau, was ihn nicht hinderte, sich in üblicher Weise den Wanst vollzuschlagen. Die Seiltänzer-Brüder Ricardo und Tomas amüsierten die Kunstspringerin Lucia mit Witzen und wollten so ihre Aufmerksamkeit von Manuel ablenken, Robertson mühte sich, die Kräuterfrau Mutter Rosa von der Überlegenheit des heiligen Patrick gegenüber dem heiligen Damiani zu überzeugen, und zum erstenmal seit der Abreise aus London blickte er tief ins Glas, wozu Benjamin beide Augen zudrückte. Bartolomeo, Pinios und Lucias Sohn, war längst mit Juan befreundet, und die beiden bewarfen einander vergnügt mit abgenagten Knochen.

Benjamin entspannte sich in dieser Atmosphäre, halb anwesend, halb abwesend, leistete er seinen Leuten an der Tafel zwar Gesellschaft, nahm aber an der allgemeinen Fröhlichkeit nicht teil und hing seinen Gedanken nach. Zum erstenmal nach langer Zeit verspürte er Appetit. Hin und wieder behelligte ihn die kleine Ania, die zwischen ihm und der Mutter saß, mit Bitten und Fragen. Als Julia das Kind schlafen legte, blieb auf der Bank eine Lücke bestehen, die sie aus irgendeinem Grund nicht schlossen, obgleich es so viel sonderbarer aussah, als wenn sie sich aneinandergeschmiegt hätten.

Bathurst war sich dessen bewußt, daß alles, was er in dieser Sache unternahm, komisch wirkte, daß es zumindest ein heimliches Lächeln bei allen hervorrief, und er verstand einfach nicht, warum er sich wie ein Rotzbengel aufführte. Über mangelnden Erfolg bei Frauen konnte er nicht klagen, aber er war in seinem Leben noch keiner Frau begegnet, die derartig auf ihn gewirkt hätte. Nacht für Nacht mußte er an sie denken, wütend, weil ihn das von der Ausführung seines Unternehmens ablenkte. Er versuchte das Ganze mit seinem kühlen Verstand zu analysieren, der auf einmal gar nicht mehr kühl war, und begriff nicht, daß die Bezauberung, die ihn überkam, Verliebtheit war. Sogar wenn er es unterschwellig begriffen hätte, er hätte den Gedanken nicht an sich herangelassen, hätte ihn glatt abgewehrt. Und was er überhaupt nicht begriff: Warum mußte er sich, mal abgesehen von dem Zustand der Berauschtheit, wie ein bis über die

Ohren verliebter Narr aufführen! Das war so gar nicht in dem Stil, den er sich angewöhnt hatte, den er vor der Welt zur Schau trug und der ihm so eindrucksvoll zu Gesicht stand. Verdammtes Pech! Ausgerechnet jetzt mußte er sich verlieben, und ausgerechnet in diese Frau! Dabei war sie nicht einmal sein Typ.

An diesem Abend sollte er die Rechnung für seine Verblendung präsentiert bekommen.

In seine Gedanken vertieft, bemerkte Bathurst nicht, daß der Zauberkünstler Simon an der Tafel fehlte. »Maestro Siromini« war irgendwohin verschwunden und tauchte eine Stunde später, als sich alle bereits zum Schlafengehen anschickten, im Speisesaal auf wie das Kaninchen aus dem Hut bei einem seiner Zauberkunststücke. Nach ihm erschien in der Tür ein französischer Offizier. Sein Anblick ließ alle verstummen. Der Franzose stand da und musterte die Gesellschaft, dann ging er auf Bathurst zu und setzte sich ohne viel Umstände auf den freien Platz zwischen ihm und Julia.

»Erlauben Sie, daß ich mich der Gesellschaft anschließe«, erklärte er.

In der eingetretenen Stille erinnerte sich Benjamin daran, daß Manuel Diaz den Zauberkünstler öffentlich blamiert hatte, indem er sich ihm überlegen gezeigt hatte, und er erinnerte sich an Józefs Worte: »Jetzt wird er ihn hassen.« Er entsann sich auch Julias Bemerkung: »Er ist ein bißchen in mich verliebt.« Mirel, das Schweigen brechend, sagte laut und nervös: »Aber ja, aber ja! Wir schön bitten! *Siamo felici, felicissimi.*[2] Große Ehre sein haben bei uns Herr Offizier! Bitte schön!«

Der Franzose würdigte Mirel keines Blickes. Er ergriff einen Becher und prostete Bathurst zu.

»Ihr Wohl, Herr …«

»Der Mann dort«, Benjamin wies mit dem Kopf zu dem Zauberkünstler, der mit niedergeschlagenen Augen dasaß, »wird Ihnen gesagt haben, wer ich bin.«

»Das ist wahr. Nur leider bin ich so vergeßlich, Herr ...«

»O'Leary.«

»O'Leary? Sie sind Engländer?«

»Irrtum, Herr Hauptmann. Ich bin Ire. Das ist ein großer Unterschied. Ich bin ein irischer Revolutionär, nach dem gescheiterten Aufstand 1798 bin ich von der Insel geflohen.«

»Bravo!« rief der Offizier. »Wir Franzosen schwärmen für die Iren. Im Jahr achtundneunzig haben wir auf derselben Seite gekämpft, gegen London[3], genauso wie jetzt. Ich schlage vor, auf den schmählichen Untergang des englischen Königs Georg und all seiner stinkigen Protestanten zu trinken!«

Benjamin spürte den prüfenden Blick des Franzosen auf seinen Lippen, er setzte ein breites Lächeln auf und hob den Becher.

»Verrecken sollen sie, und zwar schleunigst!«

Sie tranken. Der Franzose wischte sich mit dem Ärmel über den Mund, streckte die Hand mit dem Becher hinter sich, damit anzeigend, daß er das Gefäß nachgefüllt zu haben wünschte, und, den Blick starr auf Bathurst gerichtet, fuhr er fort: »Sie träumen natürlich davon, in die Heimat zurückzukehren, nicht wahr, O'Leary?«

»Natürlich.«

»Im Zirkuswagen?«

»Ich verstehe nicht«, sagte Benjamin verdutzt.

»Demnach verstehen wir beide etwas nicht, nämlich ich habe gelernt, daß man von Hamburg nach Irland übers Meer fahren muß, und zwar nach Westen, nicht nach Osten.«

»Das haben Sie richtig gelernt, Hauptmann, aber man kann von mir schwerlich verlangen, in eine Heimat zurückzukehren, die von diesen Londoner Rindviechern okkupiert ist. Erst einmal muß gesiegt werden.«

»Wie wahr. Eine sehr zutreffende Bemerkung, Herr O'Leary. Alsdann, auf den Sieg!«

Wieder leerten sie die Becher. Bathurst bemühte sich,

mäßig zu trinken. Der Offizier hielt sein Gefäß erneut zum Nachschenken hin, und er blieb unverändert bei seinem Ton.

»Apropos, Herr O'Leary, auf welche Weise kämpfen Sie für den Sieg? Per Seiltanz oder jonglieren Sie mit Tellern?«

»Sie spotten wohl, Hauptmann!«

»Glauben Sie? Weit gefehlt! Ich meine es todernst. *Tod*ernst, Monsieur O'Leary. Aber da ich sie inmitten von Zirkusleuten sehe ...«

»Ich benutze einfach diese Art Verkehrsmittel, Hauptmann. Einstweilen. Meine Wagen haben die Preußen beschlagnahmt. Ich bin Kaufmann seit ein paar Jahren, irgend etwas muß man ja tun. Ich möchte Handelsbeziehungen knüpfen, in Schlesien und in Österreich. Wir fahren nach Süden. Glogau, Breslau, Prag.«

»Die Offenheit ehrt sie, O'Leary. Wenn Sie mir noch Ihre Papiere zeigen würden ...«

»Mit Vergnügen.« Benjamin griff in seinen Rock. »Hier, bitte sehr.«

Der Offizier sah sich den Paß genau an und reichte ihn wieder zurück.

»Der Paß ist in Ordnung, woran ich übrigens nicht gezweifelt habe. Etwas anderes ist, daß britische Spione immer die saubersten Papiere haben.«

»Das ist ein schlechter Witz, Hauptmann«, konterte Bathurst scharf. »Ich protestiere entschieden! Im Jahre achtundneunzig habe ich an Tones[4] Seite gekämpft und bin nur wie durch ein Wunder dem Tode entronnen. Danach hat mir Ihr Land Zuflucht gewährt und ist mir zur zweiten Heimat geworden. Leider sorgt es nicht für meinen Lebensunterhalt, und so muß ich mich mit Handelsgeschäften befassen.«

»Wahrhaftig betrüblich«, bemerkte der Offizier spöttisch.

»Noch betrüblicher ist, daß Sie mich ohne Grund beleidigen, Hauptmann. Ich bin kein Spion!«

»Sind Sie dessen sicher, O'Leary?«

»Ich wiederhole, es ist Unsinn. Ich bin kein Spion.«

»Ich habe doch gar nicht behauptet, daß Sie ein Spion sind, i wo! Was aber sind Sie dann, Herr O'Leary?«

»Ich sagte es bereits, Kaufmann!«

»Ach ja, das sagten Sie ...«

Der Franzose kratzte sich am Kopf, gleichsam verwundert über seine Zerstreutheit.

»Ja ja ... Sie sagten auch, Herr O'Leary, daß Sie nach Schlesien und nach Prag unterwegs sind. Auf dieser Route, soviel weiß ich immerhin schon, blüht der Schmuggel.«

»Das ist nun wirklich die Höhe, Hauptmann!« explodierte Bathurst. »Mit der Spionage war es nichts, nun wollen Sie mir zur Abwechslung Schmuggel anhängen.«

»Sie sind so schrecklich nervös, O'Leary. Und dann leiden Sie an Einbildung, ich beschuldige Sie doch in keiner Weise.«

»Sie unterstellen mir fortwährend irgendein Vergehen.«

»O'Leary, ich gebe Ihnen einen guten Rat. Schreien Sie mich nicht an, das mag ich nicht. Ich spreche auch höflich mit Ihnen. Und entgegen Ihren Behauptungen versuche ich durchaus nicht, Ihnen etwas anzuhängen. Wenn ich das tun wollte, würde ich damit beginnen, daß Kaufleute gemeinhin kaum mit der Waffe umgehen können, Sie aber haben ein ganzes Preußenregiment niedergemäht.«

»Wie bitte? Hat dieser Idiot Ihnen das erzählt, Hauptmann?!« Benjamin sah erneut dahin, wo der Zauberkünstler saß. »Und Sie glauben das auch noch?«

»Ehrlich gesagt, daß es ein ganzes Regiment war, nicht ganz, aber ein Dutzend Leute oder auch mehr ... Führen Sie Waffen mit sich?«

»Wie sollte man anders in diesen Zeiten! Überall wimmelt es von preußischen Deserteuren und von Räuberpack. Vergessen Sie bitte nicht, Hauptmann, daß meine Kameraden und ich mehrere Jahre gegen die Engländer für unsere Freiheit gekämpft haben. Unsereins versteht es, die Waffe zu handhaben.«

»Ich zweifle nicht daran, und bitte glauben Sie mir, mein

Herr, daß ich nichts vergesse, nichts. Alsdann, auf Ihre Fähigkeiten! Und auf das Wohl des Kaisers!«

Der Offizier sprang auf, und strammstehend brüllte er: *»Vive l'empereur!* Sie trinken nicht, O'Leary?«

»Doch, doch, mit Vergnügen. Auf das Wohl des Kaisers immer. Aber das sollte unser letzter Trinkspruch sein, ich möchte mich nicht betrinken.«

»Für den Kaiser lohnt es, sich zu betrinken, O'Leary. Aber zurück zum Thema. Der Mensch dort hat gesagt, daß Sie ein mysteriöses Warenstück aus Berlin mit sich führen.«

»Daran ist nichts Mysteriöses, es handelt sich schlicht um eine neue Theaterdekoration. Eine Muselmannfigur.«

»Und doch ist da etwas Unstimmiges. Sie sagten, O'Leary, daß Sie nur einstweilen die Zirkuswagen benutzen und daß Sie Kaufmann sind, nicht Komödiant. Wieso haben dann Sie die Dekoration erworben und nicht der Dickbauch, der die Truppe leitet?«

»Ich habe ihm geholfen, ich habe in seinem Auftrag gehandelt. Eine übliche kleine Gefälligkeit.«

»Ach, interessant. Ihr Zauberkünstler behauptet genau das Gegenteil, nämlich daß die Truppe Ihnen untersteht.«

»Ich vermute, Hauptmann, der Zauberkünstler hat Ihnen verschwiegen, daß vor ein paar Tagen einer meiner Leute, ein Mann mit großer Fingerfertigkeit, ihn vor französischen Soldaten, für die die Truppe eine Vorstellung gab, blamiert hat.«

»Nein, davon hat er nichts gesagt.«

»Das dachte ich mir. Fragen Sie ihn bitte, ob es stimmt.«

Der Franzose sah flüchtig zu dem Zauberkünstler hinüber – zu fragen erübrigte sich, Simons flackernde Augen waren beredt genug.

»So ist das also?« brummte er nur.

»So ist das, Hauptmann. Dieser unselige Zauberer ist ein notorischer Lügner, die gekränkte Berufsehre drängt ihn zur Rache.«

»Hm. Da haben wir's ... Sehen Sie, O'Leary, alles läßt sich in Ruhe erklären, ohne gleich aufzubrausen und in Zorn zu geraten. Überhaupt bin ich voll aufrichtiger Bewunderung für Ihre Fähigkeit, jedes Ding so aalglatt zu erklären. Sie sagten, daß Sie für Franzosen eine Vorstellung gegeben haben? Wo war das?«

»In Berlin. Die Truppe fand großen Beifall.«

»Na wunderbar. In Frankfurt gibt es auch viele Soldaten, die sich nach guter Unterhaltung sehnen.«

»Tut mir leid, Hauptmann, wir sind in Eile.«

»Ich habe nicht danach gefragt, ob Sie in Eile sind, O'Leary. Die Truppe gehört nicht Ihnen, sie wird auftreten.«

»Vorübergehend gehört die Truppe mir, Hauptmann. Ich habe die Wagen für die gesamte Reise gemietet, Herr Hauptmann, ich bitte sehr um Ihr Verständnis. Ich habe dringende Geschäfte in Breslau.«

»Ihre Eile, Herr O'Leary, fängt an, mich zu interessieren. Ihr Gepäck ebenfalls. Ich werde es mir ansehen müssen.«

»Ich protestiere!« erklärte Bathurst. »Ich wende mich an die Gendarmerie.«

»Da haben Sie's nicht weit, Sie können sich gleich an mich wenden. In dieser Stadt gibt es noch keine Gendarmerie, die Polizeigewalt übt die Armee aus. Ich bin einer der Verantwortlichen für Ordnung und Sicherheit hier in Frankfurt. Morgen oder übermorgen wird es bereits eine Gendarmerie geben[5], aber bis morgen vergeht noch eine ganze Nacht. Und darum«, der Franzose senkte die Stimme bis zum Flüsterton, »schlage ich Ihnen vor, sich an mich zu wenden. Wenn ich eine Revision vornehme, finde ich bestimmt etwas, und ich kann als Schmuggelware ansehen, was mir beliebt. Ich kann Sie auch vorbeugend für einige Tage in Haft nehmen und Sie mit Spezialgeräten verhören. Verstehen Sie mich, O'Leary? Bei solchen Verhören plaudert man alles aus, sogar Dinge, die man gar nicht weiß, das versichere ich Ihnen. Der Kriegszustand berechtigt zu solchen Methoden. Also, was ist? Würde ich Ihnen nicht wohlwollen, O'Leary, wäre ich mit Soldaten hergekommen, aber ich bin allein hier. Das sollte Ihnen etwas sagen ...«

Diese Worte des Hauptmanns ließen Bathurst ein Licht aufgehen. Dieser Mensch wollte sich noch ein letztes Mal, bevor die Gendarmerie kam und Polizeigewalt und Schmiergelder übernahm, die Taschen füllen! Das war ja besser, als er geglaubt hatte, eben noch war ihm die Lage so trist erschienen! Bathurst beunruhigte lediglich, daß sich der Franzose zunehmend betrank.

»Ich verstehe Sie, Hauptmann«, flüsterte er, »jeder muß zusehen, wie er lebt. Ich denke, wir werden übereinkommen, und ganz zu Ihrer Zufriedenheit.«

»Ich hab's ja schon immer gewußt, daß ein Ire und ein Franzose sich verständigen können! Trinken wir auf die brüderliche Freundschaft unserer Völker! ... Hick ... Pardon ... Na, dann, *santé!*«[6]

»Wieviel?« fragte Benjamin, den vollen Becher zurückstellend.

Der Franzose beäugte ihn durch die Lidspalten, rieb sich die immer röter werdende Nase und knurrte: »Warum trinkst du nicht, O'Leary?! Ich seh's doch, *sacré nom de nom!*«[7]

Bathurst trank gehorsam mehrere Schlucke und wiederholte seine Frage: »Wieviel, Hauptmann?«

Der Offizier erwiderte nichts, er sah in die Runde, musterte die schweigenden und angespannten Gesichter, und unter seinem Blick senkten sich die Lider oder wandten sich erschrockene Augen ab. Julia wollte aufstehen, doch der brutale Griff des Offiziers riß sie auf ihren Platz zurück, daß die Bank aufstöhnte.

»Wohin, *ma petite?*«[8]

»Mein Kind schläft, ich muß nach ihm sehen«, sagte Julia mit ausweichendem Blick.

»Das hat Zeit. Laß das Kind schlafen, störe es nicht. Habe ich recht, Ire?«

»Aber gewiß, Hauptmann. Also, wieviel?«

»Du überstürzt dich, O'Leary, ich dagegen ... hick! ... Pardon ... Wieviel? Das hat Zeit. Geld ist ... hick! ... nicht alles, Geld macht nicht glücklich. Wenn ihr nicht für die Soldaten der Großen Armee seiner kaiserlichen Majestät auftreten wollt, dann tretet ihr eben ... hick! ... für einen Vertreter dieser Armee auf ... für mich ... Zaubertricks, Kunstspringen, Seiltanz, das amüsiert mich nicht. Das Fräulein hier«, er drehte sich zu Julia herum, um die er soeben den Arm gelegt hatte, »womit produziert sich das?«

»Ich tanze.«

»Si, si, signor capitano«, warf Mirel ein, »sie wundervoll kann tanzen, *a meraviglia*[9], auf Eier sie kann tanzen! Julia, los, *per favore!«*[10]

»Auf Eiern ... hick! Was bedeutet das?« fragte der Franzose, die trunkenen Augen aufreißend.

»Sie tanzt mit verbundenen Augen auf dem Tisch, zwischen Eiern, die da liegen. Und kein Ei geht kaputt«, erläuterte Bathurst.

»Misch du dich nicht ein, Ire, ich rede mit dem Fräulein. Hick! Wie heißt du, meine Schöne?«

»Julia.«

»Mademoiselle Julie ... pour moi Juliette ... hick! ... Eh bien ... Toi, petite crapule!«[11] Er zeigte auf Juan. »Dich meine ich! Geh mal zum Wirt und hole Eier her, *vite!«*[12]

Bathurst übersetzte den Befehl, und der Zigeuner rannte aus dem Saal.

Einen Augenblick später bereits wirbelte Julia über den Tisch. Sie hatten Flaschen und Teller abgeräumt, und Mirel hatte statt dessen Eier darauf verteilt. Der Faltensaum von Julias langem Kleid schwang in die Höhe und entblößte die Beine bis zu den Schenkeln, er streifte die Gesichter der Umsitzenden und erzeugte einen Wind, der die Kerzen flackern ließ, und weckte Leidenschaften und Begierden. Die Kastagnetten rasselten zum Stampfen der Absätze, welche Spanteilchen von der eichenen Tischplatte abrieben, und zu der von Pinio und Ricardo gespielten Flamenco-Melodie. Der Franzose sprang auf und umkreiste den Tisch, sein nasses Gesicht mit dem Schnurrbart schnitt schmeichlerische Grimassen, und seine Hände klatschten den Takt. Alles das war geräuschvoll und schillernd, aber zugleich schien eine gespenstische Stille zu herrschen. Das Ganze hatte etwas von einem düsteren Sabbat.

Bathurst starrte auf die schwarze Haarflut, die Julias Augen und ihre Wangen so dicht umhüllte, daß sie gar keine Augenbinde benötigt hätte, und plötzlich hörte er neben sich Józefs Stimme: »Sir!«

»Was ist?«

»Er will sie haben, Sir.«

»Das sehe ich. Aber vielleicht läßt es sich verhindern, der Kerl ist volltrunken. Der war schon angesäuselt, als er herkam.«

»Es läßt sich nicht verhindern, Sir. Das ist ein Soldat aus der Garnison, ausgehungert ... Ich kann ein Lied davon singen, ich habe jahrelang in der Garnison gesessen, darum auch bin ich so gern mit Ihnen gegangen.«

»Nur deswegen? Ich dachte, es geht dir ums Geld.«

»Auch, Sir, um das eine wie um das andere. Aber das war vorher, jetzt gehe ich aus einem anderen Grund mit Ihnen. Nämlich weil ich Sie kennengelernt habe ... Ich weiß ja nicht mal, was hier gespielt wird! Aber ich habe Sie liebgewonnen, Sir.«

»Nur keine Rührseligkeiten.«

»Das sind keine Rührseligkeiten, Sir. Aber weil ich für Sie das empfinde, was ich empfinde, und weil ich mich Ihnen mit Haut und Haar verkauft habe, so wie sich ein armer Sünder dem Teufel verkauft, eben nicht für Geld ... deswegen habe ich vielleicht das Recht, Sie zu mahnen, Sir, daß zuallererst Sie sich zu keinen Rührseligkeiten hinreißen lassen dürfen. Sonst gehen wir alle drauf, und die Expedition ist im Eimer!«

Es hatte den Polen eine Unmenge gekostet, dies alles herauszubringen, und als er fertig war, schwieg er erschrocken. Bathurst glaubte seinen Ohren nicht zu trauen, vergaß für einen Moment sogar den Flamenco. Er drehte sich herum und zischte: »Was sagst du da?!«

»Bitte verzeihen Sie meine Kühnheit, Sir. Ich weiß ja, was Sie für sie übrig haben, und ich flehe Sie an … Ich flehe Sie an, wenn er sie haben will, dann versuchen Sie keinen Widerstand, sondern geben Sie sie her! Er wäre leicht kaltzumachen, aber ihn umbringen heißt ja uns selber vernichten und die ganze Aktion dazu. Wie weit kämen wir schon mit diesen Zirkuswagen, wo könnten wir uns verstecken? Etliche Leute drüben im großen Saal haben ihn hereinkommen sehen. Wir hätten keine Chance, Sir, keine! Ich weiß genau, der läßt sich nicht kaufen, der nimmt das Gold und nimmt sie, und wir müssen es ihm geben! Es gibt so viele Frauen, Sir, und die da ist keine Jungfrau, sie wird nicht …«

Bathurst schleuderte Józef einen vernichtenden Blick zu und unterbrach ihn: »Halt's Maul! Ich weiß selbst, was zu tun ist! Verzieh dich, hau ab!«

In Wahrheit hatte er keine Ahnung, was er tun sollte. Er wußte nicht, wie er reagieren würde, er wußte nur zu gut, wie er reagieren müßte. Noch gab er sich der Täuschung hin, mit Gold aus der Bredouille herauskommen zu können.

Der Franzose kreiste noch immer um den Tisch und feuerte die Tänzerin an, damit sie ja weitertanzte, als er aber einen zotigen Witz über die Eier machte, zwischen denen sie umherwirbelte, und dann loswieherte, nur er ganz allein, da passierte es, daß sie, vor Müdigkeit oder vor Beschämung, ein Ei zertrat und, darauf ausgleitend, vom Tisch stürzte, geradewegs in seine Arme hinein. Er riß ihr das Tuch von den Augen und versuchte sie zu küssen. Sie aber kratzte und riß sich los. Vor Wut schlug er sie ins Gesicht und warf sie zu Boden. Brown sprang auf, bleckte die Zähne und griff nach der Waffe, aber der Pole und Heyter drückten ihn wieder an seinen Platz.

»Nom du chien!«[13] brüllte der Offizier. »Ist das Aufruhr?! Widerstand gegen die Staatsgewalt? Ich nehme die Frau in Arrest! Steh auf, du Dirne, du kommst mit mir!«

Er zerrte Julia hoch. Im selben Augenblick erschien Bathurst neben ihm.

»Hauptmann, ich zahle Ihnen eine Auslösung.«

»Eine Auslösung zahlst du für dich, Ire, oder ich zerquetsche dich wie eine Laus, *comprenez?!*«[14] Hundert Goldstücke, und zwar sofort, oder aber ich hole meine Leute und rüttle euch die Wagen durch, und nachher, auf der Hauptwache, die Gedärme! Keine Angst, die Puppe kriegst du ja wieder« – er grinste geil – »morgen früh. Mach schon, beeil dich!«

Benjamin stieg die Treppe hinauf zu seinem Zimmer, langsam, Stufe um Stufe, und das Knarren des Holzes empfand er wie die Stiche einer Klinge. Dann stieg er wieder hinunter, in dem Gefühl, sich in die Hölle hinabzubegeben. Er war nicht betrunken, aber trunken vor Haß, vor Haß in seiner größten Verdichtung, die Hilflosigkeit nahekommt. Den Blick verdunkelten ihm blutige Bilder: Er geht auf den Dreckskerl zu, und anstatt das Gold zu übergeben, jagt er ihm eine Kugel in den Bauch, damit nicht genug, stößt er noch mit dem Messer zu, bricht ihm die Knochen, trinkt das Schmerzgewinsel aus seinem Mund, zerrt die Eingeweide heraus, alles ist rot, die Wände, der Fußboden, die Decke, die Bänke, Blut, Blut klebt an den Händen und an der Kleidung! Großer Gott! Schon manches Mal hatte er gehaßt. Littleford zum Beispiel. Aber wahren Haß hatte er doch noch nicht kennengelernt, so wie er bisher noch keine Liebe gekannt hatte … Wenn er Julia hergab, würde er sich wohl nicht mehr in die Augen und ins Gewissen schauen können? Was war das, das Gewissen? Ein Häuflein rhetorischer Mist, was zählte, war das Mein-oder-Dein! Eben, eben, sie ist mein! dachte er. Wenn er sie aber nicht hergab, war damit die Operation erledigt. Dann gehen wir alle drauf, und die Expedition ist im Eimer … Wir hätten keine Chance, Sir, keine! Ich flehe Sie an! erinnerte er sich der Worte des Polen.

Castlereagh zählte auf seine Selbstbeherrschung, seine Kaltblütigkeit. Zum Teufel mit Castlereagh! Zum Teufel mit dem Polen! Und mit der ganzen Operation! Ich flehe Sie an, Sir, zuallererst Sie dürfen sich zu keinen Rührseligkeiten hinreißen lassen. Wir würden uns selber vernichten und die ganze Aktion dazu! Sollte doch die Aktion der Schlag treffen, er würde Julia nicht hergeben, sie nicht anrühren lassen, er würde nicht erlauben, daß dieses besoffene Schwein …

Er stand vor dem Franzosen und übergab ihm den Beutel mit dem Gold, Julias Blick wich er dabei aus.

»Sind es hundert?« fragte der Offizier. »Hast du dich auch nicht verzählt, Ire?«

»Es sind genau hundert Stück.«

»Solltest du gelogen haben, besuche ich dich wieder.«

Er zog das Mädchen zur Tür, und, bereits draußen, drehte er sich noch einmal um und sagte, sich verbeugend: *»Adieu, mes amis!* Hick! *Merci à tout le monde!«*[15]

Die Tür ging zu, und viele Hände streckten sich nach dem geduckt dasitzenden Zauberkünstler aus.

»Laßt ihn!« schrie Bathurst. »Alle zu Bett! Marsch!«

Bathurst ging zu dem Polen.

»Bewacht die Tür zum Zimmer der Zirkusleute. Die Fenster auch. Daß mir der Zauberer ja nicht entwischt. Du haftest mir mit dem Kopf dafür.«

Julia kam am anderen Morgen zurück und schlich ins Zimmer der Frauen. Von dorther drangen Dianas, Lucias, Eleonoras Geschrei, nur Julias Stimme war nicht zu hören.

Um acht Uhr meldete sich Józef bei Bathurst.

»Es ist alles zur Abfahrt bereit. Geht's los?«

»Nein, wir bleiben.«

»Warum?«

Bathurst hatte die ganze Nacht nicht geschlafen, zum erstenmal in seinem Leben war er zum Nervenbündel geworden. Als er Józefs Frage hörte, fuhr er aus dem Bett hoch und packte den Polen beim Rockaufschlag.

»Du fragst zuviel! Und du mischst dich viel zu oft ein! Halte künftig die Zunge im Zaum, sonst kann ich für mich nicht garantieren. Ich warne dich zum letztenmal. Jetzt geh und sag Mirel, daß wir morgen weiterfahren, vielleicht auch übermorgen, ich weiß es noch nicht. Und er soll keine Bange haben, ich zahle für das Gasthaus.«

Er beruhigte sich erst am Nachmittag, nach der Begegnung mit Julia. Sie starrte auf die Wand und wollte seine Fragen nicht beantworten.

»Julia«, beharrte er, »du mußt es mir sagen, sonst kann ich nichts unternehmen. Ich bitte dich, nur die paar Angaben, wie man hinkommt, wo er wohnt … Nur das. Warum antwortest du nicht?«

Er beugte sich über sie und zitierte:

> Eil, ihn zu melden: daß ich auf Schwingen, rasch
> wie Andacht und des Liebenden Gedanken,
> zur Rache stürmen mag …

»Das verstehe ich nicht, Herr«, erwiderte Julia, »das ist in deiner Sprache.«

»Nicht in meiner, sondern in der Sprache des Gottes der Bühne, Julia. Bitte, sag es mir, damit ich es weiß!«

»Warum quälst du mich?!«

»Je schneller du antwortest, desto eher höre ich damit auf. Wohin hat er dich gebracht? Rede!«

»Ist denn das so wichtig?« antwortete sie mit einer Frage, kaum hörbar.

»Ja, sonst würde ich nicht danach fragen. Herrgott, sprich endlich!«

»Zu dem Haus, wo er sein Quartier hat.«

»Ist da ein Gemeinschaftseingang oder ein separater?«

»Ein Gemeinschaftseingang.«

»Parterre oder Obergeschoß?«

»Parterre.«

»Geht das Fenster zur Straße oder nach hinten?«

»Nach hinten, zum Garten.«

»Welche Straße, welche Hausnummer?«

»Ich weiß nicht.«

»Würdest du es wiedererkennen?«

»Ja, es ist dicht an der Kirche ... der Nikolaikirche. So hat er gesagt. Er hat gesagt, wenn ich will, kann ich wiederkommen.«

»Dann kommst du wieder, heute abend.«

»Wie du willst, Herr, wie du willst«, flüsterte Julia, zum Fenster hinausstarrend.

»Julia, nicht deswegen, ich ...«

»Hinaus, sofort!« schrie sie.

Er ging. Seither war er beruhigt. Sein Herz klopfte nicht mehr wie irrsinnig, sein Gehirn arbeitete jetzt kalt, emotionslos. Er rief den Polen zu sich.

»Heute abend gehe ich mit Julia, Sij und Tom weg. Wenn ich bis morgen früh nicht zurück bin oder wenn du hörst, daß es in der Stadt irgendwie Unruhe gibt und du merkst, daß sie mit mir zu tun hat, nimm die Jungs und versucht, aus der Stadt zu entkommen. Im äußersten Fall entlasse die Leute.«

»Ist denn Schluß mit dem Spiel, Sir?«

»Ich habe es dir schon heute früh gesagt, du fragst zuviel!«

»Ich weiß, Sir. Sie können mich töten, aber mir nicht den Mund verschließen. Meiner Meinung nach ist es Wahnsinn, sich jetzt zu rächen.«

Als Bathurst auf ihn zukam, dachte der Pole, daß sich jetzt die Szene vom Morgen wiederholen oder noch Schlimmeres passieren würde. Aber der Engländer faßte ihn um die Schulter, zog ihn zum Fenster, und eine Weile blickten sie auf die Dächer der Häuser und die am Himmel ziehenden Wolken. Dann sagte Benjamin weich:

»Hör zu, Józef. Das Ziel unserer Expedition ist mir, obgleich ich es erreichen will, weniger wichtig als das Unternehmen an sich, das Ergebnis weniger wichtig als das

Vorsichgehen, das Tun, das Geschehen. Diese Rache ist Bestandteil des Geschehens, der Aktion. Ich weiß, du verstehst das nicht, aber egal ... Jeder hat sein Narkotikum, sein Kräutlein, das ihn berauscht, erregt, irgendeinen Hunger, den es zu stillen gilt. Für Mirel heißt das fressen, möglichst viel und möglichst fett, für Heyter ist es die Bastelei, für Rigby sind es Waffen, für Manuel bunte Fetzen und Mädchen. Jeder hat so etwas, du auch, obwohl ich dein Rauschmittel nicht kenne. Ich liebe das Theater, das Spiel und noch ein paar andere Dinge, darunter die Rache. Ich suche nicht die Gelegenheit dazu, aber wenn sie kommt und sagt: Ich bin dein, liebe mich, tu es, dann gehorche ich, wie man einer Frau gehorcht, wenn sie nächtens nach einem verlangt. Kapierst du? Wenn du da nicht gehorchst, würdest du am Morgen nicht erwachen wollen, die Sonne würde dich vor Scham verbrennen. Sag, könntest du weiterleben nach dem, was passiert ist, ohne Rache zu nehmen?«

Das letzte Gespräch, bevor es losging, führte Bathurst mit Tom. Er fand ihn hinter dem Gasthaus an einem kleinen Hang, neben dem Abfallhaufen. Der Fäulnisgestank drang fünfzehn Yard weit, aber den Matrosen störte das nicht, Juan ebensowenig. Tom kaute Priem und unterrichtete den Jungen im Messerwerfen. Ein ums andere Mal surrte die Klinge durch die Luft und schlug, wenn der Meister warf, ins Brett, sprang jedoch ab, wenn der Schüler sich versuchte.

»Verzieh dich, Juan, ich habe mit Tom zu reden«, sagte Bathurst.

Der Zigeuner verschwand, und Benjamin schubste Tom in Richtung des abgestorbenen Gartens.

»Komm ein Stück weg, hinter die Bäume, man fällt ja um vor Gestank. Heute abend haben wir etwas vor, ich, Sij und du. Wir gehen alle in Panzerhemden, in zwei Stunden mußt du angezogen sein. Und daß du mir keinen Tropfen trinkst, klar?«

»Aye-aye, Sir!« erwiderte der Matrose tabakkauend.

»Das ist nicht alles. Wir gehen durch den Hinterausgang und kommen hierher unter die Bäume. Wir verkleiden uns in Mirels Kostüme und Perücken und nehmen den Handwagen aus dem Holzschuppen mit. Darauf lädtst du vorher einen großen Koffer, den braunen. Vergiß nicht, ein Vorhängeschloß mitzunehmen.«

»Aye-aye, Sir! Ich habe eine Frage, Sir.«

»Rede.«

»Wenn uns auf der Straße wer anhält, passen unsere Papiere nicht zu den Perücken. Was ist dann?«

»Dann sind wir wahrscheinlich erledigt. Sonst noch was?«

Der Matrose wiegte sich auf den Beinen, als habe er ewig ein Schiffsdeck unter sich, und er sagte leidenschaftslos, immerfort das braune Dreckzeug kauend: »Nichts, Sir.«

»Hör weiter zu. Ich möchte, daß du dem Kerl eine Schlinge um den Hals wirfst und zuziehst, ohne daß er sich mucksen kann. Geht das?«

»Ja, Sir. Ich habe da eine indische Schlinge aus Seidenschnur, mal aus Bombay mitgebracht. Banditen benutzen so was. Die erdrosseln damit in wenigen Sekunden über hundert Leute, und keiner macht auch bloß Piep.«[16]

»Hier geht's nicht darum, zu töten, Tom. Der Kerl soll nur still und leise aus dem Haus gebracht werden, so daß keiner etwas merkt. Auf den ersten Moment der Überrumpelung kommt es an, du mußt ihm die Luft abdrücken, bevor er schreit. Man könnte ihn statt dessen auch betäuben, aber das ist ein Risiko, denn entweder haut man zu sachte zu, und er schreit, oder der Schlag ist zu kräftig, und man hat eine Leiche. Ich aber will ihn lebend haben, *lebend*, Tom!«

»Ist das dieser schnurrbärtige Saukerl, der gestern Julia mitgeschleppt hat?«

»Genau der.«

Der Matrose wiegte sich stärker hin und her, schwungvoll spuckte er seinen Priem aus und sagte dann langsam und leise, mit furchtbarem Haß in der Stimme. »Aye-aye, Sir!«

Eine Stunde später, um sechs Uhr am Abend, klopfte er an Bathursts Tür.

»Handwagen und Koffer sind bereit, Sir.«

»In Ordnung. In zwei Stunden treffen wir uns bei der Kräuterhexe Rosa. Die macht uns die Maske.«

»Sir, die nimmt dazu anscheinend dieselben Salben wie für ihre Heilkünste! Die Jungs, Ricardo und der andere, wie heißt er doch ... Pinio ... Die lachen sich eins ...«

»Dann kann ja nichts passieren, wenn sie dich schminkt, vielleicht kuriert sie dich bei der Gelegenheit von der Trunksucht. Geh, ruh dich aus.«

»Da ist noch was, Sir.«

»Ich höre.«

»Rufus möchte mitkommen.«

»Hast du was ausgeplauscht?«

»Nein, Sir, aber er ist nicht auf den Kopf gefallen. Er riecht, daß sich hier was tut, und denkt sich sein Teil. Die ganze Nacht hat er herumgeknurrt wie ein verwundeter Pottwal, und als er heute morgen aus den Federn kroch ...«

»Kommt nicht in Frage, ausgeschlossen.«

»Er könnte uns nützlich sein, Sir.«

»Ich sagte: Nein! Ich habe ihn aus dem Knast geholt, weißt du, weswegen er gesessen hat?«

»Nein, Sir.«

»Er hat einen Vorgesetzten, so einen kleinen Offizier, der ihm die Tochter vergewaltigt hat, umgelegt. Verstehst du nun? Der würde nur alles verderben, kurzerhand schlägt der unserem französischen Freund den Schädel ein. Józef und Heyter konnten ihn gestern kaum niederhalten. Ich muß Józef Bescheid sagen, damit er auf ihn aufpaßt und verhindert, daß er uns nachgeht.«

Um neun Uhr brachen sie auf. In einer schmalen Straße unweit der Frankfurter Innenstadt schlüpften sie hinter dem eingeschossigen Fachwerkbau in den Garten. In einem der Fenster im Parterre brannte Licht, aber das war nicht das richtige Fenster. In einem anderen flackerte ungefähr nach einer Stunde Kerzenschein auf. Bathurst spähte durch die Scheibe und sah den Hauptmann und einen anderen Offizier. Sie stritten laut miteinander, darauf spielten sie Karten, tranken und stritten erneut. Bathurst mußte bis Mitternacht abwarten. Ein Hund kam gerannt und kläffte sie an. Sij brachte ihn mit einem seiner Wurfmesser zur Strecke. Irgendwann nach Mitternacht verlor der Kumpan des Hauptmanns beim Spiel seine Uhr, ärgerlich verabschiedete er sich und ging weg, sich an den Hauswänden entlang tastend. Bathurst und seine Begleiter warteten noch eine Viertelstunde, dann klopfte Julia ans Fenster. Noch einmal und noch einmal. Ohne Erfolg.

»Verdammt, der ist eingeschlafen! Das ganze Haus wird noch wach, bloß der blöde Kerl nicht. Och, *bloody son of a b …!*«[17] fluchte Tom.

Endlich, Julia hatte noch einige Male geklopft, erwachte der Franzose und hob verwirrt den Kopf vom Tisch. Als er die Hand draußen am Fenster sah, griff er zur Pistole und öffnete es einen Spaltbreit.

»Qui vive?«[18]

»Ich bin's, Herr Hauptmann, Julia.«

»Aaah, Juliette! Ich habe ja gewußt, daß du zu deinem Auguste wiederkommst, hehehe … *J'aime beaucoup ramoner une poule avant de me coucher! Viens, ma chère!*«[19]

»Ich kann mich nicht heraufziehen, Herr Hauptmann, bitte helfen Sie mir.«

»Tout de suite, ma petite poule!«[20]

Der Hauptmann legte die Pistole beiseite, beugte sich aus dem Fenster und streckte die Arme aus. In diesem Moment kam die Schlinge gesaust, legte sich ihm um den Hals und preßte aus seiner Kehle ein kaum hörbares Röcheln, kurz wie ein Blitz. Bathursts Leute zogen den Franzosen nach draußen. Bathurst preßte ihm ein Tuch, getränkt mit einer Lösung, die er von Mutter Rosa erhalten hatte, vor die Nase, und danach schleppten sie ihre Beute zu dem im Gebüsch versteckten Handwagen mit dem Koffer. Unsanft stießen sie den Franzosen in den Koffer, verschlossen ihn und machten sich auf den Rückweg. Benjamin hatte nicht vergessen, zuvor die Kerze im Zimmer zu löschen und sämtliche Wertgegenstände, den Geldbeutel eingeschlossen, an sich zu nehmen. Aber er hatte nicht an den Hund gedacht. Auf der Straße fiel er ihm ein, er schimpfte sich im stillen einen Esel und schickte Tom zurück, den Kadaver zu holen.

Den Hund und alles, was sie aus dem Zimmer des Franzosen mitgenommen hatten, vergruben sie vor dem Morgengrauen im Garten. Es war noch dunkel, als Bathurst Mirel weckte.

»Mirel, wo versteckst du deine Schmuggelware?« fragte er. »In welchem Wagen?«

Der Dickbauch machte Augen wie ein gekränktes Kind.

»Was Sie sagen? Mirel ist ordentlicher, ehrlicher Schausteller! Das Verleumdung sein, *una calunnia, Signore!* Mirel nicht schmuggeln Ware, *mai, Signore, mai!*«[21]

Bathurst zog ihn zu sich heran.

»Hör zu, Dummkopf! Es geht mich nichts an, was, wieviel und wann du schmuggelst, nur wie? Ich will dein Versteck wissen, ein Mann muß verborgen werden. Es geht um Leben und Tod! Wenn du's mir nicht sagst, hängen wir beide.«

»Madonna!« stöhnte Mirel.

»Also? Bestimmt hast du einen doppelten Boden in einem der Wagen.«

»Ja, Signore.«

»In welchem?«

»In jedem, Signore. Aber das ist zu enges Versteck, Signore. Da passen kein Mensch rein, kein Mensch! Madonna!«

Bathurst mußte sich anders helfen. Er ließ dem schlafenden Hauptmann den Schnurrbart und das Haupthaar abrasieren, dann setzte er sich hin und stellte einen weiteren Paß aus, auf den Namen Celotto.

Am Morgen des 25. November begab sich Benjamin Bathurst auf die Wache der neueingerichteten Gendarmerie. Ihn empfing ein mächtig gebauter Major, am Schreibtisch lümmelnd, in einem auf Hochglanz polierten Arbeitszimmer. Neben ihm saß ein junger Leutnant.

»Herr Major«, sagte Bathurst, »mein Name ist O'Leary. Hier sind meine Papiere. Ich bin Ire, im Jahre achtundneunzig, nach dem niedergeschlagenen Aufstand, bin ich nach Frankreich geflohen. Jetzt reise ich durch Europa und treibe Handel. Ich bin nach Breslau und nach Prag unterwegs.«

»Na und?« brummte der Offizier unwillig. »Zur Sache. Worum geht's?«

»Die Sache ist die, Herr Major, daß da vorgestern abend ein französischer Hauptmann zu mir ins Gasthaus ›Zur goldenen Sonne‹ gekommen ist und gesagt hat, daß er die Polizeigewalt in der Stadt ausübt. Darauf hat er mir Arrest und Folter angedroht, falls ich mich nicht freikaufe. Schließlich hat er mir meine gesamte Barschaft weggenommen. Er war betrunken und ...«

Der Major lief blau an und erhob sich vom Sessel.

»Wie denn, was?!«

»Ich sag's, wie's war, Herr Major. Ich bin völlig mittellos, dabei habe ich Verträge in Breslau einzulösen. Ich flehe Sie an, mir zu helfen.«

»Der Name des Hauptmanns!«

»Ich weiß ihn nicht, Herr Major. Ich weiß nur, daß er mit Vornamen Auguste heißt.«

»Wie sieht er aus?«

»Von mittlerer Größe, Schnurrbart, schulterlanges Haar. Ach ja, er hat eine Narbe am linken Ohr, wie von einem Säbelhieb.«

Der Major wandte sich zu dem Oberleutnant um.

»Hörst du das, Bonchamp?! Das ist doch der, der uns gestern den Dienst übergeben hat. Bring ihn sofort hierher! Warte, du bekommst einen schriftlichen Befehl.«

Der mächtige Kerl kritzelte etwas auf ein Stück Papier.

»Erkunde den Namen und setze ihn dazu. Beeilung, Leutnant!«

Der Mann verschwand.

»Und du, Herr ...«

»O'Leary. Ich stehe zu Diensten, Herr Major.«

»O'Leary. Wenn du gelogen hast, wird's dir noch leid tun. Du hast einen französischen Offizier des Raubes bezichtigt!«

»Herr Major, bitte verzeihen Sie mir, ich tue es nicht zum Spaß. Ich befinde mich in einer Zwangslage.«

»Na, wir werden sehen ... Warte jetzt draußen auf dem Flur.«

Nach einer Dreiviertelstunde ließ der Major ihn rufen und fragte höflich:

»Herr O'Leary, ich habe über Ihre Beschwerde nachgedacht, und es wundert mich, daß Sie damit sechsunddreißig Stunden gewartet haben.«

»Das müssen Sie bitte verstehen, Herr Major, ich kenne mich in den verwaltungsmäßigen Dingen der Stadt nicht aus, ich bin nur auf der Durchreise hier. Ich war überzeugt, daß der Mann als einziger die hiesige Staatsgewalt repräsentiert, und ich konnte mich mit der Beschwerde doch nicht gut an ihn wenden. Erst heute nacht erfuhr ich zufällig, daß in Frankfurt eine Gendarmeriebrigade zuständig ist, deshalb komme ich zu Ihnen. Sie sind meine letzte Hoffnung!«

»Na schön, schön«, brummte der Major. »Wir werden sehen, was sich machen läßt. Warten Sie noch etwas.«

Die Tür wurde plötzlich aufgerissen, der Leutnant erschien und rief: »Herr Major! Das Früchtchen ist weg!«

»Wieso weg, Bonchamp, bist du von Sinnen?«

»Er ist weg, Herr Major. Hat seine Siebensachen geschnappt und ist über alle Berge. Ich habe schon den Stab seines Regiments benachrichtigt. Einer der Offiziere sagt, daß ihm der Schurke gestern seine goldene Uhr abgeluchst hat.«

»Verdammter Mist! Da ist er mit einer hübschen Beute auf und davon. Die dritte Desertion ist das in diesem Monat. Diese Faultiere vom Frontdienst taugen allenfalls für Galeerenarbeit, nicht fürs Soldatenwerk.«

»Aber bei Jena haben sie gesiegt«, bemerkte sein Untergebener.

»*Ta gueule*[22], Bonchamp! Dich hat niemand gefragt. Du kommst selber gerade erst vom Frontdienst zu uns, darum nimmst du die in Schutz, aber ich weiß, was ich weiß ...«

Auf einmal fiel ihm ein, daß ja ein Ausländer bei ihnen war, der französisch verstand und in dessen Gegenwart es sich nicht schickte, schmutzige Wäsche zu waschen. Er überspielte seine Verlegenheit, indem er den Besucher barsch anredete: »Ja, also, Herr O'Leary, im Augenblick ist Ihre Lage hoffnungslos. Haben Sie jemanden, von dem Sie sich ein bißchen was borgen können?«

»Tja ... Letztlich schon. Ich reise mit einer Truppe von Komödianten, meine Wagen nämlich haben mir die Preußen geraubt. Aber soll ich mich bei diesen Possenreißern verschulden?«

»Ich fürchte, Sie haben gar keine andere Wahl, O'Leary. Sobald wir den Halunken fassen, lassen wir Ihnen Bescheid zukommen. Könnten Sie uns eine Adresse nennen?«

»Wie sollte ich!« rief Bathurst verwundert. »Ich bin ständig unterwegs. Sogar wenn Sie den Schurken fassen – mein Geld wird so und so spurlos verschwunden sein.«

»Das stimmt auch wieder«, bestätigte der Major kopfnikkend. »Ich fühle mit Ihnen, O'Leary, aber mehr kann ich für Sie nicht tun. Und bedenken Sie bitte, es handelt sich lediglich um ein schwarzes Schaf. Die französische Armee ist eine ritterliche Armee!«

»Ich verstehe, Herr Major, was soll man tun, es ist eben mein verfluchtes Pech. Ich danke Ihnen dafür, daß Sie sich der Sache annehmen, auf Wiedersehen.«

Um zehn Uhr am Vormittag erreichten die Wagen der Komödianten die Oderbrücke. Längs dem Flußufer gingen Treidler, die an Seilen Boote stromaufwärts zogen. Am Militärposten machten Mirels Wagen halt. Ein junger Unteroffizier und zwei Soldaten schritten die Wagenkette ab und durchsuchten das Innere der Gefährte. Von dem Unteroffizier erfuhr Bathurst von den neuen Zollbestimmungen und von der sofortigen Vernichtung von Waren, die seit der Kontinentalsperre verboten waren.[23] In Benjamins Wagen sah der Unteroffizier einen Mann reglos am Boden liegen, einen Clown, dessen Gesicht mit grelleuchtenden Streifen und Kringeln bemalt war, mit großen roten Lippen, die von einem Ohr zum andern reichten.

»Und der Glatzkopf da?« fragte er.

»Das ist unser Clown, Celotto, Herr Sergeant«, erläuterte Bathurst. »Ein Saufaus, heute nacht nach der Vorstellung hat er sich vollaufen lassen, hat sich nicht mal abgeschminkt, die Kanaille. Bis Mittag weckt den kein Kanonendonner auf. Juan, hol mal den Paß aus seiner Tasche.«

Eine halbe Stunde später erhielten sie die Erlaubnis zu passieren. Auf der Brücke mußten sie eine Viertelstunde halten, so lange, bis sich die Zugbrücke geöffnet, ein Segelboot hindurchgelassen und sich wieder geschlossen hatte. Am anderen Stromufer angekommen, fuhren sie noch ein paar Kilometer nach Süden, dann verließen sie die Landstraße und wandten sich auf einem Feldweg wieder gen Norden. Im Wald zwischen Kunersdorf und Drenzig hielt Bathurst seinen Wagen an und befahl dem Zauberkünstler, bei ihm aufzusteigen. Mirel sollte mit dem Rest seiner Leute vorfahren und am Waldrand warten. Mit Mirel fuhren Juan, Robertson und Józef.

Als in der Ferne das gleichmäßige Räderquietschen verstummte, hörte man nur noch Vogelstimmen und das Spiel des Windes in den Baumwipfeln. Die Sonne, die sie schon ein paar Tage entbehrt hatten, wärmte das Wagenverdeck. Die Männer kletterten auf die Wiese hinunter und vertraten sich die Beine. Der Zauberer sprang ebenfalls ins Freie, und Bathurst blieb mit dem Clown und mit dem verwundeten Manuel allein, nachdenklich saß er da und warf dann und wann einen Blick auf den Schlafenden.

Nach einer Stunde zuckte der Franzose plötzlich und drehte sich auf die andere Seite. Darauf hatte Benjamin gewartet. Er rief Tom und Rufus zu sich.

»Tragt ihn raus und übergießt ihn mit Wasser. Und dem hier« – er zeigte auf den Zauberer – »gebt einen Spaten in die Hand, er soll ein Grab ausheben.«

Auf Simons Gesicht spiegelte sich das Entsetzen, und er fing an, hemmungslos zu weinen. Nachdem der Matrose ihm mehrere Schläge ins Gesicht verpaßt hatte, machte er sich schluchzend an die Arbeit.

Als der bunte Kauz einigermaßen zu sich gekommen war, setzte er sich auf und blickte erstaunt um sich. Bathurst ging zu ihm und beugte sich herab.

»Du hast gesagt, Freund, daß du mich wie eine Wanze zerquetschen und uns sämtliche Gedärme durchrütteln würdest. Auch, daß ich ein Hitzkopf wäre. Ich werde dir beweisen, daß das nicht stimmt. Ich werde geduldig zusehen, wie du krepierst, und das wird lange dauern.«

»Was?!« brüllte der Offizier. »Was soll das heißen! Wo bin ich? Gott, wo ist mein Schnurrbart, wo sind meine Haare! Was habt ihr mit mir gemacht, ihr Verbrecher! Was hab ich da im Gesicht ... Hilfe! Hilfe! ... Das ist Schändung der Uniform! Zu Hilfe, *au secours, au secours!«*

Der Franzose sprang auf, aber Bathurst beförderte ihn mit einem Schlag zurück auf den Boden.

»Schändung sagst du? Du schändest doch gerne, Freund. *Ramoner une poule*, so sagtest du doch.«

»Laßt mich, ich bin ein französischer Offizier!«

»Eine Kanaille bist du, Freund, unwürdig jeglicher Uniform.«

»Dafür werdet ihr bezahlen, teuer bezahlen!«

»Du hast recht, Freund, wir bezahlen, und zwar gleich. Darum habe ich dich hierhergebracht, um redlich zu bezahlen. Obwohl, um die Wahrheit zu sagen, eine redliche Bezahlung fällt mir schwer, denn für das, was du getan hast, gibt es keine ausreichende Strafe.«

Bathurst kniete sich vor den Franzosen hin und flüsterte ihm ins Ohr. »Es ist nicht mal so sehr dafür, daß du sie mir weggenommen hast, sondern dafür, daß ich deinetwegen zum erstenmal im Leben geweint habe. Aber das bleibt unter uns, ja? Ich mußte es dir sagen, damit du weißt, warum du so langsam und schmerzvoll sterben wirst. Ich habe lange überlegt, welchen Tod ich für dich wählen soll, und ich habe mich für eine gewöhnliche Schlinge am Ast entschieden. Du wirst daran hängen, aber du hast die Hände frei und kannst das Seil festhalten. Du hältst es so lange, wie du kannst. Mit deinen Händen kaufst du dir ein paar Minuten Leben. Aber vorher …«

Er sprach den Satz nicht zu Ende. Er stand auf und schrie: »Brown! Du wolltest ihn haben, da ist er. Ich überlasse ihn dir für zwei Minuten, nur schlag ihn nicht tot und brich ihm nicht die Arme.«

Brown konnte zuschlagen. Zuerst prügelte er mit zwei Hieben in den Mund die Zähne heraus und verwandelte die Lippen in eine formlose Masse, die, wie ein Knebel wirkend, das trostlose Geheul des Franzosen zum Verstummen brachte. Danach drosch er auf die Rippen und das Zwerchfell ein. Er arbeitete wie mit zwei Hämmern, im Gleichmaß einer Maschine, daß es dröhnte. Er hatte den abwesenden Blick eines Irren, und er weidete sich an den Qualen des Geprügelten. Rigby wollte hinzuspringen und ihn wahrscheinlich losreißen, aber Sij stellte sich vor ihn, und sein Blick ließ ihn erstarren. Wenn der Franzose hinfiel, hob Brown ihn wieder hoch, und während die eine Faust ihn gepackt hielt, mißhandelte ihn die andere.

Bathurst betrachtete das Gemetzel mit steinernem Gesicht, nur von Zeit zu Zeit sah er zur Uhr. Zwei Minuten waren vergangen, aber er unterbrach die Tortur nicht. Auf einmal hörte er hinter sich: »Schluß mit der Abscheulichkeit!«

Ohne sich umzusehen, fauchte er: »Still!«

Dann erst begriff er, wer das gesagt hatte. Er drehte sich um. Sie stand ganz nahe, nur einen Schritt entfernt. Sie sahen einander in die Augen. Julia sagte voll Verachtung: »Schlächter!«

Brown, blind für alles ringsum, schlug weiter zu.

»Hör auf!« schrie Bathurst, und als er sah, daß Brown nicht hörte, war er mit einem Satz bei ihm und riß ihn von seinem Opfer weg.

Der Franzose fiel neben die Grube nieder, die der Zauberer ausgehoben hatte. Alle standen starr wie Puppen im Marionettentheater. Julia trat einen Schritt vor und fragte: »Für wen ist die Grube?«

Da sie keine Antwort erhielt, fuhr sie fort: »Wenn du ihn auch nur anrührst«, sie zeigte auf Simon, der mit tränennassen Augen um Hilfe bettelte, »dann rede ich kein Wort mehr mit dir, es gibt dich nicht mehr, und der Kleinen sage ich, daß du ein Mörder bist.«

Sie wandte sich um und entfernte sich in Richtung des Waldes, auf demselben Pfad, den sie gekommen war. Benjamin starrte wie hypnotisiert auf ihren Rücken. Er zuckte nicht einmal, als Tom gellend schrie: »Sir! Vorsicht!«

Während sie alle Julia hinterherstarrten, hatten sie nicht bemerkt, wie der Franzose sich vom Erdboden erhob. In dem blutüberströmten Gesicht war nur noch ein dämonisches Auge zu erkennen, und es schien, als könnte sich dieser Leichnam keine Sekunde lang auf den Beinen halten. Und doch rief er eine schier übermenschliche, von Brown nicht besiegte Kraft in sich wach, er entriß Simon den Spaten und hob ihn über den Kopf. Erst da wurden sie seiner gewahr. Toms Aufschrei kam dem Herabsausen des auf Bathursts Kopf zielenden Spatens nur um Sekundenbruchteile zuvor. Doch Brown reagierte blitzschnell. Fast unwillkürlich, mechanisch, machte er einen Schritt und deckte Bathurst. So traf ihn der Hieb, das Blatt spaltete ihm den Schädel bis zum Kinn, und im selben Moment durchbohrte Sijs Wurfmesser den Leib des Franzosen.

Alles zusammen hatte nur wenige Sekunden gedauert. Benjamin starrte noch immer Julia hinterher. Sie ging, ohne sich umzuwenden.

Sie beerdigten Brown und den Hauptmann in getrennten Gräbern. Heyter schnitt aus Zweigen zwei Kreuze zurecht, und Robertson zelebrierte eine kurze Messe, an der Bathurst nicht teilnahm.

In der Nacht verschwand Rigby. Sie machten nicht einmal den Versuch, ihm zu folgen, wie sollten sie das auch, mit schweren Zugpferden? Er hatte seine Sachen mitgenommen, das Luftgewehr jedoch dagelassen.[24] Bathurst fuhr den Mönch an: »Du solltest auf ihn aufpassen, blöder Kerl! Das kostet dich was, wenn's ans Auszahlen geht.«

Robertson, anders als sonst, senkte die Augen und murmelte: »Ja gut, man muß so allerhand Kosten im Leben begleichen. Wenn mich nur der heilige Patrick nicht im Stich läßt und akkurat behütet, dann will ich nicht klagen, Sir. Der Bruder hat halt ein weiches Herz gehabt und es nicht verwinden können, was er gestern mitansehen mußte. Vielleicht hat er bloß vor anderen, himmlischen Kosten Rettung gesucht ... Ich hab's gesehen, nur er allein hat geweint, als ich für die sündigen Seelen betete.«

Auch der Pole heftete den Blick auf den Erdboden und ging Bathurst aus dem Weg. Julia, in ihren Wagen verkrochen, zeigte sich zwei Tage lang nicht, bis sie Zielenzig (Sulęcin[25]) hinter sich gelassen hatten. Dort hatten sie die Nacht vom 26. zum 27. November verbracht. Am Morgen hatte Bathurst bei einem ortsansässigen Juden drei Reitpferde gekauft. Eins davon übergab er Józef mit den Worten: »Ich reite mit Robertson voraus nach Samter (Szamotuły) und erkunde die Lage. Eine Landkarte hast du. Ihr fahrt, wie besprochen, über Meseritz

(Międzyrzecz) und Pinne (Pniewy). Halte das Tempo, damit du nicht später als in fünf Tagen, am ersten Dezember, in Szamatoły eintriffst.«

»Sir, aber es regnet seit Tagesanbruch. In zwei Stunden ist der Weg ein einziger Morast.«

»Ich weiß, aber bemühe dich wenigstens. Wenn es schwierig wird, laß Mirel zurück und eile mit unserem Wagen voraus, ich werde euch brauchen. Einen Mann laß da, der auf Mirel aufpaßt. Mich triffst du möglicherweise nicht mehr an, denn so alles gut geht, verlasse ich Szamotuły für ein paar Tage. Robertson empfängt euch dann und übermittelt meine Befehle. Alles klar?«

»Jawohl, Sir.«

Bathurst und Robertson bestiegen die Pferde und ritten an der Karawane entlang. Als sie am zweiten Wagen von vorn vorbeikamen, ging das Fenster auf, und Bathurst sah die kleine Ania, die ihm zum Abschied winkte. Er ritt näher heran. Hinter dem Kopf des Kindes schimmerte Julias Gesicht, ihre Augen waren auf ihn gerichtet. Er bemerkte, daß unter den Augen tiefe Schatten lagen.

»Mach das Fenster zu, Ania, du wirst ganz naß!« rief er und trieb sein Pferd zum Galopp.

Der Klosterbruder erwies sich als recht tüchtiger Reiter, obwohl es nicht leicht war zu traben. Der Wind peitschte ihnen den Regen ins Gesicht, und durchdringende Kälte kroch in ihre Kleidung. Vornübergebeugt jagten sie dahin, das Kinn auf der Kragenschnalle. Sie durchquerten eine triste, tote Landschaft, die immer häufiger von Strohdächern gekennzeichnet war, die sich auf den Erdboden zu stützen schienen, solche Strohdächer hatten sie in Deutschland nur selten gesehen. Über Schermeisnel (Trzemeszno Lubuskie?), Grochów[26] und Tempel (Templewo?) gelangten sie bis nach Międzyrzecz. Gleich hinter der Stadt hörten sie im Rücken einen vom Wind gedämpften Schrei: »Aus dem Weg! Bahn frei für seine Kaiserliche Majestät! Aus dem Weg!«

Bathurst und sein Begleiter wichen an den Wegrand aus. Ein Chasseur mit blankgezogenem Säbel in der Hand flog an ihnen vorüber, alsbald gefolgt von einem Reitertrupp, der sie mit Schlammfontänen bespritzte. Inmitten der Abteilung berittener Schützen fuhr eine Kutsche mit den kaiserlichen Insignien an den Schlägen. Kurz schimmerte der weiße Turban des auf dem Bock sitzenden Mamelucken auf[27], der Kutsche folgten einige weitere Wagen, und schon war alles hinter der Regenwand verschwunden wie eine Geisterschar. Bathurst gewahrte noch, wie aus dem für Sekunden geöffneten Kutschenfenster ein Gegenstand schwirrte. Er saß ab und hob ein schmutzbesudeltes Buch von der Erde auf.[28] Es war ein Band der Gesamtausgabe von Machiavellis Werken. *Opere di Nic. Machiavelli cittadino e secretario fiorentino; Discorsi sopra prima decade di Tito Livio*, die Haager Ausgabe von 1726.[29] Die Ränder zierten Dutzende von Bemerkungen und Anstreichungen, die im Regen zerflossen. Benjamin stellte sich unter einen Baum und versuchte, die Seiten mit einem Tuch trokkenzuwischen, verschmierte indessen die Glossen nur noch mehr. So klopfte er das Buch ab, wickelte es in sein Tuch, stopfte es in die Satteltasche und rief dem Schotten zu: »Robertson, der Kaiser ist bereits unterwegs nach Posen, ich muß zurück! Reite allein nach Szamotuły, mach deinen Cousin ausfindig und erkunde, wer in dem Turm der legendären Frau wohnt.«

»Wann werden Sie kommen, Sir?«

»Bald, warte auf uns!« erwiderte Bathurst, sprang in den Sattel, und ohne sich umzublicken jagte er zurück nach Międzyrzecz. Wenige Kilometer hinter Templewo sah er die Wagen stehen. Tom, Heyter, Józef, Juan und einige der Komödianten waren dabei, Reisigbündel unter die Räder zu legen. Am Wagen der Frauen sprang er ab und klopfte an die Tür. Diana öffnete ihm.

»Ich grüße unseren Anführer!« sagte sie, verführerisch lächelnd.

»Ich möchte Julia sprechen.«

»Leiser, mein Ritter, das Kindchen schläft!«

Julia schob Diana beiseite und sah Bathurst fragend an. Er bat sie, mit in den letzten Wagen zu kommen, in dem Manuel lag und noch immer, aus lauter Faulheit, den ernstlich Kranken spielte. Dort fragte er: »Julia, kannst du reiten?«

»Ja«, erwiderte sie.

»Paß auf. Ich möchte, daß du mit mir nach Posen reitest. Ich benötige deine Hilfe.«

»Was soll ich denn tun?« fragte sie mit gedämpfter, heiserer Stimme.

»Du sollst dich dort mit einem Soldaten treffen, einem Franzosen, und für mich eine Verabredung mit ihm ausmachen.«

»Wann willst du aufbrechen, Herr?«

»Den Wolkenbruch warten wir noch ab. Vielleicht morgen früh. Kommst du mit?«

»Ich weiß nicht ... Nein, das Kind ...«

»Was ist mit dem Kind?«

Sie hob die Stimme: »Deine Vorhaben und alles, was du tust, Herr, sind todbringend! Ich fürchte den Tod nicht, aber ich habe Angst um Ania. Was ist, wenn ein Unglück geschieht?«

Bathurst schwieg einige Augenblicke und erwiderte dann: »Es passiert nichts Schlimmes, du wirst sehen. Und wenn doch, kümmert sich die Truppe um die Kleine. Ich lasse Geld für sie da, so viel, daß sie bis an ihr Lebensende nicht zu arbeiten braucht. Und sollte ich selber das Unglück überstehen, das du an die Wand malst und an das ich nicht glaube, dann ... dann adoptiere ich das Kind.«

Julia sah ihm mit großen Augen ins Gesicht. Als sich das eingetretene Schweigen unerträglich in die Länge zog, fragte er: »Also wie, kommst du nun mit? Mir liegt viel daran, nämlich ...«

»Sag nichts«, flüsterte sie. »Ich komme mit. Morgen früh bin ich bereit.«

An diesem Tag kamen die Wagen zum späten Abend mit knapper Not bis Templewo, wo sie in Bauernhütten übernachteten. Am nächsten Tag (Freitag, 28. November) – sie befanden sich auf der Höhe eines Dorfes, dessen Dächer und Kirchturm jenseits des Waldes schimmerten[30], und der Himmel klarte sich ein wenig auf – verließen Bathurst und Julia die übrigen und machten sich auf den Weg nach Posen. Sie erreichten die Stadt gegen Abend und nahmen in einem Gasthaus an der Wroniecka Straße Quartier. Benjamin begab sich sofort in die Stadt, um Napoleons Aufenthaltsort zu erkunden und die Anmeldung beim Polizeidirektorium vorzunehmen, ohne die er nicht auch nur eine Nacht in Posen verbringen durfte.[31]

Am Sonnabend vormittag führte er Julia in die Jezuicka Straße.

»Hier ist es.« Bathurst zeigte auf die einstigen Jesuitengebäude. »Siehst du die Schildwache? Da gehst du hin. Du weißt ja, was du zu tun hast.«

Aus dem Torwinkel beobachtete er, wie Julia mit dem Wachtposten sprach. Der verzog den Mund zu einem breiten Grinsen und rief etwas durch das Tor nach hinten. Julia durfte hineingehen, und Benjamin verlor sie aus den Augen. Ungefähr nach einer Viertelstunde kam sie zurück.

»Und, hast du ihn angetroffen?«

»Ja.«

»Wann kommt er?«

»Heute abend um acht.«

»Wie war es?«

»Sie haben über uns beide gelacht. Mich haben sie angeguckt wie eine ...«

»Ich weiß, Julia, aber anders ließ es sich nicht machen.«

Um acht Uhr abends traf Benjamin mit N ... zusammen. Treffpunkt war die Klosterkirche der Unbeschuhten Karmeliter, ein wie eine Höhle finsteres, mächtiges, mit den gigantischen Formen eines barocken Manierismus prunkendes

Kirchenschiff. Kirche und Kloster saßen rittlings auf einer breiten Anhöhe, von der Vortreppe aus bot sich ein Blick auf die gesamte Umgebung. Genau darum hatte Bathurst diesen Ort gewählt. Hier war es ruhiger als in der Stadt, die sich seit Napoleons Ankunft in einen wimmelnden Bienenstock verwandelt hatte und deren Bevölkerung sich von einem Tag auf den anderen zu verdoppeln drohte.

Die Kirche war kalt und leer, nur ein Klosterdiener putzte den Hauptaltar. In der Luft schwebte der Geruch von brennenden Kerzen und Weihrauch. Die beiden Männer ließen sich hinter einem dicken Pfeiler in einer der mit Schnitzwerk verzierten Bänke nieder.

»Ich habe Sie so rasch nicht erwartet, Monsieur«, sagte der Chasseur.

»Und ich hatte nicht erwartet, daß er schon vorgestern hier einziehen würde. Ich rechnete damit erst in einigen Tagen.«

»Der Empfang war miserabel. Der Herrgott hat ihm und denen, die ihn festlich empfangen wollten, das Wasser kübelweise aufs Haupt geschüttet. Sämtliche Begrüßungsfeierlichkeiten mußten abgesagt werden.«

»Die Polen lassen sich indessen nicht abschrecken«, hielt Bathurst entgegen. »Vom Morgen bis zum Abend schallen ihm ihre Vivatrufe entgegen. Ein Glück nur, daß wir nicht Sommer haben, wie sollte man das im Zimmer bei geschlossenen Fenstern aushalten? Dieser unentwegte Lärm der Volksmenge … Sie lieben ihn.«

Der Chasseur wandte Bathurst das Gesicht zu, und ihn durchdringend ansehend, preßte er verächtlich durch die Zähne: »Das ist der Pöbel! Der Pöbel läßt den Sieger immer hochleben. Sobald wir siegen werden, brüllt der Pöbel uns sein Vivat entgegen. Sobald wir ihn vom Thron stürzen …«

»Sie?!« unterbrach Bathurst ihn erbost.

»Ja, wer sonst, wenn's beliebt?«

»Wer sonst?! Mir schien doch, mein Herr, daß ich den König vom Schachbrett entfernen und Ihnen dafür einen Bauern auf den Thron setzen soll. Darauf wartet ihr doch. Seit wann ist einer, der wartet, Sieger? Wenn Sie's selbst bewerkstelligen können, warum haben Sie's bisher nicht getan? Bitte sehr, ich kann mich gern zurückziehen und das Betätigungsfeld Ihnen überlassen.«

Ein lastendes Schweigen trat ein. Bathurst begriff, daß er sich vergaloppiert und die Situation zu sehr aufgereizt hatte, darum sagte er versöhnlich: »Streiten wir uns nicht, dazu haben wir uns nicht getroffen. Wir müssen zusammenarbeiten, denn keiner von uns kann ohne die Hilfe des anderen etwas tun. Ich habe nach einer Zusammenkunft verlangt, weil ich nicht weiß, wie lange Napoleon sich in Posen aufhalten wird. Folglich weiß ich auch nicht, ob ich den Anschlag in Szamotuły vorbereiten oder ob ich nach Warschau weitereilen soll.«

»Sie haben mindestens zwei Wochen Zeit«, sagte der Chasseur.

»Garantieren Sie dafür?«

»Garantieren kann ich dafür, daß wir jetzt Abend haben, und nicht Morgen. Es kommt vor, daß er seine Pläne über Nacht ändert, das läßt sich nie vorhersehen.«

In seiner Stimme schwang Boshaftigkeit mit. Benjamin, erneut den Zorn in sich unterdrückend, fragte: »Warum sprachen Sie dann von zwei Wochen?«

»Weil vorerst nichts darauf hindeutet, daß er früher weiterreisen wollte, ja überhaupt könnte. Die Lage an der Front zwingt zum Abwarten. Im Stab herrscht die Ansicht, daß sich die Armee zu sehr aufsplittert und auf einem zu großen Territorium agiert. Man wartet auf Verstärkung, auf die Aufstellung polnischer Streitkräfte in Form eines Landsturms. Das wird dauern. Aus Frankreich marschieren zwar neue Kontingente heran, aber sie kommen nur langsam vorwärts, was ihn in schlechte Laune versetzt.«

»Womit befaßt er sich zur Zeit?«

»Er konzentriert um Posen eine Heeresgruppe aus den Korps von Soult, Ney, Bernadotte sowie aus Teilen der Reservekavallerie. Er möchte diese Streitkräfte über die Weichsel bringen, aber obgleich Murat gestern Warschau eingenommen hat[32], fehlt ein Flußübergang, denn die Brücke ist zerstört. Sie muß erst wieder aufgebaut werden, und auch das wird dauern. Und es wird nicht einfach sein. Bennigsens russische Vorposten sind bereits bis zur Weichsel vorgedrungen und decken den Rückzug der Preußen. So ist momentan die Lage. Ich denke, Sie haben mindestens zwei Wochen Zeit. Gestern hat er zu Constant[33] gesagt: ›Wir verweilen hier vorerst, mein Lieber, mach mir was Nettes ausfindig.‹«

»Was Nettes?«

»Ein Mädchen. Überall, wo er sich länger aufhält, braucht er Frischfleisch. Dieser Wüstling!«

Bathurst dachte von seinem Gesprächspartner: Dieser Kretin!, aber er sagte: »Interessant. Haben Sie nie daran gedacht, ihm ein Weib unterzuschieben, das für Sie arbeitet?«

»Das haben wir, nur ist das nicht so einfach. Erstens wechselt er die Frauen wie Handschuhe, mit keiner schläft er öfter als einige Male, und außerdem sind Savary und Schulmeister darum bemüht, die hübschen Käfer bis ins vierte Glied rückwärts zu überprüfen. Es braucht nur den Schatten eines Verdachts, und das Mädchen hat keine Chance. Lediglich einmal ist es uns geglückt, in Wien, aber schon nach ein paar Tagen hat der rotblonde elsässische Hund etwas gewittert und die Komtesse abgezogen.«[34]

»Von wem sprechen Sie?« fragte Benjamin.

»Ist das von Bedeutung? Dieses Mädchen ...«

»Ich frage nicht nach dem Mädchen! Wer ist der rotblonde elsässische Hund?«

»Schulmeister.«[35]

Als der Chasseur den Namen nannte, schwangen in seiner Stimme tiefster Haß und eine kaum merkbare Furcht mit. Aber Bathurst hatte ein gutes Gehör, und so erhaschte er auch jene zweite Note. Er erinnerte sich an den Herzbuben aus Julias Patience.

»Wer ist der Mann?« fragte er.

»Der Agent Nummer eins, Savarys rechte Hand, sein Stellvertreter und faktisch der Chef der Abwehr, obwohl er sich formal nur mit Spionage befaßt.

»Dann ist er Ihr Chef?«

»Theoretisch nicht, denn die Schützen bilden die Feldeskorte, er hingegen steht dem Geheimdienst vor. Praktisch aber ist er befugt, jedem Befehle zu erteilen. Daß er sich bei uns fast nicht einmischt, steht auf einem anderen Blatt. Im übrigen ... weiß der Teufel, wo er sich einmischt und wo nicht. Wer weiß das schon? Er ist ein wahrer Deibel!«

Bathurst spürte seinen Körper erzittern, wie wenn ihn eine Gänsehaut überlief. Nicht vor Angst, sondern vor Wut. Herrgott im Himmel! Verdammter Castlereagh – er hatte keine Ahnung von der Existenz eines solchen Gegners und da organisierte er eine Entführung Napoleons! Der Dummkopf! Warum bloß hatte d'Antraigues, dieser Schweinehund ...

»Warum hat uns d'Antraigues nichts von dem Mann gesagt?«

»Er hat nichts von ihm gewußt, denke ich. Bis vor kurzem war Schulmeister in Österreich als gewöhnlicher Spion tätig, kein Mensch konnte ahnen, daß er einen solchen Sprung nach oben tun würde. Aber nach Ulm hat sich Napoleon in ihn verliebt und ihn den ›Kaiser der Spione‹ genannt. Jetzt ist er ein hohes Tier, und alle zittern vor ihm.«

»Sie auch?«

»Ich nicht, unsere Konspiration ist einwandfrei.«

Bathurst dachte: Mensch, daß ich nicht lache!, und fragte: »Was hat er denn in Ulm vollbracht?«

»Er hat es erobert. Offiziell hat Bonaparte vor einem Jahr in einem Blitzmanöver die Ulmer Festung umzingelt und die darin eingeschlossene Armee von Mack[36] zur Kapitulation gezwungen. In Wirklichkeit war das Ganze ausschließlich Schulmeisters Sieg. Das rotblonde Rindvieh hat ein paar Chefs der österreichischen Militärspionage bestochen[37], und die haben ihn, stellen Sie sich das einmal vor, an die Spitze der Stabsspionage der österreichischen Hauptarmee gestellt! Selbst die blitzartigsten Manöver Bonapartes hätten nichts ausgerichtet, wenn Mack, wie geplant, seine Armee ostwärts zurückgezogen und sie mit den Russen vereinigt hätte. Die Große Armee war ja noch weit weg, die marschierte erst von Boulogne ab, Mack hätte also in aller Gemütlichkeit den Rückzug durchführen können. Schulmeister jedoch überredete ihn dazu, sich in Ulm zu verschanzen, und als Macks Stabsoffiziere protestierten, weil sie sahen, daß dies Selbstmord war, wissen Sie, was Schulmeister da gemacht hat? Er benachrichtigte unseren Stab, dort hat man in einer einzigen Nacht in der Felddruckerei eine gefälschte Pariser Zeitung gedruckt, diese dann in die Festung gebracht, und Schulmeister zeigte sie dem Feldmarschall. Die Zeitung enthielt die Nachricht, daß Bonaparte von den Generälen entthront worden sei und daß diese mit Österreich Frieden schließen wollten.[38] Mack glaubte daran und blieb in Ulm wie ein Schaf, das aufs Schlachten wartet. Wenige Tage später umzingelte die Große Armee die Festung, und die Österreicher in ihrer ausweglosen Lage ergaben sich ohne einen einzigen Schuß.«

Bathurst nickte voll Bewunderung.

»Eine solche Nummer ist noch keinem zuvor gelungen, seitdem es überhaupt Spionage gibt! Dieser Schulmeister scheint ja ein wahres Genie zu sein. Ist er zur Zeit in Posen?«

»Ich weiß nicht, vielleicht«, antwortete der Chasseur.

»Erkundigen Sie sich danach! Was heißt hier: vielleicht!«

»Er benutzt hunderterlei Masken. Einmal erschien er in Bonapartes Arbeitszimmer als Bettler verkleidet. Der Korse erkannte ihn nicht und setzte ihn mit einem Almosen vor die Tür. Man weiß nie, wo er ist, vielleicht gerade neben einem? Darum ist es schwer, ihn aus dem Weg zu räumen. Und darum, wenn es glückt, den Korsen durch den Doppelgänger zu ersetzen, muß der zuallererst diesen Schulmeister beseitigen, erst danach Savary und Davout. Der Rotblonde ist am gefährlichsten.«

»Glauben Sie, daß er für unser Vorhaben gefährlich sein kann?«

»Ich weiß nicht. Eher nein. Von den Philadelphen weiß er nichts, denn sonst würde ich schon hängen, und wenn Castlereagh in London und Sie hier Vorsicht haben walten lassen, gibt es keinen Grund zur Sorge.«

Kretin! dachte Bathurst zum zweitenmal.

Sie verstummten wieder, als der Mann, der den Altar geputzt hatte, durch das Seitenschiff an ihnen vorüberging. Sie warteten, bis er durch die Tür verschwunden war, hinter der die zum Chor führende Treppe lag.

»Ich habe einige Aufträge«, sagte Benjamin. »Sammeln Sie recht viele Informationen über Schulmeister. Alles, was nur möglich ist. Jede Einzelheit ist von Belang, auch was er ißt und um wieviel Uhr er aufsteht, alles! Außerdem benötigen wir alles über den Tagesablauf des Kaisers, Verhaltensweisen, Lieblingssprüche, ein Verzeichnis der Personen, die ihn in Posen umgeben, vom Dienstpersonal bis zu den Generälen, Namen, Charakterzüge, an denen man sie erkennt und ähnliche Details. Das brauchen wir für den Doppelgänger. Und bitte sagen Sie Ihrem Chef, daß er seinen Einfluß dahingehend geltend macht, den Kaiser möglichst lange in dieser Stadt festzuhalten. Zwei Wochen dürften mir genügen.«

»In Ordnung. Der Kontakt geht über das Mädchen?« fragte der Chasseur.

»Nein. Bitte legen Sie die Hand unters Pult, hierhin, in die Vertiefung.« Bathurst zeigte die Stelle. »Ich bohre hier gleich mit dem Messer ein Loch hinein, in das ich eine Nachricht lege, sobald ich Sie brauche. Können sie täglich zu einer bestimmten Uhrzeit hier nachsehen?«

»Ausgeschlossen!« verneinte der Chasseur. »Aber das macht nichts. Wir sind unserer viele, und wenn ich nicht herkommen kann, um nachzusehen, kommt jemand anders. Auf eine feste Uhrzeit lasse ich mich nicht ein, denn dann könnten Sie den, der hier nachsehen kommt, demaskieren, aber nur ich habe die Weisung erhalten, mich Ihnen zu erkennen zu geben, die übrigen Philadelphen haben für Sie kein Gesicht.«

»Wenn ich ein Verräter wäre ...« versuchte Bathurst zu beharren.

»Ich sagte nein!« Der Chasseur schüttelte einmal heftig den Kopf zum Zeichen, daß er darüber nicht diskutieren würde.

»Was also schlagen Sie vor?«

»Wir kontrollieren das Versteck zu unterschiedlichen Tageszeiten, und wenn wir feststellen, daß uns irgend jemand beobachtet, brechen wir den Kontakt ab.«

»Begreifen Sie denn wirklich nicht«, versuchte Bathurst erneut einzuwenden, »daß ich, wenn ich ein Verräter wäre, ein Spitzel, ein Diener von Savary, Davout oder Schulmeister, Sie doch nur verhaften zu lassen brauchte ...«

»Die Anweisung meines Vorgesetzten, mich Ihnen zu erkennen zu geben, ist als potentielles Todesurteil zu betrachten. Man hat mich geopfert. Anders gesagt, ich bin gleichsam verurteilt, bin auf den Tod gefaßt. Aber ich darf einen anderen Philadelphen nicht derselben Gefahr aussetzen.«

»Menschenskind!« Benjamin lächelte. »Es gibt hier nur zwei Möglichkeiten. Entweder ich bin dein Feind oder aber ich bin dein Verbündeter. Wäre ich ein Feind, das heißt, würde ich für die französische Spionageabwehr arbeiten, brauchte ich doch nur, da ich inzwischen weiß, daß du ein Philadelphe bist, eine Überwachung deiner Person rund um die Uhr anzuordnen, und nach einer Woche würde ich alle Leute kennen, mit denen du in Verbindung stehst. Als Verbündeter hingegen brauche ich dich nicht beschatten zu lassen, denn unser Ziel ist ein gemeinsames. Lassen wir endlich die Verdächtigungen und seien wir wieder ernsthaft. Treffen werden wir uns hier, es sei denn, es ergeben sich Gründe dafür, den Ort zu wechseln.«

»In Ordnung. Ich schlage vor, daß wir uns immer um dieselbe vereinbarte Uhrzeit treffen. Sagen wir, um sieben Uhr früh am Tag, nach dem die Aufforderung erfolgt ist. Oder um sieben

Uhr am übernächsten Tag, falls einer von uns aus irgendeinem Grund zum ersten Treffen nicht erscheinen konnte.«

»Zu früh«, sagte Benjamin. »Das schaffe ich nicht.«

»Ich wiederum kann nicht später kommen«, erklärte der Chasseur. »Wir haben fast den ganzen Tag über Dienstbereitschaft.«

»Einverstanden, dann sagen wir doch, um sieben. Also, auf Wiedersehen.«

Bathurst kehrte spätabends ins Gasthaus zurück. Julia wartete mit dem Abendessen auf ihn, das sie aufs Zimmer bestellt hatte. Als Benjamin mit der Mahlzeit fertig war, fragte sie: »Wirst du mich noch länger brauchen? Ich sorge mich um Ania.«

»Du wirst sie morgen wiedersehen.«

»Fahren wir zu Mirel zurück?« fragte sie erfreut.

»Nein, ich hole Ania hierher.«

»Hierher?! Warum das?«

»Du sagtest, daß das, was ich tue, todbringend ist. Das stimmt, aber ich glaubte doch, daß zunächst keine Gefahr besteht und du mir weiterhin bei den Kontakten zu jenem Soldaten behilflich sein kannst. Es war ein Irrtum, ich habe nicht gewußt, mit wem ich es zu tun haben würde. Inzwischen weiß ich, daß es da jemanden gibt, einen Gegner, der meiner würdig ist. Ich weiß nicht einmal, wo er sich befindet, vielleicht ist er hunderte Meilen entfernt, dann wäre er so gut wie nicht vorhanden, aber vielleicht ist er auch hinter dieser Wand ... Julia, mein Spiel ist allzu riskant für dich geworden.«

Sie sah ihn mit Augen an, die voller Beunruhigung und voller Liebe waren, und sie wußte, daß sie ihm nichts ausreden würde.

»Benjamin, was hast du im Sinn, weshalb bist du hierhergekommen? Ich weiß, du wirst es mir nicht sagen, aber ich weiß doch, daß es etwas Furchtbares sein muß. Was ist das für ein Gegner?«

»Ich habe ihn noch nicht zu Gesicht bekommen, und gestern

noch hatte ich keine Ahnung davon, daß es ihn überhaupt gibt. Dieser Mensch ist schlau und durchtrieben wie ein Fuchs.«

»Warum läßt du nicht alles sein, wenn er so gefährlich ist?«

»Ich kann nicht. Und selbst wenn ich könnte, ich würde es nicht tun. Eben darum, weil er so gefährlich ist.«

»Ich weiß, du bist wie ein kleiner Junge, der einen anderen übertreffen muß. Das ist kindische Dummheit!«

»Da hast du recht.«

»Und du kannst auf diese Dummheit nicht verzichten. Zieh dich zurück, noch ist Zeit. Ich flehe dich an, Benjamin!«

»Nein, Julia.«

»Mein Gott, wie dumm sind doch Männer. Er wird dich töten!«

»Kann sein. Falls es ihm gelingt, wiederaufzuerstehen. Denn zunächst einmal habe ich die Absicht, ihn zu töten, sobald er nur meinen Weg kreuzt.«

»Und bevor du ihn umbringst, wirst du ihn ›Freund‹ nennen ... Warum nennst du ›Freund‹ immer nur die, die du haßt und die du umbringst?«

»Weil ich keine anderen Freunde habe. Diejenigen, die ich dem Tod überantworte, sind meine Brüder, denn ich bin für sie der Arm der Vorsehung. Nur Blut besiegelt die Freundschaft, wie bei den Wilden. Begreifst du?«

»Nein!«

»Leiser! Schrei nicht so, um Himmels willen, die Wände hier sind nicht aus Stein!«

»Alles, was du sagst, ist entsetzlich. Du tötest Menschen wie Tiere.«

Benjamin sah sie verwundert an und rezitierte:

> Sie rühren mein Gewissen nicht: ihr Fall
> entspringt aus ihrer eignen Einmischung.
> 's ist mißlich, wenn die schlechtere Natur
> sich zwischen die entbrannten Degenspitzen
> von mächt'gen Gegnern stellt.

»Schon wieder redest du in diesen fremden Versen. Ich kenne deine Sprache nicht, ich kann das nicht verstehen. Was hast du gesagt?«

»Daß du dich irrst. Nämlich diejenigen, die von meiner Hand sterben, sind selber dran schuld, warum stellen sie sich mir in den Weg? Das sind Hamlets Worte, Julia. Aber das ist jetzt unwichtig ... Hör zu, ich erinnere mich, wie du einmal gesagt hast, daß du davon träumst, auf deine Insel zurückzukehren, wenn du das nötige Geld dafür hast. Wie viele Jahre schon träumst du davon und versprichst dir immer wieder, in einem Jahr ist es soweit, in zwei Jahren? Bei Mirel wirst du bis an dein Lebensende nicht mehr als das Reisegeld zusammensparen! Der Winter kommt, ein schwerer Winter, und das Kind ...«

»Das Kind hat schon einige Winter überstanden.«

»Das heißt nur, daß du Glück gehabt hast. Bisher ...«

»Warum sagst du mir das?«

»Weil ich will, daß du morgen nach Hause fährst. Es ist Krieg, aber in Richtung Süden verkehren Postkutschen. Ich gebe dir Geld, dafür kannst du ein ganzes Dorf kaufen.«

»Ich nehme von dir kein Geld!« schrie Julia. »Wofür willst du mich denn bezahlen, für die gestrige Nacht oder für die heutige?«

»Julia! Ich möchte, daß die Kleine glücklich wird, daß sie sich nicht ihr Leben lang in Hunger und Kälte herumtreiben muß, in den Zirkuswagen eines Mirel oder seinesgleichen. Daß sie nicht auf dem ersten besten Rastplatz vergewaltigt wird.«

»Sie wäre glücklich, wenn sie dich hätte! Lebendig! Verstehst du, *lebendig!*«

Er ging zu ihr und schloß sie in die Arme.

»Wenn ich überlebe, komme ich, wohin du befiehlst, und ich nehme euch dann mit ins Paradies ... Weine nicht, ich bitte dich, weine nicht.«

Am Sonntag morgen (30. November) mietete Bathurst einen leichten zweispännigen Wagen und verließ Posen. Ania allein hätte im Sattel vor ihm sitzen können, aber Julia hatte gesagt, daß Ania ohne Mutter Rosa keinen Schritt tun würde. So hatte er ihr versprochen, sie mitzunehmen.

Die Zeit war gut abgepaßt. Benjamin traf die Truppe bei Pniewy, er übernahm das Kind und die alte Frau, und ohne sich um Mirels Gezeter zu scheren, kehrte er um, nachdem er Józef zur Eile getrieben hatte.

Am Montag vormittag brachte er alle drei zur Poststation, er küßte Ania, lächelte der Geliebten zu und stieg aufs Pferd. Julia rannte zu ihm und faßte seinen Arm.

»Bleib am Leben! Versprich mir, daß du leben bleibst!«

»Geh zum Wagen zurück, er fährt ab.«

»Versprich es!«

»Ich verspreche es.«

Er riß sich los und gab dem Pferd die Sporen. Wenige Minuten später jagte er bereits die Landstraße entlang, über Kiekrz und Pamiątkowo auf Szamotuły zu. Auf halbem Wege bemerkte er, daß ihm etwas gegen den Schenkel schlug. Von dem metallenen Sattelknopf hing an einem goldenen Kettchen ein Medaillon mit der Mutter Gottes herab.

6. Der Mönch

Nachdem ich das Memorial bis hierher gelesen hatte, war ich überzeugt, daß der verliebte Bathurst seine Julia schlicht aus Sorge um sie in Sicherheit bringen wollte. Aber Naivität ist eben nur eine der Arten, sich des Verstandes zu bedienen, ebenso wie Klugheit und Dummheit. Nein, Bathurst hatte Julia vor allem aus Sorge um den eigenen Seelenfrieden fortgeschickt.

Mirels Wagen erreichten Szamotuły am Nachmittag des 2. Dezember (Dienstag). Als Mirel Benjamin sah, zeterte er los: »Wo Siromini sein? Signore, wo! Die halbe Truppe nicht mehr bei mir, Julia nicht mehr haben, Mutter Rosa nicht mehr haben, Chaco nicht, und jetzt nicht mehr haben Maestro Siromini! Was hat angetan dem Maestro Siromini der *marinaio?!*[1] O Madonna, Madonna! Warum ich waren einverstanden, warum ich nehmen Geld von Signore?! Ich nicht fahren weiter mit Signore, basta, basta, ich fahren allein. Basta!«

»Du bleibst so lange, wie ich es dir sage!« fuhr Bathurst ihn an.

»Ich nicht bleiben, Signore, basta!« piepste Mirel. »Gott ist Zeuge von Mirel, daß nicht bleiben Mirel!«

Benjamin beugte sich zu ihm herab und zischte ihm ins Ohr: »Du bleibst, Mirel, oder soll ich dich zum Gott der Verräter schicken, dahin, wo jetzt Maestro Siromini wohnt? Sag das deinen Leuten, die betrifft das ebenso. Ihr müßt es noch ein paar Tage mit mir aushalten.«

Er wollte sich schon umdrehen und den entsetzten Mirel allein lassen, da fiel ihm etwas ein, und er fügte kühl hinzu:

»Noch eins. Wenn du die nächsten Tage überleben willst, dann schrei mich nie mehr an, Freund.«

Dies war nun wieder der alte Bathurst, den wir in London kennengelernt haben. Die Liebe zur Tänzerin hatte ihn in ein Nervenbündel verwandelt, hatte ihn weich gemacht und verwirrt. Doch auch in seiner Verliebtheit war er bei Verstand gewesen, um nicht die Grenzen des Selbsterhaltungstriebs, sprich: der Sicherheit, zu überschreiten. Gerade noch rechtzeitig hatte er begriffen, daß er, wenn diese Frau in seiner Nähe blieb, weitere Fehler begehen würde, daß er immer weicher und unkonzentrierter werden und schließlich seine Schachpartie verlieren würde. Und zwar, was am schlimmsten war, in miesem Stil. Die Nachrichten über Schulmeister waren das letzte Alarmsignal gewesen, und darum hatte Bathurst Tom befohlen, den Zauberkünstler Siromini umzubringen, noch bevor er Ania und Mutter Rosa nach Posen holte. Getreu dem Spruch Maurice Druons: »Starke Menschen zeichnet nicht aus, daß sie keine Zweifel und kein Zaudern kennen, sondern daß sie beides schneller überwinden.«

Das Gespräch zwischen Benjamin und Mirel fand einen ganzen Tag nach dem Abschied von Julia und ihrer Tochter statt. Wenden wir uns also noch einmal zurück:

Nach seiner Ankunft in Szamotuły (Montag, 1. Dezember 1806) sah sich Bathurst zunächst im Städtchen um. Es war klein und schmutzig. Von den mehreren hundert Häusern waren nur einige wenige aus Stein gemauert, alle übrigen waren Holzhäuser, mit Stroh oder mit Schindeln gedeckt. Dafür waren die Hauptstraßen gepflastert. Die Straßen wirkten wie ausgestorben. Selten nur huschte an den Hauswänden ein Mensch entlang, manchmal lief ein Hund dem Pferd in den Weg. Der Wind kräuselte die Oberfläche des schmalen Flüßchens Sama und fing sich im kahlen Gesträuch an der Außenmauer des Schlosses. Friedhofsstimmung, dachte Bathurst.

Am Abend sollte er wie verabredet in der Kollegiatkirche

mit Robertson zusammentreffen. Alle zwei Stunden begab er sich in das gotische Gebäude und wartete in der von Renaissance und Barock bestimmten Altarszenerie. Robertson kam endlich um sechs Uhr.

»Dem heiligen Patrick sei Dank!« rief Robertson aus, ohne das Dröhnen seiner Stimme unter dem Sterngewölbe zu beachten. »Ich dachte schon, Euer Liebden sind bei dem Unwetter verlorengegangen. Ich war schon heute morgen hier, um zehn.«

»Dann hättest du doch auch um zwölf, um zwei und um vier Uhr hier sein müssen.«

»So ist es, Sir, aber Johann, das heißt mein Verwandter, gleichfalls ein Robertson, obwohl das Freundchen den Geburtsnamen zu Robersohn verdeutscht hat, der Johann also hat mich akkurat mit einem Bier bewirtet, Sir, da hätte selbst der heilige Patrick nicht ...«

»Und du Miststück hast dich vollaufen lassen!«

»Woher denn, Sir! Ich hab nur ein Quentchen geschlummert, das Reiten nämlich ist mir so ungewohnt, und ich hab' akkurat solche Müdigkeit in mir verspürt ...«

»Das kostet dich was bei der Auszahlung, du Hund, und wenn das nur noch einmal vorkommt, kriegst du zehn Stockhiebe auf den blanken Hintern! Merk dir das, und jetzt führ mich hin.«

»Nicht nötig, Sir, wir sind akkurat zusammen hergekommen. Johann wartet vor der Kirche, ich will ihn gleich ...«

In ihrem Rücken sagte plötzlich jemand leise auf deutsch: »Gelobt sei Jesus Christus.«[2]

»Oh, da ist Johann schon!« rief Robertson erfreut.

»Sollen wir uns hier unterhalten?« fragte Bathurst und nahm den Mann, der ein sehr runzliges Gesicht hatte und eine Brille trug, erst einmal genauer in Augenschein.

»Nein, Herr O'Leary, wir gehen zu mir. Das ist ganz in der Nähe. Augenblick nur, ich will noch beten.«

Der Mann kniete nieder, den Blick auf das hölzerne Kruzifix geheftet, und flüsterte dem hageren gotischen Erlöser etwas zu. Als sie das leise gemurmelte »Im Namen des Vaters« hörten, gingen Bathurst und Robertson schon hinaus auf den Kirchenvorplatz und warteten unter einer Gruppe Ulmen, wo Bathurst sein Pferd gelassen hatte.

Das Haus des Tuchmachers Robersohn war eines der wenigen Steinhäuser in der Stadt. Die wenigen Szamotułer Schotten[3] oder vielmehr deren germanisierte Nachfahren waren glänzende Geschäftsleute, die durch die Herstellung von Bier und Branntwein sowie durch den Handel mit beidem reich geworden waren. In dem Haus herrschte gediegener Wohlstand. An der Tür wurden die Männer vom Lärm mehrerer Kinder empfangen, dazwischen die erfolglosen Bitten von Robersohns Frau: »Ruhe, seid doch ruhig!« Der Tuchmacher faßte im Salon einen seiner Söhne am Ohr und brummte zornig: »Klaus, warum bist du so unartig? Scher dich hinaus!«

Der ist genausowenig ein Schotte, wie ich ein Neger bin, dachte Bathurst bei sich.

Nachdem die stille, ergebene Hausfrau dampfendes Fleisch und dunkles Bier (das Benjamin ganz ausgezeichnet schmeckte) aufgetragen und die Tür hinter sich geschlossen hatte, fingen die Männer an zu speisen und begannen das Gespräch. Auf die Frage, warum die Straßen der Stadt so ausgestorben seien, erklärte Robersohn, daß ein Teil der Preußen aus Angst vor den französischen Truppen die Flucht ergriffen habe, während die jungen Polen nach Posen geeilt seien, um sich für die polnisch-französische Armee anwerben zu lassen. In der Stadt herrschte Chaos, dann und wann fielen Franzosen ein und zogen wieder ab, bisweilen kam eine Abteilung durch die Stadt geritten, es fehlte an einer funktionierenden Obrigkeit, die Unordnung war komplett. Das ist gut, dachte Bathurst.

»Was ist mit den Eigentümern des Schlosses?«[4] fragte er. »Sind sie hier ansässig?«

»I wo«, erwiderte Robersohn. »Nur der Verwalter ist da und noch ein paar Bedienstete ...«

»Wie heißt der Verwalter? Was ist er für ein Mensch?«

»Ein Saufaus und ein Raffke, soviel weiß ich. Ich selbst habe mit ihm zum Glück keine Geschäfte gemacht, aber Bekannte von mir. Er nimmt Schmiergelder für Lieferungen ins Schloß. Wie er heißt? Bensick oder Bensack, so ungefähr. Genau weiß ich es nicht, ich hatte ja nur den Auftrag, mich nach dem Turm zu erkundigen.«

»Das ist richtig. Ich brauche den Turm zur alleinigen Verfügung.«

»Für wie lange, Herr O'Leary?«

»Für zwei Wochen, ab heute gerechnet.«

»Das läßt sich machen. Der Turm ist zur Zeit nicht bewohnt, er dient dem Schloß als Rumpelkammer. Dieser Bensick oder wie er heißt wird sich über die neue Verdienstmöglichkeit freuen.«

»Gut, das wäre geklärt, und wo befindet sich diese Mündung des Tunnels in der Kollegiatkirche?«

»Keine Ahnung. Von einem unterirdischen Gang zwischen dem Turm der schwarzen Prinzessin und der Kollegiatkirche wird hier gesprochen, seit ich denken kann, ich habe es selbst von meinem Vater gehört, als ich noch ein kleiner Junge war, aber genaueres herauszubekommen ist nicht möglich. Ich habe versucht, die Priester zu befragen, aber die wimmeln einen ab. Ich konnte ja auch nicht zu aufdringlich sein, um keinen Verdacht zu erregen. Ich denke, wenn Sie sich dort im Turm einrichten, brauchen Sie nur in den Tunnel zu steigen und die Sache zu überprüfen.«

Benjamin hatte genug gegessen. Er wischte sich den Mund mit der Serviette ab und trank genießerisch ein paar Schlucke Bier nach. »Köstlich, Ihr Bier! Der Turm der Gefangenen, das war doch der auf der linken Seite des Tores, nicht wahr? Rechts nämlich habe ich einen zweiten, kleineren, gesehen, und ich bin nicht sicher ...«

»Nein, nein, Herr O'Leary, es ist der größere. Dort hat der reiche Edelmann die schwarze Prinzessin gefangengehalten. Die Ärmste hatte kein sehr vergnügliches Schicksal.«

»Ich hörte bereits in London davon, aber ich würde gern mehr erfahren. Warum wurde die Frau ›schwarze Prinzessin‹ genannt?«

»Es gibt dazu verschiedene Überlieferungen, die wohl allesamt Unfug sind. Die einen sagen, daß dem einstigen Herrn von Szamotuły eine Tochter mit schwarzem Gesicht wie bei einer Negerin geboren wurde, und vor Scham ließ der Vater sie lebenslang einsperren. Andere behaupten, alles sei ganz anders gewesen und gehe noch auf die Zeit zurück, bevor die Stadt entstand. So soll es gewesen sein: Der Herr über die umliegenden Ländereien geriet in Zorn, als man ihm zutrug, daß sich seine Tochter in einen Jüngling von niederem Stand verliebt hatte. Das Mädchen floh aus dem Elternhaus und irrte lange in Armut über die Dörfer, bis der Vater sie aufgriff und in einer Maske aus schwarzem Leintuch lebenslang in den Turm sperrte. Nach dieser Sage soll aus dem polnischen ›*tułać się*‹ der Name der Stadt entstanden sein.«[5]

»Ich habe von einer eisernen Maske gehört«, bemerkte Bathurst.

»Sie haben richtig gehört, es war tatsächlich eine eiserne Maske.[6] Ich sagte ja schon, Herr O'Leary, diese Geschichten sind allesamt Unfug. Die Wahrheit sah folgendermaßen aus: Der hiesige polnische Fürst sperrte in den Turm seine Frau, die ihm mit einem anderen durchgebrannt war. Er erwischte die beiden, erschlug den Mann, und die Frau zwängte er in eine eiserne Maske.[7] Wie es heißt, hat er für sie den unterirdischen Gang anlegen lassen, durch den sie vom Turm in die Kirche gelangen konnte, um dort in einer kleinen, vergitterten Nische die heilige Messe zu hören und den Herrgott um Vergebung dafür zu bitten, daß sie das Ehegelübde gebrochen hatte.«

»Eben um diesen unterirdischen Gang geht es mir! Ich muß morgen in den Turm hineinkommen.«

»Gut, Herr O'Leary. Lassen Sie uns gegen Mittag zum Schloß aufbrechen, früher wird der versoffene Kerl doch nicht wach. Ich wette meinen Kopf, daß er jetzt, wie jeden Abend, mit einer dieser Mägde vom Vorwerk trinkt.«

»Wie war sie, hübsch?« fragte Benjamin.

»Wer denn, die Gutsmagd, mit der der Verwalter ...«

»Aber nein, die Frau des Fürsten!«

»Ach so. Ja, sie soll sehr schön gewesen sein. Am großen Altar der Kollegiatkirche gibt es eine Figur, die eine Dame darstellt. Der Volksmund sagt, daß eben sie ...«

Benjamin erhob sich, dankte für das Abendessen und fragte: »Wo werde ich schlafen?«

»In der Stube nebenan, Herr O'Leary, das Bett ist bereitet.«

»Dann bis morgen.«

»Bis morgen, Herr O'Leary, gute Nacht.«

Früh am anderen Morgen (2. Dezember) ging Benjamin in die Kirche. Das kunstvoll geschnitzte Gesicht der Frau in der Nische des Flügelaltars war dunkel und leblos. Gegenüber der Figur sah man ein Wappen[8] sowie die geheimnisvollen Buchstaben M. B. P. S. Benjamin stand lange in Gedanken versunken da, und als er im Seitenschiff Schritte hörte und schon weggehen wollte, da streifte ein Sonnenstrahl, der eben durch ein Wolkenloch am Himmel und durch die Kirchenfenster hereindrang, das Antlitz der Frau. Das Gesicht zuckte, als ob sich die Lippen bewegten, und im selben Augenblick schien es ihm, daß sie Julia ähnlich war. »Gib auf, noch ist Zeit. Ich flehe dich an, Benjamin! Benjamin ...« Der zitternde Sonnenfleck wurde blasser und erlosch, und das Gesicht erstarrte wieder zu Leblosigkeit und verstummte. Er berührte die Figur mit der Hand – sie war kalt wie Eis.

Um elf Uhr schickte er Robertson auf die von Otorów nach Pniewy führende Landstraße, um Mirel zu treffen, und er selbst begab sich mit Robersohn zum Verwalter des Schlosses.

Sie erreichten das Schloß[9] in wenigen Minuten. Die Toreinfahrt erinnerte kaum noch an die einstige Pracht der Anlage, in dem bröckelnden Gemäuer, mit Flechten bewachsen und voller Wasserflecke, hing nur noch ein Torflügel, und auch der war locker und hielt sich lediglich in der unteren Angel fest.[10] Das Tor wurde von zwei Türmen flankiert, von denen der kleinere Benjamin unwillkürlich an einen Menschen in den letzten Zügen denken ließ – ohne Turmspitze und im Verfall begriffen. Auch die Wehrmauer, die von beiden Türmen aus auf flacher Böschung an einem wassergefüllten Graben entlanglief, hatte glanzvollere Zeiten gesehen. Die Zinnen der Mauer waren durch die Zeit und durch menschliche Nachlässigkeit dezimiert, so wie eine harte Faust die Gebißreihen lichtet.[11] Im Innern der Mauern befand sich ein weiter, rechteckiger Hof, dessen Abschluß das Wohnhaus bildete, ein einstöckiger L-förmiger Bau mit Spitzdach und mit einem Türmchen versehen, das an der Mauerflucht klebte. An die den Hof umfassende Mauer schmiegten sich Reihen hölzerner Gebäude: Schuppen und leere Ställe. Davor standen zwei Leiterwagen und eine vierrädrige große Kutsche mit Verdeck. Hinter dem Wohnhaus nach Norden zu erstreckte sich der Gutshof des Schlosses.

Die beiden Männer wurden von einer Schar ausgehungerten Geflügels empfangen, gackernde Hühner und Gänse, die zischend die Schnäbel nach ihren Schuhen reckten. Sie fanden einen Knecht, der sie zum Verwalter führte, aber der lag noch im leeren, zerwühlten Bett und schnarchte vernehmlich. Sie mußten warten, bis der unrasierte, dicke Kerl – ein Hänfling gegen Mirel! dachte Benjamin –, dessen schlampiges Aussehen und dessen Geruch Ekel erregten, die schmutzige Hose, Hemd und Jacke übergezogen hatte, bis er aus der neben dem Bett stehenden Kanne Tee getrunken und in den Korridor hinein dröhnend nach Essen verlangt hatte. Erst dann kamen sie zur Sache. Robersohn erklärte, daß sich die Komödiantentruppe nach einer langen Reise gern für zwei Wochen im Schloß niederlassen würde, um dort ein neues

Programm einzustudieren, welches in Posen gezeigt werden solle, worauf der Verwalter barsch entgegnete, daß im Schloß kein Platz sei.

»Und im Prinzessinnenturm?« fragte Robersohn.

Der Verwalter rülpste und brüllte: »Im Prinzessinnenturm ist auch kein Platz, und jetzt packt euch!«

Bathurst juckte die Hand beim Anblick der unappetitlichen Visage, aber er beherrschte sich und griff in seine Tasche, um einen Beutel mit Gold hervorzuholen. Er schüttelte den Inhalt und sah dabei den Dickbauch vielsagend an. Der machte Glotzaugen, trat einen Schritt nach vorn, und sein blaurotes Gesicht verzog sich zu einem breiten, gelbe Zähne entblößenden Lächeln. Schon wenige Minuten später, nach kurzem Feilschen, war der Turm gemietet. Für ein paar zusätzliche Goldstücke mietete Benjamin außerdem zwei neben dem Turm, an der Mauer befindliche Schuppen zum Unterstellen von Mirels Wagen.

Der Verwalter übergab ihnen die Schlüssel und zeigte kein weiteres Interesse an den Mietern, er verschwand eilig, um seinen Schatz zu verbergen. Bathurst und Robersohn begaben sich zu Halszkas Turm, einem mächtigen, im Grundriß rechteckigen Ziegelbau, der an den Ecken von Strebepfeilern gestützt wurde.[12] Auf die hohe Unterkellerung bauten drei Stockwerke auf. Das obere Stockwerk, von einem steilen Satteldach gekrönt, das die Gegend beherrschte, war leicht überhängend, und ein die Pechnasen[13] verdeckender Bogenfries hob es gegen die unteren Geschosse ab. Die Südwand kennzeichnete ein fast über die gesamte Turmhöhe reichender Vorsprung, und an die Nordwand lehnte sich ein Rundbau mit einer Treppe im Innern.

Sie öffneten die quietschende, verrostete Tür und stiegen die Wendeltreppe hinauf. Im obersten Geschoß angelangt, traten sie durch die kleine Tür, die der letzten Stufe gegenüberlag, und befanden sich in einem schmalen Flur, der zu einem geräumigen Gemach führte. Von der Decke und den

Wänden hing ein Gewirr von Spinnweben. Verstaubte Fenster verdunkelten das Rauminnere gleich dichten Gardinen. Mehrere Löcher in den Fensterscheiben ließen die kalte Luft hereindringen, die aber zu schwach war, um die allgegenwärtige Muffigkeit zu neutralisieren. Auf dem Fußboden lagen kaputtes Hausgerät umher sowie einige schwer zu definierende Gegenstände. An der Wand standen zwei alte Sofas und ein Sessel, die einzigen heilen Möbel, wenngleich der Bezugsstoff so gut wie durchgerieben war. Eine der von dem umherliegenden Gerümpel nicht verdeckte Pechnase war auch nicht mit Lappen verstopft. Bathurst warf einen Blick durch die Öffnung nach unten und überprüfte den Aktionsradius am Fuß des Turms.

Die beiden unteren Stockwerke unterschieden sich kaum von den oberen. Der Keller, der aus einem einzigen Raum bestand, war von feuchter Finsternis durchtränkt, die das durch die runden Schießluken einfallende Licht nicht aufzuhellen vermochte. Hier standen schwere Truhen, lagen alte Lanzen umher sowie vier Kanonen ohne Lafetten. Bathurst schritt bereits zum fünftenmal den Raum ab, als er es von draußen rufen hörte: »Wir sind da, Sir! ... He, wir sind akkurat angekommen! ... Beim heiligen Patrick, wir sind da!«

Bei diesem Wiedersehen kam es zu dem erwähnten Streit zwischen Bathurst und Mirel, woraufhin Benjamin selber die Komödianten anwies, die Wagen in die Schuppen zu fahren und die beiden oberen Stockwerke zu beziehen. Als die Truppe daranging, im Turm Ordnung zu schaffen, versammelte er alle Männer im Keller und beauftragte sie, die Truhen und Kanonen umherzurücken. Das war Schwerarbeit, und er selber mußte zufassen, um die massiven Geschützrohre von der Stelle zu bewegen. Tom Rope jammerte in einem fort: »Wenn wir doch den Rufus jetzt da hätten, Himmelkreuzdonnerwetter noch mal!« Schließlich mußte Bathurst ihn wütend zum Schweigen bringen. Sie gruben auch nahe den Wänden in der

Erde. All die Mühe kostete sie mehrere Stunden und erbrachte rein nichts. Mit Spaten zerwühlten sie den Boden, sie hieben Löcher in die Wände, ohne auch nur die Spur eines Tunneleinstiegs zu finden.[14] Benjamin sah Robersohn an, der aber zuckte die Achseln.

»Ich habe ja nicht dafür garantiert, daß es den Tunnel gibt, Herr O'Leary«, sagte er. »Ich habe nur gesagt, daß man in der Stadt davon spricht.«

Man spricht davon! Noch so eine lustige Nummer von d'Antraigues und Castlereagh – diese Nichtsnutze, konnten die nicht mal ein Gelände richtig erkunden? Bathurst fühlte erneut Wut in sich aufsteigen bei der Erinnerung an die in London geführten Gespräche. Auf einem anderen Blatt stand, daß Castlereagh die Ungewißheit, den Ort betreffend, entschuldigte – Szamotuły war nur als eine von mehreren Möglichkeiten in Betracht gezogen worden, dennoch war es die wichtigste! Und da brachte ihnen dieser d'Antraigues ein »man spricht davon« an, ein Volksmärchen, und verkaufte es ihnen als sichere Gewißheit! Na, mit dem würde er nach der Rückkehr zu reden haben!

Bathurst hatte den »Türken« in der Raummitte des Erdgeschosses aufstellen wollen, über einer durch das Tonnengewölbe des Kellers gestoßenen Öffnung – durch das Loch hindurch sollte der Personenaustausch erfolgen und die Beute danach über den unterirdischen Gang in die Kollegiatkirche gebracht werden, vor der bereits die Pferde gewartet hätten. Nun war ihm klar, daß er sich von dem Plan verabschieden mußte. Zwar hätte er Napoleon so lange im Keller festhalten können, bis der falsche Kaiser mit seiner Eskorte davongeritten wäre, aber er begriff sehr gut, daß das ganze Unternehmen heller Wahnsinn war, denn selbst wenn die Entführung gelänge, entschieden danach, auf dem Wege von Szamotuły nach Kolberg, nicht Minuten, sondern Sekunden. Er durfte sich auch nicht den Verlust einer einzigen erlauben, denn die eine Sekunde konnte sich als die entscheidende erweisen. Er mußte seine Beute sofort herausbringen und unverzüglich die Pferde in Galopp versetzen. Was tun?!

In Gedanken ging er durch die Räumlichkeiten, die er mit Robersohn inspiziert hatte, und auf einmal kam ihm die Erleuchtung. Er zog Robersohn mit sich, die übrigen Männer folgten ihnen. Im Erdgeschoß ging er von der Treppe aus direkt auf die linke Ecke zu. Über einer zertrümmerten Kommode ragte der obere Teil einer Tür heraus.

»Wohin führt diese Tür?« fragte er Robersohn.

»Wohin sie führt? Bestimmt ... bestimmt zum Tor, Herr O'Leary, so scheint es mir.«

Bathurst schien es ähnlich. Er gab Befehl, das Möbel abzurücken und die Tür aufzubrechen. Die Tür führte zu dem oben auf der Mauer und über das Torgewölbe entlanglaufenden Wehrgang, der die beiden Türme rechts und links der Einfahrt miteinander verband. Über diesen Gang konnte man zu dem kleineren Turm hinübergelangen und, gedeckt durch die Brustwehr und den schon ziemlich morschen hölzernen Überbau mit dem Schutzdach, weiter vorankommen. Da hatte er, was er brauchte, und in seiner Vorstellung skizzierte er schon den Plan des Vorgehens.

»Heyter!«

»Yes, Sir!«

»Dummkopf! Ihr dürft mich im Beisein Fremder doch nicht mit ›Sir‹ anreden.«

»Aber hier sind keine Fremden, Sir.«

»Reiß das Maul nicht so auf! Überhaupt sollt ihr laute Gespräche vermeiden, und schon gar auf Englisch. Wir haben zwar gute Pässe, aber ...«

»Aber den Vorsichtigen schützt der heilige Patrick«, fiel ihm Robertson in die Rede.

Wohl eher der Teufel, dachte Bathurst und wandte sich an den Mechaniker: »Hör zu, Brian. Genau an dieser Stelle hat die Kiste des Schachautomaten zu stehen, auf Stoß mit dieser Tür, vielmehr mit der Türöffnung, noch genauer – mit der

Wandtäfelung, die den oberen Teil der Türöffnung verkleiden wird.«

»Ich befürchte, Sir, daß wir das Schächtelchen nicht über die Treppe bugsiert kriegen, vor allem paßt es unten nicht durch die Eingangstür.«

»Ich weiß, das habe ich bedacht. Der ›Türke‹ muß zerlegt und hier neu montiert werden. Das machst du zusammen mit Manuel, und zum Gehilfen kannst du jeden nehmen, den du willst. Was ist eigentlich mit Manuel?« fragte er Józef.

»Mit Diaz? Der ist munter und gesund wie ein Fisch im Wasser«, preßte der Pole finster durch die Zähne.

»Warum liegt er dann im Wagen?«

»Weil's ihm guttut zu kränkeln. Diana *kuriert* ihn.«

»Genau, und nicht dich, Freundchen, weil sie dich akkurat schon satt hat. Die Eifersucht plagt dich, das ist es!« warf Robertson schmunzelnd ein.

»Juan!« rief Bathurst. »Lauf zu deinem Bruder und sag ihm, daß er entweder sofort aus den Federn kriecht oder daß ich ihn das Kriechen lehre!«

Der jüngere Diaz fegte davon, und Benjamin wies Robertson an: »Du, Allan, bleibst mit Sij hier und bringst diese Rumpelkammer in Ordnung, denn wir werden hier wohnen. Juan kann euch dabei helfen. Wenn Manuel kommt, schick ihn mir zu dem anderen Turm hinüber. Ihnen, Robersohn, danke ich schon mal, sollte ich Sie noch brauchen, lasse ich Sie rufen. Auf Wiedersehen. Mir nach, Jungs.«

Über den Wehrgang gingen sie zum kleineren Turm. Dessen oberer Teil war verfallen, das Dach voller Löcher, die Schießscharten hatte man mit Brettern vernagelt. Die beiden unteren Räume befanden sich in einem besseren Zustand. In dem einen, in dem sich Bathurst das Schlafzimmer herrichten ließ, nahmen die Männer auf Stapeln von Säcken und auf Kisten Platz.

»Paßt auf, jetzt sollt ihr hören, worum gespielt wird«, sagte Benjamin, und seinen Worten folgte eine tiefe, neugierige

Stille. »Unsere Aufgabe ist es, einen Verräter zu entführen, einen Offizier der französischen Spionage, der für beide Seiten arbeitet.«

»Das ist dann schon der zweite«, brummte Tom.

»Wieso der zweite?«

»Der zweite Franzose, Sir, einen haben wir ja schon entführt.«

»Ach, der war nur die Vorübung, und weil du die Prüfung bestanden hast, wirst du auch diesmal eine Hauptrolle bei unserem Spiel übernehmen.«

»Ich fühle mich geehrt, Sir«, antwortete der Matrose vergnügt und schob sich ein frisches Stück Kautabak in den Mund.

Der Zigeuner kam herein. Mit einer Handbewegung hieß Bathurst ihn Platz nehmen, dann fuhr er fort: »Dieser Offizier ist ein passionierter Schachspieler. Ich werde ihn hierherlokken und ihm den Automaten zeigen, darauf werde ich ihm enthüllen, daß es sich um einen falschen Androiden handelt, und ihm einen Blick ins Innere des Kastens gewähren. Es steht außer Zweifel, daß es ihn selbst gelüsten wird, mit dem ›Türken‹ seinen Spaß zu haben, und also wird er hineinkriechen. Aber er wird nicht wieder herauskriechen.«

»Kommt er allein her?« fragte der Pole.

»Nein, mit einem Geleitschutz.«

»Dann ist es eine wichtige Person …«

»Richtig, ein hoher Offizier, der immer nur mit einer Eskorte unterwegs ist.«

»Ja, wie soll dann …«

»Das werdet ihr gleich erfahren, nur unterbrecht mich nicht, ich bin noch nicht fertig. Bevor er in Szamotuły auftaucht, bringe ich seinen Doppelgänger hierher, und ebendieser Doppelgänger wird dem Kasten entsteigen. Es geht darum, daß der Geleitschutz die Vertauschung nicht bemerkt. Wer der Doppelgänger ist und wie ich zu ihm gekommen bin, geht euch nichts an. Um die Kleidung und andere Details kümmere ich mich ebenfalls selbst. Ihr müßt die Falle vorbereiten. Paß gut auf, Brian. Den Automatenkasten stellst du an die seitliche Wand, dicht an die Türöffnung, aber von der Tür darf nichts zu sehen sein. Ihr überzieht einfach die Wand, in der sich die Tür befindet, mit einer Holztäfelung.«

»Die ganze Wand?« fragte Heyter.

»Ja, bis hoch zur Decke.«

»Verzeihung, Sir, daß ich Sie unterbreche, aber ich denke mir gerade ...«

»Sprich, wenn es etwas Wichtiges ist.«

»Das ist es, glaube ich, Sir. Da ist doch alles alt und morsch. Eine neue Täfelung wird ins Auge fallen ...«

»Heyter!« unterbrach Benjamin ihn wütend. »Bist du so blöd, oder tust du nur so? Da mußt du dir schon was einfallen lassen und es so machen, daß nichts auffällt. Du nimmst eben alte, schmutzige Bretter ... Aber ich will dich da gar nicht belehren. Demnächst kommst du noch und fragst, wie man in der Nase bohrt, wie? Hör weiter her. Die Täfelung muß von unten eine Öffnung haben, die genauso groß ist wie die Öffnung in der Seitenwand des Automatenkastens. Durch dieses Loch holen wir uns den Franzosen heraus. Den größten Teil der Innenausrüstung, also fast alle Rädchen und Hebel, wird man entfernen müssen, damit der Kasten möglichst leer ist.«

»Dann funktioniert der ›Türke‹ aber nicht«, warf Manuel ein.

»Das ist klar, ich habe das bedacht. Zuerst wollte ich den Franzosen noch spielen lassen und erst, nachdem ich ihm das Geheimnis offenbart habe, die Mechanik ausbauen. Aber dieses Verfahren würde euch viel Kopfzerbrechen kosten, und ich weiß nicht, ob es überhaupt durchführbar wäre. Wir haben zu wenig Zeit, höchstens zwei Wochen, wahrscheinlich nicht einmal so viel. Darum habe ich beschlossen, ihm kein Spiel zu gestatten, sondern nur, wenn er in den Kasten hineinkriecht, ein paar Züge ...«

»Verzeihung, Señor«, mischte sich Manuel erneut ein, »wie

können wir ihn denn auf das Innere des Kastens neugierig machen, wenn er vorher nicht spielen darf?«

»Das ist gar nicht nötig, er hat ja schon mal mit dem ›Türken‹ gespielt, damals aber geglaubt, es mit einer Maschine zu tun zu haben. Man braucht ihm nur zu sagen, daß er betrogen wurde. Ist jetzt alles klar?«

»Ja, Sir«, antwortete Heyter. »Wir werden uns Mühe geben, das Spielzeug hübsch an die Wand zu schmiegen, so wie man Wange an Wange drückt. Wieviel Zeit haben wir?«

»Eine Woche.«

»Das müßte genügen, Sir.«

»Es muß genügen, Brian! Ach ja, noch was. Robertson darf von unserem Plan nichts erfahren, er ist ein Plappermaul. Jeder von euch kann von dem Plan erzählen, wem er will, aber er soll nicht vergessen, vorher sein Testament zu machen. Ist das klar genug gesagt?«

»Klar genug und völlig unnötig, Sir«, antwortete Tom für alle, und es klang gekränkt.

»Also gut. Ich reite morgen früh weg, und ich weiß nicht, wann ich wiederkomme. Sollte ich in zwei Wochen noch nicht zurück sein, packt ihr eure Siebensachen und verschwindet nach Kolberg. Dort setzt ihr euch mit dem Bierbrauer Nettelbeck in Verbindung und schifft euch auf der ›Möwe‹ ein. Merkt euch den Namen: Nettelbeck, Brauereiinhaber. Die Parole ist: ›Schwarz‹, das Erkennungswort: ›Wie der Adler‹, und die Antwort auf das Erkennungswort: ›Und wie das Kreuz‹. Merkt ihr euch das? Das Kommando übernimmt Józef. Kennst du schon den Verwalter?«

Der Pole, an den die Frage gerichtet war, schüttelte verneinend den Kopf.

»Dann wirst du ihn kennenlernen. Du kannst dich mühelos mit ihm verständigen, er spricht polnisch. Am besten gehst du gleich hin, er muß uns Fleisch, Geflügel, Gemüse und alles verkaufen, was wir sonst noch zum Essen brauchen. Außerdem Schafpelze, es wird nämlich kalt. Falls er keine

Schafpelze hat, besorgt Robertson welche über seinen Verwandten.«

Am frühen Morgen des 3. Dezember (Mittwoch) gemahnte Benjamin noch einmal Józef daran, daß Vorsicht und Wachsamkeit geboten waren.

»Behalte das Gepäck Tag und Nacht im Auge. Vergiß nicht, Wachen aufzustellen. Nicht einen Moment lang darf das Gelände unbeaufsichtigt sein. Paß auf Mirel und seine Leute auf, sie dürfen keinesfalls in die Stadt gehen. Herrsche mit strenger Hand, sei nicht zimperlich!«

Danach schwang er sich aufs Pferd und sprengte in Richtung Posen davon. Er umritt die Stadt von Westen und erreichte über einen Feldweg die Landstraße nach Stenszew (Stęszew), und auf der Landstraße gelangte er über Kosten (Kościan) ohne alle Schwierigkeiten nach Gosteen (Gostyń).[15] An einem fahlen sonnenlosen Vormittag näherte er sich dem Kloster. Nach dem Weg dorthin brauchte er nicht zu fragen – die grüne Kuppel der in ganz Europa getreuesten Kopie der venezianischen Kirche Santa Maria della Salute[16] sah man schon aus einer Entfernung von vielen Meilen. Bathurst hielt auf den Heiligen Berg[17] zu, auf dessen Spitze sich der Barockbau inmitten einer viele Hektar großen Landfläche erhob, wurde auf einem flachen Hohlweg um das Städtchen herumgeführt und klomm dann einen Pfad bergan, mitten durch Felder, die zu den unter ihm zurückbleibenden Hausdächern hin abfielen. Der Pfad war von Dutzenden von Pferdehufen und von Soldatenstiefeln zerwühlt, was Bathurst nachdenklich machte. Er hatte gedacht, hier eine Oase von Stille und Frieden zu finden, ein von inbrünstigem Gebet und von Weihrauch durchtränktes Heiligtum. Wie hätte er ahnen können, daß er sich der Hölle näherte?

Als er etwa hundert Yard entfernt war, trug ihm der Wind wildes Getöse und Chorgesänge entgegen. Er überlegte, ob er nicht lieber umkehren sollte, aber als ein Trupp Kavalleristen in sonderbaren Uniformen, wie er sie noch nicht gesehen hatte, an ihm vorbeikam und sich nicht im geringsten um ihn scherte, entschied er, seinen Weg fortzusetzen. Die Soldaten, die ihm begegneten, sprachen deutsch, und auch das war seltsam. Er verstand das alles nicht, ergab sich aber wohl oder übel in sein Schicksal, wohl wissend, daß dieses nicht immer der optimale Vertraute ist.

Unter den Bäumen entlang der hohen Mauer, die die Kirche und das Kloster der Philippiner umgab, standen etliche Zelte, Munitionswagen, Karren und zur Pyramide zusammengestellte Gewehre, an Leinen hingen Hemden und Unterhosen zum Trocknen, durch die Luft dröhnte ein Schwall von Flüchen und zotigen Witzen, und aus den Zelten drangen geile Lieder und das Gequieke der Soldatenliebchen. Über alldem schwebte jener unverwechselbare Lagerdunst – ein Konglomerat aus Schweiß, Urin, schimmligem Zwieback, schmutziger oder dampfender Wäsche, Waschpulver, Alkohol, Wagenschmiere und kochendem Wasser, in dem man Hühner brühte, damit sie sich leichter rupfen ließen, bevor man sie auf den Spieß steckte.

Benjamin hielt aus der Höhe seines Sattels Ausschau und stellte fest, daß an dem Tor zum Klosterhof eine Schildwache stand, daß aber die Kirche frei zugänglich war. Noch immer beachtete ihn niemand. Er ritt durch das unbewachte Tor des Kirchhofs und sah, daß eine Innenmauer Kirchhof und Klosterhof voneinander trennte, und auch die Durchgangspforte in der Mauer war bewacht. So trabte er zur anderen Seite des Gotteshauses, band sein Pferd an den tiefhängenden Ast eines Baums, nahm die Reisetasche und stieg die Stufen zur Kirche empor.

Er betrat ein achteckiges Schiff voller Licht und gigantischer Formen, die einen zu erdrücken drohten, wenn man den Blick nicht in Augenhöhe behielt. Benjamin stand in einem Gang zwischen zwei Bankreihen und hob den Kopf. Die achtseitige Decke der Kuppel sah aus wie ein farbiger Himmel, und der schien sich zu drehen, so daß ihm ganz schwindlig wurde.[18] Er durchschritt einen der sechs auf gewaltigen Säulen ruhenden Bögen und wanderte an den Seitenkapellen und an kunstvoll geschnitzten Beichtstühlen entlang. In einem der Beichtstühle bemerkte er einen Priester, der in einem in purpurrotes Saffianleder gebundenen Büchlein las. Benjamin ließ sich auf die Kniebank an der Seite nieder und klopfte. Der Geistliche wandte das Gesicht und fragte etwas auf polnisch, und da sagte Bathurst einfach auf gut Glück: *»Vingt et un … Vingt et un jours!«*[19]

Mit großen Augen sah der Priester durch die Pflanzenwinden, die das Gitter ersetzten, und nach einem Weilchen ließ er sich unsicher auf deutsch vernehmen: »Ich kann nicht französisch, mein Sohn, aber vielleicht …«

»Kennen Sie Vater Stephen?«

»Stifen? Aaach, Vater Stefan!«

»Der, der in Paris gewesen ist.«

»Ja, ja, ich weiß. Du findest ihn im Kloster, mein Sohn. Geh hin und wende dich an …«

»Vater, ich habe eine Bitte. Könnten Sie Vater Stephen nicht zu mir herbringen? Wenn ich hier so allein herumlaufe, wer weiß …«

»Droht dir etwas von denen, mein Sohn?«

»Immer droht uns etwas im Leben, Vater.«

»Ganz recht, mein Sohn, besonders von solchen wie denen!«

Die letzten Worte hatte der Geistliche so bedeutsam und in so vertraulichem Ton gesprochen, als ob sie sich seit Jahren kannten. Dann erhob er sich schwerfällig, öffnete die Tür des Beichtstuhls und kam heraus. Er sah Benjamin aufmerksam ins Gesicht, dann trippelte er in Richtung Hauptaltar davon und verschwand hinter einem Pfeiler.

Eine Viertelstunde später tauchte hinter demselben Pfeiler die Silhouette eines bärtigen Mönchs auf. Benjamin forschte in seinem Gesicht sogleich nach der Ähnlichkeit mit dem Kaiser. Die gab es, und nicht einmal der dichte Bartwuchs konnte sie völlig zunichte machen, aber natürlich nahm nur ein Eingeweihter sie wahr, einer wie er. Einem Fremden, der nicht darauf hingewiesen war, mußte die Ähnlichkeit verborgen bleiben. Bathurst besaß eine plastische Phantasie – er malte sich unter dem Schädel eine Haarlocke aus, stellte sich ein glattrasiertes Kinn, einen drohenderen, gestrengeren Blick und anstelle der Kutte eine Uniform vor. Ein Prachtexemplar von Seiner Kaiserlichen Majestät, wenigstens hier hatte d'Antraigues den Mund nicht zu voll genommen!

Benjamin trat auf den Mönch zu und flüsterte zur Begrüßung: *»Bonjour. Je suis O'Leary, de Londres.«*[20]

Der Ordensbruder betrachtete ihn durch halb geschlossene Lider und raunte: *»De Londres? C'est une longue route …«*[21]

Bathurst wollte die Losung sagen, aber da hörte er hinter sich Schritte und schwieg still. Ein Geistlicher, ins Gebet vertieft, ging an ihnen vorbei. Der Mönch strich sich mit der Hand übers Kinn und fragte: *»Pourriez-vous m'expliquer, monsieur, pour quelle raison vous êtes arrivé ici?«*[22]

»Pour me rencontrer avec vous …«[23]

»Je ne vous connais pas!«[24] fiel der Mönch Bathurst ins Wort.

»… et pour vous dire deux mots.«[25]

»Et quoi donc?«[26]

»Vingt et un!«

Der Mönch zuckte zusammen, er sah sich nach allen Seiten um und machte einen Schritt rückwärts, in eine dunkle Nische. Bathurst folgte ihm.

»Wie soll ich Sie anreden, Herr Priester?« fragte er.

»Man nennt mich Stefan, Bruder Stefan oder Vater Stefan.«

»Dann werde ich dich auch so anreden. Aber wir wollen doch nicht stehenbleiben, ich bin müde von der Reise, setzen wir uns also.«

»Nicht hier, mein Sohn. Gleich kommen die Brüder, um das Gotteshaus für das Fest zu Mariä Empfängnis herzurichten, das wir in einigen Tagen feiern. Gehen wir ins Kloster hinüber.«

»Dort sind Wachen!« warf Bathurst ein.

»Wir gehen durch die Kirche. Es gibt einen Korridor, und den bewachen sie nicht. Hier wimmelt es von denen, auch in der Kirche krauchen sie herum, aber sie passen nicht so auf wie am Tor. Im Kloster hat sich der Stab einquartiert, aber ich denke, am Brunnen sind wir sicher.«

Dieser Brunnen nahm die unmittelbare Mitte des geräumigen Ziergartens im Innern des Klosters ein, er war sozusagen der Nabel des gesamten Komplexes. Es war kein gewöhnlicher Brunnen. Über der eher niedrigen Verkleidung erhob sich eine hölzerne Kapelle von ungefähr zwölf oder fünfzehn Metern Höhe, mit einer byzantinischen Zwiebelkuppel, die sich auf ein Halskrausendach und auf acht Säulen stützte. Diese Säulen waren weiter unten durch Querbalken verbunden, die als Sitzgelegenheit dienen konnten.[27] Ringsherum bauschte sich hohes Gesträuch, das zwar Schutz vor unliebsamen Blicken bot, nicht aber vor dem im Kloster herrschenden Lärm. Durch die zwischen den Pfeilern regelmäßig angeordneten Fenster drangen Rufe, manchmal französische, häufiger deutsche.

»Was ist das für eine Armee?« fragte Bathurst.

»Des Teufels Armee, mein Sohn. Bayern! Vor einer Woche beliebte es Seiner Kaiserlichen Hoheit Prinz Jérôme – das ist der Bruder Seiner Kaiserlichen Majestät Napoleon –, bei uns einzukehren und im Kloster Quartier zu nehmen.«[28]

Der Mönch sagte das voller Haß in der Stimme. Nachdem er Napoleons Namen genannt hatte, blickte er sich ängstlich um, und erst danach brach es heftig aus ihm heraus: »Wenn der Antichrist auf Erden umgeht, mein Sohn, dann hat er sich die Gestalt des Prinzen erwählt und ihn mit einer Schar Höllendiener umgeben. Schon in der ersten Nacht haben sie das Kloster in ein stinkendes Hurenhaus verwandelt! Sie haben unzüchtige Weiber hergeholt und unser Haus befleckt, welches ein Haus Gottes ist, und als wäre es nicht genug, rauben sie jetzt auch noch die Mädchen aus der Stadt und notzüchtigen sie in den Zellen! Der Herr Prinz ist der erste bei den obszönen Belustigungen, er treibt es zugleich mit drei Liebchen, Tag und Nacht den Herrgott beleidigend.[29] Trinken tun sie, seit sie hergekommen sind, die waren noch keine Stunde lang nüchtern, und die Wände beschmieren sie mit gräßlichen Wörtern und Zeichnungen – eine Sünde, so was nur zu denken! Den Keller mit dem Meßwein haben sie aufgebrochen und den Bruder Schließer grausam verprügelt, und dann hat der Herr Prinz in einem Bottich, der bis zum Rand mit Wein gefüllt war, mit so einem Liebchen gebadet, splitternackt wie Adam.[30] Damit nicht genug, zerstören sie, was ihnen unter die Finger kommt, sie schlagen die Fensterscheiben ein, zertrümmern das Hausgerät, stehlen die Weihgeschenke, nicht einmal die leeren Weinflaschen verschonen sie und verbrennen sie in der Nacht auf dem Hof und tanzen drum herum wie die Hexen beim Sabbat.[31] Ein wahrer Hexensabbat ist das, mein Sohn!«

Der Mönch hob die Augen zum Himmel und stöhnte: »Mein Gott, heilige Jungfrau Maria, erbarmt Euch unser, befreit die heilige Stätte von dieser biblischen Plage, von diesen Heuschrecken, wie sie beschrieben sind im Evangelium des Johannes, von diesen Luzifern und Beelzebubs, von …«

»Leise, Vater!« zischte Bathurst.

Der Mönch schlug die Hände vors Gesicht und schwieg.

»Hör zu, Vater«, sagte Bathurst. »Die anderen warten auf uns in Posen, es ist Zeit. Du mußt dir schnellstens Zivilkleidung besorgen. Kannst du reiten?«

»Ja, mein Sohn, das Reiten habe ich zusammen mit dem jungen Grafen Potocki gelernt.«

»Sehr gut. Wann kannst du fertig sein?«

»Augenblick, nicht so schnell, mein Sohn, so einfach geht das nicht. Ich muß zuerst den Vater Oberen um Erlaubnis bitten, und außerdem weiß ich gar nicht, worum es geht.«

»Das erfährst du an Ort und Stelle, Vater. Es geht um den Kampf gegen diese Antichristen. Und jetzt mach und sprich mit dem Prior. Spätestens morgen müssen wir aufbrechen. Die Zeit drängt.«

»Aber, mein Sohn ...«

»Das ist ein Befehl, Vater.«

Der Mönch nickte ergeben, und die Hände in den weiten Ärmeln der Kutte verbergend, schlurrte er zum Kloster hinüber. Benjamin blieb allein, jedoch nicht lange. Er hörte Schritte und glaubte, der Mönch kehre zurück. Aber statt dessen sah er einen Offizier in grüner Uniform. Der, als er ihn gewahrte, blieb wie angewurzelt stehen. Bathurst machte, ganz unnötig und unwillkürlich, einen Schritt rückwärts.

»Halt!« schrie der Offizier auf deutsch, mit bayrischem Einschlag.

Benjamin blieb stehen und versuchte, möglichst unschuldig und überrascht dreinzublicken. Der Offizier war mit einem Satz bei ihm.

»Wer bist du? Was machst du hier!«

»Ich besichtige das Kloster, Herr Major.«

»Ich bin kein Major, obwohl ich es schon lange sein müßte. Aber wer bist du?!«

»Ich bin Kaufmann.«

»Kaufmann? Seit wann besichtigen Kaufleute Klöster? Noch dazu Klöster, die von Militär besetzt sind? Wie bist du reingekommen?«

»Durch das Tor.«

»Interessant, die Wachen lassen nämlich keine Zivilpersonen passieren. Und weiter?«

»Weiter durch die Kirche, durch einen Korridor, dann auf diesen Hof hier«, erwiderte Bathurst, wobei er einige Schritte nach vorn machte und zugleich mit einem leichten Fußtritt seine Reisetasche unauffällig hinter eine Säule schob.

»Durch die Kirche? Das wird ja immer interessanter. Die Sache muß geklärt werden. Am interessantesten jedoch ist dein Akzent, ein höchst sonderbarer für meinen Geschmack.«

»Ich bin Ire.«

»Oho! Also ein englischer Spion!«

»Ich bin kein englischer Spion, ich bin ein rechtschaffener Ire.«

»Englisch, irisch, das ist mir egal. Wenn das so ist, dann ...«

»Ich prostestiere!« schrie Bathurst empört.

»Sei still!« bekam er zur Antwort.

Der Offizier betrachtete ihn aus halbgeschlossenen Augen und erwog etwas in Gedanken. Bathurst trat noch einen Schritt vor, aber da zog der Offizier seine Pistole, und, den Lauf auf seine Brust gerichtet, knurrte er: »Hände hoch! Vorwärts marsch, du Ire, und versuch ja nicht abzuhauen. Du bist nicht schneller als die Kugel!«

Der Bayer brachte Bathurst in den ersten Stock hinauf, in einen großen Raum, in dem sich ein französischer Hauptmann niedergelassen hatte.

»Herr Hauptmann!« bellte er, um auf sich und seinen Gefangenen aufmerksam zu machen.

»Was gibt's, Lothar?« fragte der Hauptmann erstaunt.

»Melde gehorsamst, daß ich hier ein schönes Früchtchen bringe, Herr Hauptmann. Der Kerl hat unsere Wachen hintergangen und ist durch die Kirche ins Kloster eingedrungen. Er sagt, daß er es besichtigen will. Und das im Krieg!«

»Bestimmt wollte er unseren Stab besichtigen«, spöttelte der Hauptmann.

»Genau das habe ich mir auch gedacht, Herr Hauptmann. Darum habe ich gleich den Fremdenführer gespielt und ihn hergebracht, damit er nicht so mühsam umherirrt, der Ärmste.«

»Das war richtig von dir, Lothar, endlich hast du mal gute Arbeit geleistet. Zwar ist es das erste Mal in deinem Leben, aber lieber spät als nie.«

Beide Männer lachten laut los. Der Hauptmann kippte ein Glas Wein hinunter und fragte: »Hat sich unser Gast vorgestellt?«

»Jawohl, Herr Hauptmann. Er hat gesagt, daß er Ire ist.«

»So? Wie ist er bloß auf die Idee gekommen, so fern der Heimat auf Wanderschaft zu gehen? Was tun die Menschen nicht alles, um zu sterben.«

Der Hauptmann erhob sich vom Sessel und ging auf Bathurst zu. Seine Finger spielten mit einer kleinen Silberfigur, die einen Heiligen darstellte.

»Ein Ire ... Das ist ja nett. Bravo, Lothar! Durchsuche ihn.«

Wenig später hielt der Hauptmann Bathursts Paß in der Hand.

»Oh, da haben wir sogar Papiere!« rief er aus, warf einen kurzen Blick in den Paß und fragte Benjamin: »Name?«

»O'Leary.«

»Stimmt. Das beweist, daß die Iren ein gutes Gedächtnis haben, sie vergessen ihren Namen nicht. Was steht hier sonst noch? Kaufmann, hat einige Jahre in Frankreich gelebt.«

»Bestimmt hat er dort spioniert!« warf der Bayer ein.

»Nichts dergleichen!« protestierte Benjamin. »Ich bin Ire, Emigrant, ich bin nach Frankreich geflüchtet, weil ...«

»Schnauze halten! Du redest, wenn du gefragt wirst. Durchsuch ihn gründlich, Lothar, vielleicht findet sich noch mehr. Geld womöglich ... *Mille tonnerres!*[32] Dich hat doch jemand eingeschmuggelt, Ire, einer von den Priestern, nicht wahr?«

Bathurst gab keine Antwort.

»Reize mich nicht, Ire! Du wirst uns den Schwarzrock schon noch zeigen, der dir geholfen hat.«

»Niemand hat mich reingeschmuggelt, ich bin allein gekommen. Ich habe mir die Kirche angesehen, und plötzlich stieß ich auf eine Tür und auf einen dahinterliegenden Gang, durch den bin ich gegangen und zu dem Brunnen gelangt.«

»Und wie bist du überhaupt hierhergekommen?«

»Mit dem Wagen eines Offiziers, der hat mich unterwegs mitgenommen.«

»Du bist also ein Kaufmann, der zu Fuß und ohne einen

Groschen in der Tasche durchs Land zieht? Hältst du uns für Blödiane?«

»Und laufen denn Spione zu Fuß und ohne einen Groschen in der Tasche herum, Hauptmann? Man hat mich gestern überfallen, bei Priment[33], und völlig ausgeraubt. Bloß gut, daß man mir noch die Hose gelassen hat! Ich war in Geschäften nach Glogau unterwegs, und jetzt wollte ich hier eintreten, um den Herrgott anzuflehen, daß er meine bösen Geschicke wende. Einzig, was ich auf dem Leib trage, ist mir noch geblieben.«

»Na, den Stock mit dem schönen Knauf hat man dir aber gelassen. Sonderbare Räuber müssen das gewesen sein.«

»Es waren Soldaten.«

»Was für Soldaten?«

»Keine Ahnung, in Uniformen kenne ich mich nicht aus. Sie sprachen deutsch.«

»Du kennst dich nicht aus? Aber wir kennen uns aus mit solchen Vögeln! Du kommst vors Kriegsgericht. Lothar, sperr ihn ins Loch und laß ihn gut bewachen. Heute abend wird er abgeurteilt.«

»Ich protestiere noch einmal«, entrüstete sich Benjamin. »Ich bin kein Spion!«

»Deine Proteste gehen mich einen Scheißdreck an. Wenn du deine Identität und deine Absichten nicht anders nachweisen kannst als mit diesem Wisch hier, wirst du noch heute nacht Gelegenheit haben, bei der allerhöchsten Obrigkeit zu protestieren.«

Der Finger des Franzosen zeigte himmelwärts, und wieder brachen er und sein Kumpan in Gelächter aus. Benjamin begriff, daß sie keinen Spaß machten und daß er dicht am Grabe stand. Da kam ihm noch ein Gedanke.

»Ich kann meine Identität auch anders nachweisen«, erklärte er entschlossen. »Der Chef der Gendarmerie in Frankfurt wird sie bezeugen. Ich bin mit ihm bekannt, ich habe ihm schon wertvolle Dienste geleistet. Er weiß sehr gut, daß ich ein irischer Aufständischer gewesen bin, daß ich gegen London gekämpft habe und im Jahre achtundneunzig nach Frankreich flüchten mußte. Wenn ihr mich umbringt, meine Herren, wird euch das teuer zu stehen kommen, sehr teuer.«

Der Hauptmann hatte schon den Mund geöffnet, um ihn anzuschreien, besann sich aber eines anderen. Bathursts Worte hatten ihn sichtlich in Verlegenheit gebracht.

»Hör mal, Lothar«, sagte er unsicher zu dem anderen. »Weiß der Teufel. Vielleicht sollen wir lieber warten, bis der Major aus Posen zurückkommt? Schließlich ist er für solche Angelegenheiten zuständig.«

»Und wenn wir es dem Obersten melden?« gab der Bayer zu bedenken.

»Der Oberst trinkt gerade mit Ingrid. Wenn du da im unpassenden Augenblick reinplatzt, zerschmettert er dir den Schädel. Spionage ist Sache des Majors, wir werden diese Verantwortung nicht auf uns nehmen. Wir sperren das Früchtchen ein und warten ab. Und an die Tür zur Kirche muß eine Wache gestellt werden, damit sich nicht jeder, der gerade Lust hat, hier herumtreiben kann.«

In dem Augenblick, als Bathurst in die Arrestzelle gesteckt wurde, erschien der Mönch wieder am Brunnen. Er wußte bereits, was vorgefallen war, weil er gehört hatte, wie zwei Soldaten von einem »Kaufmann, den Lothar geschnappt hat«, redeten. Er suchte die Reisetasche, trug sie in seine Zelle und inspizierte den Inhalt. Er fand einen Revolver und etliche Patronen, einen Beutel mit Gold, ein beschmutztes Buch voller Randbemerkungen, ein paar Reiseutensilien sowie ein Medaillon mit der Gottesmutter. Danach suchte er nach Bathursts Pferd und versteckte es in einem Schuppen neben dem Friedhof, und anschließend begab er sich abermals zum Oberen.[34]

»Verzeih mir, Vater, daß ich dich erneut belästige, aber etwas Furchtbares ist passiert. Der Mann, mit dem ich reisen sollte, ist festgenommen worden!«

»Wer hat ihn festgenommen?«

»Der Hauptmann, welcher den Weinkeller geplündert hat. Der Schlimmste von allen!«

»Und warum hat man ihn festgenommen, Bruder Stefan?«

»Sie werfen ihm Spionage vor. Hilf, Vater!«

»Womit kann ich da helfen, Bruder? Lassen die sich denn von irgend jemandem etwas sagen?«

»Ich bitte um einen Rat, Vater. In der Reisetasche dieses Gastes habe ich viel Gold gefunden, vielleicht gelingt es ...«

»Der Herrgott schütze dich, Bruder Stefan! Auch so ist schon genug Unheil über die Kongregation hereingebrochen. Wenn du jetzt den Gefangenen freikaufen willst, fällt auf alle Brüder der Verdacht der Kollaboration mit einem Spion. Die Höllenbrut wartet doch nur auf einen Vorwand, um uns restlos zugrunde zu richten.«

»Was sollen wir tun, Vater? Hab Erbarmen, gib einen Rat!«

Der Prior überlegte, und sein Schweigen dauerte lange. Endlich hob er den Kopf und sagte: »Bruder Stefan, der Weg ist nicht sauber, aber soll Gottes Strafe über mich kommen, ich weiß keinen anderen. Du mußt in die Stadt gehen und mit dem Schankwirt Szmerl reden.«

»Vater Oberer! Mit diesem Wucherer, diesem arglistigen Gauner, diesem Halsabschneider?! Und was kann der Jude helfen?«

»Wenn er dran verdient, wird er helfen. Ob das Gold dafür reicht, weiß ich nicht, aber ich weiß, daß sich nur über ihn etwas ausrichten läßt, er ist die letzte Hoffnung. Vom ersten Tag an, seit das Militär hier ist, macht der Major, der Vorgesetzte des Hauptmanns, mit Szmerl Geschäfte. Sie sehen sich fast täglich. Ihm hat er die Weihgeschenke verkauft, die er uns gestohlen hat.«

»Ihm?!«

»Wußtest du das nicht, Bruder Stefan? Ja, ihm, für Bargeld und für seine Tochter Łaja. Das ist das hübsche Mädchen, das immer wie ein Papagei ausstaffiert am Abend zu ihm kommt.

Du mußt den Pächter bestechen, damit er dem Major sagt, daß er den Iren als Kaufmann kennt und mit ihm schon Geschäfte getätigt hat. Er soll mit seinem Wort für ihn bürgen, dann lassen sie ihn vielleicht laufen. Dem Major ist an guten Beziehungen zu Szmerl gelegen, er verdient kräftig dabei ...«

»Aber der Major ist nicht in Gostyń, er ist nach Posen gefahren!«

»Für lange?«

»Ich weiß nicht, Vater Oberer, für ein paar Tage.«

»Dann mußt du dich also mit Geduld wappnen und warten, bis er zurück ist. Einen anderen Rat, wie schon gesagt, weiß ich nicht, Bruder Stefan.«

Der Rat war gut. Nach drei Tagen, in der Nacht vom 6. zum 7. Dezember 1807, wurde Benjamin freigelassen. Man gab ihm den Spazierstock und die Papiere wieder und befahl ihm, sich aus dem Staube zu machen.[35]

Noch in derselben Nacht stiegen Benjamin und der Klosterbruder in den Sattel (das Pferd für den Mönch hatte der Schankwirt herbeigeschafft) und suchten Gostyń möglichst schnell und weit hinter sich zu lassen. Aber die Nacht hinderte sie am Vorankommen, und so schliefen sie in einer Bauernhütte, um am frühen Sonntagmorgen (7. Dezember) auf einem beschneiten, doch rasch wieder abtauenden Weg nach Posen zu reiten. In der Stadt mußten sie mehrere Stunden warten, denn wegen der fortwährenden Gottesdienste war es Benjamin nicht möglich, sofort einen Zettel mit der Verabredung (»Komme am Dienstag«) zu hinterlegen. Am Abend erreichten sie Szmatoły, wo Józef sie in Empfang nahm.

»Alles in Ordnung?« fragte Benjamin.

»Fast, Sir. Ich habe nur Robertson in den Keller einsperren müssen.«

Benjamin fuhr herum: »Was ist passiert? Was hat er getan?«

»Er hat sich betrunken, und vielleicht gibt's Probleme.«

»Was für Probleme? Daß er sich betrinkt, ist normal, dafür wird er Prügel beziehen.«

»Er hat mit dem Verwalter getrunken, Sir!«

»Und was ausgeplaudert?!«

»Wir wissen es nicht. Aber er hat im Suff mit ihm geplauscht …«

»Er weiß nicht allzu viel«, sagte Benjamin mehr zu sich, obwohl ihn das nicht besonders beruhigte.

»Es reicht, wenn er was von London erwähnt hat, Sir«, warf Heyter ein.

»Du hast recht, das reicht. Hoffen wir, daß er nicht so ein Kretin gewesen ist. Ich kümmere mich morgen darum.«

Bathurst drehte sich zu dem Mönch um, der schweigend hinter ihm stand.

»Józef, das ist Pater Stefan. Mach ihm ein Bett, er soll neben Sij schlafen.«

»Jawohl, Sir.«

Józef und der Mönch entfernten sich, und Bathurst erkundigte sich bei Heyter: »Hat man euch irgendwie behelligt?«

»Nein, Sir.«

»Keinerlei Franzosen, Soldaten …«

»Im Schloß waren zwei Polen, aber da war nichts, was ihren Verdacht erregt hätte.«

»Was für Polen? Was wollten sie hier?«

»Keine Ahnung, Sir, jedenfalls hat das nichts mit uns zu tun. Die Polen errichten jetzt ihre eigene Behörde in der Stadt, darum geht's.«

»Also ist alles in Ordnung?«

»Fast, Sir!«

»Du denkst an Robertson? Ich bestrafe ihn so, wie ich es ihm versprochen habe, aber ich glaube nicht, daß er …«

»Nein, ich denke an Józef, Sir!«

»An Józef?«

»Ja, Sir. Er ist so seltsam geworden. Nicht er hat Robertson eingesperrt, sondern Tom, Manuel und ich mußten ihn zwingen, das zu tun.«

»Bist du verrückt Brian? Was soll das heißen?«

»Wir haben darüber gesprochen – Manuel, Tom und ich. Die beiden haben das auch festgestellt.«

»Was festgestellt, zum Donnerwetter?«

»Schwer zu erklären, Sir, aber Sie müssen ihn sich bitte mal ansehen. Er läuft trübsinnig umher, sieht uns nicht in die Augen und brummt was, oder aber er versenkt sich stundenlang in seine Gedanken und ist dann wie taub.«

Verflixte Weiber, dachte Benjamin und sagte: »Ich glaube, ich weiß, was los ist, mir ist das schon früher aufgefallen. Das kommt, weil Manuel ihm die Freundin abspenstig gemacht hat.«

»Die geht jetzt mit Tom, Sir.«

»Was?! Teufel noch eins, hat die ein Tempo. Wann bist du an der Reihe?«

»Sir, das ist kein Spaß, es ist nicht wegen Diana. Mit Józef geht etwas Ungutes vor sich, Diana hat er längst vergessen. Wenn ich ihn mir ansehe, bekomme ich Angst, ich kann gar nicht sagen, wieso.«

»Ich sag es dir, Heyter. Es wurmt euch, daß ich gerade ihn zu meinem Stellvertreter gemacht habe und daß ihr, wenn ich nicht da bin, ihm gehorchen müßt. Zieh ab, und leg dich schlafen, morgen zeigst du mir deine Arbeit.«

Am nächsten Morgen stieg Bathurst mit Tom und Manuel in den Keller hinunter. Sie weckten Robertson.

»Oh, guten Tag, Sir! Dieses Brüderchen Józef hat mich schlecht behandelt, Sir. So was darf man nicht!« wimmerte der Schotte kläglich, während er sich mühsam aus den Satteldecken hochraffte, mit denen er zugedeckt war.

»Was hat dir Józef denn getan?« fragte Benjamin.

»Wie ein Tier hat er mich in dieses Verlies gesperrt, Sir, und hier festgehalten!«

»Demnach hat er getan, was er sollte. Jetzt werde ich dir, Brüderchen, akkurat noch was Schlimmeres antun. Erinnerst du dich, was ich dir versprochen habe, falls du dich wieder betrinkst?«

»Beim heiligen Patrick, Sir! Ich hab doch mit dem Brüderchen getrunken, um warm zu werden, es ist so kalt, zum Erstarren. Und dann noch, weil ich ihn für uns einnehmen wollte, er guckt immer so scheel, aber wenn er etwas getrunken hat, ist er eine Seele von Mensch.«

»Tom!« rief Bathurst kurz.

Tom Rope und der ältere Diaz packten Robertson an den Armen, warfen ihn auf eine Kiste, stopften ihm, bevor er einen Schrei von sich geben konnte, mit einem Lappen den Mund und zogen ihm gegen seinen verzweifelten Widerstand die Hose herunter. Der Matrose setzte sich auf ihn und hielt ihn fest, und der Zigeuner verabreichte ihm zehn nicht allzu kräftige Stockhiebe. Als sie ihn losließen und von dem Lappen in seinem Mund befreiten, blieb er liegen, wie er lag, und weinte still. Bathurst zog ihn hoch, setzte ihn hin und sagte: »Beim nächsten Mal, Robertson, weißt du, was dir da blüht? Was du hier anstellst, ist für uns alle lebensbedrohlich, ein Betrunkener weiß nämlich nicht, was er sagt. Ich mag dich, du Schuft, aber lieber will ich, daß du tot bist als betrunken. Noch ein paar Tage sind es jetzt, wir gehen aufs Ende zu, danach kannst du dein ganzes verdientes Geld versaufen. Je näher das Ende rückt, um so gefährlicher ist es, und darum werde ich kaltblütig jeden töten, der einen Fehler begeht, auch ungewollt, denn wir dürfen keine Fehler mehr machen, nicht die geringsten! Zieh dich wieder an, und reiß dich zusammen.«

Aus dem Keller stieg Bathurst ins Erdgeschoß hinauf, um Heyters und Diaz' Werk in Augenschein zu nehmen. Die Ecke, in der die beiden arbeiteten, war durch einen Schrank und einen Vorhang abgeschirmt. Die Wandtäfelung war fast fertig, der »Türke« war allerdings noch völlig unbrauchbar.

»Brian, wenn das so schleppend vorangeht, schaffst du das nie!«

»Es gab Schwierigkeiten, Sir. Ich hatte keinen Kleister, aber den habe ich mir inzwischen beschafft, und heute wird die Wand fertig.«

»Was ist mit dem Automaten?«

»Das Spielzeug zu zerlegen war nicht schwer, aber der Zusammenbau! Manuel und ich, wir schlafen kaum noch. Außerdem brauche ich Farbe ...«

»In welchem Ton?«

»Braun.«

»Sag es Robertson, damit er das heute noch über seinen Verwandten erledigt. In drei Tagen mußt du fertig sein oder alles ist verloren.«

»In drei Tagen schon, Sir?«

»Ich weiß nicht, vielleicht auch in einer Woche, aber wir müssen bereit sein, jeden Augenblick kann es losgehen. Das hängt nicht allein von mir ab. Also beeilt euch!«

Benjamin ließ Heyter und Diaz zurück und ging mit Tom auf den Schloßhof hinaus. Als sie neben Mirels Wagen stehenblieben, kam aus dem Wohnhaus ein Mann in einem Schafpelz mit großem Kragen und mit einer gewaltigen Pelzmütze auf dem Kopf. Er sah Bathurst flüchtig an und ging gemächlich auf das Tor zu.

»Was ist das für einer?« fragte Bathurst Tom.

»Keine Ahnung, Sir.«

»Wann ist der aufgetaucht?«

»Gestern. Er macht wohl Geschäfte mit dem Verwalter.«

»Hier treibt sich zuviel unbekanntes Volk herum.«

»Wir können schließlich nicht jeden Mann, der hier aufkreuzt, anhalten und überprüfen, Sir.«

»Das können wir nicht, aber wenn einer aufkreuzt, solltet ihr euch nicht auf dem Hof blicken lassen!« entgegnete Bathurst, der im Torbogen verschwindenden Gestalt hinterhersehend.

Gleich darauf schloß er sich mit dem Klosterbruder ein und führte mit ihm ein mehrere Stunden dauerndes Gespräch. Der Philippinermönch zeigte sich nicht überrascht, als er erfuhr, was man von ihm verlangte. Ohne alle Ziererei nickte er zustimmend und hörte sich aufmerksam Bathursts Erläuterungen an, nur selten eine Bemerkung oder eine Frage einflechtend. Sie konnten viele Details abstimmen, und nur eines bereitete Benjamin Sorge, nämlich daß dieser Mensch allzu weich war, ihm fehlten der nötige gebieterische Ton und die unerläßliche Erhabenheit eines Kaisers. Er ließ ihn einige Sätze in der Art Napoleons sprechen, das Ergebnis war kläglich. Das Problem muß unbedingt gelöst werden, dachte Bathurst nervös. Indessen begeisterte ihn das Gedächtnis des Mönchs. Einen einmal gehörten Namen, eine Einzelheit, eine Beschreibung, eine Zahl oder eine Redensart, Vater Stefan merkte sich alles fehlerlos und konnte es jederzeit wiederholen, ohne dabei zu überlegen.

Bathurst entnahm seinem Gepäck einen Stoß Papier und übergab ihn dem Priester mit den Worten: »Das ist die Charakterbeschreibung Napoleons. Lies das, Vater, immerzu, schlafe damit, denn jede Einzelheit muß dir wie der eigene Name im Gedächtnis sitzen.«

Der Mönch wiegte bedenklich den Kopf.

»Ob das ausreicht, mein Sohn? Wie soll man sich gut in einen anderen Menschen hineinversetzen, wenn man nur über ihn gelesen, ihn aber kein einziges Mal gesehen und beobachtet hat?«

»Du hast recht, Vater, ich dachte auch schon daran ...«

Bathurst sann nach, und er lächelte, als er sich laut der Verse erinnerte:

...und Dank dem raschen Mute! – Laßt uns einsehn,
daß Unbesonnenheit uns manchmal dient,
wenn tiefe Plane scheitern; und das lehr' uns,
daß eine Gottheit unsre Zwecke formt,
wie wir sie auch entwerfen.

»Wessen Worte sind das, mein Sohn?« fragte der Priester. »Ich verstehe sie nicht, aber sie klingen so schön.«

»Das ist Shakespeare, Vater ... Den Herrgott verstehen wir

auch nicht gänzlich, ebenso seine Worte, obgleich sie so schön für uns klingen. Shakespeare ist mein Gott über allen anderen irdischen Göttern, und sein Sohn Hamlet ist mein einziger Bruder. Wie ich ihn liebe, Vater! Er kommt mir zu Hilfe, wenn ich in Bedrängnis bin oder wenn es mir schlechtgeht, und er bewirkt dann, daß es mir weniger schlecht geht, oder er hilft mir, Schwierigkeiten aus dem Weg zu räumen, Widrigkeiten …«

»Mit Versen beseitigst du Widrigkeiten, mein Sohn?«

»Ich nähre mich von Versen, Vater, ich schöpfe aus ihnen Rat und Kraft. Widrigkeiten beseitige ich mit Fußtritten. Manchmal ist das ein Fußtritt ins Gewissen, aber manchmal ist da auch kein anderer Weg. So ist es augenblicklich mit mir.«

Benjamin schwieg einen Augenblick gedankenverloren. Dann wandte er sich wieder an den Priester: »Daß eine Gottheit unsre Zwecke formt – ja, das ist es! Es reicht nicht aus, wenn du dieses Geschreibsel auswendig lernst und so im Gedächtnis hast wie ich jedes Wort aus dem Hamlet. Ich weiß auch schon, was zu tun ist. Rüste dich zu einem Ausflug, Vater Stefan. Wir werden uns bald nach Posen begeben.«

Am Morgen des 9. Dezember (Dienstag) ritt Benjamin, zeitig von Sij geweckt, allein nach Posen. Der Chasseur wartete bereits, aber beide erlebten eine Überraschung – die Tür der Karmeliterkirche war geschlossen. So gingen sie gemeinsam zurück und ließen sich bei den Bernhardinern nieder, in der Kirche neben dem Kloster, an dessen Mauern bereits lärmende Händlerinnen ihre Plätze einnahmen. Der Chasseur sah sich noch einmal um und zog dann eine Papierrolle aus dem Rock.

»Machen Sie sich damit vertraut und vernichten Sie es baldmöglichst«, sagte er. »Das ist ein Verzeichnis jener Personen, die die nächste Umgebung des Usurpators bilden: Bedienstete, Sekretäre, Leibwache, Minister, Stab, militärische Befehlshaber, die sich gegenwärtig in Posen aufhalten, alle mitsamt den Beschreibungen von Gesichtern und Charakterzügen. Ich denke, länger als einige Stunden wird es dem Doppelgänger nicht nutzen, aber dann nehmen wir bereits die Fäden in die Hand und erledigen den Rest. Das da ist Schulmeisters Dossier ...«

Während der Chasseur gesprochen hatte, hatte Bathurst in den Papieren geblättert. Als jetzt Schulmeisters Name fiel, brummte er: »Ein armseliges Dossier ...«

»Es ist alles, was wir über ihn herausfinden konnten.«

»... aber immerhin interessant ... Na bitte, ein Pastorensohn, ganz so wie ...«

Er wollte sagen: »Ganz so wie ich«, hielt jedoch beizeiten inne. Er blätterte Seite für Seite um, und manchmal las er leise vor sich hin, als spräche er zu sich selber: »Pseudonyme: Herr Karl, der rote Karl, Postmeister ... Neigt zum Größenwahn ... Na klar, ohne den wäre er Laufbursche geworden, wie jeder, der ihn nicht hat ... Ein Glückspilz! Wie oft ist er den Klauen der Österreicher entwischt. Grausam und rücksichtslos. Das heißt, er ist gescheit ... Oh, ein Liebhaber des Theaters! Und hier ... was steht da? Kinderlieb ... Schön, was für eine Mischung!«[36]

Fasziniert von der Ähnlichkeit, die er zwischen Schulmeister und sich entdeckte, verfiel Bathurst in eine Art Trance, er las und kommentierte halblaut, immerfort im Stil eines Selbstgesprächs, bis endlich der Chasseur die Geduld verlor und ihn unterbrach: »Schade um die Zeit, lesen Sie das doch später! Überhaupt verstehe ich nicht, was das alles für einen Nutzen haben soll. Schließlich ist nicht Schulmeister unser Ziel, und mir ist es egal, ob er gerne ins Theater geht oder nicht. Er interessiert sich ja auch nicht für uns, weil er keine Ahnung von uns hat!«

»Dessen kann man nie sicher sein«, versetzte Bathurst.

»Wir sind dessen sicher. Der Beweis dafür ist, daß wir noch leben. Wenn er irgend etwas von uns wüßte, lägen wir schon in einem gemeinsamen Grab. Vorläufig jedenfalls weiß er nichts. Er erfährt von uns erst, wenn er vor dem Exekutionskommando steht. Darum verstehe ich nicht, wozu das alles gut sein soll.«

Brauchst du auch nicht zu verstehen, dachte Benjamin. Selbst wenn er gewollt hätte, hätte er diesem Menschen nicht klarmachen können, daß es ihm geradezu physische Wonne bereitete, einen Gegner wie Schulmeister zu haben. Es war das Salz dieses Spiels, einen Zwillingsbruder auf der anderen Seite der Barrikade zu wissen – und ihn mit einem ausgetüftelten Plan zu täuschen, der so schön war wie eine Beethoven-Sinfonie. Deshalb mußte er alles über ihn wissen, ähnlich wie ein Mann die Frau, die er liebt, ganz kennenlernen möchte. Wie hätte er ihm das klarmachen sollen?

»Wieviel Zeit haben wir?« fragte er statt dessen.

»Ich weiß nicht«, antwortete der Chasseur. »Einige Tage ganz sicher. Vor dem Wochenende wird er bestimmt nicht aufbrechen.«

»Warum sind Sie da so sicher?«

»Weil Napoleon erst weiter vorrücken kann, wenn die Übergänge über Weichsel, Bug und Narew gesichert sind. Unsere Truppen haben die Weichsel überquert und befinden sich in dem schmalen Winkel zwischen der österreichischen Grenze und der Narew-Weichsel-Linie. Um manövrierfähig zu sein, müssen sie die Übergänge am Narew oder am Bug beherrschen, das aber ließ sich noch nicht bewerkstelligen.[37] Bennigsens Russen verteidigen hartnäckig das jenseitige Ufer, und von Białystok zieht eine neue russische Armee unter Buxhöwden heran. Die Entwicklung des Geschehens an dieser Front wird in hohem Maße entscheidend sein, noch wichtiger aber ist die Brücke über die Weichsel, die Murat gerade wieder aufbaut. Es ist so gut wie sicher, daß, sobald die Weichselbrücke fertiggestellt ist, Bonaparte Posen innerhalb von vierundzwanzig Stunden verläßt.«

»Gibt es Informationen darüber, wieviel Zeit der Brückenbau beanspruchen wird?«

»Wie ich schon sagte, werden mindestens noch vier, fünf Tage vergehen, mehr Zeit haben wir nicht. Danach könnte es zu spät sein. Dort in Warschau schuften sie wie die Wilden, Tag und Nacht laufen die Arbeiten ... Und wie weit sind Sie mit den Vorbereitungen, O'Leary?«

»Fast fertig. Übermorgen bin ich es bestimmt.«

»Schlimmstenfalls müßten wir also unmittelbar vor dem geplanten Aufbruch handeln. Ich glaube aber nicht, daß das nötig wird, nach meinem Gefühl haben wir noch fünf Tage. Wann sollen wir in Aktion treten?«

»Übermorgen. Sie müssen ihm die eiserne Maske in Erinnerung rufen, und wenn das nicht genügt, bringen Sie auch von Kempelens Schachautomaten ins Gespräch.«

»Gut, das wird nicht schwer sein. Es vergeht fast kein Tag, an dem er sich nicht irgendwohin ins Gelände begibt. Stundenlang strolcht er durch die Gegend.«

»In der Uniform eines Obersten der Chasseure?«

»Immer. Mit Mantel und Hut.«

»Mit was für einer Eskorte?«

»Ungefähr dreißig Leute. In der Hauptsache polnische Gardisten, außerdem jeweils ein paar Leute von uns. Zweimal aber war er nur mit uns und mit drei Polen unterwegs, insgesamt waren wir zwölf. Genau weiß man es nie.«[38]

»Um wieviel Uhr bricht er gewöhnlich auf?«

»Frühmorgens oder am Vormittag. Selten später als elf Uhr. Eine genaue Uhrzeit läßt sich nicht angeben, wie gesagt, er ist unberechenbar. Vor ein paar Tagen spielte er wieder mal den gewöhnlichen Bürger. Er strich abends, in Zivil gekleidet, durch die Stadt und machte seine Beobachtungen. Dabei begleiteten ihn drei von unseren Leuten und ein Pole als Dolmetscher. Er macht so was mit Begeisterung, in Paris kommt es oft vor.«

»Wozu tut er das?«

»Er sagt, daß er so, inkognito, unmittelbar die Stimme des Volkes hört, ohne Mittelsmänner.«

»Wann geben Sie mir Bescheid?« fragte Bathurst.

»Worüber?«

»Vom Tag der Ankunft des Kaisers in Szamotuły.«

»Ich kann nicht sagen, mit welchem Vorsprung. Vielleicht wird es nur eine Stunde im voraus sein, vielleicht drei Tage. Wir schicken jemanden. Ab der Stunde Null, die Ihnen der Emissär nennt, müssen Sie sich die ganze Zeit bis zum Eintreffen des Korsen bereithalten.«

»Wer wird auf Ihrer Seite den Austausch überwachen? Sie?«

»Ja, ich. Ich werde in der Eskorte sein. Aber das reicht nicht aus. Damit wir die Gewißheit haben, daß der Austausch vollzogen ist, und unseren Vorgesetzten berichten können, wird auch in Ihrer Gruppe jemand von uns sein und die Operation von Ihrer Seite her verfolgen. Und noch eins: wir müssen zuvor den Doppelgänger sehen.«

»Das trifft sich gut«, sagte Benjamin. »Ich wollte Sie nämlich darum bitten, daß Sie den Doppelgänger an den Hof schleusen, für ein oder zwei Stunden, so lange wie möglich. Es geht darum, daß er sich Napoleon genauer ansehen kann.«

»Wie bitte?!« schrie der Chasseur auf. »Das ist unmöglich!«

»Es ist unerläßlich.«

»Ich wiederhole, es ist unmöglich.«

»Ach so? Es ist Ihnen unmöglich? Ich fürchte, mein Herr, daß eine Organisation, für die es unmöglich ist, eine solche Kleinigkeit zu organisieren, zur Machtübernahme nicht fähig ist! Und seien Sie jetzt bitte nicht beleidigt. Entweder ist das alles nur Theater, dann steige ich aus, oder aber wir spielen ernsthaft, und ich weiß, daß ich starke Partner habe, Partner, die mit mir Hand in Hand arbeiten und nicht das, was ich tue, schon eine Stunde, nachdem ich weg bin, verpfuschen. Wie also? Angeblich haben Sie doch den Stab und den Hof unter Kontrolle!«

Der Chasseur schwieg, auf seinem Gesicht malte sich Wut.

»Bitte verstehen Sie doch«, fuhr Bathurst fort, »es ist unvermeidlich, wenn sich der Doppelgänger nicht verraten soll, bevor Sie die Macht übernommen haben. Er muß den Kaiser aus der Nähe sehen, muß beobachten, wie Bonaparte redet, wie er sich bewegt, die Hände hält, die Menschen ansieht, die Silben ausspricht. Das ist durch keine Beschreibung zu ersetzen.«

Lange wartete er auf eine Antwort. Die Miene des Chasseurs verfinsterte sich, er blieb stumm und starrte auf das Altargemälde. Dann drehte er sich herum und sagte, die Wörter dehnend: »Hör zu, Engländer. Du wirfst mit Worten um dich, für die man dich zu Hause …«

Benjamin wollte schon knurren: Jag mir keine Angst ein, du Scheißer!, doch er hielt die Zunge im Zaum, und der andere fuhr fort: »… Aber wir brauchen dich nun mal, du weißt das und bist darum so dreist. Wir sind stärker, als du denkst, und wenn ich deinen Plan abgelehnt habe, dann nur aus Sorge, alles zu verderben. Den Doppelgänger an den Hof zu schleusen, ist für uns in der Tat eine Kleinigkeit, aber was ist, wenn man ihn erkennt?«

»Er trägt einen Bart, und er kann die Kutte anziehen. Ausgeschlossen, daß man ihn erkennt.«

»Gut, du hast es so gewollt. Dieser Tage gibt es eine Gemeinschaftsaudienz, da tun wir ihn dazu. Es wird jemand kommen und ihn abholen, der sich vorstellt als ›Freund Maurice‹. Derselbe Mann bringt ihn wieder zu euch zurück und bleibt dann, um den Austausch zu überwachen. Gibt es noch ein Problem, das wir nicht besprochen haben?«

»Einstweilen ist das alles«, gab Bathurst zurück.

Der Chasseur stand auf und entfernte sich ohne ein Wort des Abschieds.

Heyter, der zwanzig Stunden täglich arbeitete, beendete sein Werk am Morgen des 11. Dezember (Donnerstag). Die Falle funktionierte einwandfrei: Der Mann, der da im Kasten des Schachautomaten steckte, ließ sich auf einer rollenden Plattform mit einem Ruck heraus – und in den Nebenraum ziehen, genauer auf den Wehrgang über dem Tor, wo Tom die

Schlinge zu werfen hatte. Der Mechaniker erhielt sofort, obwohl er sich kaum noch auf den Beinen hielt, eine neue Aufgabe: Er sollte für den Entführten eine »Wiege« fertigen, mit einer Aufhängung, die einen Transport zwischen zwei Pferden ermöglichte.

Es fehlten Pferde. Robersohn hatte sechs Reittiere für Bathurst und seine Leute besorgt, so besaßen sie insgesamt neun an der Zahl, aber Bathurst wollte, daß jeder über ein Ersatzpferd verfügte.

»Herr O'Leary«, erläuterte Robersohn, »bitte verstehen Sie, es ist Krieg, die Polen sind alle durchgedreht, für sie ist der Krieg so etwas wie ein schönes Mädchen im Bett. Alle sind sie Napoleon zugelaufen. General Dombrowski braucht Pferde für die polnischen Hilfslegionen der Franzosen, und dann noch die Requisitionen! Bonaparte bereitet eine Offensive vor und braucht Verstärkung. Da sind die nicht zimperlich, die nehmen sich den Gaul, geben eine Quittung aus, und Schluß. Ich rate Ihnen, verstecken Sie Ihre Pferde gut. Mehr konnte ich wirklich nicht tun, in der ganzen Umgegend ist kein einziges anständiges Pferd mehr da, nur schlappe Gäule. Und wenn noch eins da ist, dann verkauft es der Eigentümer nicht, um keinen Preis. Ich habe herumgefragt, wo ich konnte.«

Bathurst sah ihm in die Augen und sprach Silbe für Silbe: »Robersohn. Ich muß mehr Pferde haben. Du kannst sie aus dem Erdboden stampfen, gebären, schöpfen, tu, was du willst, aber du mußt sie mir beschaffen. Das ist deine letzte Aufgabe.«

Robersohn zuckte die Achseln.

»Herr O'Leary, ich sagte doch schon ...«

»Zum Teufel mit deinem Sagen! Ich glaube nicht, daß in der ganzen Umgegend kein einziges brauchbares Pferd mehr vorhanden ist!«

»Da ... wären noch zwei, aber die sind gestohlen.«

»Wenn sie gut sind, nehme ich sie.«

»Ich rate ab, Herr O'Leary. Ein gewisser Flüchtling, ein Preuße hat sie, der sich in einem Vorwerk in der Nähe von Obornick (Oborniki) versteckt hält, aber bestimmt wird er von der Polizei und der Gendarmerie gesucht. Das ist gefährlich.«[39]

»Besorg mir die Pferde«, entschied Bathurst. »Aber mit Vorsicht, am besten nachts.«

Am selben Morgen erschien im Turm »Freund Maurice«, ein alter Sergeant mit dümmlichem Gesicht, aber mit überaus schlauen Äuglein darin. Er erklärte, daß er am Tag darauf, nachmittags, den Doppelgänger zur Audienz abholen und ihn am Abend wieder zurückbringen würde und daß die Stunde Null am Sonnabend, dem 13. Dezember, um sechs Uhr in der Frühe sein sollte. Damit entstand ein neues Problem.

Benjamin hatte angenommen, daß es zwischen der Audienz und der Stunde Null einen größeren Zeitabstand geben würde. Nun lagen nur etwa zehn, höchstens zwölf Stunden dazwischen. Das Problem bestand darin, daß der Priester Bart und Haar nicht in der letzten Minute rasieren und stutzen durfte, denn das wäre zu auffällig gewesen – die Haut mußte sich gewöhnen, die frisch rasierten Stellen würden heller erscheinen. Früher wiederum konnte man den Bart auch nicht abnehmen, denn bei der Audienz wurde er zur Tarnung dringend gebraucht. Nach einigem Nachdenken bat Benjamin den Emissär, ein Stündchen zu bleiben; und beide begaben sie sich zu Vater Stefan. Sie trafen ihn an, wie er in dem Material über den Kaiser blätterte.

»Morgen fährst du nach Posen, Bruder, um dir Napoleon anzusehen«, verkündete Bathurst. »Aber nicht mehr mit dem eigenen Bart, sondern mit einem künstlichen. Diesen hier müssen wir sofort abrasieren, und das Haar wird kurz geschnitten.«

Die ungewohnte Friseurtätigkeit nahm Manuel und den Sergeanten fast eine Stunde lang in Anspruch. »Freund Maurice« brachte die berühmte Bonaparte-Strähne in den richtigen Sitz und rief aus: *»Mon Dieu! C'est vraiment lui!«*[40]

Seine Begeisterung stellte Benjamin sehr zufrieden, und er verabschiedete den Sergeanten gutgelaunt. Anschließend wählte er aus dem Kostümfundus einen passenden Bart und eine Perücke für den Priester. Am frühen Vormittag des 12. Dezember (Freitag) begutachtete er die von Heyter und Manuel gefertigte »Wiege«, besprach mit den Männern die letzten Einzelheiten der Operation, bestimmte den Ort, wo am Morgen die Pferde bereitstehen sollten, und beauftragte Juan mit der Bewachung der Tiere, darauf gab er allen Befehl, sich sofort nach dem Abendessen, um sechs Uhr, bei ihm einzufinden. Zu Mittag aß er allein, danach studierte er noch einmal die Landkarten. Schließlich legte er sich aufs Bett und schlief ein. Sij weckte ihn, als »Freund Maurice« eintraf, um den Priester abzuholen.

Pünktlich um sechs Uhr abends erschienen alle bei Bathurst im Zimmer. Er verzichtete auf einleitende Worte.

»Wie ich schon gesagt habe, gilt ab morgen früh fünf Uhr volle Gefechtsbereitschaft. Wenn alles gutgeht, werdet ihr Krösusse sein, ihr bekommt noch viel mehr, als man euch versprochen hat. Es muß uns nur gelingen, ihn nach London zu bringen ... den Kaiser Napoleon Bonaparte, Jungs!«

Alle sprangen von den Plätzen und rissen die Augen auf. Jemand schrie: »Großer Gott!«, dann herrschte Stille.

Bathurst unterbrach die Stille: »Ich mußte euch das sagen, damit ihr euch morgen, wenn ihr ihn seht, nicht so benehmt wie jetzt eben. Ihr zittert wie alte Weiber! Die Eskorte wird von dem Austausch nichts merken, denn unser Priesterlein ist die genaue Kopie des Kaisers, beide ähneln einander wie ein Ei dem andern. Ein paar Stunden später schon wird die Macht in anderen Händen sein. Ihr werdet Nationalhelden, und auch noch solche, die auf Goldsäcken sitzen!«

»Sir«, sagte Heyter, »mir ist das ja einerlei. Ob Offizier oder Kaiser, wenn sie uns schnappen, ist es derselbe Tod. Ich find's bloß irgendwie komisch, daß ich Napoleon persönlich beim Genick packen soll wie ein Kaninchen … Verdammt!«

»Es macht unseren ganzen Ruhm aus, daß es nicht ein Kaninchen ist, sondern der Kaiser.«

Heyter nickte, und über sein Gesicht huschte ein Lächeln.

»Langsam gefällt mir die Sache, Sir. Meine Kleine, die wird mich erst richtig lieben, wenn sie erfährt, daß ich den Kaiser Napoleon geschnappt habe!«

Tom Rope und Manuel Diaz lachten laut los, und die Atmosphäre entspannte sich. Zum erstenmal seit Tagen lächelte auch Robertson: »Ja, Brüderchen, und wie ich dich kenne, wirst du ihr sagen, daß du ihn ganz allein, akkurat mit eigenen Händen geschnappt hast, das weiß ich schon.«

Bald nach Mitternacht brachte »Freund Maurice« den Priester zurück. Vater Stefan betrat den Raum energischen Schrittes, als schlage er mit den Schuhsohlen einen Takt, er riß Bart und Perücke herunter, strich sich das Haar zurecht, legte eine Hand auf den Rücken, während er die andere mit abgespreiztem Daumen an die Nahtstelle von Bauch und Brustkorb hielt, als stecke er sie unter die aufgeknöpfte Weste, und in solcher Haltung spazierte er rhythmisch zwischen den Wänden auf und ab.

»Superbe!«[41] flüsterte der Sergeant der ihn wie gebannt beobachtete.

Bathurst lachte vergnügt.

»Ich sehe, Vater, du bist ein guter Schauspieler. Wenn du erst Kaiser bist, vergiß nicht deinen ergebenen Diener, der vom Posten eines Marschalls träumt.«

Der Mönch hielt im Spazieren inne, machte jäh kehrt, heftete seinen durchdringenden Blick dem Engländer ins Gesicht und sagte langsam und mit Nachdruck: *»Soit!«*[42]

»Bravo!« kommentierte Benjamin. »Und jetzt legt euch schlafen, Männer.«

Darauf wandte er sich an den Sergeanten, der als Beobachter bei ihnen bleiben sollte: »Ihr Strohsack liegt neben dem

Bett des Priesters. Sie können ruhig schlafen, mein Diener weckt Sie.«

Bathurst selbst fand lange keinen Schlaf. Er lag wach und dachte nach. Er dachte an Julia, an die hinter ihm liegende Reise, wiederum an Julia und dann noch an einen Mann, der Schulmeister hieß und keine Ahnung davon hatte, daß man ihn morgen kompromittieren und spätestens übermorgen erschießen würde. Morgen war der 13. Dezember 1806. Ein historisches Datum, so wie der Tag des Sieges bei La Hougue. Die Kinder in der Schule würden das Ereignis auswendig pauken ... Der dreizehnte. Ihm fiel ein, daß er aus Julias Kartenspiel eine Dreizehn gezogen hatte. »Zu meinem Glück oder meinem Unglück? ... Für die einen ist sie eine Glückszahl, für die anderen nicht ... Glaubst du an den Blödsinn? ... Nein. Aber manchmal glaubt er an uns. Und darum kann man ihm nicht immer entrinnen ...« Man kann nicht entrinnen, nicht entrinnen ...

Gegen Mitternacht überwältigte ihn ein unruhiger Schlaf. Er träumte von einem pausbäckigen Mann mit klugem, boshaftem Blick. Der Mann hatte glatte rote Haare und lachte lauthals und mit gebleckten Zähnen: Hahahaha! Sein Lachen schwoll an und hallte wie in einer Kathedrale, es dröhnte immer mächtiger und verwandelte sich in Donnergetöse.

7. Das Königsgambit

Eine heftige Erschütterung brachte Bathurst jäh zu sich. Er fand sich auf dem Fußboden wieder, schweißgebadet. Über sich sah er, im Schein einer Kerze, Sijs besorgtes Gesicht.

»Wie spät ist es? Leuchte mir ... Nach drei erst ... Geh in dein Zimmer zurück, aber leise, weck den Priester nicht.«

Der Mischling machte eine Bewegung mit der Hand.

»Wie, der Schwarzrock schläft auch nicht?«

Beide gingen sie ein Stockwerk tiefer.

»Das ist schlecht, daß du nicht schläfst, Vater«, flüsterte Benjamin.

»Ich habe ein wenig geschlafen«, brummelte der Priester.

»Zu wenig. Du siehst blaß aus und bist heiser. Hast du dich erkältet?«

»Nein, obwohl es nicht gerade sehr warm ist.«

»Versuche, noch ein paar Stunden zu schlafen. Und du leg dich auch hin, Sij!«

Benjamin kehrte in sein Zimmer zurück, aber an Schlaf war nicht zu denken. Er zog sich an, nahm seinen Spazierstock und ging auf den Hof hinaus. Die Nacht war tiefblau und frostig. Über dem Erdboden bis in Wadenhöhe schwebte nebliger Dunst. Mond und Sterne warfen einen blassen Schein auf die bereiften Gemäuer und Bäume. Er ging an dem großen Turm vorbei, auf die Schuppen zu, vor denen die Wagen wie Gerippe schimmerten. Er kam bis zum Stall und wollte schon umkehren, als ihm plötzlich bewußt wurde, daß gar kein Wächter dastand! Wer war jetzt an der Reihe? Tom oder Manuel, falls Józef nicht anders entschieden hatte. Aber irgend jemand mußte doch da sein!

Er hörte ein leises Geräusch aus dem Stall und hielt das Auge an einen Bretterspalt. Drinnen flackerte ein Lichtschein. Bathurst machte ein paar Schritte auf die Tür zu und sah, daß sie offenstand. Er ging hinein. Der Anblick eines Mannes, der eilig ein Pferd sattelte, überraschte ihn. In dem Halbdämmern, den das Flämmchen der Öllampe nicht wirksam zu erhellen vermochte, war nicht zu erkennen, wessen Rücken er vor sich hatte.

»Hast du einen Ausflug vor?« fragte er.

Der Mann drehte sich herum, blitzartig, in der Hand einen Revolver.

»Du hast meine Frage nicht beantwortet, Józef.«

»Ja, Sir, ich will nach Posen.«

Benjamin tat einen Schritt nach vorn, aber da hörte er: »Bitte bleiben Sie stehen, wo Sie sind, Sir, und halten Sie beide Hände am Stock fest! Ja, so. Ich warne Sie, Sir, sollten Sie eine Hand wegnehmen, erschieße ich Sie.«

Benjamin nickte verständnisvoll.

»Du benimmst dich unschön mir gegenüber, Freund. Du bist schon höflicher gewesen.«

»Ich bin auch jetzt höflich, Sir. Ich habe Ihnen nicht befohlen, die Hände hochzunehmen, weil das anstrengend ist.«

»Wenn du schon so höflich bist, erlaube mir, daß ich mich auf das Fäßchen da setze, das Stehen ist auch anstrengend.«

»Bitte setzen Sie sich, Sir.«

Bathurst klopfte mit der Hand den Staub von dem Faßdekkel und nahm Platz.

»Du verläßt uns also, Józef?«

»Ja, Sir.«

»Darf man wissen, warum?«

»Ich sage es Ihnen, Sir. Ich freue mich sogar, daß ich dazu Gelegenheit habe. Damals, in Frankfurt, da haben Sie gesagt, Sir, daß jeder sein Narkotikum hat, sein Kräutlein, das ihn berauscht, irgendeinen Hunger, den es unbedingt zu stillen gilt. Das hat sich mir eingeprägt, Sir. Und es ist wahr. Sie sagten auch, daß ich ebenfalls so was hätte, haben müßte. Das ist ebenfalls wahr. Sir, in mir ist es die Liebe zum Vaterland. Ich weiß nicht, ob Sie das verstehen, aber so was, wenn es in einem ist und wenn es auch lange schläft, es wird doch einmal wach. Dieser Krieg, der war mir gleichgültig, ich bin mit Ihnen gezogen, weil ich was erleben und zu Geld kommen wollte. Ich wußte nicht, Sir, daß es ein Krieg um Polens Freiheit werden würde, und darum ...«

»Wenn ich mich recht entsinne, Józef, dann hast du gesagt, daß du nicht des Geldes wegen mit mir kommst, sondern meinetwegen, weil du dich mir mit ganzer Seele verkauft hättest.«

»So ähnlich habe ich es gesagt, Sir, aber mein Gedächtnis ist etwas besser, ich weiß nämlich noch genau, was ich gesagt habe. Ich sagte, daß ich mich Ihnen verkauft habe wie ein armer Sünder dem Teufel. Damals waren das bloß Worte, aber später wurde mir klar, daß man das wörtlich verstehen muß.«

»Ach so?« Bathurst schmunzelte. »Ich bin also der Teufel?«

»Für mich, Sir, ja, und für alle Polen. Sie wollen den einzigen Menschen vernichten, der uns die Freiheit und die Unabhängigkeit wiederbringen kann, den einzigen, der genau das tun will! Ich habe es von Beamten aus Posen erfahren, die vor einer Woche in Szamotuły gewesen sind. Sie sprachen von einem Aufruf an das Volk.«[1]

»Was ist das für ein Aufruf?«

»Ein Aufruf, den die Generäle Dombrowski und Wybicki[2] unterschrieben haben. Darin steht, daß Napoleon Polen wiedererstehen lassen wird! Früher mal habe ich Bonaparte gehaßt, weil er unsere Legionen in Übersee zugrunde gerichtet hat, aber jetzt ... Wie könnte ich ihn jetzt hassen und ihm nach dem Leben trachten? Ich wäre ja ein Verräter und würde unsere Mutter bespucken, in Polen nämlich, Sir, sagt man zum Vaterland, zur Heimat – Mutter! Ich erlaube Ihnen nicht, sie anzurühren!«

»Heißt das, du willst mich umbringen, Freund?«

»Nein, Sir. Ich habe daran gedacht, aber ich kriege es nicht fertig. Damals in Frankfurt habe ich nicht gelogen, als ich sagte, daß ich für Sie etwas empfinde, was ich selber nicht verstehe. Das ist auch heute so, ich spüre in mir zugleich Bewunderung und Haß. Ich werde Sie nur betäuben, knebeln und fesseln. Um fünf kommt Manuel zur Wachablösung, dann wird man Sie befreien, Sir. Fliehen Sie auf der Stelle, denn ich werde bereits in Posen sein, und genau um sechs Uhr, ich verspreche, nicht früher, unterrichte ich die Franzosen von allem. Ich lasse nicht zu, daß Sie den Kaiser anrühren, Sir, das wäre ja so, als ob ich meine Ehre für ein paar Silberlinge hergäbe!«

»Was du jetzt tust, ist auch Verrat! Du hast geschworen!«

»Bitte erheben Sie nicht die Stimme, Sir. Ich weiß, Sie möchten auf diese Weise Hilfe herbeiholen, aber wenn hier einer kommt, schieße ich drauflos, und Sie sterben als erster. Reden wir also lieber leise. Übrigens habe ich keine Zeit mehr. Ich weiß, daß ich geschworen habe, Sir, aber manchmal muß man einen kleinen Verrat begehen, um sich vor einem großen zu bewahren. Zum Glück ist mein Gedächtnis gut genug, um mich daran zu erinnern, woran ich als Pole vor allem andern denken muß!«

Bathurst, vornübergebeugt, die Hände am Stockknauf, sah ihm in die Augen und versetzte leise: »Du hast ein schlechtes Gedächtnis, Freund. In Frankfurt sagte ich dir, daß mein Narkotikum die Rache ist.«

»Ich fürchte Ihre Rache nicht, Sir. Sie werden noch Glück haben, wenn Sie es überhaupt schaffen, nach London zurückzukommen. Und jetzt drehen Sie sich bitte um. Los! Bitte zwingen Sie mich nicht, Sie zu ...«

»Dein Gedächtnis ist wirklich schlecht, Freund!« wiederholte Bathurst voll Mitleid in der Stimme. »Noch etwas hast du vergessen!«

Im selben Moment – der Pole war bereits auf zwei Schritt

Entfernung heran – drehte Benjamin mit einer raschen Bewegung am Knauf des Stocks und drückte kräftig zu. Ein trockener Knall ertönte, und Bathurst, der erwartet hatte, zu sehen, wie Józef in den Bauch getroffen war, verspürte selbst einen schrecklichen Schmerz. Das Geschoß hatte ihm die Hand zerfetzt. Entsetzt starrte er auf die Wunde, und schon sauste ein Revolverschaft auf sein Haupt nieder.

Kaltes Wasser, das ihm ins Gesicht klatschte, brachte ihn wieder zu sich. Über ihm stand Sij. Bathurst atmete tief durch und versuchte aufzustehen. Der Mischling bückte sich und zog ihn vom Boden hoch.

Die Hand blutete stark. Benjamin sah um sich – weder der Pole noch sein Pferd waren da. Schluß, aus! dachte er voller Verzweiflung. Er mußte sofort fliehen! Mit der gesunden Hand langte er nach seiner Uhr und stellte verblüfft fest, daß es erst zwanzig vor vier war! Demnach hatte sich alles eben erst ereignet, hatte seine Ohnmacht nur wenige Minuten gedauert. Vielleicht gelang es noch, den Polen einzuholen, er mußte Tom wecken!

Benjamin stürzte zur Stalltür und stolperte über einen am Boden liegenden Körper. Józef lag auf dem Rücken, die Arme leblos zur Seite geworfen. Daneben stand das Pferd und ruckte nervös mit dem Kopf. In der Dunkelheit leuchtete das Weiß von Józefs Augen. Bathurst fühlte, wie ihn kalte Schauer überliefen. Er kniete sich hin und schloß dem Toten die Lider, und danach glitt seine Hand über die noch warme Wange, langsam, behutsam, als fürchtete er, dem Menschen weh zu tun.

»Leb wohl, Freund«, flüsterte er mit einer rauhen Zärtlichkeit. »Wir haben beide ein schlechtes Gedächtnis. Wir haben Sij vergessen.«

Benjamin weckte das Kommando früher, als er es beabsichtigt hatte. Er schilderte den Männern knapp das Vorgefallene und befahl, den Polen zu beerdigen. Sie begruben ihn an der Wehrmauer unter einem Baum, in dessen Stamm Tom ein kleines Kreuz kerbte. Es war noch dunkel, aber der Himmel verlor schon sein sattes Dunkelblau und färbte sich allmählich grau.

Schweigend gingen sie auseinander, Benjamin blieb unter dem Baum zurück, nachdenklich und traurig gestimmt. Als er sich umdrehte, sah er Heyter hinter sich stehen, der seinen Spazierstock in der Hand hielt.

»Es war nicht meine Schuld, Sir! Die Laufmündung war mit Erde verstopft.«

»Ich, weiß, Brian. Es war mein Fehler. Den Stock hatten sie mir im Kloster abgenommen, und danach habe ich nur überprüft, ob das Geschoß in der Kammer sitzt, den Lauf habe ich mir nicht angesehen. Gib her.«

Um halb fünf Uhr kleideten Bathurst und »Freund Maurice« den Priester in die Uniform eines Obersten der Garde-Chasseure und besorgten die Maske. Kurz vor sechs erhielten Mirel und seine Leute Befehl, in ihre Wagen umzuziehen und sich nicht blicken zu lassen. Danach wurden die Gemächer des großen Turms in Ordnung gebracht, und alle nahmen die ihnen zugewiesenen Plätze ein. Um die Pferde kümmerte sich Juan, er versteckte sie hinter einer Mauerecke, zu der Seite hin, wo sich ein kleiner See befand. Jetzt hieß es nur noch abwarten.

Um Viertel nach acht näherte sich von der Stadt her eine Reiterschar. Bathurst erkannte den Philadelphen, der sein Verbindungsmann gewesen war. Allen voran trabte ein Mann in grauem Mantel, und auf dem Kopf trug er den vom Atlantik bis zum Ural wohlbekannten Hut.

Die Reiter hielten ihre Pferde vor dem Tor an. Wenig später hörte man Schritte auf der Treppe und eine Stimme, die aus dem Keller nach oben rief: »Hier ist es, Sire, wo die Frau mit der eisernen Maske gefangengehalten wurde.«

Ein paar Minuten danach stand Napoleon bereits vor Baron von Kempelens Schachautomaten.

»Wie ist der hierhergekommen?« fragte Bonaparte. »Er war doch eben noch in Berlin!«

Benjamin drängte sich durch die Gruppe Soldaten, die den Monarchen umringte.

»Es wurden drei Exemplare angefertigt, Sire«, erläuterte er. »Einer der Automaten ist in Flammen aufgegangen, den zweiten hat von Kempelen für sich behalten, und den dritten hat er Maria Theresia zum Geschenk gemacht.[3] Das ist dieser hier.«

Bonaparte durchbohrte Bathurst mit dem Blick, und er fragte: »Und wer sind Sie?«

»Ein Kaufmann, Sire, ein wenig auch Betreuer einer Zirkustruppe. Kurz, ein Mann des Geschäfts. Der ›Türke‹ dient uns als Requisit.«

»Wie sind Sie in seinen Besitz gelangt?«

»Ich habe ihn einem nach Königsberg fliehenden preußischen General abgekauft, Sire.«

Napoleon nickte und zeigte kein weiteres Interesse an Bathurst. Er ging zu dem Automaten hinüber und legte die Hand auf das Schachbrett.

»Ich hätte Lust, mit ihm zu spielen, das ist amüsant. Funktioniert er?«

»Ja, Sire«, antwortete Benjamin.

»Dann ziehen Sie ihn bitte auf.«

»Augenblick, Sire, ich krieche gleich hinein, ich muß mich nur rasch umkleiden.«

»Warum das?« wunderte sich der Kaiser. »Ziehen Sie ihn einfach nur auf, damit er spielt.«

»Das führt zu nichts, Sire. Ich muß hineinkriechen.«

»Warum, zum Teufel?!«

»Um zu spielen, Sire. Von allein spielt er nicht.«

»Wie?!«

»Ja, wissen es Eure Kaiserliche Majestät denn nicht?«

»Was sollte ich wissen?«

Bonaparte begriff plötzlich, und er riß die Augen weit auf.

»Wie bitte?! Heißt das ...«

»Hat man Eurer Kaiserlichen Majestät in Berlin nichts davon gesagt?« wunderte sich Bathurst.

»Das ist also ein falscher Android?!«

»Ja, natürlich, Sire. Ich weiß es von jenem preußischen General. Eine Maschine kann schließlich nicht denken.«

Schweigen trat ein, man hörte nur noch die Atemzüge der Anwesenden.

»Die haben mich betrogen, die Lumpen!« brummte Napoleon. »Betrogen! Hahahaha!«

Ein Dutzend Mäuler fiel in das Lachen ein. Dann erläuterte Benjamin dem Monarchen, wie der geheimnisvolle »Türke« funktionierte.

»Phantastisch!« rief der Kaiser begeistert. »Dieser von Kempelen ist trotz allem ein Genie, ich würde ihm das Kreuz der Ehrenlegion verleihen! Nie hätte ich so etwas für möglich gehalten.«

Napoleon betrachtete den Automaten jetzt noch aufmerksamer als vorher. Schließlich fragte er: »Ist es schwer, aus dem Innern des Automaten zu spielen?«

»Durchaus nicht, Sire. Es ist das größte Vergnügen. Probieren Sie es doch, Sire!«

Napoleon warf seinem Mamelucken den Mantel zu und beugte sich zu der geöffneten Klappe hinunter. Benjamin stockte der Atem – nie hätte er geglaubt, daß alles so glatt gehen könnte! Er gab sich Mühe, sein freudiges Beben zu bezwingen.

»Bitte beugen Sie den Kopf, Sire«, riet er dem Kaiser, »und jetzt die Knie anziehen. So, ja, jetzt ist es richtig. Die linke Hand bitte in den Arm des Muselmanns stecken. Jetzt noch nicht! Erst später! Erst, wenn ich die Klappe schließe und das Zeichen gebe. Jetzt zünden wir die Kerze an. Ist es bequem?«

»Einigermaßen«, brummte der Kaiser.

»Kann ich zumachen, Sire?«

»Bitte sehr.«

»Wenn die Klappe geschlossen ist, können sich Eure Kaiserliche Majestät noch bequemer zurechtsetzen. Und bitte an die Schnüre mit den Knöpfen denken. Die dürfen nicht durcheinandergeraten. Wenn Eure Kaiserliche Hoheit bereit sind, bitte zweimal an die Kastenwand klopfen, und bitte dreimal klopfen, wenn Eure Kaiserliche Majestät heraus wollen. Achtung, ich schließe!«

In dem Augenblick nach dem Schließen der Klappe hörte man im Kasteninnern dumpfe, scharrende Bewegungen, danach war alles still. Die Schar der Chasseure und das übrige Gefolge starrte wie gebannt auf die Muselmannfigur. Bathurst liefen Schauer über den Rücken. Würde es glücken, ja oder nein? Jetzt mußten sie ihn haben. In diesem Moment schläferte Tom ihn ein, hielt ihm den Lappen mit Mutter Rosas Tinktur vor die Nase. Jetzt müßten sie ihn gerade den Wehrgang entlang übers Tor tragen und weiter zu den Pferden. Warum gab der Ordensbruder noch kein Zeichen?! Er mußte doch schon im Kasten sein! Verdammt! Heyter hatte hoffentlich bemerkt, daß das Kreuz der Ehrenlegion höher angesteckt saß, und entsprechende Änderungen vorgenommen, das kostete auch zehn, zwölf Sekunden. Ach, und die Schuhe! Die mußten sie dem Kaiser ausziehen und dem Priester anlegen. Es dauerte alles zu lange, viel zu lange, die Lakaien wurden ja schon unruhig.

Bathursts Nerven waren bis zum äußersten gespannt, als er das zweifache Klopfen gegen die Kastenwand hörte. Er atmete auf. Erleichtert setzte er sich zum Spiel und eröffnete die Partie. Nach dem fünften Zug ertönten drei Klopfzeichen. Der Mönch, als Napoleon verkleidet, kletterte aus dem Kasten.

»Verflixt, da drin erstickt man ja!« brummte er. »Ich bin doch keine Ratte. Roustan!«

Der Mameluck reichte dem »Kaiser« Mantel und Hut. »Bonaparte« zog sich an, schleuderte einen Beutel auf den Tisch und sagte zu Benjamin: »Das ist für dich und für deine Truppe. Spielt selber mit dem Ding. Schade, daß ich jetzt alles weiß. Ein Geheimnis birgt in sich alle Zauber der Welt, wenn man es aber erst kennt, ist es, als ob man eine Frau in Besitz nimmt, die man begehrt, aber nicht liebt. Sie wird zu etwas Gewöhnlichem und verliert jeden Reiz. Gehen wir!«

Ein großartiger Schauspieler! dachte Benjamin und suchte den Blick des Philadelphen N... Beider Blicke trafen sich und sagten einander: *Victoire!*[4] Und sie fügten hinzu: *Adieu et bonne chance!*[5]

All das hatte gerade sechsundzwanzig Minuten gedauert, von der Ankunft der Gruppe bis zum Aufbruch. Bathurst sah auf seine Uhr: Es war acht Uhr dreiundvierzig. Er wartete, bis sich die Reiter einige Dutzend Yards vom Turm entfernt hatten, dann lief er hinaus auf den Hof.

»Mirel!« rief er dem Dickbauch zu. »Ihr seid frei. Nimm diesen Beutel, und mach, daß du fortkommst! Aber halte ja die Zunge im Zaum, damit ich dich nicht suchen und sie dir herausreißen muß!«

Sij erwartete ihn schon mit drei Pferden. Sie preschten in Richtung Norden davon und holten die anderen bei Wronki ein, in dem Augenblick, da der Himmel die ersten weißen Flocken ausstreute.

»Wie ist es gegangen?!« brüllte Bathurst Tom ins Ohr. Er galoppierte neben den beiden Pferden her, zwischen denen die »Wiege« mit dem Bündel, welches den Herrscher über halb Europa enthielt, aufgehängt war.

»Wir haben die Schuhe ausgewechselt, Sir!« brüllte der Matrose zurück.

»Ich weiß!«

»Und kein Mucks von ihm!«

»Ich hoffe, ihr habt ihm keinen Schaden zugefügt!«

»Nein, Sir! Er ist entschlummert wie ein Kind, in zehn, zwölf Stunden kommt er wieder zu sich!«

»Halte mal in dem Wald dort drüben. Wir kleiden ihn um, ehe es richtig anfängt zu schneien!«

Auf einer mit frischem Schnee bedeckten Waldwiese zwischen Filehne (Wieleń) und Gr. Kothen (Kocień Wielki) zogen sie Bonaparte bis zur Unterwäsche aus und legten ihm

Zivilkleider an, auch Bart und Perücke, und anschließend sprengten sie weiter, dann und wann einen besorgten Blick hinter sich werfend. Alle halbe Stunde wechselten sie auf das Beipferd über und steigerten das Tempo erneut von scharfem Trab zum Galopp, so daß Schnee und Schlamm an die Stämme der Bäume am Wege spritzten. Sie mieden die größeren Landstraßen und benutzten abseitige Feldwege, doch alle Vorsicht nützte ihnen nichts.

Im Dorf Alt Lobitz (Łowicz Wałecki), zwischen Callies (Kalisz Pomorski) und Märkisch (Mirosławice), fast buchstäblich auf halber Strecke, wurden sie angehalten. Die im Dorf stationierten Franzosen waren die ersten, denen sie nach Szamotuły begegneten.[6] Bathurst überlegte einen Augenblick lang, ob er dem Offizier, der sein Pferd am Zügel packte, nicht eins über den Schädel brennen sollte, aber er hielt sich zurück.

»Wer sind Sie?« fragte der Soldat barsch.

»Kaufleute«, kam die Antwort.

Der Offizier trat an die »Wiege« heran und wickelte die Decken und Lappen auseinander. Er stieß auf einen zusammengerollten Teppich, lugte durch die Öffnung an dem einen Ende und steckte die Hand hinein.

»Handeln Sie mit Menschen?« fragte er, und seine Augen blitzten gefährlich.

»Nein, das ist unser kranker Kamerad, wir bringen ihn zum Arzt. Wir haben ihn in den Teppich eingerollt, weil es kalt ist und schneit.«

»Na, großartig«, erwiderte der Offizier. »Da haben Sie es nicht weit, unser Regimentsarzt wird ihn untersuchen. Runter vom Pferd!«

»Kann dieser Arzt Wunder vollbringen?« fragte Benjamin.

»Wie? Was?« Der Offizier stutzte.

»Ob er Tote wiederbeleben kann, meine ich. Zum Beispiel dich ...«

Bathurst hatte ja gleich gewußt, wie alles kommen würde,

noch ehe er anfing, all das dumme Zeug zu reden, und er bereute jetzt seine anfängliche Zurückhaltung. Während er den letzten Satz sprach, griff er zum Revolver. Der Offizier öffnete den Mund, um zu schreien, aber er kam nicht mehr dazu. Ein Schuß ins Auge zersprengte ihm den Schädel. Den Bruchteil einer Sekunde später sanken die beiden neben ihm stehenden Soldaten nieder. Weitere Soldaten erschienen in der Tür einer Bauernhütte, aber da traf eine Granate, von Heyter in hohem Bogen geschleudert, das Haus.

Sie hatten ihren Pferden bereits die Sporen gegeben, als Heyter noch zwei Granaten hinter sich warf, auf eine Scheune zu, aus der eine Gruppe Soldaten stürzte. Bathurst und seine Leute traten ihre Pferde in die Flanken und preschten in Windeseile durch das Dorf. An dessen Ausgang vertraten ihnen vier Soldaten den Weg, sie versperrten dessen ganze Breite und zielten aus Karabinern wie ein Erschießungskommando. Die Salve pfiff Bathurst an den Ohren vorbei. Hinter sich hörte er ein verzweifeltes »Heiliger Patriii ...«, er feuerte die Trommel leer, schoß auf die beiseite springenden Gestalten, und erst danach drehte er sich um. Er sah, wie Sij einem fliehenden Soldaten ein Messer in den Rücken hieb, während Tom und Manuel nach rückwärts Revolverschüsse abgaben und Juan die Pferde mit der »Wiege« lenkte. Und Robertson ... Robertson, noch im Sattel, aber hintübergebeugt auf die Kruppe seines Pferdes, mit leblos hängenden Armen und den Kopf zurückgeworfen, daß nur das Kinn sichtbar war – Robertson hauchte sein Leben aus, oder aber er war bereits tot.

Die Verfolger, die sie nahe Jacobsdorf (Studnica, Siennica?) einholten, hielten sich eine Zeitlang in einem Abstand von dreihundert Yard. Dann verringerte sich die Distanz um die Hälfte, und Schüsse knallten. Sie hetzten jetzt am Ufer eines gefrierenden Sees[7] entlang, wurden immer langsamer und hatten nicht einmal mehr Zeit, auf die Beipferde überzuwechseln, ohnehin hatten sie zwei davon in Alt Lobitz verloren. Bathurst wurde klar, daß sie so nicht weit kommen würden. Er drehte sich zu Heyter um, dessen mit den Granaten beladene Pferde am Schluß galoppierten. Der Mechaniker lag mit der Stirn auf der Mähne seines Pferdes, das zusehends an Tempo verlor. Das Beipferd fehlte. Bathurst rief dem Matrosen zu: »Tom! Tom!«

«Ja, Sir?«

»Reitet, wie ich es gesagt habe, nach Kolberg, zu Nettelbeck! Die Losung kennst du! Schiff dich auf der *Möwe* ein und übergib den Kaiser Lord Castlereagh oder meinem Cousin, Henry Bathurst! Merk dir, Bathurst!«

Benjamin hielt sein Pferd an und drehte um. Rasch war er bei Heyter.

»Brian, was ist mit dir?«

Heyter hob mühsam den Kopf. Seine Augen waren die eines Sterbenden.

»Es steht schlecht, Sir. Ich hab was abgekriegt. Die Pferde auch.«

»Hältst du durch?«

»Ja, Sir, aber das Pferd ...«

»Dort hinter der Kurve bei den Bäumen halten wir sie auf.«

Sie saßen ab und begaben sich in die Deckung aus mehreren Weidenbäumen. Heyter verkoppelte die letzten Granaten zu einem Bündel, Benjamin stützte den Lauf seines Gewehrs auf den Buckel eines Weidenstamms und schmiegte die Wange an den Kolben. Seine linke Hand, die mit dem Verband, zitterte. Sie schmerzte, als er sie zur Reglosigkeit zwang. Dreimal drückte er ab, und zwei Soldaten, die den übrigen vorausgesprengt waren, flogen aus dem Sattel zu Boden. Lieber Gott, gib uns die Pferde! betete Bathurst im stillen, aber die Pferde blieben bei ihren toten Herren stehen. Die beiden nächsten Soldaten purzelten, die Arme ausbreitend, aus dem Sattel. Eines der Pferde – es schleifte einen toten Offizier am Steigbügel mit sich – raste in solchem Tempo an Bathurst vorbei, daß er es unmöglich ergreifen konnte.

Die Soldaten der nächsten anrückenden Verfolgergruppe saßen bei den Leichen ihrer Kameraden ab und suchten Dekkung hinter Bäumen. Sie warteten auf den Rest der Abteilung, etwa zwanzig Mann, die im Galopp heranritten. Diese Atempause von ein, zwei Minuten, die bis zum Zusammenschluß der Verfolgergruppen dauern würde, wollte Benjamin nutzen, um das Weite zu suchen.

»Brian!« rief er.

Heyter jedoch saß gegen einen Baum gelehnt, er atmete schwer, aus seinem Mund sickerte Blut, es tropfte ihm auf die Brust und in den Schnee. Heyters Pferd stand auf eingeknickten Vorderbeinen und versuchte sich zu erheben, bis es schließlich zur Seite umfiel.

»Brian«, sagte Bathurst noch einmal, »sitz hinter mir auf, wir schaffen es bis zu dem Wald dort!

»Danke, Sir, aber ich ... ich bleibe hier.«

»Bist du verrückt geworden?«

»Sir, in Nottingham habe ich eine Frau ... Sara Luton, eine Weißnäherin ... Leben Sie wohl, Sir.«

»Brian, um Himmels willen, komm!« brüllte Benjamin. Er wollte absitzen, aber Heyters Blick, der für einen Augenblick wieder Klarheit gewann, gebot ihm, im Sattel zu bleiben. Dann ließ er ein so mutiges Knurren hören, wie es nur die Liebe und der Tod zugleich aus ihm hervorbrachten. »Hau ab, aber dalli! Worauf wartest du, Dummkopf! Sollen die uns alle umlegen? Los, reite!«

Benjamin zog seinem Pferd die Zügel straff, und im Rücken hörte er Heyters Stimme, die von dem anschwellenden Gestampf vieler Hufe zunehmend übertönt wurde: »Sara Luton! Nottingham! Denk dran!«

Als Bathurst den Wald erreichte, sah er sich noch einmal um. Heyter lag in der Wegmitte, um ihn herum standen mehrere Soldaten, die vom Pferd gestiegen waren, ein paar andere versuchten, an ihm vorbeizupreschen. Es gelangt ihnen nicht. Heyter nämlich hob jäh den Arm mit einer schweren, schwarzen Traube empor, und aus der Traube erblühte gleich einer gigantischen Sonnenblume ein schauriger Blitz. Bathurst war für einen kurzen Moment wie geblendet. Sein Pferd, von dem Explosionsdonner erschreckt, bäumte sich auf, und schon war alles wieder still, nur das Wimmern eines Verwundeten erinnerte noch an das Massaker. An der Stelle, wo eben noch Heyter gelegen hatte, knäulten sich Pferde und Menschen zu einem solchen blutigen, zuckenden Brei, daß aus der Entfernung kein ganzer Arm, kein ganzes Bein, kein ganzer Kopf zu erkennen war.

Bathurst brauchte lange, um seine Männer einzuholen. Er erreichte sie erst bei dem Dorf Völzkow (Wilczków?) nahe Schiefelbein (Świdwin).

Gegen Abend erreichten sie Kolberg von der Gelder Vorstadt her, völlig erschöpft. Am Stadttor hielt man sie an und wollte sie durchsuchen, doch als sich Bathurst auf Nettelbeck berief, wurden die Preußen unversehens brav.[8] Der Name Nettelbeck, obwohl noch nicht so ehrfurchtgebietend wie ein paar Monate später, besaß bereits seine Macht, und diesmal dachte Benjamin mit mehr Wärme an Castlereagh und an d'Antraigues. Der Mann, den sie in dieser Stadt erkoren hatten, war in der Tat *the right man in the right place*.[9]

Während Benjamin auf der Hauptwache Nettelbeck erwartete, dachte er darüber nach, wie die Lage in Posen aussehen mochte. Ob die Philadelphen schon die Macht übernommen hatten? Und wenn ja, für wie lange? Für eine Stunde, für zwei, für eine Woche? Diese Wahnwitzigen! Und Schulmeister? War er noch am Leben? Schade, nun hatten sie beide kein Wort miteinander gewechselt. Ob er, falls man ihn unschädlich gemacht hatte, vor der Exekution überhaupt von Bathursts Existenz erfahren hatte? Aber auch wenn sie ihm nichts von ihm gesagt hatten, mußte er wohl begriffen haben, daß da einer war, der ihn übertrumpft hatte, und mußte, ohne Bathurst zu kennen, an ihn gedacht haben. Wie? Voller Haß oder bewundernd? Sicherlich beides zugleich. Vielleicht lebte er aber noch? Welche Hölle, nichts zu wissen! Wichtig war, daß sie Bathurst hier, in den Mauern der Stadt, nichts mehr anhaben konnten. Nur noch auf der Ostsee konnten sie über ihn herfallen, doch das war wenig wahrscheinlich. Er hatte gesiegt! Plötzlich wurde es Bathurst bewußt, vor lauter Anspannung und Erschöpfung war es noch gar nicht zu ihm gedrungen. Der Kaiser war in seiner Hand, wahrhaftig, er hatte gesiegt!

Eine Kerzenflamme näherte sich seiner Wange, er spürte ihre Wärme. Benjamin hob den Kopf und gewahrte dicht vor sich die aufmerksam blickenden, halb geschlossenen Augen eines unscheinbaren alten Mannes mit einem vom Leben ordentlich gepflügten Gesicht, in dessen tiefen Furchen die Schatten ein dichtes, sattes Schwarz erreichten.

»Ich bin Nettelbeck«, flüsterte der Alte, mit einer Stimme, die fragend in der Höhe blieb.

»Und ich O'Leary.«

»Mehr noch als Ihr Name interessiert mich, ob Sie die Losung kennen«, entgegnete Nettelbeck.

»Schwarz.«

»Wie der Adler.«

»Und wie das Kreuz.«

Nettelbeck machte eine billigende Handbewegung.

»Gut. Kommen Sie bitte mit mir.«

Sie verließen die Hauptwache. Nettelbeck wurde von fünf finster dreinblickenden Kerlen begleitet, deren Kleidung über harten Gegenständen, die sich seitlich über der Gürtelhöhe befanden, Knicke warf.

»Wohin gehen wir?« erkundigte sich Bathurst, der sein Pferd am Zügel führte.

»In eine Bauernhütte hinter Kirchofs Schanze. Sie können dort bleiben, solange es Ihnen gefällt.«

»Sollte Kapitän Storman mich erwarten, laufe ich morgen in aller Frühe aus«, antwortete Benjamin.

»Er erwartet Sie. Die *Möwe* liegt nahe der Flußmündung

vor Anker, im Schutz der Kanonen von Fort Münde. Noch heute nacht wird frischer Proviant an Bord gebracht.«

»Ich möchte Storman gleich sprechen.«

»Ich habe schon nach ihm geschickt, Herr O'Leary. Hatte Ihre Aktion Erfolg?«

»Ja.«

»Das ist gut, obwohl uns das kaum hilft. Unsere Armee ist auf dem Rückzug, es wimmelt darin von Verrätern und Defätisten. Bald wird Kolberg belagert werden, es sei denn, daß die Russen ...«

»Herr Nettelbeck«, unterbrach ihn Benjamin, »falls auch die Operation meiner Partner in Posen erfolgreich verlaufen ist, werden Sie die Russen nicht mehr nötig haben, denn dann kommt es zu keiner Belagerung der Stadt. Ich kann für nichts garantieren, aber möglich ist es. Und fragen Sie nicht nach näheren Umständen.«

Um Mitternacht hatte Bathurst, inzwischen gesättigt und ausgeruht, auch das Gespräch mit dem Kapitän geführt und wollte soeben in der reinlichen, niedrigen Stube, die ihn mit lange nicht gekannter Wärme und einem weichen Federbett verlockte, zur Ruhe gehen, als Tom ihm meldete, daß der Entführte zu Bewußtsein gelangt sei. Sofort begab sich Bathurst in die Kammer, wo auf dem entrollten Teppich ein zerknitterter Bonaparte saß. Eine Weile betrachteten sie einander stumm.

»Ich grüße Eure Kaiserliche Majestät«, sagte Bathurst ehrerbietig. »Diese Partie haben Sie verloren, Sire, was wahrlich ein Ereignis ist und mir schmeichelt, denn ich war es, der das zuwege gebracht hat, dabei weiß ich, daß Sie bisher noch gegen niemanden verloren haben, und daß auch diejenigen, die bisher in dem Kasten gesessen haben, noch niemals Verlierer gewesen sind.«

Auf seine Worte folgte ein Schweigen und eine gewisse sanfte Ruhe in den müden Augen des Monarchen. Benjamin fühlte sich unbehaglich, und da er nicht wußte, was er tun sollte, fragte er: »Vielleicht sind Sie hungrig, Sire?«

Napoleon nickte.

»Gleich wird man Eurer Kaiserlichen Majestät zu essen bringen und auch ein Kopfkissen. Bitte ruhen Sie sich aus, es steht uns eine längere Seereise bevor.«

Bathurst verließ die Kammer und stieß auf Juan.

»Geh zu Tom«, befahl er ihm, »er soll von der Hausherrin Essen und Trinken holen und es herbringen.«

»Das mache ich selbst, Señor!«

»Gut, aber beeil dich.«

»Das ist der echte Napoleon, Señor, nicht wahr?«

»Ja, das ist er, Junge.«

»Der echte Kaiser?«

»Der echte Kaiser.«

»Und wir haben ihn entführt?«

»Ja, Junge, es ist uns geglückt. Auch du hast deinen Anteil daran, du hast dich als tüchtig erwiesen.«

»Ach, was hab ich denn schon getan, Señor. Wenn ich groß bin, dann möchte ich so sein wie Sie, Señor.«

»Lauf, und hol das Essen, Junge, sonst stirbt uns der Kaiser noch vor Hunger.«

»Ich hab mir immer vorgestellt, Señor, daß ein Kaiser so groß wie ein Berg ist und daß alle ihn fürchten. Aber als wir ihn umgekleidet haben, da sah er in Unterhosen so drollig aus, ganz genauso wie vorher der Priester.«

»Die beiden sind sich eben ähnlich. Mach, lauf schon!«

»Ja, Señor. Noch nie hab ich zwei so ähnliche Menschen gesehen, sogar der Pickel hinterm Ohr sitzt bei ihnen an derselben Stelle, hihihi!«

Kichernd rannte der Junge den Hausflur entlang, doch auf halbem Wege erreichte ihn Bathursts Brüllen. »Zurück!!«

Wie angewurzelt blieb Juan stehen, angstvoll erstarrt. Langsam, mit weichen Knien, drehte er sich herum, erschreckt von diesem Schrei, in dem eine solche Verzweiflung mitschwang, wie Juan sie nie zuvor in der Stimme seines Idols vernommen hatte.

»Ja, bitte ... Bitte, Señor ... Ist etwas passiert?«

Bathurst wischte sich kalten Schweiß von der Stirn und fragte: »Von welchem Pickel hast du gesprochen, Junge?«

»Na, von dem hinterm Ohr, hinter dem linken, glaube ich. Der eine hatte ihn da, und der andere auch, Señor. Ich hab es im Wald gesehen, als wir ihn umgezogen haben.«

»O Gott!!«

Bathurst krümmte sich zusammen, als ob er einen Schlag in die Magengrube erhalten hätte, und sank gegen die Wand. Er krallte die Finger in sein Haar und stöhnte.

»O Gott! O mein Gott!!«

»Señor!« schrie der kleine Diaz. »Señor, was haben Sie? Señor! Manuel ... Manuel, zu Hilfe!«

Tom, Sij und der ältere Diaz kamen mit der Waffe in der Hand gelaufen und sahen Bathurst, der mit beiden Händen seinen Kopf umfaßt hielt, von einer Wand zur anderen torkelte und an einem düsteren, mißtönenden, irren Lachen schier zu ersticken schien. Bathurst ließ die Augen über die Zimmerdecke rollen und lachte wie besessen, ohne Pause, gleichsam ohne Atem zu holen, es war ein einziger Kicheranfall in stets gleichbleibend vibrierendem Ton, so als hätte jemand einen schaurigen Lach-Automaten in Gang gesetzt. Sij sprang zu Bathurst hin, umfaßtc ihn und bcwahrte ihn so vor dem Fallen, dann ruckte er ihn zweimal kräftig zurecht, worauf das Lachen jäh abbrach und von schwerem Atmen abgelöst wurde. Bathurst kam allmählich wieder zu sich.

»Was ist los, Sir?!« fragte der Matrose.

»Nichts ... Nichts ist los ... Gar nichts. Geht schlafen ... Juan, bring das Essen ... Gar nichts ... Nichts!«

Die Männer rührten sich erst vom Fleck, als Bathurst sie anschrie: »Worauf wartet ihr! Raus, zum Teufel, oder ich zerschmettere euch den Schädel! Raus, alle!«

Sie gingen und wechselten Blicke voll düsterer Besorgnis. Bathurst blieb allein. Er lehnte sich gegen die Wand, starrte wie blind vor sich hin und schwieg. In ihm und um ihn herum war gänzliche Leere. Er hatte bleierne Beine und fühlte sich schläfrig, kraftlos, erschöpft. Ihm wurde bewußt, daß dies der Zusammenbruch war, an den er nie geglaubt hatte, aber dieses Bewußtsein erreichte ihn aus der Ferne, durch eine nebline Schranke aus ineinander vermengten Bildern und Worten. Er fühlte sich so abscheulich müde, als hätte er drei Tage und drei Nächte lang Lasten geschleppt. Alles hatte auf einmal seinen Sinn verloren ... So viele Menschen hatte er ins Grab befördert, um sich am Ende wie der letzte Tölpel hinters Licht führen zu lassen! Alle seine Beteuerungen, daß das Ziel ihm nicht wichtig sei, daß nur das Spiel an sich gelte, sein Rhythmus, seine Bewegung, seine Spannung und seine Mystik – all diese Deklarationen wirkten jetzt töricht und unwahr. Er hatte verlieren müssen, um zu begreifen, daß nur das Ziel wirklich zählte, nur das Ziel verschaffte Genugtuung. Er aber hatte aus dem Kartenspiel die Unglückskarte gezogen und sein Ziel nicht erreicht. Und so ging das ganze Mysterium in Sinnlosigkeit unter, in Mißbehagen, Trauer und der hilflosen Wut eines anmaßenden Versagers. Er hatte verloren! Was nützte es, daß es ein schönes Spiel gewesen war, wenn ein anderer es dirigiert und jene Schönheit modelliert hatte? Die Schönheit des Sieges, denn schön ist nur der Triumph. Er konnte nichts mehr dagegen tun, nichts mehr abwenden oder umkehren, das Resultat war durch keine Worte, selbst durch die allerklügsten nicht zu beseitigen. Er hatte verloren, in einem Spiel ohne Revanche. *Verloren!*

Benjamin schloß die Augen.

> »... und es steht in der Tat so übel um meine Gemütslage, daß die Erde, dieser treffliche Bau, mir nur ein kahles Vorgebirge scheint; seht ihr, dieser herrliche Baldachin, die Luft, dies wackre umwölbende Firmament, dies majestätische Dach mit goldnem Feuer ausgelegt: kommt es mir doch nicht anders vor als ein fauler verpesteter Haufe von Dünsten ...«

Ihm kam ein wahnwitziger Gedanke: umkehren, den Verursacher seiner Niederlage ausfindig machen, wer immer er war – ein Marschall oder der Chef der französischen Spionageabwehr, Schulmeister oder ein Gott –, und es ihm heimzahlen! Selbstmord wäre Idiotie, unsinniger noch als die Niederlage … Du fürchtest den Tod, spottete er im stillen, du verfluchter genasführter Dummkopf! Shakespeare hatte recht. Sein – ja, das möchte man, wenn man verliert. Nur noch sein, wie ein Vieh! Er forschte in seinem Gedächtnis:

> Nur daß die Furcht vor etwas nach dem Tod –
> das unentdeckte Land, von des Bezirk
> kein Wandrer wiederkehrt – den Willen irrt,
> daß wir die Übel, die wir haben, lieber
> ertragen, als zu unbekannten fliehn.
> So macht Gewissen Feige aus uns allen;
> der angebornen Farbe der Entschließung
> wird des Gedankens Blässe angekränkelt;
> und Unternehmungen voll Mark und Nachdruck,
> durch diese Rücksicht aus der Bahn gelenkt,
> verlieren so der Handlung Namen …

Benjamin hielt Selbstgespräche voll giftiger Bitternis: Littleford hat dich einen glücklichen Dummkopf genannt. Du hast daran geglaubt, daß die Wahrheit im ersten Teil liegt, aber jetzt ist nur noch der Dummkopf übrig! Und du kannst die Niederlage nicht einmal ohne ein Wimpernzucken hinnehmen wie er. Welch kläglichen Zirkus führst du vor deinen Leuten auf! Du Narr! Du Hanswurst mit Hamlet im Munde! Jetzt beruhige dich, zwing dich, hör auf zu winseln!

Allmählich kam er zur Ruhe. Juan erschien mit einem Tablett voller Speisen. Er nahm es ihm aus der Hand, schickte den Jungen weg und öffnete die Tür zur Kammer. Noch von der Schwelle aus sagte er: »Stehen Sie auf, Vater, wir gehen in mein Zimmer.«

Bathurst wartete, bis der Klosterbruder die Mahlzeit eingenommen hatte, er sprach kein Wort und betrachtete den Essenden nur voller Neugier, so als sähe er ihn zum ersten Mal. Der Philippiner rührte die Speisen auf dem Teller kaum an, schließlich wischte er sich mit der Serviette den Schweiß von der Stirn, und noch immer mit derselben ungetrübten Ruhe, mit einer für seine Situation erschreckenden Heiterkeit des Gemüts, setzte er sich bequemer zurecht und wartete. Bathurst hatte sich mehrere Fragen zurechtgelegt, doch jetzt, als er sie stellen sollte, waren sie wie weggeblasen, und er sagte nur: »Du hast gewonnen, Mönch.«

»Nicht ich, mein Sohn, sondern die Gerechtigkeit, welche die Dienerin der Vorsehung ist. Ich bin nur ein dürftiges Objekt gewesen, ein Werkzeug dieser Dienerin.«

»Du lügst! Du warst das Werkzeug der Franzosen. Seit wann bedeutet Frankreich Gerechtigkeit?«

Der Priester antwortete nicht. Benjamin rückte näher an ihn heran und fragte: »Fürchtest du dich nicht vor dem Sterben?«

»Warum sollte ich mich davor fürchten? Vor dem Geborenwerden habe ich mich auch nicht gefürchtet. Warum sollte der Mensch vor den Fügungen des Erlösers Angst haben?«

»Ach, richtig! Du träumst ja vom Märtyrertum!« spottete Bathurst.

»Nein, mein Sohn, so viel Hochmut ist nicht in mir.«

»Wer hat uns verraten? Du?«

»Ja, ich.«

»Warum hast du das getan?«

»Um nicht mich selbst zu verraten.«

Benjamin mußte an Józefs Worte denken: »Manchmal muß man einen kleinen Verrat begehen, um sich vor einem großen zu bewahren.«

Er fragte den Mönch: »Ging es dir um Polen, dem die Franzosen angeblich die Freiheit bringen? Die Franzosen, die euer Kloster verwüstet haben?! Du selbst hast gesagt, daß sie schlechte Menschen sind. Du selbst nanntest sie die Satansarmee …«

»Das waren keine Franzosen, mein Sohn, sondern Bayern. Aber nicht darum geht es. Es gibt viele schlechte Menschen, ich selbst gehöre nicht zu den guten. Die schlimmsten sind die, welche unschuldige Kinder um des Vorteils willen morden wollen. Der Mann, der mich zur Zusammenarbeit mit euch dingte, drohte mir mit dem Tod meiner Nichte, falls ich euch nicht willfährig bin. Wie konnte ich euch da treu sein?«

Voller Haß dachte Benjamin an Castlereaghs und d'Antraigues' Dummheit.

»Seit wann hast du gegen uns gespielt?« fragte er. »Seit ich ins Kloster gekommen bin?«

»Viel früher schon, mein Sohn.«

»Für wieviel haben dich die Franzosen gekauft?«

»Sie haben mich nicht gekauft. Ich bin selbst zu ihnen gegangen und habe meine Dienste angeboten.«

»Darum also hast du mich in Gostyn gerettet, weil ihr mich brauchtet. Wozu, um Himmels willen? Ihr hattet mich doch, ich war festgenommen.«

Der Mönch breitete die Arme aus und zeigte damit an, daß er keine Antwort wußte.

»Das ist nicht meine Sache, mein Sohn, aber vielleicht erklärt es dir der Brief, den man mir für dich gegeben hat.«

»Ein Brief? Von wem?«

»Von Herrn Schulmeister. Er bat mich, ihn dir zu geben, bevor du mich tötest.«

Bathurst, von der Nachricht betäubt, wiederholte mechanisch die letzten Worte: »Bevor ich dich töte … Wo hast du den Brief?«

»Hier. Er ist in meinen Hemdkragen eingenäht.«

Sie trennten den Kragen mit einem Messer auf, und Benjamin glättete ein zusammengefaltetes Papier, das eng mit einer kleinen, sorgfältigen Handschrift bedeckt war. Ein Teil der Buchstaben war durch Nässe verwischt, wahrscheinlich war Schnee in den Kragen gekommen, der Rest ließ sich jedoch ohne Mühe lesen:

»Sei gegrüßt, Engländer. Deinen Namen kenne ich nicht, aber ich kenne die Rasse, die Du repräsentierst, denn ich selbst gehöre ihr an. Das erlaubt mir auch, Dich mit ›Du‹ anzureden. Wir haben einander schon gesehen. Erinnerst Du Dich an jenen Vormittag, als Du von Gostyn zurückkamst? Wir gingen auf dem Schloßhof aneinander vorbei, ich trug damals einen Halbpelz und so eine komische polnische Mütze gegen den Frost.

Schäme Dich nicht der Niederlage. Wir alle verlieren einmal, wie könnte es anders sein unter Poeten des Geheimnisvollen, die wir nun einmal sind? Ein Poet, das sollte Dir bekannt sein, ist ein Mensch, der unaufhörlich Komplotte schmiedet, vor allem gegen sich selbst, und darum ist er verurteilt. So wie Dein Hamlet. Diese Urteilssprüche sind unwiderruflich, einen Monat früher oder später …

Du hast auf dem Schachbrett verloren, und das ist normal, denn beim Schach, wie bei jedem Spiel, verliert in der Regel einer. Weniger üblich ist, daß Du eine Schachmaschine verwendet hast. Du tatest es, um mich in die Irre zu führen, und hast Dich doch selbst betrogen. Ich gebe zu, es hat mir Vergnügen bereitet, weil es spaßig war. Wie es heißt, zitierst Du Hamlet aus dem Gedächtnis? Weißt Du noch, was er zur Mutter, der Königin, sagte? ›Der Spaß ist, wenn mit seinem eignen Pulver der Feuerwerker auffliegt.‹ Jedoch nicht um meine Genugtuung ging es bei dem Spiel und nicht einmal so sehr um den Kopf des Kaisers, obgleich seine Sicherheit meine Dienstpflicht darstellt, vielleicht sogar meine Berufung.[10] Ich durfte nicht zulassen, daß man ihn stürzt, und ich werde es nicht zulassen, solange ich lebe!

Nun sollst Du erfahren, wie es dazu kam, daß Du verlorst. Du wolltest mir den Mönch für den Monarchen unterjubeln, den Bauern für den König. Ein besonderes Gambit! Ich habe den Spieß umgedreht – und so tauschtest Du den König gegen den Bauern. Die ganze letzte Nacht hindurch hattest Du Napoleon in Händen. Ich weiß, es war Wahnwitz, aber der Eigensinn des Kaisers ließ sich auf keine Weise brechen. Sein Beschluß war, sich persönlich am Spiel zu beteiligen, obwohl ich über zwei weitere Doppelgänger verfügte. Er ließ sich sofort nach der Audienz gegen den Mönch austauschen, was nicht ohne Schwierigkeiten verlief, mußte ich doch die Aufmerksamkeit der Verräter, die über den Ordensbruder wachten, ablenken. So kam denn am Freitag abend der Kaiser nach Szamotuły geritten, und am Sonnabend früh, von der Eskorte umringt, Dein Mönch, den Du für den Kaiser hieltest.[11] Das war mein Gambit, Engländer. Ich ließ den Bauern schlagen, um am Ende den König zu gewinnen. Ein Königsgambit. Wüßtest Du es besser zu nennen?

Wundere Dich nicht, weil ich Dich nicht in Arrest nehmen ließ. Hätte ich es getan, ich hätte verloren. Du warst meine stärkste Figur auf dem Schachbrett, eine kostbare, einzigartige Figur, mit deren Hilfe ich meinen Hauptzweck erreicht habe, die Aufdeckung der feindlichen Organisation. In dem Augenblick, da ich dies schreibe, kenne ich noch nicht ihre Möglichkeiten, ihren Einfluß und ihre Macht, ich weiß wenig, kenne lediglich ein paar Gerüchte, weiß nur soviel, daß es sie gibt und daß sie aktiv ist. In dem Augenblick, da Du dies liest, werde ich sie haben. Dank Deiner! Einige Monate schon verwende ich meine ganze Anstrengung darauf, sie zu entschlüsseln, und bin immer nur gegen Wände gerannt. Da plötzlich fielst Du mir wie vom Himmel und öffnetest mir die Tür, durch die ich auf die andere Seite wie über einen Teppich schreiten werde. Wenn du den Brief liest, werde ich bereits drüben sein!

Die erste Spur war d'Antraigues. D'Antraigues ist ein Prahlhans und ein Dummkopf, wie konntet Ihr solche Leute verwenden?! Er hat Euch nicht verraten, aber er hat einfach keine Ahnung von Konspiration. Bei Deinem Shakespeare heißt es: ›Der Fuchs, wenn er ein Lamm stehlen geht, bellt nicht.‹

D'Antraigues wurde in Dresden schon lange von einem der Unsern beschattet, der bemerkt hatte, daß da etwas im Schwange war.[12] Was, das begann ich zu ahnen, als d'Antraigues den Mönch ankläffte und ihm drohte. Das war ein Fehler. Der Mönch stellte sich uns zur Verfügung, und fortan wartete ich auf Dich, ich träumte von Dir, ich brauchte Dich dringend. Seit Gostyn standest Du bereits unter ständiger Beobachtung. Die zufällige Festnahme im Kloster hätte uns beinahe den Plan durcheinandergebracht, doch ehe ich noch eingreifen konnte, handelte der Mönch auf sehr lobenswerte Weise und befreite Dich selbst. Das war ein sehr günstiger Zufall, denn nach alldem glaubtest Du fest, in dem Mönch einen Freund zu haben. Indessen ist es auf dieser wunderschönen Welt meist so, daß derjenige von unseren Feinden der gefährlichste ist, den wir für unseren Freund halten. Weißt Du das nicht?

Nach der Vertauschung konnte ich Dich auch nicht festnehmen lassen, damit hätte ich die Kanaillen aufgescheucht, die in der nächsten Umgebung des Kaisers konspirierten. Was für eine Lust wird es mir sein, ihrer Exekution zuzuschauen ...«

Benjamin legte das Blatt Papier beiseite und schloß die Augen. Er stellte sich die Szene lebhaft vor: Der falsche Napoleon kommt nach Posen zurück, die Führung der Philadelphen, die davon ausgeht, daß der Austausch erfolgreich war, tritt auf den Plan und will zum Handeln übergehen, und da erfährt sie zu ihrem Entsetzen, daß sie den echten Kaiser vor sich hat! Man packt die Männer bei den Armen, fesselt sie, steckt sie ins Verlies und fügt ihnen solchen Schmerz zu, daß aus ihren Kehlen die geheimste Wahrheit dringt, Namen, Decknamen, der Aufbau der Organisation, alles.[13] Und er, Bathurst, hatte Schulmeister als Schlüssel gedient, um diese Tür zu öffnen! Wo gab es ein Ende der Erniedrigungen bei diesem Fiasko?! Verzweifelt wandte er sich wieder dem Brief zu:

»Unter anderem darum gehst Du als freier Mann. Natürlich hätte ich Dir Verfolger hinterherschicken und Dich still und heimlich töten lassen können, irgendwo im Wald oder auf dem Weg. Ich habe derlei nicht versucht, und nicht einmal deswegen, weil Vater Stefan mich darum gebeten hat. Er ist ein Romantiker, ein fanatischer Katholik, er hat bei Dir ein Medaillon mit der Gottesmutter gesehen. Damit hast Du ihn gekauft. Aber ich hätte nicht auf ihn gehört, wenn ich Dich hätte umbringen wollen. Ich wollte es nicht, denn Du hast auch mich gekauft. Nur für Dich allein gäbe ich etliche meiner Leute her. Und außerdem tötet man keine Familienangehörigen. Solche wie Du und ich werden nur in wenigen Exemplaren pro Jahrhundert geboren, sie bilden eine Art Clan, der den Tod verbreitet, dessen Mitglieder sich jedoch gegenseitig schonen sollten, damit die Gattung nicht vor der Zeit ausstirbt. Dennoch bitte ich Dich, kein zweites Mal meinen Weg zu kreuzen, denn dann würde ich Dich töten müssen, oder aber Du würdest mich töten, was mir ebenso unangenehm wäre.

Schließlich die letzte Angelegenheit, deretwegen ich vor allem diesen Brief schreibe. Das Spiel ist aus, welchen Sinn hätte es also, noch weiter zu töten? Solltest Du es schon getan haben, verachte ich Dich und nehme alles zurück, was ich über Dich geschrieben habe. Dann hätte ich mich offenbar geirrt, und Du wärst kein Mitglied des Clans. Wenn Du es aber noch nicht getan hast, und ich vermute, daß es so ist, denn der Mönch hat Dir ja diesen Brief übergeben, dann halte an Dich, falls es Dich nach Rache gelüstet. Du hast verloren, dennoch war Dein Kampf schön und klug, zerstöre das nicht. Schon deswegen nicht, um eines Tages schöne Erinnerungen mit ins Grab zu nehmen, denn was sonst kann man dorthin mitnehmen?

Forsitan et haec olim meminisse iuvabit.[14]

S.

PS. Paß auf, wenn Du nach Hause kommst. Die, die Dich ausschickten, werden Dir für die Niederlage nicht danken.

Versuche, Spuren zu beseitigen, vor allem Zeugen und Werkzeuge. Ich besitze in dieser Hinsicht einige Erfahrung, darum bitte ich Dich: Paß auf Dich auf!«

Benjamin faltete den Brief zusammen und schob ihn in die Tasche. Er hatte den Priester vergessen, womöglich hatte jeder den anderen vergessen. Bathurst kam erst wieder zu sich, als die Kerze erlosch, und da blickte er zu dem Philippiner hinüber. Der schlief nicht. Draußen vor dem Fenster graute der Tag.

»Zieh dich warm an, Vater«, sagte Bathurst. »Wir gehen aus. Vorher mache ich dir noch die Maske. Leg die Perücke an und den Bart.«

Zusammen gingen sie zu Nettelbecks Haus. Sie mußten warten, bis der von ihnen geweckte Hausherr angekleidet war und in die Stube im Parterre herunterkam. Er war verschlafen und ärgerlich.

»Was ist denn los, Herr O'Leary, gibt es Probleme? Ihr Briten habt die Angewohnheit, alle Dinge mitten in der Nacht zu erledigen! Eine seltsame Angewohnheit, aber das ist wohl das Privileg der frühen Jugend, der sehr frühen. Hat London keine Agenten, die älter sind als zwanzig? Bitte nicht böse sein, Herr O'Leary, aber Sie sind genauso jung wie der vorherige Emissär, die reinsten Kinder! Bei uns vertraut man Leuten in diesem Alter noch keine geheimen Missionen an, sondern, bitte verzeihen Sie meine Offenheit, nur das Pferdehüten.«

Der vorherige Emissär? Als Benjamin dies hörte, vergaß er, dem Deutschen eine Antwort zuzuknurren, etwa in der Art, daß Intelligenz und Unternehmungsgeist sich ab einem gewissen Alter von Jahr zu Jahr verringern, um irgendwann bei Null zu enden ... Von wem redete der Alte? Und was gab es da für einen Zusammenhang mit der Operation »Schachspieler«? Hatte Castlereagh einen Aufpasser hinter ihm hergeschickt? Vielleicht war es nur ein Verbindungsmann, über den er Kontakt zu Nettelbeck unterhielt?[15]

Bathurst fragte: »Von welchem Emissär sprechen Sie, Herr Nettelbeck?«

»Ach, das geht Sie nichts an, Herr O'Leary. Weswegen sind Sie gekommen?«

»Mit einer Bitte und einem Auftrag. Dieser Mann«, Bathurst zeigte auf den Priester, »muß sofort nach Posen befördert werden, und zwar mit solchen Papieren, daß es unterwegs keinerlei Scherereien gibt. Er ist mein Verbindungsmann, er hat eine wichtige Nachricht zu überbringen. Zu diesem Zweck benötige ich Papier, Feder und Tinte, ich möchte einen Brief schreiben.«

»In zwei Stunden wird alles bereit sein«, entgegnete Nettelbeck. »Brauchen Sie ein Pferd?«

»Danke, ich habe eigene Pferde. Ich lasse Sie Ihnen hier, Herr Nettelbeck, ich brauche sie nicht mehr. Was ist mit dem Papier?

»Gleich bringe ich welches, warten Sie bitte. Sind Sie hungrig?«

»Wir nehmen gern etwas zu uns.«

Nach dem Frühstück setzte sich Benjamin an den kleinen Sekretär und schrieb:

»Du maßt Dir an, Franzose, darüber zu urteilen, wer zum Clan gehört und wer nicht, ganz als wärst Du dessen Patriarch. Wärst Du der wirklich, dann würdest Du mich nicht mit der Vermutung kränken, daß ich den Priester töten könnte, dann würdest Du wie alle Stammesführer wissen, daß man in unserem Fach, in unserer Religion, nicht unproduktiv tötet, es sei denn, man tut es aus Rache. Aber was wäre das für eine Rache an einem schutzlosen Werkzeug, das man in der Hand hat, noch dazu, nachdem der Vorhang bereits gefallen ist? Ich bin kein Henker. Käme ich an Dich heran, würde sich unsere Rasse um ein Exemplar verringern, und solche Rache würde mir Genugtuung verschaffen, denn sie wäre von einer meiner würdigen Dimension. Hab keine Sorge, ich werde es nicht versuchen, ich bin müde.

Zwischen mir und Dir, Franzose, gibt es einen einzigen Unterschied, aber den kann kein Erfolg Deinerseits wegreißen, auch kein noch so großer Erfolg wie dieser. Du bist ein Diener, Du gehst im Geschirr. Ich nicht. Ich kämpfe allein und auf eigene Rechnung, sogar dann, wenn ich, von einer Schar Gehilfen umgeben, einen fremden Plan realisiere. Du hattest den gesamten Apparat des Imperiums hinter Dir, dessen Triebrad Du bist, ich hatte nur mein Hirn und meinen Willen, und nur mir allein war ich verantwortlich. Die, die mich heuerten, besitzen keine Macht über mich. Wenn ich es unternommen habe, ihren Plan auszuführen, dann darum, weil mich der Mann fasziniert, der das Element herausfordert, der Mann, der im Angesicht eines Molochs auf sich gestellt ist, so wie ein Mörder, der nach begangener Tat allein dasteht vor der Gesellschaft, so wie ein Kapitän, der ungeachtet der Mannschaft allein ist vor dem Ozean, ein großer Einsamer in der Art Hamlets. Verstehst Du?

Ich habe sie allesamt herausgefordert – die Spionage, die Spionageabwehr und die Polizei des Kaiserreichs! Und ich habe verloren, aber weshalb? Du selbst hast es zugegeben – wegen der Gemeinheit und der Dummheit derer, die mich heuerten. Hätten sie den Mönch nicht beleidigt, hättest Du nichts erfahren, und vor Wut würdest Du Dir jetzt die Hände zerbeißen, falls man sie Dir nicht auf dem Rücken gefesselt hätte. Ich selbst habe nicht einen Fehler begangen – die anderen waren es, die mich mit dem Fehler in der Tasche losschickten!

Ich gebe zu, Franzose, daß Du kein schlechter Jünger unserer Religion bist. Viele meiner Leute gäbe ich für Dich allein her. Sollte ich eines Tages wieder ein ähnliches Spiel unternehmen, dann wende ich mich an Dich. Du hast einen Platz in meinem Herzen reserviert, als Diener bist Du genial. Allein aber komm mir nicht in den Weg, denn wie ich schon sagte, würde sich unsere Rasse um einen Sieger verringern.

Ich wiederhole es, denn der Schaden ließe sich schwer reparieren, es gibt unter uns nicht viele mit roten Haaren. Und Rot scheint ja eine Glücksfarbe zu sein.

O'Leary

PS. Deine Karte ist der Herzbube. Ich habe es durch Zufall erfahren, als ich mir wahrsagen ließ. Behalte die Karte im Ärmel, denn wenn Du sie auf einem fremden Tisch spielst, läufst Du Gefahr, vom Karobuben gestochen zu werden. Und das ist meine Karte. Merke Dir, auf meinem Terrain wirst Du keine Armee des Herzkönigs hinter Dir haben!«

Benjamin las noch einmal, was er geschrieben hatte, und strich das Ganze so energisch durch, daß die Feder zerbrach. Er nahm eine andere Feder und begann von neuem zu schreiben.[16]

Beim Hinausgehen hielt er an der Tür inne und sah den Priester an, und in seinem Blick lag ein Lächeln. Es wäre ein Abschied ohne Worte gewesen, hätte der Philippiner nicht gesagt: »Möge sich der gnädige Gott deiner erbarmen, mein Sohn, und die Wege deines Lebens begradigen!«

»Welchen Lebens, Vater? Ich soll ja zwei davon haben!« gab Benjamin zurück und schloß hinter sich die Tür.

In der Bauernhütte wartete bereits Storman auf ihn. Ohne ihn zu begrüßen, erklärte Bathurst: »Wir laufen sofort aus, Kapitän! Sind Sie bereit?«

»Wie ich schon sagte, alles ist vorbereitet.«

»Wie ist die Lage auf See?«

»Das kann ich nicht mit Gewißheit sagen, aber der Weg scheint gefahrlos. Die Franzosen hat man von den Meeren gekehrt. Wie ich hörte, sind unsere Linienschiffe sogar in der Ostsee aufgetaucht.«[17]

»Dann fahren wir also!«

Die Rückreise wurde gefährlicher, als sie geglaubt hatten. Das Wetter war miserabel, wilde Stürme setzten ihnen zu. Erst am 16. Dezember (Dienstag) abends fuhren sie, sich an dem Anholter Leuchtturm orientierend, aus dem Sund ins Kattegat. Als sie das Skagerrak verließen, wurden sie von einem französischen Korsaren angegriffen, der aber sofort von ihnen abließ, nachdem Bathurst mit gezieltem Schuß den Kapitän niedergestreckt hatte. Es war dies der letzte Schuß aus Heyters Luftgewehr während der Operation »Schachspieler«.

Nach Great Yarmouth kamen sie am frühen Vormittag des 29. Dezember (Montag). Noch am Abend desselben Tages, nach einer zweimonatigen Abwesenheit von London, traten sie in Mrs. Gibsons Haus Castlereagh, Henry Bathurst und Perceval gegenüber. Als die drei Männer von der Niederlage erfuhren, erbleichten sie, und Benjamin bemerkte Angst in ihren Augen. Er erklärte knapp, daß die französische Spionageabwehr, die von Anfang an von der ganzen Aktion gewußt haben mußte, ihnen einen Doppelgänger untergeschoben hatte.

»Was hast du mit ihm gemacht?« fragte Castlereagh mit bebender Stimme.

»Ich habe ihn getötet«, erwiderte Bathurst.

»Das ist gut.«

Castlereagh nahm eine kleine Glocke in die Hand und läutete. Lautlos glitten zwei Flächen der Wandtäfelung auseinander, und in der entstandenen Öffnung zeigten sich d'Antraigues und noch ein zweiter Mann, den Benjamin nicht kannte. Beide hielten in jeder Hand eine Pistole. D'Antraigues feuerte aus zwei Läufen gleichzeitig und streckte Tom und Juan zu Boden. Der andere Mann, der auf Sij geschossen hatte, heulte plötzlich vor Schmerz auf, ließ die Pistolen fallen und griff sich an die Schulter, in der ein japanisches Messer steckte. Zum erstenmal hast du gefehlt, Sij, ging es Benjamin durch den Sinn, und zum letztenmal. In dem Augenblick, als Sij blutüberströmt in die Knie sank, sprang der ältere Diaz gegen das geschlossene Fenster, durchstieß es mit den schützend vor den Kopf gehaltenen Ellbogen, und fort war er. Castlereagh stürzte mit der Pistole in der Hand zum Fenster, sah ihm nach und schrie: »Verdammt! Der springt aus dem ersten Stock und lebt immer noch!«

Benjamin hatte die ganze Zeit wie erstarrt dagestanden. Er hatte gesehen, wie Manuel aus dem Fenster gesprungen war, hatte jedoch keine Aufmerksamkeit für Castlereaghs Bewegungen, denn er war gefesselt von Sijs erlöschenden Augen. Zehn, zwölf Sekunden dauerte der Todeskampf des treuen Dieners. Und erst als der Mischling auf die Seite fiel und stilllag, wandte sich Benjamin an Castlereagh: »Mich auch, Mylord?«

»Mach keine Scherze, Junge, dafür ist nicht der Moment! Du bist schließlich einer von uns, die anderen hingegen mußten wir beseitigen, damit keiner etwas von dem unseligen Unternehmen erfährt.«

»Natürlich, Mylord, ich habe selbst schon daran gedacht.«

»Diesen Zigeuner müssen wir unbedingt finden, unbedingt! Und zwar schnellstens. Übernimmst du das, Benjamin?«

»Sofort, Mylord. Ich werde ihn finden, sogar wenn er sich unter dem Erdboden versteckt hält. Ich weiß schon, wo ich ihn suchen muß.«

Benjamin warf einen letzten Blick auf den wie einen zertretenen Wurm zusammengekrümmten Sij, dann auf Juan, von dessen Gesicht der Tod nicht den Ausdruck kindlicher Sanftmut fortgeweht hatte, und er spürte, daß er, wenn er nicht sofort von hier wegging, entweder wie ein Weib zu flennen anfangen oder etwas tun würde, was er später bereuen müßte. Er verbeugte sich und verließ den Salon mit dem Versprechen, schon bald über den Verlauf der Suche Nachricht zu geben.

Auf der Treppe hielt er inne und drehte sich um.

»Mylord«, sagte er, »bitte begraben Sie den Jungen nicht. Ich brauche den Leichnam als Köder. Morgen lasse ich ihn holen.«

In weniger als zwei Tagen hatte er Manuel ausfindig gemacht. Nachdem er einige größere Geldbeträge gestreut hatte, knüpfte er Kontakt zu den Zigeunern. Mit verbundenen Augen wurde er an einen unbekannten Ort außerhalb der Stadt gebracht. Den Sarg mit dem Leichnam des Jungen hatte Benjamin bei sich.

Als man ihm die Augenbinde abnahm, fand sich Bathurst in einem düsteren, aus ungehobelten Brettern zusammengezimmerten Schuppen wieder, in dem es nach Räucherfleisch und Käse roch. Von den Deckenbalken hingen Schinken und Bündel getrockneter Fische, an den Wänden türmten sich Körbe und Tonschüsseln. Zwei Kienspäne erhellten das Dunkel. Um die aus Lehm gestampfte Tenne saßen etwa fünfzehn Zigeuner, die Bathurst aus kalten Augen anstarrten. Nach einer Weile kam Manuel aus dem Nebenraum gehumpelt. Einen Arm hatte er in einem Tragetuch, der Kopf steckte unter einem Verband. Mit dem freien Arm stützte er sich auf eine Krücke. Haßerfüllt sah er Benjamin an.

»Buenos dias, Señor! Bin jetzt ich dran? Nur keine Scheu, Señor, bitte schießen Sie! Na los, warum schießen Sie denn nicht?«

Er sagte es bissig, herausfordernd, und er bleckte die weißen Zähne, während er sich humpelnd auf Bathurst zubewegte. In dem Moment ging die Schuppentür auf, und zwei Leute trugen den Sarg herein. So schnell es ihm möglich war, stürzte Diaz auf ihn zu, kniete sich hin und hob den Deckel an. Regungslos starrte er hinein, er schien erst jetzt zu begreifen, daß der Bruder tot war. Dann warf er sich dem Toten an die Brust, umarmte ihn, schmiegte sein Gesicht an das des Bruders und brach in lautes, schreckliches Weinen aus, das nach einer Weile in jämmerliches Wehklagen überging. Bathurst trat zu ihm und legte ihm die Hand auf die Schulter.

»Du wirst ihn nicht wiedererwecken, Manuel. Wir geben ihm das Leben nicht zurück. Wir können nichts mehr tun. Wir können es denen nur heimzahlen!«

Der Zigeuner hob die verweinten Augen.

»Das weiß ich selber, Señor! Und das werde ich tun! Morgen werden meine Brüder seiner Hoheit dem Lord einen kleinen Besuch abstatten, und werden es ihm heimzahlen! *La vida comienza mañana, Señor!*«[18]

Bathurst schüttelte abwehrend den Kopf.

»Hör zu, Manuel, wir tun das gemeinsam. Aber nicht morgen ...«

»Sie können mir nichts mehr befehlen, Señor, das können Sie nicht! Seien Sie froh, wenn Sie hier lebend rausgehen!«

Benjamin zerrte ihn heftig am Arm.

»Verstehst du denn nicht, du Dummkopf, daß das, was du vorhast, Selbstmord ist? Man würde euch umzingeln und erschießen! Sogar wenn es euch gelänge, Castlereagh zu töten, müßtet ihr euch wohl hinterher in Geister verwandeln, denn als Vergeltung würde man euch allesamt ausrotten. In keinem Zigeunerlager im Umkreis von fünfzig Meilen um London bliebe auch nur einer von euch am Leben! Willst du das?«

Diaz sah ihn an und hörte bestürzt zu. Endlich schien er zu verstehen, er bedeckte das Gesicht mit den Händen und weinte lautlos, während sein ganzer Körper zuckte. Benjamin legte den Arm um ihn.

»Weine nicht, Manuel, laß das ...«

»Ich weine nicht ... ich weine ja nicht, Señor! Das ist mein Herz ... Mein Herz preßt die letzten Tropfen Güte aus sich heraus, Señor. O Gott! Ich ... ich weine nicht! Nein!«

»Glaubst du denn, ich leide nicht und dürste nicht nach Rache?« fragte Bathurst, während er Manuels Hände umfaßte und sie von seinem Gesicht löste. »Aber man muß es anders machen, überlegt und nicht jetzt gleich. Ich schwöre dir, wobei du willst – beim Kreuz oder bei den Wunden des Erlösers, daß ich ihm Juans Tod, den Tod von Tom und Sij heimzahlen werde! Noch weiß ich nicht, wie, ich weiß nur, daß ich dazu Zeit brauche, vielleicht sogar viel Zeit, aber ich werde nicht ruhig sterben, wenn ich es nicht tue. Überlasse das mir, und habe Vertrauen. Weißt du, was der Wahlspruch auf meinem Wappen ist? ›*Tiens ta foy*‹ – das bedeutet ›Bewahre den Glauben‹. Ich werde dich nicht enttäuschen!«

Das weitere sagte er schon mehr zu sich selbst als zu dem Zigeuner: »Ich werde noch eine Partie Schach spielen, langsam und kaltblütig. Und ich werde ihn nicht töten, denn das wäre zuwenig. Ich quäle ihn zu Tode, ich werde ihn in eine solche Hölle führen, daß er den Tag verflucht, an dem sein Vater in seine Mutter den Samen gegossen hat, und er wird sich selber das Leben nehmen und wie ein räudiger Hund krepieren, in Schmach und in Schande! Das schwöre ich dir, Manuel.«

Bathurst stand auf und klopfte sich den Staub von der Kleidung.

»Bestattet Juan, und du leg dich hin und kuriere dich. In ein paar Tagen gebe ich Bescheid, was weiter zu tun ist. Auf Wiedersehen!«

Sie trafen sich erneut am 2. Januar 1807.

»Du mußt abhauen«, sagte Bathurst. »Castlereagh glaubt, daß ich dich erledigt habe, aber d'Antraigues anscheinend nicht. Du mußt dich aufs Festland absetzen, und zwar schnellstens, denn hier gerätst du ihnen früher oder später in die Fänge. Sie machen jeden kalt, der irgendwie mit der Aktion zu tun hatte, mich schützt dabei wohl nur, daß ich Henrys Cousin bin. Allerdings bin ich nicht so sicher, ob sie nicht auch mich noch umbringen wollen. Sie lassen nur einige Zeit verstreichen.«

»Wer, Señor? Castlereagh und d'Antraigues?«

»Und de Tilly. Das ist der andere, der, der Sij erschossen hat.«

»Und was ist mit denen, die neben Castlereagh gesessen haben?«

»Henry und Perceval? Die wußten nicht, daß es so kommen würde. Castlereagh hat sie, als er Juan, Tom und Sij umbringen ließ, einfach vor vollendete Tatsachen gestellt. Jetzt, als

Beteiligte, müssen sie natürlich schweigen. An ihrer Stelle wäre ich auch auf der Hut, denn Castlereagh pflegt nicht zu scherzen. Ich habe erfahren, daß er bereits vor unserer Rückkehr zu morden begonnen hat. Als ersten beförderte er Bonnet de Martanges[19] unter die Erde. Er wurde vergiftet, als er ihnen nicht mehr nützlich war. Gestern sind Stapleton, Mrs. Gibson und ihre Tochter verschwunden. Offenbar wollen sie ebenso Baring erledigen, der das Unternehmen finanziert hat. Sie haben es eilig. Tja, Señor Diaz, um uns herum entsteht ein Friedhof! Sie werden allen, die irgend etwas wissen, das Maul stopfen, und niemand kann etwas dagegen tun. Und darum mußt du verschwinden.«

»Gut, Señor.«

»Weißt du, wohin du gehen kannst?«

»Ja, Señor. Ich kann nach Andalusien gehen, zu meiner Familie. Aber wie komme ich hin?«

»Das soll dich nicht bekümmern, ich sorge für deine Überfahrt. Halte dich in einer Woche bereit und komm an diese selbe Stelle. Bis dahin steck die Nase nicht aus dem Loch!«

Am 9. Januar 1807 nahmen sie an der Küste in Portsmouth Abschied.

»Warte auf Nachricht, Manuel. Und hab mich nicht in schlechter Erinnerung!«

»Jamas, Señor!«[20]

»Paß auf dich auf, auch dort in Andalusien. Diese Gefahr hat lange Greifer. Für unsereinen ist die Welt klein.«

»Und was wird aus Ihnen? Ihnen droht noch größere Gefahr, Sie bleiben schließlich hier! Die vergessen nichts, Señor ...«

»Auch ich vergesse nichts! Sorg dich nicht um mich, ich werde vorsichtig sein. Ich habe vielleicht schon eine Idee, aber ich will nicht voreilig handeln. Wappne dich mit Geduld. Es wird dauern, aber es kommt, du wirst es erleben.«

»Was werden Sie jetzt tun, Señor?«

»Vorerst gehe ich denen aus den Augen. Vielleicht übernehme ich eine diplomatische Vertretung, eine möglichst entlegene. Henry wird das für mich einrichten. Aber vorher mache ich eine Reise nach Sardinien, sobald es wärmer wird.«

»La mujer?«[21] Diaz schmunzelte, zum erstenmal seit dem Tod des Bruders.

»Ich habe es ihr versprochen. Ich muß meine Kräfte sammeln, bevor ich an die Abrechnung mit unserem Freund gehe. Ich muß zur Ruhe kommen, und sie wird mir dabei helfen. Heute nacht träumte ich, daß ich sie an der Hand halte und wir am Strand entlanggehen, barfuß, nur im Hemd, durch das azurblaue Wasser, über heißen Sand und Muschelschalen.[22] Komisch, was? Diese Seite von mir hast du bisher nicht gekannt, aber nach alldem, was wir in Deutschland und in Polen erlebt haben, brauche ich eine solche Vorstellung. Verstehst du das?«

»Ja, Señor.«

»Es ist Zeit für dich. Mach's gut, Amigo!«

Sie umarmten einander, und Diaz marschierte auf das Fallreep zu.

8. Ein Brief

In der Mappe mit dem Memorial befanden sich auch einige Briefe, von denen ich die wichtigeren im Text des Buches zitiert habe. Nur einer ist noch übrig, nämlich ein Brief Benjamin Bathursts an Manuel Diaz. Er ist das chronologisch letzte Dokument zur Operation »Schachspieler«.[1]

»Lieber Manuel,

ich bin gerade in Wien angekommen, und schon muß ich wieder aufbrechen. Österreich wirft sich vor Frankreich auf die Knie, höchste Zeit also, daß ich mein Bündel schnüre. Diesmal verschwinde ich endgültig. Die Gelegenheit ist äußerst günstig – meine Fahrt wird durch die besetzten Gebiete gehen, und überdies bin ich in Wien einem alten Freund wiederbegegnet, der mir seine Hilfe erwiesen hat und der in diesen Dingen mächtiger ist als die beiden Kaiser mitsamt dem Zaren. Ich weiß, daß Dich diese Nachricht überraschen wird, aber ich mußte die Verwirklichung unseres Plans beschleunigen, denn so, wie die Dinge jetzt liegen, wäre ich in London keine Stunde lang sicher. Ich schrieb Dir bereits, daß Gimel umgebracht wurde.[2] Dasselbe Schicksal widerfuhr auch einigen anderen, darunter Robersohn und dem alten Deutschen.[3] Ich weiß, daß ›Jean-Bart‹[4] gesucht wird. Baring ist schwerkrank und siecht dahin. Es wäre verwunderlich, sollte er noch ein halbes Jahr durchhalten, offenbar wird er systematisch vergiftet.[5] Die Pitt-Tochter weiß bereits, was ihr droht.[6] Ich habe sie über alles in Kenntnis gesetzt und ihr geraten, sich schnellstmöglich aus dem Staub zu machen, und zwar nicht nur aus England, sondern überhaupt aus Europa, am besten bis ans Ende der Welt.

Für mich selbst habe ich die beste Idee reserviert, nämlich die Flucht in die Ewigkeit. Die kriegen jeden zu fassen, sogar im tibetanischen Hochland, nicht aber im Grab. Falls es mir gelingt, wirst du zugeben müssen, daß Julia die beste Wahrsagerin der Welt ist. Vor Jahren hat sie mir zwei Leben prophezeit. Falls es mir gelingt, so lebe wohl, und handle allein. Wilson wird Dir helfen. Ich hoffe, Du erinnerst Dich an ihn, es ist der, dem Du die ausgehöhlten Schachfiguren aus Elfenbein besorgt hast.[7] Den Kontakt zu ihm kannst Du über Colqhoun Grant[8] herstellen. Zu Grant wiederum verschafft Dir ›Kalif‹[9] die Verbindung. Soviel ich weiß, ist ›Kalif‹ zur Zeit in Segovia und wird sich dort noch einige Monate aufhalten. Sollten ›Kalif‹ und Grant tot sein, setz Dich in London mit dem Inhaber des grünen Wirtshauses in Verbindung. Die Losung ist ›Später Sonnenaufgang‹.

Das Paket, das ich Dir sende, verwahre mit größter Vorsicht, falls Dir aber Gefahr droht, leite es an einen der beiden oben Genannten weiter, an Grant oder an Wilson. Besser noch an Wilson, er nämlich wird wissen, wie der Inhalt zu benutzen ist. Er besteht aus mehreren Dokumenten sowie aus einem Erinnerungsbuch über unsere Expedition, welches Du lesen darfst.[10] Du wirst darin viele Details finden, von denen Du bisher nichts gewußt hast, zum Beispiel über Parvis, über jeden unserer Schritte, unsere Gespräche und sogar unsere Gedanken. Ich schicke das Ganze über Herrn de Azara, den Gesandten der Junta, der ebenfalls jeden Augenblick Wien verlassen wird, denn auch er ist im Begriff, hier zu einer Persona non grata zu werden.[11] Er ist ein vertrauenswürdiger Mann. Ich war ihm dabei behilflich, einen Posten Karabiner zu erwerben und den Transport nach Spanien zu bewerkstelligen, daher ist er mir ergeben und mit Freuden bereit, mir einen Gefallen zu tun.[12]

Lebe wohl, Manuel, vielmehr auf Wiedersehen. Ich hoffe auf ein Wiedersehen.

Benjamin.

PS. Sollte man mich erledigen, dann fackelt nicht erst lange. Brennt ihm einfach bei der erstbesten Gelegenheit eins über den Schädel, und danach auch d'Antraigues und de Tilly, falls er die beiden nicht vorher selber umgebracht hat. Und paßt auf! Gleich, nachdem Du diesen Brief dechiffriert hast, verbrenne beides, das Original und die Dechiffrierung.[13]

Fast hätte ich es vergessen! Gib Wilson und Grant darüber Bescheid, daß die beiden Herren S.[14] Wagram benutzt haben, um endgültig mit den Philadelphen abzurechnen. Bei der Schlacht haben sie deren gesamten Stab niedergemetzelt.«

Anhang

Kommentare

Der am 14. März 1784 im Sternbild des Fisches geborene Benjamin Bathurst kam im November 1809 unter mysteriösen Umständen in der Gegend von Perleberg abhanden, so daß dieses Datum in den Enzyklopädien als sein Sterbejahr genannt wird. Sein Verschwinden galt in der ersten Hälfte des 19. Jahrhunderts als ein ebenso großes Rätsel wie die Affäre um das geheimnisvolle Findelkind, den angeblich illegitimen Sprößling Bonapartes, Kaspar Hauser. Angesichts des Memorials, besonders aber des Briefes an Diaz, mit dessen Inhalt ich die Leser vertraut gemacht habe, scheint Bathursts Verschwinden nicht mehr ganz so rätselhaft und durchaus logisch erklärbar.

Entgegen der offiziellen historischen Version behaupte ich, daß Benjamin Bathurst im Jahre 1809 keineswegs ums Leben gekommen ist, sondern lediglich auf sehr geschickte Weise seine Identität gewechselt hat, um dem Tod durch Castlereaghs Schergen zu entgehen, seinerseits Rache zu üben und ein anderes, ihm genehmeres Leben zu führen.[1] Bevor ich jedoch auf die Details von Bathursts Verschwinden eingehe, bin ich dem Leser noch etliche Erklärungen und Anmerkungen bezüglich einiger weiterer Dinge schuldig, die mit der Operation »Schachspieler« zusammenhängen.

Der Doppelgänger von Gostyn

Nachdem ich mich mit Pirchs und Berntrops Berichten sowie mit dem Inhalt des Memorials vertraut gemacht hatte, bin ich, während ich schon an diesem Buch schrieb, im August 1975 kurzerhand ins Kloster Gostyn gefahren, um mehr über den Doppelgänger in der Kutte, jenen »Mönch Stephen« herauszufinden. Das erwies sich sogar leichter als angenommen, vor allem dank der geradezu sagenhaft gastfreundlichen und zuvorkommenden Philippiner-Mönche. Nicht allein, daß sie mich mit altpolnischen Gerichten verwöhnten (eine so köstliche Pilzsuppe – vom Kalbsbraten ganz zu schweigen – habe ich mein Lebtag noch nicht gegessen), stellten sie mir obendrein ein separates Arbeitszimmer, ihr ganzes Archiv und wertvolle Manuskripte zur Verfügung.[2] Zwei davon erwiesen sich für mich als besonders kostbar.[3] Durch sie bekam ich heraus, daß »Schulmeisters Bauer« Stefan Błażewski hieß.

Stefan Błażewski wurde am 3. August 1773 im Dorf Zajączkowo in der Nähe von Humania geboren, war demnach vier Jahre jünger als Napoleon. Den ersten Unterricht erhielt er in einer Schule des Basilius-Ordens in Szarogród im Gouvernement Podolsk. Seine Schulbildung beendete er bei den Patres des Piaristen-Ordens in Niemrawice.

Pirchs Aufzeichnungen hatte ich entnommen, daß Bruder Stefan als Abgesandter des polnischen Klerus häufig zu Napoleon nach Paris geschickt wurde, doch es wunderte mich, daß er bereits nach dem ersten Aufenthalt »die französische Sprache vollendet beherrschte« (Pirch). Erst bei Durchsicht des Archivmaterials in Gostyn erfuhr ich, daß Błażewski schon früher, während einer Reise nach Westeuropa, in Paris gewesen war. Er reiste damals als Lehrer und Betreuer des jungen Grafen Franciszek Potocki und seiner Mutter Anna, einer geborenen Mycielski.

In Paris muß Błażewski einen ernsthaften seelischen Schock erlitten haben, denn nach einer Nacht voller innerer Kämpfe (»Ist dies das Ende des menschlichen Lebens?« sprach er zu sich selbst. »Sich amüsieren? Und was kommt danach ...?«[4]) beschloß er am Morgen, Frankreich unverzüglich zu verlassen. Am 18. November 1801 wurde er als Laienbruder in das Kloster zu Gostyn aufgenommen. Der Posener Bischof Ignacy Raczyński verlieh Błażewski am 21. Januar 1804 die Priesterweihe.

Für mich war es klar, daß Bruder Stefan nach Beendigung der Operation »Schachspieler« von Schulmeister versteckt wurde, nachdem er sich mit Benjamins Brief bei ihm gemeldet hatte. Jedenfalls mußte Schulmeister, den Andeutungen im Postscriptum des Briefes an Bathurst zufolge, Błażewski bewogen haben, sich eine Zeitlang außerhalb des Klosters aufzuhalten, um nicht in die Hände derer zu geraten, die sich für den Verrat an den Organisatoren der Operation »Schachspieler« rächen wollten. Diese Vermutung bestätigte sich. Für die Dauer von einigen Jahren verließ Pater Stefan mit Genehmigung der Kongregation das Kloster und ließ sich in Chocieszewice nieder, wo er die Söhne des Starosten Mycielski unterrichtete.

Im Jahre 1811 kehrte er nach Gostyn zurück, blieb aber weiterhin äußerst vorsichtig. »Nur zwei- oder dreimal sah man ihn etwa dreihundert Schritte vor dem Klostertor, hinter das er sich gleich wieder zurückzog; die Zelle verließ er nur, um ins Refektorium oder in die Kapelle zu gehen.« (Pfarrer Brzeziński). Bis zu seinem Tode bewohnte Błażewski eine Zelle im ersten Stockwerk mit Blick gen Norden auf den Klosterfriedhof. Er beschäftigte sich mit der Lektüre »kirchlicher und asketischer Bücher« und übte zuletzt die Funktion eines Seniors und Sekretärs der Kongregation aus. »Voller Güte gegen die Armen, verteilte er ohne Aufhebens reichlich Almosen, war ein guter Erzieher der jüngeren Priester und Novizen, pflanzte in ihren Herzen den Geist der Askese.« (Pirch warf ihm sogar Fanatismus vor, denn sie stritten miteinander über Luther.)

Eine schwere Lungenerkrankung, vermutlich Tuberkulose, die Pirch bereits im Jahre 1826 an ihm beobachtet haben will, zwang Pfarrer Błażewski gegen Ende seines Lebens zum

Verzicht auf seine priesterlichen Ämter. Von der Kongregation aller Pflichten entbunden, widmete er sich fortan wissenschaftlichen Tätigkeiten und übersetzte das Werk *Paedagogus Christiansus* aus dem Lateinischen ins Polnische.[5] Er starb am 2. März 1849. Sein Name wurde auch Jahre später nur mit Hochachtung erwähnt.

Obwohl Graf Raczyński in seinen *Erinnerungen aus Großpolen …* beim Zitieren aus Berichten jenes preußischen Offiziers, dem das Gesicht des Ordensbruders aufgefallen war, kein Datum nannte, äußerte ich eingangs die Vermutung, daß er aus den zwanziger Jahren des 19. Jahrhundert stammen müßte. Ich war mir dessen nicht sicher, bediente mich bei meiner Annahme aber der Logik. In den dreißiger oder vierziger Jahren wäre Błażewskis Gesicht bereits zu alt gewesen, um Ähnlichkeiten mit Napoleons Gesicht suggerieren zu können, der ja im Alter von 52 Jahren 1821 starb. Erst aus dem klösterlichen Archivmaterial erfuhr ich, daß Otto Pirchs Arbeit, die Raczyński als Quelle benutzte, den Titel *Erinnerungen an die Reise im Jahre 1826* trug. Auf diese Weise erhielt ich eine weitere Bestätigung.

Die Philadelphen

Der Russe Jefim Tscherniak schrieb in seiner historischen Studie über die Geheimdienste *Fünf Jahrhunderte Geheimkrieg* folgendes:

»Als nach Napoleons Sturz die Restauration der Bourbonen begann, erregten die Enthüllungen des französischen Schriftstellers Charles Nodier in seinem Buch *Geschichte der Verschwörungen und Intrigen innerhalb der Armee zum Sturz Bonapartes* (Paris 1815), großes Aufsehen. Nodier setzte die Öffentlichkeit davon in Kenntnis, es habe eine starke royalistische Untergrundbewegung, die Philadelphen, gegeben, deren Träger heroische Offiziere, romantische Ritter, Verfechter der gerechten Sache der Bourbonen gewesen seien. Nodiers Bericht enthielt allerdings einen, dafür sehr wesentlichen, Irrtum. Eine solche Verschwörergruppe, wie sie der Autor darstellte, existierte nicht. Die eigentlichen Philadelphen waren eine Schar junger Leute, denen sich ein paar Offiziere zugesellt hatten …«

Tscherniaks Darstellung enthält ebenfalls nur einen Irrtum: Sie ist schlicht unwahr. Tscherniak stellte darin eine Behauptung auf, die sich viele Jahre hindurch gehalten hat, doch heute völlig überholt ist.

Im vorigen Jahrhundert hatte man Nodiers Interpretation bedingungslos vertraut und über die Philadelphen als feststehende Tatsache geschrieben. Nachdem jedoch einige Arbeiten[6] erschienen sind, die bewiesen, daß Nodier ein Spinner war, der auf Weisung des Hofes diese Mystifikation komponiert hatte, um das Ansehen der Royalisten, die in der Napoleon-Ära wenig Aktivität zeigten, schönzufärben, tauchte in den Enzyklopädien ein neuer Ton auf: Die Philadelphen seien eine unbedeutende Organisation (mit Freimaurercharakter[7] oder reformatorischen Neigungen im Geiste naiven Romantizismus gewesen, viel zu schwach für eine Verschwörung gegen den Kaiser. Diese Interpretation wiederholte Tscherniak, und das zu einem Zeitpunkt, als sie bereits von der seriösen Geschichtsschreibung als falsch erkannt worden war. Tscherniak hatte ganz einfach überholte Quellen benutzt.[8]

Daß Nodier in gewissem Grade ein Spinner und Mythendichter war, unterliegt keinem Zweifel. Er füllte sein Buch mit allerlei schmückendem Beiwerk, das die Rolle der Philadelphen glorifizierte und sie mit Namen und Ereignissen verband, mit denen sie gar nichts zu tun haben konnten. Es unterliegt jedoch keinem Zweifel, daß die Philadelphen innerhalb der Großen Armee als gefährliche, antinapoleonische Organisation wirkten und daß das dramatische Duell zwischen ihnen und der französischen Spionageabwehr ungewöhnlich blutig endete. Dies anerkannten die renommierten französischen Historiker, angeführt von Kapazitäten wie Professor Louis Madelin[9] oder Georges Lefebvre[10], der Verfasser einer der besten Napoleon-Biographien. Obwohl sie sich auf überlieferte Quellen[11] und auf Tagebuchaufzeichnungen[12] stützten, waren sie aber dennoch nicht in der Lage, Entstehen und Wirken der Philadelphen zu präzisieren. Dies bleibt bis zum heutigen Tage ein Geheimnis. Die Handvoll Informationen, die der Leser nachstehend findet, ist eigentlich alles (natürlich sehr gestrafft), was bekannt ist; und das ist herzlich wenig.

Die eigentliche militärische Verschwörergruppe unter dem Namen Philadelphen entstand aus der Verbindung einiger früherer Geheimorganisationen. Eine davon waren die Olympier (Olympiens). Der ehemalige Galeerensträfling und spätere Gründer der französischen Kriminalpolizei (Sûreté), François Eugéne Vidocq[13], widmete ihnen in seinen Memoiren ein Kapitel. Die Olympier, die sich zunächst nur aus Offizieren der Marine, später auch der Infanterie zusammensetzten, entstanden 1804 in Boulogne-sur-Mer[14] auf Betreiben des jungen Crombet de Namur. Ihre Losung war: Gleichheit, Brüderlichkeit, Haß gegenüber dem Tyrannen. Welcher Tyrann gemeint war, zeigte das Wappensymbol der Olympier: eine sich aus den Wolken herabsenkende Hand, die ein Stilett gegen die Büste des Kaisers richtete. Seit 1806 machten sich die Olympier die Ideale der Philadelphen zu eigen.

Die Genesis der ersten Philadelphen liegt weiter zurück und ist sehr verworren. Der Name rührt her von einem Freund Robespierres, Philippe Bounarotti, einem Demagogen und Lügner, der sich für einen Nachkommen Michelangelos ausgab. In der Revolutionszeit ernannte ihn der Konvent zum französischen Bürger und zum Regierungskommissar. Wegen Amtsmißbrauch in dieser Position kam Bounarotti ins Gefängnis, wo er den jakobinischen Terroristen (und gleichzeitig Idealisten) François Babeuf, den späteren Redakteur der Zeitung *Tribune du Peuple*, kennenlernte. Wegen seiner Beteiligung an Babeufs Verschwörung schickte das Direktorium den Italiener in die Verbannung. Daraufhin gründete Bounarotti – angeblich getrieben von der Philosophie seines hingerichteten Freundes[15], der Liebe zum Volk und dem Haß gegenüber der besitzenden Klasse – eine neue Verschwörerorganisation, es ist jedoch nicht sicher, ob er etwas mit der Gründung der Philadelphen zu tun hatte.

Zur Zeit des Direktoriums gab es in Frankreich etliche Organisationen oder regionale Zellen der Philadelphen, besonders in Franche-Comté und in der Bretagne. In der Zeit des Konsulats wurden die ersten Kontakte zwischen Philadelphen und Olympiern geknüpft. Kurz danach verfügten Polizei und Geheimdienst bereits über erste Daten und das eine oder andere Geständnis über die Aktivitäten dieser Vereinigungen, und es kam zu ersten Repressalien.[16] Der Kaiser und seine Regierung nahmen allerdings das, was man ihnen zutrug, nicht allzu ernst und verhielten sich den Philadelphen gegenüber wie zu ähnlichen schwachen Grüppchen mehr oder weniger harmloser Oppositioneller. Bis zum Jahre 1806 war eine solche Haltung durchaus gerechtfertigt, denn sowohl Olympier als auch Philadelphen mit ihrem Idealismus und Freimaurertum schienen nicht gefährlich und keiner besonderen Beachtung wert. Die Hand mit dem Stilett im Wappen der Olympier war ein aufbegehrendes Symbol und nichts weiter. Doch infolge dieser Sorglosigkeit hat man den Augenblick, wo sie sich in eine zu allem entschlossene Verschwörerorganisation innerhalb der Großen Armee verwandelte, verpaßt.

Laut Nodier und Vidocq war Oberst Jacob Oudet der Motor dieser Wandlung. Ob er den Zusammenschluß beider Organisationen bewirkt hat, ist nicht bekannt. Eher ist anzunehmen, daß einige zu allem entschlossene Offiziere aus anderen Gruppen die Verschwörerorganisation der Philadelphen ins

Leben gerufen haben, während die ursprünglichen Geheimbünde bestehen blieben. Das Programm der Philadelphen innerhalb der Armee bestand aus einen Punkt: in bewaffneter Aktion Bonaparte zu stürzen. Das hatte insofern Hand und Fuß, weil man ihn mit bloßem Gerede nicht verjagen konnte.

Es ist nur nicht ganz leicht auszumachen, ob die Philadelphen tatsächlich, wie Castlereagh behauptet und was sich mit Nodiers Meinung deckt, eine royalistische Neigung hatten oder republikanisch orientiert waren. Ich persönlich bin im Blick auf das Memorial überzeugt, daß die Philadelphen eine royalistische Verschwörung waren, wenn ich auch die Möglichkeit einräume, daß in ihren Reihen diverse, einander widersprechende Strömungen zusammenflossen, die der Haß gegen Napoleon einte. Oudet selbst, Sohn eines begüterten Bauern aus dem Jura und verbissener Revolutionär des Jahres 1793, galt als Jakobiner. Das besagt allerdings noch nichts, denn es ist ja bekannt, daß viele Jakobiner während der Kaiserzeit eifrig für die Bourbonen arbeiteten.

Wie auch immer, die Organisation wurde gegründet und begann sich auf den Staatsstreich und die Übernahme der Großen Armee vorzubereiten. Wie einigen Quellen zu entnehmen ist, war Oberst Oudet Chef der Verschwörung (sein philadelphisches Pseudonym lautete: »Philopömen«, nach dem Vornamen des berühmten griechischen Führers und Bezwingers der Spartaner). Doch kann es denn sein, daß an der Spitze einer so mächtigen Verschwörung eine so unbedeutende Persönlichkeit von so niedrigem Rang stand? Da bin ich doch eher geneigt anzunehmen, daß hinter Oudet, der gegenüber den niederen Chargen des Geheimbundes als Chef auftrat, irgendein »Hirn« oder eine Gruppe einflußreicher Würdenträger stand, die bis zum Zeitpunkt des Sieges ihre Zugehörigkeit zu den Philadelphen nicht offenbaren wollten. Nodier erwähnte die Generäle Moreau[17] und de Malet[18], deutete sogar auf Bernadotte hin[19], ohne jedoch ganz sicher zu sein. Bis heute wissen wir nicht, wer der authentische Chef der Philadelphen war. Wenn man mich fragte, wem diese Funktion zuzutrauen wäre, würde ich Malet nennen, der unermüdlich gegen den Kaiser konspirierte und im Jahre 1812 den Umsturzversuch wagte. Wenn er auch nicht ganz an der Spitze gestanden haben mag, befand er sich doch sicher im Führungsstab der Philadelphen.

Doch wir wissen, warum die Philadelphen nicht von Anfang an unschädlich gemacht wurden, obwohl der Geheimdienst bereits seit 1806 von ihrer Untergrundtätigkeit wußte. Das lag an seiner Zweigliederung. Im damaligen Frankreich agierten zwei miteinander konkurrierende Geheimdienst- und Spionageabwehr-Organisationen, die eine unterstand dem Polizeiminister Fouché, die andere dem Chef der Gendarmerie und Leibwache des Kaisers, General Savary, dessen Stellvertreter Schulmeister war. Der Mann, der ihnen zuerst auf die Spur kam, war Fouché.[20] Und Fouché haßte Savary, was auf Gegenseitigkeit beruhte, und mochte auch Napoleon nicht sonderlich, obwohl er offiziell in seinen Diensten stand. Inoffiziell arbeitete der Herr Minister mit dem englischen und österreichischen Geheimdienst zusammen und war gleichzeitig ein Agent des russischen Geheimdienstes.[21] Angesichts dieser Situation nimmt es nicht wunder, daß Fouché, obwohl er dem Grafen L. aufgetragen hatte, die Olympier zu überwachen, und anderen Agenten empfahl, die Philadelphen im Auge zu haben, keine Repressalien gegen die Verschwörer anwandte. Savary und Schulmeister sind ihnen erst später auf die Schliche gekommen, und das, wie aus dem Memorial hervorgeht, erst im Zusammenhang mit der Operation »Schachspieler«.

Die nächste Frage: Hat das »Königsgambit« Schulmeister gestattet, den Führungsstab der Philadelphen im Dezember 1806 zu identifizieren und zu liquidieren? Aus dem Verlauf der Operation geht hervor, daß es so gewesen sein mußte. Doch offensichtlich hat nicht alles so geklappt, wie Schulmeister geplant hatte, denn die Philadelphen agierten noch zumindest bis 1809, und Malet wirkte sogar noch im Jahr 1812. Offiziell wird angenommen, daß man die Mitglieder der Organisation im Jahre 1809 während oder nach der Schlacht bei Wagram liquidiert hat. Das würde auch mit dem Todesdatum von Oberst Oudet in Einklang stehen.

Die Schlacht bei Wagram, in der Napoleon die Österreicher bezwang, endete am 6. Juli 1809. Nach Guillon war der Chef des 9. Infanterieregiments, Oberst Jacob Joseph Oudet (1773–1809), bei dieser Schlacht durch eine feindliche Kugel verwundet worden und am 8. Juli in einem Vorort von Wien, in einem Haus, in das man ihn transportiert hatte, gestorben.[22] Guillon, der eine Militärverschwörung der Philadelphen ausschloß, ließ keine andere Interpretation vom Ablauf der Geschehnisse zu. Eine zweite Version wurde jedoch von Madelin verteidigt: Aus mancherlei publiziertem französischen Quellenmaterial (z.B. Delandine de Saint-Esprit, *Histoire de L'Empire*, Paris 1863) geht hervor, daß die Exekution der enttarnten Philadelphen auf sehr eigentümliche Weise vollzogen wurde. Der Großen Armee war es peinlich, daß aus ihren Reihen Verräter und Saboteure hervorgegangen waren, und so wollte man auch deren Liquidierung nicht an die große Glocke hängen. Statt sie vor ein Exekutionskommando zu stellen, schickte man sie lieber beim Angriff auf die feindlichen Stellungen an die vorderste Frontlinie. Nach der Schlacht untersuchte natürlich niemand, ob der tödliche Schuß von vorn oder von hinten gekommen war. Wie mit der Führungsspitze der Philadelphen abgerechnet wurde, ist im einzelnen nicht bekannt. Man nimmt an, daß Oberst Oudet und seine verschwörerischen Mitstreiter von der französischen Spionageabwehr in einen Hinterhalt gelockt und einzeln erschossen worden sind. Ihr Tod ging dann mit auf das Konto des Feindes. Den entscheidenden Stoß versetzte den Philadelphen der kaiserliche »Topagent« Charles Schulmeister, sicherlich nicht ohne Mithilfe Savarys und möglicherweise auch Davouts.

Zusammenfassend kann festgestellt werden, daß es auf die Frage, ob und in welchem Maße die mißglückte Entführung Napoleons 1806 die Niederlage der Organisation zur Folge gehabt hat und ob man 1809 nur diejenigen gemeuchelt hat, die übriggeblieben waren, oder ob die Philadelphen im Jahre 1806 durch irgendein Wunder dem Pogrom entgangen waren und erst drei Jahre später dran glauben mußten, keine Antwort gibt. Eines scheint sicher: Man hat bereits im Jahre 1806 begonnen, die Mitglieder des Geheimbundes unschädlich zu machen, und zwar als Folge der Operation »Schachspieler«. Beendet hat man die Kampagne nach der Schlacht bei Wagram mit dem Gemetzel, das Benjamin Bathurst in einem chiffrierten Brief an Diaz »endgültige Abrechnung« nannte.

Von Kempelens Android

Einige Erklärungen zur Entstehungsgeschichte des Schachautomaten aus der Werkstatt des Barons von Kempelen habe ich bereits im Kapitel 1 in Form einer kurzen Unterhaltung zwischen Castlereagh, Perceval und Henry Bathurst eingeflochten. Den Rest hat der Leser aus Castlereaghs Äußerungen erfahren, die aus dem Memorial stammen und die ich mit zusätzlichen diversen Details versehen habe. Bleibt nur noch zu berichten, wie es dem »Türken« nach Benjamin Bathursts Aktion von Szamotuły erging.

Beginnen wir mit einem Zitat aus den Tagebuchaufzeichnungen des berühmten, wenn auch nicht allzu geistvollen Kammerdieners von Napoleon, Constant. Die geschilderte Szene spielte sich im September 1809 ab:

»Im Schloß Schönbrunn konnte man allen hervorragenden deutschen Gelehrten begegnen. Es gab kein neues Werk, keine neue Erfindung, die der Kaiser sich nicht von den Urhebern hätte vorführen lassen. So hatte auch Herr Maelzel, der berühmte Mechaniker, Erfinder des Metronoms, die Ehre, dem Kaiser ein paar seiner Ideen vorzuführen. Der Kaiser bewunderte die Beinprothesen, die besser und bequemer waren als die üblichen hölzernen Stümpfe, die die richtigen, von Artilleriegeschossen zerfetzten Beine ersetzten.

Herr Maelzel hat auch einen Automaten gebaut, der in der ganzen Welt unter dem Namen ›Schachspieler‹ bekannt ist. Er hat ihn nach Schönbrunn gebracht, um ihn dem Kaiser zu demonstrieren, und hatte ihn im Appartement des Fürsten de Neufchâtel untergebracht ...

Der Automat saß am Tisch vor dem Schachbrett, auf dem bereits die Figuren postiert waren. Der Kaiser nahm einen Stuhl, setzte sich vis à vis vom Automaten und sagte lachend:

›Nun, Kollege, wer von uns beiden ist stärker?‹

Der Automat verbeugte sich und bat den Kaiser mit einer Handbewegung, die Partie zu eröffnen. Nach zwei, drei Zügen schob der Kaiser eine Figur absichtlich auf ein falsches Feld. Der Automat verbeugte sich und stellte sie an die richtige Stelle. Der Kaiser provozierte ein zweites Mal. Und wieder verbeugte sich der Automat, aber diesmal nahm er die Figur weg.

›Richtig‹, sagte der Kaiser.

Und zum drittenmal machte er einen betrügerischen Zug. Da schüttelte der Automat den Kopf, fuhr mit der Hand über das Schachbrett und warf alle Figuren um ... Der Kaiser gratulierte dem Erfinder mit begeisterten Worten.«[23]

Das obige Zitat bestätigt nur das, was der Leser bereits weiß, nämlich daß Bonaparte nach der Operation »Schachspieler« das Geheimnis des Barons von Kempelen bestens durchschaut hatte. Er war nicht länger interessiert, mit dem Automaten zu spielen, d. h. zu prüfen, wer der bessere Spieler war, sondern wollte sich nur über ihn lustig machen.

Constant hat sichtlichen Unsinn geschrieben. Vor allem war der Erfinder des »Türken« keineswegs der österreichische Mechaniker Johann Nepomuk Maelzel (1772–1838). Der Apparat, mit dem Napoleon in Wien spielte, war derselbe von

Kempelensche Android, dessen Schicksal wir von Berlin bis Szamotuły verfolgt haben. Den Historikern ist die Tatsache, daß Maelzel nach dem Jahre 1806 in den Besitz des »Türken« gelangt war (offenbar hat er ihn käuflich erworben), ihn wieder funktionsfähig gemacht und durch ihn seinen Lebensunterhalt verdient hatte, durchaus bekannt.

Die zweite Ungereimtheit in Constants Tagebuch besteht darin, daß man durch diesen Bericht den Eindruck gewinnt, der Kaiser habe 1809 zum erstenmal im Leben in Wien Bekanntschaft mit dem »Türken« gemacht. Es ist verwunderlich, wieso ein Kammerdiener, der seit Jahren nicht von der Seite Napoleons gewichen war, nicht gewußt haben soll, daß sich der Kaiser bereits im Herbst des Jahres 1806 in Berlin für den Schachautomaten interessiert hatte und, wie etliche Quellen belegen, mit ihm eine Partie gespielt haben soll. Vielleicht war Constant zu diesem Zeitpunkt in Erfüllung irgendeiner Aufgabe abwesend oder gar krank gewesen? Doch warum hat Bonaparte so getan, als kenne er die ihm doch bereits bekannte Erfindung nicht? Und hier stoßen wir auf des Pudels Kern.

Wäre von Kempelens Automat nicht mit einer geheimen politischen Intrige verbunden gewesen, hätte es doch Napoleon nicht nötig gehabt, diese Komödie gegenüber den Anwesenden zu spielen. Zu dem Zeitpunkt, als Maelzel ihm den »Türken« vorführte, waren knapp zwei Monate seit der Ermordung der Philadelphen, bei der auch Oudet fiel, vergangen. Vielleicht muß man hier die Antwort suchen. Aus naheliegenden Gründen hatte die französische Spionageabwehr nicht die Absicht, die Operation »Schachspieler« an die Öffentlichkeit zu bringen, und daher erwähnte Bonaparte weder Berlin noch Szamotuły.[24]

Ein zweiter wichtiger Punkt: Die Mehrheit derer, die damals den »Türken« bewunderten, glaubte fest daran, einen richtigen Automaten, also einen klassischen Androiden vor sich zu haben, auch Constant. Diese Überzeugung war so stark, daß sie allen uneingeweihten Beobachtern bei der Vorführung in Wien den Verstand trübte. Denn man hätte, auch ohne die Hintergründe der Operation »Schachspieler« zu kennen, begreifen müssen, daß mit dem Automaten etwas nicht stimmte. Es hätte genügt, das Verhalten des Kaisers zu beobachten, um daraus logische Schlüsse zu ziehen. Der Kaiser war ein passionierter Schachspieler, er hätte demnach mit Leidenschaft versuchen müssen, das Spiel zu gewinnen. Doch was tat er?

»Nach drei, vier Zügen« hörte das Spiel auf, ihn zu interessieren, er begann den verborgenen Spieler zu reizen, brachte ihn zur Weißglut.[25] Mehr noch, der Kaiser machte nicht nur »irreführende Fehlzüge«, sondern gab (Maelzel und dem Spieler) zu verstehen, daß er das durch Magneten unterstützte System, das den im Gehäuse verborgenen Schachspieler über den Verlauf des Spiels informierte, durchschaut hatte. Er begann seinerseits auf dem Schachbrett mit dem Magneteffekt zu spielen und irritierte somit den Gegner. Kein Wunder, daß der im Kasten eingeschlossene österreichische Großmeister Allgaier die Nerven verlor.

Es existiert auch noch die Version, daß Napoleon in Wien dreimal gegen den »Türken« angetreten sei. Bis heute findet sich in einigen wissenschaftlichen Arbeiten die angeblich authentische Aufzeichnung jener Partie, in der Bonaparte durch den Android in achtzehn Zügen mattgesetzt worden sei. Die Autoren berufen sich auf Maelzels Memoiren, in denen er obendrein behauptete, nicht der Automat, sondern Napoleon habe im Zorn über die Niederlage die Figuren vom Brett gefegt. Wissend, das Maelzel ein Lügner war (u.a. hat er sich fälschlicherweise für den Erfinder des Schachautomaten ausgegeben) und eingedenk dessen, daß Napoleon sich in Wien mit Hilfe des Magneten über ihn lustig gemacht hat, kann man wohl den Bericht des Österreichers ins Reich der Fabeln verweisen. Selbst wenn es stimmen sollte, daß Bonaparte in Wien irgendeine Partie zu Ende gespielt hat, ändert dies nichts an der Tatsache, daß er durch sein Verhalten beim ersten Spiel deutlich demonstriert hat, daß er das Geheimnis kannte. Constant hat den Wortlaut der »Gratulation« nicht zitiert, aber man kann sich den Spott vorstellen, mit dem Bonaparte Maelzel zu verstehen gegeben hat, daß er zwar Kammerdiener zum Narren halten könne, aber keine Monarchen.

Kurz nach der Vorführung in Wien hat Maelzel den »Türken« für dreißigtausend Franken an den Vizekönig von Italien und Erben Napoleons, Eugène de Beauharnais, verkauft. Das war sehr viel Geld, aber weniger, als man an einem Androiden verdient, der so etwas wie ein Huhn war, das goldene Eier legt. Zweifelsohne wurde der Österreicher zum Verkauf der Maschine an Bonapartes Familie gezwungen, genaugenommen an Napoleon persönlich, der dieses Andenken nach dem Attentat in Szamotuły zu besitzen wünschte. Aus verständlichen Gründen konnte der Kaiser nicht als eigentlicher Käufer auftreten und schob statt dessen den Sohn seiner ersten Frau vor.[26]

Nach dem Sturz Napoleons verblieb der Automat in der Casa Bonaparte in Mailand, danach kam er an den bayrischen Königshof.[27] Er wurde nicht länger benutzt, denn niemand am Hof wußte, daß der »Türke« ein falscher Android war. Und der entthronte und auf die Insel St. Helena verbannte Kaiser hatte keinen Zugriff auf ihn. Aber Maelzel konnte ihn gebrauchen, und es bereitete ihm keine besonderen Schwierigkeiten, den Automaten 1817 zurückzukaufen. Danach bereiste er mit ihm die europäischen Hauptstädte und verdiente viel Geld. Mehrere exzellente Schachspieler arbeiteten mit ihm zusammen und saßen in dem Kasten. Einer von ihnen, der berühmte Mouret, den er 1820 engagierte, bereitete ihm viele Unannehmlichkeiten. In einer deutschen Kleinstadt schrie ein neidischer Quacksalber, dem wegen Maelzels Vorführung die Patienten ausblieben, mitten im Spiel: »Es brennt!« Der erschrockene Mouret machte Anstalten, aus dem Gehäuse zu fliehen, doch der geistesgegenwärtige Österreicher zog rasch eine schwere Portiere davor, so daß das Geheimnis des »Türken« gewahrt blieb. Doch etliche Jahre später hat sich Mouret, der schon vorher wegen seiner Trunksucht von Maelzel entlassen worden war, im angesäuselten Zustand verplappert. Eine französische Zeitschrift offenbarte 1834 das Geheimnis der Öffentlichkeit, das bis dahin lediglich einem engen Kreis Eingeweihter bekannt gewesen war. Auf diese Weise kam die Erfindung zu einer Zirkusnummer herunter.[28]

Maelzel focht das nicht weiter an, da er sich seit 1826 mit dem »Türken« in Amerika befand, wo er auf Kosten des in der Kiste befindlichen ausgezeichneten Schachspielers Wilhelm Schlumberger große Erfolge feierte. 1836 entdeckte der illustre amerikanische Schriftsteller Edgar Allan Poe das Geheimnis des Automaten und gab es der Öffentlichkeit zur Kenntnis. Wenig später starb Maelzel, und der »Türke« begann die Besitzer, meist Privatpersonen, zu wechseln, bis er schließlich am 8. Juli des Jahres 1854 bei einem Brand in Philadelphia den Flammen zum Opfer fiel.[29]

Der ganzen ungewöhnlichen Geschichte dieser Maschine, die um ein Haar eine Schlüsselrolle in der Geschichte des europäischen Kontinents gespielt hätte, war eine »philadelphische« Komponente immanent. Der erste echte Androide in der Geschichte gehörte Ptolemäus PHILADELPH. Der berühmteste (wenn auch falsche) Android in der Geschichte bot Anlaß für die Liquidierung der Verschwörerorganisation der PHILADELPHEN. Gleichsam als Bestrafung fand der automatische Schachspieler in der Stadt PHILADELPHIA den Flammentod.

Benjamin Bathursts »Reinkarnation«

Kehren wir zurück zu unserem Helden und ins Jahr 1806. Die offizielle Version zu Bathursts rätselhaftem Verschwinden, die man in fast allen Enzyklopädien finden kann, lautet:

Auf dem Wege zwischen Berlin und Hamburg ermordet. Diese Version hat nur ein kleines Manko, nämlich keine sie stützenden Beweise, denn man hat weder den Leichnam des angeblich Erschlagenen noch dessen Mörder gefunden. Die Version, die ich nach Einsichtnahme in Benjamins Brief an Diaz anzubieten habe und die ich für die einzig mögliche halte, ist die: Bathurst hat eine seltsame »Reinkarnation« inszeniert, er ist untergetaucht und hat ein zweites Leben angefangen.

Die Bibliographie zu Bathursts Verschwinden besteht aus nur wenigen Positionen.[30] Eine Synthese dieser Arbeiten führten Thompson und Padover durch und faßten alle Feststellungen in einer kurzen Skizze zusammen.[31] Ich zitiere sie ungekürzt und unterbreche sie nur an manchen Stellen, um sie mit einem Kommentar oder Einspruch zu versehen.

»Die Affäre um Bathurst ist eines der verworrensten Rätsel, das uns die Geschichte hinterlassen hat. Sie hat die Aufmerksamkeit zweier Geheimdienst-Generationen gefesselt. Kurz vor der Niederlage der Österreicher bei Wagram wurde Benjamin Bathurst zum britischen Botschafter in Wien ernannt.[32] Kurz nach seiner Ankunft in der französischen Vertretung zwang Frankreich Österreich, den britischen Verbündeten den Laufpaß zu geben und einen Friedensvertrag zu unterzeichnen. Bathurst blieb in dieser Situation nichts anderes übrig, als gleich wieder die Koffer zu packen und abzureisen. Er begab sich auf den Weg nach Norden, in Richtung Preußen[33], in Begleitung nur eines Dieners sowie eines Kuriers namens Krause. Die ganze Zeit über war er voller Angst, die nahezu an Panik grenzte.«

An dieser Stelle unterbreche ich zum erstenmal. Das Bild des vor Angst wie ein Kaninchen zitternden und die ganze Zeit über greinenden Benjamin Bathurst kann mich nur amüsieren. Das hat nichts mit meiner Kenntnis des Memorials zu tun, sondern mit der Logik. Seit wann ernannten die Engländer Männer mit dem Nervenkostüm einer Jungfrau zu Obersten und schickten sie als Botschafter in die Hauptstädte von Kaiserreichen, mit denen sie obendrein Krieg führten? Geht man allerdings davon aus, daß Bathurst sein persönliches Verschwinden geplant hat, braucht man sich über nichts zu wundern. Besser hätte er eine Atmosphäre der Bedrohung nicht demonstrieren können, als mit dem nicht allzu schwierig vorzutäuschendem Gewimmer eines eingeschüchterten Grünschnabels. Kehren wir zurück zu Thompson und Padover:

»Dieser Gemütszustand ist um so weniger verständlich, als Bathurst doch fabelhaft verkleidet als Kaufmann namens Koch nach Hamburg reiste.«

Zum zweitenmal unterbrechen wir, denn es taucht da ein sehr absonderliches Element auf. Es geht hier nicht um die Verkleidung (daß er das hervorragend konnte, wissen wir), die war einfach ein Teil der »Horrorszene«, die Benjamin inszeniert hat. Höchst bemerkenswert, ja, von kapitaler Bedeutung ist eher der falsche Name. Ein Mensch, der eine Zeitlang einen anderen Namen in einem fremden Land annehmen will, stellt sich nicht irgendeinen aus beliebigen Buchstaben zusammen, sondern wählt einen ihm bekannten, schon mal gehörten oder gelesenen Namen. Ich bitte die Leser, sich zu erinnern, wie der Besitzer des Berliner Gasthofs hieß, in dem Bathurst im November 1806 wohnte.

Nun weiter im Text.

»Man weiß absolut nichts über den ersten Teil seiner Reise, die etwa zwei, drei Tage dauerte. Am 25. November hielt der angstschlotternde Bathurst vor der Post in Perleberg, einem kleinen mecklenburgischen Städtchen, und bat den Ortskommandanten, Hauptmann von Klitzing, um Schutz. Hat er Klitzing den Grund seines Anliegens genannt? Man weiß es nicht. Bekannt ist nur, daß ihm Hilfe zuteil wurde in Gestalt zweier Wachposten. Am nächsten Morgen, eine Stunde vor dem feststehenden Abreisetermin, entließ Bathurst seine Beschützer und begab sich in den Stall, um nach den Pferden zu schauen. Danach ward er nicht mehr gesehen.«

Seltsam. Der unentwegt vor Angst zitternde Bathurst schickt plötzlich seine Leibwächter fort? Wenn man aber der Version von der beabsichtigten »Wiederauferstehung« folgt, ist die Angelegenheit nicht mehr so seltsam. Doch lesen wir, was Thompson und Padover weiter dazu schreiben:

»Nachdem Klitzing von Bathursts Verschwinden erfahren hatte, nahm er dessen Diener und den Kurier in Gewahrsam. Geschah das zu deren Schutz, oder wollte er sie unter Druck setzen? Auch das weiß man nicht. Am folgenden Tag fuhr Klitzing nach Berlin, um der Regierung Mitteilung zu machen. Nach seiner Rückkehr händigte er dem Kurier einen Reisepaß auf den Namen Krüger und ein Visum für Berlin aus. Ähnlich wie sein Herr verschwand Krüger spurlos. Drei Wochen später, am 16. Dezember, fanden zwei junge Frauen in einem Wald in der Nähe von Perleberg eine Männerhose, in deren Gesäßtasche sich ein Brief von Bathurst an seine Frau befand. In diesem Brief ist die Rede von der Gefahr, in der er schwebe und daß sein eventueller Tod dem in London lebenden französischen Grafen d'Antraigues anzulasten sei. Danach wurde der ganze Wald sorgfältig durchkämmt, doch weitere Spuren des jungen Botschafters waren nicht zu finden. Die Kunde von seinem Verschwinden drang wegen der zwischen dem Kontinent und Großbritannien erschwerten Verbindung erst Anfang Januar 1810 nach London. Darauf gab die *Morning Post* sofort bekannt, daß Bathurst zwischen Berlin und Hamburg von den Franzosen ermordet worden sei.«[34]

Der obige Absatz enthält wertvolles Beweismaterial oder – wenn man so will – Material für Prämissen. Erstens, Bathurst wählte als Rückweg den gleichen Weg, auf dem er bereits 1806 mit seinem Kommando gereist war. Zweitens, er verschwand in der Gegend um Perleberg und hinterließ eine Spur im Wald, in dem er, wie wir aus dem Memorial wissen, in der Nacht vom 9. zum 10. November 1806 nachts einen Koffer mit preußischen Talern vergraben hatte. (Es handelt sich um einen Waldstreifen zwischen Lenz und Perleberg.) Das weckt sogleich den Verdacht, daß unser Held den Schatz gehoben hat, mit dessen Hilfe er ein neues Leben beginnen wollte.

Nun stellt sich die Frage: Was muß man tun, um die Welt glauben zu machen, man sei ermordet worden, wenn man weiß, daß der Leichnam des Ermordeten nicht gefunden wird? Eine der Möglichkeiten ist natürlich, an irgendeiner entlegenen Stelle seine Beinkleider und einen alles erklärenden Brief zu hinterlassen.[35] Mit diesem Brief löste Bathurst gleich mehrere Probleme: Er verabschiedete sich von seiner Frau, wie es sich für einen Gentleman gehört, machte die ihm Nachstellenden seinen Tod glauben und kompromittierte d'Antraigues. Zwar nannte er einen Franzosen als Mörder, doch der stand mit den Engländern in Verbindung. An die von der *Morning Post* verbreitete Version vom Mord, den ein Soldat der Großen Armee verübt haben soll, glaubte im übrigen niemand, was auch in Thompsons und Padovers Arbeit zum Ausdruck kommt:

»Die Hypothese, daß ein Franzose der Mörder gewesen sei, war völlig unbegründet, es gab nicht die Spur eines Beweises, auf den sie sich hätten stützen können. Das war ganz einfach ein politisches Manöver. Obwohl die preußische Regierung eine hohe Belohnung für das Auffinden des Leichnams ausgesetzt hatte, endete die Suchaktion erfolglos.«

Ein Jahr darauf fuhr Mrs. Bathurst[36], versehen mit einem Sonderpaß von Napoleon, zusammen mit ihrem Bruder Benjamin nach Perleberg. Der französische Botschafter Saint-Marson erwies ihnen weitestgehende Unterstützung bei den Nachforschungen, die aber ebenso erfolglos blieben wie die vorangegangenen. Daraufhin begab sich Lady Bathurst, in der Vermutung, die Franzosen könnten Näheres wissen, nach Paris und wurde dort von Außenminister Champagny sowie dem Polizeiminister Savary empfangen, die allerdings keine Auskunft geben konnten. So wandte sie sich dann an den

Kaiser persönlich, der ihr sein Ehrenwort gab, vom Schicksal ihres Mannes keine Ahnung zu haben. Die Franzosen waren überzeugt, daß nur die britische Regierung zu diesem Fall etwas sagen konnte, womit sie, so scheint es, recht hatten.«

Ich glaube allerdings etwas anderes, nämlich, daß keine der Regierungen in die Angelegenheit eingeweiht war, sondern der einzige Franzose, der Auskunft über das Verschwinden Benjamin Bathurst hätte geben können, Karl Ludwig Schulmeister war. Denn wer sollte jener »alte Freund« gewesen sein, den Benjamin in seinem Brief an Diaz erwähnte und der ihm in Wien Hilfe gewährt habe und der »in diesen Dingen mächtiger ist als die beiden Kaiser mitsamt dem Zaren«? Der einzige derzeit so mächtige Mann in Europa war der napoleonische Topagent, der im Jahre 1809 im französisch besetzten Wien die Funktion eines General-Polizeikommissars versah. Die beiden »Mitglieder des Clans« empfanden, wenn sie sich auch verbissene Duelle lieferten und sich später brieflich beharkten, einige Sympathie füreinander (das kann man zwischen den Zeilen dieser Briefe lesen), was bei ihren gemeinsamen Auffassungen nicht verwunderlich war, besonders wenn es gegen Castlereagh ging. Ohne Schulmeisters Hilfe oder wenigstens Billigung wären Bathursts Bewegungsmöglichkeiten auf dem Kontinent und die Vorbereitungen für den Racheakt an Castlereagh doch sehr eingeschränkt gewesen.

Kehren wir aber wieder zu Thompson und Padover zurück:

»Etwa vierzig Jahre später, im Jahre 1852, fuhr Bathursts Schwester, Mrs. Thistlewayte, nach Perleberg und fand in den Fundamenten eines der alten Häuser ein Skelett, das sie mit Bestimmtheit als die Überreste ihres Bruders identifizierte. Wenn man die Zeitspanne berücksichtigt, ist die Wahrscheinlichkeit, daß die Lady sich *nicht* geirrt hat, sehr gering. Was war Bathurst zugestoßen? Dieses Rätsel wird wahrscheinlich niemals erhellt werden, es gibt nur Anlaß zu gewissen Spekulationen. Ein politisches Verbrechen – soviel steht fest. Ein höchstwahrscheinlich von preußischen Patrioten verübtes Verbrechen.

Die Hintergründe der Affäre bleiben im dunkeln. Der Tilsiter Frieden machte Preußen praktisch zu einer französischen Provinz, deshalb beschlossen viele preußische Patrioten, einen Vergeltungskampf, einen Kampf um die Unabhängigkeit zu führen. 1809 legte Oberst von Kleist dem Engländer Canning den Plan für eine Revolte in Norddeutschland vor und bat die englische Flotte an der Elbemündung um Unterstützung. London schickte einen Deutschen, einen gewissen Mainburg, zu Kleist. Mainburg, der dreißigtausend Pfund Sterling bei sich führte, hatte die Weisung erhalten, die Stimmung in der preußischen Regierung zu sondieren. Falls die Regierung Kleists Plänen zustimmen sollte, war England bereit, Garantien ›seines guten Willens und der Unterstützung‹ zu geben. Mainburg informierte Canning, daß ein großer Kreis ranghöchster Offiziere, unter ihnen Blücher und Gneisenau, Kleist unterstützten, sogar König Friedrich Wilhelm III., der jedoch bemüht war, dies nicht allzu öffentlich werden zu lassen. Gleichzeitig äußerte Mainburg hinsichtlich der Person Kleists Bedenken. Seiner Meinung nach war der Oberst nichts weiter als ein ränkesüchtiger, eitler Schwätzer.

In diesem Moment betrat Bathurst die Szene. Auf dem Weg nach Wien knüpfte er in Berlin Kontakte zu den Offizieren der Verschwörergruppe. Von ihm erhielt Mainburg ergänzende Instruktionen. Damit wären die Fäden der Affäre Bathurst zwischen Berlin und London gezogen. Es ist anzunehmen, daß London viel, wenn nicht alles über Bathursts Schicksal wußte.

Während Mainburgs Mission wurde auf sein Anraten das britische Parlamentsmitglied George Galway Mills zum Konsul von Großbritannien in Berlin ernannt. Interessant ist, daß Mills' Korrespondenz vom Dezember 1809 und Januar 1810 (also vom Zeitpunkt des Verschwindens von Bathurst und den ersten Nachforschungen) in den britischen Archiven nicht mehr auffindbar ist.«

Hier haben Thompson und Padover recht. Eine für politische Spionage-Affären großen Kalibers charakteristische Erscheinung ist nicht nur das Beseitigen von Dokumenten aus den Archiven, sondern auch das Jonglieren damit in geradezu artistischer Manier[37] und die Fortsetzung der Camouflage zig oder gar hundert Jahre später, selbst wenn man sich nur schwer vorstellen kann, warum die verblaßten Angelegenheiten immer noch Leidenschaften und Schrecken wecken. Tejada wußte, daß ich den Inhalt des Memorials veröffentlichen wollte, und er war damit einverstanden. Warum erst jetzt? Warum hat er es nicht selbst getan? Warum wahrte er sein Inkognito? Warum hat er mich auch nicht einen Augenblick mit den Dokumenten allein gelassen?[38]

Kehren wir zu Thompsons und Padovers Text zurück:

»Es fand sich nur ein privater Brief von Mills, der wesentliche Details des Falls enthielt. Fünf Tage vor seiner Ankunft in Perleberg verbrachte Bathurst eine kurze Zeit in Berlin, dennoch hat er Mills nicht besucht, obgleich dieser auf ihn gewartet hatte. Mills versuchte dieses Versäumnis mit Bathursts alarmierendem Gesundheitszustand und seiner psychischen Verfassung zu erklären.«

Ich würde die Erklärung dieses Umstandes eher woanders suchen. Wie ich bereits schrieb, war es in England nicht üblich, höchste diplomatische Ämter psychisch kranken, unausgeglichenen und ängstlichen Hysterikern anzuvertrauen. Mills war ein intelligenter Mensch und guter Diplomat, höchstwahrscheinlich kannte er seinen Amtskollegen. Es wäre wohl nicht gut möglich gewesen, ihm unter vier Augen ein Nervenbündel vorzuspielen. Bathurst wollte eine solche Konfrontation lieber nicht riskieren.

Woher Mills vom »alarmierenden Gesundheitszustand« seines Kollegen Kenntnis hatte, erfahren wir aus einem weiteren Abschnitt in Thompsons und Padovers Aufzeichnungen:

»Über das fatale Befinden seines Herrn wurden Mills und ein preußischer Arzt von Krause ins Bild gesetzt, der kurz darauf nach Berlin verschwand.«

Krause war meiner Meinung nach Schulmeisters Agent und wurde Bathurst als Begleitperson zugeteilt. Er hatte den Engländer nach Perleberg gebracht, sein Verschwinden ermöglicht und war anschließend nach Berlin zurückgekehrt, wo er den Unsinn von der Panik und Hysterie seines Herren verbreitete (alle diese Informationen stammen fast ausnahmslos von Krause). Damit war seine Rolle auch schon beendet. Gleich danach verschwand er auf Nimmerwiedersehen.

»Nachdem er Krause befragt hatte, fuhr Mills nach Perleberg und schickte Mainburg am 20. Dezember mit einem Rapport nach London. Erst nach diesem Rapport war in der *Morning Post* zu lesen, Bathurst sei von den Franzosen ermordet worden.[39] Aus Gründen, die sicherlich nur dem Foreign Office bekannt sein dürften, verschwanden jener Rapport und Krauses Aussagen. Höchstwahrscheinlich wollten die Regierungen Englands und Preußens auf diese Weise jemanden decken. Als ein britischer Agent und Freund des verschwundenen Bathurst sich nach Perleberg begab, um private Nachforschungen anzustellen, verbot ihm Mills dieses und befahl ihm zurückzukehren.

Es ist zweifelhaft, daß Bathurst wegen der Depesche ermordet wurde, die sein Kurier Krause bei sich hatte. Auch Selbstmord entfällt, denn man fand ja keinen Leichnam. Auch die Franzosen hatten dabei ihre Hände nicht im Spiel, denn nicht sie, sondern die britische Regierung[40] war bemüht, die Affäre zu vertuschen. So drängt sich nur eine Erklärung auf: Der junge Diplomat ist auf Geheiß von Kleists ›Preußischem Bund‹ ermordet worden. Vielleicht war Bathurst ein Mitglied dieser Vereinigung und hat an ihren Sitzungen teilgenommen? Wenn die Verschwörer seinen psychischen Zustand gesehen haben, mußten sie zu Recht befürchten, daß er seine Zunge nicht im Zaume halten, das Geheimnis verraten und somit für sie gefährlich werden könnte. Nachdem Napoleon von der Verschwörung erfahren hatte, erteilte er den Preußen natürlich Order, die Verschwörer streng zu bestrafen. Falls diese These stimmte, dann nimmt es nicht wunder, daß Berlin London um Verschwiegenheit bat. Es wird schwer sein, eine plausiblere Erklärung des Geheimnisses zu finden.«

Soweit Thompson und Padover. Zunächst haben sie gewissenhaft ihren Kenntnisstand über Bathursts Verschwinden zu Protokoll gegeben, doch gegen Ende ließen sie ihrer Phantasie freien Lauf, fischten im trüben, um partout irgendeine Erklärung zu finden. Sie tischten dann eine ziemlich unausgegorene These auf. Es gibt jedoch keinerlei Anhaltspunkte, die darauf schließen lassen könnten, Bathurst habe zur preußischen Verschwörung gehört. Sollte ein britischer Botschafter in Wien Mitglied einer jener Bünde junger preußischer Offiziere gewesen sein, in deren Köpfen nationalromantische Ideen spukten und die von Polizei und Spionageabwehr des Kaiserreiches erbittert bekämpft wurden?! Das klingt doch wie ein Witz aus einem schlechten Kabarett![41]

Einen Sinn machen nur zwei Möglichkeiten. Entweder hat Castlereagh auch Bathurst im Zuge der Liquidierung aller Mitverschwörer der Operation »Schachspieler« ermordet, oder Bathurst hat seine »Wiederauferstehung« vorgenommen, um Castlereagh in Sicherheit zu wiegen und ungestört Vorkehrungen zur Vergeltung zu treffen. Ich habe keine Zweifel, daß die zweite Version die richtige ist und Antwort gibt auf das große Fragezeichen, mit dem die Historiker das geheimnisvolle Verschwinden Mr. Bathursts versehen haben. Ich pflichte Napoleon bei, der einmal gesagt hat, die Enthüllung eines Geheimnisses sei ein Demaskieren des Schönen. Da ich nun aber die Gelegenheit hatte, mich mit dem Inhalt des Memorials vertraut zu machen, kann ich nicht umhin, denselben preiszugeben. Thompson, Padover und viele andere irrten sich, als sie schrieben: »Dieses Rätsel wird höchstwahrscheinlich niemals gelöst werden.«

Der Todesreigen

Wir kennen nicht alle Glieder des Todesreigens, die Castlereagh nach dem Scheitern der Operation »Schachspieler« aneinanderreihte. Nacheinander wurden alle Leute beseitigt, die irgendwas zu diesem Thema wußten. Authentische Dokumente wurden vernichtet, falsche angefertigt usw. Es verschwanden Bonnet de Martagnes, Stapleton, Mrs. und Miss Gibson, Gimel, Robersohn und andere, deren Namen wir nicht kennen.

Nach Bathursts Verschwinden war die Situation so gespannt, daß selbst sehr Arglose begriffen, was ihnen drohte. »Jean-Bart« flüchtete nach Schweden. Nicht allen gelang es jedoch, zu fliehen oder sich zu schützen. Im Jahre 1810 starb Baring. Im selben Jahr nahm sich Hester Pitt-Stanhope Benjamins Rat zu Herzen und floh »bis ans Ende der Welt«, nach Syrien, wo sie in einem befestigten, Tag und Nacht bewachten Kastell bis zu ihrem Lebensende verblieb. 1812 wurden innerhalb zweier Monate Perceval und d'Antraigues in London ermordet. Die beiden Morde waren jeder für sich eine ungeheure Sensation.

Am 11. Mai 1812 wurde der Premier der britischen Regierung, Spencer Perceval, beim Betreten des Unterhauses von einem gewissen Bellingham, einem Exbeamten des Finanzministeriums, durch Pistolenschuß tödlich getroffen. Der Attentäter wurde festgenommen, abgeurteilt und hingerichtet, doch es wurde niemals offenbar, was und wer ihn zu dieser Tat bewogen hat. Als Grund nannte Bellingham Haßgefühle gegenüber dem Premier, dem er die Schuld an seinem beruflichen Scheitern gab. Der Mann war vermutlich psychisch unausgeglichen, mithin ein idealer potentieller Mörder, den man nur geschickt zu manipulieren brauchte. Diese bis dahin erste und einzige Ermordung eines britischen Premiers wurde von Zeitgenossen und Nachgeborenen als »völlig sinnlos« erachtet. Wenn man jedoch etwas über die Operation »Schachspieler« weiß, ist diese Meinung schwer aufrechtzuerhalten. Dieser Mord war sehr wohl sinnvoll und nicht das letzte Glied in einer Kette.

Percevals Ermordung war ohne Zweifel von d'Antraigues arrangiert worden.[42] Ich habe es bisher versäumt, diesen Mann vorzustellen: Louis Emanuel de Launai, Graf von Antraigues, wurde im Jahre 1753 mit hervorragenden Eigenschaften als Spion und Intrigant geboren. In der Revolutions- und Kaiserzeit brillierte er in zahllosen Affären und arbeitete unermüdlich für mehrere Geheimdienste. 1806 ließ er sich bekanntlich in London nieder und lebte sechs Jahre in der Stadt an der Themse, wo er Honorare von Canning, Castlereagh, den Russen und den Österreichern bezog, mal von rechts, mal von links, wann immer es sich ergab. Das Geheimnis des »Schachspielers« verriet er nicht, da er wußte, was er damit riskieren würde. Dennoch kam er nicht davon, denn seiner Bestimmung kann man nicht entrinnen.

In einer der besten Antraigues-Biographien lesen wir, daß ein orientalischer Wahrsager dem Grafen während einer Reise durch Ägypten im Jahre 1779 prophezeit hatte: »Du wirst in dieser Welt entehrt werden, deine Frauen werden dich betrügen und deine Bastarde dich ermorden.[43] Eine Version dieser Prophezeiung, die der Fürst de Castries lieferte, ist kürzer: »Du wirst in dieser Welt entehrt und ermordet werden.«[44]

Am 22. Juli 1812 verließ die Familie d'Antraigues ihr vorstädtisches Anwesen Barnes Terrace und begab sich nach London. Die Ehefrau saß bereits in der Kutsche, der Graf kam die Treppen herunter, um ebenfalls einzusteigen. In diesem Augenblick jagte ihm der drei Monate zuvor engagierte und tags zuvor entlassene Diener, ein Italiener namens Lorenzo, aus einer Entfernung von einigen Metern eine Kugel gegen den Kopf, die jedoch nur seine Haare streifte. Den Schock des Grafen nutzend, eilte Lorenzo in des Grafen Zimmer, zog ein Stilett aus einer Ritterrüstung, lief zurück und stieß die Klinge in das Herz seines Opfers. Danach erdolchte er die Gräfin d'Antraigues und tötete anschließend sich selbst, indem er sich eine Kugel in den Kopf schoß. D'Antraigues war nicht sofort tot. Er konnte sich noch in sein Arbeitszimmer schleppen, um irgendwelche Papiere zu vernichten, dann stürzte er auf sein Bett und starb zwanzig Minuten später.

Und abermals, wie in Percevals Fall, verbreitete man zunächst die These: Mord aus Rache, verübt von einem Geisteskranken. Nur glaubte diesmal niemand daran, man wollte sich nicht wieder lächerlich machen. Lorenzo fand man mit durchschossenem Kopf, neben der Pistole, daher lag der Verdacht auf Selbstmord nahe, doch Zeugen für diesen Selbstmord gab es nicht. Bekanntlich muß ein Schuß in den Kopf nicht immer das Werk des Trägers dieses Kopfes sein. Meistens erledigt das ein anderer.

Die Geschichtsschreibung kennt einige weitere für wahrscheinlich gehaltene Motivversionen bezüglich d'Antraigues' Ermordung: Ein Vergeltungsakt eines der von ihm hinters Licht geführten Geheimdienste (des englischen, österreichischen, russischen oder französischen), die Tat royalistischer Emigranten auf Geheiß Ludwigs XVIII., den die früheren Kontakte zu d'Antraigues kompromittierten, oder die Rache einer Geheimorganisation, vielleicht der Freimaurer, denen der Graf angehörte[45], usw.

Für mich gibt es nur zwei Möglichkeiten: Bathurst tat es aus Rache oder Castlereagh, weil er ein Werkzeug beseitigen mußte, das zu viel wußte.

Die erste Version ist denkbar (Lorenzo war ein Deserteur der französischen Armee in Spanien), doch scheint sie wenig wahrscheinlich. Ich glaube eher, Castlereagh hat den Mord organisiert, weil er an der Loyalität des Grafen zweifelte und auch befürchten mußte, d'Antraigues könne irgendwelche Hinweise auf die Operation »Schachspieler« in seinen Schriften hinterlassen. Eine Enthüllung des Geheimnisses hätte ein für allemal einen Schlußstrich unter Castlereaghs politische Karriere gezogen. Mehrere Male drangen »Einbrecher« in d'Antraigues' Haus ein (laut Pingauds Aussagen bereits zum erstenmal im Juli 1807) und suchten nach irgendwelchen Dokumenten. Man legte auch Feuer in seinem Arbeitszimmer, und nur durch Zufall konnte sein Freund, der Journalist Peltier, die dort befindlichen Papiere retten. Soviel zu d'Antraigues.

»Jean-Bart«, jener »gefährlichste Haudegen Europas«, dessen Name nicht eindeutig feststellbar ist, konnte seinem Schicksal ebenfalls nicht entrinnen. Bernadotte verbannte ihn wegen seiner Untergrundaktivitäten aus Schweden. Das Schiff, mit dem der des Landes Verwiesene den Sund überquerte, wurde von einer englischen Fregatte überwältigt. »Jean-Bart« konnte sich jedoch retten oder wurde freigelassen, als er glaubhaft machen konnte, ein royalistischer Agent zu sein. Doch schon allein die Tatsache, daß man ihn identifiziert hatte, war den Verfolgern Grund genug, ihn im Auge zu behalten. Zum letztenmal wurde er 1813 im Stab eines schwedischen Generals in Finnland gesichtet, danach blieb er verschwunden. Entweder war er von Castlereaghs Häschern ermordet worden, oder er hat eine »Auferstehung« im Stile Bathursts vorgenommen. Es ist mir nichts zu diesem Thema bekannt, aber es würde mich nicht wundern, wenn mir jemand erzählen würde, daß »Jean-Bart« und Bathurst miteinander gesprochen haben (vielleicht durch Schulmeisters Vermittlung) und daß der erste vom zweiten unterwiesen wurde, wie man spurlos verschwindet (vielleicht auch ohne Brief in der Hosentasche).

De Tilly[46] setzte seinem Leben, nachdem er eine Vielzahl schlimmster Gemeinheiten verübt hatte, am 23. Dezember

1816 in Brüssel durch Selbstmord ein Ende, als ihm ein Falschspiel nachgewiesen worden war. Hier wäre ich eher geneigt, Bathursts Hand im Spiel zu sehen, weil er ja Diaz geschworen hatte, sich auf ebendiese Weise zu rächen – indem er ihn zum Selbstmord zwang.

Der vorletzte Tod als Folge der Operation »Schachspieler« war der Mord an »Kalif«.[47] Der mit Bathurst und Diaz in Verbindung stehende Badia Castillo y Leblich mußte gewußt haben, was ihm drohte, und war deshalb verstärkt um eine Mission außerhalb Europas bemüht. Er erhielt sie im Jahre 1817 vom bourbonischen Geheimdienst und fuhr nach Arabien. Im August 1818 erkrankte er auf dem Weg nach Mekka so schwer, daß er in der Nacht vom 30. zum 31. August in Kelaat el Belka in der syrischen Wüste verstarb. Vor seinem Ableben verbrannte er alle Unterlagen, die er mit sich führte, und erklärte der Dienerschaft, man habe ihn vergiftet. Aus seinem Brief an den französischen Konsul Regnault (vom 23. August 1818) geht hervor, daß der unmittelbare Giftmischer der »große spanische Mönch«, ein Freund der »Megäre«, das heißt der Ehefrau des Arztes Chaboseau, gewesen sei, der Leblich behandelt hat. Lady Stanhope, die mit ihm in Verbindung stand (wahrscheinlich wegen Bathursts Verschwinden), war überzeugt, daß die Engländer ihn vergiftet hatten und versuchte, dies zu beweisen.[48] Doch ohne Erfolg. Der Fall interessierte sie aus dem Grunde so sehr, weil auch ihr der Tod von dieser Seite drohte, denn sie hatte ja ursprünglich die Idee von Napoleons Entführung gehabt.

Noch eine weitere Frage drängt sich auf: Wieso ist der dritte im Bund bei der Operation »Schachspieler«, Henry Bathurst, in den Jahren 1812–1827 Kolonialminister und bis 1830 Vorsitzender des Geheimen Rates, verstorben im Jahre 1834, dieser Hekatombe heil entronnen? Als Castlereagh Perceval ermorden ließ, machte er doch deutlich, daß er niemanden verschonen würde. So kann die Antwort nur lauten: Nach Percevals Tod begriff Bathurst, was auch ihm drohte. Bei der ersten besten Gelegenheit wandte er sich an seinen Kumpan mit etwa folgenden Worten:

Lieber Robert, falls mir etwas zustößt, na, du weißt schon, irgendein Unfall, eine plötzliche Krankheit, ein Schuß aus der Pistole eines Verrückten oder eine simple Grippe, so wird vierundzwanzig Stunden nach meinem Tod eine Beschreibung unserer großen politischen, ungesetzlich, weil hinter dem Rücken der Regierung Seiner Königlichen Majestät durchgeführten Verschwörung, an die entsprechende Stelle gelangen, versehen mit diversen peinlichen Details zu diesem Thema ... Alles Gute, lieber Robert!

Anders kann ich mir das nicht erklären, es sei denn, Castlereagh hatte es einfach nicht geschafft, seinen Amtskollegen zu liquidieren, da ihn bereits im Jahre 1822 die Rache des jüngeren Bathurst traf.

Eine wahrhaft grauenvolle Rache mit allen Zeichen der Vendetta, die so charakteristisch ist für die Mittelmeerländer, darunter auch für Sardinien, das heißt für die Gegend, aus der Benjamins Geliebte stammte. Einen Menschen zu erschießen oder zu vergiften ist einfach im Vergleich zu dem Meisterstück grausamer Vergeltung, das Benjamin Bathurst vollbracht hat. Ein Meisterstück, dessen Vorbereitung sehr viel Zeit und Mühe gekostet haben muß, aber dessen Endergebnis so teuflisch, so unglaublich war, daß mir der Leser, wenn ich mich nicht auf die offizielle englische Presse beziehen könnte, kaum Glauben schenken würde.

La Vendetta

Bathurst konnte seinen Racheakt nicht allein vorbereiten und realisieren. Dazu war er zu kompliziert. Vielleicht hat er Diaz mit herangezogen, »Jean-Bart« und Colqhoun Grant, höchstwahrscheinlich auch Wilson.[49] Selbst eine Beteiligung Schulmeisters würde ich nicht ausschließen, obwohl das alles nur

Vermutungen sind. Und wie üblich bei solchen Meisterstükken, sei es auf dem Gebiet der Literatur oder Politik, ist das Suchen nach einer Idee das schwierigste. Bathurst hat lange überlegt und gesucht. Sechzehn Jahre! In dieser Zeit hat sich Henry Robert Stewart, der zweite Marquis von Londonderry, einen Platz in der Geschichte als großer Lord Castlereagh gesichert.

1807, kurz nach der Operation »Schachspieler«, kamen die Tories wieder an die Macht. Castlereagh erhielt in der Regierung des Herzogs von Portland einen Posten als Kriegs- und Kolonialminister. Nach dem Duell mit Canning trat er 1809 zurück, um 1812 im Kabinett des Grafen von Liverpool den Sessel des Außenministers einzunehmen. Gleichzeitig übte er die Funktion des Chefs seiner Partei aus und gewann immer mehr an Einfluß, ja, wurde zum Motor der ganzen britischen Politik. Hervé beschrieb ihn in seinem Werk über Irland wie folgt: »Er war umsichtig, bedächtig, ausdauernd, aber es fehlte ihm an erhabenen Ansichten und ehrenhaften Gefühlen«.[50] Nun ja, das wissen wir bereits.

Castlereagh haßte Napoleon (auch das wissen wir) und setzte alles daran, ihn zu beseitigen. Vor allem seiner Initiative verdankte Napoleon Verbannung und lebenslängliche Haft auf der Insel St. Helena. Dort begab sich etwas höchst Absonderliches, das heute ein gefundenes Fressen für Okkultisten und Parapsychologen wäre. Kurz vor seinem Ende im Jahre 1821 vertraute Napoleon seinem englischen Arzt, Doktor Arnott an, er wisse genau, daß ihm bald Genugtuung widerfahren werde, denn sein Henker, Lord Castlereagh, dürfte in Kürze eines gewaltsames Todes sterben. Einige Monate später »ward aus diesen Worten Fleisch«. Der Stabsarzt, General und Historiker R. Brice hielt das für einen weiteren Beweis für Napoleons prophetische Gabe.[51] Für mich ist das eher ein weiterer Beweis für meine These, daß Wilson mit St. Helena in Kontakt gestanden und an der Verschwörung zur Befreiung des Kaisers teilgenommen hat. Möglicherweise haben er und Bathurst mit Hilfe einer englischen Familie einen Fluchtplan auf die Insel geschmuggelt, der in ausgehöhlten Schachfiguren versteckt war.[52] Vielleicht hat Napoleon aus der gleichen Quelle Kunde von der Gefahr erhalten, die Castlereagh drohte.

Auf dem Wiener Kongreß erwies sich Castlereagh als Feind der kleinen Staaten und liberaler Ideen, er schmiedete die Heilige Allianz und verbannte schließlich – wie schon erwähnt – den Kaiser in ein schmutziges Verließ voller Ratten auf dem Ozean, ungeachtet der Kritik selbst im eigenen Lande. Auch dort wurde er gehaßt: wegen der blutigen Niederschlagung des irischen Aufstandes, wegen des Blutbades in Peterloo und wegen der sogenannten Six-Acts (Knebelgesetze), die überaus strenge Maßregeln gegenüber den unteren Klassen einführten. Kein Wunder also, daß bei Bekanntwerden seines Selbstmordes vor Freude in einer Londoner Kirche die Glocken geläutet wurden und das Schwurgericht die Verursacher dieser Kundgebung freisprach.

Hervé beschreibt Castlereaghs Tod wie folgt:

»Zu Beginn des Monats August, wenige Tage vor Beendigung der Sitzungsperiode, breitete sich wie ein Lauffeuer die tragische Kunde aus: Castlereagh hat sich im Fieberwahn die Kehle durchgeschnitten, obwohl seine Familie, der Arzt und die Freunde ihn ständig bewachten und Schußwaffen, Messer und Rasierklingen außer Reichweite hielten. Unglücklicherweise hatte man ein Taschenmesser auf dem Nachttisch liegengelassen. Nur wenige Minuten des Alleinseins hatten genügt, daß der erfolgreichste Mann unter den englischen Staatsmännern, der allmächtige Minister, der auf dem Wiener Kongreß mit dem Zaren, dem Herrscher aller Reußen, auf einer Stufe stand, sein Leben beendete.«

Diese Version konnte man in allen Enzyklopädien, in historischen Abhandlungen und in Schulbüchern finden: »Der Minister für Auswärtige Angelegenheiten wollte sich gerade zu einem Kongreß nach Verona begeben, als er plötzlich in einem Anfall geistiger Umnachtung seinem Leben ein Ende setzte.« Ich hätte irgendeinen anderen beliebigen Autor zitieren können, der zu diesem Thema schrieb, doch ich habe nicht ohne Grund Hervés Bericht gewählt, weil sein Buch von Irland handelt. Es geht darum, daß Bathursts Racheakt, zu dem wir nachstehend noch kommen werden, gleichzeitig eine Vergeltung für die Unterdrückung Irlands war. Das offenbarte sich am Gegenstand, mit dem der Selbstmord verübt wurde, auf dessen Auswahl Bathurst keinen Einfluß haben konnte. Castlereagh war nämlich ein Ire, hatte aber sein Vaterland verraten und ihm die Unabhängigkeit geraubt, was ich im Kapitel 1 beschrieb. Der Führer des in einem Meer von Blut erstickten irischen Aufstands im Jahre 1798, Wolfe Tone[53], bat nach seiner Verhaftung im Gefängnis um die Gnade, erschossen statt erhängt zu werden. Als man ihm die Bitte abschlug, schnitt er sich in stoischer Ruhe mit einem Taschenmesser, das man übersehen hatte, die Kehle durch. Manche behaupten, die Geschichte selbst könne nicht tükkisch sein. Ich finde, sie ist es, besonders dann, wenn sie sich wiederholt.

Kehren wir zu Bathurst und der eigentlichen Todesursache von Castlereagh zurück. Eine längere Zeit war sie nur Eingeweihten wie seinen Biographen bekannt. Doch die Zeit verging, und 1973 legte eine der englischen Tageszeitungen die Karten auf den Tisch. Bevor ich dieses Blatt zitiere, versuche ich, die Reihenfolge der Bathurstschen Aktivitäten nachzuvollziehen.

Die Idee kam ihm vermutlich (ihm oder einem seiner Leute) bei der Erinnerung an das reizende Fräulein Gibson und das bezaubernde Liebesnest zwischen High Holborn und Oxford Street. Dann folgten Monate oder Jahre der Observation, die die Feststellung gestatteten, daß der inoffizielle Chef der Regierung eine Schwäche für junge Damen von – sagen wir es höflich – lockerem Lebenswandel hat, gemeine Straßendirnen inbegriffen. In seiner Zeit als Außenminister von

1811 bis 1822 war Castlereagh häufiger Gast der hübschen brünetten Harrietta Wilson.[54] Diese sogenannte leichte Dame war Besitzerin und Star des exklusivsten »öffentlichen« Hauses in London, das heimlich von der ganzen Regierungs- und Parlamentselite Großbritanniens, darunter Herzog Wellington, aufgesucht wurde. Das hatte ihm jedoch noch nicht genügt. Ich zitiere jetzt den *Observer* vom 27. Mai 1978:[55]

»Harrietta Wilson war nicht das einzige ›Call-girl‹, daß sich der Gunst des Außenministers erfreute. Wenn Castlereagh abends das Unterhaus verließ, nahm er von unterwegs Prostituierte mit, die er in sein Haus am St. James Square einlud.«

Genau das beschloß Bathurst auszunutzen. Die Sache war aber nicht ganz einfach. Er mußte eine »Bande niederträchtiger Erpresser« ködern, sie ihre Rolle lehren, sich als Maskenbildner betätigen – darin hatte er, wie wir wissen, einige Fertigkeiten –, den entsprechenden Ort ausfindig machen, die Zeit usw. Und dann ... Doch erteilen wir dem *Observer* das Wort, der Castlereaghs Ende wie folgt beschreibt:

»Unglücklicherweise war seine Schwäche der Erpresserbande nicht entgangen, die ihm eine Falle stellte. Man entdeckte ihn mit einem Individuum, das Castlereagh für ein weibliches Wesen gehalten hatte, das sich aber als verkleideter Mann entpuppte. Die Erpresser drohten dem Minister mit einer Anzeige wegen Päderastie, ein Vergehen, das damals unter Todesstrafe stand. Das war eine abscheuliche Intrige, denn Castlereagh hatte absolut keine homosexuellen Neigungen. Die Sache endete tragisch, da sich der Minister den Erpressern fügte. Als er diese Situation nicht mehr ertragen konnte, fuhr er zu seinem Landsitz in Kent und schnitt sich dort die Kehle durch.«

Wenn wir das Motiv der Rache außer acht lassen, entbehrt der obige Bericht in auffallender Weise jeglicher Logik. Es ist doch eine Binsenwahrheit, daß Erpresser, die eine so scheußliche Intrige inszeniert haben, darauf aus sind, Geld aus der Sache herauszuschlagen. Das wußte Castlereagh ebenfalls, das heißt, daß er gewöhnlichen Erpressern nur den Mund mit Geld zu stopfen brauchte, um dann seine Karriere fortsetzen zu können. Warum also hatte er Angst und gab auf? Er war doch hart im Nehmen, ein unerschrockener »Kämpfer«, sowohl im politischen wie im persönlichen Leben. Das blutige Pistolen-Duell mit Canning ist doch ein hinreichender Beweis. Überdies war er so »mächtig wie der Zar aller Reußen«, und gewöhnliche Erpresser mußten völlig ohne Verstand gewesen sein, wenn sie sich nicht darüber im klaren wären, daß sie gewissermaßen mit einem Knüppel gegen einen Tiger kämpften, wenn sie sich mit Castlereagh anlegten. Der Fall sieht aber gleich ganz anders aus, wenn wir von der Annahme ausgehen, daß es keine gewöhnlichen Erpresser gewesen waren, sondern Leute, die statt der Alternative: Anzeige oder Geld! eine anderslautende Forderung stellten, nämlich: Entweder du bringst dich um, oder wir bringen deine Neigungen an die Öffentlichkeit! Wer konnte ihn vor eine solche Wahl gestellt haben? Doch nur ein Rächer oder ein politischer Gegner, der ihn beseitigen wollte. Welcher politische Gegner wäre aber so hirnverbrannt gewesen, eine politische Affäre diesen Ausmaßes zu riskieren? Wenn die Sache herausgekommen wäre, hätte er selber Selbstmord verüben müssen. Bleibt also nur der Rächer.

Damit ist schon fast alles erklärt. Werfen wir noch einen Blick auf die letzte Tücke des Geschicks. Castlereagh, Napoleons verbissenster Feind, hatte in entscheidendem Maße Anteil an der brutalen Behandlung des »Kriegsgottes« durch die siegreiche Allianz. Die Tücke besteht darin, daß ausgerechnet Napoleon es war, der als erster Gesetzgeber in der Geschichte im Jahre 1810 die Bestrafung von Päderastie aufhob und dazu erklärte, mit dieser Anomalie müßten sich Mediziner und Psychologen befassen und nicht die Gesetzgeber. In England wurde die Todesstrafe wegen Homosexualität erst 1861 aufgehoben, daher konnte man im Jahre 1822 Castlereagh damit noch schrecken.

Epilog

Die erste Lektüre des Memorials von Benjamin Bathurst war für mich keineswegs angenehm, denn ich mußte den Text in einem unwahrscheinlichen Tempo abschreiben, fast ohne Zeit zum Überlegen, zum Übersetzen. Der Genuß stellte sich erst ein, als ich es literarisch zu überarbeiten begann. Ich machte mit meinem »Schachspieler« den langen Weg von London nach Szamotuły, fuhr mit der *Möwe* übers Meer, saß in Mirels Zirkuswagen, verliebte mich in Julia und schlief am Feuer neben Tom, Sij, Józef, Brian Heyter, Rufus Brown, Rigby und den Brüdern Diaz. Ich war in Gedanken mehr bei ihnen als bei der Abschrift des Memorials am Schreibtisch.

Da wir nun wieder beim Memorial angelangt sind, sollten wir uns fragen, wie es in die Hände eines Spaniers gelangte. Die erste Spur führt zu Manuel Diaz, und vielleicht ist das die Erklärung. Vielleicht geschah es auf Wilsons Veranlassung, der vor seinem Tod Gouverneur von Gibraltar war? Viele Fäden der Operation »Schachspieler« kreuzten sich nach dem Anschlag auf spanischem Gebiet (»Kalif«, Colqhoun Grant, Bardaxi Azara usw.). Tejada gab mir nur eine ausweichende Antwort. Sie ist im übrigen nicht so wichtig.

Weitaus wichtiger wäre mir eine Antwort auf die Frage: Wie verlief Benjamin Bathursts weiteres Schicksal nach 1809? Wo hat er gelebt? Mit wem? Wie und wann ist er gestorben? Vielleicht meldet sich jemand nach dem Lesen des Buches, der etwas zu diesem Thema weiß? Ich wäre ihm sehr dankbar dafür.

Da ich effektvoll schließen möchte, kann ich das nicht besser tun als mit den Worten Hamlets, die Bathurst so liebte:

»Der Himmel mache dich frei davon …
Du lebst: erkläre mich und meine Sache
denen, die es nicht fassen.«

Das hat er mir gesagt. Und ich gehorchte.

Warschau 1975

Ergänzende Kommentare

Viele Jahre sind seit der Niederschrift von *Schach dem Kaiser* vergangen und zehn Jahre seit Erscheinen der ersten Auflage. In dieser Zeit ist es mir nicht gelungen, neue Dokumente oder Informationen aufzutreiben, die in grundlegender Weise mein Wissen über die Operation »Schachspieler« bereichert hätten. Statt dessen kamen mir einige Bücher in die Hände, von deren Existenz ich während des Schreibens nichts wußte oder die damals noch nicht erschienen waren. Bücher, die ergänzende Einzelheiten enthielten und gewisse Aspekte des Themas erhellten. Die Details, die ich diesen Arbeiten entnahm, füge ich nachstehend in Form eines Nachtrags in gleicher Reihenfolge und Numerierung den vorangegangenen Kommentaren hinzu.

Der Doppelgänger von Gostyń

Zum Thema Stefan Błażewski gibt es keine neuen Erkenntnisse.

Die Philadelphen

In der Arbeit des bekanntesten polnischen »Freimaurer-Experten« noch aus der Zeit vor dem Kriege, Ludwik Hass, *Die Freimaurer-Bewegung in Mittel- und Osteuropa im XVIII. und XIX. Jahrhundert* (Breslau 1982) fand ich einen interessanten Hinweis auf Verbindungen zwischen den Philadelphen und russischen Zarenoffizieren. Unter anderem soll bereits 1803 ein Angestellter der russischen Botschaft, ein gewisser Piotr Diwow, zum Pariser Centre Orientale des Philadelphes gehört haben (notabene existierte auch ein antinapoleonischer Kreis polnischer Offiziere, der im Verein mit den Philadelphen gegen Napoleon konspirierte. Eine herausragende Rolle spielte dabei Oberst Feliks Potocki).

Ludwik Hass verweist auf das »radikalrepublikanische« Profil der philadelphischen Verschwörer, wenngleich er dem Ideengehalt in ihren Schriften »bürgerlich-demokratische und bürgerlich-nationale« Züge zubilligt. In einer anderen Arbeit, *Die Warschauer Freimaurerloge* (Warschau 1980), nannte er die Philadelphen sogar eine »französische antikaiserliche Verschwörergruppe der linken Freimaurerloge«. Ich meinerseits verweise nach wie vor auf eine royalistische Orientierung der philadelphischen Verschwörung, was im übrigen jakobinische Wurzeln seiner Teilnehmer nicht ausschließen muß, da, wie ich schon vorher unterstrich, viele Jakobiner damals für die bourbonischen Emigranten gearbeitet haben und von ihnen finanziert wurden.

Von Kempelens Android

In Jerzy Giżyckis Arbeit *Mit dem Schachbrett durch Länder und Zeiten* (Warschau 1972) findet sich neben Interessantem aus der Larousseschen Enzyklopädie über den in einem Automaten versteckten polnischen Flüchtling (Woroński, Wnorowski, Worowski; ich habe ihn bereits erwähnt), der ein Offizier des aufständischen Regiments in Riga im Jahre 1776 gewesen sein soll, auch eine Information von kapitaler Bedeutung:

»Viele Jahre hindurch war man der Überzeugung, daß das Originalexemplar des von Kempelen-Maelzelschen Automaten keineswegs erhalten geblieben war, auch keine seiner

Nachbildungen. Indes stieß im Jahre 1945 ein französischer Soldat der alliierten Besatzungstruppen beim Herumstöbern in den Trümmern eines von Bomben zerstörten Stadtteils von Wien zufällig im Keller eines alten Hauses auf die Figur des ›Türken‹ und das Gehäuse mitsamt dem Mechanismus. Der Automat war völlig zerstört, viele Konstruktionselemente, Kleidungsstücke, auch ergänzende Requisiten fehlten. Der Finder brachte später den ›Türken‹ nach Paris, wo der Automat nach gründlicher Instandsetzung auf dem Antiquitätenmarkt auftauchte. Derart repariert, erinnerte der Schachspieler an die legendäre Vergangenheit. Die Herkunft dieser Türkenfigur konnte nicht genau ermittelt werden, dennoch ist mit höchster Wahrscheinlichkeit anzunehmen, daß es einer der von Kempelenschen Automaten war, hergestellt von einem nicht näher bekannten Imitator.«

Mit weitaus größerer Wahrscheinlichkeit kann man aber annehmen, daß es sehr wohl eine Originalkopie von Kempelens war. Von irgendwelchen Nachahmern oder Imitatoren des »Türken« war bislang nichts bekannt gewesen. Demnach ist anzunehmen, daß »Jean-Bart« die Originalkopie und nicht das Original in Berlin an Bathurst verkauft hat. Oder auch umgekehrt; in einer Situation, wo das Duplikat sich vom ersten Automaten nicht unterschied, konnte nur von Kempelen feststellen, welchem der beiden Exemplare der Vorrang gebührte, das heißt das Recht, sich als Original zu betrachten. All das ist im übrigen unwesentlich im Vergleich zu einem anderen Problem:

Beim Lesen des Memorials kamen mir gewisse Zweifel, als es darum ging, daß »Jean-Bart« den Automaten aus dem Berliner Königsschloß gestohlen haben soll, nachdem Bonaparte des »Türken überdrüssig geworden sei« (Gimels Worte). Dennoch mußte ich die Sache für bare Münze nehmen, so wie das ganze Memorial, dessen zahlreiche Informationen ich nicht auf den detailgetreuen Wahrheitsgehalt überprüfen konnte und nach wie vor nicht kann. Aber: selbst wenn der

Kaiser des Vergnügens mit dem Berliner Automaten müde geworden wäre (der »Türke« wird ihn ja nicht die ganze Zeit über gelangweilt haben), hätten doch seine Marschälle, Adjutanten und Höflinge noch mit ihm spielen können. In diesem Falle hätte doch das Verschwinden oder der Raub des Automaten Aufsehen erregt und einen Skandal ausgelöst. Diesen Zweifel beseitigte ich beim Schreiben des »Schachspielers« in folgender Weise: Da Schulmeister mit Napoleons Einverständnis die ganze Operation »Schachspieler« unter Kontrolle hatte und Bathurst direkt unterstützte, drückten die Franzosen ein Auge zu, als »Jean-Bart« den Automaten entwendete, und stellten sich blind und taub. Doch die deutschen Bediensteten im Schloß, die ja in großer Zahl nach der Flucht der preußischen Königsfamilie zurückgeblieben waren, hätten etwas mitbekommen können. Vielleicht haben sie die Maßnahmen (und auch die Requisiten) der Franzosen wenig interessiert, sie hatten andere Sorgen, als sich mit dem »Türken« zu befassen, lebten sie doch in Angst vor dem Sieger, so daß sich keiner um das Verschwinden des Automaten kümmerte. So hatte ich mir das erklärt. Doch alle diese Spekulationen wären gegenstandslos, wenn die Informationen aus Giżyckis Buch der Wahrheit entsprächen: »Offenbar hat ›Jean-Bart‹ Bathurst ein schon vorher erworbenes Exemplar des ›Türken‹ verkauft, während das zweite Exemplar im Schloß verblieb.«

Benjamin Bathursts »Reinkarnation«

Bathursts »Reinkarnation« begann, wie wir uns erinnern, mit seiner Abreise aus Wien, wo er für kurze Zeit im Jahre 1809 das Amt eines britischen Botschafters versah. Aus dem Kapitel »Attentat auf Napoleon im Jahre 1809« in Emil Kipas *Historische Studien und Skizzen* (Breslau 1959) erfuhr ich, daß die Engländer genau zu dem Zeitpunkt den Entführungsversuch des »Kriegsgottes« wiederholen wollten. Vorher nicht genau überprüfte handschriftliche Quellen aus dem Wiener Haus-, Hof- und Staatsarchiv benutzend, hatte Kipa eine Affäre ans Tageslicht befördert, von der die Historiker keine Ahnung gehabt hatten, so wie sie auch nichts von der Operation »Schachspieler« wußten. An diesem Komplott waren auch die Franzosen beteiligt (zumindest eine Opposition innerhalb der Armee, wahrscheinlich aus Kreisen der Philadelphen; diese Vermutung suggeriert der dort auftauchende Name des Generals Moreau, der, wie B. Guillon in *Les complots militaires sous le Consulat et l'Empire* bestätigt, einer der Führer der Philadelphen war), ebenso die Österreicher (der Generalstab des Kaisers Franz I. und sein Geheimdienst) und als Verbindungsmänner einige zweideutige Individuen, Doppelagenten, darunter auch zwei Polen, der Fürst von Bielsko, Jan Sułkowski (Mitarbeiter der französischen Geheimpolizei und des österreichischen Geheimdienstes; Kipa nannte ihn zu Recht eine »dunkle und ränkesüchtige Gestalt«), und Karol Glave-Kobielski, einst Finanzberater des Königs Stanisław August, ein zaristischer Agent und Gauner finsterster Sorte. Kipa hat im erwähnten Archiv Dokumente, die Kobielski betrafen, gesichtet und darüber geschrieben:

»Es war geplant, den entführten Napoleon über Ungarn nach Fiume zu bringen und an der Adria den Engländern zu übergeben. Die Sache war bereits so weit gediehen, daß Kobielski in dieser Angelegenheit sogar bei Sułkowski mit einem französischen General, der mit Gen. Moreau zeichnete, verhandelt hat. Kaiser Franz I. wurde durch Bubna über diesen Plan informiert, weil man die Erlaubnis des Kaisers für den Transport Napoleons durch Ungarn erwirken wollte.«

Die Sache kam heraus. Kipa:

»Kobielski war nicht wenig überrascht, als er erfahren mußte, daß in Wien Schulmeister selbst agierte, der Chef der napoleonischen Geheimpolizei, ein unerreichbares Genie auf dem Sektor der Spionage und Information, mit dem sich zu messen weder einfach noch ratsam war ... Zudem gab es beunruhigende Anzeichen dafür, daß die Franzosen bestens darüber informiert waren, was sich in der Umgebung des Kaisers Franz abspielte. Es war klar, daß sich in der Umgebung des österreichischen Kaisers jemand befinden mußte, obendrein eine hochgestellte Persönlichkeit, die Zutritt zu geheimsten Angelegenheiten hatte und den französischen Stab darüber informierte ...«

Schulmeisters Agenten waren allgegenwärtig, und es unterliegt keinem Zweifel, daß er dieses Spiel von Anfang an unter Kontrolle hatte. Frage: Hat Benjamin Bathurst mit dieser Affäre irgend etwas zu tun? Erinnern wir uns an die spanischen Kapitel in Bathursts Brief an Diaz (»Kalif«, Azara und an diesen Abschnitt: »Ich war ihm dabei behilflich, einen Posten Karabiner für Eure Aufständischen zu erwerben und den Transport nach Spanien zu bewerkstelligen.«) Auch bei Kipa finden sich ganz am Ende seiner Skizze zwei solcher nicht zu Ende geführter (Schade!) Sätze von Kobielski: »Er ist gerade in eine spanische Affäre verwickelt. Man muß versuchen, ihn um jeden Preis loszuwerden ...« Man wurde ihn los, auf Lebenszeit. Doch bevor die österreichische Polizei Kobielski vernehmen und auf jene Verschwörung stoßen konnte, wurden die Verhöre abgebrochen! »Anders konnte es nicht sein«, erklärte Kipa. U. a. auch deswegen wissen wir heute so wenig. Ein Dickicht von Fragezeichen und kaum eine Antwort.

Der Todesreigen

Diesem Punkt ist ein sehr charakteristisches Detail aus dem Brief an Diaz zum Thema Hester Stanhope hinzuzufügen, die Benjamin gewarnt hatte: »Ich habe sie über alles in Kenntnis gesetzt und ihr geraten, schnellstmöglich abzureisen, und zwar nicht nur aus England, sondern aus Europa, am besten ans Ende der Welt.« Lady Stanhope floh nach Arabien, wo sie sich in verschiedenen schwer zugänglichen Einsiedeleien (siehe das Kapitel über sie in meinem Buch *Patiencen im Empire-Stil*) versteckt hielt und auch dort starb. Sie war so auf der Hut, daß es äußerst schwer war, zu ihr zu gelangen; sie empfing als Gäste nur Leute (und das sehr selten), die sie kannte und zu denen sie vollstes Vertrauen hatte, sowie Leute mit Empfehlungsschreiben von befreundeten Personen, sonst niemanden. Von dieser Regel wich sie nicht ab. Im Band I des in Warschau erschienenem *Literarischen Allerlei aus dem Jahre 1825* fand ich den Bericht eines englischen Reisenden, der sich höchstpersönlich davon überzeugen konnte. Bei seiner Reise durch die arabischen Länder wollte er Lady Stanhope unbedingt besuchen. Sie wohnte damals in einer ihrer »Festungen«, in einem auf und mit Überresten des alten Klosters Mar-Elias (anglisierte Form: Marilius) erbauten Haus. Aber es gelang ihm nicht. Darüber schreibt er:

»Da ich zwei Empfehlungsschreiben an die Lady vorweisen konnte, wobei das eine von ihrem vertrautesten Freund verfaßt war, zweifelte ich nicht im geringsten, sie selber sehen und sprechen zu können. Doch bedauerlicherweise ließ mein Diener ausgerechnet den wichtigeren Brief in meinem Zimmer in Sidon liegen, und das andere Schreiben erwies sich als wirkungslos. ... Miss W., die einzige Dienerin, eine Engländerin, die die Lady sich hielt, bat ungemein höflich im Namen ihrer Herrin um Verzeihung, bedauerte selbst unendlich, daß sich die Lady zu keiner Ausnahme ihres einst gefaßten Vorsatzes, englische Besucher nicht zu empfangen, bewegen ließ.«

La Vendetta

Zu Castlereaghs Selbstmord-Affäre habe ich etwas sehr Interessantes hinzuzufügen, und zwar drei Epigramme des großen englischen Dichters Byron, der zu den wenigen anständigen Engländern gehörte und jenen Tod sofort (1822) kommentiert hatte:

Oh, Castlereagh! Du bist jetzt ein Patriot;
Auch Cato starb dereinst für Rom, so wie jetzt du.
Er schied dahin, um Rom nicht versklavt zu sehen.
Du zerschnittest deine Kehle, damit England vor dir
sicher sei.

Ja, Castlereagh hat seinen Hals durchschnitten. Doch
schlimmer
ist's, daß seiner nicht der erste war.

So schnitt er schließlich sich die Kehle durch! Er? Wer?
Der Mann, der die des Landes einst durchschnitt.

Anmerkungen

Vorbemerkung

1 *Wspomnienia Wielkopolski* (Erinnerungen an Großpolen, d. i. an die Woiwodschaften Poznań, Kalisz und Gniezno, von Graf Edward Raczyński, ehem. Abgeordneter des Kreises Poznań bei den Reichstagen des Ghzgt. Warschau, gegenwärtig Abgeordneter des Kreises Śrem im Poznańer Provinziallandtag), Posen 1842/43.
2 Ich kenne nur eine handschriftliche französische Übersetzung mit dem Vermerk, daß die Quelle eine holländische Zeitung ist. Der Eigentümer fand sie in einem antiquarisch erworbenen Buch. Ob es sich um die populäre Zeitung *Opregte Donderdagsche Haarlemsche Courant* handelt? Es wäre zu prüfen.
3 Der Artikel erschien in Heft 12/1971 unter dem Titel *Gioacchino Murat e i Polacchi.*
4 Die Rede ist vom geheimnisvollen Tod des kaiserlichen Doppelgängers 1823 in Schönbrunn sowie einer bonapartistischen Untergrundorganisation, die in der Zeit der Restauration zunächst Napoleon und danach Orlątko zu befreien versucht hatte. S. dazu das Kapitel »Tod des Doppelgängers« in meinem Buch *Empirowy pasjans* (Patience im Empire-Stil), Warschau 1977.
5 Die Mappe enthielt mehrere Briefe, die ich im Buchtext zitiere, sowie ein 143 Seiten umfassendes Manuskript in englischer Sprache mit dem Titel »Memorial«.

1. Der Plan

1 »Hans der Stier« – Spitzname für die Engländer, ähnlich wie »Onkel Sam« für die Amerikaner.
2 s. E. Hervé, *Irlandya od końca wieku osiemnastego do czasów najnowszych* (Irland vom Ende des 18. Jahrhunderts bis in die neueste Zeit), Warschau 1886.
3 Lord Rosebery, *Napoleon – the Last Phase.*
4 North Cray Place (Kent) – Castlereaghs Landsitz.
5 Am St. James Square befand sich Castlereaghs Londoner Haus.

6 Joseph Fouché (1759–1820), Polizeiminister unter Napoleon; Jean Savary (1774–1833), 1806 Chef der französischen Spionageabwehr.
7 Im Text des Memorials findet sich die Randbemerkung: »Hesters Idee«. Gemeint ist Hester Lucy Stanhope (1776–1839), die Nichte und »graue Eminenz« des jüngeren Pitt; sie hatte gehörigen Einfluß auf die Handlungen des Onkels, sowohl in der Außen- als auch in der Innenpolitik.
8 Joseph Bonaparte (1768–1844), ältester Bruder Napoleons.
9 Das Memorial enthält die Randbemerkung: »C. D.« Möglicherweise war der Agent der spätere General Gabriel Donnadieu. Der Buchstabe »C« kann auch die Abkürzung von »captain« (Hauptmann) oder »colonel« (Oberst) bedeuten. Donnadieu wurde wegen der Beteiligung an einer Verschwörung gegen Napoleon (im Jahre 1801) im Schloß von Lourdes inhaftiert. Nach seiner Amnestie beteiligte er sich 1806 am Feldzug gegen die Deutschen, doch drei Jahre später wurde er wegen Kontakten zu den Engländern aus der Armee geworfen.
10 Castlereagh übertreibt offenbar mit Absicht, um der Argumentation Nachdruck zu verleihen. In der Schlacht bei Auerstedt siegte Marschall Davout (1770–1823) gegen einen zweifach stärkeren Gegner. Die Bewertung von Davouts strategischem Talent hingegen ist richtig.
11 Castlereagh meint die Schlacht 1799 bei Zürich, in der André Masséna (1758–1817) Korsakows starke Verbände schlug.
12 Die Rede ist vom Anschlag der Royalisten mit der »Höllenmaschine« im Pariser Viertel Saint-Nicaise am 24. Dezember 1800.
13 Auf der Insel Jersey befand sich ein Diversions- und Terrorismuszentrum des britischen Geheimdienstes und der Royalisten.
14 Eine wegen der Vielzahl der auf Napoleon verübten Attentate äußerst schwer zu verifizierende Angelegenheit. Wahrscheinlich geht es um die beiden Geldfälscher Lesemplue und Bonard, die der englische Geheimdienst Ende 1805 mit dem Auftrag, den Kaiser zu ermorden, betraute. Bonard verriet das Vorhaben und informierte die französische Polizei, was ihm aber nicht den Kopf rettete. Die beiden Terroristen wurden 1806 in Hamburg verhaftet und in Frankreich erschossen.
15 Zum Zeitpunkt ihrer Begegnung (während des Direktoriums) war Napoleons Gattin, Josephine de Beauharnais, die Mätresse des einflußreichsten der Direktoren, des Grafen de Barras, gewesen.
16 Perceval erinnert hier an die glänzend durchgeführte Provokation des französischen Geheimdienstes, dessen Agent, Mehée de la Touche, im Jahre 1803 die Vertreter der britischen Regierung glauben machte, er sei Abgesandter eines »Geheimkomitees der Pariser Jakobiner«, die einen Sturz Napoleons planten. Nachdem die Franzosen den Engländern große Geldsummen für das »Komplott« entlockt hatten, veröffentlichten sie in boshafter Form sämtliche die Affäre betreffenden Dokumente (eines der raren Exemplare befindet sich in der Abteilung seltener Drucke der Moskauer Bibliothek der Akademie der Wissenschaften der UdSSR) und kompromittierten mehrere britische Politiker. Ein ähnlicher Bluff, dessen Finale gerade im Herbst 1806 erfolgte, gelang den Franzosen mit

einer vermeintlichen Organisation elsässischer Antibonapartisten. Nachdem der französische Geheimdienst 65000 Goldfranken kassiert hatte, veröffentlichte er die betreffenden Materialien in der Pariser Presse (auch diesmal nicht mit Spott geizend) und setzte der Karriere des berühmten Diplomaten und Spions Francis Drake ein Ende.

17 Das Außenministerium, dem der Nachrichtendienst unterstellt war.

18 Informationen und Quellen zu den Philadelphen finden sich am Schluß dieses Buches.

19 Louis de Bourbon, Graf von Provence (1755–1824). Durch die Revolution aus der Heimat vertrieben, führte er ein unstetes Wanderleben im Ausland, wo er royalistische Elemente um sich sammelte.

20 Davout verfügte über eine eigene armee-interne Polizei, Savary beaufsichtigte die Tätigkeit von Napoleons Leibgarde.

21 Die Bezeichnung »Android« ist von griechisch »aner, andros« (Mensch, Mann) und von »eidos« (Gestalt) hergeleitet.

22 Castlereaghs Überlegung ist richtig. Ein Beispiel: der berühmte »Zeichner« führte nur sieben mechanisch vorprogrammierte Szenen mit Menschen- und Tierfiguren aus. Ähnlich verhielt es sich mit allen Automaten (die falschen ausgenommen) von Vaucanson, von den beiden Droz', von Maillardets, Enslen, Siegmayer, Miral und Maelzel.

23 Berücksichtigt man, daß verschiedene Quellen verschiedene Maße angeben, und das meistens in Fuß, einem Längenmaß von einem Dutzend Arten, so läßt sich die wirkliche Größe schwer bestimmen. Die Tischmaße dürften 1,5m in der Länge und 1m in der Breite nicht überschritten haben.

24 Gemeint ist ein Schweizer Uhrmacher und Uhrenfabrikant, der sich in London niederließ. Seine Tochter Harrietta, eine der berühmtesten Kurtisanen in Londons Geschichte, Inhaberin des exklusivsten Freudenhauses der Stadt (in der Regency-Zeit), erscheint im Schlußteil des Buches.

25 Im ersten Fall handelt es sich mit Sicherheit um: Philipp Thickness, *The speaking figure and the automaton Chess-player exposed and detected*, London 1785. Im zweiten Fall ist es schwer zu sagen. Möglicherweise hatte Castlereagh in der Hand: K. G. von Windisch, *Briefe über den Schachspieler des Herrn von Kempelen*, Basel 1783; den 1784 im *Leipziger Magazin für Naturkunde* veröffentlichten Bericht; oder auch eine andere der vielen Beschreibungen, die in den achtziger Jahren des 18.Jh. erschienen.

26 Die Geheimkontakte des Grafen Gimel zu den Engländern erwähnt in seinen zehn Bände umfassenden Memoiren (Bd.6 und 7), Paris 1829, Louis Antoine Fauvelet (Bourienne).

27 Offiziell wird angenommen, daß das Geheimnis des von Kempelenschen Automaten 1834 von einer französischen Zeitschrift aufgedeckt wurde, und danach in den Vereinigten Staaten von E. A. Poe. Man kann dies insofern gelten lassen, als die Öffentlichkeit damals erstmalig erfuhr, daß von Kempelens Werk kein echter Android war. Das Memorial, das ich hier verwende, weist nach, daß die Sache bereits früher bekannt war,

was im übrigen nicht verwundern mag, da der Erfinder wie auch die nachfolgenden Eigentümer des »Türken« mit vielen Schachspielern zusammenarbeiteten (u.a. mit Allgaier, Alexandre, Boncourt, Lewis, Williams, Mouret und Schlumberger). Den Namen des von Gimel ausfindig gemachten Schachspielers nennt der Verfasser des Memorials nicht.

28 Eine billige Gehässigkeit Castlereaghs oder Bathursts, die dem Verfasser des Memorials vom Verlauf der Zusammenkunft, der dieser nicht beiwohnte, berichteten. In Wahrheit pflegte Napoleon in dem berühmten »Café de la Régence« Schach zu spielen, wo u.a. Rousseau, Robespierre, Voltaire, Diderot und der größte französische Schachspieler des 18. Jahrhunderts, Philidor, ihre Zeit am Schachbrett verbrachten. Über viele Jahre war das Café das Pariser Zentrum des Schachlebens.

29 Im Text des Memorials »Samter« genannt, was der deutsche Name von Szamotuły ist. Die Mehrzahl der Ortsbezeichnungen gibt der Verfasser in deutscher Schreibweise an.

30 Genau dreizehn Jahre lang, seit 1793.

31 Das meiste, was Castlereagh über die »eiserne Maske« sagt, sind Früchte royalistischer Propaganda, ausgeschmückt mit böswilligen Verdrehungen und Fehlern. Die Familie Bonaparte entstammt dem italienischen Adel. Alle schillernderen Genealogien, die man Napoleon unterschob, schleuderte dieser ins Feuer und untersagte die Fabrikation solchen Unsinns.

Die Version der Abstammung von der »eisernen Maske« erwähnen mehrere Napoleon-Biographen (Chateaubriand, Peyre u.a.). Sie geht auf einen karrierelüsternen Pfiffikus zurück, der Bonaparte einzureden suchte, daß der auf der Insel Sainte-Marguerite gefangengehaltene und in die eiserne Maske gezwängte Bruder Ludwigs XIV. die Tochter des Gefängnisdirektors geheiratet habe. Die Kinder aus dieser kurzwährenden Verbindung hätten den Namen der Mutter erhalten, Bonpart, und sich dann auf Korsika angesiedelt und die Familie der Buonapartes gebildet. Wie man im *Mémorial de Sainte-Hélène* von Las Cases (1. Ausgabe von 1823) nachlesen kann, hielt Napoleon das für ein Märchen, er lachte über die ganze Geschichte und gab dem aufdringlichen Menschen einen Korb. Besonders amüsant ist, daß anfangs am heftigsten die Version einer solchen Herkunft des Generals Bonaparte ausgerechnet die Royalisten verbreiteten, in dem naiven Glauben, daß er, wenn er sich als Bourbone fühlte, Ludwig XVIII. den Thron zurückgeben würde!

Tatsache aber ist, daß die auf Napoleons Befehl hin tätige spezielle Untersuchungskommission bemüht war, das Geheimnis der »eisernen Maske« aufzuklären, und daß Bonaparte sich für alle historischen Gestalten mit eisernen Masken interessierte.

32 Im Oktober 1805 umzingelte Napoleons Große Armee nach einem Überraschungsmanöver die Festung Ulm und nahm die darin befindliche dreißigtausend Mann starke österreichische Armee des Generals Mack gefangen.

33 Die Rede ist von Halszka aus Ostróg und ihrem Mann, dem Magnaten

Łukasz Górka, Besitzer von Szamotuły. Der erwähnte Wohnturm heißt seit langem »Halszkas Turm« oder »Turm der Schwarzen Prinzessin«. Die Geschichte der unglücklichen Frau beschrieb als erster Łukasz Górka, ihm folgten Orzelski, Kojatowicz, Raczyński u.a.

34 Höchstwahrscheinlich handelte es sich um den Bruder oder Cousin eines anderen schottischen Mönchs, James Robertson, der unter dem Pseudonym »Rorauer« für den englischen Geheimdienst arbeitete und dem es 1808 gelang, das auf seiten der Franzosen kämpfende spanische Corps unter Marquis La Romana zum Verrat zu bewegen.

35 Wer d'Antraigues' Agent war, der mit »L'Ami de Paris« zeichnete, ist nicht bekannt. Französische Historiker nehmen an, daß sich hinter dem Pseudonym zwei hohe Beamte der Heeresintendantur verbergen: Noël Daru, und nach dessen Tod 1804 sein Sohn Pierre Daru, Generalintendant der Großen Armee.

36 Im Memorial wird der Pole Józef genannt. Vielleicht war es der in Bristol im Fremdenregiment dienende junge Tepper (wohl ein Sohn des Warschauer Bankiers Piotr Fergusson Tepper), den J. U. Niemcewicz in seinen *Erinnerungen* (Leipzig 1868) erwähnt.

37 Sir Robert Thomas Wilson (1777–1849), späterer General, war über viele Jahre das Enfant terrible der englischen Diplomatie und des Geheimdienstes und galt als einer der gefährlichsten Männer in Europa. Er nahm an vielen Feldzügen der napoleonischen Zeit teil sowie an Kämpfen auf vier Kontinenten; außerdem beteiligte er sich an unzähligen Aktionen politischer Spionage.

38 1804 schlug Wilson offiziell eine Reorganisation der britischen Armee vor, die er als veraltet kritisierte *(»Inquiry into the State of British Army, with a View to its Reorganisation«)*; er entfachte damit die Wut der regierenden Kreise.

39 Bathurst war ein erbitterter Feind des Anführers des liberalen Flügels der Tories, George Canning (1770–1827), allerdings stand er Castlereagh noch nach, dessen Haß auf Canning legendär wurde. Eine Zeitlang brach sich der Haß in Wortgefechten Bahn, bis die beiden Herren schließlich 1809 einen Meinungsaustausch mit Hilfe von Pistolen beschlossen. Bei dem Duell floß Blut, doch beide Gegner blieben am Leben.

40 Nach Napoleons Ägyptenfeldzug veröffentlichte Wilson 1802 die *Geschichte der britischen Expedition nach Ägypten* (deren Teilnehmer er war). In dem Buch verunglimpfte er Napoleon; u.a. brachte er die Lüge von der Vergiftung kranker französischer Soldaten und eine falsche Darstellung des sogenannten Gemetzels von Jaffa in Umlauf.

41 Am 15. April 1794 – im Alter von 17 Jahren! – unternahm Wilson mit sieben anderen Offizieren an der Spitze von dreihundert Dragonern die berühmte Attacke bei Villiers-en-Couché und rettete den durch die Franzosen abgeschnittenen österreichischen Kaiser Franz II. Vier Jahre darauf ließ Franz II. neun goldene Medaillen prägen, eine davon behielt er für sich, die anderen erhielten die erwähnten Offiziere. Nach weiteren zwei Jahren (1800) erkannte er jedem der Offiziere den Maria-There-

sien-Orden sowie den Titel eines Barons des Heiligen Römischen Reiches Deutscher Nation zu.

42 Thirtleton Gap in der Grafschaft Rutland – eine bekannte Boxkampfstätte.

43 Francis Baring, ein glühender Anhänger des jüngeren Pitt, ehemaliger Direktor der Ostindischen Kompanie, Mitbegründer eines der größten Handelshäuser in England (Baring Brothers & Co.). Er machte Millionenumsätze und wurde als »erster Kaufmann Europas« bezeichnet.

44 Joachim Nettelbeck (1738–1824), Brauhausbesitzer, trug 1807 viel zur erfolgreichen Verteidigung Kolbergs gegen die Franzosen bei.

45 König Georg III. litt an einer Geisteskrankheit, deren Fortschreiten ihn 1810 veranlaßte, die Regentschaft dem Prinzen von Wales zu übergeben, dem späteren (seit 1820) Georg IV.

46 Das Londoner Staatsgefängnis (bis 1820) im alten Königsschloß.

2. Die Rekrutierung

1 Heute Victoria Embankment.

2 George Brummell (1778–1840), ein berühmter Dandy der damaligen Zeit und Modekönig der Londoner Gesellschaft.

3 Den Begriff »Kommando«, den es damals nicht gab, verwende ich, weil er kaum durch eine zutreffendere und ähnlich lapidare Bezeichnung zu ersetzen ist.

4 Englische Diplomaten schrieben über ihn: »Sir Robert ist ein prima Kerl, nur ein allzu großer Wirrkopf, um Diplomat sein zu können. Als Militäragent ist er ausgezeichnet, aber es wäre Schwachsinn, ihm irgendeine Aufgabe von politischer Bedeutung zu übertragen.« (Jackson, *Bath Archives*, London 1873); »Wilson ist ein leichtgläubiger Hitzkopf« (Harris, *Diaries and Correspondence*, London 1844).

5 Hutchinsons Mission brach in den ersten Novembertagen auf und gelangte bis nach Ostpreußen. Wilson setzte sich anschließend mit der russischen Armee in Verbindung und entwickelte eine energische diplomatische und geheimdienstliche Tätigkeit. Materialien dazu finden sich im Record Office (Add. MS. 30098). S. auch: R. Wilson, *Brief Remarks on the Character and Composition of the Russian Army and Sketch of the Campaign in Poland in the Years 1806 and 1807*, London 1810.

6 Tochter von William Pratt Call. Benjamin heiratete sie 1805.

7 Eines der berühmtesten Theater Londons zu damaliger Zeit, die spätere Oper (seit 1847).

8 Heute Floral Street.

9 Peggy Jones – eine rothaarige Schönheit, in der zweiten Hälfte des 18. Jh. eine exklusive Kurtisane; später sank sie auf die Straßen in zweifelhaften Londoner Vierteln herab, betrieb Kleinhandel und Prostitution. Sie war eine der populärsten Halbweltfiguren. 1805 verschwand sie auf ungeklärte Weise.

10 Gegenden des damaligen London, Schlupfwinkel der Verbrecherwelt.

11 Wucherer, die durch Geldleihe gegen einen hohen Pfand Ausbeutung betreiben.

12 Die »Back slums«, auch »heiliges Land« genannt, im Stadtviertel Saint Gilles, waren 1806 nur noch ein Überbleibsel von einem der Hauptnester der Prostituierten, Bettler, Diebe und von sonstigem sozialem Abschaum im London des 18. Jh.

13 Jonathan Wild. Er lieferte von ihm ergriffene Banditen an die Gerichte aus (er selber nannte sich *»Thief-taker General of Great Britain and Ireland«* – Haupt-Diebsfänger von Großbritannien und Irland), allerdings nur solche, die sich ihm widersetzten, in Wahrheit war er der Anführer einer großen Londoner Gangsterorganisation. 1725 wurde er hingerichtet, als er schon eine Berühmtheit war. Über den »Harfenspieler« konnte ich keinerlei Angaben finden.

14 David Garrick (1717–1779) – einer der berühmtesten Schauspieler der englischen Bühnengeschichte, einmaliger Darsteller Shakespearescher Figuren, Star und Eigentümer des Drury-Lane-Theaters, auch Komödienschreiber. Seine beiden Häuser, das Londoner Stadthaus wie auch das Landhaus (Hampton House), wurden über viele Jahre kultähnlich verehrt.

15 Die Rede ist von der mißglückten Mission des britischen Botschafters Macartney im Jahre 1793 nach Peking.

16 Bathurst meint entweder das vor dreitausend Jahren in Indien erfundene und von buddhistischen Mönchen nach China gebrachte »Kempo« oder aber (was wahrscheinlicher ist) das »Kungfu«, die höchst brutale und höchst erfolgreiche Form des Kampfes mit bloßen Händen und Beinen, die später in Japan abgemildert wurde und die Bezeichnung »Karate« erhielt.

17 Die Adresse des Hauses wird im Memorial nicht angegeben, gleichwohl steht dort, daß es sich »in nächster Nähe« befand. Womöglich handelte es sich um Wilsons Familienhaus an der Great Russel Street, was in der Tat Mrs. Gibsons Wohnsitz sehr nahe lag.

18 Angelsächsische Redensart, wörtlich: verrückter Engländer.

19 Little Boney – boshafter Spitzname, den die Engländer Bonaparte gegeben haben.

20 In damaligen Zeiten wurden auf den Straßen der Städte regelrechte Jagden auf Männer veranstaltet, um die Schiffsbesatzungen zu verstärken. Desertionen waren eine verbreitete Erscheinung, obwohl dafür die Todesstrafe drohte.

21 Heute ist Blackwall ein Teil von London, gelegen an der Mündung des Flüßchens Lea in die Themse. Zu Beginn des 19. Jh. war das noch die Schiffsanlegestelle für London, später ersetzt durch die Docks.

22 Der »Kater« (*cat o'five tails*) – im Matrosenjargon eine fünfschwänzige Peitsche, mit der auf Schiffen Strafen verabfolgt wurden.

23 Die *»river pirates«* (Flußpiraten), auch *»night plunderers«* (Nachtplünderer) genannt, waren die Plage der Themse. Sie raubten die Waren, die

von den in Blackwall vor Anker liegenden Schiffen nach London transportiert wurden.

24 *»The lumpers«* – Docker, die zugleich Ganoven waren.

25 Wilson nahm 1806 an der Expedition des Commodore Popham nach La Plata teil (bei der es um die Einnahme von Buenos Aires ging). Er war Befehlshaber der Kavallerie. Möglicherweise ist die von ihm erwähnte Lebensrettung mit einem Vorfall verknüpft, zu dem es im Juni beim Verlassen Englands kam. Als Wilson von einem Schiff zu einem anderen umstieg, fiel er ins Meer, und es hätte nicht viel gefehlt, daß er für immer darin geblieben wäre.

26 *Rope* – Leine, Seil, Strick.

27 Königliche Kriegsmarine.

28 Die Häscher von der Bow Street. Scotland Yard (eine Bezeichnung, die ebenfalls von einer Straße herrührt) entstand erst 1829.

29 Old Newgate Prison, das Londoner Gefängnis, in dem die Todesurteile vollstreckt wurden.

30 Peter Towsend, berühmter *Bow Street runner*, später Geheimwächter des Königs Georg IV.

31 Richard Birnie (1760–1832), ebenfalls ein bekannter *Bow Street runner* jener Zeit.

32 Gemeint ist die 1798 von Patrick Colquhoun geschaffene Marine Police (heute: Thames Division) – die Themse-Polizei, die über die Ordnung auf dem Fluß und an seinen Ufern wacht.

33 William Sidney Smith (1764–1840), der spätere Admiral. 1799 verhinderte er, daß Napoleon Akka einnahm.

34 D. h. im Gefängnis.

35 Damals die kleinste gebräuchliche Münze in England.

36 Einer der berühmtesten »Bow Street runners«, Towsend, »sparte« mehrere -zigtausend Pfund zusammen, und jeder wußte, das sein Gehalt dafür nicht reichte.

37 Sechssitzige Postwagen, die das Zentrum Londons bedienten und es mit den Vororten verbanden.

38 In der englischen Armee gab es zur Zeit Napoleons mehrere Bataillone polnischer Soldaten. Die ältesten Anwerbungen von Polen datieren von 1801 aus Deutschland (höchstwahrscheinlich aus der Donau-Legion Kniaziewicz'), von 1802 und 1803 aus Malta sowie von 1806 aus Messina (aus Dombrowskis Legionen). Siehe M. Haiman, *Ślady polskie w Ameryce* (Polnische Spuren in Amerika), Chicago 1938.
Polnische Deserteure aus den englischen Reihen berichteten 1811 in Spanien, daß es im britischen Expeditionskorps ein Bataillon gebe, das, vormals das französische genannt, sich aus lauter Polen zusammensetzte. Siehe Z. L. Sulima (W. Przyborowski), *Polacy w Hiszpanii 1808–1812* (Polen in Spanien 1808–1812), Warschau 1888.

39 Pfarrer Alexander John Forsyth (1769–1843), Erfinder des Perkussionsschlosses (Zündhütchenschlosses). Die ersten Exemplare führte er im Frühjahr 1806 Lord Moira in London vor.

40 Forsyths Erfindung fand erst kurz vor seinem Tode in der Armee Aufnahme.
41 Knallquecksilber, $Hg(CNO)_2$.
42 Es war noch ein etwas primitiver Zündhütchenrevolver.
43 Tatsächlich kannte man das Revolvergewehr schon im 17. Jh. Revolver als Faustfeuerwaffen kamen am Anfang des 19. Jh. auf.
44 Heyters Explosivgemisch muß etwas mit dem sogenannten griechischen Feuer (gebrannter Kalk, Schwefel, Kohle, Teer, Harz, Erdöl, Salpeter) zu tun gehabt haben, das, von Kallinikos aus Heliopolis um 665 erfunden, u. a. während der Kreuzzüge Verwendung fand. Heyter hat das Pulver zweifellos als Hauptbestandteil beigegeben und die Anzahl der Zündstoffe auf den Bereich der Explosivstoffe reduziert.
45 An der Charing Cross stellte man die Verbrecher an den Pranger, und der Pöbel pflegte den Brauch, den Verurteilten, die sich nicht bewegen konnten, Katzen ins Gesicht und auf die Hände zu werfen.
46 *Stocking-sellers*, Straßenverkäufer von Kniestrümpfen. Sie gehörten zum typischen Bild der Charing Cross.
47 Diaz bediente sich eines Gemisches aus Zigeunersprache und Cant, dem englischen Verbrecherjargon, der etliche Zigeunerwörter mit veränderter Bedeutung enthielt. So bedeutete *»romany«* (zigeunerisch: das Wort) im Cant: Zigeunersprache, und *»pal«* (zigeunerisch: Bruder) im Cant: Vater. Das erste Cant-Wörterbuch verfaßte schon zur Regierungszeit von Königin Elisabeth Thomas Herman, doch im 19. Jh. vermengten sich beide Sprachen.
48 Daß sogar ein zwölfjähriges Kind für einen Brötchendiebstahl gehängt wurde, war im England jener Zeit eine übliche Sache.
49 Bathurst kannte eindeutig nicht die bei den Zigeunern geltende Regel, wonach den Clanchefs die Hand geküßt wurde.
50 Im Memorial steht: Matthew Querstel. Doch wird es nicht Kerstel gewesen sein, denn dann hätte sich Bathurst nicht die Zunge »gebrochen«. Vielleicht Chruściel?
51 *Mud larks* (wörtlich: Schlammlerchen) – Hochstapler.
52 Sich vollaufen lassen (wörtlich: der Kampf gegen die Flasche).
53 *Press masters* – Anwerber, die Einfältige betrunken machten, um sie dann an Bord zu schleppen. Diese Art des Betrunkenmachens hieß daher *»impress«*.
54 Wenn der Wein drin ist, ist der Verstand draußen.
55 S. Anmerkung Nr. 9 dieses Kapitels.

3. Der glückliche Dummkopf

1 Zwei Informationen, die eine aus dem Memorial, die zweite aus Bouriennes Lebenserinnerungen, lassen die Annahme zu, daß der geheimnisvolle »Agent«, der Castlereaghs Brief zu Gimel brachte, der der Fou-

chéschen Polizei wohlbekannte royalistische Agent Pierre Louis Auguste Ferron Graf de La Ferronays (1777–1842) war, der Adjutant des Fürsten de Berry und spätere (ab 1827) französische Außenminister. Wie Bourienne angibt, reiste Ferronays Ende Oktober 1806 von London nach Altona, wo Gimel seinen Wohnsitz hatte. Von Ferronays Kontakten zu den Engländern zeugt die Tatsache, daß er sich, als er von der kaiserlichen Polizei bedroht war, als Sekretär von Lord Kinnaird von Hamburg über Altona nach London absetzte.

2 Seemannssprache: Jawohl, Herr Kapitän!

3 Abschnitte des Fleet Ditch existieren noch in London (Fleet Street). Field Lane und Chick Lane wurden 1844 abgebrochen. An ihrer Stelle befinden sich heute die New Bridge Street, die King Edward Street u. a.

4 *Cour des Miracles* – Pariser Sammelbecken des sozialen Abschaums, das mittelalterliche Reich der Bettler und Verbrecher.

5 Spitzname der damaligen Watchmen, der Nachtwächter, deren Aufgabe es war, durch die Londoner Straßen zu patrouillieren.

6 *Redbreats* – berittene Polizisten, die seit 1805 in London als *Bow Street Horse Patrol* fungierten.

7 Der Verfasser des Memorials schreibt: »Für die Niederschrift der Ereignisse brauche ich länger, als alles gedauert hat.«

8 Der Bequemlichkeit halber gebrauche ich den Begriff »Inspektor« statt der im Memorial verwendeten Bezeichnung »einflußreicher Offizier der Themse-Polizei«. Möglicherweise war Littleford (ob der Name echt ist?) ein einfacher *»headborough«*, ein Bezirkskommissar.

9 Zitat aus *Hamlet*, entnommen der deutschen Übertragung von A. M. von Schlegel (Anm. d. Übers.)

10 1798 brach in Irland ein antibritischer Aufstand aus, der nach mehrmonatigen ungewöhnlich blutigen Kämpfen niedergeschlagen wurde. Frankreich schickte den Aufständischen zwei schwache Hilfsexpeditionen, die vom englischen Heer und von der Flotte geschlagen wurden, und gewährte vielen Flüchtlingen Asyl.

11 *Great Mouth*, in wörtlicher Übersetzung: Großer Mund oder Große Hafeneinfahrt. Castlereagh knüpft mit der Losung eindeutig an den Hafen Great Yarmouth an.

12 Wilson schloß sich Hutchinsons Stab am 3. November 1806 an. S. auch Kap. 2, Anm. 5.

13 Eine im Stadtteil Chelsea an der Themse entlangführende Straße.

14 In Boulogne befand sich während des I. Kaiserreiches eine ständige Ausgangsbasis für einen Angriff gegen England. Dort waren bedeutende Mengen Transportmittel (hauptsächlich Barken und Landungsboote) sowie Munition konzentriert.

15 Hamlets Schloß. Im Memorial stößt man allenthalben auf Spuren von Bathursts Shakespeare-Begeisterung, besonders seiner Begeisterung für *Hamlet*.

16 So nannte man die auf einem Schiff Geborenen, und zwar weil man, um der Mutter die Geburt zu erleichtern, Geschützsalven abfeuerte.

17 Also 1759. Die britische Flotte unter Admiral Hawke besiegte damals in der Bucht bei Quiberon die Franzosen.

4. Komödianten und ein Kommando

1 Vgl. Kap. 1, Anm. 26.

2 *Mémoires de Bourienne*, Paris 1829, Bd. IV.

3 Anspielung auf die Bedeutung des niederdeutschen Stadtnamens »Altona« (»all tho nah«). Die Hamburger bezeichneten damit im 16. Jh. einen für ihren Geschmack lästigen und zu nahe bei der Stadt gelegenen Gasthof, die Wiege des künftigen Altona. 1806 lag Altona am Südrand des Herzogtums Holstein und war von Hamburg eigentlich nur durch Grenzpfähle getrennt.

4 Ohne Zweifel handelte es sich um die Grabstätte des 1803 in Hamburg gestorbenen berühmten deutschen Dichters Friedrich Gottlieb Klopstock.

5 So im Memorial genannt. Der genaue Name war *Staats- und Gelehrte Zeitungen des Hamburgischen Unpartheyischen Correspondenten.*

6 Tatsächlich wußte Bourienne nicht nur von Gimels diplomatischen Kontakten. Im Sommer 1806 sagte der preußische Botschafter von Grote zu Bourienne über Gimel: »Sie können sicher sein, daß er eines Tages als britischer Oberst wieder nach Hamburg zurückkommt.«

7 Bourienne verhalf u. a. dem Grafen de La Ferronays aus Hamburg zur Flucht (s. Kap. 3, Anm. 1), indem er ihn kurz vor der Verhaftung warnte und so Fouchés Agenten, Chefneux, zum Narren hielt (Dokumente dazu befinden sich im Pariser Nationalarchiv, Akte Ferronnays, F-76458).

8 Vgl. Kap. 1, Anm. 6.

9 Den im Memorial genannten Namen Lothee habe ich geändert, er ist ohne Zweifel ein Irrtum des Verfassers. Der royalistische Agent Louis Loizeau geriet in Hamburg in die Hände der französischen Polizei und wurde nach Paris überführt.

10 Graf Joseph de Puisaye (1754–1827), Parteigänger und Spion der Royalisten, ab 1803 einer der Aktivisten der Agentur von Jersey (s. Kap. 1, Anm. 13). Die Veröffentlichung der 1807 vom französischen Geheimdienst abgefangenen Papiere von de Puisaye, war – auch ohne die Ausführungen über den kriminellen Charakter seiner Tätigkeit – für die Royalisten derart kompromittierend, daß diese ihn zu verleugnen begannen. De Puisaye, wutentbrannt, antwortete mit der Herausgabe von Dokumenten, die der nächsten Umgebung Ludwigs XVIII. einen empfindlichen Schlag versetzten, und wandte sich an das Foreign Office, um einen Schiedsspruch zu erlangen. Er verlor die Schlacht und starb im Elend.

11 »Man ist oftmals gezwungen, Dienste von Schurken in Anspruch zu nehmen.« (Im Memorial erscheint das Zitat in der Übersetzung des Verfas-

sers, jedoch mit dem Hinweis, daß Gimel das Original anführte, daher habe ich hier auf den Originaltext von Fénelons *Télémach* zurückgegriffen. Ähnlich verhält es sich in einigen anderen Fällen – s. dazu auch die Anmerkungen 12, 16, 18, 31 dieses Kapitels.

12 »Wer ordentlich trinkt, ist weise. Wer nicht zu trinken versteht, weiß nichts.« (Aus dem *Trinklied* von Boileau).

13 Das würde die für eine Legende gehaltene Kunde bestätigen, nach der im Schachautomaten von Kempelens in der zweiten Hälfte des 18. Jh. ein polnischer Aufständischer, dem die Verhaftung drohte, von Polen nach Westen (über Österreich?) befördert wurde. Der berühmte französische Illusionist Robert Houdin, der im 19. Jh. lebte, gibt an, es sei dies ein junger Revolutionär mit Namen Worlouski gewesen, der von der zaristischen Polizei verfolgt wurde (vermutlich in der Zeit der Barer Konföderation). Nach einer anderen Version war dieser Pole ein Oberleutnant Woroński, dem die Beine amputiert waren.

14 Der Oberfeldherr der preußischen Hauptmacht, Herzog Karl Wilhelm Ferdinand von Braunschweig, wurde in der Schlacht bei Auerstedt (14. Oktober 1806) schwerstverwundet und starb am 10. November in Ottensen.

15 Die Franzosen (Marschall Mortier) nahmen Hamburg am 19. November ein.

16 *»Lasciate ogni speranza voi ch'entrate«*: »Laßt alle Hoffnung fahren, die ihr eintretet«, Aufschrift am Tor zur Hölle in Dantes *Göttlicher Komödie.*

17 Der Verfasser des Memorials hat die Hemden nicht beschrieben, er erwähnt lediglich, daß sie erstaunlich leicht waren und daß erst ein Schuß aus drei Yard Entfernung ihnen etwas anhaben konnte.

18 »Das Alter ist ein Tyrann.«

19 Der Deckname ist von dem berühmten französischen Admiral aus dem 17. Jh. geliehen. Den Mann, der sich darunter verbarg und dessen wirklicher Name nie aufgedeckt wurde, nannte die kaiserliche Polizei in ihren Rapporten den »gefährlichsten Haudegen Europas«. Man nimmt an, daß er ein Ex-Offizier war, der während der Revolution zur Emigrantenarmee des Herzogs von Condé gehörte, später in englische Dienste trat und als Geheimagent in Deutschland und Österreich tätig war.

20 »... zum Beispiel Mirellus. Zur Zeit bin ich Mirel.«

21 »Gut, Herr O'Leary, ich verstehe.«

22 Jungs.

23 Der »Schweizer« wurde offenbar nicht aufgedeckt, jedenfalls erwähnt ihn der Verfasser des Memorials nicht mehr. Nicht auszuschließen ist, daß Parvis gelogen und sich auf die Schnelle ein Pseudonym für seinen Chef ausgedacht hat. Kein einziger französischer Spion mit einem solchen Decknamen ist bekannt. Spekulativ lassen sich hier mehrere Hypothesen, Fouchés in London tätige Agenten betreffend, aufstellen. So hätten der »Schweizer« sein können: Bayard, zunächst britischer, dann französischer und erneut britischer Spion; Leclerc de Noisy, Sekretär eines englischen Ministers; Rivoire, ein von Fouché an die Themse ge-

schickter Ex-Chouan; oder, und dies ist am wahrscheinlichsten, Dubouchet, der, in London wohnend, viele Royalisten denunzierte und – wie der hervorragende Biograph Fouchés, Louis Madelin, angibt – »nachdem er in London aufgeflogen war, in Deutschland und in Polen in den Polizeidienst trat«.

24 Ehemaliger Oberfinanzeinnehmer. War 1790 nach Hamburg emigriert, wo er 15 Jahre lang als Haupt eines Spionagenetzes des Grafen von Provence (Ludwig XVIII.) tätig war.

25 Alexandre de Tilly, ein besonders zynischer und amoralischer Abenteurer der Epoche, leidenschaftlicher Verführer (mehrere Frauen begingen seinetwegen Selbstmord), Erpresser, Verfasser von Theaterstücken, die in der Comédie Francaise aufgeführt wurden, und natürlich royalistischer Agent. Er versuchte mehrfach sein Glück in Hamburg.

26 Bonnet de Martanges, ehemaliger Professor für Philosophie an der Sorbonne, vor der Revolution Soldat der sächsischen und der französischen Armee, danach Spion des Grafen d'Artois und royalistischer Agent in London.

27 Louis Fauche-Borel (1762–1829), Schweizer Buchhändler, langjähriger Agent der Bourbonen, war in viele Affären jener Zeit verwickelt.

28 Edouard oder Charles (je nach der Quelle) Vitel; ihm verdankte Fauche-Borel seine glückliche Flucht während des Konsulats aus dem Pariser Gefängnis Temple (in einer Wachsmaske, die Vitels Gesicht nachgefertigt war).

29 Es handelt sich um die sogen. Agence de Souabe, die Spionagezentrale Ludwigs XVIII. in den deutschen Gebieten, die zu Beginn des Konsulats von Fouchés Polizei zerschlagen wurde.

30 Zu Ferronnays vgl. Kap. 3, Anm. 1. Alle anderen Namen sind unbekannt. Wahrscheinlich hat Gimel hier zu phantasieren begonnen, um sich mehr Geld zu erschleichen, was Bathurst jedoch bemerkt hat.

31 »Was vermag nicht dieses gesegnete Metall, Herrscher der Welt und Schlüssel zu den Herzen?« (La Fontaine, Neue Fabeln, III. Buch).

32 Im Original deutsch.

33 »Das stimmt, Herr. Er muß viel essen!«

34 Französischer Typ eines schweren Zugpferdes.

35 »He, Schöne, komm zu uns!«

36 Der für seine Strenge bekannte General Pierre Auguste Hulin (1758–1841) war im November 1806 auf kaiserlichen Befehl Gouverneur von Berlin.

37 Der berühmte graue Napoleonmantel.

38 So steht es im Memorial.

39 General Henryk Dombrowski und Józef Wybicki. Eine interessante Einzelheit nebenbei: Dombrowskis Berliner Domizil befand sich nahe dem Gasthaus »König von Portugal«, in der Burgstraße 25.

40 Am 3. November 1806.

41 Es handelte sich um eine Abordnung des großpolnischen Adels.

42 »Nichts, mein Herr, nichts! Das sind wahre Räuber, Gehörnte, Bastarde!«

5. Julia

1 Bei den Ortsangaben folge ich dem Verfasser des Memorials.
2 »Wir sind glücklich, überglücklich.«
3 Vgl. Kap. 3, Anm. 10.
4 Rechtsanwalt Wolfe Tone, Anstifter mehrerer aufeinanderfolgender irischer Aufstände. 1798 von den Engländern ergriffen und zum Erhängen verurteilt, schnitt er sich in der Gefängniszelle die Kehle durch.
5 Die Brigade de Gens d'Armerie wurde von den Franzosen in Frankfurt am 24. November 1806 eingerichtet.
6 »Prost!«
7 Ein Fluch.
8 »... meine Kleine.«
9 »wundervoll«
10 »... tanze, bitte schön!«
11 »... für mich Julchen ... Na, schön ... Du kleiner Nichtsnutz!«
12 »Beeil dich.«
13 Ein Fluch.
14 »Verstanden?«
15 »Lebt wohl, meine Freunde. Ich danke allen.«
16 Tom Rope spricht von den Mitgliedern der indischen Sekte Thag. Es war dies eine mindestens seit dem frühen Mittelalter existierende Gemeinschaft berufsmäßiger Mörder, die die Göttin des Verbrechens Durga bzw. Dewi verehrten und »auf ihren Befehl« ganze Karawanen von Kaufleuten und Reisenden ausraubten, vor allem im nördlichen Indien, wobei sie ihre Opfer mit Hilfe einer Schlinge, »Romal« genannt, gekonnt und rücksichtslos umbrachten. Sie hinterließen keine lebenden Zeugen des Überfalls. Europäer griffen sie niemals an. Zerschlagen wurde die Organisation erst in den Jahren von 1828 bis 1835 durch die britischen Behörden, auf Initiative des Generalgouverneurs William Bentinck.
17 Vulgärer Fluch.
18 Beim Militär übliche Frage, soviel wie: »Wer da?«
19 »Ich trete zu gern ein Hennchen vorm Schlafengehen! Komm, meine Liebe.«
20 »Ja, sofort, mein Kücken!«
21 »Niemals, mein Herr, niemals.«
22 »Halt's Maul.«
23 Mit dem von Napoleon am 21. November 1806 in Berlin erlassenen Dekret über die Kontinentalsperre wurden Europas Küsten für englische Waren abgeriegelt. Sämtliche auf dem Festland gefundenen englischen Waren wurden sofort verbrannt.
24 Rigby verschwand für immer, aller Wahrscheinlichkeit nach gelang es ihm nicht, nach England zurückzukehren, denn der Verfasser des Memorials erwähnt ihn nicht mehr.
25 Die Ortsnamen führe ich beim ersten Mal in der deutschen Fassung an, weil der Verfasser des Memorials sie so verwendet.

26 Eine solche Ortschaft ist auf heutigen Landkarten nicht zu finden.

27 Es war dies Roustan Raza (1780–1845), Napoleons Leibmameluck, den er aus Ägypten mitgebracht hatte.

28 Der Vorfall mag verwundern, jedoch nicht die Kenner der Epoche. Napoleon hatte die Gewohnheit, unterwegs ein Buch nach dem anderen zu lesen, und was ausgelesen war, warf er zum Wagenfenster hinaus. Seine Reiseroute war so mit Büchern und Dokumenten gesät.

29 Machiavelli war der Lieblingsautor von Bonaparte, der sogar *Il principe* ins Französische übersetzte. Wie der kaiserliche Botschafter in Warschau, Bischof Pradt, in seiner *Histoire de l'ambassade dans le Grand Duché de Varsovie en 1812*, Paris 1815, angibt, soll Napoleon gesagt haben: »Machiavelli ist das einzige, was sich lohnt zu lesen.« 1816 erschien in Paris *Machiavelli commenté par Napoleon Buonaparte, Manuscrit trouvé dans le carosse de Buonaparte après la bataille du Mont-Saint-Jean, le 18 juin 1815*. (Machiavelli, kommentiert von Napoleon Buonaparte, Manuskript, gefunden in Buonapartes Kutsche nach der Schlacht bei Mont-Saint-Jean am 18. Juni 1815). Nach Mont-Saint-Jean benannten die Franzosen ursprünglich die Schlacht bei Waterloo.

30 Aller Wahrscheinlichkeit nach Kursko (Kyritz).

31 Über die sofortige Anmeldepflicht aller Zugereisten informierte in Posen eine Bekanntmachung vom 13. November 1806.

32 Murat hielt tatsächlich am 28. November feierlich Einzug in Warschau, allerdings hatte die französische Kavallerie-Vorhut die Stadt schon vierundzwanzig Stunden zuvor besetzt.

33 Louis Wairy Constant (1778–1845), damals erster Kammerdiener Napoleons.

34 Hier handelt es sich wohl um eine der flüchtigsten Lieben Napoleons, um die wenig bekannte 28jährige Eva Viktoria Kraus von Mühlfeld, die Napoleon 1805 im eroberten Wien zugeschoben wurde. Obwohl es gegen sie keine Beweise gab, fühlte sich die französische Spionageabwehr dadurch irritiert, daß der Kaiser ihr erlaubte, ihn, als Militär verkleidet, zu Manövern zu begleiten. General Gourgaud erwähnt in seinen Memoiren, daß laut Savary die schöne Blondine bei Napoleon dieselbe Rolle spielen sollte wie Judith bei Holofernes. Sie wurde entfernt und der Kaiser erst 1809 über die Sache in Kenntnis gesetzt (notabene hielt Napoleon die Enthüllungen der Spionageabwehr bezüglich der Eva Kraus für ein Märchen). Der Umstand, daß man ihn erst vier Jahre nach der Romanze informierte, steht in engem Zusammenhang mit dem Schicksal der Philadelphen-Verschwörung, dessen Beschreibung der Leser in den Kommentaren am Ende des Buches findet.

35 Der Elsässer Charles Louis Schulmeister (1770–1853). 1805 Chef der Polizei und der Spionage im eroberten Wien, bis 1815 Stellvertreter von Savary, dem Chef des Cabinet Secret. Wird von Fachleuten als der herausragendste Spion und als der größte Abwehragent aller Zeiten angesehen.

36 Vgl. Kap. 1, Anm. 32.

37 N...'s Informationen waren nicht exakt. Zwei hohe österreichische Offiziere, Wend und Rulzki, standen lange, bevor Napoleon und Savary Schulmeister nach Österreich schickten, in französischem Sold.

38 Hier geht N... völlig fehl, was jedoch nicht verwundern kann, denn die Angelegenheit war damals supergeheim und nur wenigen Leuten außerhalb des Cabinet Secret bekannt, und auch das nur in Form ungenauer Gerüchte. Die erwähnte Zeitung, vielmehr die Sonderbeilage zur Zeitung, enthielt die Nachricht, daß in Paris eine antibonapartistische Revolte ausgebrochen und die britische Armee in Boulogne gelandet sei. Ein führender Spionage-Experte der USA, Oberst Alisson Ind, Spionagechef beim Stab von General MacArthur, bezeichnete Schulmeisters Spiel in Ulm als die hervorragendste Leistung auf dem Gebiet der strategischen Spionage in der Geschichte.

6. Der Mönch

1 Matrose.

2 Im Original deutsch, wie auch einige andere Äußerungen Robersohns.

3 Protestantische Schotten siedelten in Szamotuły seit dem 16. Jh., seit der Zeit, da der nördliche Teil der Stadt an die Magnatenfamilie Górka übergegangen war. Sie trugen in bedeutendem Maß durch die Gründung großer Handelshäuser zur Stadtentwicklung bei.

4 Der Verfasser des Memorials gibt den Namen der Eigentümer nicht an. Soweit ich weiß, handelt es sich wohl um die Familie Mycielski, die 1720 in den Besitz des Schlosses kam. Der Leiter des Heimatmuseums von Szamotuły, Mag. Janusz Łopata, teilte mir mit, daß sich das Schloß 1806 im Besitz einer deutschen Familie befand, doch aus anderer Quelle ergibt sich, daß Szamotuły erst 1837 in die Hände des Geschlechts Sachsen-Gotha überging. Bei der Gelegenheit möchte ich dem bekannten Kunstfotografen von Szamotuły, Herrn Marian Różański, für die Unterstützung meiner Nachforschungen im Gebiet von Szamotuły danken.

5 Aus »samotuła« (*tuła się sama* = dt.: sie irrte allein umher) entstand demnach Szamotuły. Diese Legende, die im 18. und 19. Jh. in der Gegend umging, erwähnt auch Edward Raczyński in seinen *Erinnerungen an Großpolen*. Tatsächlich stammt die Bezeichnung Szamotuły von der Familie Nałęcz-Szamotulski her, (im 18. Jh.) Eigentümerin einer Handelsniederlassung, die sich später zur Stadt auswuchs.

6 Im Fall der berühmtesten »eisernen Maske«, des Zwillingsbruders von Ludwig XIV., war die eigentliche Verdeckung des Gesichts nicht aus Eisen, sie hatte nur einen um den Hals gelegten eisernen Ring. Ähnlich verhielt es sich möglicherweise im Fall der »eisernen Maske« von Szamotuły.

7 Vgl. Kap. 1, Anm. 33. »Halszka war die Tochter des Fürsten Ilia Ostrorogski und der Beata Kościelecka, einer natürlichen Tochter von König Sigis-

mund I. Um die Hand Halszkas, deren Vater früh verstarb, warben polnische Adelsherren, verlockt nicht nur durch die Schönheit der Prinzessin, sondern auch durch deren große Besitztümer. Ein Onkel Halszkas von der väterlichen Seite, Fürst Wasyl Konstanty Sanguszko, wollte es als ihr Vormund verhindern, daß die litauischen Güter in die Hände polnischer Magnaten gelangten, darum stimmte er der Entführung Halszkas durch Dymitr Sanguszko 1553 zu. Beata erhob Klage, und in Knyszyn verurteilten der König und die Senatoren Dymitr zur Infamie. Urteilsvollstrecker war Marcin Zborowski, der gleichfalls die Hand des Mädchens für seinen Sohn wünschte. Zborowski verfolgte das nach Böhmen fliehende junge Paar, und nachdem er Dymitr ermordet hatte, brachte er Halszka nach Polen zurück. Ein neuer Streit um die Hand der unglücklichen Witwe setzte ein. Der König, als gesetzlicher Vormund, verheiratete Halszka mit dem um vieles älteren Łukasz Górka (Łukasz Górka III. – Zusatz von W. Ł.), Woiwode von Poznań und Herr zu Szamotuły. Halszka jedoch, nach der vom König im Warschauer Schloß ausgerichteten großen Hochzeitsfeier, blieb bei der Königin Bona, da sie mit dem ihr aufgezwungenen Ehemann nicht leben wollte. Sie erklärte ihr Verhalten mit mangelnder Eheerfahrung. Ein Jahr darauf sollte sich Halszka auf Górkas Schloß begeben. Noch während des »Eheurlaubs« flohen Halszka und ihre Mutter nach Lemberg und wohnten dort in einem Kloster. Der König versuchte, Halszka zur Rückkehr zu ihrem Mann zu bewegen, schließlich befahl er dem Starosten von Lemberg, sie notfalls mit Gewalt auf Górkas Schloß zu bringen. Es kam sogar zur Belagerung des Klosters, während derer Fürst Siemon Olelkowicz, in Absprache mit Beata, sich als Bettler verkleidet ins Kloster einschlich und mit Halszka die Ehe einging. Górka sperrte die untreue Gemahlin – nach der Ermordung des Rivalen – in einen der Wehrtürme des Schlosses von Szamotuły, wo sie bis zu seinem Tode verblieb. Die Erlebnisse führten dazu, daß Halszka einige Jahre später im Wahnsinn starb. Die Überlieferung besagt, daß Górka Halszkas Gesicht mit einer eisernen Maske verdeckt habe, die sie bis zu ihrem Lebensende nicht abnahm.« (Romuald Krygier, *Ziemia Szamotulska* [Szamotuler Land], Posen 1972).

8 Nach Graf Raczyński war es das Wappen der Rose.

9 Das Schloß errichteten die Szamotulskis im 15. Jh. in der Wroniecki-Vorstadt. 1511 (oder 1513) wurde es als Mitgift von Katarzyna Szamotulska Eigentum des Posener Burgherren Łukasz Górki. Die Górkis bauten das Schloß im 16. Jh. stark aus und machten es zu einer Magnatenresidenz im Renaissancestil.

10 Der Verfasser des Memorials beschreibt das Aussehen des Tores nur sehr flüchtig, jedoch wissen wir aus einer dem 18. Jh. (1719 und 1720) entstammenden Schloß»vision« (Staatsarchiv der Stadt und der Woiwodschaft Posen), daß das Tor eine prunkvolle bauliche Anlage war. Auch archäologische Untersuchungen (s. nächste Anm.) weisen auf eine langgestreckte gemauerte Einfahrt hin.

11 Ursprünglich war das Schloß von einer Wehrmauer mit vier Ecktürmen

umgeben, von denen lediglich der Turm der Halszka bis heute überdauert hat. Reste der Wehrmauer wurden bei Ausgrabungen, die 1971–1972 unter der Leitung von Janusz Łopata durchgeführt wurden, freigelegt. Aus der unpräzisen Beschreibung im Memorial läßt sich schwer schließen, wieviel von der Mauer im Jahre 1806 noch stand. Sicher ist, daß damals noch Teile an der südlichen und westlichen Seite vorhanden waren – jene von Halszkas Turm ausgehenden Mauerfragmente.

12 Die Maße betrugen 8,25 m × 10,75 m.

13 Mittelalterliche Anlage für den Feindbeschuß von oben durch eine Öffnung in einem überhängenden Bauwerksteil, z. B. im Fußboden eines Erkers. Im Turm von Szamotuły befanden sich schräge Pechnasen direkt im Turmgemäuer.

14 Janusz Łopata, der die archäologischen Forschungen um den Turm herum betrieb, versicherte mir (September 1975), daß er keine Spuren eines Tunnels gefunden habe und daß es seiner Ansicht nach einen solchen Tunnel nicht gegeben haben könne. Nicht ausgeschlossen ist jedoch, daß der Tunnel in großer Tiefe verlief und daß der Einstieg im Kellergewölbe vor langer Zeit zugeschüttet und allmählich so sehr verwischt wurde, daß Bathurst ihn nicht finden konnte. Hier wären genauere Erforschungen nötig, auch in der Kollegiatkirche und in ihrer Umgebung.

15 Der Verfasser des Memorials verwendet hier ausnahmsweise nicht die deutsche Ortsbezeichnung, sondern den polnischen Ortsnamen in englischer phonetischer Transkription.

16 Der Bau der Kirche der Philippiner (Kongregation des Oratoriums des hl. Filippo Neri) in Gostyn wurde 1677 im Auftrag der Stifterin, Zofia Konarzewska aus dem Hause Opaliński, begonnen, die kurz zuvor Italien besucht und sich in die Kirche Santa Maria della Salute verliebt hatte. Der Hauptbau wurde von den Gebrüdern Giovanni und vor allem Giorgio Catenacci nach den Plänen des Schöpfers des venezianischen Bauwerkes, Baldassare Longhena, ausgeführt. Von 1726 bis 1728 schuf Pompeo Ferrari die Kuppel und stellte das Presbyterium fertig, und danach, von 1732 bis 1736, errichtete er nebenan das Kloster, das 1748 endgültig fertiggestellt wurde.

17 Die Anhöhe bei Gostyn, auf der die barocke Kirchen- und Klosteranlage steht, war schon im Mittelalter ein Ort des Marienkults (im 15. Jh. gab es hier eine hölzerne Kapelle) und wurde Heiliger Berg genannt. Der Name lebt bis heute fort.

18 Die Innenverkleidung der Kuppel schmücken acht Fresken von Wilhelm Jerzy Neuhertz aus dem Jahre 1746, sie stellen das Leben des hl. Filippo Neri dar.

19 »Einundzwanzig Tage!«

20 »Guten Tag. Ich bin O'Leary, aus London.«

21 »Aus London? Das ist ein weiter Weg …«

22 »Würden Sie mir erklären, weshalb Sie hergekommen sind?«

23 »Um mich mit Ihnen zu treffen …«

24 »Ich kenne Sie nicht.«

25 »... und Ihnen zwei Worte zu sagen.«

26 »Und was bitte?«

27 Der Brunnen existiert bis heute – in unveränderter Form, wie man mir im Kloster versicherte. Die Zwiebelkuppel trägt eine Spitze mit einem Fähnchen, auf dem die Jahreszahl 1657 zu sehen ist. Das zeigt, daß der Brunnen der einzige Überrest des früheren, aus Holz erbauten Klosters ist. Die Jahreszahl auf dem Fähnchen verweist auch darauf, daß es den Brunnen schon vor dem Entstehen der Kongregation des Oratoriums (1668) gab, er muß also ursprünglich der hölzernen Kirche Unserer Lieben Frau gedient haben, die 1512 der Burgherr von Śrem, Maciej Borek Gostyński, errichten ließ.

28 Im Kloster von Gostyn machte Prinz Jérôme Bonaparte (1784–1869), der spätere König von Westfalen, mitsamt seinem Stab und mehreren aus Bayern bestehenden Kompanien am 26. November 1806 halt. Das Kloster war mehr als zwei Monate lang besetzt.

29 Als mich meine Wanderungen auf dem Pfad des Schachautomaten nach Gostyń führten, machten mir die höflichen Priester, nachdem sie mich mit einem köstlichen Mahl bewirtet hatten, das Klosterarchiv zugänglich. In einem dort befindlichen Manuskript, einer Art Erinnerungsbuch, geschrieben von Priester Kasper Dominikowski, mit dem Titel *Sammlung von Nachrichten über den Heiligen Berg bei Gostyń, besiedelt von der Kongregation des Oratoriums des hl. Filippo Neri, fertiggestellt in vier Teilen im September 1836*, fand ich im Teil III, S. 297 folgende Notiz zum Thema Jérôme: »Der Prinz selbst wird allgemein und für allezeit für seine schändlichen Handlungen berühmt bleiben. Sein Stab bestand sämtlich aus Söhnen der scheußlichen Französischen Revolution (...) Die Soldaten schienen aus einem Land ohne jegliche Zivilisation zu sein, deren hauptsächliche Wesensarten Grobheit, Ungehorsam und Sittenlosigkeit waren.«

30 Der im Memorial enthaltene Bericht zu dem Thema ist, obgleich schockierend, zweifellos wahr. Das Baden in Wein, Milch oder Kölnischwasser gehörte zu den beliebten, geradezu rituellen Vergnügungen des zügellosen Prinzen. Als er sich im April 1812 in Warschau aufhielt, löste die Nachricht, daß der Wein, den Jérôme der Stadtobrigkeit als Kriegstribut entwendet hatte, nach dem Bad durch Kaufleute von der Hofdienerschaft aufgekauft, neu in Fässer gefüllt und weitergehandelt wurde, eine Sensation aus. Die Nachfrage nach Wein sank damals in Warschau nahezu auf Null.

31 Einige der im Memorial aufgeführten Fakten finden ihre Bestätigung in dem erwähnten Manuskript von Priester Dominikowski. Auf S. 298 (Teil III) wird dort beschrieben, wie Soldaten einen »Laden mit französischem Wein« stürmten. Der Bruder, der ihn verwaltete, verbarrikadierte sich, es wurde ein Offizier gerufen, aber der stellte sich auf die Seite der Soldaten, und diese drangen gewaltsam ein, um sich danach sinnlos zu betrinken. Schließlich versuchten sie die leeren Flaschen auf dem Hof zu verbrennen – zwei Tage und zwei Nächte lang, bis das Glas zu einer flüssigen Masse verschmolz.

32 Himmeldonnerwetter.
33 Vielleicht Przemęt? Die Ortschaft ist schwer zu identifizieren.
34 Von 1800 bis 1827 war Priester Kasper Szpetkowski Prior der Kongregation.
35 An dieser Stelle fehlt im Memorial fast eine halbe Seite, sie wurde von oben her abgerissen. In der ersten Fassung des Buches habe ich die Lücke mit einem Gespräch zwischen dem Mönch und dem Pächter gefüllt, später jedoch darauf verzichtet, weil es sich dabei um reine literarische Phantasie handelte, die für den Fortgang des Geschehens unerheblich ist.
36 Die Informationen, die Bathurst von dem Agenten der Philadelphen erhält, sind verifizierbar. Schulmeister war ebenso wie Bathurst Sohn eines protestantischen Geistlichen. Seine Fluchten aus verschiedenen Gefängnissen waren Meisterstücke in ihrer Art. Schulmeister adoptierte zwei Waisenmädchen und erzog sie. Auf seine Initiative hin wurde in Wien das livländische Theaterstück *Die Anachoreten* aufgeführt.
37 Marschall Davouts Infanterie bezwang den Narew einen halben Tag nach Bathursts Gespräch mit dem Philadelphen, in der Nacht vom 9. zum 10. Dezember 1806.
38 Napoleons Ausflüge in die Umgebung von Posen beschreibt General Dezydera Chłapowski interessant in seinen Memoiren (*Auf dem Pfad der Legionen*); Chłapowski hatte selbst dreimal daran teilgenommen und sich die Sympathie des Kaisers erworben.
39 Alles deutet darauf hin, daß es sich um Friedrich Omer handelte, einen Lakaien, der zwei Pferde gestohlen hatte. Zwar veröffentlichte das Posener Polizeidirektorium den Steckbrief in Sachen Omer erst am 20. Dezember 1806 (in der *Gazeta Poznańska* Nr. 108 – der Steckbrief trug das Datum des 17. Dezember), aber das war die übliche Praxis. Die Polizei bat die Öffentlichkeit erst dann um Mithilfe, wenn sie allein den Täter nicht finden konnte. So wurde zum Beispiel die Bekanntmachung vom Verschwinden des elfjährigen Józef Seidel, der am 1. Dezember von zu Hause weggelaufen war, erst am 27. Dezember gedruckt.
40 »Bei Gott! Das ist er wahrhaftig!«
41 »Großartig!«
42 »So sei es.« (Eine beliebte Art Napoleons, sein Einverständnis auszudrükken.)

7. Das Königsgambit

1 Gemeint ist Wybickis und Dombrowskis berühmter Berliner Aufruf vom 3. November 1806.
2 Ein Irrtum des Verfassers des Memorials – Wybicki war kein General.
3 Bathursts Erklärungen klangen glaubhaft, da er sich in der Geschichte des falschen Androiden gut auskannte. Von Kempelen hatte tatsächlich

seine Erfindung 1770 am kaiserlichen Hof in Wien vorgeführt und das lebhafte Interesse Maria Theresias geweckt.

4 »Sieg!«

5 »Lebe wohl, und viel Glück!«

6 Was für eine Abteilung das war, läßt sich nicht feststellen. In dem betreffenden Gebiet operierten am 13. Dezember keine größeren französischen Gruppierungen. Höchstwahrscheinlich handelte es sich um eine kleine Abteilung des zu der Zeit am weitesten nach Norden vorgedrungenen VI. Korps des französischen Generals Ney.

7 Der Lubie-See.

8 Joachim Nettelbeck (s. Kap. 1, Anm. 44) war damals einer der einflußreichsten Bürger Kolbergs. Bald nach den geschilderten Ereignissen gelang es ihm, mit einem einzigen Brief an den König den Garnisonsältesten, Oberst Lucadou, mit dem er Streit gehabt hatte, absetzen zu lassen.

9 Der rechte Mann am rechten Ort.

10 Schulmeister vereitelte viele Male in letzter Minute Anschläge auf Napoleon (z.B. das Attentat des Scharfschützen Wolf in Abensberg). U.a. deshalb wurde er 1809 mit der Leitung des Sicherheitsdienstes beim Erfurter Kongreß betraut. Damals vereitelte er einen Anschlag des dem »Tugendbund« angehörenden Arnold Apfel.

11 Es wäre interessant zu wissen, ob Schulmeister die Wahrheit schreibt. Hasard dieser Art war im Stile Napoleons. Zwar weiß man aus Chłapowskis Memoiren *(Auf dem Pfad der Legionen)*, daß Bonaparte am 13. Dezember 1806 mit umfangreichem Gefolge einen Spazierritt nach Winiary, Radojewo und Owińska unternahm, aber solche »offiziellen« Ausflüge pflegten nie vor zehn Uhr zu beginnen, und zu dieser Zeit hätte Napoleon (falls er tatsächlich in Szamotuły war) bereits wieder in Posen sein können. Viel eher jedoch vermute ich, daß Schulmeister blufft, um den Gegner die Niederlage noch bitterer spüren zu lassen. Ich denke, daß die französische Spionageabwehr bei der Operation in Szamotuły einen der ihr zur Verfügung stehenden Doppelgänger einsetzte, möglicherweise den sich damals im großpolnischen Gebiet aufhaltenden Hauptmann Achille de Touches.

12 Wiederum läßt sich aus offensichtlichen Gründen nicht zweifelsfrei feststellen, wer dieser Agent war. Es könnte dies Oberst Sagot gewesen sein, der in Fouchés Auftrag d'Antraigues bereits Ende 1804 in Dresden observierte, vielleicht auch der Pole Zabiełło, der mit Sagot bekannt war, vielleicht aber auch ein anderer.

13 Es ist gar nicht sicher, daß die Philadelphen infolge der Operation »Schachspieler« zerschlagen wurden – in dieser Frage verweise ich den Leser auf die Kommentare.

14 »Vielleicht sind uns dereinst auch diese Erinnerungen lieb« (aus Vergil, *Äneis*, I. Buch).

15 Sehr wahrscheinlich könnte der von Nettelbeck erwähnte Agent George Jackson (1785–1861) gewesen sein, anderthalb Jahre jünger als Benjamin Bathurst und schon mit sechzehn Jahren im diplomatischen Dienst. In der

zweiten Hälfte des Jahres 1806 wurde Jackson in geheimer Mission in das nördliche Preußen entsandt, und im Dezember agierte er an der Ostseeküste (u.a. in Memel). Formal bestand seine Mission im Sammeln von Informationen, und in seiner Korrespondenz (Sammlungen im Public Record Office) findet sich kein Wort über Kontakte zu Nettelbeck oder über eine Beteiligung an der Operation »Schachspieler«. Übrigens wird ein solches Unternehmen schließlich in keinem der bekannten historischen Dokumente erwähnt. Man könnte es als fast sicher annehmen, daß Jackson ein von Castlereagh beauftragter Verbindungsmann oder Kontrolleur gewesen ist, wäre da nicht der Umstand, daß er ein ehrwürdiges Alter erreichte, was bei der Annahme, daß er von der Operation »Schachspieler« wußte, höchst sonderbar gewesen wäre, wie sich der Leser anhand der Kommentare noch überzeugen wird.

16 Den Text des Briefes gibt es nicht im Memorial. Ich habe die durchgestrichene Urfassung verwendet, sie sich in einer dem Memorial beigefügten Dokumentensammlung erhalten hat. Ich vermute, daß Bathurst in der abgesandten Fassung den Ton gemildert und auf einige Boshaftigkeiten verzichtet hat. Ebensogut kann sich jedoch alles auch umgekehrt verhalten.

17 Am 2. Dezember 1806 liefen zehn britische Linienschiffe und sieben Kanonenboote in die Nordsee und die Ostsee aus.

18 »Morgen beginnt das Leben, mein Herr!«

19 Vgl. Kap. 4., Anm. 26. Fürst de Castries schreibt in seiner Arbeit über die Bourbonenemigration in England lapidar: »Nachdem er den Dienst eines Geheimagenten angetreten hatte, starb de Martanges 1806 in London.«

20 »Niemals, mein Herr!«

21 »Die Frau?«

22 Ein wörtliches Zitat aus dem Memorial. Ob Bathurst nach Sardinien gereist und Julia gefunden hat, weiß ich nicht, da das Memorial an dieser Stelle abbricht.

8. Ein Brief

1 Dieser Brief, in Wien geschrieben, ist undatiert. Man kann jedoch annehmen, daß er im Verlauf jener Woche geschrieben wurde, die dem 14. Oktober 1809 voranging, dem Tag, an welchem in Schönbrunn der Frieden zwischen Frankreich und Österreich unterzeichnet wurde.

2 In *Mémoires de Bouriennes*, Bd. VII, findet sich ein lapidarer Satz: »Nach kurzer Reise nach England verstarb er (Gimel – Anm. W. Ł.) Anfang des Jahres 1807.«

3 Es handelt sich wohl um von Kempelens Mitarbeiter, jenen alten Mann, der Heyter in die Bedienung des Schachautomaten eingeweiht hatte.

4 Vgl. Kap. 4. Anm. 19.

5 Die systematische Vergiftung nach der Methode des Marquis de Brinvil-

liers, dessen Verfahren ich in meinem Buch *Patience im Empire-Stil* beschrieben habe, war in damaliger Zeit eine sehr beliebte Art und Weise, sich Menschen zu entledigen. U.a. wurde auch Napoleon nach dieser Methode ermordet.

6 Vgl. Kap. 1, Anm. 7. Hester Stanhopes Mutter, die gleichfalls Hester hieß, war eine geborene Pitt, daher Bathursts Formulierung. 1809 versteckte sich Lady Stanhope in Builth (Wales), 1810 floh sie nach Arabien.

7 Zu Wilson s. Kap. 1, Anm. 37. Nach dem Fall des Kaiserreiches beteiligte sich Wilson an Verschwörungen, um die von den Bourbonen gefangengehaltenen napoleonischen Offiziere zu befreien. Sein größter Erfolg war die Organisation der Flucht von Napoleons Ex-Postminister Lavalette, hingegen mißlang es ihm trotz aller Bemühungen, Marschall Ney zu befreien. Zu vermuten ist Wilsons Beteiligung an den Versuchen, Napoleon von St. Helena zu befreien.
Bei den »Figuren aus Elfenbein« handelt es sich wahrscheinlich um im Innern ausgehöhlte Schachfiguren, die zum Schmuggeln von Geheimkorrespondenz dienten. Möglicherweise wurde dieser selbe Schachfigurensatz einige Jahre später bei dem Versuch, Napoleon von St. Helena zu befreien, verwendet. Bekannt ist, daß die Verschwörer, die Bonaparte befreien wollten, ihm ein Spiel Schachfiguren aus Elfenbein und Perlmutt auf die Insel schickten. In den Hohlräumen der Figuren steckten Röllchen aus hochfeinem Papier, auf dem der genaue Fluchtplan skizziert war. Die Sendung wurde einem Vertrauensmann, einem Offizier, überantwortet, der sie Napoleon als Geschenk überreichen und dabei alle Einzelheiten erläutern sollte. Der Offizier starb jedoch auf mysteriöse Weise an Bord des nach St. Helena laufenden Schiffes. Ein Kollege, der indessen nicht eingeweiht war, übergab dem Kaiser das Schachspiel. Napoleon spielte mit den Figuren, ohne zu wissen, was sie enthielten. Kurz vor seinem Tod soll er das Spiel für seinen Sohn bestimmt haben. Über die weiteren Geschicke der Schachfiguren ist nichts Genaues bekannt. Längere Zeit befanden sie sich im Besitz einer Athener Fürstin. 1933 stellte diese sie den Organisatoren der Napoleon-Ausstellung in Austerlitz zur Verfügung.

8 In der englischen Armee jener Zeit gab es zwei Offiziere des Namens Colqhoun (Colquhoun) Grant. Im gegebenen Fall handelt es sich zweifelsohne um den Major (und späteren Oberst) Colqhoun Grant, einen Spionageoffizier der auf der Pyrenäenhalbinsel agierenden Expeditionsarmee Wellingtons. Dieser Mann nahm an zahlreichen Geheimoperationen teil und war von einer Art Robin-Hood-Legende umgeben.

9 Die Rede ist von einem der mysteriösesten Spione seiner Zeit, einem Katalanen, der mit dem spanischen und dem französischen Geheimdienst verbunden war, von Badia Castillo y Leblich (1766–1818). Von 1803 bis 1805 unternahm er im Auftrag Spaniens eine gewichtige Diversions- und Spionagemission nach Marokko und gab sich dabei als Nachfahre der Abbassiden, als Ali-Bej vom Geschlecht der von Mohammed abstammenden Kalifen aus (daher das Pseudonym). Badia, ein vorzüglicher Kenner

orientalischer Sprachen und Sitten, trat auch unter dem Namen Hadschi Ali-Abu Othman auf. Seit dem 26. September 1809 war er Intendant in Segovia, als solcher eingesetzt von Napoleons Bruder Joseph Bonaparte, König von Spanien. Nach General Spillmann (*Napoléon et l'Islam*, Paris 1969) wurde ihm der Posten übertragen, um ihn für den Fall zur Hand zu haben, sowie aus Furcht, er könne, beschäftigungslos, seine Dienste dem englischen Geheimdienst anbieten. Es war nämlich bekanntgeworden, daß er Kontakte zu den Engländern besaß, wahrscheinlich handelte es sich um Verbindungen zu Colqhoun Grant.

10 Der Leser ahnt natürlich schon während der Lektüre, daß Benjamin Bathurst der Verfasser des Memorials gewesen ist. Ich hielt es für angebracht, diesen Umstand am Beginn des Buches nicht zu verraten. Es läßt sich schwer feststellen, ob Bathurst während der Operation »Schachspieler« ein Tagebuch geführt oder ob er das Unternehmen später aus dem Gedächtnis geschildert hat. Wahrscheinlicher ist die zweite Variante, wobei er zweifellos über gewisse Notizen aus dem Jahre 1806 verfügt haben muß, denn aus dem bloßen Gedächtnis hätte er eine solche Vielzahl von Bezeichnungen, Namen, Daten und anderer Details schwerlich wiedergeben können.

11 Caballero de Bardaxi Azara war außerordentlicher Gesandter und bevollmächtigter Minister Spaniens in Österreich. Nachdem er Metternich am 30. Oktober 1809 seinen Abschiedsbrief vorgelegt hatte, kehrte er nach Spanien zurück.

12 De Bardaxi Azara hatte größte Schwierigkeiten, die Waffen zu beschaffen. In einem Brief vom 22. August 1809 beschwor er Hudelist (einen Mitarbeiter des österreichischen Außenministers Stadion) bei Gott, ihm den Transport von mehreren Tausend Stück Feuerwaffen über Fiume zu erlauben. Er erhielt in der Angelegenheit eine Absage.

13 Daraus sowie aus der anderen Handschrift läßt sich schließen, daß es sich bei dem zitierten Schriftstück um eine von Diaz vorgenommene Dechiffrierung eines Briefes von Bathurst handelt, die der Zigeuner aus unbekanntem Grund nicht vernichtete.

14 Schulmeister und Savary.

Kommentare

1 Möglicherweise mit Julia, doch dafür habe ich keine Beweise.

2 An dieser Stelle möchte ich allen Philippiner-Fratres für ihre Hilfe danken, insbesondere Pfarrer Marian Goś und dem Archivar, Pfarrer Zbigniew Starczewiski.

3 Das *Liber Defunctori* – Buch der Verstorbenen des Ordens vom Heiligen Berg, lückenlos geführt seit Gründung der Kongregation (1668) bis zur Gegenwart, sowie die *Sammlung von Nachrichten über den Heiligen Berg* … von Pfarrer Dominikowski.

4 Ich zitiere hier aus Pfarrer Antoni Brzezińskis *Pamiątki* … (Gedenkschrift zum zweihundertsten Jubiläum der Gründung des Philippiner-Ordens auf dem Heiligen Berg von Gostyń), Posen 1869. In diesem Zitat hat des Wort »Ende« die Bedeutung von »Sinn«.
5 Die Übersetzung erschien 1848 in Leszno.
6 Allen voran das Buch von E. Guillon *Les complots militaires sous Le Consulat et L'Empire*, Paris 1894. Guillon bezichtigt Nodier geradezu der Lüge.
7 Zum Beispiel L. Pingaud, *La jeunesse de Ch. Nodier. Les philadelphes*, Paris 1919.
8 Ich erläutere den Fall Tscherniak deshalb so gründlich, weil sein Buch sehr populär ist und ich nicht möchte, daß die darin enthaltenen falschen Ansichten über die Philadelphen die Leser wegen der unterschiedlichen Auffassungen irritieren.
9 Louis Madelin, *Fouché*, Paris.
10 G. Lefebvre, *Napoleon*, Stuttgart 1989. Um der Wahrheit willen sei jedoch vermerkt, daß bis zum heutigen Tage einige über diesen Fall ungenügend informierte Historiker die Version von dem eher freimaurerisch als politisch orientierten Charakter der Philadelphen verbreiten. (Vgl. J. P. Bertaud, *Bonaparte et le duc d'Enghien, le duel des deux France*, Paris 1972).
11 Dokumente in den Archives Nationales, Paris, F. 7. D. 6331, 6499 u.a.
12 Die Geschichte der Philadelphen beschrieb u.a. der Hof-Apotheker Napoleons, Cadet-Gassicourt, in *Voyage en Moravie* 1809.
13 *Memoires de Vidocq*, Paris 1828–1829.
14 Versammlungs- und Kontaktstelle war das Café eines gewissen Hervieux in Boulogne.
15 Babeuf wurde am 27. Mai 1797 hingerichtet.
16 U. a. wurde der ehemalige Konventsdeputierte aus dem Departement Var, der Journalist Jaques Rigomer Bazin (1771–1812) aus Mans inhaftiert.
17 Jean Victor Moreau (1763–1813), Sieger von Hohenlinden (1800), langjähriger Rivale Bonapartes, 1804 wegen seiner Teilnahme an Cadoudal-Pichegres Komplott des Landes verwiesen. Es ist nicht anzunehmen, daß er von den USA aus die Philadelphen angeführt hat.
18 Claude François de Malet (1754–1812), bekannter Verschwörer. Während Napoleons Abwesenheit (Rußlandfeldzug) versuchte er einen Staatsstreich und hatte auch für kurze Zeit einige zentrale Behörden unter seiner Kontrolle. Der Staatsstreich endete jedoch mit einer Niederlage. Savary erschoß danach Malet und seine Mitstreiter ohne Verzug. Malet trug in der Verschwörergruppe der Philadelphen das Pseudonym »Leonidas«.
19 Jean Baptiste Bernadotte (1763–1844), Marschall von Frankreich, Fürst Ponte Corvo, ab 1810 Thronfolger Schwedens und ab 1828 schließlich König von Schweden. Obwohl Napoleon ihn mit Gunstbeweisen überhäufte, intrigierte Bernadotte ständig gegen ihn. Er verbündete sich mit

den Verschwörern der Bretagne (vielleicht sogar mit den Olympiern) und schickte aus seinem Hauptquartier in Rennes antinapoleonische Flugblätter an die französischen Armeestäbe. Ob er jedoch gewagt hätte, sich an die Spitze einer bewaffneten Verschwörung zu stellen, ist fraglich.

20 Laut Vidocq erhielt Fouché Informationen über die Olympier vom obersten Polizeikommissar in Boulogne, Devillier.

21 Beim russischen Geheimdienst trug Fouché das Pseudonym »Natascha«.

22 Zu Oudet siehe B. d'Aussy, *Le colonel Oudet*, Vannes 1889 und Ch. Thuriet, *Le colonel Oudet*, Besançon 1901.

23 Louis Wairy Constant *Pamiętniki* ... (Tagebücher des Kammerdieners des Kaisers Napoleon I.), Warschau 1972, übersetzt von Tadeusz Ewert.

24 Es ist nicht schwer, den wesentlichen Grund zu erkennen: Es wäre für die Große Armee sehr kompromittierend gewesen, wenn bekanntgeworden wäre, daß es in ihren Reihen eine Verschwörung gegen den Kaiser gab, es hätte der propagierten Behauptung, die französische Armee stehe geschlossen hinter dem Kaiser, erheblichen Abbruch getan.

25 Der Spieler im Kasten war der berühmte österreichische Schachspieler Allgaier.

26 Eugène de Beauharnais war ein Sohn der Kaiserin Joséphine aus ihrer ersten Ehe mit dem General Alexandre de Beauharnais.

27 Nach dem Sturz Napoleons fand Eugène Asyl bei seinem Schwiegervater, dem König von Bayern.

28 Vgl. Kap. 1, Anm. 27.

29 Nach Maelzels Tod wurde der Automat bei einer Versteigerung von einem Philadelphier für 400 Dollar erworben. 1840 kaufte ihn ein Dr. J. K. Mitchell. Zu guter Letzt landete der »Türke« als technisches Wunder im Chinesischen Museum in Philadelphia und fiel zusammen mit dem Museum im Alter von fünfundachtzig Jahren den Flammen zum Opfer. Er war die Nachahmung eines Menschen und lebte auch nicht länger als ein Mensch.

30 Die wichtigsten: Baring-Gould, *The disappearance of Mr. Bathurst* in: *Cornhill Magazine* LV 1867; W. Call, *The search for the lost Mr. Bathurst* in: *Westminster Review* CXXXIV 1890; J. Hall, *The strange story of Mr. Bathurst* in: *Four Famous Mysteries*; Mrs. Thistlethwayte, *Memoirs and Correspondence of Dr. Henry Bathurst*, 1853.

31 J. W. Thompson und S. K. Padover von der Berkeley Universität in Kalifornien: *La diplomatie secrète. L'espionnage politique en Europe de 1500 á 1815*, Paris 1938. (Geheimdiplomatie – politische Spionage in Europa 1500–1815). Da ich keinen Zugang zum Original hatte, benutzte ich die französische Übersetzung von Adrian F. Vochelles.

32 Bathurst begann seine politische Karriere als Gesandtschaftssekretär in Leghorn. Nach Thompson und Padover kam er im Range eines Oberst nach Wien.

33 Bathurst besaß einen preußischen Paß und hatte britischen Quellen zufolge wichtige Dokumente bei sich.

34 Man beschuldigte französische Deserteure. Zwischen der britischen und

der französischen Presse entwickelte sich damals eine leidenschaftliche Polemik. Die Engländer behaupteten, Bathurst sei von französischen Marodeuren in Uniform umgebracht worden, die Franzosen hingegen, er habe in geistiger Verwirrung Selbstmord verübt.

35 Nebenbei bemerkt hat Benjamin sich nicht allzu sehr angestrengt, er hätte sich etwas Geistreicheres einfallen lassen können. Damals wie heute trug man solche Briefe nicht in den Hosentaschen. Offenbar hatte er es eilig, oder er wollte Jackett oder Weste schonen.

36 Vgl. Kap. 2, Anm. 6.

37 Castlereagh, Perceval und Henry Bathurst haben die Dokumente, die das Leben Benjamin Bathursts vom Oktober 1806 bis Januar 1807 betrafen, so meisterhaft präpariert, daß selbst der britische Geheimdienst keine Ahnung von seiner Mission hatte und man heute mühelos »beweisen« kann, daß Benjamin an der Operation »Schachspieler« nicht beteiligt war, da er sich in jener Zeit woanders aufgehalten hatte.

38 Ich habe sie in einem wahnsinnigen Tempo abgeschrieben, innerhalb weniger Tage, drei, vier Stunden täglich, an Tejadas Seite, der am selben Tisch saß und Fragmente aus irgendwelchen Drucken und Folianten aus dem XIX. Jahrhundert kopierte.

39 Im Januar 1810.

40 Hier spürt man die Machenschaften Castlereaghs, des älteren Bathurst und Percevals. Zwar befand sich Castlereagh in dem Augenblick, als die Affäre »vertuscht« wurde, nicht mehr in der Regierung (man hatte ihn und Canning wegen eines kompromittierenden Pistolenduells suspendiert), doch Perceval stand damals an der Spitze des Kabinetts und war der erste politische Mann Großbritaniens. Ein Aufbauschen der Affäre um Bathurst hätte nicht nur eine Enthüllung der Operation »Schachspieler« zur Folge haben können, sondern auch ihre Organisatoren in den Verdacht geraten lassen, Benjamin beseitigt zu haben.

41 Statt dessen ist es durchaus möglich, daß Bathurst auf Empfehlung Londons Kontakte zu den preußischen Verschwörern gepflegt hat. Es ist nicht ausgeschlossen, daß die Preußen ihn beseitigen wollten, nachdem sie erfahren hatten, daß er Kontakte zu Schulmeister unterhielt, dem unerbittlichsten Verfolger und Henker der Bünde. Man kann den Faden sogar weiter spinnen: Schulmeister hat sicher nicht ohne Gegenleistung Bathurst unterstützt – vielleicht hat er von ihm dafür Informationen über die preußischen Untergrundbünde verlangt?

42 Der Gedanke liegt nahe, daß d'Antraigues ein Spitzel Castlereaghs auf englischem Territorium war, während Tilly die gleiche Rolle auf dem Kontinent spielte.

43 Léonce Pingaud, *Un agent secret sous la Révolution et l'Empire – le comte d'Antraigues*, Paris 1894.

44 De Castries, *La vie quotidienne des émigrés*, Paris 1966.

45 In den Tagebüchern des Barons de Damas ist zu lesen: »Ich bin überzeugt, daß der Graf Kontakte zu den Geheimbünden hatte, die das Verbrechen geplant haben.«

46 Näheres über Tilly siehe Kap. 4, Anm. 25.
47 Vgl. Kap. 8, Anm. 9.
48 Für sie passierte das nicht zum erstenmal: Bereits 1816 hatte der englische Major Misset ihren Freund, den besten napoleonischen Spion im Nahen Osten, Oberst Boutin, umbringen lassen.
49 Sehr vielsagend ist die Tatsache, daß Castlereagh ein Jahr vor seinem Tod Wilson aus der Armee gefeuert hat (1821), ohne ihm Gelegenheit zur Rechtfertigung oder Erklärung zu geben. Das geschah u.a. wegen der pronapoleonischen Aktivitäten Wilsons, der während der napoleonischen Kriege ein erbitterter Feind des Kaisers gewesen war und ihn sogar öffentlich diffamiert hatte. Als er jedoch feststellen mußte, durch welche Kanaille (die Heilige Allianz) Bonaparte in Europa ersetzt wurde, wechselte er die Front und beteiligte sich an den gewagtesten pronapoleonischen Verschwörungen.
50 Edward Hervé, *Irland vom Ende des 18. Jahrhunderts bis in die neueste Zeit*, Warschau 1886.
51 R. Brice, *Le secret de Napoléon*, Paris 1936.
52 Vgl. Kap. 8, Anm. 7.
53 Vgl. Kap. 5, Anm. 4.
54 Geboren im Jahre 1789, aus der Schweiz stammend. Sie hatte sich in London niedergelassen und betrieb ihr Unternehmen mit Hilfe ihrer drei Schwestern. Sie hinterließ aufsehenerregende Memoiren, die zum Bestseller wurden und eine hohe Auflagenzahl erreichten. Sie war nicht verwandt mit General Robert Wilson. Die Namensgleichheit ist zufällig.
55 »The Observer« erwähnte die Castlereagh-Affäre im Zusammenhang mit jenem die Gemüter erregenden Skandal bei Bekanntwerden der erotischen Kontakte des Abgeordneten der Torries im Unterhaus, Lord Lambton und des Vorsitzenden im Oberhaus, Lord-Chancellor Jellicoe, zu einer Prostituierten.